L'Ombre aux yeux rouges

Tome 1

IMAGINAIRE

Mot de l'éditeur

Evidence Editions a été créée dans le but de rendre accessible la lecture pour tous, à tout âge et partout. Nous accordons une grande importance à ce que chacun puisse accéder à la littérature actuelle sans barrière de handicap. C'est pourquoi nos ouvrages sont disponibles en format papier, numérique, dyslexique, malvoyant, braille et audio.

Tout notre professionnalisme est mis en œuvre pour que votre lecture soit des plus confortables.

En tant que lecteur, vous découvrirez dans nos différentes collections de la littérature jeunesse, de la littérature générale, des témoignages, des livres historiques, des livres sur la santé et le bien-être, du policier, du thriller, de la littérature de l'imaginaire, de la romance sous toutes ses formes et de la littérature érotique.

Nous proposons également des ouvrages de la vie pratique tels que : agendas, cahiers de dédicaces, bullet journal, DIY (Do It Yourself).

Pour prolonger le plaisir de votre lecture, dans notre boutique vous trouverez des goodies à collectionner ainsi que des boxes livresques disponibles toute l'année.

Ouvrir un livre Evidence, c'est aller à la rencontre d'émotions exceptionnelles.

Maëva Delattre

L'Ombre aux yeux rouges
Tome 1 : La forêt de Helmsley

Couverture : **Maïka**

Publié dans la **Collection Imaginaire**
Dirigée par **Pauline Monsarrat**

ÉVIDENCE EDITIONS

Chapitre 1

La mort rôdait partout. Il y avait des semaines qu'une affaire étrange bouleversait le comté de Ryedale, dans le Yorkshire en Angleterre. Des mois que des disparitions survenaient sans explication. Des mois que la police essayait de résoudre cette affaire sans avancer. 1874 était passée et 1875 s'était ouverte dans le même état d'esprit : la peur régnait dans le cœur des habitants, une peur que très peu avouaient, terrifiés par la légende qui se murmurait sur la forêt et ses alentours ; une légende qu'on désignait comme responsable. Pourtant, aucune preuve n'avait été mise en avant à ce jour, ni par la presse, ni par la police, ni par personne d'autre ; et bientôt la rumeur prétendit que c'était un moyen pour les villageois d'effrayer leurs voisins et pour les commerçants d'attirer les voyageurs et les inciter à visiter la région. Pour Katarina Kingsley, jeune fille de bonne famille, il allait sans dire que c'était la version de masse qu'elle rejoignait, bien que la moins officielle la charmât beaucoup plus ; non qu'elle espérât le mal ailleurs, mais parce que les histoires de fantômes hantant les lieux sombres et étranges lui plaisaient particulièrement. Or, depuis sa naissance, depuis qu'elle avait eu l'âge de se promener dans la forêt, elle n'avait jamais rien vu de semblable, là-bas ou ailleurs. Aussi, les on-dit l'amusaient, qu'importait ce qu'on pouvait dire d'elle à ce propos et dans son dos, car elle n'était ni inconsciente, ni macabre, et encore moins téméraire pour provoquer ainsi la mort et se jouer du destin des autres ; du moins fallait-il bien la connaître pour pouvoir en juger.

Un livre à la main, elle se rendit donc dans ladite forêt où, vêtue d'une robe de soie pourpre, avec son air de poupée affichant un sourire ravi, elle y passait ses après-midi. À l'abri des arbres, proche d'une rivière où l'eau ruisselait en scintillant, Katarina pénétra dans son monde de poésie et de fantaisie. Autour d'elle, tout était calme. Les oiseaux chantaient. Les fleurs dansaient. Et sous une brise légère, ses cheveux auburn suivaient le mouvement délicat du vent. Installée dans l'herbe chaude d'été, elle se laissa envahir par le silence et les aventures de ces héros dont elle suivait le chemin, loin de toute la cacophonie urbaine qu'elle ne connaissait que trop. Hélas, bientôt, comme souvent trop tôt, la journée déclina, annonçant la soirée qui se profilait déjà et la fin de ses réjouissances. L'ouvrage sous le bras, Katarina rentra chez elle, contemplant ce bel environnement autour d'elle où, au milieu des berceaux de lumières, loin de toute la peur qu'il évoquait, elle se laissa aller une dernière fois à ses rêves qu'elle espérait voir un jour réalisés, ceux qui changeraient sa vie et l'éloigneraient de ce monde vide de sentiments ; un monde où elle pourrait enfin vivre quelque chose de plus… virevoltant.

Ainsi perdue dans ses pensées, la cadette Kingsley arriva bientôt chez elle.

Elle vivait avec ses parents et son frère dans une maison de modeste taille malgré leur richesse, mais qui, selon son père qui y avait vécu toute son enfance, leur suffisait amplement. Ils avaient à leur disposition quelques chambres, un vaste grenier, ainsi qu'une cuisine, et un salon de grande taille qui leur servait à organiser des réceptions. Quand cela n'était pas le cas, c'était un lieu intime et convivial, décoré de meubles rustiques dans lequel la famille se retrouvait pour dîner. Un domestique seul composait le service : Roger de son prénom, issu des milieux populaires, de grande taille et d'un certain âge, qui les servait avec dévotion et respect. Il avait autrefois servi une connaissance de la famille avant de leur être envoyé. C'était un homme solitaire et discret bien que parfois si discret qu'on croyait qu'il avait disparu ! Mais il était toujours là, suivant ses maîtres là où ils avaient besoin de lui. D'ailleurs, ce soir-là, il surprit Katarina :

— Bonsoir, mademoiselle.

— Oh ! sursauta la rousse. Bonsoir, Roger, vous m'avez fait peur.

— Désolé.

— Mais dites-moi, que faites-vous dans les buissons ?

— Je les taille, mademoiselle, sur ordre de votre mère.

— Ne l'avez-vous pas fait il y a seulement deux jours ?

— Oui, mais Madame souhaite que tout soit parfait.

— Elle vous donne trop à faire, Roger, ce n'est pas raisonnable. Coupez deux ou trois branches, elle n'y verra que du feu, lui sourit-elle, complice. Et cela restera entre nous.

— Mademoiselle est trop bonne, la remercia-t-il. Mais permettez-moi d'ajouter avant que vous ne partiez : vos parents et Monsieur votre frère vous attendent pour dîner dans le grand salon.

— Très bien, je vous remercie. Bon courage.

Sur ce, la jeune fille rentra et fut accueillie tendrement par sa mère.

— Eh bien, vous en avez mis du temps, Katarina ! Nous vous attendions. Avez-vous vu l'heure ?

Mais, habituée à ces propos, elle n'écouta pas et se faufila jusqu'au salon.

— Cet enfant n'est pas possible, commenta sa mère. Un jour, elle me fera mourir d'inquiétude.

La famille s'installa à table et Katarina, aussitôt, prit place à côté de son grand frère. Duncan était un jeune homme grand, brun, plein d'entrain et charmant envers tous ceux qu'il connaissait, mais sans succès auprès des filles. Pourtant doté d'un bon caractère, taquin et plutôt bon enfant, il était aisé de converser avec lui et de s'amuser ; sa gaillardise ne le rendait pas moins accessible et mature ; et c'était toujours avec un regard critique et juste qu'il posait son opinion sur le monde qui l'entourait. Katarina l'aimait beaucoup pour cela, et pour le reste aussi d'ailleurs, car tous les deux s'entendaient à merveille ; parfois au grand dam de leurs parents !

Edgar, leur père, un peu grassouillet et souvent colérique, le leur reprochait souvent. C'était un grand avocat, reconnu dans tout le pays, qui avait brillamment réussi à gravir les échelons de la société, un caractère qu'avait hérité de lui sa fille : celui de choisir sa vie et de ne pas la subir, car désormais, il se félicitait : les portes qui lui étaient autrefois fermées enfant lui tendaient les bras, facilitant à lui et à sa famille, l'entrée dans le beau monde ; un monde qu'adorait fréquenter Helen, sa femme, pour les multiples connaissances qu'elle se faisait, ajoutant à son carnet d'adresses un nombre incroyable de personnes qu'elle qualifiait « d'aimables et charmantes ».

La sœur et le frère ne le voyaient pas de cet œil-là bien sûr, et si l'une n'aimait pas côtoyer ce monde pour les fausses attitudes qu'elle y voyait, les faux sourires de ceux qui cherchaient à séduire autrui dans le seul but de servir leurs intérêts, ce n'était pas tout à fait le même point de vue que le second qui s'en plaignait beaucoup moins.

En revanche, tous les deux s'accordaient à penser que ces personnes profitaient de la fortune de leurs parents. Maintes fois, ils s'étaient essayés à leur ouvrir les yeux, mais, comme à chaque fois, ils ne les croyaient pas. Et devant les rires et les plaisanteries que leur père et leur mère émettaient sur ces soirées, ils n'eurent bientôt plus le cœur de les avertir et avaient fini par laisser dire.

Ce jour-là ne fit pas exception à la règle.

— Vous souvenez-vous, Edgar, de la fois où Albert a eu son allergie en plein milieu de la soirée ? Le pauvre était tellement enflé qu'il en a pleuré.

— Oh oui, c'était vraiment très drôle ! Même si je doute que ce le fût pour lui. Il a toujours eu cette malheureuse hypersensibilité qui doit être vraiment pénible à vivre.

— C'est vrai. Avez-vous eu de ses nouvelles récemment ?

— Non, pas depuis quelque temps, mais il doit être occupé par son déménagement. C'est un grand changement tout de même que, de France, venir s'installer en Angleterre… Ils sont courageux.

— Il nous faudra les inviter, attesta Helen.

— Bien sûr, cela va de soi.

— Quand nous aurons quelques nouvelles, nous pourrions même organiser une soirée et les présenter à nos amis, proposa-t-elle.

— Je vous charge de ce travail, par conséquent, dit Edgar en souriant.

— Il m'enchante par avance.

Duncan et Katarina se regardèrent, sentant la proche obligation d'assister à cette fête.

— D'ailleurs, maintenant que j'y pense, reprit leur mère. Ce sera la première fois que nos enfants feront leur connaissance.

— Ils les ont déjà connus.

— Oui, mais ils étaient si jeunes ! Duncan avait cinq ans et Katarina à peine douze mois ! Je doute qu'ils s'en souviennent. Quoique Duncan, peut-être...

— Vous avez sans doute raison et il est vrai que le temps passe vite. Mais s'ils s'en souviennent, peut-être, dans ce cas, leur fils s'en souvient-il aussi ? Leur fils, insinua-t-il à sa femme.

Helen suivit le regard de son mari se poser sur leur fille et ils sourirent malicieusement. Katarina, elle, ouvrit de grands yeux, espérant avoir mal compris.

La discussion changea alors de sujet et Duncan prit les devants, avant que sa sœur ne répliquât.

— Demain, Katarina et moi allons à la librairie, dit-il. Vous faut-il quelque chose de particulier ?

— Non, réfléchit sa mère. Nous prendrons ce qu'il nous faut à Kirkbymoorside. Roger nous y accompagnera de toute façon.

— Serez-vous rentrés au soir ?

— Bien sûr. Nous faisons l'aller-retour simplement, n'est-ce pas, Edgar ?

— Nous n'en aurons pas pour longtemps.

— Faisons ainsi, donc.

Le lendemain matin, alors que leurs parents montaient dans le fiacre qui les conduirait jusqu'à Kirkbymoorside, Duncan et Katarina empruntaient le chemin vers le centre-ville. Une tout autre ambiance les y attendait : les marchands criaient dans les rues pour vendre leurs produits, les pauvres mendiaient ou se cachaient dans des ruelles, d'autres volaient, certains couraient et des enfants jouaient. On se bousculait, on marchandait, on chantait, on se disputait, on se pressait. On avait peine à croire qu'à quelques pas du calme pavillon des Kingsley se trouvait une ville animée et peuplée. Le frère et la sœur en avaient l'habitude et ne s'en souciaient guère plus ; cela faisait partie de leur quotidien et ils s'en accommodaient. Ils se fondaient d'ailleurs dans la population sans problème tant et si bien qu'ils trouvaient leurs sorties bien plus amusantes que les ennuyantes soirées mondaines auxquelles ils se devaient d'être présents. Ainsi, en passant dans les rues, les enfants et certains villageois ne manquaient pas de les saluer tandis que d'autres, moins amicaux, les ignoraient ou les insultaient, maugréant contre leur comportement de bourgeois parmi eux. Ce fut dans cette ambiance que Duncan et Katarina se rendirent à la librairie.

Katarina salua gaiement le libraire.

— Bonjour !

— Bien le bonjour, mademoiselle.

Maurice Gordon lui répondit poliment, serrant la main du frère. Il était le gérant de la boutique ; un vieux monsieur dont les cheveux gris pouvaient se compter sur les doigts d'une main et dont le cœur était aussi gros que le nez sur la figure. Il connaissait les deux jeunes Kingsley depuis longtemps, presque autant que depuis qu'il vivait là, au milieu de ce lourd silence et de l'odeur des livres qui plaisaient tant à ses fidèles visiteurs. Le parfum leur plaisait à tel point qu'il savait qu'un séjour parmi eux les revigorait pour les prochains jours. Le libraire avait ri la première fois qu'il les avait vus faire, et désormais encore, il en souriait.

— Vous savez, commença Duncan, nous ne nous y ferons jamais.

— Je vois ça, je vois ça, répéta le vieillard amusé. Nous avons chacun nos habitudes.

— Et quelles sont les vôtres, monsieur Gordon ? Je ne vous l'ai jamais demandé.

— Katarina ! la corrigea son frère.

— Quoi… ?

— Ha, ha, ce n'est rien. Voyez-vous, jeune fille, mes habitudes sont bien moins spéciales que les vôtres, mais, à chaque fois qu'un client me rapporte un ouvrage, je le pose ici et je constitue trois colonnes de huit livres exactement avant de les ranger.

— Les rangez-vous d'une manière particulière ?

— Non, pas vraiment. Les livres que les gens me rapportent sont déposés là au fur et à mesure. Plus un livre m'a été rendu tôt, plus loin il est sur la pile ; ceux que vous venez de me rendre sont donc ici.

— Et vous aurez bientôt celui-là, intervint Duncan en montrant l'ouvrage que tenait sa sœur. Elle dévore tout ce qui se lit.

— Je n'en doute pas. J'en ai cinq à elle sur ma pile de huit.

Katarina sourit au vieux monsieur qui enregistra son nouvel emprunt.

— En vous souhaitant une bonne lecture, lui sourit-il.

— Merci. Passez une bonne journée.

— Vous aussi.

— Au revoir.

Ils quittèrent alors la librairie et reprirent sur le chemin du retour. La ville était toujours aussi bruyante, mais les enfants et les paysans avaient laissé place aux bourgeois qui commençaient à peine leur journée. Vêtus de leurs plus beaux atours, ils passaient tête haute, fiers et méprisants, à côté du bas monde qui se tassait et se poussait pour laisser place à leurs tenues aussi imposantes que leurs ego. Duncan et Katarina les regardèrent passer avec dédain, bien qu'ils fussent du même milieu.

— Allons-nous-en, Duncan.

— Attends, il y a une charmante jeune fille qui…

— Plus tard, Roméo, on s'en va.

— Ne me laisseras-tu jamais aucune chance ? s'amusa-t-il à dire.

— Je n'ai pas besoin de t'en laisser, tu n'en as pas, continua-t-elle.

— C'est méchant.

Elle lui tira la langue et ils se remirent en route. Mais bientôt, ils furent de nouveau arrêtés.

— Monsieur Kingsley !

Duncan et sa sœur se retournèrent.

— Oui ?

— Mademoiselle, salua le coursier essoufflé, avant de se retourner vers le grand brun. Tenez, voici pour vous. On m'a demandé de vous remettre ceci au plus vite.

— Est-ce urgent ?

— N'y a-t-il rien de grave ? demanda Katarina.

— Oh, non, je ne crois pas, mais l'homme qui me l'a confiée m'a bien dit de la remettre dans les plus brefs délais à M. et Mme Kingsley, vos parents. Il ne parlait pas très bien anglais. Cela devait être un domestique étranger, je pense. Pourriez-vous la leur remettre ?

— Bien sûr. Merci bien.

La cadette et l'aîné se regardèrent ; ils pensaient certainement à la même chose.

— Qui en est l'expéditeur ? questionna la jeune fille.

— Il est écrit qu'elle vient de France, de la part de M. et Mme de... La... Courtepiert ?

— Les La Courtepiert ?

— Très difficile à prononcer, leur nom. Ils n'ont pas fait dans la simplicité, commenta son frère pour lui-même.

— Ne sont-ce pas les amis dont Papa et Maman attendent les nouvelles ?

— Peut-être bien... Ah, mais si, se souvint-il. Ils en ont parlé hier. Nous devrions nous dépêcher de la leur remettre.

Mais ce ne fut qu'en soirée qu'ils purent la leur restituer. Autour de la table, Edgar et Helen ne se préoccupaient plus de leur voyage et exprimaient désormais leur joie et leur impatience devant le morceau de papier, tandis que Katarina et son frère lisaient paisiblement dans le salon à côté, non sans tendre une oreille curieuse.

— Alors, Edgar, que disent-ils ?

— Oh, Helen, je crois que vous allez vous réjouir.

— Vraiment ? Qu'attendez-vous ? Lisez-la-nous.

— Bon, bon. Voici :

Mon cher Edgar, ma très chère Helen,

Je vous écris ce mot d'une petite fenêtre d'un hôtel du nord de la France, dans lequel nous résidons actuellement, avant notre prochain départ pour l'Angleterre. Voilà le grand jour arrivé et vous recevrez certainement cette lettre quand nous serons déjà parvenus à Londres. Il faut vous l'avouer, nous sommes un peu anxieux de ce nouveau départ, bien que l'excitation grandît chaque jour un peu plus. Pour la première fois depuis trente-cinq ans, nous quittons notre très chère Bretagne ; et cela, non sans un pincement au cœur, car c'est là-bas que j'ai rencontré ma chère et tendre, mais aussi vous, mes chers amis.

Il y a un moment que nous nous connaissons maintenant et je peux vous dire sans crainte que nos retrouvailles sont, cette fois, proches et certaines. Nous devrions arriver à Londres demain après-midi et, si tout se passe bien, nous serons à Scarborough début juillet, le trois du mois au plus tard, dans la matinée.

J'espère que nos retrouvailles seront joyeuses, que nos relations évolueront plus étroitement et que notre nouvelle habitation ne nous séparera guère longtemps ; le voyage de Scarborough à Helmsley sera toujours moins fastidieux que l'aller-retour Brest-Helmsley, vous en conviendrez, Edgar.

Nous avons hâte de vous revoir et nous espérons vous voir promptement dans les jours suivant notre arrivée. Aussi, pour cela, ma femme me demande expressément de ne pas oublier de vous informer que nous tiendrons un bal dans le mois, dès que nous serons définitivement installés et que notre situation se sera stabilisée, et où nous espérons pouvoir compter sur vous.

En attendant mes amis, recevez mes amitiés les plus sincères.

Bien à vous,

Albert de La Courtepiert.

— Vous entendez cela, chéri ? s'exclama Helen, enchantée. Que de bonnes nouvelles nous avons là ! C'est merveilleux ! J'ai hâte de pouvoir les revoir ! Et puis, quelle idée fantastique pour cela qu'un bal ! Ils sont si généreux ! Nous irons, n'est-ce pas ?

Katarina et son frère se jetèrent un coup d'œil ; c'était une question dont ils connaissaient déjà la réponse.

— Bien sûr que nous irons et nous allons même les devancer par une soirée afin de les présenter à nos amis et leur souhaiter tous ensemble la bienvenue.

— Quoi de mieux pour les intégrer, en effet ? Vous avez les idées, mon cher.

— Je m'en vais de ce pas leur répondre. Nous préparerons une fête grandiose.

— Je vous y aiderai de mon mieux.

— Roger ? appela Edgar en s'asseyant au bureau de sa femme près de la fenêtre.

— Oui, monsieur ?

Il le surprit derrière lui.

— Ah, vous étiez là ? La voiture est-elle encore attelée ?

— Oui, monsieur.

— Fort bien. Nous irons la poster dès qu'elle sera achevée.

Et tandis que Edgar prenait la plume, Helen se glissa jusqu'à ses enfants.

— Vous en rendez-vous compte, mes chéris ? Vous allez faire la rencontre de nos plus grands amis. Vous verrez, ils sont charmants et leur fils est un diamant brut.

Duncan et Katarina sourirent en coin devant l'extase de leur mère.

— Comme il a dû grandir depuis ! Je ne l'ai pas vu depuis ses quatre ans. Ce qu'il était mignon avec sa petite tête toute blonde, commença-t-elle à développer, nostalgique et attendrie à la fois du temps passé. Il avait de si beaux yeux, d'un bleu comme je n'en ai jamais vu ! Un mignon petit homme. Il doit avoir près de vingt-cinq ans, maintenant… vingt-quatre, peut-être ?

— Maman, pouvez-vous nous laisser, s'il vous plaît ?

— Mais voyons, ma chérie, dit-elle en la prenant si fort dans ses bras que Duncan se moqua d'elle. Ne voyez-vous pas là un jeune homme avec qui vous pourriez faire votre vie et vous marier ? Il n'est pas fiancé à ce que je sais : c'est l'occasion idéale.

— Oh, oh, pensa son frère. Le mot de trop.

— Maman, s'énerva un peu la rousse. Comment voulez-vous que j'épouse un homme que je ne connais même pas ?

— Mais nous le connaissons, nous, et il ferait un parfait mari, s'émerveilla sa mère à cette pensée.

— Non, vous connaissez un petit garçon de quatre ans, pas de vingt-quatre ! fit-elle en se levant. Maintenant, je monte me coucher. Bonne nuit.

Helen prit alors la place de sa fille dans le fauteuil et se tourna vers son fils.

— Vous l'épouseriez, vous, n'est-ce pas ?

Duncan arqua un sourcil, mais sa mère poursuivit :

— Il a une fortune considérable et nous connaissons ses parents depuis longtemps. Ils auraient eu une fille, nous aurions demandé à ce qu'elle vous épouse, mais, là, c'est à Katarina qu'il revient, enfin si la proposition tient toujours bien entendu, soupira-t-elle à mi-voix. Après tout, Jean-Charles pourrait choisir une autre fille.

— Il s'appelle Jean-Charles ? se surprit Duncan.

— Oui, pourquoi ?

Il sourit.

— C'est quoi, ces noms bizarres ?

— Oh, le corrigea sa mère, c'est français.

Duncan haussa les épaules et partit se coucher.

— Bonne nuit, Maman, et ne vous tracassez pas trop avec ces histoires ; attendons au moins de les voir.

— Oui, vous avez raison, mais vous savez comme je m'emporte dans ces cas-là. Je veux simplement que vous ne viviez pas dans le besoin comme votre père et moi quand nous étions jeunes. C'est tout.

— Nous le savons, Maman, lui dit Duncan en l'embrassant, mais nous avons encore le temps.

— Oui, bien entendu, mais ne traînez pas trop non plus, je veux voir grandir mes petits-enfants.

— Vous les verrez grandir, s'amusa-t-il. Bonne nuit.

— Bonne nuit, mon chéri.

Duncan partit alors se coucher, bientôt suivi de son père et de sa mère qui attendaient avec impatience de revoir, enfin, leurs amis.

Chapitre 2

Trois jours plus tard, la famille Kingsley reçut une réponse positive à leur invitation à dîner et, sitôt après, la maîtresse de maison fit ordonner un grand changement. Pour l'occasion, trois serviteurs furent embauchés, deux femmes et un homme, afin d'aider Roger dans ses tâches quotidiennes vers lesquelles ils furent conduits sans tarder ; c'était un lundi après-midi, quelques jours à peine avant la réception.

—Je vous souhaite la bienvenue dans notre humble demeure, commença Edgar, ravi, sous leurs salutations respectueuses. Il est inutile de vous préciser que je suis le propriétaire de cette maison et que j'attends de vous que vous soyez à la hauteur de la tâche. Ma femme, Helen, sera votre interlocutrice privilégiée, ainsi que mon domestique, Roger. Vous devrez vous référer à eux en cas de besoin et pour tout ce qui concerne la réception. Quant à mes enfants, Duncan et Katarina, ils pourront vous aider si jamais vous êtes perdus dans le fonctionnement de la maison. Nous recevons jeudi nos plus grands amis et, à ce titre, j'en attends de vous les plus grands services ; aussi, j'espère que tout sera prêt à temps.

— Ce le sera, monsieur.

— Bien. Par conséquent, nous saurons vous offrir nos plus chaleureuses recommandations pour votre emploi futur. Mais pour le moment, au travail ! Il me semble qu'il n'y ait guère plus d'autres informations à vous donner. Helen ?

— Oui ?

— Je vais porter les autres invitations. Je serai de retour sous peu.

— Entendu. Par ici, mesdames et monsieur. Suivez-moi.

Les nouveaux venus suivirent la maîtresse tandis que Katarina et Duncan, restés dans le coin, les regardèrent partir sans rien dire ; ils avaient dû écourter leur séjour dans la forêt pour revenir un peu plus tôt les accueillir, mais, maintenant que c'était fait, et si rapidement, ils se trouvaient bien embêtés.

— L'homme m'avait l'air austère et son allure générale de peu de confiance, commenta la cadette, entraînant son frère à l'étage. Barbu et costaud comme il l'est, il m'a fait penser au menuisier du village ; il va sans doute s'occuper des meubles.

— Ce que j'ai remarqué, moi, c'est que l'une des deux femmes avait de belles mains et que l'autre les avait toutes abîmées, aussi robustes que l'homme.

— Comment as-tu fait pour voir leurs mains d'où nous étions ? Et puis, ce n'est pas ce que l'on voit d'abord.

— J'ai l'œil, très chère sœur, dit-il.

— Pour ce qu'il te plaît, j'ai l'impression. Qu'as-tu remarqué d'autre ? Leurs jolies épaules ?

— Rien qui ne soit plus intéressant, et toi ?

— Pas plus que je te l'ai dit. Je pense que l'homme va s'occuper des travaux de la maison tandis que les femmes vont se charger de la cuisine et de la décoration.

— Je n'en suis pas aussi sûr.

— C'est ce qu'on verra.

— Parions-nous ?

— Parions.

Et, effectivement, au terme de ces quelques jours, Katarina fut forcée de reconnaître que Duncan avait eu raison : l'homme avait toujours cuisiné avec Roger, tandis que les deux femmes s'étaient toujours attelées au nettoyage et au rangement de la demeure. Elle dut alors lui rendre, en gage de son pari perdu, le crayon qu'elle lui avait une fois soutiré.

— Ne le prends pas mal, petite sœur, mais c'était couru d'avance.

— Comme si cela me touchait, dit-elle en feignant l'indifférence. Tu ferais mieux d'aller te préparer, les invités ne vont pas tarder et...

Elle le détailla soudain de la tête aux pieds en riant :

— Tu as beaucoup de travail à faire !

— C'est cela, amuse-toi ! Mais rira bien qui rira le dernier.

Puis chacun entra dans sa chambre respective où il se prépara.

De leur côté, les domestiques avaient fini leur travail : la maison était métamorphosée et le salon de réception, habituellement lourd de bibelots et de meubles pêle-mêle, égayé de manière stupéfiante ! Tout était à sa place, de la porcelaine aux vieux souvenirs, en passant par les cadres familiaux et les bureaux, chacun avait retrouvé sa fonction. La tapisserie d'ambre en paraissait plus claire et se joignait maintenant à la moquette dans une ravissante teinte qui s'était perdue un temps. En dessous de la fenêtre, en revanche, le petit secrétaire de la maîtresse de maison était demeuré intact, sous les ordres de sa détentrice qui aimait s'y asseoir à toute heure en regardant, au-dehors, les gens se promener et bavarder.

Ainsi, une nouvelle ambiance avait été créée et, le travail terminé, les maîtres furent heureux de contempler le vaste lieu qu'ils possédaient en réalité ; à n'en pas douter, ils allaient impressionner. Et leurs tenues n'étaient pas sans ajouter à ce faste. La dame, aidée par les deux domestiques pour l'occasion, avait choisi de porter une robe d'un bleu profond qui s'accordait admirablement avec sa chevelure rousse, nouée en une belle natte et relevée élégamment en cercle autour de sa tête. Les servantes l'avaient ensuite parée de ses plus beaux bijoux argentés et lui avaient apporté les gants de soie bleue qu'elle adorait. Edgar, son mari, ne fut aidé que de lui-même pour sortir son costume des grandes occasions et sa plus belle cravate. Quant à ses enfants, ils ne demandèrent aucun soutien. Duncan s'habilla fort simplement et ajouta à sa tenue son nœud papillon rouge préféré. Pour le reste, il laissait agir son charme naturel, disait-il, ravageur, et sur lequel sa sœur ne manquait pas de taquiner, surtout lorsqu'il renonçait à nouer ses ondulants cheveux noirs. Quant à elle, vêtue d'une robe rouge pâle parsemée de dentelles, avec, pour seuls bijoux, un bracelet argenté à peine retenu sur son poignet et un camé autour du cou, elle lissa les siens, d'un bel auburn, et les releva en un chignon élégant duquel elle laissa échapper quelques mèches rebelles. De cette manière, Roger et le dernier employé furent libérés de leurs tâches et purent s'occuper tranquillement des derniers préparatifs, avant l'arrivée des invités.

Les premiers à se présenter furent ceux de la famille Dashwood, dont le gentilhomme, John de son prénom, vivait à Rievaulx avec sa femme, Bessie, et ses deux enfants, Charlotte, âgée de huit ans et Rudolph, âgé de cinq ans. Ils étaient tous d'élégante allure et les parents étaient réputés dans tout le voisinage comme de riches personnes influentes, mais peu aimés de la population et des commerçants qui les entouraient. Katarina et Duncan ne les appréciaient absolument pas, mais faisaient les efforts nécessaires de politesse et de bonne entente pour ne pas froisser leurs parents.

On les conduisit alors au salon où ils furent bientôt rejoints par d'autres familles telles que les Rainsway, les Herbert et les Mainsworth, toutes issues des grands cercles mondains. Leurs oncles et tantes ne tardèrent guère à faire leur entrée eux aussi. Tante Rosalie Sappleton et tante Mary Kingsley discutèrent aussitôt ensemble, tout comme leurs maris respectifs, Oscar Sappleton et Horace Kingsley, frère d'Edgar, qui plaisantaient déjà avec les autres invités. Bientôt, le salon fut comble et on attendit dans une folle impatience les amis français qui n'étaient pas encore arrivés. Pour patienter, on discuta dès lors de la santé de l'un, des vacances de l'autre, vantant les mérites des uns, renchérissant sur les valeurs des autres, plaignant parfois les voisins de leurs malheurs, avant de montrer que, chez soi, c'était bien pire ; et ce, jouant toujours de maintes expressions toutes trouvées qu'il convenait de placer de temps à autre.

Une heure passa ainsi dans un ennui mortel quand, soudain, Katarina et Duncan, qui étaient assis près de la fenêtre, aperçurent une belle voiture s'arrêter devant chez eux. Intrigués, leurs regards se tournèrent vers cette nouvelle arrivée d'invités dont ils devinaient aisément l'origine. Le salon était envahi d'une multitude de connaissances, plus ou moins lointaines, mais ceux dont ils attendaient impatiemment l'arrivée étaient encore absents ; cela ne pouvait être personne d'autre que la famille de La Courtepiert.

Aussi, ils fixèrent attentivement le chemin, tentant d'apercevoir les personnes qui faisaient l'objet de si élogieux compliments et qui feraient, dès à présent, partie intégrante de leur vie. Mais ce qu'ils virent d'abord, ce fut la richesse de la voiture ; les voyageurs avaient dû la faire venir exprès de Scarborough, car elle ne pouvait être l'une de celles qu'on pouvait trouver à la gare. Elle était proprement stylisée, à la dernière mode, et avait quatre roues, comportant également une capote qui permettait à leurs détenteurs, en fonction de leurs envies, d'être vus ou non. Pour ce soir, et sans doute pour préserver les étrangers des curieux, elle était tirée ; si bien que le frère et la sœur ne purent encore les deviner. Puis bientôt, la voiture s'arrêta. Deux domestiques descendirent du siège arrière du fiacre et se précipitèrent pour ouvrir à leurs maîtres. Alors seulement, Duncan et Katarina les rencontrèrent.

L'homme sortit le premier. De taille moyenne et de haute stature, il avait le visage fin et long, possédant des traits légèrement épais, mais sans être agressifs. Il était roux et ses cheveux, plaqués en arrière, lui donnaient l'aspect de quelqu'un soucieux de son apparence ; sa moustache elle-même paraissait être taillée dans cette optique, élégante et proprement entretenue.

Il descendit, son chapeau melon replacé sur sa tête, et un sourire étira ses lèvres lorsqu'il fut rejoint par sa femme. Elle était très grande, plus grande que son mari, et elle était très belle. Son visage avait la même forme que celui qui se tenait à ses côtés, un peu plus longiligne que large, reposant sur un long cou au-dessus duquel ses cheveux blonds des blés étaient gracieusement relevés en une magnifique tresse. Elle avait un port fort élégant et regardait autour d'elle, curieuse, ses lèvres étirées en un magnifique sourire, lorsque son époux lui désigna les fleurs de l'allée.

Elle impressionna grandement Duncan et Katarina, et ils auraient bien aimé savoir ce que ces deux époux échangeaient tout bas, car voir leur enthousiasme en admirant la maison leur donna l'impression que, pour une fois, leurs parents ne s'étaient pas trompés : les nouveaux arrivants avaient l'air d'être vraiment de très bons amis.

Ils tirèrent alors le rideau et se levèrent prestement lorsque Roger entra dans le salon, informant ses maîtres que leurs amis tant attendus étaient enfin arrivés.

— Excusez-moi, monsieur, mais M. et Mme de La Courtepiert sont arrivés.

— Fort bien, Roger. Allons-y.

— Veuillez nous excuser, s'inclina poliment Mme Kingsley, soudain tout excitée. Nous revenons dans un instant.

Duncan et Katarina aussitôt les suivirent.

Dans le vestibule, une lumière brillait au-dessus d'eux ; ils les entendaient approcher, nerveux. Depuis le temps que leurs parents leur en parlaient, ils angoissaient, soucieux de leur plaire. Leur père et leur mère ne semblaient guère dans un meilleur état et ce fut dans la confusion et l'agitation qu'ils leur firent ces dernières recommandations :

— Surtout, insista Edgar. Faites un effort et soyez charmants.

— Ne faites rien de stupide, ajouta Helen.

— Ce sont des gens bien.

— Et d'influence importante dans leur pays, bientôt dans le nôtre, faites-nous plaisir.

Acquiesçant timidement, leurs enfants se tournèrent vers leur domestique qui ouvrait la porte où les La Courtepiert apparurent, plus intimidants encore qu'à l'extérieur.

— Bonsoir, mes amis ! s'exclama aussitôt fort haut le roux, les yeux pétillants de bonheur. Cela faisait si longtemps !

— Albert ! se réjouit à son tour Edgar. Bonsoir. Bonsoir, Juliette. Comme nous sommes heureux de vous revoir après tout ce temps. Comment vous portez-vous ? Avez-vous fait bon voyage ?

— On ne peut mieux, n'est-ce pas, ma douce ? Depuis que nous nous sommes installés, tout se passe très bien, nous sommes ravis. Cela nous manquait tant de vous voir, vraiment.

— Et nous donc ! renchérit Edgar. Je ne compte plus les mois où nous n'avons pas travaillé ensemble.

— Oui, c'est vrai que, ces derniers temps, nous n'en avons eu l'occasion, mais que dire de nos femmes ? Vingt ans ! Vous en rendez-vous compte ? Une si longue absence nous pesait énormément, surtout la vôtre, ma douce Helen. Je ne vous ai pas vue depuis tant d'années ! Comment vous portez-vous depuis ? Je veux tout savoir.

— Je me porte très bien, réjouissez-vous. Votre présence me manquait cruellement.

— Ravissant, je vous en suis obligé et je vois que l'âge a ajouté à votre splendeur naturelle.

— Vous me flattez, Albert, dit-elle en rougissant, heureuse de tant de flatteries.

— Mais une femme telle que vous mérite que je lui témoigne ces modestes compliments.

— Dites donc, Albert, l'interrompit sa femme. N'auriez-vous pas oublié ma présence ?

— Bien sûr que non, ma douce, dit-il en l'embrassant.

Edgar, Helen et leurs enfants s'offusquèrent aussitôt de ce baiser public tandis que Juliette de La Courtepiert, l'épouse au long cou, regardait suspicieusement son mari, avant de remarquer soudain, les deux jeunes gens qui attendaient derrière leurs parents.

— Oh, mais que vois-je, Helen ? Sont-ce là vos enfants ? Duncan et Katarina ? prononça-t-elle à la française.

Helen obliqua vers ses enfants qui rencontraient, pour la première fois depuis des années, les La Courtepiert.

— Oh, oui, mais où avais-je la tête, reprit-elle. Voici Duncan, l'aîné.

— Bonsoir, s'inclina-t-il.

— Et sa jeune sœur, Katarina.

— Bonsoir, répondit-elle à son tour.

— Oh ! comme ils ont grandi ! s'exclamèrent les Français.

— Ils sont magnifiques, ajouta Juliette en répondant à leurs politesses. Comme vous êtes devenu bel homme, Duncan !

— Je vous remercie, madame.

— Vous ne vous souvenez certainement plus de moi, n'est-ce pas ? demanda-t-elle, une pointe de regret dans la voix. Mais je me souviens de vous quand, votre mère et moi, nous nous réunissions. Vous jouiez avec mon fils dans le sable de Bretagne tandis que mademoiselle était dans mes bras. Vous étiez si proches en ce temps-là, mais c'est si loin maintenant et vous avez tellement changé ! Quel âge avez-vous maintenant ? Vingt-cinq ans ?

— Oui, madame, répondit poliment Duncan. C'est tout à fait cela.

— Quel beau jeune homme, vraiment !

Le grand brun sourit fièrement face à sa sœur qui arqua un sourcil.

— Et vous, Katarina, quel âge avez-vous ?

— Vingt et un ans, madame.

— Comme cela passe vite. Vous êtes ravissante, une très belle femme, admit-elle sous l'approbation de son mari. Êtes-vous fiancée ?

— Non, madame.

— Notre fils sera très certainement ravi de faire votre connaissance, ou de la refaire, ajouta-t-elle à l'intention de l'aîné des Kingsley.

— Nous en serions ravis, lui dit Duncan, encore réjoui du compliment.

— À ce propos, s'enquit Helen. Qu'en est-il de votre fils ? N'est-il pas avec vous ?

— Hélas, non ! répondit Juliette. Il a été rappelé en France pour une affaire urgente. Il a dû partir en hâte ce matin, mais il nous a demandé de l'excuser auprès de vous et de vous souhaiter le bonsoir.

— Oh, comme c'est dommage, vraiment ! avoua-t-elle, déçue. Vous le remercierez néanmoins chaleureusement de sa sollicitude. Quand pourrons-nous espérer le voir ?

— Il y aura maintes occasions à l'avenir, ma douce Helen, intervint Albert pour sa femme. Notamment au bal que nous préparons. D'ailleurs, nous ne nous sommes pas excusés pour notre retard, c'est impardonnable.

— Allons, ne vous en faites pas, reprit Edgar, le principal étant que vous soyez arrivés. Nous n'attendions plus que vous. Entrez donc, nous allons vous introduire auprès de nos amis.

— Ah, c'est fort aimable à vous, mon cher.

— Par ici, je vous prie.

Ils rejoignirent ainsi les autres invités dans le salon où l'animation occupait tous les convives. Katarina et Duncan les y suivirent avant de se diriger vers le buffet où nombre de mets étaient posés. Puis, ils allèrent se rasseoir devant la fenêtre près de laquelle le bureau était toujours coincé entre plusieurs chaises, et où Roger leur apporta quelques rafraîchissements avant de les quitter pour les invités.

La cadette et son frère restèrent un moment silencieux, buvant tranquillement leur verre, avant que, soudain, pris d'un élan, Duncan commenta :

— Ils avaient l'air contents de se retrouver.

— C'est vrai, il fait chaud au cœur de voir des gens sensés.

— Oui, et ils étaient très gentils. Je ne m'attendais pas à cela.

— J'avoue que moi non plus, mais je préfère attendre encore un peu pour me faire une opinion d'eux. Ce n'est que le début après tout et cela faisait si longtemps qu'ils ne s'étaient pas vus ! D'ailleurs, n'aurais-tu pas quelques commentaires sur leurs mains à nous fournir qui pourraient nous éclaircir ? s'amusa Katarina.

— Non, sous les gants, jusqu'à présent, je ne vois rien, dit-il en souriant. Et toi, un commentaire sur la moustache de monsieur peut-être ?

— Non, rien, admit-elle.

— En tout cas, tu as raison : mieux vaut être prudent avant de les juger, mais je ne doute pas de leur bonne volonté.

— Dis surtout que tu as été charmé par Mme de La Courtepiert, plaisanta-t-elle. Elle t'a trouvé particulièrement à son goût, n'est-ce pas ? Et quels éloges ! Êtes-vous si proches ?

— C'est parce qu'elle m'a connu lorsque j'étais enfant. Et puis, tu peux parler ! Tu as eu l'air de plaire à son mari. Il avait des étoiles dans les yeux.

— Tu plaisantes ! Il regardait Maman de la même manière.

— Tu lui ressembles, alors.

— Eh bien, soit, Maman est très belle, mais, heureusement, je n'ai pas son mauvais caractère.

Duncan ne put s'empêcher de pouffer de rire.

— Quoi ? Pourquoi te moques-tu ?

— Mais pour rien, petite sœur. Reste comme tu es et ne change pas surtout !

Et, après lui avoir ébouriffé les cheveux, il se leva et alla chercher une cavalière ; les danses commençaient.

La suite de la soirée se déroula comme à son habitude : aux quatre coins du salon, des femmes discutaient, de l'autre des hommes plaisantaient sur les clients qu'ils recevaient dans la journée, quand d'autres encore grignotaient ce que les domestiques avaient préparé. La jeune Kingsley faisait partie de ceux-là. Elle préférait rester assise sur sa chaise bien tranquillement, en regardant ici et là le monde s'amuser plutôt que de se joindre à eux et à la fausseté du moment. Elle n'aimait guère l'hypocrisie et la pitié de certains jeunes hommes à son égard qui, ayant fait le tour des cavalières, se sentaient obligés de l'inviter. Nombre d'entre eux pourtant s'étaient proposés de la divertir, mais Katarina prétextait toujours poliment qu'elle avait déjà refusé l'offre d'autres messieurs et qu'elle était contrainte, par égard pour eux, de se refuser aux suivants. Ils s'en allaient alors, tête haute et torse bombé, conquérir d'autres demoiselles qui s'empressaient aussitôt d'accepter, un sourire collé aux lèvres en les voyant arriver. La rousse ne pouvait s'empêcher de maugréer contre leurs comportements : pour un peu qu'une jeune fille se hâtât auprès d'eux, ils l'acceptaient sans rechigner et s'en contentaient jusqu'à la suivante. Ce n'était pas ce qu'elle voulait. Elle espérait davantage et il fallait dire que la soirée ne lui apportait pas satisfaction. Elle se leva prestement et, observant le temps qu'il faisait dehors, décida de sortir.

Il faisait déjà sombre dans le jardin derrière la maison et deux petites lanternes brillaient de part et d'autre de la porte de la cour ; l'une éclairant la cuisine, l'autre se reflétant sur la grande vitre du salon que Katarina venait si prestement de quitter.

Ici, tout était calme et la nuit d'été permettait encore de se promener agréablement sans crainte de se retrouver toute seule dans le noir. La roseraie se trouvait près d'un banc de pierre qui était posé à gauche de la porte, entouré par un buisson proprement taillé. Autour du jardin, parsemé de mille et une fleurs, se dressaient de grands arbres qui limitaient le territoire des Kingsley avec la forêt. C'était une étendue moyenne que possédait là la famille, mais assez vaste pour pouvoir s'y promener ou s'y reposer. D'ailleurs, l'odeur de la nuit commençait à arriver et les douces senteurs des fleurs chatouillaient les sens de la jeune femme.

Il faisait bon ce soir-là et le ciel était totalement dégagé. Katarina leva les yeux et contempla, dans un silence paisible, les étoiles apparaître dans cet océan bleu. Elle avait pris très tôt pour habitude de sortir se réfugier parmi les arbres lorsque la situation l'ennuyait ou la dérangeait ; et, lorsqu'elle ne se plaisait pas dans une soirée, elle quittait discrètement l'assemblée pour venir se détendre et penser à l'abri des regards. Jusqu'alors, elle n'avait connu rien d'autre. Personne ne l'avait sortie de cet état et personne ne l'avait gardée assez longtemps lors d'une réception pour remédier à cette situation. Cela ne l'ennuyait guère, mais, parfois, elle aspirait à autre chose. Aussi, comme les autres fois, elle resta immobile quelque temps, seule, lorsque quelqu'un la rejoignit.

— Alors, petite sœur, c'est comme cela que tu t'amuses ? demanda Duncan.

Elle se retourna vers lui et lui sourit.

— C'est bien plus calme ici, mais toi, ne danses-tu pas ?

— Si, mais j'ai assez donné ; quatre ou cinq demoiselles en furent ravies.

— Tant mieux pour elles.

— Et toi ? Je t'ai vue refuser maintes fois des invitations. Tu aurais pu danser, au moins pour faire plaisir à Papa et Maman.

— Je ne crois pas qu'ils s'en préoccupent. Ils sont bien trop accaparés par M. et Mme de La Courtepiert.

— C'est vrai, admit-il. D'ailleurs, à ce propos, quand je suis passé près d'eux, je les ai entendus dire qu'ils avançaient grandement dans la préparation de leur bal et que, bientôt, nous pourrions fêter leur arrivée, si nous voulons toujours les honorer de notre présence.

— Nous le serons de toute évidence.

— Je crois bien. Papa et Maman étaient ravis qu'ils le leur rappellent.

— D'autant plus que nous n'avons pas encore vu leur fils, renchérit-elle. Ce doit être une raison de plus à leur impatience ; nous savons d'ores et déjà quel sera leur prochain sujet de conversation.

— En effet, répondit-il à son sourire. D'autant qu'il a dû changer. Imagines-tu les spéculations auxquelles nous aurons droit ?

— Je ne préfère pas. Au fait, j'ai entendu dire Papa et Maman que tu pouvais t'en souvenir, mais je ne t'ai guère entendu leur répondre. Qu'en est-il ? Te souviens-tu de lui ?

— Vaguement, il m'en reste quelques petites choses ; pas comme toi, je présume, qui avais à peine un an, se mit-il à rire.

— Je ne vois pas ce qu'il y a de drôle.

— C'est vrai, se reprit-il. Absolument rien.

Puis il se tut, un sourire collé aux lèvres. Sa sœur s'impatienta.

— Vas-tu donc me dire à quoi il ressemblait ?

Son frère se mit à nouveau à rire.

— Ah, petite sœur, j'étais sûr que tu n'attendrais pas plus longtemps avant de me le demander, mais pourquoi ne patienterais-tu pas pour une fois ?

— Pourquoi attendre ?

— Tu aurais une bonne raison d'aller chez eux et ta curiosité serait satisfaite. Jusque-là, ton imagination va devoir travailler et nous verrons bien où cela nous mènera.

— Je vois. Comme tu voudras. De toute façon, nous serons bientôt fixés.

— Je doute que cela dure longtemps, en effet. D'ici deux semaines, nous y serons.

Ils passèrent ainsi le reste de la soirée ensemble lorsqu'ils furent demandés pour raccompagner les invités. M. et Mme de La Courtepiert, à défaut d'être arrivés à l'heure, furent les derniers à les quitter.

— Nous avons été très heureux de vous revoir, dirent-ils sur le palier. Et nous serons très heureux de vous accueillir d'ici quelques jours chez nous.

— Nous en serons très touchés.

— Nous vous ferons parvenir prochainement une lettre qui vous tiendra au courant des événements. Nous attendrons également que notre fils soit revenu, il ne faudrait pas que vous le ratiez cette fois.

— Oui, bien entendu, et ce serait avec grand plaisir. Nous reparlerons en même temps de notre proposition.

— Cela va sans dire.

Katarina et Duncan s'observèrent, intrigués, mais, bientôt, ils furent salués par Albert et Juliette et en oublièrent toute suspicion. Les au revoir prirent fin et, après multiples promesses, la voiture des La Courtepiert disparut.

Chapitre 3

Le lendemain matin, ayant très peu dormi à cause de l'heure tardive à laquelle les invités étaient partis, la famille de Katarina reprenait déjà ses habitudes. Aussi, quand la jeune femme se leva dans la matinée, elle ne fut pas surprise de savoir son père, Edgar, au tribunal, son frère encore endormi et Roger dans le salon à servir sa mère qui écrivait, semblait-il, au vu de sa concentration, quelque chose de très important.

— Bonjour, Maman.

— Oh ! Bonjour, chérie, fit Helen, surprise de la trouver près d'elle. Comment allez-vous ?

— Comme un charme, et vous ?

— On ne peut mieux ! La soirée a été formidable, n'est-ce pas ? Qu'avez-vous pensé de nos amis ?

— Ils avaient l'air charmants, mais je ne saurais guère en dire davantage, je n'ai pas vraiment eu l'occasion de leur parler.

— Cela s'arrangera plus tard, j'en suis sûre.

Katarina se rapprocha de sa mère, une tasse de thé à la main.

— Qu'écrivez-vous ?

— Je réponds favorablement à l'invitation laissée par nos amis.

— Déjà ? Mais nous venons à peine de les recevoir !

— Ne vous inquiétez pas, elle n'est pas pour tout de suite. En attendant, la lettre doit être parfaite.

— Bon, alors, je vous laisse. Bon courage.

— Merci. Ah, au fait ! Votre frère vous a laissé un mot avant de partir ce matin ; il est sur la cheminée.

— Duncan est-il parti ?

— Ce matin, oui, juste après votre père. Il a dit qu'il avait été demandé pour le travail.

— Ah... bon. Si vous me cherchez, je serai dans ma chambre.

Mais sa mère ne l'écoutait déjà plus, absorbée par sa tâche d'épouse. Katarina prit à ce moment-là le mot laissé par son aîné et se réfugia dans sa chambre.

Dans sa petite pièce aux meubles garnis de livres et de chandelles, elle s'assit sur le rebord de la fenêtre dont le renfoncement lui permettait de s'installer à son aise et de s'y sentir tranquille. Le rideau tiré derrière elle, elle regarda l'horizon : la forêt s'étendait à perte de vue et les masses volumineuses des feuilles cachaient tous les sentiers qu'elle avait l'habitude de fouler. Le soleil n'illuminait guère cette étendue qui paraissait bien sombre et la pluie battante la frappait violemment, rassasiant les arbres de leur soif. La rousse pensa à son frère, parti travailler elle ne savait guère où, peut-être sous cette terrible averse ou à l'abri dans un bureau, et qui lui avait laissé ces seuls mots :

Un indice : il est blond.

Katarina sourit. Duncan était vraiment un garçon original : au lieu de lui laisser un mot comme « je serai de retour dans une heure », il lui offrait quelque message auquel elle ne s'attendait pas. D'ailleurs, elle ne savait jamais quand il rentrait, et ses parents n'en savaient guère plus ; il pouvait revenir à la maison le soir même, comme un mois plus tard, sans qu'aucun d'eux ne sache réellement ce qu'il faisait. Son frère disait que son métier était sans danger et qu'ils n'avaient pas à s'inquiéter ; mais si leur père et leur mère s'étaient accommodés de cette explication, Katarina pensait, elle, au contraire, que si c'était un métier sans risque, il ne le leur cacherait pas.

Perdue ainsi dans ses pensées, elle se réveilla lorsqu'un violent orage éclata soudain. Vite remise, et plus surprise qu'autre chose, elle observa dehors la tempête déchirer le ciel et s'abattre sur l'immensité verdoyante comme si, là-bas, le dieu des Enfers s'enflammait de colère.

Elle sourit à cette idée.

Si les habitants savaient ce qu'elle pensait de leurs superstitions et ce qu'elle en faisait, ils n'en riraient pas aussi bien qu'elle et cela ne contribuerait en rien à éradiquer leur peur de la forêt. Tout le monde évitait de passer par là, quoi qu'il puisse s'y passer, mais la rousse, au contraire, s'y rendait avec enthousiasme. Elle adorait ce genre d'endroits, ces lieux sordides et angoissants où elle pouvait tout imaginer jusqu'aux situations les plus macabres. Bien que ce fussent des coins oppressants, ce type d'environnement l'exaltait. Aussi s'y rendait-elle parfois la nuit avec son frère pour voir jusqu'où elle pouvait aller et quelle ambiance s'en dégageait. Ce jour-là, d'ailleurs, elle avait forte envie d'y aller, mais l'orage sous les arbres la décourageait ; alors elle s'en abstint.

Pourtant, quelques instants plus tard, elle redescendit au salon, une autre idée en tête et le livre récemment emprunté sous la main ;

elle ne pouvait pas rester toute la journée enfermée, il lui fallait sortir et changer d'air.

— Je sors, Maman, je vais à la librairie.

— D'accord, lui répondit sa mère sans vraiment l'avoir écoutée, toujours occupée à écrire.

Enveloppée dans son manteau noir, protégée sous son parapluie, Katarina marcha de longues minutes sous l'averse avant d'arriver en ville où, contrairement à son habitude, la commune était déserte ; même les mendiants ne s'y trouvaient pas ! Et seules les voitures des bourgeois des environs s'apercevaient ici et là ; leurs maîtres bien à l'abri dans les boutiques et les cafés. Aussi, quand la rousse entra dans la librairie, le vieil homme l'accueillit en souriant :

— Bien le bonjour, mademoiselle, c'est un mauvais temps pour se promener.

— C'est vrai, mais je voulais venir vous voir.

— Vous êtes bien gentille. Tenez, mais que vois-je ? Venez-vous déjà me rendre le livre ?

— Non, pas encore. Je n'ai pas eu le temps de le finir ces derniers jours. Aussi pourrais-je, si cela ne vous dérange pas, le terminer ici ?

— Bien sûr. Comme vous le voyez, il n'y a personne d'autre ici que ce monsieur et moi-même. Cela me fera un peu plus de compagnie et vous serez ici plus au calme sans doute. Installez-vous.

— Merci.

Katarina jeta un coup d'œil à l'homme tout en noir, assis dans un coin au fond de la librairie, avant d'aller s'installer elle-même près de la fenêtre ; il avait l'air étrange.

— Puis-je vous offrir une tasse de thé ? proposa le vieillard à la jeune fille.

— Bien volontiers, monsieur Gordon.

— Je reviens.

Les heures qui suivirent furent bien silencieuses. Aucun dans la boutique ne faisait de bruit. Personne ne parlait, si bien qu'on entendait distinctement la pluie tomber et le craquement de l'allumette sur les bougies que le libraire finit par allumer, tant il faisait sombre à l'intérieur. On pouvait même distinguer le bruissement des feuilles qu'on tournait et les toussotements du vieux monsieur. En revanche, on ne percevait rien de l'homme en noir, même lorsqu'il changeait de page. Et cela dura un certain moment. Chacun lisait paisiblement de son côté sans qu'aucune parole ne fût échangée avec son voisin. Puis, après deux heures et quart de silence, l'inconnu se leva tout à coup, interrompant, malgré lui, la lecture paisible du gérant et de la rousse. Il ne prononça pas un mot ni ne leur adressa un regard, et sortit comme il était resté : dans le silence.

— Monsieur ! l'interpella soudain le vieil homme. Vous allez être malade si vous sortez maintenant.

Mais ses appels furent vains : l'homme était parti. Alors, Katarina et le libraire s'observèrent, sans savoir quoi dire, surpris par cet étrange individu. Après quoi, la rousse resta pour tenir compagnie à son ami, car, si elle avait fini son livre depuis le départ de l'inconnu, elle n'avait pas encore l'intention de rentrer chez elle. Pourtant, l'heure avançant, il lui fallait regagner sa demeure si elle ne voulait pas être en retard pour le dîner.

— Je vais retourner chez moi maintenant, finit-elle par dire. Merci encore pour le thé.

— Mais de rien. Merci à vous.

Elle lui tendit son livre terminé.

— Tenez, je l'ai fini. Permettez que j'emprunte celui-ci ?

— Celui-ci ?

— Oui.

— Vous aimez vraiment ce genre d'histoires, n'est-ce pas ?

— Elles sont très intéressantes et très différentes des romans classiques. En avez-vous déjà lu de tels ?

— Oh, oui ! Mais j'avoue préférer les romans historiques. Chacun ses préférences, ma foi. Tenez, voici votre ouvrage.

— Merci… Dites-moi, au fait, connaissez-vous l'homme de tout à l'heure ?

— Non, il n'a jamais emprunté de livres ici et est toujours entré sans un mot. C'est un étrange monsieur que je vois de temps en temps.

— Je ne l'ai jamais vu dans le comté. Enfin, il paraissait bien étrange. Encore merci pour le livre, je vous souhaite une bonne fin de journée.

— Merci, à vous aussi.

Katarina quitta la bibliothèque, un nouveau livre sous la main, et sortit de la ville d'assez bonne humeur, le soleil revenait par moments, lui laissant quelques instants de répit avant de rentrer. Elle en profita pour s'arrêter en chemin et cueillir quelques fleurs, deux rouges et une orange qui iraient fort bien avec les autres de son jardin. Puis, alors qu'elle hésitait à en prendre quelques autres de plus, deux villageoises passèrent à son côté, visiblement inquiètes et préoccupées. Elle tendit l'oreille, curieuse.

— Avez-vous entendu parler de cette histoire ? commença la plus robuste.

— Celle du jeune mendiant ? demanda l'autre.

— Oui, il était dans la ville voisine quand, tout à coup, il a disparu !

Katarina tendit l'oreille, curieuse.

— Comment cela « tout à coup » ? reprit son amie. On m'a dit qu'il avait été retrouvé mort quelques pas plus loin.

— Non, il vivait dans un carton et avait sept chats. On le connaissait bien là-bas ! Tout le monde disait qu'il ne les aurait jamais abandonnés, donc, quitter la ville sans eux, vous pouvez vous imaginer, cela non ! Et se suicider encore moins.

— Ça alors ! Croyez-vous que ce puisse être en rapport avec cette étrange histoire ?

Mais Katarina n'entendit pas la fin : les femmes s'étaient éloignées.

Intéressée par cette nouvelle, elle s'arrêta brusquement dans son activité et s'empressa de rentrer chez elle où elle trouva le journal du jour sur une table du salon. Là, elle découvrit son père de retour et sa mère, qui l'observaient tous deux d'un air surpris et pressant, attendant visiblement impatiemment son départ dans une autre salle. Suspicieuse, elle leur expliqua simplement :

— Je prends juste le journal et je monte dans ma chambre.

Ils acquiescèrent prestement et la laissèrent filer. La rousse s'interrogea sur leur comportement, mais, finalement, reporta son attention sur ce qui l'intéressait à ce moment-là : le journal.

Elle s'enferma dans sa chambre et s'assit à son bureau où elle posa bien à plat les nouvelles, avide d'en connaître davantage. Sur la première page en gros titre était écrit :

NOUVELLE DISPARITION MYSTÉRIEUSE DANS LE YORKSHIRE

Un mendiant laisse errer ses chats dans les ruelles sombres de Rievaulx.

En dessous, une image de chats malheureux était représentée. Katarina passa outre et lut directement l'article qui lui importait. Mais elle fut rapidement déçue. Elle qui croyait à quelques originalités du meurtrier, car elle était certaine que c'en était un lorsqu'elle lisait ce qu'il se passait à ce moment dans les journaux, avec l'affaire des disparus, elle redescendit bien vite de son nuage d'espoir.

Depuis quelques mois, il était vrai, cette affaire alimentait les conversations dans les grandes soirées ; et dans les villes, on ne parlait plus que de cela ! Mais comment pouvait-on si facilement mettre en lien de tels événements avec les autres, sans aucune preuve ? Le mendiant avait disparu, il n'était pas mort ! Et puis qui disait qu'il ne réapparaîtrait pas quelques jours après ? Certes, on n'avait aucune trace de lui, mais cela pouvait s'avérer être un changement de domicile ou un règlement de comptes quelconque. D'ailleurs, elle se demandait bien pourquoi la police et la presse en faisaient tant état ; personne ne se préoccupait de telles personnes d'habitude s'il n'était pas question d'argent et, à n'en pas douter, ce pauvre homme n'en avait pas.

Aussi, désappointée, Katarina reposa le journal ; voilà encore une histoire qui ne servait qu'à alimenter les conversations et à répandre les plus sottes rumeurs ; elle se demandait bien ce que ses parents pouvaient penser à lire ces nouvelles.

Elle eut bientôt l'occasion de leur demander ; la soirée s'avançait et le soleil se cachait déjà dans l'horizon orangé quand on vint la chercher.

— Mademoiselle, appela-t-on derrière sa porte. Vos parents vous attendent pour dîner.

La jeune femme se leva donc et posa son livre sur la commode, accueillant son domestique avec son plus beau sourire :

— Je vous suis, Roger.

Mais lorsqu'elle arriva dans le salon, elle remit à plus tard sa requête en entendant ses parents dire à voix basse :

— Ce sera un grand événement ! Bien sûr que nous acceptons.

— Il nous faudra tout préparer pour cela. Et l'argent ?

— Cela n'a aucune importance. De surcroît, il est grand temps.

— Qu'est-ce qui est « grand temps » ? demanda alors Katarina.

— Ah ! Katarina... Vous êtes là ? dirent-ils en se retournant, visiblement surpris.

— Oui.

— C'est..., commença Helen, face à sa fille qui la regardait intensément.

— C'est de la soirée qu'il s'agit, l'aida son mari avant de se tourner vers elle. Un grand événement que votre mère a si courageusement préparé.

— Déjà ? s'étonna la rousse.

— Nous irons à Leeds, dès le retour de votre frère, pour de nouveaux vêtements que nous ferons faire sur mesure. Il nous faut être à la hauteur de cet événement ! Nous l'avons tant attendu. Et à la hauteur de la fortune de nos amis, cela va sans dire, car ils sont beaucoup plus aisés que nous imaginions et j'ai ouï dire qu'ils avaient une demeure au moins cinq fois plus grande que la nôtre, peut-être plus. Nous nous devons de les honorer, pour cela, et pour la gentillesse qu'ils nous font de nous inviter. Aussi, tout devra être parfait avant la fin de la deuxième semaine qui arrive.

— Quand la réception aura-t-elle lieu ?

— Le 28 juillet précisément, ajouta Edgar. Ils ont pris quelque peu de retard.

— Mais, et Duncan ? interrogea-t-elle en s'installant à table. Sera-t-il là ?

— Il sera là. Il rentre dans quelques jours.

— Vous a-t-il envoyé une lettre ?

— Oui, il est actuellement à Kirkbymoorside pour affaires et repassera par Rievaulx avant de revenir ici vendredi.

— Rievaulx ? releva-t-elle, surprise. Que va-t-il faire là-bas ? Vous l'a-t-il dit ?

— Non, de cela, nous ne savons rien. Il ne nous a rien dit, comme d'habitude.

Elle s'apprêta à ajouter quelque chose sur l'affaire lorsque Roger vint les servir ; et ses parents s'emportèrent ensuite si bien sur leur futur voyage qu'elle n'eut pas le cœur de les interrompre. Alors, elle pensa seule à son frère qui allait là où, précisément, avait disparu le mendiant. Était-ce une simple coïncidence ou y avait-il un lien avec lui ? Est-ce que cela voulait dire qu'il ne travaillait pas dans un endroit fixe ? Et pourquoi leur cachait-il son métier ? Elle lui demanderait si tout cela avait un rapport lorsqu'il reviendrait et, là, il devrait s'expliquer.

Les jours s'écoulèrent rapidement. La plus jeune des Kingsley passa son temps à lire, se promener, et s'occuper des fleurs qu'elle avait récemment plantées. Elle mélangeait les genres afin de trouver un parterre coloré et original et, durant son temps libre, elle fit des jardins un véritable petit coin de paradis dont Edgar et Helen la félicitèrent, car nul doute que, pour de futurs convives, il serait un endroit charmant. Katarina les remercia, mais fut surtout reconnaissante envers Roger qui lui avait appris quelques-uns de ses secrets pour développer la floraison.

Ainsi, les journées passèrent aussi vite qu'elles avaient commencé. Les parents de la rousse ne s'ennuyèrent pas non plus et, pendant qu'Edgar travaillait, Helen entretenait une correspondance soutenue avec Mme de La Courtepiert. Elle était encore ravie de savoir la famille si proche à présent. De cette façon, tous occupés, ils s'étonnèrent même du retour rapide de leur fils qui, pourtant, arriva comme prévu le vendredi.

— Merci pour cet accueil chaleureux ! annonça-t-il avec amusement de les voir l'ignorer. Moi aussi je suis content de vous revoir.

— Oh, mon chéri, l'enlaça sa mère. Bon retour !

— Bonsoir, Duncan, dit son père. Tout s'est-il bien passé ?

— Bonsoir, Papa. Oui, cela a été. Roger.

— Monsieur, salua le domestique.

— Et vous, comment cela s'est-il passé ? Ne vous ai-je pas trop manqué ?

— Les préparatifs pour la soirée avancent et votre sœur a même fait du jardin un très bel endroit pour nos futurs visiteurs.

— Katarina ? s'étonna Duncan.

— Oui.

— Étonnant, je doute que ce soit pour une telle raison, mais bon. D'ailleurs, remarqua-t-il. N'est-elle pas là ?

— Elle est dans sa chambre.

— Et elle ne vient même pas m'accueillir ! C'est une honte, s'indigna-t-il, amusé. Je vais aller la voir de ce pas.

— Ne tardez pas surtout ; Roger a bientôt fini de préparer le repas.

— Entendu. Nous descendons dans dix minutes.

Duncan monta alors au premier où, comme d'habitude, les couloirs étaient toujours aussi sombres.

— Vous pouvez entrer ! entendit-il lorsqu'il toqua à la porte de sa sœur.

Il s'immisça dans la chambre et découvrit sa cadette près de sa fenêtre, un livre sur les genoux.

— Oh, Duncan ! C'est toi ?

— Alors, on ne vient même pas accueillir son frère ? Préférerais-tu la lecture à une image telle que moi ?

— Les livres en offrent de plus belles que la tienne, sourit-elle en l'accueillant. Je ne t'ai même pas entendu rentrer.

— Ah oui ? Bon, tant pis. Moi qui avais quelque chose de très intéressant pour toi.

— Pour moi ?

— Oui. Qui d'autre aime les romans avec des fantômes, elfes et autres créatures insolites et inimaginables ?

— As-tu ce genre de récits ?

— Je ne sais pas… L'accueil n'était pas très chaleureux. Je crois que je ferais mieux de le garder pour une prochaine fois.

— Oh non ! Laisse-moi voir. Juste un coup d'œil.

— Certainement pas. Tu n'as qu'à me persuader, suggéra-t-il.

— Oh ! Crétin !

— Ah, tu commences mal ! la taquina-t-il.

Pour se prendre au jeu, Katarina commença à lui lancer son oreiller et à lui sauter dessus pour le lui prendre de force, mais Duncan était bien plus fort qu'elle et ce fut facilement qu'il se défit de sa sœur.

— Ce n'est pas juste, lui dit-elle. Tu es beaucoup plus fort que moi.

— Serait-ce un nouveau compliment ?

Elle ouvrit la bouche, mais Duncan la coupa.

— Attention à ce que tu vas dire…

Elle fit alors la moue.

— D'accord, tu peux prendre ça pour un compliment.

— Eh bien, voilà. Tiens !

Sa jeune sœur lui arracha l'ouvrage des mains et commença à le feuilleter. Duncan lui, s'assit à côté, sur la chaise de bureau, content de son cadeau ; il avait l'air de lui plaire. En attendant un quelconque commentaire, il regarda autour de lui.

La chambre de sa sœur était vraiment étrange. Il y avait des livres posés un peu partout sur la commode, son bureau, le lit, et même sur le sol qu'il ne savait pas être une bibliothèque ! Il y avait aussi plusieurs bougies et chandeliers, mis par-ci par-là, alors que les lampes à gaz et à huile étaient dorénavant d'usage plus courant dans la maison. Certains servaient de décoration, d'autres étaient là par pure nécessité. La tapisserie était à fleurs à mille motifs et la moquette rouge donnait un aspect de mare de sang à la lueur des chandelles. Duncan la trouvait spéciale et un peu morbide, mais c'était ainsi qu'il connaissait sa sœur et c'était ainsi qu'il la préférait.

— Il m'a l'air vraiment bien, finit-elle par commenter. Merci.

— J'espère que tu m'en feras un aussi beau prochainement.

— Oh, tu n'attendais plus que ça, répliqua-t-elle aussitôt d'une petite frappe sur son frère. Tu n'auras rien.

— Ça m'apprendra à être gentil.

— À être intéressé, oui !

Puis ils rirent tous les deux, contents de s'être retrouvés.

— Allez, il faut descendre maintenant. Papa et Maman doivent nous attendre.

Mais, en se levant, il fit tomber quelque chose du bureau de Katarina.

— Ah, je ne l'ai pas encore jeté, celui-là ? remarqua-t-elle en ramassant le journal.

Duncan sembla intéressé.

— Attends, Katarina. Fais voir une seconde.

— Eh bien, voilà, j'ai trouvé ton cadeau, plaisanta-t-elle.

Mais il ne semblait pas vouloir rire.

— L'as-tu lu ? lui demanda-t-il.

— Oui, dans les grandes lignes, pourquoi ?

— As-tu vu ce qui était arrivé à cet homme ?

— Ah oui, mais il n'y avait rien d'extraordinaire, alors je l'ai laissé là. C'est certainement une histoire de règlement de comptes.

— Sans doute, fit Duncan, apparemment troublé.

— Au fait, n'étais-tu pas dans cette ville quand ... Duncan, ça va ?

— Hum ? Oui, je réfléchissais.

Mais Katarina remarqua le trouble chez son frère.

— Dis. Tu n'as rien à voir là-dedans, n'est-ce pas ?

— Non ! Bien sûr que non ! répliqua-t-il. Pourquoi penses-tu cela ?

— Parce que tu étais dans cette ville au moment des faits, tu ne nous dis pas ce que tu y fais et tu dis toujours que ton métier n'est pas dangereux, mais cela te rend mystérieux.

— Vraiment ?

— Oui.

Duncan sourit en coin, semblant réfléchir à ce qu'il devait dire. Elle pouvait être perspicace parfois. Il ferait peut-être mieux de la mettre dans la confidence ; d'elle au moins, il ne risquait rien. Pourtant, il ne savait pas pourquoi, il n'osait pas lui révéler son secret, non qu'il eût honte de ce qu'il faisait, au contraire ! Mais un pressentiment l'envahissait sans qu'il sût dire s'il était mauvais ou non. Et puis, si cela venait à s'ébruiter, il ne serait plus tranquille.

— Je ne sais pas ce que tu caches, dit Katarina en le voyant hésiter. Mais si tu ne souhaites pas me le dire, soit, je ne t'en voudrai pas et je ne te demanderai rien.

— Vraiment ?

— Non, dit-elle. Mais promets-moi une chose quand même.

— Laquelle ?

— De ne rien faire d'idiot.

Duncan sourit, rassuré.

— Promis.

Katarina lui redonna une frappe à laquelle il répondit.

Soulagés et amusés, l'aîné et sa sœur rejoignirent ensuite leurs parents qui les attendaient, comme toujours, pour dîner. Le repas se déroula dans la bonne humeur et ils restèrent tard à discuter entre eux si bien que Roger, qui attendait pour les desservir, s'assoupit sur le canapé. Ils ne le remarquèrent que lorsqu'ils montèrent se coucher, mais ils ne le dérangèrent pas ; il l'avait bien mérité, le pauvre, avec des maîtres aussi exigeants.

Ainsi, après cette agréable soirée, tout le monde s'endormit bien vite, tout le monde sauf Duncan qui était encore troublé par cette affaire.

Un jour, Katarina finirait par comprendre ce qu'il faisait et, même si elle déployait des efforts pour ne rien lui demander, elle l'apprendrait. Alors là, il s'en voudrait de ne rien lui avoir révélé. Ils étaient proches, très proches même et cela l'embêtait de devoir la tenir à l'écart. Il savait qu'elle ne le trahirait pas, mais comment révéler à sa sœur, à son père et à sa mère qu'on exerçait un métier à risque ? Il ne voulait pas les voir s'inquiéter à chaque fois qu'il sortait ni même voir son secret révélé, surtout avec des parents bavards qui ne manqueraient pas une occasion de s'en vanter auprès de leurs amis. Oui, car il allait sans dire qu'un fils dans la police, enquêteur à ses heures perdues et détective quand cela se révélait nécessaire, ne manquerait pas d'éveiller la curiosité de tous, ou même la méfiance. L'inspecteur, qui acceptait pour lui la gloire, en faisait les frais et cela, Duncan ne le voulait pas. Pour un moment encore, il ne dirait rien.

Chapitre 4

Huit heures plus tard, une nouvelle journée arriva. Le soleil se levait à peine que Katarina déjeunait déjà. Seule Kingsley dans la cuisine, elle buvait son thé, en compagnie de Roger qui préparait celui de ses parents. Il régnait dans la pièce une fraîcheur matinale qui annonçait une belle journée, que la rousse pensait déjà à combler d'activités. Ses projets ne changeaient guère de son habitude ; d'abord, elle prévoyait de préparer un pique-nique, ensuite, elle souhaitait se promener un peu dans la forêt avant de manger puis de lire et, si tout se passait bien et qu'il ne pleuvait pas, cueillir quelques nouvelles fleurs pour le jardin. En attendant, la jeune femme était assise à table, coiffée et habillée, prête à sortir dès qu'elle poserait sa tasse.

Pourtant, après avoir fini, ce fut à Roger qu'elle prêta main-forte. Le pauvre commençait à vieillir et il travaillait sans cesse du matin au soir, se couchant après ses maîtres et se levant avant eux depuis près de quarante ans. Les rides marquées et les mains usées par les différentes tâches, il faisait preuve d'un grand courage et d'une dévotion admirable envers ceux qu'ils servaient. Aussi, la jeune fille l'aida dans sa préparation du petit déjeuner de son père et de sa mère, bien qu'il le lui eût d'abord refusé.

— Mademoiselle, laissez-moi, je vais le faire. Ce n'est pas votre travail.

— Allons, Roger, nous avons des mains, elles sont là pour nous servir.

— Pas pour ce genre de tâches, mademoiselle. Laissez, s'il vous plaît. Je pourrai bien m'en sortir seul.

— Roger, mes mains sont là pour soulager les vôtres. Il faut bien que nous apprenions aussi, dit-elle, et que nous aidions de temps en temps.

— Mais...

— Il n'y a pas de « mais ». Après tout, je suis, au même titre que mes parents, votre maîtresse. Par conséquent, laissez-moi vous aider.

Le vieil homme n'objecta plus. Il savait que la jeune femme était têtue, bien qu'il ne se fût jamais permis de le lui dire, mais, en dépit de cela, il la trouvait fort généreuse et bien plus conciliante que tous les maîtres qu'il avait connus jusqu'alors. Il lui était, à elle comme à sa famille, vraiment reconnaissant. Ils ne le laissaient jamais tomber et l'aidaient parfois dans les tâches. Ils lui offraient même des cadeaux qu'il n'aurait jamais osé demander ni osé rêver et il ne pouvait que les en remercier.

Katarina se retourna, un peu surprise, et lui sourit. Ce sourire, si charmeur et si doux qu'elle donnait parfois à ceux qui savaient lui inspirer le respect et l'admiration, toucha le vieux cœur de Roger. Bientôt, tous les deux furent rejoints par Edgar et Helen, déjà vêtus et parés à sortir; puis quelques instants après, ce fut Duncan qui parut, coiffé et habillé négligemment, la chemise à peine rentrée dans son pantalon. Profitant de cette occasion, la plus jeune des Kingsley annonça son absence pour la journée.

— Attends-moi, je viens avec toi, lui dit Duncan.

— Comme tu veux, mais prépare ton repas et.... habille-toi correctement, jugea-t-elle bon de rappeler à son frère qui, déjà, se regardait.

— Non, Duncan, intervint son père. Votre mère et moi avons autre chose de prévu pour vous.

Katarina sortit.

— Ah, et qu'est-ce que c'est ?

— Une petite course pour la réception qui aura lieu dans deux jours.

— Deux jours ? Mais c'est fort tôt. Katarina...

Mais elle n'était déjà plus là, omettant la fin de la conversation pour s'éclipser pour la journée, oubliant même son frère qui voulait lui tenir compagnie.

Comme elle l'avait prévu, elle se promena longuement dans les bois. La rosée, présente sur les fleurs, marquait leur réveil progressif, et le ciel, encore rose, s'éclaircissait à mesure que les animaux endormis sortaient de leurs tanières. Il faisait encore frais dans le comté et Katarina resserra un peu plus autour d'elle le châle léger qu'elle avait emporté. Seule au milieu de toute la végétation, elle pensa malgré elle à quelques romans qu'elle avait lus.

C'était toujours un endroit où il se passait mille et une histoires incroyables et étranges, bien des fois sordides, d'autres féeriques. Peut-être était-ce pour cela que les gens appréhendaient tous ces lieux sauvages et indomptables. Pourtant, elle n'avait jamais vu ni entendu ce que beaucoup redoutaient apparemment : les monstres, les assassins et autres phénomènes qui ne leur étaient pas étrangers. Quand ils lui disaient de ne pas y aller, la jeune Kingsley leur demandait s'ils s'y étaient déjà aventurés pour vérifier, mais beaucoup d'entre eux avouaient que non ; ils n'y mettaient pas pour autant les pieds ensuite. Elle faisait donc fi de leurs regards et de leurs remarques et s'y rendait dès qu'elle le pouvait, depuis quelques années déjà. Aussi, elle connaissait une grande parcelle de la forêt comme sa poche et c'était dans son coin préféré qu'elle s'installa ce jour-là.

Appuyée au tronc d'un arbre, elle regarda un instant la rivière couler devant elle. Puis, elle se laissa glisser contre lui et s'assit. Sa montre à gousset argent et rouge lui signalait qu'il était treize heures passées à présent, il était donc temps de manger. Elle sortit de son panier d'osier une petite nappe bleue que lui avait offerte sa mère et posa par-dessus les plats qu'elle s'était elle-même préparés. Il y avait là quelques mets exquis, mais ce qu'elle aimait particulièrement, c'était les sandwiches au concombre qu'elle dévora, sous un soleil à présent tenace.

Vers midi et demi elle avait dû enlever son châle pour se sentir plus à l'aise. Sa robe et son corsage l'étouffèrent un peu plus tard dans l'après-midi, ce qui l'étonna, car la température au mois de juillet en Angleterre, et surtout près d'un cours d'eau en pleine forêt, n'atteignait guère souvent des records comme celui-ci ! Aussi, elle se demanda s'il était sage de soulever légèrement ses jupons, mais, après quelques regards furtifs autour d'elle et, comme elle savait que personne n'osait s'aventurer jusque-là, elle remonta sa robe jusqu'à hauteur des genoux et enleva ses chaussures. Pieds nus dans l'herbe et légèrement dévêtue, elle inspira profondément. Elle se sentait mieux et plus légère, comme si le monde invisible la portait dans un imaginaire insensé et interdit. Le livre qu'elle avait entre les mains n'arrangeait en rien les choses, car il racontait comment des elfes envoûtaient des passants pour les emmener dans un monde inconnu aux êtres humains. Ils les transportaient dans leurs rêves les plus fous, les plus sordides parfois, menant vers un lieu où régnaient la liberté, la luxure et la nature captivante de leurs envies les plus secrètes et profondes. Mais heureusement pour Katarina, contrairement aux héros de son ouvrage, elle ne finissait pas en viande hachée, car dans son récit, lorsque les êtres de la forêt emmenaient leurs proies, ils les laissaient se confondre dans leurs songes avant de dévorer leur cœur, trop faible pour réagir, et les abandonner membres et corps ouverts.

C'était totalement ouverte d'esprit qu'elle lisait ce genre de livres, discernant parfaitement ce qui était réel de ce qui ne l'était pas. Pourtant, bien qu'elle n'en eût jamais vu, elle aimait à soupçonner que ce type de créatures existait pour de vrai. C'était pour elle quelque chose de plausible à laquelle elle adorait penser et qui l'amusait bien plus qu'elle ne l'effrayait. De cette manière, lorsqu'elle se plongeait dans la lecture, elle vivait presque les aventures du héros, oubliant tout ce qui était autour d'elle, parfois même l'heure qui défilait et la nuit qui tombait, si bien que son frère venait souvent la chercher.

Ce jour-là, d'ailleurs, totalement absorbée par son livre, elle ne vit pas le décor s'assombrir. Le ciel se teintait déjà de quelques étoiles et la lune peu à peu remplaçait la lumière rassurante du soleil. Le vent commençait à se lever et les animaux à rentrer chez eux. Un long moment se passa ainsi où elle ne remarqua aucun changement. Rien ne la perturbait et, à aucun moment, elle ne releva la tête ; la rivière paraissait même s'être tue et la nature paisiblement à son tour. Pourtant, soudain, elle réagit.

— Duncan, c'est toi ?

Elle rabaissa vivement sa robe et, l'air effarouché, scruta le lieu autour d'elle. Mais personne ne lui répondit.

— Duncan, ce n'est pas drôle, répéta-t-elle. Montre-toi.

Mais de nouveau, rien. Aussi, elle regarda le ciel, ouvrit sa montre et jugea bon de rentrer, ramassant ses affaires en hâte et détaillant les alentours avec un sentiment oppressant ; mais il n'y avait rien de suspect et elle finit par se moquer d'elle-même.

— Je crois que je vis un peu trop mes romans.

Mais alors qu'elle repliait le tissu offert par sa mère, un bruit se fit à nouveau entendre.

Katarina se redressa aussitôt : c'était comme si quelqu'un attendait, caché entre les arbres, le moment propice pour l'attaquer. Elle se retourna une nouvelle fois et, un morceau de bois entre les mains, s'approcha du buisson suspect. Lentement, retenant son souffle, elle se pencha, écarta les branches et... vivement, elle frappa. Soudain, les bruits l'entourèrent de partout et nulle part à la fois, comme une échappée de volatiles. Elle fit aussitôt volte-face, mais, aussitôt qu'elle le fit, ils s'évanouirent.

Terrorisée, elle appela une nouvelle fois :

— Est-ce qu'il y a quelqu'un ?

Mais elle eut beau renouveler ses appels, rien ni personne ne lui répondit. Elle prit donc ses affaires et partit ; et, rapidement, un bruit spectral résonna jusque dans son âme. Glacée au sang, Katarina demeura sans bouger, paralysée. C'était comme si on torturait une jeune femme, comme si celle-ci... rendait l'âme. Mais le cri n'était ni près ni loin, partout à la fois, tantôt à côté d'elle, tantôt loin dans la forêt. Il n'y avait là rien de naturel à cette manifestation et, cette fois, la rousse en était sûre, elle avait très bien entendu.

Elle coupa au travers des arbres, bien décidée à ne pas attendre que cette chose se fasse connaître, et rejoignit aussitôt le sentier qui la ramènerait chez elle. Elle n'en fut pourtant pas plus rassurée et, angoissée, ne cessa de scruter les alentours, accélérant toujours plus le pas, frappée par elle ne savait quoi. C'était bien la première fois que cela lui arrivait. Était-ce là son imagination qui lui jouait des tours ? Après tout, pensait-elle, elle avait été tellement concentrée sur sa lecture qu'il s'agissait sans doute là de quelques autofrayeurs. Elle ne fut cependant pas réconfortée par cette idée, car, à peine quelques instants plus tard, elle entendit de nouveau le hurlement et, plus qu'un cri, il glaça son âme lorsqu'il se perdit dans un murmure à son oreille.

Ce fut alors, qu'en se retournant, elle vit une ombre immense se dessiner devant elle. Effarée, sentant encore le souffle glacial sur elle, elle fit aussitôt volte-face.

Qu'est-ce que c'était ? Qui était-ce ? Elle se retourna, scruta les alentours. Encore et encore. Les yeux grands ouverts. Puis elle s'arrêta. Elle était seule. Plus rien ne se trouvait derrière elle ; ni devant ni sur les côtés. Le chemin était libre et personne ne l'obstruait. Il n'y avait personne. Personne. Pourtant, elle en était sûre, quelqu'un avait été là. Quelqu'un était là. Et cette ombre…

Le décor s'assombrit soudain. Les ténèbres grandirent et se métamorphosèrent brusquement en ombres oppressantes pour Katarina qui tremblait déjà de tous ses membres. Cette ambiance aurait dû lui plaire ! Pourtant, elle préféra s'en éloigner. Et au plus vite. Aussi, elle accéléra le pas, mais plus elle avançait et plus elle entendait le bruit se rapprocher. Il fallait échapper à la « chose » ; elle la rendait folle. Rêvait-elle éveillée ou était-elle en plein cauchemar ? Elle n'osa y penser et se concentra du mieux qu'elle put pour ne pas voir ses jambes se dérober sous elle. Alertée, elle faillit trébucher plusieurs fois en courant, mais, les yeux embués, terrorisée, elle ne se rendit compte de rien, s'enfuyant aussi vite que possible, sans prendre garde, ni à sa robe qui se déchirait ni à ses membres qui se blessaient contre les orties et les branches mal placées. L'air fouettait son visage et la pluie se mit à tomber pour ne rien arranger. C'était une véritable tempête qui se déversait sur elle et plus elle courait, plus les pas se rapprochaient. Quelque chose la poursuivait sans relâche, aucunement gênée par les arbres et la verdure imposante de la forêt, et Katarina s'étouffait sous cette menace invisible. Elle était à bout de souffle, trempée jusqu'aux os, s'enfuyant aussi vite que son corps le lui permettait. Sa vue, troublée, l'empêchait de voir correctement et elle avait terriblement peur. Toutefois, bientôt, enfin, elle aperçut une lumière dans le lointain : sa maison.

Prise d'un courage sans faille, elle courut autant que cela lui fut permis. Les arbres défilaient. Le vent fouettait. La nature se moquait. Le ciel pleurait. Elle crut percevoir une ombre derrière elle, mais, trop proche de chez elle, elle se détourna. Plus rien n'avait d'importance que rentrer, rentrer et uniquement rentrer. Aussi, dès qu'elle fut à portée, elle s'agrippa à la poignée d'entrée et referma précipitamment derrière elle, verrouillant toutes les portes de la maison. C'était fini. Les bruits avaient cessé.

Alertés par le bruit, ses parents, son frère et Roger la rejoignirent aussi vite.

— Katarina ! s'affolèrent-ils. Est-ce que ça va ? Qu'est-ce qu'il vous prend enfin ?

Katarina, dos tourné, ne leur répondit pas.

— Mon Dieu ! s'exclama aussitôt sa mère en la voyant. Avez-vous vu dans quel état vous êtes ? Vous êtes trempée ! Que s'est-il passé ?

Mais là encore, ils n'obtinrent que des cris étouffés.

— Katarina ? répétèrent-ils, inquiets, s'approchant avec prudence.

La jeune fille ne réfléchit pas plus longtemps à ce qu'il venait d'arriver et, le poing serré pour se contrôler, se retourna, essuyant ses larmes au passage.

— Je... je crois que ça va, dit-elle enfin. Je suis désolée. Je me suis fait peur toute seule.

— Êtes-vous sûre ? voulut s'assurer sa mère. Vous tremblez.

— Avez-vous vu votre état ? ajouta son père. Roger, allez nous chercher des serviettes bien chaudes.

— Oui, monsieur. Tout de suite.

La rousse regarda alors autour d'elle. Le regard bienveillant de ses parents reflétait une inquiétude sincère et la lumière au-dessus d'eux leur donnait l'air d'anges. Elle sentit les larmes lui venir et elle crut qu'elles allaient tomber lorsqu'elle sentit une main chaleureuse se poser sur son épaule. C'était son frère, Duncan, qui l'observait d'un air grave. Elle baissa aussitôt les yeux ; ses forces l'avaient totalement quittée et elle n'arriva pas à se relever.

— Je vais t'aider, lui murmura-t-il.

Debout, elle concentra ce qu'elle pouvait de sa volonté pour dire d'une voix mal assurée :

— Vous m'excuserez si je monte me coucher tout de suite ?

Mais à ce moment-là, quelqu'un sonna à la porte et personne ne répondit.

La rousse eut un bref sursaut qu'elle réprima aussitôt.

— Montez-vous coucher, obtempérèrent ses parents. Roger vous apportera de quoi vous réchauffer. Duncan, accompagnez votre sœur.

Sur ces mots, Edgar et Helen répondirent au visiteur tardif tandis que leur fille montait à l'étage. Elle ne dit rien ensuite, mais elle sentit que si elle ne faisait rien, son frère ne la laisserait pas.

— Tu peux les rejoindre, tu sais. Je vais y arriver.

— Certainement pas.

Katarina ne parla plus avant d'être dans sa chambre, la serviette que Roger lui avait apportée sur ses épaules.

— Maintenant que je suis dans ma chambre, ça ira, Duncan. Inutile de rester.

— Mais tu…

— Je ne vais tout de même pas me changer devant toi ! prit-elle pour excuse, en s'efforçant de sourire.

— Bien. Comme tu voudras. Mais ne te crois pas tirée d'affaire.

Il ébouriffa ses cheveux encore trempés en guise de salutations puis sortit sans dire un mot. La porte fermée, Katarina poussa un long soupir et se mit à se changer, pensant à ce qui aurait pu arriver si elle n'avait pas réussi à atteindre la maison. Serait-elle là ? Elle n'arrivait pas à comprendre ce qui s'était passé. Avait-elle seulement été victime de quelque chose ou était-ce dû à son imagination et aux ombres de la forêt ? Elle ne savait que dire. Cela lui avait pourtant semblé bien réel et quelqu'un s'en était pris volontairement à elle. Mais pour quelles raisons ? Elle n'avait vu personne autour d'elle et lorsqu'elle avait cru percevoir quelque chose, elle avait eu la vue si troublée qu'elle n'aurait su confirmer de ce qu'elle avait aperçu.

Peu à peu, elle commença à se rassurer et à soigner ses plaies. Quelle humiliation ! Elle éprouvait beaucoup d'embarras à l'idée de ce que ses parents, son frère et Roger pouvaient penser d'elle. Ils l'avaient surprise dans un moment qu'elle jugeait de faiblesse et elle s'en voulait. Maintenant que tout était fini et qu'elle était bien au chaud chez elle, à l'abri dans sa chambre, elle en avait honte. Cela ne pouvait être que son imagination, après ce qu'elle avait lu. Elle en rougit de gêne. Elle qui adorait ce genre de situations dans ses romans, rentrer chez elle en courant à la moindre ombre menaçante, au moindre bruit suspect du vent et des arbres, c'était une honte qu'elle avait peine à tolérer ; elle ne s'en serait pas doutée. Aussi, après s'être remise, elle s'assit au bord de sa fenêtre et scruta l'horizon.

Il pleuvait toujours et le vent soufflait fort, mais Katarina n'en éprouva plus aucune peur ; son angoisse avait d'abord grandi face aux éléments, pensant trouver en leur sein quelqu'un qui la guetterait, mais il n'y avait rien, encore, et elle fit tous ses efforts pour se contrôler quand quelqu'un frappa soudain à sa porte. S'assurant face à son petit miroir que ses yeux étaient secs et qu'elle était présentable, elle ouvrit. Son frère se tenait là, un plateau à la main, son éternel sourire amusé aux lèvres.

— Duncan, dit-elle simplement.

— Est-ce que tu vas mieux ? Je t'ai apporté à manger.

— Entre.

Katarina laissa passer le brun et ferma derrière eux. Puis voulant éviter un silence gênant, elle entreprit aussitôt :

— Qui était-ce tout à l'heure ?

— Un coursier. Il apportait une lettre de la famille de... La... Enfin tu vois quoi, plaisanta-t-il. Ils nous confirment la date du bal et précisent que leur fils sera bel et bien présent ce jour-là.

— Nous allons bientôt voir si mon imagination a tenu ses promesses, dit-elle en souriant.

Duncan remarqua le changement soudain de comportement de sa sœur et, préférant la voir ainsi, poursuivit :

— Et quelle est-elle ?

— Ne crois pas que je vais te la dévoiler. Mais, puisque tu m'as gentiment donné un indice, très utile, d'ailleurs, si je puis dire, ajouta-t-elle, ironique, je vais t'en donner un à mon tour. Je l'imagine petit aux yeux bleus.

Duncan rit.

— Et tu te plains de mes indices inutiles ? Maman nous l'a dit.

— Qu'il avait les yeux bleus, oui, mais pas qu'il était petit. Et puis, ne m'as-tu pas donné un indice qu'elle avait donné ?

— Bien sûr. Je remarque quand même que tu te prononces sur sa taille. Mais qu'appelles-tu petit ? Et quelle importance ?

— Par rapport à toi, il sera plus petit et cela n'a aucune importance, j'aimerais qu'il en soit ainsi.

— Et par rapport à toi ? Sa taille, je veux dire.

— Je ne sais pas.

— C'est n'importe quoi.

— Tu ne le connais pas plus que moi, en fait.

— Non, certainement, mais mon souvenir est plus marqué que le tien.

— Dis-moi quelque chose. Sur ses yeux, par exemple. Maman dit qu'ils sont d'une couleur particulière. Moi, je ne trouve pas que le bleu soit si particulier.

— Je suis d'accord avec Maman sur ce point-là. Ils sont bien d'une couleur particulière.

— Comment cela ?

— De cela, tu jugeras par toi-même.

— Quelle mémoire, VIEUX frère, tu n'es pas très coopératif.

— Vraiment ? Et toi, PETITE sœur ?

— Cesse de m'appeler ainsi.

— Cesse de m'appeler ainsi, répéta-t-il sur le ton de l'évidence.

— Ce n'est pas pareil, vois-tu, parce que tu vieillis à vue d'œil.

— Comment cela, je « vieillis » à vue d'œil ? Tu vas voir.

Et ce fut alors qu'une bataille de polochons commença entre ces deux-là. Duncan lança le premier coup, mais Katarina ne tarda pas à riposter. Elle lui envoya son coussin en pleine figure et en profita pour l'assaillir de tout son poids et de chatouilles non mesurées. Les draps se défirent, les plumes volèrent, des livres se renversèrent et des rires éclatèrent, mais aucun des deux ne daigna jeter l'éponge et chacun répondit à l'autre par d'autres astuces toutes aussi déloyales les unes que les autres. Des supplications finirent par être formulées, mais aucun ne s'arrêta pour autant. Le brun finit par reprendre le dessus et empoigna sa sœur de ses deux mains, assis de tout son poids sur elle.

— Inutile de te débattre, petite sœur, tu es cuite, déclara-t-il victorieux, peu après le début des hostilités. Alors, suis-je toujours aussi vieux ? sourit-il.

Cachée sous les oreillers, Katarina se releva toute décoiffée, faisant la moue.

— Tu as juste eu un coup de chance.

— Un coup de chance ? Jamais ! Je suis bien trop fort pour cela.

— Mais oui, c'est cela. Tu as surtout été lâche ! Je me débrouillais plutôt bien, en plus.

— Comment cela ? se mit-il à rire. Je n'ai rien fait qui puisse mériter telle insulte, voyons.

— Ah, et m'attaquer par-derrière ? N'est-ce pas une preuve de lâcheté, peut-être ?

— Vous n'avez qu'à surveiller vos arrières, très chère...

Elle cilla à ces mots ; cela lui rappelait ce qui s'était passé un peu plus tôt dans l'après-midi, alors même qu'elle avait dû se retourner plusieurs fois pour vérifier que personne ne la suivait. Son frère remarqua aussitôt son trouble, mais elle se reprit si vite qu'il n'eut le temps de s'inquiéter.

— Soit, je prendrai ma revanche, finit-elle par dire, et tu verras qui de nous deux sera le plus malin.

— Ah, ah ! J'ai hâte de voir ça, petite sœur.

— Oui, eh bien, c'est ce qu'on verra. Et arrête de m'appeler comme ça.

— Si tu gagnes, on arrangera cela.

— Mais j'y compte bien.

Alors, Katarina se leva et refit les draps sous les yeux inquiets de Duncan, qui restait planté là.

— Au fait, Katarina.

— Quoi ?

— Que s'est-il passé tout à l'heure ?

— Tout à l'heure ?

— Quand tu es rentrée.

Sa sœur se braqua aussitôt.

— Tu sais que tu peux tout me dire, insista son frère.

Mais elle s'obstina dans son silence.

— Écoute, as-tu déjà eu une raison de ne pas me faire confiance ? Je vois bien qu'il y a eu quelque chose et je ne partirai pas avant que tu m'aies tout avoué.

— Pourquoi interrompre un moment comme celui-là ?

— Parce que je m'inquiète. J'ai bien vu comment tu es rentrée et je te connais assez bien pour dire que tu n'es pas du genre à t'affoler pour si peu. Tu as eu peur de quelque chose et je veux savoir de quoi.

— Duncan, je te l'ai dit tout à l'heure : je me suis fait peur toute seule.

— Et comment ?

Katarina le regarda, désabusée et hésitante.

— Tu es vraiment curieux, le sais-tu ?

— Ne l'es-tu pas tout autant ?

Elle ouvrit la bouche, mais la referma aussitôt. Duncan sourit.

— Bon, c'est vrai que je suis curieuse, mais, là, il n'y a pas vraiment de quoi. Vraiment.

— Dis toujours.

Elle hésita. Que dirait-il ?

— Tu vas me prendre pour une folle.

— C'est déjà le cas.

Katarina sourit, puis souffla. Encore une fois, elle laissait gagner son frère.

— J'ai juste eu l'impression d'avoir été suivie parce que le vent soufflait trop fort dans les arbres.

— Katarina...

— Quoi ?

— Il n'y a pas eu de vent aujourd'hui.

— Comment ?

— Il a fait une chaleur étouffante et j'étais à l'extérieur toute la journée. Il n'y a pas eu de vent et la pluie est tombée dru, il y a à peine une heure.

Katarina redevint pâle et se renferma de nouveau.

— C'était peut-être un animal.

— Pour que tu deviennes aussi blanche qu'un linge ? Je ne crois pas. Tu as dû voir quelque chose, mais tu ne veux rien me dire. Katarina, insista-t-il sous son silence. Ne joue pas avec ça. Tu as peut-être réellement été suivie et, si c'est le cas, tu ne dois surtout pas nous le cacher. Tu ne devais pas sortir seule à l'origine, n'oublie pas, donc explique-toi. As-tu remarqué quelque chose d'anormal ?

— Non, non, pas que je me souvienne, avoua-t-elle en s'asseyant, un peu confuse.

— Vraiment rien ?

— Eh bien... peut-être une voix de femme et une ombre immense, mais rien d'autre... Non, rien d'autre.

— Mais, à part ça, tu n'avais rien vu ?

— Pourquoi, qu'y a-t-il ?

— Je ne veux pas que tu retournes dans la forêt.

— Quoi ?

— Je ne veux pas que tu y retournes. C'est trop dangereux.

— Pourquoi ?

— Ton expérience ne t'a-t-elle pas suffi ?

— Mais enfin, Duncan ! As-tu vu le temps se changer ? Ce n'était peut-être qu'une illusion !

— Peut-être, mais avec ce risque, je ne veux pas que tu y retournes.

— Avec le risque de quoi ?

— Katarina, tu as entendu parler de toutes ces disparitions, n'est-ce pas ? La dernière a eu lieu à Rievaulx, la ville voisine.

— Et alors ? Ce ne sont que des disparitions, pas des meurtres ! Et même dans ce cas, tu sais que je m'y rendrai. Je ne vais pas m'interdire de vivre pour cela.

— C'est sérieux.

Katarina fronça les sourcils.

— Penses-tu à autre chose pour être si insistant ? Quelqu'un est derrière tout cela, n'est-ce pas ?

— Je ne pense à rien du tout, mais, avec les temps qui courent, je préférerais te savoir ici.

— Mais tu sais aussi bien que moi que si on ne remonte pas tout de suite à cheval, on ne remontera plus jamais.

— Vois-tu ? Tu le dis toi-même, tu as eu peur.

— Oui, j'ai eu une frayeur, je l'avoue ! Je suis coupable, monsieur Kingsley, surjoua-t-elle avant de redevenir sérieuse. Mais j'y retournerai.

— Tu aimes un peu trop ce genre d'ambiance à mon goût, mais tu dis cela uniquement parce que tu es à la maison.

— Si je n'y retourne pas, je ne saurai jamais. Tu sais que j'aime aller là-bas, je m'y sens bien. Ne me prive pas d'une chose qui me plaît.

Duncan parut hésiter et son front se plissa sous l'effort qu'il réalisait pour peser le pour et le contre d'une telle situation. Puis il finit par soupirer :

— Quoi que je te dise, tu n'en feras de toute manière qu'à ta tête, mais préviens-moi quand tu sors et, si je suis là, je serai rassuré de t'accompagner. Si je suis absent, je t'en prie, fais attention ou emmène quelqu'un.

— Pourquoi tant de sérieux et d'égards, Duncan ? sourit Katarina.

— Ce n'est pas une plaisanterie, je t'assure.

— Allons donc, mon frère adoré s'inquiète-t-il sérieusement pour moi ? tenta-t-elle de plaisanter pour se rassurer. Comme tu es mignon.

— Cela, je le sais, admit-il moins sérieusement. Mais tout de même. Katarina, s'il te plaît...

Pendant quelques instants, un lourd silence les enveloppa, chacun pensant à ce que l'autre avait dit.

— Bon, d'accord, finit-elle par répondre. Tu n'as pas à t'inquiéter, je ferai très attention.

Son frère parut réconforté de la prise de conscience de sa sœur, par conséquent, il se permit d'alléger l'ambiance, méfiant tout de même :

— Bon, si tu le promets. Je te fais confiance.

— Vas-tu me laisser tranquille maintenant ?

— Oui. Bonne nuit, PETITE sœur.

Elle rit et l'embrassa.

— Bonne nuit, VIEUX frère.

Puis Duncan sortit, un dernier regard vers sa sœur.

Dès qu'il fut parti, Katarina s'enferma à double tour, respirant profondément. Elle se lava rapidement avec l'eau qu'elle avait à disposition et enfila sa chemise de nuit, marchant calmement vers le rebord de la fenêtre où elle s'installa. La pièce était à peine éclairée et assez petite en réalité ; mais ce sur quoi elle avait vue était tellement immense que cela suffisait à agrandir sa chambre et elle ne se lassait pas de l'admirer. Il s'agissait de la forêt.

La nuit était depuis longtemps tombée et il était impossible de discerner quoi que ce soit à l'intérieur du bois tant il était sombre. Elle rappela instantanément à la jeune femme ce qu'elle y avait vécu quelques heures plus tôt. Bien sûr, elle ne voulait pas inquiéter sa famille, alors, évidemment qu'elle allait faire attention, mais elle ne renonçait pas à y remettre les pieds, bien au contraire ! Le calme revenu, elle en était intriguée, curieuse de savoir ce qui se cachait derrière tout cela.

Chapitre 5

Les jours qui suivirent, Katarina fut accueillie chaleureusement par ses parents et, aussi étonnant que cela puisse lui paraître, ils ne lui posèrent aucune question. Quelque peu surprise par cette nouvelle indifférence, elle n'en fut pas moins soulagée et mit sur le dos de son frère la cause de ce changement de situation. Néanmoins, elle dut répondre à d'autres questions qui, elle devait avouer, lui étaient complètement sorties de la tête.

— Ma très chère Katarina, avez-vous ce qu'il faut pour vendredi ? s'enquit Helen en l'asseyant prestement à côté d'elle.

— Vendredi ? Mais de quoi aurai-je besoin ?

— D'une robe, rétorqua sa mère, interloquée.

— Une robe ? Pour quoi faire ? J'en ai déjà toute une armoire.

— Enfin, voyons, chérie, n'aviez-vous tout de même pas omis que nous étions invités chez les La Courtepiert ?

— Chez..., se rappela-t-elle soudain. Non, je n'avais pas oublié.

— Il vous faut absolument une nouvelle tenue. Vous ne pouvez pas vous présenter dans l'une de celles que vous avez déjà portées, ce ne serait pas leur faire honneur. Nous aussi, nous en aurons de nouvelles.

— Pour quelle occasion ? dit Duncan en bâillant.

— Pour la soirée des La Courtepiert, voyons, l'aviez-vous aussi oublié ?

— Non, mais je pensais que nos costumes seraient suffisants. Pourquoi en acheter des neufs ? Ils ne nous ont jamais vus porter les autres.

— Qu'importe qu'ils les aient vus ou non, là n'est pas la question. C'est une occasion très spéciale, appuya-t-elle, tout sourire avec un regard vers son mari. Nous aurons donc besoin d'une tenue de circonstance.

— Et en quoi est-elle spéciale ?

— Elle est spéciale, car cela fait près de vingt ans que nous ne nous sommes plus revus et…

— Vous les avez revus il y a quinze jours ! l'interrompit Duncan.

— Certes, mais en présence de nos amis et de notre famille, cela n'a rien à voir avec vendredi, ajouta Edgar. Cette fois, ils seront chez eux, tout nouvellement installés, avec leurs amis, leur famille, leurs connaissances. Nous devons être parfaits, et ce, à tous points de vue, et surtout nous ferons la rencontre de leur fils.

— Nous ne pouvons pas nous permettre d'être négligés, reprit Helen, car ils sont d'une richesse importante et leur influence est grande. Les premières retrouvailles passées ne nous garantissent pas des relations futures.

— Nous-mêmes devons changer, par conséquent, plaisanta l'aîné, complice de sa sœur. Ils ont déjà vu nos visages, peut-être devrais-je me laisser pousser la moustache ?

— Duncan, voyons, soyez sérieux.

Helen eut un temps d'incompréhension, hésitante, puis elle sourit.

— Allons donc, vous nous taquinez, Duncan, n'est-ce pas ? voulut-elle s'assurer.

— Pour mon plus grand plaisir.

Quelques heures plus tard, la famille était en route vers une ville riche du sud, afin de peaufiner les derniers préparatifs pour leur soirée. Dans le fiacre, elle discutait déjà des futures acquisitions pour la rendre grandiose et inoubliable.

— D'abord, s'enquit Helen, j'espère que le nouveau fiacre sera plus confortable et plus noble d'apparence. Avons-nous réussi à obtenir celui à quatre roues, Duncan ?

— Oui, comme vous me l'avez demandé hier. Il arrivera là-bas en fin de journée.

— Fort bien. Il ne nous reste plus qu'une chose ensuite, conclut-elle simplement. Il nous faut être beaux.

— Est-ce tout ?

— Oui, Duncan, le reste, Roger et moi, nous nous en occupons.

— Je suis donc prêt. Pourquoi m'avoir emmené ? plaisanta-t-il.

Katarina lui donna un coup de coude.

— Quoi ? protesta-t-il. C'est vrai, je n'y peux rien.

— Tu es vraiment pitoyable, mon pauvre !

— Soit, mais il vous faut tout de même un beau costume. Quant à vous, Katarina, je pense qu'une robe de soie bleu marine vous irait parfaitement. Voyez-vous, fit sa mère avec de grands gestes, avec quelques rubans ici et là, quelques perles peut-être, à la place de votre camé, ou quelques motifs floraux dans vos cheveux ; ce serait parfait. Qu'en pensez-vous ?

— Pas grand-chose.

Duncan et son père pouffèrent sous le regard mal avisé d'Helen.

— Avez-vous une autre idée ?

— Allons, Helen, intervint Edgar, laissez-la choisir. Elle portera mieux une tenue de son goût plutôt qu'une autre.

Sa femme le regarda et se soumit à son avis.

— Comme vous voudrez.

Le reste du chemin se poursuivit dans le silence… ou presque. Edgar et Helen se parlèrent à voix basse, sous les regards indifférents de leurs enfants qui n'étaient que très peu intéressés par leurs propos, quoiqu'ils crussent parfois entendre leurs prénoms. La route était très belle et agréable à regarder ; des flaques d'eau s'étendaient de-ci de-là, reflétant le ciel dégagé en miroir. La journée s'annonçait charmante, en comparaison avec la précédente, et cela les réjouissait considérablement, surtout Katarina. Sa peur avait totalement disparu, et c'était plus confiante qu'elle accompagnait ses parents ; elle n'était pas passionnée de mode, mais elle avouait que faire les boutiques la divertissait un peu. Son frère, lui, pensait plutôt à l'express qu'il avait reçu au soir de l'incident. Il s'était bien gardé d'en faire part à sa sœur lorsqu'il était allé la voir à son retour de forêt, car, s'il lui en avait parlé, elle n'aurait eu de cesse de le questionner et il ne savait pas s'il aurait eu le courage de le lui cacher. Sa lettre était par ailleurs pressante. Devinant de quoi il s'agissait, il fut tout de même intrigué par son contenu et fut gêné à l'idée d'abandonner pour un temps sa famille, mais, il lui fallait se rendre, dès qu'il le pourrait, auprès de l'inspecteur de police Stanley Ferguson qui lui transmettrait alors un message des plus important. Aussi s'était-il embarqué ce jour-là avec ses parents et sa sœur dans un double but.

Ce fut de cette manière que le fiacre des Kingsley arriva en ville. Le tumulte envahissait les rues. Bien loin de chez eux, les avenues étaient grandes et il y avait du haut monde partout où ils posaient les yeux ; ce n'était pas là qu'ils trouveraient mendiants et paysans.

Tous étaient richement habillés et accompagnés dans leurs voitures, tirées par de somptueux chevaux. Les demeures étaient très belles et les façades, bien peintes et décorées, avaient des allures de maisons de poupées. Chaque bâtisse possédait son propre jardin ; et peu large, mais haute, elle se revêtait chacune de fenêtres toutes bien ordonnées. Les couleurs étaient chatoyantes et passaient du bleu au rouge sans que cela fût incommodant ; elles représentaient à la fois la richesse et l'extravagance de la haute société, qu'elle fût bourgeoise ou noble.

Les parents de Duncan et Katarina s'en extasiaient, surtout leur mère qui disait à claire voix qu'il lui plairait de déménager pour ce genre d'endroit, chose qu'elle ne ferait jamais, le frère et la sœur en étaient certains. Des maisons comme celles-ci, il était courant d'en rencontrer, mais pour la famille Kingsley, qui vivait dans un coin reculé de l'Angleterre, et loin de la capitale, elles étaient toujours très jolies à voir. Les boutiques n'avaient d'ailleurs rien à leur envier et c'était bien pour cette raison qu'ils venaient dans cette région.

Ils se rendirent donc dans la quatrième avenue, dans une boutique où l'on créait des tenues de soirée sur mesure. Le magasin, qui paraissait petit de l'extérieur, s'agrandit comme par magie devant leurs yeux lorsqu'ils y entrèrent. Les enfants et leur père comprirent que c'était là l'effet des miroirs placés un peu partout autour d'eux, mais ils laissèrent Helen s'émerveiller, quoiqu'ils ne fussent pas certains que ce fût pour la grandeur de la salle, mais plutôt pour les riches tissus et perles qu'elle voyait. Ils la rejoignirent très vite, car elle demandait déjà un costume pour chacun d'entre eux. Un homme s'occupa d'Edgar et de Duncan tandis qu'un autre se présenta aux deux femmes.

— Avez-vous une idée précise de ce que vous voulez, mesdames ?

— Oui, commença Helen. Je voudrais une robe de ce tissu turquoise que vous avez là. J'aimerais que ma robe ait quelques replis là, en bas, et que les manches m'arrivent aux coudes. Voyez-vous ? Comme cela, mima-t-elle.

— Et pour les accessoires ?

— Les perles que vous avez me suffiront, avec quelques-unes sur le bustier et d'autres au bas de la robe.

— Très bien, je vois. Et pour Mademoiselle, ce sera ?

— Quelque chose de simple, je ne veux guère de perles et de frous-frous en tous genres. Je voudrais une robe…

Elle ne put terminer sa phrase, sa mère la fixait d'un regard noir. Elle obtempéra alors pour lui faire plaisir, car elle savait que la soirée était importante pour elle, mais elle se résolut tout de même à garder un minimum de ses goûts et de ses valeurs, sans quoi elle ne se sentirait jamais à l'aise chez les La Courtepiert.

— Je voudrais une robe comme celle-ci, reprit-elle en désignant un charmant modèle, qui puisse être d'un tissu élégant et raffiné. Ce beige me plairait bien avec quelques rubans rouges aux manches et sur le corsage. Les motifs des roses rouges sont aussi ravissants, qu'en pensez-vous, Maman ?

Helen soupira de soulagement et sourit.

— Elle vous irait à ravir, chérie.

— Alors, mon choix est fait, affirma-t-elle au vendeur.

— Il me faut prendre vos mesures maintenant. Mesdames, si vous voulez bien me suivre.

Elles suivirent le gérant et rencontrèrent Edgar et Duncan, qui attendaient sur la banquette.

— Avez-vous fini ?

— Oui, c'est fait. Nous avons fait un excellent choix, pas vrai, Duncan ?

— Oui, c'est sûr. Et vous ?

— Il est fait. Katarina a même choisi une très belle tenue, bien plus que je ne l'aurais imaginé !

— Ah, j'ai hâte de la voir, s'intéressa son père.

— Vous attendrez. Pour l'instant, nous devons aller prendre nos mesures.

— Bien, nous vous attendons ici.

Le temps que les deux femmes de la famille finissent avec le vendeur, Edgar et Duncan patientèrent en discutant.

— Nous aurons une grande soirée cette semaine, j'ai hâte d'y être, affirma le plus âgé des deux. Il y aura du monde, je crois, et j'espère bien rencontrer leur fils cette fois. Que dis-je ? Nous le verrons, c'est certain, je ne vois pas comment ce serait possible autrement.

— Oui, c'est sûr, répondit Duncan sans montrer d'intérêt, occupé à regarder l'heure.

— Je me demande si vous allez le reconnaître. Vous aviez cinq ans à peine la dernière fois.

— Nous verrons.

— Et puis, j'espère que tout sera prêt à temps.

— Ce le sera.

— Dites, Duncan, m'écoutez-vous ?

— Pardon ?

— Oh, mais vous êtes bien pareils, votre sœur et vous ! Avez-vous seulement écouté ce que je disais ?

— Désolé, Papa, mais je dois régler une petite affaire, vous m'excuserez ? Je vous rejoins dans dix minutes dans le centre.

— Est-ce vraiment important ?

— Oui, je le crains.

— N'est-ce pas grave, au moins ? Je suppose que c'est à cause de ce que vous avez reçu il y a quelques jours, n'est-ce pas ?

— Entre autres. Je sors juste et je reviens tout de suite.

— Bon, rejoignez-nous plutôt ici que dans le centre. Nous serons certainement dans la boutique à côté.

— D'accord. À tout de suite !

Duncan sortit aussi vite et, à ce même moment, Helen et Katarina arrivèrent.

— Où est Duncan ?

— Il est sorti : une petite affaire à régler. Il nous rejoint dans un instant.

— Lui avez-vous bien dit où nous allions ?

— Il est au courant. Avez-vous terminé ?

— Oui, nous aurons nos tenues à l'heure. Ils ont un peu rechigné, mais, finalement, ils vont le faire.

— Ils avaient plutôt l'obligation de le faire, n'est-ce pas pour cela que nous les payons ?

— Edgar, je vous en prie, pas ici.

— Êtes-vous satisfaite, Katarina ?

— Oui, Papa, j'en suis enchantée.

— Bon, au tour des chaussures et autres accessoires maintenant.

À ce moment-là, la rousse pensa à son frère et à ce qu'il était en train de faire ; si elle avait su qu'il s'éclipserait, peut-être l'aurait-elle suivi, mais, tandis que son père réglait le montant pour les tenues et qu'ils continuaient leur chemin, Duncan, lui, se rendait au poste de police, à deux pas de là.

Le monde à l'intérieur était impressionnant. Les personnes qui s'y trouvaient étaient de tous horizons : de riches marchands se plaignaient, tonitruants, de vols commis, d'autres observaient simplement des affiches, et des pauvres s'amusaient à piller des dames inoffensives sous les yeux des forces de l'ordre, quand ils ne s'occupaient pas ailleurs, en se plaignant aux agents qu'ils avaient été volés par un riche ; ce qui surprit un tant soit peu le brun. Mais ce qui le frappa beaucoup plus, ce fut la présence de l'un d'entre eux, accoudé à l'accueil, suppliant quelque chose qu'il ne pouvait entendre, au pauvre officier déboussolé et surmené.

C'était un homme maigre, très maigre et son pantalon semblait à peine tenir sur ses hanches. Il était décrépi, sale et tenait à la main une bouteille d'alcool. En s'approchant, Duncan put noter par ses traits tirés et ses yeux exorbités qu'un mal certain le rongeait. Le réceptionniste semblait avoir beaucoup de peine à s'en défaire et lui répétait sans cesse que s'il ne partait pas, il ferait appel à la force.

— Que voulez-vous que cela me fasse ? hurla le pauvre homme. Je veux savoir ce qu'il s'est passé !

— Monsieur, je suis désolé, mais cela doit rester confidentiel. Nous ne pouvons pas vous aider.

— Vous moquez-vous du monde ? Je veux que justice me soit rendue. Je veux voir l'inspecteur !

— Non, monsieur. L'inspecteur ne peut pas vous recevoir.

— Et je vous dis qu'il faut que je le voie ! On m'a enlevé mes deux enfants, je ne puis rester les bras croisés.

— Je le comprends bien, monsieur, mais je suis désolé, vous ne pouvez pas. Nous vous tiendrons au courant.

— Cela fait des mois que vous me dites ça et des mois que je n'ai pas eu de nouvelles !

— Monsieur, je vais devoir faire appel à la force. Messieurs ! appela-t-il. Faites sortir cet homme.

À ce moment-là, Duncan vit surgir deux officiers immenses d'entre la population envahissante. Ils avaient une allure de gorilles, ce qui aurait pu faire rire le brun en d'autres circonstances, mais la façon avec laquelle ils emmenèrent le vieil homme malade lui en réduisit toute envie.

— Je reviendrai, hurla-t-il en pleurant. Dieu rendra justice, vous le verrez, et j'espère que vous vivrez la même chose que moi un jour !

Tout le monde le regarda sortir, choqué et, lorsqu'il fut dehors, le lieu commença étrangement à s'évacuer ; l'opposition entre les deux hommes avait dû attirer l'attention sans aucun doute, car bientôt, seul Duncan se trouva là au milieu de la pièce.

Le réceptionniste lui adressa un regard agacé.

— Puis-je vous aider, monsieur ?

— Oui, s'il vous plaît, dit Duncan en sortant de sa torpeur. J'aimerais parler à l'inspecteur. Est-il ici ?

— Ah ! N'avez-vous pas assisté à ce qui vient de se passer ? L'inspecteur est très occupé, il ne reçoit personne.

— Je crois qu'il y a erreur.

— Je ne le crois pas, monsieur. Maintenant, veuillez m'excuser. Bonne journée.

— Non, c'est impossible. Je dois voir l'inspecteur, il m'attend. Pourriez-vous m'indiquer son bureau, s'il vous plaît, ou dois-je m'y rendre seul ?

— Comment vous permettez-vous, monsieur... ?

— Monsieur Kingsley, répondit Duncan en présentant à l'officier sa plaque identitaire. Je suis ici pour l'affaire des disparitions dans le Yorkshire et je puis affirmer que l'inspecteur m'attend.

L'homme parut soudain embarrassé.

— Veuillez me pardonner, monsieur Kingsley. Je suis affreusement confus. Comprenez bien que je dois faire attention ; je ne puis permettre à n'importe qui de rencontrer l'inspecteur en ce moment. Mais venez, je vais vous conduire jusqu'à lui.

Duncan suivit alors le garçon derrière le bureau de réception et traversa un étroit couloir de portes invisibles depuis l'accueil, avant de s'arrêter devant l'une d'elles, à l'angle d'un mur.

— L'inspecteur est ici. Je vous laisse donc là en vous priant une nouvelle fois de bien vouloir m'excuser pour la confusion. Au revoir.

Mais le brun ne fit qu'un signe de tête en sa direction et, lorsqu'il fut parti, toqua à la porte de l'inspecteur. Ce dernier l'accueillit bientôt.

— Ah, monsieur Kingsley ! Je vous attendais. Entrez.

M. Ferguson était un homme grand, large d'épaules et d'un port plutôt assuré et élégant. Il avait les traits de la sagesse, mais aussi ceux d'un grand esprit. C'était un homme doué dans sa fonction et très demandé tant au niveau professionnel que privé, si bien que le voir était rare, hormis dans les cas urgents. Il avait une femme de sept ans sa cadette et trois enfants qu'il aimait beaucoup. Duncan avait souvent eu l'occasion de les rencontrer depuis qu'il travaillait en étroite collaboration avec lui. Chacun avait souvent recours aux services de l'autre et, si l'un recevait les louanges des succès de son collègue, l'autre le remerciait de toutes les informations qu'il recevait, qu'elles fussent nécessaires ou privées.

L'inspecteur était pour ces raisons un grand allié, mais c'était aussi un homme impartial, avenant, droit et juste, même s'il lui arrivait de s'emporter dans son élan et d'interroger avec plus de vigueur qu'il ne le devrait un suspect peu coopératif. Il recourait très souvent au jugement du fils Kingsley d'ailleurs, car, grâce à lui, les erreurs judiciaires étaient pour la plupart évitées. Mais Duncan n'était pas parfait non plus et il lui arrivait aussi à lui de commettre des erreurs de jugement bien que, sur toutes les enquêtes qui lui avaient été confiées jusqu'à présent, une seule se fût mal terminée. Bien loin de se démoraliser pour autant, il apprenait au contraire de ses erreurs et c'était ce qui lui valait sa renommée, renommée à laquelle l'inspecteur goûtait, selon leur arrangement.

Ce jour-là encore, ils furent amenés à réunir leurs forces pour parvenir à étudier un mystère auquel ils n'avaient encore jamais eu affaire.

— Nous voilà encore dans un beau bourbier, commença le plus âgé. Asseyez-vous, je vous prie.

— Je crois qu'il va nous falloir beaucoup de patience pour parvenir au bout de cette affaire, inspecteur. Elle s'envenime de jour en jour.

— J'entends bien et il nous faudrait des éléments solides pour la résoudre. Tout se base sur des suppositions qui, hélas, ne nous amènent pas très loin et nous n'avons pas de preuves.

— Rien de nouveau depuis la dernière fois ? Pourtant, j'ai reçu un express m'informant de venir vous voir au plus vite.

— Nous avons eu quelques-unes, en effet : d'autres familles viennent de recevoir une carte.

— Encore ? Est-elle identique ?

— En tous points. Elle est noire, écrite en lettres d'or.

— Le contenu ?

— Il n'a pas changé : « Je vous ai pris votre fille, fils, femme, etc. » ; et toujours le même expéditeur.

Duncan parut réfléchir.

— Ce qui m'intrigue, convint-il, c'est que ces disparitions semblent n'avoir aucune correspondance : il s'agit autant de personnes aisées que défavorisées. Et le plus troublant, c'est que ces disparitions nous sont signalées à plusieurs endroits en même temps.

— Je vous l'accorde, reprit le policier. Cette affaire est la plus étrange qui m'ait été confiée.

Un silence réfléchi les prit soudain.

— Et pour le mendiant ? demanda Duncan. N'a-t-on aucune nouvelle de ce côté-là ?

— Non, aucune. Il n'avait ni famille ni amis susceptibles de nous en donner, et personne pour recevoir de carte, au cas où il viendrait à en recevoir une. Je crains que, pour ce cas, la presse n'ait tiré de conclusions trop hâtives. D'ailleurs, dit-il en cherchant dans ses tiroirs, Londres m'a chargé de vous remettre ceci : le dossier concernant toute l'affaire depuis ses débuts. Comme vous n'étiez pas chargé de cette affaire au commencement, je me suis permis de prendre des initiatives. Vous apprendrez là-dedans certainement plus de choses que je n'en ai apprises. Peut-être même trouverez-vous quelques indices pour nous relancer ! Ah ! Et avant que je ne l'oublie, vous êtes demandé là-bas… Je veux dire, à Londres.

— Quand cela ?

— Si vous pouviez y être en fin de semaine, je crois que cela les arrangerait.

— Je ferai de mon mieux pour y être. Savez-vous dans quel but et où précisément ?

— Tout est indiqué sur le papier, indiqua-t-il en montrant le dossier. Vous ne pourrez pas vous tromper. Je suppose qu'ils veulent vous voir pour cette affaire.

— Très bien, je vous remercie.

— Pas de quoi.

— En revanche, je vais vous laisser à présent si vous n'avez rien d'autre à ajouter. J'ai des obligations familiales.

— Bien entendu. Je comprends. Travaillez bien.

— À bientôt. Vous passerez le bonjour à votre femme.

Prenant congé, Duncan sortit du commissariat et, après cette entrevue, prit soin de cacher le dossier sous un siège du fiacre, avant de rejoindre ses parents et sa sœur qui, comme prévu, s'affairaient dans la seconde boutique pour choisir leurs accessoires. Son père hésitait entre des boutons de manchettes simples et dorées ou représentant une étoile argentée. Sa mère, elle, ne savait que prendre, et sa sœur avait certainement déjà fait son choix puisqu'il la vit assise sur la banquette du magasin, en train de regarder au-dehors. Ce fut d'ailleurs elle la première qui l'aperçut et, aussitôt, elle se précipita à sa rencontre.

— Où étais-tu ? Nous t'attendions.

— J'avais une course à faire. Avez-vous déjà fini ?

— Non. Papa et Maman hésitent encore.

— Et toi ?

— Mon choix est déjà fait. J'ai réussi à convaincre Maman que mon camé me suffisait.

— Et elle a accepté ?

— Oui. Elle m'a demandé de choisir pour toi en attendant.

— Que m'as-tu choisi ?

— Viens voir. Je les ai posés là.

Katarina l'emmena alors vers un comptoir au fond de la salle sur lequel était posé un certain nombre de cravates et de nœuds papillon.

— Comme je ne savais pas de quelle couleur était ton costume, j'ai opté pour des passe-partout. Il y a la noire, la bleue foncée, la blanche et la grise. Je doute que tu aies choisi un costume rouge ou de couleur vive, n'est-ce pas ?

— Exact. Je ne suis ni Papa ni oncle Horace. Mon costume est noir et la chemise est bleue.

— Bleue ? Tu changes !

— Je vais faire tomber toutes les femmes.

— Mais bien sûr ! sourit-elle en lui tapotant sur l'épaule. Je crois que le costume ne changera rien à ton succès.

Leurs parents arrivèrent à ce moment-là et leur choix avait été fait, vu le nombre de paquets qu'ils tenaient.

— Ah, Duncan, vous revoilà ? Avez-vous choisi ?

— Oui, je vais prendre une cravate noire, avec la raie bleue au milieu.

— Bon choix, mon garçon, approuva son père. Elle conviendra à votre chemise.

— Si nous payions maintenant ?

Une fois le compte réglé, la famille Kingsley regagna son fiacre et déposa les paquets à Roger, qui les chargea. Le rangement prit quelques instants pendant lesquels Edgar, son épouse et ses enfants flânèrent dans les rues regorgeant de monde.

Perchés sur leurs balcons, certains bourgeois discutaient parfois avec les gens aux terrasses ; d'autres se baladaient et d'autres encore dépensaient leur argent dans des boutiques luxueuses. Le décor était en accord avec les personnes qui le constituaient : de grandes maisons géorgiennes surplombaient chaque parcelle de terre de cette grande ville où la pauvreté ne semblait pas exister. Ce fut dans cette ambiance, et sous un beau soleil d'été, que toute la famille se promena paisiblement lorsque, par hasard, ils rencontrèrent leur amie de Scarborough.

— Edgar ! Helen ! Quelle surprise !

C'était Mme de La Courtepiert qui, dans des vêtements de ville, l'air fier et joyeux, accompagnée par deux inconnus qui étaient sans nul doute ses domestiques à la vue de leur apparence, s'avança vers eux.

— Juliette ? s'exclamèrent-ils. Quel heureux hasard !

— Comment allez-vous ?

— Très bien et vous-même ? demanda Helen.

— On ne peut mieux. Mais dites-moi, que faites-vous ici ?

— Nous sommes venus acheter nos tenues pour la soirée. Et vous, que faites-vous ici ? Albert n'est-il pas avec vous ?

— Non, il travaille, donc c'est moi qui suis venue chercher les costumes que nous avions commandés, avec mon domestique, François, et ma femme de chambre, Édith.

— Et votre fils ?

— Il est avec son père. Oh, mais vos enfants sont là, eux aussi !

— Bonjour, madame, la saluèrent Katarina et Duncan.

— Comme ils sont mignons ! J'ai hâte de vous revoir plus longuement. Je suis désolée de m'en aller comme cela, mais je suis attendue. Nous nous reverrons vendredi soir de toute façon, n'est-ce pas ? dit-elle en les quittant.

— Oui, bien sûr. Bonne fin de journée.

— Merci, vous aussi.

Puis elle s'éclipsa, entourée par François et Édith.

— Si je m'attendais à la voir ici, s'étonna encore Helen.

— Elle est bien loin de Scarborough, commenta Edgar. D'ailleurs, nous sommes aussi loin de chez nous. Allons voir si Roger a terminé.

Devant le fiacre, leur domestique les attendait.

— Avez-vous fini ? demanda Edgar.

— Oui, monsieur. Tout est prêt, vous pouvez monter.

Leur serviteur les aida alors à grimper dans la voiture et, quand ils se furent installés, se mit aussitôt en route. Tous les cinq s'éloignèrent bien vite de la ville et leur retour leur parut alors plus court que l'aller ; car, après quelques heures, ils regagnaient leur demeure isolée et leur village, bien moins animé que la grande ville, mais qu'ils étaient, malgré tout ce qu'ils avaient dit, bien heureux de retrouver.

Chapitre 6

Le jeudi qui précéda la soirée passa lentement chez les Kingsley et jamais autant de leur vie ils ne se montrèrent aussi impatients. Ils comptaient les heures défiler avant le départ et vérifiaient toujours qu'il ne manquait de rien. Tout était prêt : la voiture était arrivée et les tenues leur avaient été livrées dans l'après-midi. Les tailleurs de Leeds avaient fait là un travail exceptionnel et, si jamais la famille en éprouvait un besoin futur, nul doute qu'elle ferait encore appel à eux.

— Je vous félicite, Maman, pour votre perspicacité et votre bon goût, la remercia Katarina, agréablement surprise par le paquet. Jamais je n'ai porté aussi jolie robe ! Elle est magnifique et de grande qualité !

— Ah ! Voyez que j'ai bien fait d'insister. Vous plaît-elle vraiment ?

— Oui, vraiment, et je vous remercie ; mais vous avez dû dépenser une fortune.

— Ne vous préoccupez point de cela, intervint son père. Il n'y a point de dépense qu'il faille éviter pour comparaître devant nos amis.

À ce moment-là, Duncan entra dans la pièce, les cheveux en bataille, un vent d'air frais l'accompagnant.

— Où étiez-vous, chéri ? l'interrogea sa mère. Nous ne vous avons même pas vu partir !

— J'étais à la gare avec Roger, pour m'assurer que tout était en ordre pour demain : le fiacre que vous avez commandé nous attendra à l'arrivée à Scarborough.

— Fort bien. Nous avons dépensé une coquette somme pour nous le procurer, se réjouit Helen. J'espère que cela fera bonne impression.

— Je n'en doute pas, assura Duncan. En revanche, je prendrais bien quelque chose à boire.

— Je vais te chercher quelque chose, se proposa Katarina.

Mais elle ne fut pas sitôt à la cuisine que son frère la rejoignit.

— As-tu une idée de ce à quoi elle ressemble ? lui demanda-t-il. Je veux dire... la voiture.

— Non. Aucune. Est-elle si chère ?

— Je ne sais pas, mais elle impressionnera sans nul doute ! Je ne savais pas Papa et Maman si riches.

— Il en va de même pour nos tenues. Ils ont dépensé une fortune !

— Je ne sais pas pourquoi ils font cela, mais je les trouve bien cachottiers. Les La Courtepiert ont vu notre maison, nos relations, nos habitudes ; je ne vois pas pourquoi aujourd'hui ils se comporteraient autrement. Quel besoin ont Papa et Maman de leur présenter autre chose ou plus que ce l'on a ? Vraiment, je ne les comprends pas parfois.

— Moi, je pense qu'en montrant leur voiture, malgré la modestie dont ils ont fait preuve, les La Courtepiert ont prouvé à Papa et Maman que, depuis leur séparation, ils s'étaient considérablement enrichis. Ils veulent certainement leur montrer, à leur tour, qu'eux aussi ont bien évolué dans la société.

— Oui, mais dans quel but ? Quel intérêt ont-ils à se prouver l'un l'autre l'étendue de leurs richesses ? Ils sont amis, non ?

— Je n'en ai aucune idée. En revanche, s'ils utilisent l'argent pour montrer leur influence ou leur pouvoir, ils me déçoivent l'un comme l'autre, sans doute plus M. et Mme de La Courtepiert pour qui j'ai commencé à avoir de la sympathie.

— Ne la leur retire pas dans ce cas, tant que nous n'en saurons pas plus. Je suis persuadé quant à moi de leurs bonnes intentions et je ne soupçonne là aucune gravité, contrairement aux messes basses et aux préparatifs de je ne sais quel complot. Enfin, ce n'est pas un bavardage convenable à la veille de leur rencontre. Nous serons chez eux demain et nous nous devons de paraître au mieux, si ce n'est plus qu'à l'ordinaire, car nous ne pourrons pas agir comme à notre habitude ; il nous faudra faire des efforts et, pour cela, je pense à toi en particulier, petite sœur : tu ne danses jamais et tu refuses tous les jeunes hommes qui se présentent à toi.

— Et alors ? Tu juges autant que moi qu'ils n'en valent pas la peine.

— Papa et Maman finiront par te marier si tu ne sympathises pas avec l'un d'entre eux.

— Je conçois parfaitement le rôle qu'ils attendent de moi, mais... Soit, convint-elle. Si tu le désires, je ferai des efforts pour plaire.

Elle prévint aussitôt avant qu'il ne répliquât :

— J'essaierai.

— J'en suis rassuré.

— Si nous pouvions parler d'autre chose maintenant, je m'en réjouirais. J'ai l'intention de sortir me promener. Veux-tu venir avec moi ?

— Où allons-nous ?

— Dans la forêt.

Duncan soupira.

— Pourquoi fais-tu cette tête ? Je n'y suis pas allée depuis que tu me l'as interdit, lui reprocha-t-elle. Et je meurs d'envie d'y aller ! Je t'avais dit pourtant que j'y retournerais. De plus, comme tu me l'as demandé, je te préviens avant de m'y rendre et te propose même de m'accompagner, puisque tu es là.

— Je n'ai rien dit.

— Mais j'ai vu ta réaction. Alors, viens-tu avec moi ou pas ?

— Tu pourrais tout de même attendre un peu plus.

— Encore un peu et je dirais que c'est toi qui en as peur.

— Pas du tout.

— Alors, qu'attendons-nous ? Si je n'y retourne pas, je n'y retournerai jamais. Et puis, comme je te l'ai dit, il s'agissait peut-être d'un animal.

— Avec une voix de femme ?

Duncan observa sa sœur déterminée ; têtue comme elle l'était, il ne servirait à rien de l'en dissuader, cela ne ferait au contraire que l'encourager.

— Bon, allons-y.

Leur promenade débuta sans un mot. Katarina sentait peser sur son cœur une petite angoisse à l'approche de la forêt, mais, auprès de son frère, elle en garda le secret de peur qu'il ne l'empêchât d'aller plus loin.

La lumière déclinait dans le ciel et il faisait encore très chaud, quoique la brise adoucît un peu sa teneur. En marchant, l'aîné et la cadette observaient autour d'eux, mêlant coups d'œil curieux et vif intérêt devant un tel paysage. La couleur orangée du soir semblait éclairer d'un feu ardent la cime des arbres et les oiseaux discutaient avec leurs voisins en rentrant chez eux, dans leurs nids, au-dessus des fleurs qui en bas somnolaient. Aucun bruit étrange ne survenait, aucun autre que celui de la nature. Et dans cette ambiance, les enfants

Kingsley arrivèrent bientôt à l'endroit le plus apprécié de la jeune femme : son arbre.

Duncan resta un moment auprès d'elle, debout, à guetter les alentours. Elle le surprit en demandant :

— Ne t'assieds-tu pas, Duncan ?

— Si. Je regardais dans quel endroit sordide tu venais tous les jours.

— Il n'est pas sordide, cet endroit ; c'est parce que tu as perdu l'habitude d'y venir. Regarde autour de toi. Tu as la rivière, un espace dégagé occupé par la lumière, de gros arbres contre lesquels t'appuyer et une herbe aussi douce qu'une couverture de soie. Dis-moi, cela ressemble-t-il à un endroit menaçant ?

L'aîné observa encore une fois le coin que décrivait sa sœur puis sourit.

— Tu as raison. Cet endroit est magnifique, mais nous ne nous y attarderons pas, d'accord ? La nuit va bientôt tomber. Regarde, les étoiles apparaissent déjà.

Quelques moments plus tard, ils reprirent le chemin du retour. Rien n'avait perturbé la paix du lieu. Aucun bruit de pas ou de murmures spectraux n'avait fait son apparition. Et rassurés tous les deux par la promenade, ils discutèrent gaiement.

Enfin, le grand jour arriva. Les heures avaient défilé et la maison était à présent plongée dans un grand tumulte, bien différent de la veille paisible. Scarborough se situant à plusieurs dizaines de miles de Helmsley, il fallait partir tôt cette après-midi-là pour espérer arriver à l'heure. Dans la voiture qui devait les emmener à la gare, toute récemment construite, la famille Kingsley s'extasiait de choses et d'autres, déjà parée pour la grande soirée.

M. Kingsley portait le costume pourpre commandé et avait noué à sa toute nouvelle chemise, d'un blanc immaculé, une cravate noire.

L'ensemble ne lui allait pas du tout, surtout les boutons de manchettes en forme d'étoile qu'il avait finalement choisie, mais il avait l'air de s'en satisfaire. Mme Kingsley, elle, portait une ravissante robe turquoise qui s'accordait somptueusement avec sa chevelure rousse. Le bleu qu'elle avait l'habitude de choisir lui allait toujours à ravir et ce collier de perles lui apportait plus de prestance et de grandeur qu'elle en avait eue plus jeune. Duncan avait fourni de grands efforts pour l'occasion, tant dans l'habillement que dans la coiffure. Revêtant habituellement un costume sombre et donnant la liberté à ses cheveux de s'exprimer, il avait choisi cette fois-là l'une des plus belles pièces, que la chemise en soie bleu roi relevait avec goût, ainsi qu'un ruban de même couleur pour nouer sa rebelle chevelure. L'ensemble lui donnait assurément plus d'allure qu'il n'en avait déjà et le rendait plus mature, plus soigné pour ceux qui ne le connaissaient pas. Ce fut pourquoi Katarina, dans sa précieuse robe crème à dentelles, choisit de le complimenter pour une fois... à sa façon :

— T'apprêtes-tu à demander une lady en mariage, Duncan ? Tu es vraiment séduisant aujourd'hui.

— Oh ! mais c'est que ma jeune sœur me complimente ! Que va-t-il arriver ?

— Je sais reconnaître quand tu fais des efforts, c'est tout.

— Ah oui ? Et toi, serait-ce pour leur fils que tu t'es ainsi apprêtée ?

— N'importe quoi ! s'exclama-t-elle aussitôt.

L'attention des parents parut déclenchée.

— Vous êtes tous les deux magnifiques, les assura leur père.

— Et je suis sûr que le fils de nos amis sera très heureux de vous voir ainsi paraître devant lui, ajouta leur mère.

— Mais enfin, que dites-vous ? s'emporta Katarina. Vous divaguez !

— Allons, petite sœur, nous te taquinons, n'est-ce pas ?

— Bien sûr, assurèrent ses parents.

Mais Katarina n'en était pas si certaine.

Une fois dans le train, la route les fit traverser plusieurs villages : pour les uns forts riches, pour les autres si pauvres que les Kingsley n'osèrent pas sortir de leur compartiment pour les découvrir, lorsque le trajet leur imposait un arrêt en gare, trop préoccupés, aussi, pour s'y attarder. Puis quelques heures plus tard, après maintes traversées, ils arrivèrent enfin sur les quais de Scarborough où, comme prévu, leur nouveau fiacre les attendait. Pressés de poursuivre leur route, les parents et les enfants se précipitèrent pour s'y installer, à la fois excités et anxieux d'arriver. Et bientôt, la demeure des La Courtepiert leur apparut.

Edgar et Helen s'animèrent aussitôt : sur leur droite, quatre fois plus grande que la leur, l'immense maison se découpait du paysage, avec son parc immense qui laissait présager un jardin au moins tout aussi somptueux et où des lumières apparaissaient déjà, de-ci de-là, à travers les fenêtres illuminées. Ils pensèrent avoir là devant eux quelque château français, avec au moins trois étages et plus d'une cinquantaine de pièces ! Le domaine était impressionnant : tout en longueur, rectangulaire et aux multiples décorations de pierre baroque. Bien sûr, les Kingsley avaient déjà séjourné à Scarborough, mais c'était la première fois qu'ils voyaient cet endroit aussi resplendissant, et différent de leur souvenir ; leurs amis devaient pouvoir y accueillir là bon nombre d'invités et, en cela, la cour de devant ne le leur en prouva que davantage avec le nombre de voitures qui y étaient déjà garées ! Des dizaines de personnes s'avançaient dans la large allée illuminée et, devant eux, une vingtaine de fiacres attendait déjà leur tour ; les La Courtepiert devaient certainement avoir une réputation hors norme, bien plus qu'ils n'avaient pu se l'imaginer en les voyant la première fois, bien plus riches aussi que ce à quoi ils s'étaient attendus ; à côté, leurs dépenses pour les égaler leur paraissaient dérisoires et, à cette révélation, Helen prit soudain peur.

— Oh, mon Dieu, voyez leur maison ! Croyez-vous, Edgar, que nous puissions rester amis avec eux ? Nous avons une fortune, certes considérable, mais croyez-vous qu'elle puisse surpasser la leur ? Oh, peut-être aurions-nous dû…

— Non, l'interrompit son mari. Vous savez ce que valent nos finances et nous n'avons pas à rougir, vous le savez fort bien. De surcroît, nous les connaissons depuis longtemps et nous correspondons régulièrement avec eux sans que l'argent soit un problème de désunion, et puis rappelez-vous ce qu'ils nous ont dit la dernière fois.

— Oui, je le sais bien, se rappela-t-elle. Mais peut-être que… peut-être ont-ils cru à quelque chose avec la distance qui nous séparait ? Comment pourrons-nous apparaître devant leurs amis et leurs familles à présent ?

— Je vous l'ai déjà dit, très chère amie : nous n'avons pas à avoir honte. Et s'ils ne peuvent supporter cela, eh bien, ma foi, c'est que nous ne sommes pas faits pour nous entendre ; bien que, de cela, je doute : Albert et moi nous voyons souvent et nous nous sommes toujours entendus. De plus, leur fils est né pour ainsi dire en même temps que le nôtre et nous avons été très proches depuis lors. Aussi, nous n'avons aucune raison de croire qu'ils nous renieront, autrement ils l'auraient fait en venant chez nous, ne croyez-vous pas ? Souvenez-vous de ce que vous a rappelé Juliette la dernière fois. Je doute qu'elle ait reformulé cette proposition sinon en connaissance de cause. Mais plus un mot à présent, nous approchons. Mes enfants, ayez la bonté de faire un effort. Katarina, j'espère que vous n'avez pas emporté de livres.

— Non, Papa.

— Bien.

À peine eut-il fini, Roger leur ouvrit la porte. Une file interminable de voitures arrivait encore derrière eux. Edgar Kingsley descendit le premier et son fils suivit, précédant tous deux les jeunes femmes qu'ils aidèrent à sortir. Immédiatement, ils furent accueillis par Albert et Juliette de La Courtepiert qui, les bras ouverts, les accueillirent fort dignement ; Helen constata tout de suite, contrastant brutalement avec la simplicité dont ils avaient fait preuve lors de la soirée précédente, leurs riches tenues et leurs somptueuses parures.

— Bonsoir, mes amis, se réjouit Albert. Comment vous portez-vous depuis notre dernière entrevue ?

— Ma foi, fort bien, l'assura Edgar.

— Le voyage fut-il agréable ? Nous pourrions vous loger pour la nuit si vous le désirez, vous êtes assez loin de Helmsley.

— Non, cela ira. Nous avons déjà tout prévu pour le retour.

— Comme vous voudrez. Vous serez toujours les bienvenus chez nous quoi qu'il en soit. Ah ! Au fait, avant que je ne l'oublie : nous avons un petit cadeau pour vous. Oh, ce n'est pas grand-chose, mais ceci est pour nous excuser de notre retard de la dernière fois. Jean-Charles nous a rapporté ce délicieux foie gras de France, que nous lui avions demandé avant son départ, et nous vous le donnons aujourd'hui. C'est le meilleur de tout le pays, je puis vous l'assurer.

— Oh, mais il ne fallait pas, voyons !

— Si, absolument. Juliette, ma douce, l'avez-vous ?

— Nous vous remercions infiniment, les gratifia Edgar, sous l'approbation inutile d'Albert. C'est une délicate attention.

— Allons, allons, il n'y a pas de quoi, c'est tout naturel. Oh, mais que vois-je ? repartit-il aussitôt. Voici notre charmante demoiselle Kingsley. Comme vous êtes belle !

— Je vous remercie.

— Et vous aussi, Duncan, jugea bon d'ajouter le roux, mais ma femme sera plus à même que moi d'en juger.

— Je vous trouve très charmant.

— Merci, madame.

— Oh, mais à propos, intervint Helen. Vous nous aviez promis votre fils, où est-il ?

— Il est à l'intérieur. Il s'occupe de nos invités déjà présents. Il nous rejoindra au cours du dîner où il vous sera présenté.

— Ah, j'en meurs d'impatience, se réjouit-elle, les yeux pétillants, oubliant soudain sa peur d'être reniée. Nous l'attendons.

— Et il vous attend également. Lorsque nous lui avons parlé de vous, il s'est montré très curieux de votre arrivée, notamment de la vôtre, mademoiselle Kingsley. Mais nous parlons, nous parlons et nous manquons à tous nos devoirs. Entrez donc. François, notre domestique, va vous emmener jusqu'au salon. Allez-y, nous vous y rejoindrons dès que nous aurons accueilli tout le monde.

— Tu es attendue, chère sœur, ajouta Duncan dans un murmure taquin, lorsqu'ils les eurent quittés.

— Et toi, tu ne perds rien pour attendre si tu en rajoutes une.

Duncan sourit et suivit, avec Katarina et ses parents, le domestique jusqu'au hall.

L'escalier de marbre et les portes de verre qu'ils traversèrent leur parurent déjà impressionnants, mais ce ne fut rien en comparaison avec l'intérieur. Le hall était somptueux. Le carrelage était ciré, la pièce était vide de meubles, ajoutant une grandeur exceptionnelle au lieu où seules quelques plantes se perdaient ici et là, encadrant les portes de leur délicieuse beauté. Il y avait beaucoup d'entrées, mais les nouveaux arrivants remarquèrent bien vite que c'était vers celle à double battant, ouverte, qu'ils se dirigeaient pour la soirée. Là-bas, ils virent un nombre impressionnant de personnes, passant le temps à bavarder ou plaisanter, en attendant le début des festivités.

La famille s'approcha timidement.

Le plafond était fort haut par rapport au hall et c'était un lustre énorme qui servait d'éclairage. De grands rideaux rouges de velours couvraient des portes et d'autres ouvraient sur un grand balcon où les jeunes gens se flattaient déjà. Les domestiques, habillés en noir, se distinguaient des invités dont les couleurs de costumes et de robes imposaient leurs marques chatoyantes et colorées. Beaucoup semblaient se connaître et un certain nombre d'entre eux étaient déjà à table, un verre de quelconque alcool en main.

Les Kingsley firent le tour des lieux, curieux. C'était grandiose et cela les intimidait un peu. Aussi, ils se promenèrent de long en en large, là où se trouvait aligné contre le mur le buffet immense, recouvert de toutes sortes de mets, dont ils reconnurent aisément les origines françaises et anglaises. C'était fabuleux et tout avait l'air appétissant dans les services brillants de porcelaine. Toutefois, ils attendirent leurs amis et observèrent autour d'eux, à la recherche de leur éventuelle présence ou de celle de leur fils qu'ils leur avaient dit à l'accueil à l'intérieur. Mais de nombreux invités arrivaient encore, s'émerveillant à leur tour d'une telle maison, et les Kingsley comprirent rapidement qu'il leur faudrait attendre encore un peu avant d'être présentés. Alors, ils se dirigèrent vers les balcons où un parc immense s'étendait devant leurs yeux.

Des buissons et des haies, parsemés de part et d'autre d'allées de pierre, étaient disposés ici et là, travaillés de main de maître et composant la majorité du décor duquel sortaient des arches de fleurs qui indiquaient les entrées du parc, comme une invitation à y pénétrer. La fontaine, érigée en son sein, était d'ailleurs envoûtante, non par sa forme circulaire et sa haute statue de marbre, mais par le son délicieux de l'eau qui retombait délicatement dans le bassin. Derrière, un labyrinthe de verdure bien taillé prenait naissance. Les Kingsley pouvaient y apercevoir de jeunes gens s'y balader sans difficulté, car les arbustes arrivaient tout juste au-dessus de la taille des promeneurs. En revanche, à d'autres endroits, certains n'avaient que la tête qui dépassait, ce qui fit rapidement conclure à la famille à une implantation de sièges quelconques dans ces lieux ; peut-être même qu'à d'autres endroits, où la taille des arbrisseaux était plus grande, certains étaient protégés des regards malvenus, car ils leur arrivaient d'entendre des voix, mais de ne voir personne. En tous les cas, c'était un très bel endroit, absolument charmant, et Katarina fut sans doute la plus charmée, car, pour elle qui adorait passer du temps en forêt, voilà un espace où elle aimerait tout à fait s'aventurer ! Et si sa famille n'avait pas été soudainement appelée, nul doute qu'elle s'y serait lancée.

Pour le moment toutefois, elle suivit le serviteur qui les installa à la table des La Courtepiert.

— C'est un grand honneur qu'ils nous font là, apprécia Helen.

— Monsieur et Madame ne vont pas tarder à vous rejoindre, poursuivit le domestique quand ils se furent installés. En attendant, voici quelques collations.

— Nous vous remercions.

Puis le domestique, à l'accent prononcé, les quitta et les laissa patienter. Les parents furent quelque peu intimidés au début, car ils ne connaissaient personne, mais, bientôt, ils furent rejoints par des connaissances dont ils n'attendaient certes pas la présence.

— Ma très chère sœur Rosalie ! s'écria Helen. Que faites-vous ici ?

— M. et Mme de La Courtepiert nous ont généreusement invités.

— Vraiment ? Les avez-vous charmés à ce point ?

— Ils nous ont instamment pressés de répondre favorablement à leur requête, car ils voulaient pouvoir apprécier notre présence à leur première soirée dans le Yorkshire. Ils sont si gentils ! Vous avez fait là votre meilleur lien, ma chère sœur. Et vous, mon cher beau-frère, comment vous portez-vous ?

— Fort bien et M. Sappleton, où est-il ?

— Oscar ? Il parle avec M. Dashwood.

— M. Dashwood ?

— Oui, et figurez-vous qu'eux-mêmes sont accompagnés par les familles Rainsway et Herbert qui ont reconnu les Mainsworth entrer, il y a un instant.

— Eh bien cela, alors ! s'exclama Edgar. Ils ont réussi à faire de nos connaissances leurs relations.

— Cela ne m'étonne pas d'eux, compléta Helen. Ils ont une aisance déconcertante pour se faire entourer. Je n'ai jamais vu cela. Le sang français sans doute.

Et tandis que leurs parents s'étaient mis à discuter avec leur tante, Duncan et Katarina se rendirent à l'autre extrémité de la pièce, là où, quelques instants plus tôt, ils avaient observé le parc. Le balcon était quelque peu occupé par des couples, mais ils purent se trouver une place contre la rambarde de pierre d'où ils purent observer le lieu.

— C'est un très bel endroit, commenta le brun.

— Je n'ai jamais rien vu de tel.

— Ils ont un très bon jardinier en tout cas.

— Et une très belle maison. Papa et Maman doivent avoir raison, ils doivent être bien aisés. Enfin, personnellement, mis à part le parc, je préfère notre maison, qui est bien plus confortable et moins exposée, plus garnie aussi. As-tu vu l'absence totale de meubles dans le hall ?

— Certes, mais celle-ci est bien plus grande et la vue est fort plaisante.

Katarina suivit son regard.

— Duncan, soupira-t-elle devant le comportement de son frère. Parles-tu de cette vue-ci ou de la vue de cette femme là-bas ?

— De toutes les vues, très chère sœur, mais des femmes en particulier. Regarde comme elles sont belles !

— Je ne partage pas tes goûts à ce niveau-là.

— Mais de l'autre côté non plus.

— Bien sûr que si, c'est juste que je n'ai pas encore trouvé la personne susceptible de me plaire.

— Peut-être que ce... Jean-Charles te charmera.

— Peut-être que oui, peut-être que non.

— C'est bizarre d'ailleurs que nous ne l'ayons pas encore vu. Ils ont bien dit qu'il était ici, n'est-ce pas ?

— Oui, mais as-tu vu ce monde ? Je crains que nous ne puissions le trouver. Il va nous être présenté de toute façon, soyons patients, même s'il me tarde de faire sa connaissance.

— Ah bon ?

— Ne sois pas si étonné, voyons. Comme tu me l'as suggéré, je n'ai toujours pas retiré ma sympathie à ses parents, aussi, j'aimerais savoir s'il est aussi gentil qu'eux. Et puis, même si j'ai eu quelque méfiance à leur égard, leur parc m'en a ôté une bonne partie.

— Intéressée ? Eh bien, si je m'attendais à cela ! Tu es étonnante ! D'habitude, tu classes ce genre de personne aussi vite dans la case des gens à éviter. Tu grandis, petite sœur, se moqua-t-il.

— Ah non, ne recommence pas à m'appeler comme cela.

— Je m'arrêterai le jour où tu te marieras.

— Alors, j'ai le temps !

— Tu plaisantes ? Tu n'as qu'à choisir un homme ou essayer d'en connaître un. Après tout, tu plais beaucoup. Il n'y a qu'à regarder autour de toi pour le comprendre. Il y a pas mal d'hommes qui t'observent et j'en ai entendu beaucoup vanter ta beauté, bon, pas ton caractère, hélas ! ajouta-t-il, faussement ennuyé, amusé du regard noir que lui lança soudain sa sœur. Et je plains le pauvre qui te supportera. Cela dit, c'est déjà cela et je doute que tu restes très longtemps à côté de moi.

— Et c'est toi qui me dis cela ? Mais le plus vieux de nous deux, c'est bien toi, Duncan, à toi de te marier ; mais il est vrai que je ne vois aucune femme qui s'attache à toi, pas plus que toi à l'une d'entre elles. Tu auras les cheveux gris que tu ne seras pas marié.

— C'est ce qu'on verra. Ah tiens ! Les La Courtepiert entrent. Ils vont sûrement ouvrir les festivités.

Tous les invités étant effectivement arrivés, les maîtres de maison appelèrent bientôt toute l'assemblée à quelques secondes d'attention.

— Le vois-tu, Duncan ?

— Leur fils ? Non, il y a trop de monde devant nous.

— Mesdames et Messieurs, tout d'abord, nous vous souhaitons à tous la bienvenue dans notre humble demeure. Nous vous avons convié aujourd'hui pour fêter notre récente installation et notre amitié avec vous tous qui nous avez fait l'honneur de répondre présents à notre invitation. Nous sommes sincèrement touchés de vous revoir ici, amis de France, amis d'Angleterre, collègues et vieux amis, pour vous joindre à nous en ce jour de fête. Il y a bien longtemps que nous parlions des uns et des autres et que nous espérions tous, originaires de villes et de contrées lointaines, vous qui avez marqué notre vie, ici et ailleurs, nous retrouver. J'espère que vous entendrez à merveille ; que ces nouvelles rencontres puissent vous apporter le bonheur que vous nous procurez chaque jour. Je lève mon verre à notre amitié, nos retrouvailles, notre avenir ensemble et je vous souhaite à tous de passer, une excellente soirée.

Un tonnerre d'applaudissements suivit ce discours et la soirée put alors commencer.

L'orchestre aussitôt se mit à jouer, enveloppant les convives d'une musique entraînante qui égaya tout de suite l'ambiance. Aussitôt, tous se mirent en quête de partenaire pour pouvoir ouvrir le bal. Certains eurent vite fait de trouver leur cavalier et la pièce se remplit rapidement de nombreux couples. Tous semblèrent s'amuser et chacun s'occupa bientôt à quelques activités coutumières de ce genre de soirée. Les jupons virevoltaient, les discussions s'enchaînaient, les rires résonnaient dans la lumière imposante du lustre qui brillait de mille feux au-dessus d'eux, tandis que la nuit s'étendait lentement derrière eux. Et dans cette ambiance festive, seuls Duncan et sa sœur paraissaient s'ennuyer. Ils regardaient autour d'eux dans le vague, ne sachant que faire pour faire plaisir à leurs parents. Le brun se serait bien mis en quête de cavalière, mais de savoir sa sœur seule, et certainement indisposée à accepter une danse, il préféra rester à ses côtés.

— On s'ennuie déjà, remarqua-t-il nonchalamment.

— La musique est morne et les gens fastidieux.

— Que fait-on alors ? Rappelle-toi que nous avons promis de faire des efforts.

— Je le sais, mais... Peut-être pourrions-nous aller faire un tour dans le parc.

— Dans le parc ? J'avoue que je suis tenté de le visiter, mais nous ne ferions qu'agir comme d'habitude et je crains que ce ne soit pas ce à quoi nos parents s'attendent. Non, il nous faut autre chose.

— À quoi penses-tu ?

— Nous pourrions danser.

— Danser ? Mais Duncan...

— Quoi ? Il nous suffit de trouver un partenaire. Moi, je vais aller demander à cette charmante jeune fille et, toi, tu n'as qu'à attendre que ce brun vienne te parler. Il te regarde depuis tout à l'heure et je suis sûr qu'il va venir sitôt que je serai parti.

Katarina tourna la tête en direction du jeune homme que désignait son frère. Il était petit, plutôt châtain que brun, avec un visage rond que déguisait une large moustache et ses traits étaient aussi grossiers que son costume jaune.

— Duncan, je t'en supplie, ne m'abandonne pas à cela.

— Pourquoi ? Il est peut-être charmant.

— Comment pourrait-il l'être ? L'as-tu regardé ? On dirait notre oncle Horace.

— Tu me déçois, petite sœur. Je ne pensais pas que tu jugeais sur l'apparence.

— Il y a un minimum à regarder et puis c'est la première chose qu'on voit aussi chez une personne. Il n'est même pas passable, Duncan ! Oh, tu serais ignoble si tu m'abandonnais maintenant.

— Allons, arrête de t'inquiéter. Il a une cavalière, regarde.

— Dieu merci ! soupira-t-elle.

— Pour celui-ci peut-être, mais tu ne pourras pas indéfiniment te dérober. Je ne peux pas croire qu'aucun ne te plaise depuis que nous participons à ce genre d'événements. Y aurait-il une raison à ton refus constant ? Ne saurais-tu pas danser ? se mit-il soudain à rire.

Katarina ouvrit de grands yeux ronds et Duncan s'arrêta aussitôt.

— Ne le sais-tu vraiment pas ? reprit-il, sérieux.

Katarina s'enfonça dans une gêne embarrassante et il se saisit aussi vite de l'occasion pour la taquiner.

— Je n'y crois pas ! Tu ne sais pas danser ? Comment est-ce possible ? Toutes les femmes le savent ! Cela fait partie de vos enseignements basiques. Tu as suivi des cours depuis toute petite et tu en es sortie, alors, comment est-ce que...

— Je n'y arrive pas, c'est tout ! Inutile de te moquer de moi.

— Je ne me moque pas. Je trouve cela très étonnant.

— Et que veux-tu que je te réponde ? Je n'ai jamais été douée dans cette discipline. J'avais beau suivre les cours, répéter et répéter chaque jour, rien n'y faisait et je ne progressais pas. Alors, j'ai arrêté de me faire des illusions et je m'y suis faite.

— Papa et Maman le savent-ils ?

— Non, bien sûr que non.

Avant que leur discussion ne puisse continuer, un grand roux s'avança vers eux et, après un raclement de gorge présomptueux pour attirer leur attention, demanda sans détour :

— Veuillez m'excuser pour mon intrusion, mais j'aimerais savoir, mademoiselle, si vous êtes libre de m'accompagner ? Accepteriez-vous de m'offrir votre compagnie pour la prochaine danse ?

Katarina se sentit tout à coup nerveuse : si elle refusait, elle devrait refuser tous les autres et ses parents lui en voudraient ; elle n'aurait fait aucun effort. Pourtant, elle ne pouvait faire autrement et attirer la honte sur eux, mais alors qu'elle allait répondre, une main se posa sur son épaule.

— Je suis désolé, monsieur, intervint son frère. Mais elle est ma cavalière.

— Vraiment ? Dommage. Je vous souhaite une bonne soirée.

L'homme s'inclina et partit en quête d'une autre cavalière.

— Merci, Duncan, souffla-t-elle soulagée.

— Pas de merci qui tienne.

— Pardon ? Pourquoi ?

— Tu viens danser.

— Quoi ? Mais je t'ai dit que...

— Allons, petite sœur, ce serait dommage de te condamner pour la soirée. Suis-moi.

— Duncan, tu ne comprends pas.

— Où sont passés ta témérité et ton goût du risque ?

Katarina resta silencieuse.

— Bien. Alors c'est réglé. Tu vas voir comme c'est simple en réalité.

Katarina, prise au dépourvu, fut traversée d'une vive angoisse lorsqu'il l'emmena parmi les autres danseurs. Tous se tenaient alignés en deux rangées : les femmes d'un côté, les hommes de l'autre. Elle les regarda, éperdue, sans aucune idée de ce qui allait suivre. Bien sûr, elle connaissait les pas, mais elle n'avait aucune idée de quelle manière il fallait les mesurer ; elle s'était toujours mal organisée : elle avait un problème de rythme et de coordination impossible. Aussi, lorsque la danse démarra, elle fut prise d'une vive envie de s'enfuir. Elle n'en eut guère l'occasion : son frère lui captura sa main furtive et les pas s'ensuivirent.

Assis à la table des La Courtepiert, les Kingsley bavardaient bruyamment :

— M. et Mme Poon sont de jeunes personnes tout à fait remarquables, affirma Edgar. J'avais déjà eu l'occasion de parler d'eux, mais jamais de les rencontrer, et vous, Helen ?

— Pas le moins du monde, quoique, au détour d'une promenade, peut-être ai-je vu Mme Poon. Il me semble avoir ouï ce nom en effet. Ils sont jeunes et leurs parents sont de la haute noblesse. Cela m'étonne qu'ils soient ici. Et dire qu'ils sont déjà mariés et ont trois enfants… Ah ! Je n'ose penser aux miens. Comment les avez-vous rencontrés, Albert ?

— Ce n'est pas à nous que revient le mérite de les avoir rencontrés. Ce sont eux qui sont venus à nous par l'intermédiaire de la famille Blakemore que nous vous avons présentée. Ils désiraient ardemment faire notre connaissance et c'est avec joie que nous avons été introduits.

— Eh bien, vous semblez jouir d'une grande réputation.

— Ce sont nos amis qui la forment et, avec vous à nos côtés, nous n'en sommes que plus généreusement bénéficiaires.

— Vous nous flattez, comme toujours, mon cher Albert.

— Mais nous ne disons que la vérité, douce Helen, la stricte vérité, s'amusa-t-il ensuite à répéter sur le ton du tribunal. D'ailleurs, nous vous présenterons bientôt à nos amis Crowder et Mendenhall. Ce sont de riches familles influentes. Avez-vous déjà entendu parler d'elles ?

— Oui, répondit Edgar. Mais nous n'avons encore jamais eu l'occasion de les rencontrer. Ils ont une bonne réputation surtout dans la région de Scarborough, si je ne m'abuse.

— C'est tout à fait cela, mon ami, et figurez-vous qu'ils nous ont fait l'honneur d'être présents ce soir. Nous allons vous les présenter. Venez. Ah, Bernard ! appela-t-il un autre domestique.

— Oui, monsieur ?

— Veuillez presser notre fils de venir, s'il vous plaît, nous l'attendons.

— Oui, monsieur.

— Parfait, dit Albert en souriant à Edgar et Helen. En attendant qu'il le trouve, venez donc par ici. Je suis sûr qu'ils vous plairont.

Pendant ce temps, Duncan et Katarina dansaient au centre de la grande salle. Le rythme était soutenu et la cadette avait beaucoup de mal à tenir la cadence, ses yeux sans cesse tournés vers ses pieds. Son frère se rapprocha alors d'elle :

— C'est là, ton problème, petite sœur.

— Lequel ?

Ils se séparèrent et tournèrent autour de leur voisin avant de se retrouver l'un à côté de l'autre.

— Ne regarde pas le sol.

— Mais je ne peux pas faire cela !

— Essaye. Visualise les pas dans ta tête, pas à terre et laisse-toi guider par la musique.

— Je n'ai pas le sens du rythme.

À nouveau, ils se quittèrent et changèrent de partenaire. Katarina crut mourir. Elle tenta de ne pas prêter attention à ses pieds, mais à peine s'y essaya-t-elle qu'elle écrasa le pied d'un blond devant elle.

— Veuillez excuser ma maladresse, bredouilla-t-elle aussitôt.

Mais elle n'eut pour unique réponse qu'un regard saisi et un bref signe de tête.

— Je ne suis pas douée, Duncan. Arrêtons-nous.

— Mais non, tu fais beaucoup d'efforts et Papa et Maman nous regardent. Ce n'est pas le moment de s'arrêter.

— Pourquoi me dis-tu cela ?

— Pour t'encourager à te surpasser. Donne-moi les mains, nous avons bientôt fini.

Katarina obéit et suivit son frère dans le mouvement. Elle était maladroite, mais elle ne s'en sortit pas si mal. Duncan, lui, avait beaucoup de prestance et d'élégance ; c'était un très bon cavalier et un gentleman. Elle se demandait bien pourquoi il n'était pas encore fiancé. Lorsque leur danse prit fin, la rousse fut aussitôt soulagée et, bientôt, elle s'éclipsa.

— Je ne te savais pas si bon danseur, Duncan.

— C'est parce que tu n'as jamais eu l'occasion de me voir montrer l'étendue de mes talents, se vanta-t-il en souriant.

— En fait, je comprends maintenant pourquoi aucune femme ne s'intéresse à toi. C'est ton ego qui ne leur laisse aucune place.

— Cause toujours, en attendant, je sais danser, moi, même si j'avoue que tu ne t'en es pas trop mal sortie. Tu as moins de difficultés que tu ne le prétends.

Katarina lui tira la langue et son frère lui répondit gaiement par une tape amicale derrière la tête. Après quoi, il partit chercher quelques rafraîchissements et elle, elle soupira de soulagement. Elle n'était pas très fière de sa prestation et sa seule consolation était qu'ainsi, peut-être, elle ne serait plus demandée.

Se réjouissant à cette idée, elle s'apprêta à se promener dans les jardins quand, au bord des escaliers, presque aussitôt, elle fut arrêtée. C'était celui dont elle avait écrasé le pied. Rouge de honte, elle voulut filer, mais il la retint aussitôt. C'était bien à elle qu'il s'adressait. Alors elle se contint et, sans laisser paraître d'émotions, attendit de savoir ce que le jeune homme lui voulait.

— Excusez-moi, mademoiselle, de vous interpeller ainsi, mais, êtes-vous prise pour les deux prochaines danses ?

Katarina écarquilla les yeux. Elle venait de lui arracher le pied avec ses talons et il voulait danser avec elle ? Deux danses ? Il n'était pas sérieux. Elle ne savait même pas suivre le rythme. Aussi saisie, elle ne sut que dire :

— Eh bien, je...

— Vous me feriez grand honneur si vous acceptiez.

Mais avant qu'elle ne pût répondre, Duncan la rejoignit.

— Excusez-moi, je dérange peut-être ? demanda-t-il en saluant l'autre homme. Bonsoir.

— Bonsoir.

— Que se passe-t-il ? demanda-t-il en se tournant vers sa sœur.

Mais ce fut le blond qui lui répondit :

— J'ai demandé à votre amie la faveur de m'accorder deux danses. À moins que vous ne l'accompagniez ?

— Deux danses ? dit le brun en souriant. Non, je ne l'accompagne pas, du moins seulement en tant que frère. Elle est totalement libre.

— Duncan, souffla-t-elle.

Mais il s'éloigna.

— Alors ? réitéra l'homme devant elle. Voulez-vous m'accompagner ?

Katarina fut prise de doutes. C'était l'occasion ou jamais de faire plaisir à ses parents ; sans compter que, si elle refusait, elle ne pourrait plus danser ; d'autant qu'elle devait l'avouer, l'homme était plutôt charmant. Alors, elle hésita. L'homme la regardait. Elle prit son inspiration. Puis soudain :

— Ah, mon mimi ! s'écria une jeune femme en se jetant au cou du blond. C'est ici que vous vous cachiez ? Nous vous attendons.

La jeune femme aux boucles anglaises s'arrêta net devant Katarina et la scruta dédaigneusement de haut en bas, l'air dédaigneux.

— Qu'est-ce ? Est-ce que je crois ? siffla-t-elle, menaçante.

Le jeune homme se tourna vivement face à elle et prit une voix tout à fait différente de celle qu'il venait d'avoir ; hautaine, remplie de fausseté, hypocrite.

— Mais non, ma chère, vous vous fourvoyez.

— Alors, qui est-ce ?

Il observa la rousse qui demeurait ébahie. Puis, il répondit :

— Ce n'est personne. Personne. Rentrons.

Coupant ainsi court à la conversation, il emmena la jolie blonde à l'intérieur, laissant là la rousse, qui ne put lui donner sa réponse. Katarina en resta ainsi, choquée, abandonnée et blessée par les paroles d'un inconnu. Son frère la rejoignit en lui tendant son verre.

— Elle était plutôt jolie, cette fille. Qui était-ce ?

— Personne, répondit-elle aussitôt.

— Que s'est-il passé ? l'interrogea-t-il soudain, curieux.

Encore offensée, Katarina ne lui répondit qu'après quelques instants de stupeur :

— J'avoue que… Je ne sais pas. Il m'a invitée et cette femme est arrivée.

— Ne lui as-tu pas répondu ?

— Je n'en ai pas eu le temps. Cette blonde, si jolie comme tu le dis, avait l'air de bien le connaître et elle lui a demandé sans équivoque qui j'étais. Je n'allais pas lui donner satisfaction.

— Qu'a-t-il répondu ?

— Que je n'étais personne.

Duncan demeura silencieux, embarrassé pour sa sœur.

— Ce n'était pas très intelligent de sa part et il s'agit surtout d'un manque de délicatesse, après la demande qu'il t'a formulée.

— Tant pis pour lui ou tant mieux pour moi. J'ai horreur de ce genre d'hommes.

Elle se retourna brusquement vers son frère.

— Me demanderas-tu encore de faire des efforts après cela ?

Duncan la regarda s'éloigner.

— Allais-tu lui dire oui ? ajouta-t-il en la voyant si en colère. Katarina ?

Mais elle rentra et il la suivit.

La fête battait son plein et, comme de coutume, le frère et la sœur attendaient impatiemment de quitter les lieux. L'ennui les fatiguait, la musique les sonnait et les bavardages les ennuyaient. Duncan n'osait plus se lever pour aller danser et Katarina ne prononçait plus un mot. Il comprenait à présent l'une des raisons de ses constants refus et, après l'humiliation qu'elle venait de subir, il éprouvait de la compassion pour elle. Pourtant, cela n'empêcha guère les plus téméraires de se risquer à la tâche. Il était inutile de préciser qu'elle les avait tous repoussés ; son incident avec l'homme précédent avait accru son sentiment envers eux et sa mauvaise humeur ne pouvait en démordre. Aussi, elle passa le reste du temps à maugréer, sous l'œil impuissant de son frère et dudit jeune homme qui, bientôt, seul cette fois, revint vers elle.

— Mademoiselle, dit-il en s'inclinant profondément. Monsieur. Veuillez me pardonner de vous avoir ainsi délaissée tout à l'heure, mais je ne pouvais malheureusement pas agir autrement, à ce moment précis. Pourrais-je aussi reformuler mes vœux envers vous et faire de votre charmante personne ma cavalière pour danser ?

Duncan jeta un coup d'œil à sa sœur outragée, rouge de colère.

— Non, merci, répliqua-t-elle, venimeuse.

Puis elle se leva et quitta la table prestement. L'homme resta un moment, surpris par ce refus, et se redressa fièrement.

— Dieu est-ce possible qu'elle vienne de me rejeter ? Cela me fend le cœur pour elle.

Duncan faillit s'étrangler dans son verre. Quelle arrogance ! Il était pire que lui. Un bref instant, il voulut lui dire deux mots, mais, lorsque l'homme se tourna tout à fait vers lui, le brun fronça les sourcils ; il n'eut pas le temps d'engager la conversation que l'autre avait filé. Alors, aussi prestement qu'il avait croisé son regard, il rejoignit sa sœur. Il la rattrapa en criant :

— Katarina !

Elle se retourna, agacée.

— Quoi ? Si c'est pour me dire que je n'aurais pas dû réagir ainsi, va-t'en !

— Ce n'est pas cela.

— Alors, quoi ?

— J'ai quelque chose à te dire, et c'est très important.

Pendant ce temps, Edgar et Helen faisaient la rencontre des Crowder. C'était une famille très aisée dont le mari était le dirigeant de grandes lignes de chemin de fer. C'était un homme assez grand, robuste, de traits fort sévères, qui devait savoir se faire respecter pour provoquer ainsi une intimidation sur ceux qui ne le connaissaient pas, même ses proches en étaient parfois effrayés. Les Kingsley se tassèrent sur eux-mêmes en faisant sa rencontre et se tournèrent bientôt vers sa femme, tout aussi grande et fière. Elle avait le menton haut, de petits yeux noisette qui reflétaient un fort caractère. Elle était tout aussi impressionnante que son époux et beaucoup préféraient les avoir avec eux plutôt que contre eux. Ils avaient également deux filles : l'une, de vingt-sept ans, qui leur causait beaucoup de peine et qu'ils étaient prêts à envoyer aux Amériques si elle ne se mariait pas bientôt, et l'autre, sa cadette, âgée de dix-neuf ans, qui n'attendait au contraire que de pouvoir se fiancer.

— Monsieur et madame Kingsley, les saluèrent-ils. Nous avons longuement entendu parler de vous. À dire vrai, nous étions impatients de faire votre connaissance.

— Nous de même. Il est dommage que nous ne l'ayons pas pu plus tôt ; vous êtes reconnus dans tout le comté et vous menez à merveille votre entreprise.

— Et vous la vôtre. Qui n'a pas entendu parler de l'avocat Kingsley ? Votre femme est par ailleurs connue pour recevoir dignement ses hôtes, dans la convivialité et l'intimité d'une maison bourgeoise.

— Si vous le désirez, ce sera avec grand honneur que nous vous recevrons lors de notre prochaine réception. Vous êtes assurément les bienvenus chez nous.

— Nous en serions fort aises, mais dites-moi, poursuivit M. Crowder. Où sont vos enfants ? Vous en avez deux, je crois ? Nous aussi et ils sont d'ailleurs très attachés à votre famille, chers hôtes, n'est-ce pas ? Nos enfants sont d'excellents amis.

— Ma foi, oui, de très bons amis, répondit Mme de La Courtepiert. Où est Bernard, Albert ? Ne devait-il pas nous amener notre fils ?

— Oui. Je me demande où il est passé. Ah, tenez, le voilà. Vous nous excuserez, monsieur et madame Crowder ?

— Bien entendu. Nous vous rejoindrons plus tard.

Ils saluèrent alors la famille et invitèrent les Kingsley à les suivre.

— Vous allez enfin voir notre garçon, se réjouirent-ils, impatients. Venez, suivez-nous.

Edgar et Helen se lancèrent alors un regard enjoué et se montrèrent tout excités, se frayant un chemin parmi la foule pour suivre le pas pressé de leurs amis devant eux. Ils bousculèrent et se firent bousculer, mais enfin, lorsque la passerelle des invités fut passée, ils l'aperçurent. Il était là, mains dans le dos, à côté du domestique qui l'avait cherché toute la soirée, attendant semblait-il, ceux qui l'avaient demandé. Il se tenait droit, guettant quelque apparition de tous côtés, de ses yeux bleus et pénétrants qu'Helen reconnut immédiatement : leur couleur était aussi belle que le cœur de l'océan. Elle en était aux anges ! Car, bientôt, ils se posèrent sur Edgar et elle.

Le jeune homme lui sourit immédiatement, ravi et enjôleur. Il était presque aussi grand que le fils des Kingsley. Fort élégant et très charmant, il avait les cheveux blonds superbement coiffés et son port lui procurait encore plus d'allure que le couple ne se souvenait de lui enfant. Son visage était fin et ses traits étaient doux. C'était assurément le plus bel homme pour Helen, après son mari et son fils, évidemment ; et lorsqu'elle le vit, elle ne put s'empêcher de s'exclamer, les yeux pétillants de bonheur :

— Jean-Charles ! Mon Dieu, est-ce vous ? Comme c'est bon de vous revoir !

Le blond se tourna vers elle, un sourire charmeur étirant toujours ses lèvres. Il s'inclina en les saluant.

— Bonsoir, madame. Monsieur.

— Comme vous avez grandi ! Comment allez-vous ?

— Très bien et vous-même ?

— Parfaitement, parfaitement, répéta-t-elle. Dire que vous n'étiez qu'un enfant lorsque nous nous sommes connus ! C'est tellement émouvant ! Et vous êtes devenu si bel homme !

— N'est-ce pas, renchérit Juliette, enchantée.

— Je vous remercie, madame, répondit son fils. Ces compliments me vont droit au cœur.

— Il est si bien élevé, et flatteur qui plus est, ajouta Helen alors qu'il lui faisait le baisemain.

— Vous avez là un sacré gaillard, affirma Edgar.

— N'est-ce pas, répondit Albert, ravi. Et plus robuste que son père !

— Il doit avoir beaucoup de succès auprès des demoiselles.

— C'est certain. Il est comme moi, ajouta fièrement le roux en tapotant sur l'épaule de son fils au sourire ravageur.

— Quel âge avez-vous maintenant ? questionna Helen.

— J'ai vingt-quatre ans, madame.

— Vingt-quatre déjà ! Comme le temps passe vite !

— Vous souvenez-vous de nous ? demanda Edgar.

— Vaguement, hélas, mais je suis ravi de pouvoir raviver l'image qu'il m'était restée de vous. J'espère désormais qu'il en sera souvent le cas.

— Oh, eh bien, ce le sera, assurément, et si la proposition de vos parents tient toujours, je pense que ce le sera d'autant plus.

— Ah, s'étonna Jean-Charles. Et quelle est cette proposition ?

— Eh bien, commença sa mère embarrassée. Voyez-vous, quand vous étiez petit...

De l'autre côté de la salle, Duncan et Katarina cherchaient leurs parents avec empressement.

— Duncan, j'espère sincèrement que tu te trompes, il ne manquerait plus que cela.

— Je l'espère aussi. Ah, là ! s'écria-t-il. Ils sont là !

Tous les deux s'approchèrent aussitôt du groupe qui semblait discuter avec joie.

— Ah, Duncan, Katarina ! s'exclamèrent leurs parents. Nous n'attendions plus que vous. Regardez qui est là.

Edgar et Helen s'écartèrent alors et, à ce moment-là, d'un côté comme de l'autre, le cœur des jeunes gens s'arrêta. Devant eux se tenait donc… Jean-Charles de La Courtepiert ? Celui dont ils avaient tant entendu parler ? Celui pour qui ils avaient eu tant d'empressement ? Donc, c'était lui le fils du brillant juge, ami de leur père ? Ce jeune blond prétentieux, capricieux et sûr de lui ? Katarina ne pouvait y croire et Duncan n'en revenait pas plus qu'elle. Le fils tant attendu, lui, en demeurait silencieux.

Tous trois se reprirent pourtant bientôt et, tandis que le brun comprit que sa déduction était la bonne, la rousse, elle, contrôlait la colère qui montait en elle ; elle avait tant espéré de cette rencontre ! Le blond en paraissait tout aussi surpris et, s'il ne s'attendait absolument pas à ce que ce fût eux, les enfants des Kingsley, il masqua son émoi aussitôt qu'il l'eut compris et les salua fort respectueusement, comme si de rien n'était. Il fut bientôt imité, mais le choc ne faiblit pas et les parents, d'un côté comme de l'autre, en furent quelque peu embarrassés.

— Voilà qui est fait, se réjouit aussitôt Albert pour détendre l'atmosphère. Nos enfants font enfin leur rencontre.

Helen les invita à se rapprocher.

— Duncan, Katarina. Voici Jean-Charles de La Courtepiert. Je suis sûre que vous serez heureux de vous retrouver plus longuement.

— Jean-Charles, poursuivit Juliette. Voici Duncan, le fils aîné de nos amis et sa jeune sœur, Katarina.

— Enchanté.

— Enchantés, répétèrent-ils.

— Vous souvenez-vous les uns des autres ?

— Helen chérie, laissez-les un instant. Je doute que Katarina puisse s'en souvenir.

— Je ne m'en souviens pas, répliqua-t-elle aussitôt.

— Et vous, Duncan ?

— Je m'en suis souvenu, admit-il sous le regard du blond.

— Vraiment ? Quel bonheur !

— Et vous, Jean-Charles ? demanda sa mère.

— Je m'en souviens à présent.

— Merveilleux ! Vraiment ! J'ai hâte que nous nous retrouvions tous plus longuement.

— Et encore plus lorsque nous aurons appliqué notre projet, dit Albert en souriant. Qu'en pensez-vous, Jean-Charles ?

— Vous savez mon avis. J'en serai ravi.

— Quelle merveilleuse nouvelle ! s'exclamèrent les deux mères.

— Et vous, Katarina ? Que pensez-vous de cela ? intervint son père.

— Ce que je pense de quoi ?

— De la proposition d'unir nos deux familles, pardi !

— De... quoi ?

Quelle était donc cette idée ? Voilà donc le complot qu'ils préparaient ? Katarina commença à perdre ses moyens et vira au rouge. En d'autres circonstances, elle y aurait peut-être réfléchi, mais, là, ses yeux lancèrent des éclairs. Son frère aussitôt intervint et l'attira à lui.

— Pourquoi faites-vous cela ? D'où vous vient cette idée ?

— Voyez-vous, commença Helen, lorsque vous étiez petits, Juliette et moi parlions du futur avec gaieté. Nous ne pensions pas quitter la Bretagne avant un certain temps, à cause d'une affaire judiciaire que menaient votre père et Albert à ce moment-là. Katarina était encore au berceau et vous vous entendiez plutôt bien, Jean-Charles et vous. Au détour d'une conversation, en vous voyant, vous et votre ami, jouer dans le sable si gaiement, nous avons pensé qu'il serait formidable que nos deux familles fussent unies. Pensez-vous, cela nous réjouissait ! Aussi, nous avons formulé le vœu de marier Katarina à Jean-Charles. Seulement, les circonstances nous ont poussés à retourner en Angleterre, où nous avons été séparés. L'idée devenait irréalisable, à cause de la distance, mais quand nous avons appris l'installation définitive de nos amis à Scarborough, la proposition a refait surface et nous nous sommes promis de faire un beau mariage. Jean-Charles a une belle situation et vous avez une belle dot, Katarina. Je suis sûre que cela ferait une magnifique union.

Duncan, à l'écoute de cette histoire, sentit Katarina s'énerver. Il avait beau lui torturer les épaules pour la tenir, elle n'en décolérait pas davantage.

— Est-ce tout ? maugréa-t-elle.

— Oui, s'étonnèrent ses parents.

— Bien. Alors, moi, c'est non.

La rousse tourna des talons et s'éclipsa. Duncan la suivit aussitôt et les La Courtepiert, comme les Kingsley, ne les revirent pas de la soirée.

Chapitre 7

Au matin le lendemain, Katarina se réveilla fatiguée. Sa famille et elle avaient longuement voyagé la veille et la discussion qu'elle avait dû avoir avec ses parents l'avait complètement épuisée.

— Comment avez-vous pu faire cela ? lui avaient-ils reproché à peine montés dans le fiacre. Nous sommes vos parents et vous êtes en âge de vous marier.

— Mais je peux très bien l'être plus tard et avec une personne que j'aurai choisie.

— Allons, chérie, cela n'existe que dans vos romans, ce genre d'histoires. Voyez-vous, Helen, je vous avais dit qu'à trop lui en faire cadeau, elle en aurait l'esprit perverti.

— De toute manière, il ne s'agit pas que de cela. Même si nous vous laissions du temps, vous ne choisiriez personne. Il n'y a qu'à voir comment vous vous comportez. De nombreux jeunes hommes viennent vous inviter sans que vous fassiez d'efforts pour les apprécier.

— Au lieu de cela, vous dansez avec votre frère ! Mais vous ne pourrez éternellement compter sur lui.

— Ce n'est pas mon intention et…

— Quelle honte ! Danser avec Duncan puis refuser tous les autres ! Êtes-vous sotte ?

— Papa, était intervenu son frère. Vous ne comprenez pas. C'est moi qui…

— Assez, Duncan ! Il y en a plus qu'assez que vous défendiez toujours votre sœur ! Il faut qu'elle prenne ses responsabilités, il est plus que temps ! Quelle image donne-t-elle de nous ? Albert et Juliette en ont paru fort contrariés. Ils nous ont si gentiment invités et introduits auprès de leurs amis ! Votre comportement est intolérable, Katarina ! Et dire que c'était notre première rencontre avec leur fils. S'ils daignent encore nous parler, j'en serai fort étonné. Pour ce qui est du mariage, je doute qu'ils reformulent leur vœu. C'était l'occasion idéale, jamais elle n'aura de meilleure offre dans tout le comté, et cela va se savoir ! Qu'allons-nous devenir ? Sans leur soutien, allons-nous être reniés partout comme les nouveaux riches qui se croient tout permis ? Avez-vous pensé aux conséquences de vos actes ? Non ! Votre tête est trop petite pour réfléchir intelligemment. C'est l'une des familles les plus influentes du pays à présent et ils nous ont offert la possibilité d'égaler leur prestige par un mariage des plus honorable et vous l'avez rejeté ! C'était une chance que nous n'aurons plus jamais et vous non plus !

— Mais il m'a humiliée !

— Dites donc, ma fille, surveillez votre langage, voulez-vous ? Je ne vois pas ce qu'il a pu faire qui pourrait mériter un tel qualificatif. Il est très charmant et très gentil, mais là encore, vous ne prenez pas le temps de le connaître et vous passez à côté d'une belle occasion. Je vous le dis, moi ; stupide comme vous êtes, vous ne pourrez plus vous marier et, si Dieu le veut bien, il vous l'accordera peut-être, mais ce sera avec un mari ingrat, mauvais et sot. C'est tout le bonheur que je vous souhaite.

Katarina avait cru à une mauvaise plaisanterie de leur part, mais elle les avait observés à travers le voile de ses yeux, et elle avait compris que cela ne l'était pas du tout. Blessée dans ses propres sentiments, elle s'était contrôlée pour ne pas fondre en larmes et s'était tue jusqu'à leur retour à Helmsley. Voici où elle en était encore désormais : les yeux dans le vague, perdue dans ses pensées à ruminer, à réfléchir à ce qu'il allait advenir d'elle.

Assise sur le rebord de la fenêtre, elle contemplait l'étendue verdâtre à l'horizon. La forêt semblait étrangement calme, pas un vent ne soufflait sur les arbres silencieusement endormis. Il ne faisait ni bon ni mauvais ce jour-là et elle eut très envie de sortir prendre l'air, fuir l'atmosphère pesante de la maison ! Mais elle avait peur de descendre et de se voir encore dédaignée. Pourtant, elle en avait besoin, une bouffée de liberté l'apaiserait. Alors, elle s'habilla rapidement, prit un livre au hasard sur son bureau et sortit lorsque, au moment de quitter sa chambre, elle aperçut une enveloppe sous le pas de la porte ; elle était écrite de la main de Duncan. Curieuse, elle la lut tout de suite :

Petite sœur,

J'aurais aimé te parler ce matin, mais, comme tu dormais encore, j'ai préféré te laisser cette lettre. Je suis parti pour Londres à cause d'une affaire à laquelle on m'a pressé de répondre et je ne puis faire autrement que de m'y rendre dans les plus brefs délais. Je ne t'en dirai pas plus, mais ne t'inquiète pas pour moi, je serai bientôt de retour.

Je suis désolé de te quitter de cette manière et j'aurais préféré me trouver à tes côtés, surtout maintenant, mais c'était un voyage prévu et je ne pensais pas qu'il y aurait cet incident. J'ai parlé à Papa et Maman avant de partir, toutefois, ils n'en démordent pas et sont vraiment en colère contre toi. Je ne leur ai pas dit pour ton niveau de danse ni pour le comportement de notre ami, car je pense qu'il n'y a que toi qui puisses choisir ou non de le leur expliquer. En revanche, ne m'en veux pas pour ce que je vais te soumettre, mais, peut-être devrais-tu essayer de faire sa connaissance, tu sais. Il y a eu un malentendu entre vous, certes, je n'en doute pas, mais ce serait dommage de passer à côté d'une belle occasion à cause de cela, ne crois-tu pas ? Je ne te forcerai pas, bien sûr, mais je t'encourage à agir pour le mieux.

J'ai aussi une autre requête à te formuler. Je sais qu'en ce moment, tu aimerais sortir faire un tour en forêt pour changer d'air et, bien qu'il ne se soit rien passé la dernière fois, je serais plus rassuré si tu t'en abstenais, à moins de t'y rendre accompagnée, de Roger par exemple. Je sais que c'est beaucoup te demander, mais étant donné que je ne sais pas combien de temps exactement durera mon séjour et que je ne pourrai pas m'opposer à tes promenades, je te recommande la plus grande prudence. Sois raisonnable, s'il te plaît.

J'espère que tu feras attention à toi pendant mon absence et si jamais tu as des soucis, envoie-moi une lettre à l'adresse que tu trouveras au dos. Papa et Maman sont au courant pour moi, tu n'as pas besoin de le leur cacher.

Prends bien soin de toi.

Salutations,
Ton vieux frère,
Duncan.

Katarina sourit en lisant ces quelques mots. Cela lui faisait beaucoup de bien de pouvoir compter sur lui et sa lettre l'apaisa. Malgré tout, il avait beau lui faire les meilleures recommandations, elle ne les suivrait sans doute pas. Elle s'en voulait d'agir ainsi, mais c'était plus fort qu'elle, elle était têtue, et renoncer à ce qu'elle croyait, c'était comme l'empêcher de respirer ; elle ne le pouvait pas. Quant à apprendre à connaître le fils de La Courtepiert, les événements étaient encore trop récents pour pouvoir espérer un changement de sa part. Il lui apparaissait prétentieux, sans aucun intérêt, et la réaction excessive de ses parents à son sujet ne jouait pas en sa faveur, la contrariant au contraire beaucoup trop vivement. Aussi, elle rangea sa lettre et sortit.

Quelques jours passèrent ensuite, mornes et pluvieux, dans le comté du Yorkshire. L'ambiance était toujours aussi tendue et les parents, comme la fille, ne parlaient presque pas. Katarina ne se sentait guère à l'aise ainsi, mais elle restait persuadée de son bon droit, tout comme son père et sa mère du leur. Le pauvre Roger ne savait pas sur quel pied danser avec ses maîtres de si fâcheuse humeur et la rousse le priait de bien vouloir les excuser lorsqu'elle l'aidait dans ses tâches. Bien que ce ne fût pas pour le spectacle qu'elle le faisait, Edgar et Helen ne cessaient de la critiquer à mi-mots à ce propos :

— Regardez, Edgar, lui confiait Helen, elle n'a que faire des rangs assignés. Elle se conduit comme une vulgaire domestique. Je veux bien qu'elle aide de temps en temps, mais se donner ainsi en spectacle ! Il ne manquerait plus qu'un voisin la surprenne des ordures à la main ! Quelle honte ! Cette enfant me fait rougir. Vous devriez faire quelque chose pour cette créature. Moi, je ne sais plus quoi faire.

Chaque fois qu'elle entendait cela, Katarina se sentait plus profondément blessée et irréversiblement marquée. Elle faisait mine de ne pas les entendre, mais cela lui coûtait. Tout cela parce qu'elle avait refusé un mariage avec un homme qui l'avait méprisée quelques instants auparavant. Si, au moins, ils ne la dédaignaient pas davantage, peut-être aurait-elle essayé de changer d'avis, mais ces insultes à demi voilées perdurèrent pendant trois jours, et elle ne put s'y résoudre. Quand, bientôt, un événement survint.

Lorsqu'elle rentra ce soir-là de sa promenade quotidienne, les lumières avaient depuis longtemps été mises au salon et ses parents se préparaient à dîner. Dans le vestibule, elle prit tout son temps pour se dévêtir et déposer son parapluie, essayant de passer furtivement pour ne pas se faire remarquer et filer dans sa chambre ; c'était sans compter sur sa mère qui guettait son arrivée.

— Katarina ! Pourriez-vous venir ici un instant ?

La jeune femme se maudit alors pour ne pas s'être rendu compte de l'heure tardive à laquelle elle rentrait et rejoignit ses parents, d'un pas timide et incertain.

Ils avaient les traits tirés et pourtant moins sévères que ces derniers jours ; raison pour laquelle la rousse les fixa tour à tour, se demandant bien ce qu'ils pouvaient encore lui vouloir.

— Approchez, mon enfant, commença Edgar. Et asseyez-vous.

Son père sortit alors une lettre de sa veste et sa mère lui sourit tendrement ; Katarina eut comme un mauvais pressentiment.

— Ma fille, poursuivit Edgar. Nous avons reçu une lettre ce matin de la plus haute importance. Cette lettre, voyez-vous, nous a été envoyée par nos amis, Albert et Juliette de La Courtepiert, à la suite de celle que nous leur avons fait parvenir pour nous excuser de votre comportement déplorable.

— Mais je n'ai pas...

— Silence ! Écoutez plutôt cela. Ils nous ont gentiment répondu, sans prétention, et vous n'y verrez là aucune hypocrisie de leur part comme vous auriez pu croire. Ils se montrent fort aimables envers vous et proposent une solution au problème qui nous concerne tous. Je vous lis leurs mots :

Mes chers amis,

Nous avons reçu ce matin votre étonnante lettre. Je n'irai pas par quatre chemins, car je dois avouer que Juliette et moi-même avons été fort surpris de son contenu. Aussi, je me suis empressé de prendre la plume pour vous répondre, afin que vous receviez notre lettre dans les plus brefs délais.

À la suite de la soirée qui s'est déroulée telle que vous l'avez vécue, Juliette et moi-même avons longuement discuté de ce qu'il s'était produit et nous étions tous les deux d'accord pour admettre que la réaction de votre fille, Katarina, était tout ce qu'il y avait de plus naturelle, et ce, avant même de recevoir votre lettre. Je crois d'ailleurs pouvoir vous affirmer que, sur ce point, nous n'avons guère eu à tergiverser longtemps. Vous comprendrez donc notre surprise en recevant de plates excuses pour ce qui nous a paru finalement comme parfaitement normal. En revanche, nous avons constaté qu'un mal avait été fait et c'est sur cette question que nous nous sommes attardés.

Lorsque votre fille a refusé la proposition que nous nous étions engagés à tenir, plus jeunes, nous en fûmes beaucoup peinés, car, comme vous le savez, nous nous l'étions souvent promis et le mariage de nos deux enfants était pour nous réjouissant et chose acquise. Mais il nous faut, mon cher Edgar, à vous comme à nous, admettre que notre situation a changé. Nos enfants ont grandi, ils ont vécu des vies différentes et leurs retrouvailles, ou leur rencontre récente, ne sont pour le moment pas propices à une telle formulation. Ils ne se connaissent pas, et ce, malgré l'enthousiasme dont a fait preuve notre fils, sans doute moins prudent et moins sage que Mlle Kingsley. Aussi, après nous être quittés ce jour-là, nous avons eu une très longue discussion et nous en sommes venus à la solution suivante qui, je l'espère, vous satisfera.

Nous ne sommes en Angleterre que depuis très peu de temps et nous n'avons encore eu hélas que deux rencontres entre nos deux familles, brèves et entrecoupées par les festivités. Aussi, au lieu de nous engager dans un mariage précipité, nous pourrions nous revoir plus régulièrement, de manière que nos enfants puissent faire plus ample connaissance. Les retrouvailles ont, je le crains, été trop brutales, mais je ne désespère pas de les voir un jour se marier et je pense pouvoir dire que vous n'en espérez pas moins.

Mon fils est par ailleurs d'accord avec cette idée et il me prie de bien vouloir transmettre à votre famille, à Mlle Kingsley et son frère, ses plus plates excuses pour un comportement sans doute mal interprété, ainsi que pour la précipitation et la maladresse dont il a fait preuve. Je ne sais de quoi il parle exactement, mais, si vous pouviez le recevoir mercredi prochain, pour une visite amicale, et désolé de n'avoir pu répondre présent à votre première invitation, nous pourrions alors tous ensemble discuter de cet épineux problème d'alliance.

En vous souhaitant mes meilleurs sentiments,
Bien à vous,
Albert de La Courtepiert.

— Que pensez-vous donc de cette lettre ? se réjouit sa mère. Ne sont-ils pas charmants ?

— Ils font preuve d'une très grande bonté en vous accordant le pardon, reprit son père. Nous leur avons répondu en tous points positivement, car cette nouvelle chance ne vous sera pas accordée éternellement. Ils arriveront certainement ce soir, car nous avons pris du retard en voulant leur répondre le plus convenablement possible.

— Et il ne faut pas oublier, ajouta Helen, que s'il le voulait, Jean-Charles pourrait épouser la femme qu'il souhaite et, cependant, c'est vous qu'il a choisie pour qu'il veuille ainsi reformuler et encourager des vœux dont nous avions eu l'idée. N'êtes-vous pas heureuse ?

Katarina serra les poings sur le canapé. Au début de la lecture, ils avaient presque réussi à l'émouvoir, mais cette facilité déconcertante qu'ils avaient de prendre sa vie en main alors qu'elle ne leur appartenait pas, à formuler des propositions dont la seule issue en fin de compte n'était que le mariage, et cette tendance qu'ils avaient à s'immiscer volontairement chez autrui pour imposer leur projet, la révulsaient. Alors, quand ils lui demandaient ce qu'elle pensait de cette lettre, si elle en était heureuse, elle n'avait qu'une envie : c'était de hurler.

Helen, qui voyait sa fille se crisper, se demanda soudain si elle riait ou pleurait.

— Katarina, réitéra-t-elle. Êtes-vous souffrante ? Je comprends tout à fait votre sentiment, mais ne cachez pas votre joie. Vous êtes pardonnée. Êtes-vous satisfaite ?

La rousse ne put se contenir.

— Non ! Je ne suis absolument pas satisfaite ! Cela me révulse !

— Katarina ! s'outragea Helen. Que dites-vous là ?

— Je dis ce que je pense ! Ne croyez pas que, parce que vous êtes décidés au mariage, quoi que je dise, quoi que je fasse, je vais vous obéir. Vous ne m'y contraindrez pas !

Elle se leva prestement et sortit aussi vite.

— Katarina, où allez-vous encore ? Nous n'en avons pas fini ! tonna son père.

— Moi si ! Je vais me promener, mais peut-être n'en ai-je plus le droit non plus ? M. de La Courtepiert me l'a-t-il interdit ?

— Cessez vos enfantillages ! Katarina !

Mais son père ne put la retenir ; elle venait de claquer violemment la porte derrière elle.

Si ses parents s'imaginaient pouvoir la retenir plus longtemps, ils se trompaient lourdement sur son compte ! Elle ne se laisserait certainement pas faire !

Furieuse, elle se précipita tête baissée vers la forêt, marchant longuement sans but le long du sentier, à travers les arbres. Les yeux dans le vague, elle joua machinalement avec un morceau de bois ramassé, frappant les troncs sans conviction et déambula de droite à gauche, sans savoir réellement où elle allait. Elle cherchait une réponse à sa situation, mais elle n'en trouvait pas, ne cessant de penser à ce que son père et sa mère lui faisaient, aux insultes gratuites, aux tourments infligés, aux paroles qu'ils rapportaient pour elle. Comment avaient-ils pu changer à ce point ? Depuis l'arrivée de la famille française, rien n'allait plus. Elle avait perturbé toutes leurs habitudes, tous leurs espoirs, toutes leurs envies, tout cela à cause d'un souvenir malheureux, d'une promesse égoïste faite plus de vingt ans auparavant ! Mais ils n'étaient pas les seuls à blâmer. Les uns comme les autres étaient fautifs, et peut-être que si elle-même n'avait pas marché sur le pied du blond cette soirée-là, si elle n'avait pas osé danser, il ne serait pas venu l'inviter et alors, il n'y aurait plus eu ce malheureux incident. Ainsi, peut-être, peut-être seulement, aurait-elle mieux accueilli l'idée de ses parents, car elle devait le reconnaître, Jean-Charles de La Courtepiert avait tout pour plaire.

Pourtant, elle ne pouvait s'empêcher de le trouver exécrable, prétentieux, hautain et d'un ego d'une dimension sans égale. Il avait perdu tout le charme qu'elle aurait pu lui trouver, toute l'amabilité qu'elle aurait pu lui attribuer et, pour elle, le mariage avec un tel homme était une possibilité d'avenir tout à fait inconcevable ; elle y était résolument et fortement opposée. Aucune belle parole ne suffirait à racheter tout ce qui avait découlé de son comportement, car, désormais, elle gardait en mémoire toute la peine causée, toutes les injures, tous les regards malveillants que ses parents avaient posés sur elle, l'humiliation qu'elle ressentait, mais aussi avec quelle ferveur ils s'étaient appliqués à ne pas l'écouter et à penser seulement à leur unique intérêt ! Car il fallait se l'avouer, en dépit de ce mariage de famille, c'était avant tout pour l'argent et les relations que son père et sa mère agissaient ainsi. Maintenant que les La Courtepiert avaient réussi à faire de leurs amis leurs propres connaissances, il allait sans dire que lorsqu'un problème éclaterait, ces derniers rejoindraient aussitôt le camp des Français, beaucoup plus influents dans le pays et au-delà des frontières que les Kingsley ne l'avaient été en vingt ans en Angleterre !

Katarina ne pouvait pas se résoudre à faire un mariage d'intérêt, c'était contre ses convictions ; ce qu'elle voulait, c'était faire un mariage consenti, fondé sur le respect et la confiance de l'un envers l'autre. Que pouvait-elle espérait d'une telle union ? De l'argent ? Et alors ? Pour devenir la femme d'un homme égocentrique et la belle-fille d'une famille intéressée ? Non, merci. Elle serait alors obligée de rire et de s'amuser de situations qu'elle exécrait, de participer à des soirées mondaines qui ne l'intéressaient guère et d'en organiser de multiples pour l'influence et le bonheur de son mari. Elle devrait, en plus de cela, assurer une descendance à un homme qu'elle n'aimait pas, et si elle ne lui en offrait pas, elle ne servirait plus à rien d'autre qu'à être sa femme officielle, répondant à ses bons plaisirs s'il n'allait pas dans d'autres bras ; et cela, c'était au-dessus de ses forces. Elle en était incapable, surtout avec un homme pour lequel elle n'éprouvait que dégoût et révulsion à présent. Seulement elle était enchaînée aux règles de la société, elle ne pouvait rien faire et elle se demandait bien si les plus démunis étaient soumis aux mêmes contraintes.

Perdue ainsi dans ses songes, elle ne releva la tête que lorsqu'elle s'aperçut qu'elle était arrivée près de son arbre, celui auprès duquel elle s'abandonnait au monde fantastique de ses livres, bien loin de la triste réalité qu'elle était en train de vivre. Là, elle s'assit, regardant les nuages poursuivre leur course lente dans le ciel gris et pluvieux et, doucement, elle se mit à pleurer. Elle resta longuement ainsi tourmentée et l'heure passa sans qu'elle parvînt à se calmer ni même à trouver une solution à sa situation. Elle ne prêtait attention à rien, tout n'avait que très peu d'importance, même le ciel qui grondait un peu plus loin. Pourtant, soudain, un bruit sourd résonna derrière elle et, saisie, elle se redressa vivement.

— Y a-t-il quelqu'un ? demanda-t-elle.

Aucune réponse. À cet instant, son cœur s'emballa, et l'angoisse qu'elle avait bravement refoulée ces derniers jours refit surface aussi prestement que s'il ne s'était rien passé durant ce laps de temps. Elle se leva prudemment, sécha ses larmes et scruta les environs sombres et touffus de certains endroits.

Prenant le morceau de bois qu'elle avait ramassé plus tôt, elle s'approcha en direction du bruit. Elle se retourna, par sécurité, et vérifia qu'il n'y avait personne derrière elle. Le pas léger de ses bottes boueuses piétinant la terre retournée, le frottement de sa longue robe déchirée et salie frottant les pierres aiguisées, elle trembla, avançant doucement vers le lieu suspect. Puis, soudain, elle fit volte-face, se rattrapant de justesse à une branche basse d'un arbre avant de tomber, cherchant une quelconque pierre qu'elle allait injurier, avant de trouver un homme à côté.

— Monsieur ? Pardon, s'excusa-t-elle. Je ne vous avais pas vu, je suis confuse. J'ai cru que… Est-ce que ça va ?

La rousse s'approcha alors du malheureux qui, accroupi, demeurait deux mains gantées crispées sur sa jambe. Il était tout de noir vêtu, un immense haut-de-forme posé sur une chevelure noir de jais, des chaussures aux bouts très pointus et une canne richement ornementée à son côté. Mais ce qui frappa le plus la jeune femme, ce fut le sang qui encerclait, petit à petit, les pieds de l'inconnu.

— Mon Dieu, que vous est-il arrivé ? Voulez-vous de l'aide ?

— Je crois que cela devrait aller. Une égratignure.

— En êtes-vous sûr ? Avez-vous vu le sang ? Je vais aller chercher quelqu'un.

— Non, c'est inutile.

— Mais avez-vous vu votre état ?

Elle sortit alors un mouchoir de sa poche et s'empressa de lui porter secours, lui qui tentait vainement de stopper l'hémorragie de ses deux mains.

— Permettez-moi de vous aider au moins, sinon elle va s'infecter. Êtes-vous loin de chez vous ?

— Non, cela devrait aller. Merci.

— Je vous en prie.

Katarina enroula alors son tissu autour de la blessure qui se révéla moins grave qu'elle l'avait cru d'abord, et serra scrupuleusement fort pour arrêter le sang de couler. L'homme ne réagit même pas, mais un sourire en coin se dessina sur ses lèvres.

— Je suis désolé pour votre mouchoir.

— Ce n'est pas grave. Je m'excuse encore de vous être tombée dessus. Je ne regardais pas devant moi.

— Je n'étais pas non plus au bon endroit.

— Qu'y faisiez-vous d'ailleurs ? Si je puis me permettre. Je ne trouve jamais personne dans cette partie de la forêt, cela m'a surprise.

— J'avais cru voir quelque chose et cela m'a attiré, mais je ne saurais trop vous dire quoi. C'est là que je me suis pris dans un piège à loups.

— Un piège à quoi ?

— À loups, répliqua-t-il, tranchant.

— Y a-t-il des loups dans les parages ?

— Je ne pense pas, mais toujours est-il qu'il était là, dit-il en lui désignant l'objet.

— C'est étonnant, je dois dire. C'est la première fois que j'en vois un depuis que je viens ici et je peux vous dire que j'y viens régulièrement. Il n'y a jamais personne, une malédiction dit-on, ou quelque chose de ce genre. Tous les habitants en ont une peur bleue.

— Pas vous ?

— Non, pourquoi ? Je n'ai jamais rien vu… Enfin, rien d'inquiétant, ajouta-t-elle. Rien qui puisse m'empêcher de ne plus m'y promener. Tenez, voilà qui est fait.

— Je vous remercie. Êtes-vous médecin ? demanda-t-il en souriant.

— Non, pas du tout, j'ai quelques connaissances tout au plus. Il vous faudra retirer le tissu une fois chez vous et désinfecter la blessure. Avec ce temps, ce serait plus prudent.

— C'est intéressant.

Ils se relevèrent tous les deux et ce fut à ce moment-là que Katarina ouvrit de grands yeux ronds ; l'homme, bien que durement appuyé sur sa canne, se redressa de tout son long et elle se sentit soudain écrasée par sa taille, impressionnante. Il avait au moins une tête et demie de plus qu'elle ! Il fallait dire que, du haut de son mètre soixante et un, elle n'était pas bien grande.

Elle détourna un instant les yeux avant de le fixer à nouveau et de remarquer sa coiffure, dont elle n'avait vu jusqu'alors que la couleur : elle était courte, se terminant au niveau du menton en un carré fort dégradé. C'était étonnant et bizarre sans que Katarina sût vraiment expliquer pourquoi, mais, ce qui la frappa le plus, ce fut cette frange coupée droite, juste en dessous de ses yeux. Quel intérêt, puisqu'elle les voyait ? Ils étaient d'un vert émeraude éclatant comme on n'en voyait que très peu, un vert qui contrastait parfaitement avec le noir ébène de son allure et le blanc de sa peau. Il avait le visage fin, les traits durs et cela lui donnait une allure à la fois douce et assurée que confortait son port fier et raffiné, un port de personne importante et influente, au caractère prononcé.

Katarina fut impressionnée par ce personnage et effrayée à la fois par l'aura que sa stature dégageait ; il lui rappelait vaguement quelqu'un.

— Est-ce que vous allez bien ? finit-il par lui demander.

— Oui. Oui, excusez-moi. J'étais ailleurs.

— J'ai vu cela. Vous n'avez pas l'air bien en tout cas.

— Vraiment ?

— Votre état n'a pas l'air mieux que le mien, expliqua-t-il en lui indiquant sa robe d'un signe de tête.

— Effectivement, constata alors Katarina en souriant. Je ne suis pas mieux. Veuillez m'excuser. Je devrais sans doute rentrer. Je suis attendue de toute manière.

— Je vous aurais volontiers raccompagnée, mais il faudra m'excuser, dit-il en tapant sur sa jambe. Je crois que je ferais aussi bien que vous de me presser.

— Naturellement, il faut vous soigner. Voulez-vous que je vous conduise un bout de chemin ?

— Non, cela ira, quelqu'un m'attend un peu plus loin. Rentrez chez vous avant d'attraper froid. Je vais me débrouiller.

— Comme vous voudrez. J'ai été ravie de faire votre connaissance, monsieur…

— Monsieur Hodgkin… Leon Hodgkin.

— Monsieur Hodgkin, répéta-t-elle. Eh bien, monsieur Hodgkin, je vous souhaite un bon rétablissement.

L'homme toucha alors son chapeau en signe de salutations. Puis le clocher sonna ; il était temps pour la jeune femme de rentrer. Elle le salua alors vivement et, aussitôt, reprit le sentier du retour. Et sur ces entrefaites, l'homme sourit, satisfait, et ajouta d'une voix presque inaudible :

— À très bientôt, mademoiselle Kingsley.

Quelques instants plus tard, Katarina était de retour chez elle, l'orage résonnait et la pluie continuait de tomber. À l'intérieur, le brouhaha familial se faisait entendre : les invités devaient déjà être là. Sans faire de bruit, la jeune Kingsley glissa alors le long du vestibule avant d'être vue dans ce lamentable état et, dans son action, saisit quelques mots de la conversation :

— Je crois que nous pourrions vous accueillir à la maison, proposait une voix qu'elle reconnut pour être celle d'Albert de La Courtepiert. La plage à côté offre une vue imprenable et il y a de beaux endroits à explorer. Ce sont les Blakemore qui nous ont fait cette confidence et j'avoue que nous nous en sommes rendu compte lorsque nous y sommes allés. Il y a beaucoup de rochers et d'escaliers de pierre à gravir et qui donnent accès à une haute falaise magnifique d'où nous pouvons aisément nous tenir et voir la mer. L'horizon est tout à fait splendide, n'est-ce pas, Juliette, ma douce ? Nous avons également vu un passage fort intéressant un peu plus loin sur la côte, mais nous n'avons encore guère eu le temps de nous y rendre, car il s'est mis à pleuvoir. Vous devriez venir ! Je vous assure que c'est beau à voir ! Mais peut-être connaissez-vous déjà le lieu ?

— Il nous est arrivé de nous y rendre, oui, mais je suis sûr que cela nous ferait une admirable balade et cela plairait certainement à Katarina. Elle adore ce genre d'endroits ! D'ailleurs, je ne m'étonne pas de son absence, dit Helen en riant. Elle aime beaucoup explorer la forêt à côté de la maison. Elle s'y rend souvent, par tous les temps !

— Tenez donc, nota Juliette.

— D'ailleurs, elle ne devrait plus tarder, ajouta Edgar.

Katarina enragea. Un peu plus tôt, ils avaient voulu l'empêcher de s'y rendre et, désormais, si cela pouvait leur servir d'excuse ou d'argument pour la vendre auprès de leurs amis, elle pouvait bien y rester ? Elle n'arrivait pas à y croire. Aussi, elle s'écarta du mur, mais, à ce moment-là, fit tomber un bougeoir. Un bruit sourd retentit et toute l'attention soudain glissa sur elle.

— Et mince ! laissa-t-elle échapper.

Sa mère se précipita à sa rencontre, seulement lorsqu'elle la vit, elle stoppa net.

— Mon Dieu, Katarina ! Qu'avez-vous encore fait ? Avez-vous vu dans quel état vous êtes ?

Les invités et son père se tournèrent un peu plus vers la jeune femme.

Les cheveux défaits, pendants à leur bon vouloir, les yeux encore rougis et la robe souillée, Katarina comprenait parfaitement pourquoi ils la regardaient tous ainsi, mais ce dont elle ne se rendit pas compte, c'était du sang sur ses mains. Ils virèrent tous au blanc en le découvrant. Alors, voyant sa mère si pâle, elle lui demanda incrédule :

— Qu'avez-vous ? Je sais que je ne suis pas dans un état convenable, mais tout de même et il pleuvait !

— Mais… mais, vous avez du sang… partout.

La rousse s'interrogea et lorsqu'elle aperçut le rouge, imprégné jusqu'aux ongles, elle s'empressa de s'essuyer, en vain, paniquée.

— Ne vous inquiétez pas, s'empressa-t-elle de dire, confuse. Ce n'est pas le mien.

Mais encore plus effrayés, ils se figèrent totalement.

Remarquant sa bêtise et l'effroi qu'elle lisait dans leurs yeux, Katarina ajouta prestement :

— Je suis venu en aide à un homme blessé, rien de grave, je vous assure. Il n'y a pas de quoi s'inquiéter.

— Un homme ? réagit aussitôt son père. Vous rendez-vous compte de ce que vous dites ?

Katarina ouvrit la bouche et, de plus en plus maladroite, elle se défendit tout de même :

— Il était pris dans un piège, je n'allais pas le laisser comme cela !

— Si, il aurait fallu, rétorqua sa mère. Ne lisez-vous pas les journaux ? Avec tout ce qu'il se passe en ce moment, vous avez été imprudente. Mon Dieu, et quel état ! Filez vite vous changer.

— Comme vous voudrez, obtempéra finalement Katarina, ravie de pouvoir les quitter. Madame, salua-t-elle les La Courtepiert, Messieurs.

Le blond parut particulièrement mal à l'aise.

— Votre fille est-elle toujours ainsi ? demanda Juliette.

— Que voulez-vous dire ?

— Fait-elle des choses toujours aussi… bizarres ?

— Oh non ! Elle se rend certes souvent en forêt, mais c'est bien la première fois qu'elle revient dans un tel état. Je veux parler du sang, bien sûr. Je ne sais pas ce qu'il lui a pris. Nous lui interdisons d'ailleurs d'aller trop loin, pas que nous n'ayons pas confiance en elle, mais, car nous savons tous de quelle légende cet espace est hanté.

— Ah bon, une légende ?

— Oui, et pas des moindres, je vous assure. Figurez-vous que…

Et pendant que les convives discutaient, Katarina se pressa de se donner plus agréable allure avant qu'un autre projet ne se conclût dans son dos. Elle enfila une robe blanche, plus chaude, à laquelle elle noua un ruban de satin bleu. Dans ce vêtement, elle se sentit beaucoup plus propre sur elle et plus à même de paraître : le sang sur ses mains avait été nettoyé et sa chevelure remise en ordre. Elle appela alors Roger, qui préparait la couche des invités.

— Roger, le retint-elle lorsqu'elle le vit passer, des draps jusqu'au-dessus de sa tête. Je sais que vous êtes très occupé, mais pourriez-vous nettoyer ma robe, s'il vous plaît ?

— Bien sûr, mademoiselle. Pour quand la voulez-vous ?

— Cela n'a aucune importance, mais j'aimerais qu'elle soit assez vite lavée à cause du sang qui s'y trouve. Je ne voudrais pas qu'il s'y imprègne.

— Comme vous voudrez. D'ailleurs, vos parents m'envoient vous chercher.

— D'accord, je descends.

— Veuillez me permettre encore une chose.

— Oui, laquelle ?

— Une lettre est arrivée pour vous tout à l'heure.

— De qui est-elle ?

— De Monsieur votre frère.

— Duncan ! se réjouit-elle en prenant l'enveloppe que lui tendait le vieil homme. J'ai hâte de savoir ce qu'il me dit.

Mais elle ne l'ouvrit pas tout de suite, préférant réserver la surprise pour la fin de soirée. Aussi, elle rangea son message et descendit au salon où les La Courtepiert et ses parents s'installaient à table pour dîner. Ce fut avec surprise qu'ils admirèrent le changement brutal opéré chez elle ; elle resplendissait par rapport aux quelques instants auparavant ! Aussitôt qu'elle s'approcha, Jean-Charles se leva pour la faire asseoir à ses côtés, mais elle se détourna et s'assit de l'autre côté.

— Vous sentez-vous mieux à présent, mon enfant ? lui demanda son père.

— Oui, Papa. Merci.

— Tant mieux. Vous devriez faire plus attention à l'avenir et ne pas vous rendre malade. Le temps est capricieux ces derniers temps.

— Oh oui, intervint Albert. Il serait dommage de ne pas voir telle sirène à notre table, n'est-ce pas, Jean-Charles ? lui intima-t-il d'un coup de pied par-dessous la table.

— Hum, oui, certainement. Ce serait dommage et... préoccupant.

À ces mots, leurs deux familles sourirent bêtement ; le spectacle avait l'air de beaucoup leur plaire, constata la rousse.

— Au fait, Katarina, reprit sa mère quand Roger apporta le dîner. Nous discutions tout à l'heure des endroits que vous aimiez fréquenter et nous nous disions avec votre père que cela faisait un certain moment que vous ne vous étiez pas rendue à la librairie. Avez-vous l'intention d'y aller bientôt ?

La jeune femme l'observa, soupçonnant là un piège, mais sa mère insista.

— Alors ? Ne répondez-vous pas à ma question ?

— Je vais bientôt m'y rendre, oui, hésita-t-elle à répondre. Demain sans doute, comme d'habitude.

— Pourquoi n'y emmèneriez-vous pas Jean-Charles ? Vous pourriez passer du temps ensemble comme cela.

Katarina sourit ; c'était donc cela ! Ne pouvaient-ils vraiment pas lui laisser ces moments de solitude ?

Elle acquiesça pourtant : mieux valait rester courtoise et éviter une autre dispute, elle aurait ensuite tout le temps de trouver une solution.

— Si cela l'intéresse, il peut m'accompagner.

— J'en serai vraiment ravi, mademoiselle Kingsley, l'entendit-elle répondre aussitôt.

Elle lui jeta aussi vite un regard. Il la regardait aussi. Ces paroles encourageantes atteignirent le cœur de leur entourage et ce fut ainsi qu'ils dînèrent dans une paisible ambiance.

Bientôt, heureusement, la soirée se termina et chacun regagna ses appartements. M. et Mme de La Courtepiert furent installés dans la chambre d'amis et leur fils dans la chambre de l'aîné des enfants Kingsley qui était absent depuis maintenant cinq jours.

Assise devant son bureau, Katarina ouvrit sa lettre et lut, non sans surprise, que son frère la pressait de lui donner de ses nouvelles, car il avait appris, par un recommandé, que leur père et leur mère avaient convié la famille française à un séjour prolongé. Elle répondit alors avec beaucoup de soin aux inquiétudes formulées et assura qu'en dépit de leur présence, tout allait pour le mieux. Elle lui raconta leur arrivée, mais surtout avec quelle insistance ils demandaient le mariage. Elle lui répéta pour ainsi dire tout le contenu de leur message précédent, leur venue imposée et omit volontairement la dispute qui avait éclaté entre elle et ses parents ; elle ne voulait surtout pas l'inquiéter pendant son travail pour une broutille qu'elle seule était à même de comprendre et de résoudre. Cependant, à sa question de savoir si elle avait mis les pieds dans la forêt et si, comme il l'avait si bien souligné, elle n'avait pas respecté sa demande, si elle avait eu quelques soucis d'importance, elle hésita à lui répondre franchement. Quand elle se remémorait ses sorties depuis presque une semaine, rien ne lui était réellement arrivé d'inquiétant et seule sa rencontre avec cet inconnu était survenue. Si elle omettait le fait qu'elle lui était venue en aide et qu'elle était revenue les mains ensanglantées devant les convives, elle pouvait certifier que non : rien ne s'était produit d'étrange. Elle écrivit ainsi une bonne partie de la nuit et, quand la lueur de la bougie ne lui permit plus de voir sa plume, elle s'endormit ; le lendemain, une longue journée l'attendait.

Chapitre 8

Le soleil éclaira très tôt ce matin-là le comté du Yorkshire. Dehors, la pluie avait enfin cessé et, de nouveau, la nature reprenait vie. Les oiseaux sortaient de leurs nids, secouant frénétiquement leur plumage encore humide, chantant déjà leur joie au-dessus des toits, tandis que les fleurs dormaient encore sous la rosée où la forêt paraissait plus accueillante, sous le frais ciel bleu d'été.

Il était huit heures et demie et le silence le plus profond régnait encore dans la maison des Kingsley. Katarina ne savait pas pourquoi elle avait choisi de se rendre à la librairie si tôt le matin, mais elle sentait le besoin de se dégourdir dans la fraîcheur environnante de l'été. Elle se réjouissait d'avance de ce qui allait se produire, car l'imposant invité ne devait pas être habitué à apparaître en même temps que l'aurore et peut-être cela le fatiguerait-il de devoir la suivre ; sans doute l'avait-elle fait exprès. Toujours fut-il qu'elle attendit longuement pour jouer sa farce : le premier étage était encore plongé dans les ténèbres lorsqu'elle descendit aux cuisines. Aussi, elle rejoignit Roger, debout depuis plusieurs heures déjà.

Absorbé par sa vaisselle, les manches de chemises retroussées et le tablier autour de sa taille, il ne l'entendit même pas arriver.

— Bonjour, Roger.

Il se retourna aussi vite, soudain surpris par le silence brisé.

— Ah, bonjour, mademoiselle. Comment allez-vous ?

— Je vais parfaitement bien et vous ?

— Pareillement. Vous êtes-vous remise des émotions d'hier ?

Katarina l'observa, ne comprenant visiblement pas ce à quoi le domestique faisait allusion.

— Je veux parler de l'homme blessé, ajouta Roger.

— Ah, cela ? s'exclama-t-elle, croyant alors qu'il parlait de la famille de La Courtepiert. Oui, bien sûr, ce n'était rien.

— Tant mieux alors, car il fut assez impressionnant de vous voir arriver dans cet état. Voulez-vous votre thé ?

— Je veux bien, s'il vous plaît.

Elle s'installa à table et se mit à penser, comme bien souvent elle le faisait dans ces moments-là, où elle était encore seule, ou presque. Roger était souvent présent, mais il respectait sa maîtresse et la laissait tranquille, car il ne se permettrait de la déranger que si la situation était nécessaire. Aussi, après l'avoir servie, il l'abandonna à ses songes jusqu'à ce que neuf heures sonnassent.

Le blond n'était toujours pas réveillé ; sans doute se peignait-il dans sa chambre ou s'était-il égaré à se contempler dans son miroir. Katarina soupira :

— Roger ?

— Oui, mademoiselle ?

— Pourriez-vous réveiller M. de La Courtepiert ? Enfin, je veux dire, le fils, pas le père.

— Mais, mademoiselle, il est debout depuis une heure déjà !

— Pardon ?

— Il s'est levé très tôt ce matin pour vous accompagner. Il est dans le jardin.

— Ah... bien. Dans ce cas, dites-lui que je l'attends dehors, s'il vous plaît.

— Comme vous voudrez.

Elle sortit tout aussi précipitamment que la demande fut donnée ; cela, elle ne s'y attendait pas.

Aussi, pour patienter, elle s'occupa des fleurs posées sur la façade de la maison. Il y en avait plusieurs désormais et de diverses teintes et variétés. Les roses étaient celles qu'elle préférait, pour les mille et une interprétations qu'elles pouvaient avoir et dont il plaisait à chacun d'en choisir une. Mais elle en avait beaucoup d'autres aussi et elle se ravissait de l'effet qu'elles donnaient à la demeure, montant le long du mur en un ballet remarquable de vifs coloris où les jeunes pousses encadraient les fenêtres comme un lierre. Il y en avait des rouges, des blanches et des jaunes. C'était assez joli. Certaines entouraient même élégamment les bancs de pierre qui étaient installés là. Katarina s'y assit, contemplant longuement la nature en attendant son accompagnateur qui commençait à tarder. Que pouvait-il faire ? N'était-il pas dans le jardin ?

Elle ouvrit alors le livre qu'elle devait rendre au libraire et s'arrêta sur une page troublante. Il s'agissait de l'image d'un troll aux longues oreilles maculées de sang, placé au-dessus d'une jeune femme décapitée, une faux plantée au creux de son crâne. La rousse demeura impassible devant cette image ; elle en avait l'habitude, mais elle la cacha brusquement lorsque la porte grinça. Le voilà enfin qui arrivait.

— Bonjour, mademoiselle. Excusez-moi de vous avoir fait attendre.

Katarina le détailla. Il était habillé comme s'il s'agissait d'une grande occasion ! Sa chemise était surmontée d'une simple cravate, mais les boutons de ses manchettes étaient tellement ornés de pierres précieuses que cela fit honte à la rousse. Il n'allait pas à un bal de la haute société tout de même, mais dans une petite librairie !

— Comment allez-vous ? demanda-t-il. N'avez-vous pas pris froid à cause d'hier au moins ?

— Non, répondit-elle. Comme vous le voyez, je me porte très bien.

— Tant mieux. Tant mieux, répéta-t-il.

— Pouvons-nous y aller maintenant ou avez-vous encore quelque chose à faire ?

— Nous pouvons y aller.

Katarina se leva précipitamment de son siège et accéléra le pas d'entrée. Il l'énervait déjà avec ses faux airs de séducteur. S'il croyait se promener avec elle en toute simplicité, il allait très vite déchanter ; ce jour-là, elle avait pris la décision de lui faire payer son impolitesse de l'autre jour et elle allait s'y tenir. Elle souriait déjà de son tour ; le jeune homme emboîtait son pas, mais il ne connaissait certainement pas les environs aussi bien qu'elle et ce serait chose aisée pour elle que de le perdre. Bien sûr, elle avait d'abord pensé à l'abandonner dans les bois, mais, finalement, elle s'était rétractée ; après ce qu'il s'était passé la veille et les autres jours, mieux valait s'en abstenir, elle n'était pas aussi rancunière que cela.

Donc, elle prit le chemin de la ville par la route habituelle, prête à agir dès que l'occasion s'en présenterait, car, finalement, l'idée de l'emmener à la librairie n'était pas si mauvaise. Ils marchèrent ainsi longuement sans paroles, le blond peinant à la suivre. Par moments, un fiacre passait puis le calme revenait. Le jeune homme tenta à plusieurs reprises d'engager la conversation, mais il s'arrêtait aussi vite dans son élan, ne trouvant guère les mots à dire à la jeune femme qu'il ne savait aborder. Et lorsqu'enfin il crut trouver, il la vit changer brusquement de direction ; Katarina avait senti arriver le moment propice et elle coupa net par les champs à une vive allure qui en laissa le pauvre derrière elle pantois.

— Sommes-nous obligés de passer par là ? lui demanda-t-il, inquiet.

— Avez-vous peur de vous salir, monsieur de La Courtepiert ? dit-elle en riant.

— Pourriez-vous au moins ralentir le pas ?

Mais il n'obtint aucune réponse ; la rousse était déjà invisible devant lui.

Quelques secondes plus tard, Katarina s'arrêta, essoufflée, et regarda par-dessus son épaule : son compagnon n'était plus là. Elle sourit. Devant elle se dressaient les maisons du village. Elle s'avança alors, amusée par son tour, et défit quelques brindilles qui s'accrochaient encore à elle. Après cette course folle, elle était arrivée la première. Aussi, satisfaite, elle se mit à errer dans les rues.

— Je suis tranquille pour un moment, maintenant. Profitons-en.

Elle posta alors la lettre pour son frère et se dirigea gaiement vers la librairie. Il était dix heures passées quand elle y entra et le clocher sonna joyeusement pour elle.

L'atmosphère aussitôt changea à l'intérieur. Les murs, recouverts de livres, et le silence des personnes attablées un ouvrage à la main, en faisaient un des lieux les plus paisibles de la ville. Il contrastait incroyablement avec l'extérieur dont la cacophonie ne semblait plus être ici qu'un murmure. Silencieusement, Katarina se rapprocha du comptoir derrière lequel se tenait assis le vieux libraire endormi.

— Bonjour, monsieur !

— Oh, bonjour, mademoiselle, dit-il en se réveillant. Quel bon vent vous amène ?

— Je rapporte le livre que je vous ai emprunté.

— Déjà ?

— Je l'ai terminé en plus de temps que je ne l'aurais cru, pourtant. J'ai eu quelques contraintes ces derniers jours.

— Rien de grave, j'espère ?

— Non, non.

— Et Monsieur votre frère, comment va-t-il ? Je ne l'ai pas vu depuis un certain temps.

— Il est parti pour affaires. Je crains que vous ne puissiez le voir avant un moment.

— Ah bon.

— Mais ne vous inquiétez pas, il vous rendra votre livre sous peu. À moins que vous ne vouliez que je vous l'apporte ?

— Oh non, ce n'est pas la peine, gardez-le pour l'instant. Je n'y pensais plus pour ainsi dire. Autrement, j'ai reçu de nouveaux livres hier. Tenez, voici l'un d'entre eux. Je pense qu'il vous plaira, il y a là assez de monstres et de fantaisie pour vous ravir.

— Oh, merci, monsieur. C'est très gentil.

Katarina enregistra son nouvel emprunt et, tandis qu'elle observait déjà l'intérieur du livre, elle sentit soudain posé sur elle un regard observateur. Mais elle ne vit personne la fixer. Aussi, elle salua le libraire, prête à s'en retourner auprès du blond, lorsqu'un dernier coup d'œil la fit apercevoir au fond de la salle, seul, tapi dans l'ombre d'un coin, l'homme auquel elle avait porté secours. Brusquement, le souvenir de l'avoir déjà croisé avant cet incident lui revint en mémoire et elle comprit ; c'était ici même, plusieurs semaines auparavant, qu'elle avait fait sa rencontre. Aussitôt, elle s'approcha de lui.

— Bonjour, monsieur... Hodgkin, c'est cela ? Me reconnaissez-vous ? ajouta-t-elle en le voyant perplexe.

— Oh c'est vous. Bonjour, mademoiselle...

— Mademoiselle Kingsley, Katarina Kingsley. Je suis désolée d'être partie ainsi hier. Je ne m'étais même pas présentée.

— Il n'y a pas de mal. Je vous en prie, asseyez-vous.

— Votre blessure se soigne-t-elle ?

— Elle se soigne correctement grâce à vous, je vous en remercie ; même si je crains que vous ne puissiez récupérer votre mouchoir.

— Ce n'est pas grave, ce n'est qu'un bout de tissu après tout. Mais dites-moi, qu'est-ce qui vous amène par ici ? Il est rare de vous voir.

— Je viens très rarement en effet.

— D'ailleurs, je me souviens maintenant que je vous y avais déjà rencontré, vous vous en souvenez peut-être ? Oh ! Il y a de cela quelques semaines, bien sûr, mais votre comportement m'avait si bien marqué qu'il était difficile de l'oublier.

— Vraiment ? interrogea-t-il, incertain.

— N'était-ce pas vous ?

Sachant que la description restait trop vague, elle ajouta :

— C'était un jour de pluie. Il faisait très sombre dehors et vous êtes sorti sans bruit et sans parapluie alors qu'il y avait une tempête pas possible ! Il devait être... seize heures passées, peut-être, réfléchit-elle. M. Gordon et moi-même étions fort surpris.

L'homme chercha dans sa mémoire.

— Oui, cela me revient. Cela pouvait bien être moi, en effet.

— Cela alors, quelle coïncidence ! Êtes-vous nouveau dans la région ? Je ne vous avais jamais vu ici auparavant.

— Pas vraiment, j'habite à quelques pas d'ici, c'est juste que je me rends peu en ville.

— Ah oui ? Et pour quelles raisons ? le questionna-t-elle, curieuse.

— Des choses et d'autres. Rien de particulier, à dire vrai.

La rousse demeura silencieuse, n'osant guère approfondir le sujet.

— Que lisez-vous ?

— Un roman policier.

— Oh ! Aimez-vous ?

— Cela dépend de la manière dont il est écrit. Les erreurs que commettent certains criminels et policiers sont invraisemblables, mais cela me plaît de voir toutes ces machinations s'orchestrer. C'est très intelligent et très bien fait, ne croyez-vous pas ?

— À dire vrai, je ne lis pas assez de ce genre pour vous en donner un avis constructif.

— Alors que lisez-vous ?

— Des romans fantastiques la plupart du temps, du merveilleux aussi.

— Fantastiques ? dit-il en souriant. Tenez donc, comme c'est intéressant. Et pourquoi ce genre ?

— Parce qu'ils sont différents de ce que nous pouvons vivre dans la réalité. Certains sont terrifiants, d'autres énigmatiques, d'autres dramatiques, mais tous nous emmènent dans un monde si éloigné du nôtre que c'en est troublant et très divertissant.

— Et venez-vous souvent ici ?

— Oui, toutes les semaines assurément, presque tous les jours.

— Vous devez avoir lu l'ensemble de la librairie.

— Non, répliqua-t-elle en souriant. Il y en a beaucoup trop, mais j'avoue qu'une grande partie s'est déjà trouvée entre mes mains.

— Et celui-ci ? dit-il, en lui désignant son propre livre.

— Non, avoua-t-elle. Mais mon frère adorerait. D'ailleurs, les rares que j'ai lus sont en sa possession.

— Vous avez donc un frère.

— Oui, Duncan. Vous vous entendriez certainement mieux avec lui. Il en a toute une bibliothèque.

— Est-il votre aîné ou votre cadet ?

— C'est mon aîné et je suis la seule qui vient ensuite. Avez-vous des frères et sœurs ? se permit-elle de demander à son tour.

— Non. Je suis fils unique.

— Ah, et cela ne vous a-t-il jamais dérangé ?

— Non. C'est mieux ainsi et puis, comment cela aurait-il pu être autrement ?

— Vous auriez pu avoir un compagnon de jeu et un allié. Mon frère en est un précieux, je l'avoue, et son absence à la maison se fait sentir, surtout en ce moment.

— Que se passe-t-il ?

— Oh rien, ce n'est que la présence de ce blond et de sa famille qui m'insupportent, maugréa-t-elle avant de se reprendre, mais peu importe, ce ne sont pas des propos à tenir et…

Katarina stoppa net sa phrase.

— Qu'y a-t-il ? lui demanda le brun.

— Je l'avais complètement oublié d'ailleurs, reprit-elle. Il doit être perdu à l'heure qu'il est.

— Perdu ?

— Oui, je l'ai semé dans les champs derrière. Il a dû se perdre.

— Vous l'avez… semé ? s'étonna-t-il.

— Oui, que croyez-vous ? Il m'insupporte avec ses faux airs de gentleman. Il m'a… Enfin, il a fait quelque chose et j'ai voulu lui jouer un tour, mais cela s'arrête là, n'allez pas porter de jugement sur mon comportement, vous ne savez pas ce qu'il s'est produit ensuite.

— Je ne me permettrais pas. Mais n'est-ce pas trop jouer ?

— Certainement pas, non ! Déjà que mes parents veulent me fiancer, si en plus il ne me laisse pas seule de temps en temps, je ne saurai plus guère comment agir.

— Est-ce votre futur époux ?

— J'espère bien que non, mais je le crains, hélas ! Mes parents et les siens ne semblent pas prêts à abandonner cette idée, lui non plus d'ailleurs. Ils veulent que nous fassions plus ample connaissance pour que nous apprenions à nous apprécier, mais, que ce soit le cas ou non, ils ont pris la résolution de me marier à lui, de gré ou de force.

— J'en suis navré.

— Moi aussi, mais… je ne sais pourquoi je vous tiens tous ses propos, ce ne sont pas des choses à dire et nous nous connaissons à peine. N'avez-vous jamais eu ce genre de problèmes ? dit-elle pour détourner le sujet. N'êtes-vous pas fiancé ou… marié ?

L'homme, surpris, prit soudain un regard non concerné et lointain.

— Je l'étais, répondit-il enfin.

— Étais ?

— Elle est morte.

Katarina se sentit soudain mal à l'aise.

— Pardonnez-moi, je ne savais pas.

— Il n'y a pas de problèmes. Vous ne pouviez pas savoir, et puis cela fait si longtemps maintenant.

Un mutisme s'installa alors entre eux et la pièce s'assombrit. De lourds nuages passaient au-dessus de la région et la pluie se mit à tomber.

— Revoilà l'averse, dit soudain M. Hodgkin. Le temps est capricieux ces derniers temps.

— C'est sûr et il se rafraîchit.

— Vous devriez sans doute y aller avant qu'il n'y ait une tempête. Votre fiancé risque de s'inquiéter.

— Sans doute, avoua-t-elle, gênée. Il doit me chercher.

— Voulez-vous que je vous raccompagne ?

— Non, cela ira, je vous remercie. Je n'habite pas très loin. En tout cas, j'ai été ravie de vous avoir revu. Portez-vous bien et à une prochaine fois, je l'espère. Au revoir.

Se saluant bien poliment, Katarina et l'homme se séparèrent et chacun retourna à ses occupations premières.

La jeune femme était restée dans la librairie plus de temps qu'elle ne l'aurait dû et elle avait complètement oublié le blond à parler ainsi ! Il devait déjà avoir fait demi-tour et que dirait-elle encore à ses parents s'ils le voyaient revenir seuls ? « Excusez-moi, mais je voulais le semer » ou « excusez-moi, mais je parlais avec l'homme en sang que j'ai aidé hier » ? Elle le chercha alors un temps dans le village, mais ne voyant guère de mèche blonde à l'horizon, elle rebroussa chemin et rentra.

La pluie tombait dru désormais et il lui fallut courir sur le sentier. Elle allait encore être dans un sale état quand elle arriverait ! Mais au moment où ces pensées naissaient en elle, elle aperçut non loin devant, à quelques pas seulement, le fils de La Courtepiert assis sur une pierre, un parapluie à la main.

Lorsqu'il la vit avancer vers lui, il se leva aussitôt et vint à sa rencontre.

— Que faites-vous là ? lui demanda-t-elle.

— Je suis venu vous apporter ce parapluie.

Katarina sembla prise au dépourvu et, soudain, quelque peu gênée.

— Merci, mais… ne devriez-vous pas…

— Être perdu au milieu des champs ? Oui, c'est vrai, mais lorsque j'ai rebroussé chemin pour reprendre le sentier où nous l'avions quitté, il s'est mis à pleuvoir. Je suis rentré pour prendre un parapluie et venir à votre rencontre. Je me doutais bien que vous passeriez par-là au retour.

Katarina remarqua que son plan n'avait qu'à demi fonctionné et en fut quelque peu irritée, mais elle devait avouer qu'elle était bien contente de le trouver là. Elle s'abrita alors sous le parapluie avec lui et continua sa marche sans plus dire un mot. Pendant un moment, ils restèrent silencieux. Le vent murmurait dans les environs, de plus en plus glacial sous les nuages qui se firent de plus en plus denses. L'atmosphère était lourde et nul doute qu'il allait y avoir un terrible orage.

— Le temps n'est pas clément dans cette région, commença le blond.

Mais la rousse ne répondit point, fixant un point invisible sur l'horizon où la masse verte commençait à lui apparaître. Le fils de La Courtepiert ne savait toujours pas comment l'aborder. Il cherchait un sujet de conversation quelconque, mais à chaque fois qu'il tentait une approche, elle refusait de prolonger l'échange. Aussi, profitant du fait qu'ils étaient presque seuls tous les deux, il essaya de s'expliquer et la rousse enfin réagit.

— Je suis désolé, commença-t-il. Je sais que je n'aurais pas dû me comporter ainsi avec vous lors de la grande soirée dernière, mais je ne savais pas que vous étiez la fille de M. et Mme Kingsley. Si j'avais su, j'aurais sans doute...

— Oh ! s'outragea-t-elle aussitôt. C'est pire que je le pensais.

— Non, vous ne comprenez pas. Il faut que je vous dise pourquoi j'ai agi ainsi.

Katarina daigna enfin lui adresser un regard, mais il n'était ni curieux ni patient, et encore moins amical. Il réitéra alors ses excuses.

— Je suis impardonnable, je le sais, mais...

— Cessez ! le coupa-t-elle. Je n'ai que faire de vos excuses, elles ne servent à rien du tout ! Vous ne faites que les renouveler depuis la soirée et j'en ai plus qu'assez ! Croyez-vous que vos paroles effaceront les actes ? C'est trop facile dans ces cas-là. Un « désolé » et on excuse tout ? Vous ne savez pas à quoi tout cela a mené. Il fallait y penser avant. Je ne suis pas aussi domptable que vos courtisanes.

— Pardon ?

Mais elle coupa net la conversation et se précipita chez elle. À peine fut-elle rentrée qu'elle fut assaillie par ses parents et ceux du jeune homme qui, certainement, les observaient depuis longtemps déjà, car ils avaient un sourire qu'elle eut envie d'effacer.

— Alors, Katarina ? Comment cela s'est-il passé ? commença sa mère.

— Avez-vous vu avec quelle galanterie il s'est pressé de vous porter protection contre la pluie ? renchérit son père.

— Où est-il ? dirent en chœur M. et Mme de La Courtepiert.

Mais Katarina, épuisée par tant de tension, feignit l'indifférence et se réfugia dans sa chambre. Il n'était pas possible de subir telle pression ! Ils l'étouffaient. Elle se précipita alors vers la fenêtre qu'elle ouvrit en grand et s'enferma à double tour. Peut-être ainsi la laisserait-on tranquille.

Elle s'était contentée d'une collation rapide comme déjeuner, seule à l'office, prétextant vouloir faire un peu le ménage. Elle avait ainsi trié pendant plusieurs heures sans que personne vînt la déranger. Son humeur s'améliora considérablement et elle put se mettre à la lourde tâche de nettoyer sa pièce. Proprement, elle avait remis de l'ordre dans ses papiers, jetant à la corbeille le vieux journal qui parlait du mendiant, retrouvant le crayon de son frère qu'elle devait lui rendre. Ce souvenir la fit sourire et, le posant en évidence sur sa table de chevet, elle se promit de le lui remettre dès son retour. Après quoi, elle défit sa commode qu'elle vida de toutes les tenues et de tous les accessoires qu'elle possédait, retrouvant certains objets qu'elle croyait avoir perdus et qu'elle disposa cette fois-ci correctement dans leurs boîtes. Quand elle eut terminé cette tâche, elle s'assit un moment sur le rebord de sa fenêtre, refermée, d'où elle contempla son œuvre.

La pièce n'était absolument pas éclaircie. Certes, l'intérieur des tiroirs était parfaitement trié, mais ses livres, qui jonchaient la pièce du sol au plafond, ne permettaient pas de savoir si elle avait rangé et cela la désola. C'était comme si elle n'avait rien fait du tout. Pourtant, cela lui avait fait beaucoup de bien et si elle ne pouvait pas aider Roger en public, au moins, là, elle avait pu se détendre. Elle s'affaira alors à la dernière mission qu'elle s'était octroyée quand quelqu'un vint frapper à la porte. Aussitôt, sa bonne humeur disparut, lui rappelant la présence des Français en bas et le devoir qui l'attendait et que ses parents attendaient qu'elle accomplisse.

Irritée, elle s'adressa à la porte fermée devant elle.

— Qui est-ce ?

— C'est Roger, mademoiselle. Vos parents et M. et Mme de La Courtepiert vous attendent pour dîner.

Elle alla lui ouvrir.

— Roger, excusez-moi, mais dites-leur que je n'ai pas faim et qu'ils m'excusent.

— En êtes-vous sûre ?

— S'il vous plaît, oui, assura-t-elle, déterminée. Je ne me sens pas apte à... à les supporter.

— Comme vous voudrez, souffla-t-il tristement.

Katarina était désolée pour lui. Elle avait honte d'infliger cela à Roger. Elle l'adorait et cela la gênait de le mettre dans l'embarras.

— Je suis désolé de vous déranger en plein jeu, monsieur, s'immisça alors le domestique auprès de ses maîtres, interrompant la partie de cartes, mais Mademoiselle vous prie de bien vouloir l'excuser, car elle ne viendra pas dîner.

— Comment ? s'écria Edgar. Et pour quelle raison, pourrions-nous le savoir ?

— Elle m'a dit de vous dire qu'elle n'avait pas faim, rapporta Roger, un peu embarrassé par la tournure que prenaient les événements. Et qu'elle ne se sentait pas bien.

— Allons bon, quelle idée ! dit son maître, sous les yeux de ses invités. Et de quel mal, puis-je savoir ? Allez la presser un peu, mon bon ami. Dans peu de temps, elle arrivera, impatiente de se délecter de vos plats.

— Comme vous voudrez, monsieur.

Mais quelques instants plus tard, le domestique revint avec la même réponse.

— En voilà des façons, cria Edgar, rouge de colère. Je vais aller lui parler.

Il se leva aussitôt et monta à l'étage où, sans préambule, il entra dans la chambre de sa fille. De surprise, elle renversa tous les livres qu'elle tenait dans ses bras.

— Papa ? Que faites-vous là ?

— Vous allez cesser de faire l'enfant et descendre dîner avec nous, immédiatement !

Son père se montra autoritaire et strict, mais Katarina ne se laissa pas intimider.

— Je n'ai pas faim.

— Vous n'avez pas faim ou jouez-vous les écervelées ?

— Les… quoi ? Je ne joue à rien du tout, se défendit-elle. Je n'ai pas faim.

— Si vous continuez à vous moquer de nous, cela ne va pas s'arranger, croyez-moi.

— Et que puis-je risquer de plus que vous m'infligez déjà ?

— Vous revoilà avec vos idées ? Ne cesserez-vous donc jamais ? Ils vous ont proposé une solution des plus admirables et vous ne cessez de vous rendre intéressante !

— Je ne me rends pas intéressante ! Vous n'avez aucune idée de ce que leur fils m'a dit avant de vous rencontrer ! De la manière dont il m'a humiliée en public.

— Que vous interprétez à votre manière, encore une fois !

— Non, je vous assure, croyez-moi, insista-t-elle, désemparée, en le voyant ainsi s'approcher en furie.

— Maintenant, descendez immédiatement ou je vous jure que ça ira mal !

— Je ne descendrai pas : il me coupe tout appétit.

— Et moi, je vous ai dit de cesser vos enfantillages !

— Prenez mon comportement comme il vous plaira, je n'obéirai pas.

— Ah oui ? Allez-vous m'écouter à la fin ? Je suis votre père et vous m'obéirez !

D'en bas où Helen était restée avec ses invités, elle entendit distinctement le ton monter. Elle se sentit particulièrement mal à l'aise face à ses amis et tenta tant bien que mal d'attirer leur attention sur la vue magnifique qu'offrait le crépuscule, sous la pluie à travers la fenêtre. Mais bien qu'ils essayassent de rentrer dans son jeu, ses invités ne purent longuement ignorer ce qu'il se passait au premier étage. Le blond paraissait singulièrement agité et son inquiétude s'emballa lorsqu'un bruit sourd se fit entendre.

Les convives s'échangèrent un regard ; le bruit se répéta à plusieurs reprises, sous des cris étouffés. La maîtresse de maison s'excusa aussitôt auprès d'eux, livide, et rejoignit son mari en hâte. Lorsqu'elle arriva dans la chambre de sa fille, elle la vit à terre, se protégeant un visage déjà gonflé. Elle ouvrit de grands yeux. Son époux, le visage convulsionné et rouge de colère, s'apprêtait à assener son prochain coup.

— Edgar ! hurla-t-elle en lui attrapant le poignet. Que lui avez-vous fait, mon Dieu ?

Aussitôt, il s'arrêta dans son élan et il ne fallut pas plus de temps à la rousse pour s'enfuir.

N'entendant guère les protestations de sa mère derrière elle, elle descendit quatre à quatre les escaliers, passa devant le salon en courant, attrapa sa veste dans le vestibule et sortit en catastrophe, sans réfléchir, sans laisser le temps aux La Courtepiert de comprendre ce qu'il se passait. Il n'y eut que le fils qui se leva aussitôt. Helen, elle, arriva trop tard et s'était déjà arrêtée sur le seuil de la maison, scrutant dans l'obscurité une quelconque trace de sa fille, une réelle inquiétude se peignant sur le visage. Mais elle ne vit rien et, rebutée par la peur, rentra ; Katarina ne tarderait certainement pas à en faire de même.

Le fils de ses amis, lui, avait eu plus de chance et saisit dans sa course la jeune femme qui s'éloignait en courant. Elle essaya de se dégager, mais son emprise sur elle était ferme.

— Mademoiselle ! Mademoiselle ! S'il vous plaît.

Il la retourna face à lui, l'obligeant à lui faire face, mais, au moment de lui parler, l'horreur de ce qu'il constata le força au silence : sur le visage de la rousse se formait une rougeur violacée apparente qu'elle tentait vainement de dissimuler derrière sa main libre. Il en resta sans voix. Si elle ne pleurait pas, elle s'en retenait, et il pouvait clairement lire dans ses yeux toute la colère et le chagrin qu'elle ressentait.

— Est-ce votre père qui vous a fait cela ?

Mais elle ne répondit pas et retira aussitôt son poignet de sa main.

— Non ! Mademoiselle !

Il ne put la retenir une seconde fois, et elle disparut instantanément dans les profondeurs de la nuit.

— Je vous préviens, cria-t-il, que je ne vous abandonnerai pas ainsi !

— Oh, mon pauvre chéri ! s'écria sa mère en l'enlaçant quand il rentra. Vous êtes trempé.

— Avez-vous vu Katarina ? le pressa Helen.

Après ce qu'il venait de voir, Jean-Charles hésita à répondre. Ses parents ne devaient pas le savoir ; il y avait assez des maîtres de maison au courant sans qu'il en rajoutât davantage. Autrement, cela irait droit au scandale pour les deux familles, et il ne pouvait pas le permettre, d'autant plus qu'il savait, hélas, qu'un tel comportement était monnaie courante ; et puis, la jeune femme finirait par revenir, il en était certain. Aussi, il choisit de se taire.

— Non, je n'ai pas réussi à la trouver.

Helen parut alors très peinée et son mari fort embarrassé, quoique sa colère ne retombât pas. Ils jouèrent alors avec brio la simple querelle, persuadés d'être les seuls témoins de la scène qui s'était produite à l'étage.

— Allons, Albert, Juliette, rejoignez-nous au salon. Nous allons dîner. Je suis sûre que Katarina nous rejoindra très vite.

De son côté, Katarina s'enfuyait aussi vite que possible, aussi vite que ses jambes le lui permettaient. Elle courait, courait à en perdre haleine, sous la pluie qui ne cessait de battre depuis cet après-midi, s'enfonçant plus profondément dans la forêt à chaque seconde qui passait. Elle n'avait guère réfléchi où elle allait, se dirigeant sans but précis au travers des arbres sombres où elle n'entendait rien d'autre que ses pas qui froissaient l'herbe boueuse, où elle ne voyait rien d'autre que les ombres difformes de la végétation devant elle. Son cœur s'essoufflait. Sa raison la perdait. Elle poursuivit tout de même sa course, s'éloignant le plus possible de cet affreux endroit où, désormais, elle ne trouverait certainement plus le repos. Mais, à ces terribles pensées, elle perdit l'équilibre et s'étala lourdement sur le parterre crotté devant elle. Alors, elle pleura tout son mal, recroquevillée sur elle-même, les cheveux battants sa joue endolorie, les larmes déferlant sur son visage. Elle se releva malgré tout, durement, effaçant du revers de sa manche son visage sali et meurtri.

Elle avait mal. Tout ce qu'elle avait fait, c'était se préserver elle-même de la bêtise de ses parents, de leur avarice, de leur volonté à vouloir toujours tout contrôler. Était-elle allée trop loin ? Peut-être, mais elle n'arrivait pas à comprendre ce besoin absolu de la fiancer au blond si elle-même n'y consentait pas. Son époque avait déjà bien évolué et nombre de parents acceptaient le refus de leur fille, pourquoi pas elle ? Il fallait croire que ce n'en était pas encore assez. Comment pouvaient-ils la rendre aussi malheureuse ? Ne leur servait-elle réellement qu'à faire un bon mariage ? N'avaient-ils pas d'autres ambitions ? Comment pouvait-elle faire des efforts dans ces conditions ? Était-elle vraiment égoïste ? Elle n'arrivait pas à comprendre. Depuis l'annonce du mariage, elle avait sans cesse été assaillie par la famille de La Courtepiert ou ses parents. Que pouvait-elle faire à présent ? Il était hors de question de rentrer après ce qu'il s'était passé. Elle ne pouvait pas réapparaître dans cet état ! Elle n'arriverait pas à leur faire face. C'était au-dessus de ses moyens. Son père l'avait trop lourdement frappée et personne chez elle n'était en mesure de la soutenir. Elle était seule contre eux tous.

Elle pensa aussitôt au pauvre Roger, à son frère, à M. Gordon. Que penseraient-ils d'elle ? Duncan lui avait demandé de faire des efforts envers le blond et voilà où elle en était, seule au beau milieu de la nuit, en pleine forêt, là même où il lui avait demandé de faire attention ! Alors, elle scruta les alentours, nerveuse.

La pluie battait furieusement le sol à travers les arbres, d'habitude si opaques qu'elle avait l'impression qu'elle allait être noyée sous eux, et, par moments, elle crut entendre un grognement. Elle se redressa aussitôt, le cœur frappant intensivement sa poitrine, les yeux grands ouverts. Mais elle ne percevait rien de plus que l'horreur du lieu. À cet instant pourtant, la peur la tenailla. Elle ne savait que faire, perdue. Les arbres étaient tordus au-dessus d'elle et qu'elle regarda en arrière, devant ou sur les côtés, tout était pareil. Elle n'arrivait pas à se repérer dans cette obscurité et elle paniqua. Cherchant à tâtons un endroit où s'accrocher, elle attrapa une branche au-dessus d'elle et, l'agrippant de toutes ses forces, finit par la casser et la prendre en sa possession. À ce moment-là, elle se remit en marche.

Ses pas étaient douteux et sa marche maladroite. Battant l'air avec le bout de bois, elle avança prudemment. Autour d'elle, des hiboux hululaient, des animaux couraient. Plus d'une fois, elle sursauta. Dans la nuit noire, tout était si différent ! Des yeux jaunes semblaient l'observer de temps à autre. Des corbeaux ou quelques autres oiseaux macabres la suivaient en ricanant. Si cela s'était déroulé à un autre moment de sa vie, elle en aurait été plus heureuse, peut-être même ravie, mais désormais, incertaine de ce qu'elle allait faire, paniquée et effrayée, c'en était tout autre, et sa traversée sembla durer une éternité ! D'ailleurs, elle se demandait bien où elle pouvait se trouver désormais. Il lui semblait par instants entendre le clapotis de l'eau de la rivière près de laquelle elle aimait se reposer, mais, à peine faisait-elle quelques pas vers elle que, plus loin, elle s'apercevait qu'il n'en était rien. Elle ne parvenait pas à reconnaître ce qui l'entourait ni à retrouver les sensations qu'elle vivait la journée. Inquiète quant au sort qu'elle allait connaître, elle s'arrêta soudain. Droit devant elle, des lumières dansaient, telles de petites lucioles près des rivières. Un sourire naquit malgré elle sur son visage déformé et, aussi vite, elle s'élança dans leur direction. À mesure qu'elle approchait, les ronds jaunes se firent plus distincts et, bientôt, elle put deviner ce qu'ils reflétaient : sur une vaste étendue d'herbe, une prestigieuse bâtisse se détacha. Sombre maison dans la nuit noire, la jeune fille demeura interdite devant son immensité. De multiples fenêtres éclairées dessinaient ses contours, hauts et indistincts, sous la pluie diluvienne et ses yeux embués. Elles lui étaient floues, et pourtant bien présentes, appartenant certainement à un vaste étage de la maison. La rousse comprit aussitôt pourquoi elle les avait vus de si loin. Lorsqu'un orage éclata soudain, elle sursauta : la demeure lui apparut complète, terrifiante et imposante : elle était gigantesque !

Tremblante, Katarina s'approcha alors de la grille qu'elle avait aperçue entre deux éclairs et s'y accrocha comme une forcenée. L'obscurité était retombée, mais elle savait maintenant où elle était. Jamais elle n'avait vu pareil endroit dans la forêt ! Y était-elle encore seulement ? Un second éclair fendit l'air. Elle tressaillit, abattue par l'averse, écrasée par la hauteur colossale de la barrière à laquelle elle s'était accrochée. Elle était tout simplement impressionnante. Jamais elle n'en avait vu de telle ! De longues tiges de métal s'élançaient dans les airs, montrant à leurs extrémités des flèches qui grimpaient, menaçantes, vers le ciel noir de colère. De chaque côté se dressaient de grands piliers de pierre sur lesquels on avait sculpté un terrifiant crâne osseux ; la rousse en eut froid dans le dos. Au-delà, un long sentier noueux menait à une grande porte à double battant protégée par un porche. Un troisième éclat de lumière jaillit dans le ciel et la jeune femme put apercevoir la cour remplie de buissons droits, de fleurs séchées et d'arbres qui pleuraient par-dessus les murailles de pierre autour de la maison. Nul doute maintenant, il s'agissait là d'un vieux manoir, haut et fier, vieux d'au moins trois siècles !

Katarina en demeura interdite, abasourdie, sans savoir quoi faire d'autre que de l'observer. Elle n'osait guère s'y aventurer, et encore moins y demander de l'aide. Pourtant, une force inconnue la décida à pénétrer dans la propriété. Elle ouvrit alors délicatement la grille et s'avança prudemment jusqu'à la porte, sous l'averse qui continuait de frapper. Le gravier sous ses pieds crissait et l'orage tonnait. Elle ne savait guère pourquoi elle s'immisçait ainsi chez autrui, la demeure n'avait rien de particulièrement accueillant, mais les tympans meurtris, la joue endolorie et la peur de rester seule dehors en pleine forêt et par ce temps l'encourageaient peut-être.

Au pied de la porte, pourtant, elle se sentit ridiculement petite et honteuse. Que venait-elle faire là alors que Duncan lui avait expressément demandé de prendre garde ? Et si elle tombait sur quelqu'un de mauvais ? Un tueur en série ? Un fou furieux ? Un délirant ? Un psychopathe ? Elle avait lu plus d'une histoire sur les monstres de ce genre d'endroits ; oh, rien de bien réel, bien sûr, mais dans cette situation, elle croyait en l'existence de toutes les créatures et de toutes les histoires.

Prise de panique, Katarina fit demi-tour et s'apprêta à partir, mais la grande porte derrière elle s'ouvrit soudain et elle s'arrêta brusquement, la peur au ventre.

— Mademoiselle Kingsley ?

Son visage se décomposa au son de la voix. Elle se retourna, agitée.

— Monsieur Hodgkin ?

— Que faites-vous là ? demanda-t-il, aussi surpris qu'elle.

— Je… j'étais dans la forêt. Je marchais tranquillement quand… je me suis retrouvée ici, expliqua-t-elle vaguement, une envie de pleurer la tenaillant.

— Eh bien, entrez donc. Ne restez pas dehors.

Katarina hésita, mais finalement, entra timidement dans la grande maison.

À l'intérieur, quelques bougeoirs étaient allumés, donnant une impression lugubre à la pièce, mais, sans qu'elle comprenne comment, un lustre immense s'illumina soudain et l'atmosphère s'en trouva bouleversée. Elle cligna des yeux plusieurs fois avant de s'habituer à cette nouvelle lumière. Contrairement à l'extérieur, le lieu était plus accueillant et elle fut plus rassurée. Tout lui paraissait normal, quoiqu'un peu vieillot, mais assurément simple. Quelques plantes étaient disposées de-ci de-là, certaines à l'entrée où elle se trouvait, d'autres au pied d'un escalier qui montait de la gauche vers la droite et qui menait tout droit à l'étage supérieur dont elle pouvait apercevoir quelques portes. La pièce n'était pas si grande qu'elle l'avait cru d'abord, mais, par rapport à ce qu'elle avait vu à l'extérieur, nul doute qu'elle ne devait représenter qu'une infime partie de ce qu'elle cachait en réalité. Son regard se posa alors sur le maître des lieux qui, après avoir refermé la porte derrière elle, l'observa à son tour.

— Vous êtes vraiment dans un état déplorable, remarqua-t-il. Que vous est-il arrivé ?

— Je suis tombée en courant, mentit-elle en cachant vivement le visage violacé qu'il regardait.

— Ah, dit-il simplement. Sacrée chute !

Elle ne lui répondit pas, mal à l'aise.

— Vous resterez ici pour le moment. Il est tard, presque minuit maintenant, ajouta-t-il en se tournant vers une horloge située au fond à droite. Je ne vais pas vous laisser repartir maintenant et… ainsi.

— Je ne voudrais pas vous déranger.

— Vous ne me dérangez pas.

Elle l'observa, puis baissa vivement les yeux.

— Je vous remercie.

— Ne bougez pas, je reviens.

Il disparut aussitôt dans une des pièces annexes et Katarina promena son regard de droite à gauche. Il y avait là de curieux objets, dont l'horloge que le maître avait observée et qui tournait à l'envers. Sans un mot, elle le vit revenir quelques minutes plus tard, accompagné d'une femme rondelette, habillée en servante et à l'air sévère.

— Mademoiselle Kingsley ? lança-t-il. Voici Mlle Rose, l'une de mes domestiques. Elle va s'occuper de vous.

— Je vous remercie.

— Vous demanderez à Mlle Brown de lui fournir des vêtements, ajouta-t-il à l'adresse de sa servante. Et à Mlle Vaughan de lui fournir des serviettes chaudes.

— Bien, monsieur.

— Ah, ajouta-t-il avant qu'elle ne le quittât. Dites également à M. Bakerley de préparer quelque chose.

— Bien, monsieur.

— Ne vous donnez pas tant de mal pour moi, vraiment, intervint Katarina.

— Emmenez-la, mademoiselle Rose, ordonna le maître sans l'écouter.

— Oui, monsieur.

Katarina s'inclina bien poliment et suivit la domestique dans les couloirs, là où M. Hodgkin avait précédemment disparu. C'était en réalité un vaste corridor sur lequel s'ouvraient plusieurs portes. Toutes étaient fermées et ce ne fut vers aucune d'entre elles que la guida la domestique. Au contraire, elle la conduisit dans une petite pièce sombre, à gauche tout au fond, où il n'y avait aucun meuble, aucune tapisserie pour l'ornementer ; seule une petite chaise y était placée.

— Restez ici un instant. Je reviens tout de suite.

La rousse la remercia et attendit. Autour d'elle, c'était le néant. Il n'y avait absolument rien, pas même une fenêtre. Elle se demanda à quoi pouvait bien servir une pièce telle que celle-ci, mais elle ne chercha même pas à comprendre tant son attention était retenue par les récents événements, encore tout frais dans sa mémoire.

Elle passa sa main sur sa joue douloureuse. Elle la brûlait encore malgré la pluie froide qui s'y était déversée et elle n'arrivait toujours pas à poser un doigt dessus sans réagir, tant la douleur était vive. Elle remercia intérieurement le hasard qui l'avait mené à M. Hodgkin ; elle en aurait presque pleuré, cela aurait pu être n'importe qui ! Puis la porte s'ouvrit à nouveau, l'interrompant dans ses pensées, sur la domestique qui l'avait accueillie, accompagnée de deux jeunes femmes qui avaient été dépêchées pour lui venir en aide.

L'une d'elles était particulièrement grande et avait, à la lueur de la bougie, les cheveux aussi noirs que l'ébène, longuement noués et tressés derrière elle, un regard enjôleur faisant briller ses prunelles noires fatiguées. Elle portait une chemise à peine boutonnée et laissait entrevoir une poitrine avantageuse. L'autre était plus petite. Elle était blonde et ses cheveux ondulaient jusqu'à la naissance de son cou. Elle avait un regard éteint et terne. Toutes deux étaient jeunes, contrairement à l'autre domestique qui, le regard fâché et les bras croisés sur elle, les regardait faire, mais la rousse n'aurait su dire si cette impression était bonne, car elle les voyait à peine à la lueur de la bougie. Dans cette pièce, il n'y avait que la flamme des chandeliers qui les éclairait et ce fut dans ces conditions qu'elles s'occupèrent d'elle. Katarina les remercia poliment, mais ce fut à peine si elles acquiescèrent, occupées à la sécher et à l'habiller d'une légère tenue de coton vert. Cette tâche accomplie, elles lui posèrent sur les épaules une serviette bien chaude et lui séchèrent les cheveux. Puis, sans qu'elle s'y attendît, la jeune fille les vit s'occuper de sa joue ; mais cela la surprit si bien et lui fit si mal qu'elle recula et que les servantes s'arrêtèrent.

La rousse grinça des dents. Ce n'était pas agréable du tout. Elle était peu habituée à se faire ainsi soigner et habiller. Il fallait dire qu'elle n'avait jamais accepté une femme de chambre et, jusqu'à présent, ses parents s'étaient accommodés de sa décision, car cela leur permettait de faire des économies. Pourtant, elle finit par se laisser faire et quand les domestiques eurent fini, elle les remercia chaleureusement, elles qui, dans un silence obstiné, la quittèrent sans un mot. Mlle Rose la pria alors de la suivre, un regard mauvais en sa direction, ses cheveux châtains luisant à la lueur de la bougie. C'était une femme robuste. L'éclat de ses yeux indiquait une personne fervente et passionnée. Ce devait être une femme de caractère et Katarina lui donnait la trentaine passée.

— Monsieur vous attend dans l'un des salons.

— Je vous remercie.

La domestique ouvrit alors une porte de l'aile est, opposée à celle qu'elles venaient toutes deux de quitter et, après l'avoir annoncée, laissa la jeune femme entrer. Katarina s'introduit timidement dans la troisième salle du corridor.

Son premier effet fut la surprise de découvrir la pièce richement décorée : des commodes du style Louis XIV décoraient l'ensemble du salon et des bibelots étaient disposés de-ci de-là, suivant avec les couleurs d'ambre. Les tapisseries étaient usées, mais ornementaient encore l'endroit d'un riche éclat empreint de nostalgie. Lorsque la jeune femme avança, les tapis masquaient sous elle un plancher noueux et grinçant. C'était certainement plein de charme et d'élégance, mais elle ne le remarquait pas – encore tenue par sa récente peur –, pas plus que le canapé et les fauteuils baroques, qui entouraient la cheminée et qui avaient des allures étranges de meubles anciens. La rousse fut invitée à s'asseoir dans l'un d'entre eux tandis que le maître de maison semblait avoir le sien attitré près du foyer.

— Vous sentez-vous mieux ?

— Oui. Je vous en suis très reconnaissante. Merci.

— Il n'y a pas de quoi. Considérons que je vous offre seulement un simple retour des choses pour l'aide que vous m'avez apportée lorsque j'étais blessé.

Katarina ne souffla mot, sa joue douloureuse l'élançant.

— À propos, reprit-il en lui offrant une tasse de thé. Tenez. Ce n'est pas une heure pour cela, mais je pense que cela vous fera le plus grand bien.

Elle prit volontiers la boisson entre ses mains.

— Je ne devrais peut-être pas me mêler de ce qu'il ne me regarde pas, mais votre joue prend une couleur inquiétante. Êtes-vous sûre que ça va aller ?

— Cela passera.

— Bon. Si jamais vous avez besoin de quelque chose, n'hésitez pas. Vous trouverez un broc dans votre chambre, au cas où.

— C'est très gentil à vous, mais je ne vous importunerai pas plus longtemps. J'ai dû vous réveiller qui plus est, je m'en excuse.

— Ne vous excusez pas, je ne dormais pas, je m'apprêtais à sortir. Rien de bien important, ajouta-t-il aussitôt. Ne vous en faites pas. En revanche, j'ai été surpris de vous voir ici à pareille heure et seule, d'autant plus. Avez-vous eu quelques soucis avec votre fiancé ?

— Comment ? dit-elle, surprise. Ah, lui ! Non, enfin, pas vraiment.

— Racontez-moi.

Katarina soupira longuement, tristement ; que pouvait-elle bien lui raconter ?

— Pour faire simple, je me suis enfuie de chez moi.

— Ah, dit-il simplement. À cause du tour de tout à l'heure ?

— Non, dit-elle en détournant le regard. À cause de mon refus de l'épouser.

Le brun ne répondit pas. La rousse semblait embarrassée.

— La nuit a été assez éprouvante, je crois. Vous devriez aller vous reposer. Mlle Brown s'est occupée de préparer votre chambre. Elle va vous y conduire. Nous reparlerons de tout cela demain matin.

— Je vous en sais gré.

Ladite mademoiselle Brown l'invita alors à la suivre et la mena, précédée du maître, jusqu'au premier étage. En pleine lumière, celle-ci paraissait plutôt craintive. Katarina n'y prêta pas longtemps attention, car, bientôt, elle fit son entrée dans une petite pièce mal éclairée. M. Hodgkin l'abandonna sur ces mots :

— Mademoiselle Kingsley, je vais vous laisser ici avec Mlle Brown. J'espère que la chambre vous plaira. En attendant, la salua-t-il, je vous souhaite de passer une agréable nuit au manoir.

Katarina le salua fort poliment et, seule avec la domestique, entra dans la pièce. Il y faisait si sombre qu'elle ne put rien distinguer d'autre qu'une odeur particulière dont elle n'aurait su ni qualifier ni déduire la provenance. L'obscurité y était oppressante et la demoiselle qui l'accompagnait s'empressa de la faire disparaître. Ce fut alors que la rousse remarqua les tremblements mal contrôlés de cette dernière.

— Est-ce que tout va bien ? lui demanda-t-elle.

La jeune femme ne se retourna pas, mais acquiesça et Katarina ne s'en préoccupa pas davantage lorsqu'elle découvrit une chambre luxueuse. La moquette rouge sang ressemblait à s'y méprendre à la sienne et la tapisserie de même couleur, couverte de dorures, lui plut énormément. À sa gauche, une commode rustique et un portemanteau ornementaient la pièce. À sa droite, une garde-robe importante était installée. Mais ce ne fut pas ce qui l'intéressa le plus, son regard se posa très vite sur le grand lit aux couvertures pourpres qui était entouré de deux petites tables de chevet sur les côtés. Deux bougeoirs brillaient dessus, lui permettant de distinguer avec plus de précision la parure soyeuse de la couche. Il y avait là plusieurs draps et le matelas paraissait aussi moelleux que possible, sans compter les quatre oreillers brodés qui y étaient posés. Il y avait aussi une fenêtre, couverte de rideaux de soie, ouvrant sur la cour droite dont elle ne put distinguer que les murs qui bloquaient l'accès à la forêt, comme si celle-ci voulait entrer. Elle qui aimait déjà cette vue auparavant fut enchantée de la retrouver encore plus près ! Nul doute que, pour une nuit, elle serait bien logée.

— C'est une très belle pièce, commenta-t-elle. A-t-elle déjà appartenu à quelqu'un ?

La domestique hésita quelques instants à répondre, mais finit par souffler :

— Au majordome.

— Au majordome, répéta Katarina, rêveuse.

— Nous vous prions de bien vouloir nous excuser, mais c'était la seule chambre disposée à vous accueillir.

— Elle me convient parfaitement. Mais qu'en est-il du majordome, au fait ? Ne l'ai-je pas dérangé au moins ? Où dort-il ?

À ces mots, le visage de la servante pâlit. Elle détourna les yeux et sortit précipitamment, sans laisser le temps à la rousse de comprendre pourquoi. Katarina saisit bien vite qu'il y avait là une tension palpable et un mystère qu'il aurait mieux valu ne pas lui laisser sous-entendre, mais, étant déjà préoccupée par d'autres événements, elle choisit d'ignorer sa curiosité et de se laisser envahir par le sommeil.

Pendant ce temps chez les Kingsley, les familles commençaient à s'interroger. Il était deux heures du matin et la jeune femme n'était toujours pas rentrée. Edgar, Albert, Jean-Charles et Roger s'étaient empressés de partir à sa recherche, mais, une heure ne fut pas écoulée qu'ils étaient revenus, encore plus découragés qu'à leur départ.

— L'avez-vous trouvée ? s'inquiétèrent Helen et Juliette.

— Nous n'avons trouvé aucune trace d'elle. Il fait bien trop sombre.

— Oh, non, Katarina, ma chérie !

— Allons, Helen, calmez-vous. Je suis sûr qu'elle n'est pas bien loin.

— Comment le pourrais-je ? Ma petite fille a disparu !

— Croyez-vous qu'elle ait fuguée ? demanda Juliette.

— Si je le crois ? s'affola Helen. Cela ne peut être que cela ! Elle serait déjà rentrée, ma pauvre enfant. Qu'avons-nous fait au bon Dieu pour mériter cela ?

— Cessez de vous tourmenter, ordonna son mari. Cela ne la ramènera pas.

— Ne vous inquiétez pas, ma douce, ajouta Albert. Peut-être est-elle partie chez une tante ou un voisin ?

— Oui, peut-être, mais, paniqua-t-elle, et si elle s'était perdue là-dedans ?

— La forêt ? s'étonna Edgar. Allons, elle la connaît bien, il n'y a aucune raison qu'elle s'y soit perdue.

— Et s'il lui était arrivé quelque chose ? Vous savez ce qu'on raconte là-dessus, Edgar, et si jamais il lui est arrivé le moindre mal, je jure que je ne vous le pardonnerai jamais. Mon enfant, mon pauvre enfant !

— Helen, cessez donc vos jérémiades ! Vous ne parlez pas sérieusement tout de même ? Ce ne sont que des légendes !

— Mais puisque je vous dis que cette famille a réellement existé, ce n'est pas qu'une légende ! Et puis, souvenez-vous de toutes ces disparitions.

Jean-Charles, qui se rappelait la fuite de la jeune femme, blêmit tout à coup en entendant ces mots et entreprit de sortir à nouveau.

— Jean-Charles, cria son père. Où allez-vous ? Il ne sert à rien de sortir maintenant, il fait trop sombre.

— Albert a raison, ajouta Edgar. Nous ne pouvons qu'attendre le lever du jour. Nous ne pouvons plus rien pour ce soir. Je veillerai toute la nuit et, si elle n'est pas rentrée demain matin, nous appellerons la police. Nous enverrons aussi des lettres à nos parents si jamais la situation perdure.

— Quelle honte ! s'exclama sa femme.

— Ne vous en faites pas. Tout se passera bien, ma chère, la rassura le roux. Maintenant, allez-vous coucher, et vous aussi, Juliette. Je reste avec Edgar et Jean-Charles pour veiller. Vous avez besoin de repos.

Et sur ces recommandations, elles laissèrent le soin à leurs maris et au prétendant de gérer la situation et montèrent à l'étage, où elles trouvèrent difficilement le sommeil.

Chapitre 9

Loin de toute l'agitation et des recherches à son égard, Katarina s'éveilla le lendemain avec une douleur aiguë à la tête. Se rappelant aussitôt les événements de la veille, elle se leva péniblement, dans la chambre que M. Hodgkin lui avait offerte pour la nuit. Au pied de son lit, une nouvelle tenue l'attendait : une longue robe blanche et crème à dentelles avec tout ce qu'il fallait pour sa toilette. Elle hésita longuement avant de l'enfiler, mais elle n'avait guère d'autre choix si elle voulait sortir, sa tenue de la veille ayant été emportée par les servantes et la verte n'étant appropriée qu'aux soirées. Prête, elle tira les rideaux de la fenêtre et laissa entrer les rayons qui animaient déjà le lieu. Le soleil était déjà haut dans le ciel et, lorsqu'elle ouvrit sa montre, elle y lut qu'onze heures étaient bientôt dépassées. Elle jeta alors un nouveau coup d'œil au-dehors.

Par rapport à ce qu'elle avait pu voir la veille, sa chambre donnait sur l'aile est de la cour, beaucoup plus lumineuse à présent. C'était un très beau jardin qu'elle voyait là et, assurément, une propriété tout à fait charmante. La forêt lui paraissait beaucoup plus accueillante désormais et beaucoup moins effrayante qu'elle ne l'avait cru d'abord ; aussi, ce fut avec un large sourire qu'elle s'amusa de cette vision avant d'être brusquement rappelée à la réalité. Il lui fallait quitter cet endroit, car elle ne pouvait pas importuner son bienfaiteur plus longtemps ; elle trouverait refuge ailleurs, le temps que la situation s'arrange. Aussi, elle quitta la pièce et commença à chercher M. Hodgkin lorsqu'elle croisa la domestique de la veille : Mlle Rose.

— Bonjour, excusez-moi, l'aborda-t-elle. Où pourrais-je trouver votre maître ?

— Vous arrivez plutôt bien. Il vous demande. Venez, suivez-moi, il est dans son bureau.

La servante l'emmena alors dans une pièce à l'étage, recouverte de vert et d'or du sol au plafond, à deux portes de la chambre où elle avait dormi. Là aussi, le tapis recouvrait un plancher noueux, décoré à ses extrémités par des plantes. Derrière le bureau, il y avait une petite bibliothèque qui, au milieu de ce décor exotique, donnait une allure sérieuse à l'endroit. Au fond, devant la fenêtre, entre une plante verte et une table ronde nappée, Mlle Rose s'installa, sa tenue aux épaules bouffantes, au corset noir et à la jupe grise lui donnant un air morose et peu joyeux dans ce décor qui accentuait dans ses mauvaises grâces l'humeur terrifiante qu'elle avait fixée au visage.

— Excusez-moi, monsieur, avait-elle dit en entrant. Mademoiselle est là.

Le brun salua la rousse et l'invita à s'asseoir devant lui. Il était attablé à son bureau, une plume et beaucoup de papiers sous la main.

— Bonjour. Je vous en prie, asseyez-vous. Avez-vous passé une bonne nuit ?

— Oui, je vous remercie. C'était très confortable.

— Et votre joue ?

— Cela s'arrange, mentit-elle.

— Vraiment ? dit-il en relevant les yeux vers elle, la joue de la jeune femme étrangement gonflée.

— Eh bien, je…

— Inutile de vous justifier. J'ai bien compris ce qu'il s'était passé et c'est pour cette raison que j'ai pris la liberté de penser à votre situation hier soir. Vous ne m'en voudrez-vous pas, n'est-ce pas ? Je pense vous avoir trouvé une solution.

Il s'interrompit soudain lorsqu'une autre domestique, Mlle Brown, fit son entrée.

— Excusez-moi, monsieur, mais je vous apporte le thé que vous m'avez demandé.

— Posez-le là-bas, s'il vous plaît. Où en étais-je ? Ah oui. J'ai peut-être trouvé une solution à votre situation, mais, avant, il me faut savoir : avez-vous l'intention de retourner chez vous ?

Prise de court, Katarina ne sut que répondre.

— Non, enfin oui… Je ne sais pas.

Le maître de la maison la fixa avec insistance.

— Pas tout de suite, finit-elle par admettre. Je vais certainement attendre un peu que la situation s'arrange.

— Et où allez-vous aller ?

— Je ne sais pas. Chez une tante. À dire vrai, je n'y ai pas encore réfléchi moi-même.

— Pourquoi ne resteriez-vous pas ici ?

— Pardon ?

Un fracas retentit soudain. Le brun et la rousse se retournèrent vivement ; la servante qui venait d'entrer venait de faire glisser la porcelaine du plateau et se précipitait déjà pour ramasser les morceaux.

— Oh, je suis désolée, monsieur. Veuillez m'excuser, cela n'arrivera plus, dit-elle, paniquée.

— Ce n'est rien. Dépêchez-vous de ramasser.

Il lança aussitôt un coup d'œil mauvais à ses domestiques avant de redonner toute son attention à son invitée ; la maladroite s'empressa de nettoyer sa bêtise, tout en écoutant le reste de la conversation.

— Alors que pensez-vous de ma proposition, mademoiselle Kingsley ?

Elle essaya de refuser poliment, en pensant à ce que cela engendrerait plus tard comme réaction.

— Je ne sais pas quoi dire. C'est fort aimable à vous, mais je ne veux pas m'imposer.

— Vous ne vous imposerez pas puisque je vous le propose.

— Vous m'avez déjà beaucoup aidée. Je ne puis vous en demander davantage.

— Mais vous aussi vous m'avez aidé. Laissez-moi faire cela pour vous. Vous pourrez rester autant qu'il vous plaira et vous pourrez partir quand vous le souhaiterez.

— Mais comprenez, dit-elle, embarrassée. Vous êtes un homme et il n'est pas sain que je reste ici. Il n'est déjà pas tolérable que je sois restée ici une seule nuit.

— Ah, est-ce cela qui vous dérange ?

Il sembla seulement comprendre, un demi-sourire aux lèvres.

— Je le conçois parfaitement, il est vrai, et je suis sot de ne pas y avoir pensé.

— Ce n'est pas ce que j'ai voulu dire...

— Je le comprends et vous avez raison, mais, si cela vous gêne et si vous n'avez pas d'autres moyens, vous n'aurez qu'à dire que vous étiez chez Mlle Rose.

La rondelette parut très fière d'être ainsi citée.

— Vous me laisseriez la prendre comme excuse ? Mais, et Mlle Rose ?

— Je suis sûre qu'elle en serait ravie, n'est-ce pas ?

— Pour vous aider, cela oui, monsieur !

— C'est très gentil à vous, mais je vous assure que...

— Il n'y a pas de « mais » qui tienne. Je tiens à vous aider comme vous l'avez fait pour moi et puis... vous pourrez ainsi profiter de ma bibliothèque à volonté.

— Vous avez une bibliothèque ! se réjouit-elle aussitôt.

— Bien sûr ! Ne vous l'ai-je pas encore montrée ?

— Non.

— Nous allons arranger cela. Venez voir.

Le maître la pria alors de le suivre et ce fut avec engouement qu'elle le suivit. La rondelette attendit qu'ils fussent hors de vue pour donner un coup de pied dans les morceaux de porcelaine que s'évertuait à ramasser la blonde maladroite, agenouillée au sol.

— Tu n'en rates pas une, Margaret ! Combien de fois faudra-t-il te rappeler où est ta place ? Laisse le maître agir.

Pendant ce temps, Katarina découvrait une bibliothèque comme jamais elle n'en avait vu ; et dire qu'elle ne se trouvait qu'à quelques pas de sa chambre ! Ce qu'elle distinguait devant elle la ravissait au plus haut point ! Des tonnes de livres, rangés proprement sur les étagères, couvraient tous les murs de la pièce. Il y en avait tant, du sol au plafond, des fenêtres à la porte que son cœur s'emplit d'un émerveillement sans égal ! Des romans, des encyclopédies, des livres historiques, des biographies, des récits fantastiques et beaucoup d'autres encore agrémentaient les murs. Il y avait de tout, de la lecture pour toute une vie !

— Alors, vous plaît-elle ? dit le brun en souriant.

— Oui, beaucoup. C'est incroyable ! Vous avez là de très belles pièces. Je suis étonnée de trouver pareil endroit en pleine forêt. Sommes-nous loin de Helmsley ?

— Non. En son cœur même, en pleine forêt.

— Donc, je ne suis pas loin de chez moi ? Je n'avais jamais entendu parler de vous auparavant, s'étonna-t-elle. Vous devez pourtant être là depuis un moment. Avez-vous quelconque notoriété dans la région ?

— Oui, sans doute, mais je ne préfère pas trop me montrer. Peu de gens savent que je vis ici et peu s'aventurent jusque-là, mais j'avoue que je préfère ainsi. Aussi, je ne reçois que très peu de monde.

— Suis-je une privilégiée ?

— Exactement, répondit-il.

— J'avoue que je me plairais beaucoup ici, dit-elle en feuilletant quelques ouvrages.

— Alors, restez.

— C'est gentil... vraiment, poursuivit-elle, embarrassée, en replaçant l'ouvrage, mais je crains que ce soit impossible. Qui plus est, je ne pourrais supporter d'être logée et nourrie sans contrepartie.

— Que voulez-vous dire ? Je ne vais pas tout de même pas vous faire payer quoi que ce soit alors que vous êtes arrivée là par hasard et que je vous invite ; d'autant que... vous êtes une fugitive, n'est-ce pas ?

— Malheureusement, dit-elle tristement, portant une main à sa joue qui la lançait douloureusement.

— Je n'aurais pas dû.

— Cela ira.

Un silence les enveloppa.

— Ne voulez-vous vraiment pas de mon aide, alors ? Même pour quelque temps ?

Katarina sembla soudain hésiter.

— Que ferais-je parmi vous ?

— Vous seriez à l'abri ici et vos parents ne vous trouveraient pas avant que vous ne décidiez de les rejoindre.

— À quoi servirai-je ? Je ne peux rester à vos bons soins.

— Si cela vous préoccupe tant, j'aurais bien quelque chose à vous proposer, mais votre rang et votre qualité de dame me l'interdisent.

— Dites toujours. Qu'est-ce que c'est ?

— Eh bien, comment dire… Récemment, nous avons perdu un majordome.

— Oh, dit-elle simplement.

— Bien sûr, vous n'occuperiez pas les mêmes fonctions, mais vous pourriez intervenir comme intendante en vous occupant des serviteurs, de la maison et de mon service. J'ai conscience de ce que je vous dis, ajouta-t-il en voyant son air surpris, mais cela me soulagerait considérablement en vérité. À moi seul, je ne peux m'occuper de tout cela et Mlle Rose n'est pas compétente pour ce genre de fonctions.

— En somme, vous me demandez d'être votre servante ? reformula-t-elle, légèrement offensée.

— Non. Enfin pas exactement. Cela le paraît, je vous l'accorde, mais vous m'aideriez plus dans mon travail que vous n'exerceriez les tâches, sauf si, vraiment, vous voulez vous rendre utile.

Katarina resta longuement silencieuse.

— Je vous ai offensée, n'est-ce pas ? reprit-il. Je m'en doutais, mais c'est vous qui m'avez dit vouloir vous rendre utile…

— Si je restais, lui rappela-t-elle.

— Ne resterez-vous donc pas ?

— Eh bien… je ne sais pas.

— Vous m'aidez, je vous aide. Je ne peux rien vous proposer de mieux si vous ne voulez pas rester à charge.

— Et c'est déjà très bien que vous me proposiez quelque chose. Je ne vous en veux pas, en aucune manière, c'est très aimable à vous.

— Alors, que répondez-vous ?

Katarina réfléchit. Ce n'était pas évident, pas évident du tout, mais elle ne pouvait ni se rendre chez ses tantes ni se rendre nulle part ailleurs sans que ses parents l'apprennent, elle le savait bien. D'un autre côté, elle ne pouvait pas retourner chez elle non plus, donc, où ? La proposition de M. Hodgkin était honorable et tombait à point nommé. Ah, soupira-t-elle, s'ils savaient déjà où elle avait passé la nuit, ils la renieraient, alors...

— Très bien. Je reste.

— Vraiment ?

— J'en serais ravie, oui. Cela me rassurerait et me soulagerait d'un énorme poids, contre service rendu, bien entendu.

— Que vous pourrez interrompre quand vous le souhaiterez.

— Comme vous l'entendrez.

— Très bien. Alors, faisons ainsi.

— Faisons ainsi.

Elle lui tendit alors la main, mais il tourna la tête à ce moment-là et sortit de la bibliothèque.

Katarina trouva à cet instant-là un refuge réconfortant et une place pour le moins honorable. Elle verrait plus tard pour l'excuse qu'elle devrait formuler à son retour. Pour le moment, son cœur s'emplissait de joie ; la situation tournait enfin à son avantage et elle n'aurait pu trouver plus plaisante compagnie que le maître de maison.

Aux premiers rayons du soleil le lendemain, elle s'habilla en vitesse, prête à commencer une nouvelle vie au manoir. Elle avait encore peine à croire ce qui lui était arrivé les jours précédents. Au premier abord, lorsqu'elle avait découvert les tenues au bout de son lit, elle s'était réjouie, prenant son nouveau statut comme un nouveau défi ; il fallait dire que le mot qui y était accroché l'avait fait sourire. Écrit en lettres simples, mais raffinées, elle y avait lu que, si elle consentait à devenir le majordome dans cette maison, sans doute serait-elle prête aussi à porter le vêtement de circonstances. Amusée, elle avait délié les paquets et observé les costumes. Ce fut à ce moment-là qu'elle avait déchanté.

Il y avait là, la réplique exacte de ce que portaient les servantes du manoir, sans aucune distinction aucune. Elle fut alors particulièrement blessée dans son orgueil. Qu'est-ce que cela signifiait ? Et puis, comment pourraient-ils tous savoir qu'elle devenait intendante, et non servante ? Relevant une ambiguïté amère, elle ne rechigna pourtant pas plus longtemps à s'en vêtir. Après tout, cela ne durerait pas et elle n'avait pas trente-six tenues à se mettre, d'autant que cela pouvait être une simple erreur, pouvant se justifier du fait qu'aucune femme n'avait occupé ce poste auparavant et que, ce faisant, M. Hodgkin n'avait pas de tenue plus appropriée à lui offrir. Elle préféra penser cela, car, en plus de la secourir, de l'héberger, de la nourrir et de la vêtir, il lui offrait la sécurité de son toit sous lequel personne ne penserait à venir la chercher. Après la violente dispute qui avait eu lieu chez elle et jusqu'à sa réapparition, elle ne pouvait se plaindre, il lui offrait déjà considérablement.

En y pensant, elle se demandait ce que sa famille faisait à présent. La recherchaient-ils ou prévoyaient-ils son retour sous peu ? Quel douloureux souvenir… Jamais elle n'avait pensé que son père pût être capable d'aller jusque-là. Il l'avait frappée si violemment ! Et si sa mère n'était pas intervenue, elle n'osait penser à ce qui aurait pu advenir.

Elle prit alors le broc, prête à nettoyer son visage, lorsque quelqu'un toqua.

— Oui, entrez.

Une servante apparut. C'était Mlle Brown, la maladroite qui, la veille, avait renversé la porcelaine. En entrant, elle avait l'air hagarde et effrayée.

— Bonjour, mademoiselle. Veuillez m'excuser, murmura-t-elle en tremblant. Mais Monsieur vous demande.

— Bien, je vous suis.

Katarina quitta alors la chambre du précédent majordome qui était devenue sienne et qui, elle remarqua très vite, devait cacher un secret étant donné les réactions qu'elle suscitait ; car sa nouvelle camarade n'y entrait jamais sans agir avec un comportement des plus évocateur : elle tremblait, bégayait, scrutait la moindre parcelle de la pièce, comme si quelque chose ou quelqu'un se confondait dans les murs. Katarina n'osa rien lui demander. La première fois qu'elle l'avait tenté, la blonde s'était enfuie presque aussitôt et, ce serait dommage, pensait-elle, si elles commençaient à se connaître de cette manière : ce serait créer des tensions inutiles. Aussi choisit-elle de ne pas la questionner. De toute manière, elle ne tarderait pas à le découvrir, maintenant qu'elle allait rester là.

Quelques instants après, elle rejoignit son bienfaiteur dans son bureau où, si tôt le matin, il travaillait déjà. Son accompagnatrice resta en retrait et Katarina dut s'annoncer elle-même.

— Bonjour, monsieur. M'avez-vous demandé ?

— Oui, c'est exact. Asseyez-vous, je vous prie.

Katarina prit place à côté de Mlle Rose qui était, semblait-il, présente depuis un long moment déjà et de fort mauvaise humeur. Elle la salua poliment, mais la rondelette la dédaigna. Surprise, elle l'ignora à son tour. Déjà qu'elle n'aimait guère porter la même tenue que les autres servantes, si en plus elle était méchamment considérée pour une raison dont elle ne connaissait guère la cause, elle se demandait bien comment elle allait pouvoir vivre avec eux !

Un bref instant, elle en fut déstabilisée, comme dénuée de tout statut et de toute personnalité. Le brun s'aperçut bien vite de cette tension muette entre les deux femmes et les tira tout de suite de leurs réflexions.

— Je suis désolé de ne point vous fournir meilleur costume, mademoiselle Kingsley, mais vous vous doutez bien que notre précédent majordome était un homme. Aussi, je ne puis vous fournir pareille tenue.

— Je le comprends parfaitement, soyez-en sûr, lui dit-elle, convaincue.

— Bien, vous m'en voyez ravi. Vous auriez pu tout aussi bien porter les tenues que je vous ai offertes, mais je doute qu'elles soient très pratiques. Vous pouvez les garder, d'ailleurs, elles ne servent à personne ici depuis longtemps, car je crains que vous ne puissiez récupérer la vôtre. Elle était dans un piteux état selon Mlle Rose et elle a dû s'en débarrasser, c'est bien cela ?

— Oui, monsieur, confirma-t-elle. Je l'ai brûlée.

Katarina sursauta sur son siège. Comment avait-elle pu faire cela sans lui demander son avis ? C'était sa robe tout de même et, mis à part quelques déchirures, elle n'avait rien qui puisse valoir un tel sort.

— Elle valait une fortune, murmura-t-elle pour elle-même.

— Voilà ce qui arrive quand on est trop gâtée et qu'on ne prend pas soin de ses affaires, répliqua sèchement la servante.

— Mademoiselle Rose ! s'indigna M. Hodgkin. Je vous prierai de bien vouloir montrer un peu plus de respect à celle à qui vous rendrez désormais des comptes.

— Oui, monsieur.

— Cela ne vous dérange pas au moins ? reprit-il pour la rousse.

— Non, bien sûr que non. Elle était... usée de toute façon, mentit-elle, un regard foudroyant vers la femme assise à côté d'elle.

— Bien, puisque ceci est réglé, passons à votre rôle de majordome, si nous pouvons l'appeler ainsi. Ce ne sont que de simples formalités, ne vous inquiétez pas, à moins que vous n'ayez changé d'avis, mais, si j'en juge par votre tenue, non.

— Je maintiens mon choix si votre proposition l'est toujours.

— Elle l'est.

— Alors, je vous écoute.

— Bien. Tout ce que je souhaite, c'est que nous nous mettions d'accord sur les travaux que vous effectuerez en contrepartie de quoi je vous hébergerai pour un temps indéterminé, jusqu'à ce que vous décidiez de repartir. Jusque-là, sommes-nous d'accord ?

— Parfaitement.

— Bon, maintenant, je vous propose de garder la chambre que vous occupez actuellement. C'est la seule que je puisse vous offrir et qui a l'avantage d'être à la fois correcte pour votre rang et assez proche de votre futur rôle. Si vous acceptez de fournir un peu de votre temps pour quelques travaux, les domestiques doivent pouvoir savoir à qui obéir et se référer. À moi, ils le doivent toujours, bien entendu, mais prévenez-les le jour où vous prendrez un repos. Autrement, en devenant intendante de cette maison, vous vous chargerez du personnel que va vous présenter Mlle Rose, de la répartition des tâches également ainsi qu'à sa participation si vous le désirez, à la tenue du manoir, mais aussi à mon service. Mlle Rose vous expliquera cela plus en détail. Elle vous introduira, vous expliquera les règles de la maison tout en vous apprenant ce qui vous attend et est attendu de vous. Pour aujourd'hui, si vous acceptez, vous ferez ce qu'elle vous demandera de faire et demain, j'attendrai vos premiers services. Bien entendu, vous pourrez vous arrêter quand il vous plaira, je le répète, sans que cela change quoi que ce soit au fait que vous serez toujours admise chez moi. J'avoue d'ailleurs ne pas comprendre cette ténacité à travailler alors que je vous proposais mon aide sans rien exiger en retour. Enfin, cela dit, je suis bien heureux de pouvoir vous compter parmi nous. Cela m'évite la désagréable tâche pour le moment de trouver quelqu'un et de pouvoir avancer dans mon travail. Est-ce que cela vous convient ?

Les informations plus ou moins intégrées, Katarina acquiesça.

— Parfait, alors si cela ne vous dérange pas, j'aimerais que vous remplissiez ceci, simple précaution.

Katarina obtempéra sans hésiter, sous les yeux de la maladroite effrayée et d'un nouveau maître soudain réjoui.

— Bien, voilà qui est fait. Mademoiselle Kingsley, je suis ravi de vous compter parmi nous. Soyez la bienvenue au manoir.

— Merci, dit-elle en souriant.

— Mademoiselle Rose, veuillez maintenant lui transmettre tous vos sages conseils.

— Oui, monsieur.

La dame se leva sans mot dire et quitta le bureau avec un regard assassin pour la rousse, lui intimant l'ordre de la suivre. Katarina salua alors le brun et emboîta le pas de la servante.

— Margaret, aboya-t-elle à la blonde restée dans le coin. Va chercher les autres et amène-les dans la cuisine.

Déboussolée par les événements, elle acquiesça et partit. Ainsi, Katarina apprit son nom : la peureuse s'appelait donc Margaret Brown. Peut-être se trompait-elle à son sujet et peut-être n'était-elle pas craintive, mais, en tout cas, son attitude le laissait penser et la façon dont elle réagissait quand on s'adressait à elle n'en témoignait que davantage.

— Excusez-moi, mademoiselle Rose, demanda-t-elle, soudain intriguée.

— C'est Rosie, coupa-t-elle sèchement, avant de reprendre plus calmement. Je m'appelle Rosie et, ici, nous nous appelons tous par nos prénoms, excepté le maître.

— D'accord, Rosie… Mais dites-moi, est-ce que je pourrais savoir ce qui est arrivé au majordome ?

— Il est mort, répliqua-t-elle simplement.

— Mort ?

— Cela vous effraie-t-il ? Vous n'avez peut-être pas l'habitude de voir mourir des gens autour de vous.

— C'est ignoble ce que vous me dites !

— Alors, pourquoi vouliez-vous le savoir ? Pour amuser votre esprit bourgeois de drames que nous autres, pauvres, vivons ?

— Pas du tout !

— Vraiment ? ironisa-t-elle.

— Bien sûr, c'est parce que la jeune fille qui est partie chercher…

— Margaret ! la coupa-t-elle.

— Oui, Margaret. Elle me semblait effrayée dans la chambre et il me semble qu'elle appartenait au majordome.

— C'est une vraie pleurnicharde, commenta sa formatrice en traversant le hall. Une peureuse, doublée d'une lâche.

— Ah, ce n'est pas ce que je voulais dire, mais elle semblait si bouleversée. Était-il important à ses yeux ?

— Cela ne vous regarde pas. Ni moi d'ailleurs.

Coupant court à la conversation, la rondelette l'emmena aussitôt vers la porte qui se trouvait à gauche de l'entrée, là où il n'y avait pas deux jours, elle l'avait aidée.

Après avoir traversé un bref couloir, la femme poursuivit :

— Vous trouverez ici nos chambres, au fond à droite ; la laverie, au bout à gauche et les cuisines, ici en face. Monsieur demande toujours que le lavage des draps soit fait trois fois, voire quatre fois par semaine, tous les jours pour les vêtements. Il exige que ce soit propre, impeccable et fait dans les temps. Pour la cuisine, dit-elle en ouvrant la porte. Tenez, entrez.

— Merci.

— Pour la cuisine, reprit-elle, il ne demande jamais rien de spécial et nous laisse choisir. En revanche, il est très à cheval sur le petit déjeuner.

— Ah bon ?

— Oui. Il désire tous les matins pour sept heures précises, un œuf, un toast, du thé et un pot complet de confitures.

— De confitures ? s'étonna la rousse. Mais… ?

— Peu importe le parfum du moment que ce soit aux fruits rouges : cerises, framboises, fraises, mûres…

— Aux fruits rouges, répéta-t-elle pour elle-même afin d'en prendre note. Bien.

— Et n'oubliez pas, sept heures précises.

— Oui, je n'oublierai pas. Où faut-il le lui apporter ?

— Dans sa chambre, mais prenez garde, n'y entrez pas si vous n'y êtes pas autorisée, de même dans son bureau.

— Pourquoi cela ?

— Parce que c'est ainsi, et pas autrement, répondit-elle sèchement. Il va falloir vous faire aux habitudes de cette maison, et pas aux vôtres.

Décidément, Mlle Rose était une femme assez caractérielle. Katarina voulut lui répondre, mais elles furent interrompues par ladite Margaret.

— Excusez-moi, mais nous sommes tous là.

— Bien, entrez donc, ordonna Rosie.

Là, pas moins de cinq serviteurs, dont la maladroite, entrèrent dans la petite cuisine. Ils se mirent autour de la table, devant Rosie et Katarina, qui les observa un peu tous en même temps.

À sa gauche, il y avait Gerard Gabhann, comme le lui apprit sa formatrice. C'était un homme plus grand qu'elle, aux cheveux châtain foncé et aux yeux aussi noirs que l'étaient les siens. Il était vêtu d'un simple pantalon à bretelles, quelque peu déchiré et d'une chemise au col relevé. Il donnait l'impression d'être quelqu'un de sérieux et d'aimable ; son port était honorable et dans son visage se reflétait cette marque de gentillesse naturelle qu'il était rare d'apercevoir dans son milieu de bourgeoise. Elle en fut troublée, surtout lorsqu'il remarqua, gêné, son regard insistant. Il passa alors sa main dans ses cheveux et elle découvrit à ce moment-là qu'à sa main gauche manquait son annulaire. Rebutée, elle remarqua qu'il avait également sur sa joue un large bandage qui, si elle en jugeait par les marques plus claires au bord, recouvrait certainement une blessure éternelle. Il avait beaucoup d'allure et semblait avoir un noble cœur, mais ces marques indélébiles sur le corps montraient à elles seules un passé douloureux et un caractère sûrement bien rodé. Ce fut le premier à briser le silence.

— Enchanté, Katarina.

Il lui souhaita la bienvenue courtoisement en lui tendant la main, aucunement embarrassé de l'appeler par son prénom.

Un peu choquée qu'il l'appelle ainsi avec tant de facilité, elle lui serra néanmoins chaleureusement la main et lui répondit de son plus beau sourire.

La suivante était une femme. Son air était totalement différent, mais Katarina la reconnut immédiatement. Ses longs cheveux noirs noués en une natte élégante et cette façon de se tenir comme une fille de rue, il s'agissait sans nul doute de l'autre jeune femme qui l'avait aidée à son arrivée. Elle avait une allure désinvolte, ainsi maquillée, et embarrassante, avec cette façon de boutonner sa chemise au creux de ses seins. Elle choqua quelque peu la rousse qui avait alors cru la déranger dans son sommeil, mais, en réalité, elle était telle qu'elle l'avait aperçue la première fois. La brune lui parut dès lors vulgaire, mais franche, une qualité qu'appréciait particulièrement la jeune Kingsley.

— Bonjour, lui dit-elle. Je m'appelle Meredith Vaughan.

— Enchantée, Meredith.

Plutôt surprise de sa façon posée de parler, la rousse n'en fut pas moins ravie, car elle s'attendait à quelque chose de plus... primaire.

La troisième personne, quant à elle, était un homme. C'était le jardinier, sans doute, car il avait le tablier souillé par la terre et un outil dépassait de sa poche. M. Crooks, de son prénom Octave, que la nature n'avait pas gâté de beauté, avait une calvitie précoce.

— Je suis enchanté de faire votre connaissance, monsieur Crooks.

— Octave, corrigea Rosie.

— Octave, oui.

— Moi de même, lui répondit-il timidement.

Puis vint le tour d'un autre jeune homme, un blond aux cheveux courts et aux yeux marron clair qui lui rappela instantanément l'horrible bourgeois La Courtepiert. Mais elle reprit bien vite ses idées, car, contrairement à l'autre, il n'avait pas les yeux bleus et paraissait être quelqu'un d'enjoué, quelqu'un sur qui on pouvait assurément compter. Il la salua fort respectueusement.

— Bienvenue à vous, miss. Je suis Émile Bakerley et je suis le cuisinier.

— Enchanté, j'espère que nous nous entendrons bien.

Il lui sourit sans aucune retenue puis se retourna vers celle à ses côtés en lui glissant quelques mots à l'oreille que Katarina ne put comprendre. Cette demoiselle était Margaret Brown, elle le savait, la maladroite qui l'avait servie une fois et la pleurnicharde selon Rosie ; mais la jeune femme se présenta d'elle-même et lui fit même un ravissant sourire.

— Je suis ravie de faire votre connaissance.

— Je le suis tout autant, lui répondit Katarina.

Les présentations ainsi faites, Rosie les renvoya à leurs tâches, en spécifiant bien à la jeune fille que le lendemain ce serait à son tour de prendre les décisions. Émile et Margaret, comme elle l'avait appris plus tôt, restèrent dans les cuisines et se mirent aussitôt aux fourneaux. Octave ressortit du manoir et Gerard et Meredith, eux, reprirent leurs balais et leurs chiffons. Il était huit heures cinq.

La domestique responsable de son apprentissage l'emmena alors dans l'aile est du manoir, à l'opposé de la cuisine, où Katarina découvrit que la structure était la même que de l'autre côté. Il y avait quelques salons dont le maître se servait peu, sauf pour dîner. Rosie Rose les lui fit visiter et la rousse remarqua très vite la richesse des lieux. De la tapisserie aux objets de décorations, tout semblait dater du siècle précédent. Certains sièges étaient usés si bien qu'on voyait encore la forme de celui ou celle qui y était assis autrefois. Les lustres étaient faits de cristal et les commodes faisaient sans nul doute partie de la collection de meubles baroques, avec ces formes arrondies et ces tiroirs difformes décorés de mille façons. Toutes les pièces avaient la même structure que le salon où elle avait été reçue la première fois et elle eut bien du mal à les différencier. Quant aux tableaux accrochés, ils avaient jauni et leur cadre perdait un peu de ses couleurs. Ils représentaient également des formes que Katarina ne reconnaissait pas, si bien qu'elle n'aurait su dire qui en était l'auteur ni à quel courant ils appartenaient. Sans doute l'artiste se voulait-il réaliste, mais elle avait peine à le croire. Rosie, qui remarqua le regard intrigué de la jeune fille, défendit son maître.

— Il ne veut pas s'en séparer, mais accepte qu'on s'en occupe. Le problème, c'est qu'on ne peut rien faire, ils sont trop abîmés.

— Je n'ai rien dit, remarqua Katarina.

— Non, mais vous le pensiez certainement, rétorqua Rosie.

Décidément, elles n'étaient pas faites pour s'entendre, la domestique ne cessait de l'attaquer.

Après cet épisode, elles retournèrent dans le hall et la dame lui montra où se trouvait la cave, sans pour autant s'y rendre, à cause du froid qui y régnait, prétendait-elle, et du peu d'intérêt que cela représentait. Il y avait là juste ce qu'on pouvait trouver dans une cave, rien d'autre.

Elles firent ensuite le tour du manoir à l'extérieur où Katarina s'aperçut alors de sa grandeur. Il y avait des buissons, des sapins, des cyprès et autres arbres penchés un peu partout autour des murs. On aurait dit que la forêt avait fini par envahir la demeure. Cependant, la nature n'y était pas sauvage et elle parut beaucoup moins effrayante en plein jour qu'en pleine nuit. Elle s'en voulut d'avoir eu peur et se moqua d'elle-même, il n'y avait rien là qui puisse prêter à de tels sentiments. Tout était très beau et soigneusement entretenu. Le travail de M. Crooks permettait de la dompter et de belles roses rouges poussaient par-ci par-là dans les feuillages près desquels la fontaine se trouvait, donnant un peu plus de fraîcheur et de clarté à l'endroit. C'était un lieu tout à fait charmant. La première fois qu'elle était venue, Katarina n'avait juste pas fait attention à tout cela.

Rosie l'emmena ensuite jusqu'aux écuries, mais elles ne s'y attardèrent pas, car la rousse n'aurait pour ainsi dire jamais à y mettre les pieds. Elles rentrèrent donc et mirent la table dans un des salons pour le déjeuner. Mais leur maître ne s'y rendit pas et mangea dans son bureau, à cause de son travail. Intriguée par son activité, Katarina osa demander, des pépites dans les yeux :

— Quelle est sa profession ? Est-il journaliste ou écrivain ?

Mais Rosie la remit aussitôt à sa place.

— En tant que servante, cela ne vous regarde pas.

— Et en tant qu'intendante plus haut gradé que vous ? rétorqua la rousse sur le même ton que la plus vieille.

— Vous croyez-vous plus importante parce que vous venez de la bourgeoisie ?

— Non, mais j'en ai assez de vos attaques incessantes. Depuis mon arrivée, vous ne cessez de m'attaquer. Cela vous déplaît-il donc tant que je sois là ?

— Profondément. Mais maintenant que vous avez voulu jouer les servantes, vous le ferez jusqu'au bout. En dehors de cela, vous n'avez aucun ordre à me donner.

— En tant que bourgeoise, certes, non, je ne me le permettrai pas, mais en tant que majordome qui souhaite faire son travail dans les règles, oui. Préférez-vous que j'en parle à Monsieur ?

À cette évocation, Rosie ne tut. Le nouveau majordome en fut particulièrement ravi. La rondelette répondit alors :

— Vous ne serez en fonction que demain. D'ici là, je n'ai pas d'ordres à recevoir de vous. Sachez encore une chose, quand bien même vous me seriez supérieure, aussi peu de temps tiendrez-vous, je n'exécuterai les ordres uniquement pour le plaisir de Monsieur.

La laissant ainsi là, la rondelette la quitta rageuse et s'enfuit.

Alors, Katarina vagabonda dans la maison, la découvrant une nouvelle fois, seule. Là, elle put se rendre compte de l'étendue qu'il y avait. Elle y trouvait énormément de pièces, de portes, des coins plus usés que d'autres, des endroits moins riches que d'autres. La maison était vraiment impressionnante, bien plus que chez elle et tellement plus captivante pour ses yeux passionnés, même si, dans certains endroits, la décoration laissait à désirer. Ce fut de cette manière qu'elle passa le reste du temps, avant que la nuit ne tombât. Et en soirée, elle regagna le salon où elle vit alors que M. Hodgkin mangeait. Il était assis là, les manches de sa chemise retroussées et son gilet d'homme, qu'il portait le matin fermé, négligemment ouvert. Lorsqu'il s'aperçut de sa présence, il s'interrompit.

— Tenez, vous voilà, dit-il. Ne vous enfuyez pas, restez.

Katarina le salua.

— Alors, cette journée ?

— Elle fut fort agréable.

— Aucun d'entre eux n'a été impoli avec vous, j'espère ? À cause de votre rang, par exemple ?

Elle pensa à Rosie.

— Non, répondit-elle.

— Bon, tant mieux, vous allez pouvoir officiellement commencer demain dans ce cas. À ce propos, j'ai quelque chose pour vous. Approchez.

La rousse s'avança vers M. Hodgkin qui lui fit signe de s'asseoir.

— Comme vous êtes maintenant mon majordome, enfin, je ne sais guère comment vous appelez, soupira-t-il, entendons-nous sur ce terme, d'accord ? Ou sur celui de gouvernante.

— Si vous le désirez.

— Bien, j'aimerais vous offrir ceci, pour vous différencier des autres, à défaut de vous offrir une meilleure tenue. D'ailleurs, si cela vous dérange toujours, portez ce que bon vous semble, cela ne changera rien pour moi.

— C'est très bien ainsi, ne vous en faites pas, mais, qu'est-ce que c'est ?

— Ce n'est pas grand-chose, un simple ruban noir, un peu usé je dois dire, mais je n'ai pas trouvé meilleure couleur ou alors ils n'étaient pas assez remarquables. J'espère que vous apprécierez.

Elle le prit et le noua au col, par-dessus sa chemise et sourit.

— Qu'en pensez-vous ? demanda-t-elle.

— Je trouve cela parfait.

— Alors, cela me va. Merci, monsieur.

Il lui fit signe de la tête.

— Maintenant, je vais vous laisser manger. J'ai encore plusieurs choses à faire. Bonne soirée.

— Merci. Bonne soirée.

Ainsi, elle quitta la pièce et se rendit aux cuisines, sous le regard noir de Rosie.

Chapitre 10

Loin de se douter de ce qu'il se passait à quelques pas de chez eux pour Katarina, les Kingsley passèrent deux journées bien différentes. La première nuit de la disparition de leur fille avait été longue et angoissante et la famille n'avait presque pas dormi, absorbée par les recherches. Mais elles furent vaines. Les hommes n'avaient rien trouvé aux abords de la forêt et les policiers, arrivés au petit matin, n'avaient entamé que très tardivement leurs recherches à cause d'une mort simultanée au village.

Les parents se désespéraient et, deux jours seulement après la fuite de Katarina, la fatigue et l'inquiétude se lisaient sur leurs visages. Ils n'avaient rien dit aux policiers des véritables raisons de sa disparition et avaient prétendu une fuite soudaine causée par une mauvaise dispute. Les hommes de loi s'en étaient contentés et s'étaient aussitôt mis à chercher, bien qu'ils n'espérassent pas trouver quelque chose ; et sans doute n'auraient-ils pas agi si les ordres, qu'ils avaient reçus de plus haut, ne leur avaient pas intimé de continuer. Edgar et Helen leur en rendaient grâce. Ils étaient si effrayés pour leur enfant qu'ils soulevèrent tous les moyens nécessaires. Il leur fallait absolument retrouver leur fille et la raisonner avant que tout le comté ne sache la violence dont pouvait faire preuve le si renommé et admirable avocat. Des lettres aux familles avaient été envoyées et deux coursiers avaient été mis à contribution pour prévenir, au plus vite, le frère de la disparue et les relations familiales les plus proches. Seuls aux abords de la luxuriante nature, qui paraissait alors se moquer de leur sort, le père et la mère attendaient, le cœur battant, quelques nouvelles. Mais toutes les réponses furent négatives ; leur fille semblait s'être envolée.

— Oh, ma pauvre Katarina ! pleurait Helen. Elle a peut-être froid et faim, perdue au milieu de la nature. Peut-être a-t-elle été dévorée par les loups ? Peut-être est-elle… ? s'interrompit-elle comme sujette à une révélation. Et si elle était morte ?

— Ah non, Helen, ne pensez pas à cela ! la gronda son mari. C'est idiot et vous le savez bien. Nous apprendrons bientôt qu'elle était cachée chez votre sœur Rosalie. Vous la connaissez, elle est capable de la retenir pour vous rendre folle.

— Non, non, non ! Je vous dis qu'elle n'est chez aucun membre de la famille. Vous avez lu les lettres ! Rosalie est ce qu'elle est, mais elle ne mentirait pas sur ce sujet. Oh, non, je suis sûre qu'elle est là-bas, quelque part, elle y va toujours, c'est certain. Les mères sentent ces choses-là.

Ne préférant pas la contredire à ce stade de grande fatigue et de stress, son mari se tut. Les La Courtepiert, quant à eux, restaient à leurs côtés, impuissants, malgré l'aide qu'ils leur fournissaient jour et nuit.

— Avez-vous des nouvelles ? s'enquit Juliette.

— Non, hélas ! soupira Edgar. Les recherches n'ont toujours rien donné.

— Et n'y a-t-il aucun moyen de la retrouver ? demanda Albert.

— Nous avons déjà envoyé des lettres à nos familles. Hélas, sans espoir ! haleta tristement Helen.

— Pourquoi dites-vous cela ? reprit son ami français, ennuyé. Nous allons la retrouver.

— Parce que nous n'avons reçu aucune réponse positive. Elle n'est chez aucun membre de notre entourage et personne ne l'a aperçue. Cela était évident ! Katarina n'irait pas dans un endroit où nous pourrions la retrouver, c'est tout à fait idiot, moi-même je n'irais pas.

Très inquiets quant au sort de la jeune femme, ils se murèrent dans un silence, ne sachant que faire de plus que d'attendre dans l'angoisse.

Le visage du fils de La Courtepiert pâlit un peu plus. Il se sentait incroyablement mal à l'aise depuis le départ de la jeune femme ; persuadé qu'elle serait revenue, il l'avait laissée s'échapper ; il n'avait juste eu aucune idée de comment elle aurait réagi ensuite, et désormais, elle demeurait absente.

Et dire qu'il l'avait eue à portée de main ! Là, juste devant lui, et qu'il l'avait laissée filer ! Elle devait sans doute être perdue au beau milieu des bois désormais, et ses parents ne le savaient même pas ! Il s'en voulait terriblement et hésitait à présent à avouer qu'il l'avait vue et qu'il lui avait parlé. Mais plus le temps passait et plus il s'en sentait incapable ; de voir M. Kingsley si prompt à tenir le secret de sa colère ne le rassurait pas davantage : s'il battait sa fille, qui ne disait pas qu'il battait aussi son épouse ? Se révéler ferait peut-être pire que mieux, surtout si la jeune femme venait à s'éterniser loin de chez elle.

Était-ce la possibilité du mariage qui la révulsait à ce point ? Il ne pouvait pas croire que c'en fût la raison principale. C'était impossible et ce serait bien la première fois ! La violence du père avait dû l'achever ; cela ne pouvait être qu'ainsi, car il ne pouvait pas la répugner au point de fuir tout de même. Toutes les filles se battaient pour lui et il n'y avait qu'à le voir entouré des *ladies* ! Aucune ne lui tournait le dos et toutes ne demandaient qu'à se marier avec lui ! Aucune ne lui aurait refusé l'union, bien au contraire ! Alors, comment cela pouvait-il être autrement ? Elle ne lui avait même pas laissé le temps de s'expliquer ! Elle ne pouvait pas le juger aussi vite. Mais peut-être que, s'il avait refusé la proposition de ses parents dès le début, s'il l'avait au moins modérée, ou s'il n'y avait pas eu ce malheureux incident, sans doute n'en serait-il pas là désormais.

Se perdant dans ses réflexions qui, tantôt l'accusaient, tantôt rejetaient la faute sur le père de la jeune femme et sur la rousse elle-même, le fils de La Courtepiert n'entendit pas ce qu'il se disait à côté de lui et qui semblait rejoindre son idée :

— Le mariage la refroidit peut-être un peu trop ? s'inquiétait son père, Albert. Auquel cas, nous abandonnons toutes les tentatives, il est inutile d'aller plus loin.

— Non, ce n'est pas pour cela, assura Edgar. De toute manière, cela ne servirait à rien maintenant.

— Elle avait consenti à apprendre à connaître Jean-Charles, ajouta Helen en séchant ses larmes. Vous avez bien vu, lorsqu'ils sont rentrés de leur promenade.

À la mention de son prénom, le blond sortit de sa torpeur.

— Ils avaient l'air si bien ensemble, je doute qu'elle l'eût refusé encore longtemps.

— Excusez-moi, madame, intervint-il. Mais je crois que vous vous fourvoyez.

— Jean-Charles ! s'outragea sa mère.

— Pardonnez-moi, Mère. Je vais la chercher, dit-il simplement.

— Pardon ?

— Je vais la chercher, répéta-t-il.

— Mais où cela ? Nous n'avons aucune idée de l'endroit où elle peut bien être.

— Je le sais, mais je ne peux rester ici plus longtemps les bras croisés. C'est à cause de tout cela qu'elle est partie.

— Que dites-vous ? Puisque Helen et Edgar vous disent que non.

— Évidemment, pourquoi sinon ? Vous dites que les fiançailles ne l'effrayaient pas, mais elles étaient trop précipitées ! Je vous l'avais dit, leur affirma-t-il, mais vous n'avez pas voulu m'écouter. Cela ne fait qu'un mois que nous sommes là et je ne lui ai parlé que deux fois, deux fois au cours desquelles elle n'a pu placer un mot, en ma faveur, ou en ma défaveur. Nous nous connaissons à peine et vous nous considérez déjà comme mariés. Maintenant, ça suffit ! Je vais la chercher.

— Mais, Jean-Charles...

Laissant ses parents et ses futurs beaux-parents en émoi, il emboîta aussitôt le pas vers la ville. Il savait que la fugitive s'y rendait régulièrement, il pouvait y avoir là-bas quelqu'un susceptible de lui indiquer quelque endroit où la trouver et, si tel n'était pas le cas, il pourrait toujours demander le concours des villageois et des policiers sur place pour l'aider, maintenant que l'accès à la ville avait été rouvert. Mais, hâtif sur son chemin, envahi par ses propres pensées, il fut bientôt arrêté par celui qu'il faillit ignorer et qui écorchait son nom depuis quelques instants déjà.

— Monsieur de La... Courte... Courtepiert ? l'appela la voix avec un drôle d'accent.

Jean-Charles se retourna et vit le frère de sa promise descendre en trombe d'un fiacre.

— Monsieur, réitéra ce dernier. Excusez-moi de me présenter ainsi à vous. Je suis Duncan Kingsley, le frère de Katarina. Je viens d'arriver de Londres, avez-vous des nouvelles ?

Le blond le salua brièvement, observant le nouveau venu, visiblement très inquiet quant au sort de sa sœur, mais d'une grande maîtrise sentimentale.

— Non, hélas ! répondit-il. Nous n'avons reçu aucune nouvelle depuis deux jours.

— Ah !

Le brun se tourna vers le fiacre et fit signe au conducteur de rentrer chez lui.

— Que s'est-il passé ? demanda-t-il ensuite. J'ai entendu dire que vous étiez à la maison quand cela s'est produit. Est-ce que vous pourriez m'en apprendre davantage ?

Le Français se sentit gêné de répondre :

— Eh bien... pour tout vous dire. Je ne sais guère si je pourrai vous en dire davantage. Elle est sortie précipitamment alors que nous allions dîner et nous ne l'avons pas revue ensuite.

— Est-ce tout ?

— Oui.

— Et que dit la police ?

— La police la recherche, mais elle ne trouve rien. Quant à vos parents, ils n'ont reçu aucune réponse positive de leur entourage, j'en ai bien peur.

— Vraiment ? Ce n'est pas possible. N'y a-t-il vraiment rien d'autre ? Je veux dire, il doit bien y avoir quelque chose dont vous vous souvenez, un détail, n'importe quoi qui pourrait expliquer sa fuite. Elle n'est quand même pas partie sans raison, non ?

Le jeune homme réfléchit. Devait-il avouer au frère le coup sur le visage de sa sœur ? Il le croirait sans doute coupable, c'était certain ; il avait bien vu à quels points l'aîné et la cadette étaient proches, et il savait que le premier avait été témoin de son comportement envers la seconde ; s'il lui disait que M. Kingsley avait été violent, comment le prendrait-il ? La jeune femme était absente pour témoigner en sa faveur et lui-même n'avait d'ailleurs aucune légitimité pour accuser le père ; le brun était son fils, la disparue sa fille et c'était eux, les La

Courtepiert, les intrus dans cette affaire. Aussi choisit-il une nouvelle fois de se taire.

— Je n'espère tout de même pas qu'elle est partie là-bas, continua de marmonner l'aîné. Je lui ai dit de ne pas s'y rendre. J'espère qu'elle m'a écouté.

— D'aller où ? l'interrogea le blond.

— Dans la forêt. Mais ce n'est rien d'important, excusez-moi. Où allez-vous ?

— En ville, elle vient d'être à nouveau ouverte, et peut-être là-bas quelqu'un saura-t-il quelque chose...

— Qu'entendez-vous par « à nouveau ouverte » ? Était-elle fermée ? Pour quelles raisons ?

— Elle était interdite de circulation à l'entrée à cause d'un accident qui est survenu.

— Quel accident ?

— Un homme est mort. Le libraire, je crois.

— Pardon ?

Le brun fronça les sourcils.

— Quand est-ce survenu ?

— Il y a deux jours ; on l'a découvert le lendemain de la fuite de votre sœur.

Duncan déglutit péniblement, mais demeura impassible.

— Bien, attendez-moi, si vous le voulez bien. Je vais prévenir mes parents de mon retour et je vous accompagne. Vous pourrez me raconter ce qu'il s'est passé en chemin.

— Comme vous voudrez.

Duncan rejoignit alors ses parents qui, dès qu'il fut arrivé, l'enlacèrent tendrement.

— Oh, mon chéri ! dit sa mère en le serrant. Si vous saviez comme vous nous avez manqué !

— Comment allez-vous ?

— Nous sommes terriblement inquiets. Votre sœur est introuvable. La police cherche en vain et nos lettres ont toutes reçu une réponse négative.

— Pourquoi ne m'avez-vous pas prévenu plus tôt ?

— Nous pensions qu'elle reviendrait, mon chéri. Il était inutile de vous inquiéter alors que vous étiez à Londres.

— Vous auriez dû. Je serais revenu aussi vite.

— Pardon, Duncan, mais il vous faut nous comprendre.

— Ne vous inquiétez pas, Maman. Katarina ne doit pas être bien loin.

— Mais s'il lui était arrivé quelque chose ?

— Vous êtes trop pessimiste, je suis sûre qu'elle va très bien.

— Comment ?

— Allons, cessez de pleurer. Je m'en vais tout de suite à sa recherche. Monsieur... Le fils de nos amis, se reprit-il en saluant brièvement les La Courtepiert, m'attend un peu plus loin. Je vais essayer d'en apprendre davantage, je reviens ensuite. Si vous avez quelque chose, venez me chercher surtout. Je serai en ville.

— Avec tous ces policiers qui rôdent ? Oh, mon Dieu ! se souvint sa mère. Nous ne vous l'avons pas dit. Vous saviez que...

— Oui, Maman, je sais, je sais. On vient de me l'apprendre. Ne vous inquiétez pas pour moi.

— Oh, c'est une succession de malheurs comme je n'en ai jamais vu !

Laissant là ses parents aux soins de leurs amis, Duncan rejoignit le blond. Cette affaire n'était pas sans lui rappeler une autre, mais plus il y réfléchissait et plus les choses l'intriguaient : le fait que sa sœur soit partie sans raison lui paraissait déjà étrange, mais qu'elle ne fut pas encore revenue alors qu'elle n'avait, semblait-il, rien avec elle, le surprenait d'autant plus. Quelque chose le perturbait, et ce, depuis la lettre que lui avaient envoyée ses parents. Un élément lui manquait, il en était certain, et sans lui, toutes les solutions étaient possibles : quatre lui paraissaient évidentes, trois s'il éliminait la première.

En effet, la première ainsi que la deuxième partaient du principe que Katarina était partie d'elle-même et avait donc fui volontairement. Dans le premier cas, elle réapparaîtrait bientôt et, sans doute, sa fugue était-elle causée par une dispute et un mariage trop présent ; encore que, là, Duncan la connaissait bien et il était prêt à mettre sa main à couper qu'elle n'aurait pas fui, préférant se battre que de capituler si facilement. Aussi, cette solution serait facile à vérifier. Dans le deuxième cas, l'intention de sa sœur était peut-être de revenir, mais quelque chose l'avait retenue ; et cela, en raison de cet élément qui lui manquait. Ou le cas était plus grave : quelque chose s'était produit, l'empêchant de rentrer, ce qui menait Duncan à sa troisième solution ; après tout, sa sœur lui avait avoué se sentir épiée dans la forêt et tous, bien qu'aucun ne voulût assumer le fait de l'avoir vue fuir, s'accordaient à dire que c'était par là qu'elle s'était précipitée. Si tel était le cas et que lui-même avait raison, il se pouvait que quelque chose fût arrivé ; et cela pouvait aussi bien se jouer en parallèle de l'affaire qu'il menait qu'au sein même de cette dernière. Dans ce cas, c'était là que résidait sa quatrième solution.

Duncan espérait bien se tromper, mais, quelle que soit la solution vers laquelle il tendait, mieux valait ne pas dévoiler ces éventualités avant d'en apprendre davantage ; rien n'était certain et il lui fallait agir méthodiquement.

— Y allons-nous ? invita-t-il alors le fils des Français en arrivant à sa hauteur.

— Je vous suis.

Et pendant qu'ils marchaient tous les deux, le fils de La Courtepiert lui narra tout ce qu'il s'était produit, depuis son arrivée avant la disparition de la rousse, aux lettres échangées entre leurs familles, en passant par les paroles entendues à la sortie en ville jusqu'à sa fugue, omettant cependant volontairement le passage où il avait été le témoin de la violence du père. Duncan écouta en silence son monologue, analysant la moindre partie que son compagnon débitait. Il ne comprenait toujours pas comment Katarina avait pu les quitter ainsi brusquement, si longtemps et sans argent. Il était évident qu'elle avait réagi de cette manière à cause de la dispute avec leur père, mais elle n'aurait pas tout abandonné à cause de cela ni pour une promenade avec leur invité qu'elle avait en réalité semé. Cela n'avait donc aucun rapport. Pourtant, un événement avait dû se produire et sur cela, le blond gardait le silence. Pourquoi ?

— Si je vous suis bien, reprit alors Duncan, ma sœur est montée tout de suite après votre promenade.

— C'est cela.

— Elle y est restée toute la journée et n'a pas ensuite voulu dîner.

— Tout à fait.

— De là, une dispute avec mes parents a éclaté.

— Oui.

— Et elle s'est enfuie ?

— Oui.

Le brun demeura silencieux. Si tout ce que disait le blond était vrai, alors elle reviendrait. Pourtant…

— Avez-vous entendu ce qu'ils s'étaient dit ?

— Non, répondit précipitamment le jeune homme. Nous n'entendions rien, juste le bruit étouffé d'une dispute.

— Ah !

— Cela me gêne un peu de vous le dire, en vérité. Nous sommes bien reçus et je ne voudrais pas porter préjudice à vos parents.

— Ne vous en faites pas pour cela. Avec Katarina et mes parents, ajouta-t-il, c'est monnaie courante.

— Nous n'aurions sans doute pas dû venir.

— À cause du mariage ?

— Entre autres.

— Cela n'aurait rien changé. Du moins, je ne pense pas.

Le fils de La Courtepiert se tut alors et, au bout de quelques pas, fut surpris d'entendre son accompagnateur reprendre :

— Vous savez, reprit-il, vous n'êtes pas le seul fautif. Ma sœur l'est tout autant. Je ne devrais pas parler d'elle ainsi dans ces circonstances, et encore moins devant vous, mais elle ne prend pas le temps de connaître ceux qui l'entourent. Certes, je trouve la situation un peu trop précipitée, d'autant plus que vous vous connaissez à peine, mais je ne suis pas contre le fait que vous vous intéressiez à elle. Elle est bornée, têtue et la forcer ainsi ne lui fera pas de mal, mais elle n'a pas non plus tout à fait tort, avouez-le.

— Je le sais, mais ce n'est pas moi qui ai décidé de ces fiançailles et encore moins de l'y précipiter alors que, comme vous le dites, nous nous connaissons à peine.

— N'est-ce pas vous ? Vous n'avez pourtant pas protesté.

— L'idée n'était pas de moi ; votre mère en a bien fait état. Je ne rejette cependant pas la faute, car j'ai moi-même accepté, et je n'ai pas protesté, mais je désirais avant tout faire la connaissance de votre sœur et éviter une rupture totale à cause d'un malentendu. Mes parents se sont ensuite emballés.

— Les miens aussi.

Ils se jetèrent un bref regard.

— Je suis désolé de ce qu'il s'est passé, avoua le prétendant, sincèrement, mais je n'ai rien pu faire d'autre pour empêcher mes parents d'aller plus loin que d'essayer de m'expliquer à votre sœur.

— En vain, je présume ?

— En vain. Elle ne le voulait pas et nous n'avons guère eu d'autres occasions.

— C'est bien Katarina cela, dit Duncan, commençant à entrevoir chez le blond quelque chose qu'il n'avait pas soupçonné jusque-là. Quand elle s'est fait une idée de quelqu'un, il est difficile de l'en défaire.

Oui, vraiment : le jeune homme lui semblait sérieusement préoccupé par la disparition de sa sœur et désolé de tout ce que l'éventualité d'un mariage avait entraîné. Aussi, touché par sa sincérité, il lui dit :

— J'espère que vous n'abandonnerez pas. Je pense que si vous persévérez, elle finira par vous écouter et peut-être même, pourquoi pas, changera-t-elle d'avis à votre sujet.

— Vous croyez ?

— Bien sûr. Elle est têtue, mais pas immorale et, si vraiment vous ne lui plaisez pas, elle vous renverra poliment dans les roses.

Sur ces mots, ils se sourirent. Bientôt, la ville leur apparut, vide, et le sérieux reparut sur leurs visages.

— C'est désert, commenta le brun.

— C'est triste à voir.

— Avez-vous une idée d'où chercher ?

— Aucune. Je pensais demander au premier venu, mais là, j'avoue que je ne sais plus.

— Alors, je pourrais vous conseiller d'aller au bar, là-bas. Si des gens savent quelque chose, c'est bien ceux-là. Ils se racontent tous les potins du monde et voient toujours tout et n'importe quoi, du moins, c'est ce dont ils se vantent. De plus, on s'y rendait quelques fois avec Katarina, alors peut-être que...

— Vous alliez avec Mlle Kingsley dans les bars ? s'étonna le blond.

— Oh, il y a longtemps maintenant ! Et ne croyez pas que c'était moi qui l'y emmenais, c'est elle souvent qui m'y embarquait. Katarina adorait le rhum qu'ils servaient et elle aimait beaucoup l'ambiance, très différente, vous en conviendrez, des soirées mondaines. Elle s'habillait comme une paysanne pour se fondre à la clientèle et s'amusait beaucoup de ne pas y être reconnue, mais rapidement, l'alcool lui montait à la tête et quand ils la reconnaissaient...

Duncan remarqua le visage horrifié de son compagnon et s'interrompit.

— Je n'aurais peut-être pas dû vous dire ça. Pardonnez-moi. Cela ne va pas avantager ma sœur, je crois.

— Oui. Enfin, non, ce n'est pas cela. C'est... surprenant, je dois dire.

— J'en conviens parfaitement, mais c'est Katarina, hélas ! Vous en apprendrez certainement d'autres par la suite, mais je ne me risquerai plus à vous les dévoiler. Autrement, si vous ne m'en voulez pas, pendant que vous irez là-bas, j'irai à la librairie. Il doit bien y avoir un agent en service et il pourrait m'apprendre autre chose.

— Bien, comme vous voudrez.

— Ah, et une dernière chose. Quand vous entrerez dans le bar...

— Oui ?

— Faites attention. On étouffe vite.

Laissant ainsi le blond pantois, le brun partit de son côté à la vieille librairie.

À droite, au centre de la place, le vieux bâtiment reluisait de ses anciennes boiseries ; l'enseigne légèrement décolorée et les volets fermés. L'endroit était triste ainsi abandonné et le voir dans cet état, condamné par de grandes planches en travers de la porte, nouées d'un ruban noir, remua chez Duncan quelques vieux souvenirs. Il n'en montra pas davantage et se rapprocha du policier qui, comme il l'avait prévu, se tenait devant la boutique que des curieux observaient encore de temps à autre.

— Monsieur Kingsley, le salua-t-il en souriant. L'inspecteur va être heureux de vous trouver ici.

— Moins fort, je vous prie, tout le monde me connaît ici. L'inspecteur est-il présent ?

— Aujourd'hui, non, mais il est sur l'affaire, dit-il en désignant la porte derrière lui. On l'a pressé de venir ici dès que la nouvelle s'est répandue.

— Quand était-ce ?

— Hier, et il est arrivé dans la matinée.

— Et le libraire ?

— Mort, il y a deux jours. L'inspecteur ne vous a pas prévenu ?

— Non.

— C'est étrange. Il vous a envoyé une missive à Londres.

— J'ai dû la rater alors ; je suis rentré un peu plus tôt.

— À cause de votre sœur ?

— Oui.

— L'inspecteur n'en a pas parlé, mais sa disparition fait du bruit ici. Les gens ont peur.

— C'est totalement différent, cela n'a rien à voir. Enfin, je l'espère.

— Bien entendu. C'est ce que nous nous efforçons de leur dire.

— J'entends bien. Avez-vous des nouvelles ?

— Concernant... ?

— Le libraire ou ma sœur. Les deux en fait.

— Pour votre sœur, je n'en ai aucune idée… enfin pas vraiment. D'après ce que je sais, elle n'est pas revenue ici depuis sa fuite. Il faut demander à l'inspecteur responsable de l'affaire, il est actuellement en pleine recherche sur le sujet, je crois. Quant au libraire, les circonstances de sa mort demeurent floues.

— Ah bon ?

— Aucune trace de lutte, aucune trace d'éventration. Il semble mort naturellement.

— Mais…, commença Duncan en regardant le seuil de l'entrée.

— Mais comme vous pouvez le constater, renchérit le policier, en s'écartant légèrement. Il y a du sang partout.

— Et rien qui ne démontre à qui il appartient ?

— Rien. M. Gordon est tout à fait normal. Il n'a aucune blessure.

— Je vois. Et il ne peut pas non plus appartenir à ma sœur : elle est venue ici au matin et n'a pas quitté la maison avant sa fuite, disent-ils tous, vers la forêt. À quand remonte sa mort exactement ?

— Selon les médecins, il y a deux jours, au soir, entre huit heures et minuit.

— J'espère qu'il n'est pas d'elle. Elle a quitté la maison avant et elle aurait très bien pu se réfugier ici.

— Nous le saurons bientôt certainement.

Le brun demeura silencieux jusqu'à ce que deux femmes passassent à côté de lui et du brigadier.

— Alors, messieurs, que faites-vous dans cet endroit lugubre ? Il y a mieux à faire par cette belle journée.

— Merci, mesdames, répondit le policier. Mais je suis en fonction, je n'ai pas d'autre choix.

— Quel dommage ! Un petit tour vous aurait délassé, vous avez l'air tendu. Et vous, monsieur ?

— Je suis désolé, je n'ai pas vraiment le temps.

Les femmes haussèrent les épaules et s'en allèrent, bras dessus, bras dessous.

— Elles traînent beaucoup dans le coin, commenta son collègue.

— Vraiment ?

— Elles disent des choses puériles.

— À quel propos ?

— Sur la mort du libraire.

— Ah bon ? Quoi, par exemple ?

Le brigadier se tut et devint livide. Il se rapprocha de Duncan, hésitant à dire :

— Elles ont dit que c'était comme si… comme si la Mort était venue le chercher.

Duncan évita d'éclater de rire devant le visage sérieux de son collègue et lui tapota sur l'épaule.

— Allons, je suis sûr qu'elles vous ont dit cela pour vous faire peur. Soyez un homme, Owen.

— Bien sûr, monsieur, répliqua-t-il en se redressant soudain.

— Bon, je vais vous laisser. Je dois rejoindre quelqu'un. Si vous voyez l'inspecteur, dites-lui que je suis passé.

Les deux hommes se quittèrent et Duncan rejoignit le fils de La Courtepiert, inquiet.

De son côté, Jean-Charles était à peine rentré dans le bar qu'il fut abordé par des demoiselles dévergondées. Le décolleté largement ouvert, elles se prélassaient contre lui avec une vulgarité déconcertante. Il comprenait maintenant pourquoi le brun lui avait dit de faire attention : elles se collaient à lui sans aucune honte, et leur grossièreté commença à l'agacer.

La salle était presque vide, mais le brouhaha incessant et l'odeur que dégageait le lieu étaient suffocants. Le jeune homme avait du mal à comprendre comment la jeune fille avait pu venir dans cet endroit où les gens empestaient l'alcool et la sueur, et où ils ne savaient pas décemment se tenir. Il en eut un haut-le-cœur, mais se reprit vivement. Malheureusement pour lui, l'homme barbu et imposant du comptoir l'avait remarqué :

— Alors, blondinet, dit-il. On s'est trompé de crèche ? Ici, c'est pour les hommes, les vrais, pas pour les petits dans ton genre.

— Alors, je me demande pourquoi vous tenez encore le bar, rétorqua-t-il.

— Comment ? Qu'est-ce que tu as dit ?

— Ah, mais lâchez-moi, je vous prie, mesdemoiselles.

— Il blague, lui ? C'est la première fois qu'on nous appelle mesdemoiselles.

— Je suis là pour une lady.

À ces mots, tous se turent et éclatèrent de rire.

— Je crains que tu ne la trouves pas ici, dit le barman.

Une brune aux formes généreuses le démentit langoureusement.

— Mais si, au contraire. Elle est ici, termina-t-elle en plongeant les mains du blond dans son décolleté.

— Il suffit maintenant ! réagit Jean-Charles en les retirant brusquement de l'emprise de la jeune femme. Je suis flatté de vous plaire et j'ai conscience de l'effet que je produis, mais je suis ici pour Mlle Kingsley, certainement pas pour vous.

Encore une fois, un silence se fit dans la salle avant que les rires ne se déclenchassent.

— Si tu cherches cette donzelle, dit un vieillard dans un coin. Elle n'est pas ici.

— Cette arrogante n'a pas intérêt à remettre les pieds au bar, dit la brune en se décollant soudainement de lui, ou je lui referai le portrait.

— Elle n'est pas venue ici depuis des lustres, dit une autre. Et c'est tant mieux ! Bon débarras !

Jean-Charles regarda la scène, ébahi : tous se battaient sur le sujet de la rousse ; elle avait visiblement laissé une trace marquante de son passage et, à la plupart, elle n'inspirait aucun respect.

Dans tout ce vacarme et la violence qui éclata soudain pour savoir si la rousse était quelqu'un de bien ou pas, le blond fut bientôt attrapé par l'homme barbu qui le jeta dehors sans vergogne.

— Si jamais tu revois cette petite garce, surtout dis-lui de ne jamais remettre les pieds ici, sinon elle risque de ne pas rester innocente jusqu'au mariage, si tu vois ce que je veux dire. Et je crois qu'elle aura bien payé son forfait.

Puis il claqua violemment la porte derrière le bourgeois, outré par tant d'obscénités.

— Quels grossiers personnages ! Tous les mêmes, réagit-il enfin en s'énervant contre l'entrée. Ils ne savent pas qui je suis.

Puis il essuya ses manches de chemise comme si elles avaient été salies et remit en place quelques boutons qui avaient été défaits pendant l'assaut des jeunes filles. Après cela, il fut rejoint par le frère de sa promise, bien plus pâle qu'à l'arrivée.

— Que se passe-t-il ? lui demanda-t-il aussitôt.

— Je crois que cela ne sert à rien de la chercher ici.

— Pourquoi ?

— Elle n'y vient plus depuis sa disparition.

— Et alors ? En quoi cela nous prouve-t-il qu'elle n'est pas là ?

— C'est certain. Le seul endroit qu'elle fréquentait ici avec ardeur, et ce, plusieurs fois par semaine, c'était la librairie.

— Qu'insinuez-vous ? Cette histoire était dans les journaux, mais je ne pensais pas qu'il y avait un rapport.

— Il n'y en a peut-être aucun ; je pensais qu'elle aurait pu être au courant du décès de M. Gordon et repasser en ville, mais elle n'est pas revenue. Et si elle n'y est pas revenue, je crains que sa disparition ne soit plus grave. J'espère qu'elle n'a pas voulu s'y réfugier…

— Alors quoi ? s'interrogea le blond. Que fait-on ? Que soupçonnez-vous ? Dites-le-moi au lieu de me poser des énigmes.

Duncan se tut. Devait-il lui dire que sa sœur se sentait épiée ? Devait-il lui avouer que cela pouvait avoir un lien avec les récentes disparitions ? Pouvait-il seulement lui faire confiance ? Il ne savait pas quoi faire. Pourtant, devant les yeux océan du Français, devant l'inquiétude qu'il crut y lire, il ne sut trop pourquoi, mais il sentit à ce moment-là qu'il pouvait se confier à lui. Aussi, il lui dévoila ce qu'il avait lui-même déduit de cette affaire. Il lui rapporta ses idées, ce qu'il pouvait lui confier du brigadier, ce que Katarina lui avait révélé, mais aussi et surtout, le lien possible avec les disparitions mystérieuses. À mesure de ces révélations, Jean-Charles sembla comprendre une tout autre étendue à la situation et l'horreur se dessina : quel drame se préparait là ?

Chapitre 11

Éloignée de toute l'inquiétude et des recherches à son égard, Katarina se leva paisiblement de son nouveau lit ce jour-là. La journée de la veille avait été assez étrange, surtout lorsqu'elle avait vu que toutes les domestiques portaient la même chose ; elle avait eu l'impression de se voir partout, ce qui était particulièrement déstabilisant pour elle qui venait à peine de quitter son monde. Elle ne savait pas si M. Hodgkin avait remarqué son trouble, mais, en lui offrant ce simple ruban pour la démarquer, il avait réussi à la rassurer et c'était tout ce qu'elle désirait.

Il était pour l'instant le seul avec qui elle s'entendait bien et, en dépit de son rôle au sein de la maison, elle espérait pouvoir garder avec lui cette relation. Il fallait dire que l'accueil n'avait pas été des plus chaleureux. Elle sentait bien qu'il y avait quelque chose de gênant dans sa présence et Rosie était la plus démonstrative. Katarina savait déjà qu'elle ne s'entendrait pas avec elle si cette dernière n'y mettait pas non plus du sien. Cela l'attristait profondément, mais, après tout, elle venait à peine d'arriver et peut-être qu'à l'avenir son rapport avec l'ancienne intendante évoluerait. Pour les autres, elle ne savait guère trop comment leur cohabitation se passerait. M. Bakerley et M. Gabhann, ou Émile et Gerard, comme elle se devait de les appeler, lui paraissaient adorables et responsables, bien plus aptes à l'accueillir que l'autre domestique. En ce qui concernait les deux autres jeunes filles, Margaret lui semblait plus raisonnable que sa consœur un peu frivole, mais, peut-être se trompait-elle, avec la peur l'affectant constamment, sans doute ne s'habituerait-elle pas à sa présence.

Ce fut vers ses pensées que Katarina se pencha très tôt le matin et, quand elle fut prête, l'horloge marqua six heures et demie. Le soleil se levait à peine, mais elle tira ses rideaux et ouvrit la fenêtre pour sentir l'air passer et les rayons la réchauffer. Il faisait bon. L'atmosphère était fort agréable et enveloppait déjà la grande demeure où la forêt semblait appeler la jeune femme à la suivre. Elle s'y serait volontiers promenée, mais elle n'en avait pas le temps : son travail d'intendante, ou de majordome, comme il était convenu de le nommer, l'attendait et l'heure filait.

Elle descendit alors aux cuisines, enjouée et silencieuse dans ce nouveau décor qu'elle découvrait encore. Elle ne s'y était pas encore accoutumée, mais cela ne l'empêchait guère de sourire derrière sa blessure gonflée. C'était assez osé de sa part de venir là, mais elle y avait été un peu contrainte, et maintenant, il fallait tenir son rôle avec sérieux et efficacité. Aussi, dans la petite pièce que lui avait montrée la veille Mlle Rose – Rosie, rectifia-t-elle intérieurement –, elle suivit les instructions qui lui avaient été données. Il lui était encore difficile de les appliquer, car elle éprouvait beaucoup de difficultés à savoir où se cachait ce dont elle avait besoin. Aussi, elle fouilla dans les placards, les buffets, les tiroirs avant de trouver enfin ce qui lui était nécessaire et de déposer sur un plateau d'argent, le toast, l'œuf, qu'elle avait préalablement cuit, ainsi que le pot de confiture complet aux fruits des bois et la tasse de thé que réclamait tous les matins M. Hodgkin. Puis, lorsque tout fut prêt, et non sans mal, elle le lui apporta.

Le calme dans le hall était toujours présent, pas un bruit ne se profilait, et seule la présence de Rosie nettoyant, ou feignant de nettoyer les vitres, changeait le décor. La servante la fusilla du regard. Katarina en fut d'abord surprise, car elle ne l'avait pas entendu se lever, bien que les chambres des serviteurs fussent dans la même aile que la cuisine, mais elle n'y prêta pas plus attention ensuite et monta à l'étage servir M. Hodgkin. À sept heures deux précisément, elle toqua à la porte de sa chambre, à deux pas de son bureau, le sourire aux lèvres ; qui l'aurait cru ? Une bourgeoise aux ordres d'un autre bourgeois.

— Entrez ! entendit-elle.

Mais, dans l'obscurité de la chambre, elle déposa d'abord le plateau afin de libérer, conduite par un filet de lumière, les rayons du soleil retenus par les rideaux. Une grande fenêtre lui apparut alors, immense et claire, donnant sur les jardins de l'aile ouest du manoir, envahis par les arbres et de multiples buissons qui obstruaient leur horizon ; Katarina s'y perdit un instant, avant d'être rappelée à l'ordre.

— Mademoiselle Kingsley ?

Distraite de sa contemplation, elle se retourna aussitôt et ce qu'elle découvrit alors la figea bien plus que l'appel du maître : le lit était immense ! Au milieu de la chambre, avec de chaque côté une petite commode, il était hors norme, largement disproportionné, plus grand encore que la taille de son occupant, un peu comme ceux qu'elle pouvait trouver dans les romans farfelus où l'on exagérait sur tout. C'était une vraie couche royale et les draps avaient dû être faits sur mesure ! La rousse se demandait même où M. Hodgkin avait pu en trouver de pareils. Il devait y être parfaitement à l'aise et sans doute devait-il être amusant de s'y rouler comme un enfant ; peut-être même un peu trop d'ailleurs. Le brun y était encore emmitouflé, le buste à peine relevé, et encore en pyjama, à la fixer, ahuri de ce regard qu'elle posait sur lui, impressionnée. Cette vision faillit faire renverser à Katarina le plateau qu'elle lui apportait : jamais elle n'aurait imaginé le voir ainsi vêtu alors qu'elle le connaissait à peine !

Gênée, elle se remit bien vite les idées en place et posa le repas sur la table de chevet et baissa les yeux ; il ne paraissait aucunement embarrassé.

— Je vous remercie, lui accorda-t-il.

Elle s'inclina alors et le laissa à son repas aussi vite, mais, en saisissant la poignée, elle fut retenue :

— Dites-moi, Mademoiselle Kingsley, vous plaisez-vous ici ?

Katarina se força à se retourner, mais elle prêta vite attention à autre chose qu'à la tenue du maître, car il était déjà en train de dévorer son petit déjeuner qui faisait gonfler ses joues de curieuse façon tant il en ingurgitait. Elle fut abasourdie par ce comportement, enfantin de la part d'un bourgeois, et surtout d'un adulte, mais cela ne lui déplut guère, au contraire, et elle ne put s'empêcher d'esquisser un tendre sourire amusé. Le brun, les yeux grands ouverts par cette réaction, et ne sachant d'ailleurs pas pourquoi elle réagissait ainsi, la regarda, intrigué, se léchant les doigts recouverts de confiture comme un enfant, pour ne pas en laisser une miette. Attendant tout de même une réponse, il reprit la bouche pleine :

— Alors, vous plaichez-vous ichi ?

Katarina sourit.

— Oui, monsieur.

— Tant mieux parche que che cherai dommache. Che ne foudrais pas fou forcher.

Il déglutit.

— Excusez-moi. Je disais donc que je ne voudrais pas vous forcer.

— Vous ne me forcez pas ; je vous le dirais dans le cas contraire.

— Bon, c'est donc parfait. Avez-vous déjà réparti les tâches de travail ?

— Non, pas encore.

— Alors, je ne vous retiendrai pas plus longtemps. Vous savez où me trouver au cas où.

Et de l'autre côté de la porte, la jeune femme regagna une ambiance plus modeste et moins bon enfant que celle de la chambre de M. Hodgkin et son sourire s'affaissa. Le décor était moins somptueux et ce qui l'attendait moins élégant. Elle s'aperçut d'ailleurs du haut du premier étage de la présence des autres serviteurs, certainement levés depuis peu, et qui l'observaient avec insistance.

Un peu gênée, et mal à l'aise, Katarina s'empressa de rejoindre les cuisines tête baissée. Mais elle n'empêcha pas les commentaires indistincts de Mlle Vaughan, Meredith de son prénom, de jaser, se confiant avec amusement à Gerard à côté d'elle qui acquiesçait simplement à ses dires et lui souriait complice, se détournant soudain d'elle lorsqu'elle passa devant lui. Quant à Rosie, elle lui lançait toujours des regards foudroyants et Margaret baissait la tête face à elle, plus pour l'éviter que pour la saluer. Émile était avec la maladroite et, pourtant, ce fut le seul à lui sourire largement. Touchée, Katarina lui répondit timidement, mais se réfugia tout de même dans la petite pièce rustique où le petit déjeuner avait été préparé ; la manière dont ils l'avaient fixée en disait long sur leurs futures relations ! Ils étaient encore certainement trop attachés à l'ancien serviteur pour lui accorder de l'importance et cela devait les perturber qu'une femme de son rang le remplaçât. Elle allait avoir beaucoup de mal à s'intégrer, beaucoup plus qu'elle ne l'imaginait, et pourtant, elle n'avait pas le choix : il leur fallait à tous, elle y comprise, pouvoir s'entendre au mieux, sinon, ils ne pourraient pas travailler dans les meilleures conditions.

Décidée à faire son maximum, elle prit alors un papier, un crayon, et fit le tour du manoir à travers tous ses couloirs pour savoir ce qu'il y avait à faire et répartir au mieux les tâches.

Restés dans le hall, les domestiques reprirent leurs besognes quotidiennes, sauf Margaret et Émile, qui demeurèrent là, figés : la blonde semblait désespérée et son ami tentait en vain de la réconforter. Aussi, seuls devant la porte d'entrée, ils furent bientôt bousculés par Octave Crooks qui rentrait, le tablier déjà taché.

— Ah, pardon, je ne vous avais pas vu.

— Ça va, dit le blond.

— Qu'est-ce qu'elle a ? demanda-t-il naïvement en désignant Margaret.

— La miss a officiellement commencé et cela la perturbe.

À peine l'eut-il dit que ladite demoiselle sortit du manoir en courant, le visage caché par ses mains. Émile et Octave se regardèrent. Ils savaient tous deux ce qui était arrivé à leur camarade, mais hélas, aucun d'eux n'était parvenu à la consoler ! Leur amie s'était empêtrée dans un douloureux silence depuis la mort de l'ancien majordome et son chagrin était difficile à surmonter. Pour elle, sa disparition était la fin de tout espoir, elle savait qu'il ne reviendrait jamais, qu'elle ne le verrait plus arpenter les couloirs, qu'elle n'entendrait plus sa voix nonchalante, et que son absence était définitive : il n'était plus, et même son fantôme lui était pris, remplacé par une autre. De la savoir ainsi, Émile en avait le cœur brisé ; il ne pouvait pas se résoudre à la laisser seule, aussi la suivit-il aussitôt, abandonnant Octave sur place.

— Margaret ! appela-t-il.

Il parcourut les jardins de la demeure, faisant le tour des buissons et des arbres, avant de la retrouver cachée au fond du parc, recroquevillée sur elle-même, les pleurs déferlant sur ses joues. Peiné, il s'assit à ses côtés.

— Margaret, souffla-t-il en l'entourant de ses bras. Ne sois pas triste, ça me fait de la peine.

Mais elle continua.

— Écoute, tu sais, reprit-il. Elle n'y peut rien, pour sa mort, et il nous faudra bien nous faire à l'idée qu'elle le remplacera désormais. Il fallait bien que quelqu'un le fasse de toute façon et pleurer ne te le rendra pas.

— Je le sais, dit-elle entre deux sanglots, mais tu sais à quel point je l'aimais.

— Je sais. Je sais. Mais je sais aussi qu'il n'était pas du genre à ce qu'on lui dévoile ces sentiments. Margaret, regarde-moi, dit-il en lui relevant la tête. Alvin ne voudrait pas que tu pleures ainsi pour lui. Tu sais ce qu'il te dirait, n'est-ce pas ?

Mais elle ne répondit pas.

— Margaret, le sais-tu ?

— ... Oui, « les sentimentales dans ton genre ne m'intéressent pas. Geignarde ! » dit-elle en souriant malgré elle à ce souvenir.

— Alors, tu vois, la rassura-t-il.

Margaret se fondit alors dans ses bras et il hésita à poursuivre

— Tu sais, ça me coûte de te dire ça, mais, je crois que c'était sa manière de te dire je t'aime.

Ces mots semblèrent toucher la maladroite, car elle releva enfin ces yeux verts embués vers son ami. Il lui sourit alors tristement. Elle avait beaucoup pleuré ces derniers temps et il n'avait pas tort : il lui fallait mettre un terme à cela. Elle était égoïste de ne penser qu'à elle, lui aussi souffrait. Était-elle aveugle pour ne pas s'en rendre compte ?

— Je suis désolée, s'excusa-t-elle. Je suis désolée de te faire souffrir ainsi, Émile. Excuse-moi. Tu as raison. Je ne devrais pas pleurer. Il n'aimerait pas, et toi non plus.

Elle se sécha les yeux.

— À partir de maintenant, reprit-elle. Je ne pleurerai plus et je ferai mon possible pour la demoiselle. Je ne veux pas qu'il lui arrive ce qui est arrivé à Alvin et je ferai tout mon possible pour la protéger, comme je l'aurais fait, comme j'aurais dû le faire pour lui. Je ne veux plus revivre cela, pour n'importe lequel d'entre vous, je ne veux pas... Pas à cause de *lui*.

Émile passa sa main dans les cheveux blonds de son amie, réjoui.

— Je préfère ça, dit-il. Je t'aiderai au maximum.

— Moi aussi, intervint Octave qui coupait les feuilles derrière eux.

— Depuis quand es-tu là ? le gronda Émile.

— Depuis le passage romantique, dit-il avec inquiétude.

— Quoi ?

Le blond se releva presque aussitôt et poursuivit l'espion dans tout le jardin, sous les rires amusés de Margaret qui parut alors réconfortée. Voir ses amis ainsi lui mettait du baume au cœur et il était temps pour elle de se ressaisir à présent ; avoir perdu Alvin ne lui permettait pas de les oublier, eux. Elle ne voulait pas revivre cette horreur, donc elle ferait son maximum pour être aimable à la nouvelle arrivante, elle qui ne savait pas dans quoi elle s'était engagée. Et ce fut en pensant à elle que la maladroite la vit arriver. Émile et Octave la rejoignirent aussitôt et saluèrent gaiement la rousse.

— Bonjour, miss !

Étonnée par ce brusque changement de comportement, Katarina en demeura interdite.

— Bonjour, leur répondit-elle, hésitante. J'ai ici les...

— Qu'est-ce que vous faites là ? hurla quelqu'un.

Ils se retournèrent.

— Vous trois, là ! Cela fait dix minutes que je vous entends geindre. Vous n'êtes pas là pour vous amuser, retournez à vos tâches !

— Oui, monsieur, répondirent-ils.

Puis, le maître refermant brusquement sa fenêtre, ses employés s'empressèrent de retourner à leurs occupations premières. Mais Katarina les interrompit.

— Attendez ! dit-elle. J'ai là vos tâches pour la journée.

Elle leur tendit chacun un papier.

— Savez-vous lire ? demanda-t-elle, un peu gênée par sa question.

Étonnés par cette requête, ils se jetèrent un coup d'œil.

— Oui, pourquoi ?

— Excusez-moi, mais, quand j'ai donné le papier à Mlle Rose…

— Rosie.

— Rosie, reprit-elle, elle m'a répondu qu'elle ne savait ni lire ni écrire. Aussi, je ne voulais pas vous paraître offensante.

— Ce n'est rien, ce n'est que Rosie, répondit Émile. Et puis vous ne pouviez pas savoir.

Il donna un coup de coude à Margaret pour l'encourager.

— Oui, dit-elle aussi vite. Vous ne pouviez pas savoir.

— Tenez, intervint Octave. Vous m'avez confié l'arrière du manoir ?

— Oui, j'ai remarqué en venant ici que des feuilles remplissaient la fontaine et que les fleurs poussaient mal à ses pieds.

— Ah bon ? Je n'y ai pas fait attention. Où cela ?

— Là-bas, lui répondit-elle en désignant l'endroit. Venez.

Et pendant qu'elle emmenait le jardinier se rendre compte des dégâts, les deux autres restèrent là à prendre connaissance de leurs tâches.

— Qu'as-tu à faire ? demanda Émile.

— Préparer le souper de Monsieur, laver les rideaux, le linge et nettoyer la poussière dans les salons, et toi ?

— Préparer le déjeuner, la table et nettoyer les ustensiles qu'on n'utilise jamais.

— Pourquoi ? Puisqu'on ne les utilise jamais ?

— Je ne sais pas, c'est peut-être dans ses habitudes.

Leur conversation prit fin, car la rousse revint.

La journée se passa rapidement ensuite et chacun s'adonna à ses occupations : le maître dans son bureau et ses domestiques dans le reste de la maison. L'équipe travaillait plutôt efficacement, mais cela n'empêcha pas Katarina d'y mettre aussi la main. Elle aurait pu s'arrêter là si elle l'avait voulu, mais elle préférait montrer à ces serviteurs qu'elle avait de la bonne volonté et qu'elle n'était pas là uniquement pour rêvasser. Elle voulait qu'ils comprennent sa situation, qu'ils la connaissent, elle, avant son rang. Aussi, ayant quelques connaissances en art, elle se réfugia dans les salons où étaient entreposés les tableaux anciens auxquels tenait le brun et les analysa une bonne partie de l'après-midi. Malheureusement, les réparations et l'entretien que nécessitaient ces créations requéraient de la précision et, avec l'heure qui avançait, et le matériel qui manquait, Katarina préféra remettre cette activité à plus tard. Elle quitta alors le salon et traversa le hall où Meredith et Gerard nettoyaient la moquette en chantant à tue-tête. Elle passa sans un mot et gagna aussi vite les cuisines où la maladroite, surprise de la voir entrer, fit glisser sa cuillère au sol.

— Mademoiselle ! s'exclama-t-elle.

Mais Katarina ne répondit pas et fit le tour de la table. La soirée commençait à tomber et la fenêtre épaisse laissait passer une lumière orangée chaleureuse à la pièce qui serait bientôt remplacée par une obscurité tenace. La blonde, qui s'interrogeait sur le but de cette visite, s'arrêta net et l'observa.

— Avez-vous besoin de quelque chose ? demanda-t-elle.

— Oh, non, ça va.

Margaret reprit son travail et Katarina tenta, incertaine :

— En fait, si : puis-je vous aider ?

La jeune cuisinière lui adressa un regard interloqué, mais, se souvenant de ce que lui avaient dit Émile et Octave, et de ce qu'elle s'était promis elle-même, elle lui sourit timidement et acquiesça.

— Bien sûr.

Katarina vit aussitôt les efforts que faisait la jeune femme pour lui être agréable et elle en fut sincèrement touchée.

— Que dois-je faire ? lui demanda-t-elle.

La maladroite parut réfléchir.

— Eh bien, vous pourriez retirer le plat qui est là-bas et m'apporter la farine, s'il vous plaît.

— Bien, obéit-elle.

Un silence eut lieu.

— Dites-moi, reprit la rousse, hésitante. Trouvez-vous ma présence... dérangeante et déplacée ?

— Pardon ?

— J'ai l'impression qu'être le nouveau majordome dérange un grand nombre d'entre vous, ma présence même. À moins que cela ne soit dû à mon rang ?

— Je pense que... que c'est un peu à cause des deux... je crois, s'empressa-t-elle d'ajouter. Nous nous demandons tous ce qui a bien pu vous pousser à agir ainsi et ce qui vous a attiré ici. Vous êtes riche. Qu'est-ce qui vous amuse parmi nous ?

— Rien ne m'amuse, croyez-le. Je ne suis pas ici de gaieté de cœur.

— Alors, pourquoi ? Rosie a parlé d'un mariage, mais ce n'est pas cela, n'est-ce pas ? Est-ce à cause de votre blessure ?

Katarina hésita à se confier, saisie de la facilité avec laquelle la jeune femme évoquait le sujet. Elle ne voulait pas avoir l'air de se plaindre auprès de personnes moins favorisées qui la catégorisaient déjà ; son cas n'avait rien de dramatique quand elle y pensait. Pourtant, elle trouva là l'occasion de se rapprocher de la jeune femme, une occasion que le silence aurait refroidie. Peut-être que, de cette manière, la blonde la verrait autrement. Elle n'avait rien à perdre. Aussi, elle répondit :

— Oui, entre autres : ma blessure est l'une des raisons pour lesquelles j'ai fui.

— Fui ? Mais, comment vous êtes-vous fait cela ? Quelqu'un vous a-t-il battue ?

— ... Mon père.

Saisie, Margaret en fit tomber le plat qu'elle tenait entre ses mains. Il se brisa en mille morceaux sous elle, répandant la pâte liquide tout autour. Katarina s'empressa de l'aider.

— Pardonnez-moi, se précipita de dire la blonde. Je n'aurais pas dû vous le demander.

— Vous n'y êtes pour rien, ne vous en faites pas. Et puis, c'est aussi de ma faute, je dois dire : je parle de ma blessure. J'ai aussi refusé un mariage avantageux, j'ai été impolie envers eux et je n'en ai fait qu'à ma tête.

— Personne ne mérite un tel traitement, quelles que soient les fautes commises.

Katarina ne répondit rien.

— Est-ce donc pour cela que vous avez fui ? La blessure et le mariage ?

— Je ne pouvais pas rester. Ils auraient continué à m'y pousser et ça ne se serait pas arrêté.

Un silence les enveloppa.

— Je ne peux pas rentrer chez moi, reprit Katarina. Je ne pourrai rentrer que lorsque le mal sera dissipé et M. Hodgkin m'a gentiment proposé de rester durant ce temps ; je ne pouvais pas refuser. Personne ne me trouvera ici, c'est la meilleure sécurité que je puisse avoir, mais je ne pouvais pas non plus accepter cette offre sans contrepartie, vous comprenez ? Cela aurait été incorrect de m'inviter sans rien faire. C'est pourquoi j'ai accepté d'aider votre maître lorsqu'il me l'a proposé. Ce n'était pas dans mon intention de vous offenser.

— Peut-être, mais vous n'auriez pas dû.

— Il le fallait, je n'avais pas d'autre endroit où aller : mes parents m'auraient tout de suite retrouvée ! Mais je trouverais un autre moyen si cela venait à s'éterniser, ou si cela vous dérangeait.

Elles finirent de ramasser les morceaux de verre et entreprirent une nouvelle pâte.

— J'ai bien conscience que cela peut vous paraître désuet, mais je tiens à ce que nous puissions travailler dans de bonnes conditions et j'espère aussi que nous nous entendrons bien ; je ne fais pas cela pour me moquer, croyez-le.

— Je l'espère. Sincèrement, je l'espère. Mais il ne faut pas nous en vouloir si nous vous accueillons avec réserve ; avec ce qu'il s'est passé... C'est juste que nous ne sommes pas encore habitués, mais j'espère que cela viendra avec le temps.

— Je l'espère aussi.

Elles s'échangèrent alors un timide sourire et poursuivirent la recette.

À mesure que le temps passait, elles commencèrent à se détendre et à parler de tout et de rien, sans gêne. Katarina ne mentionna plus à aucun moment l'ancien majordome et Margaret ne tergiversa plus ni sur le rang ni sur les raisons qui avaient poussé la nouvelle recrue à rester. Elles en vinrent même à échanger quelques anecdotes qui les firent rire si fort que le maître dut donner un grand coup à l'étage pour les faire taire.

Elles rirent alors en silence :

— Je ne pensais pas qu'il avait ce genre d'habitude.

— Oh si, malheureusement ! Tenez, vous voulez bien me passer une cuillère dans le tiroir là-bas ? lui demanda la maladroite encore souriante.

— Voici.

— Merci.

— Vous mélangez avec une cuillère ? s'étonna Katarina en la voyant faire.

— Oui, le bruit de la fourchette sur les plats m'insupporte.

— Ah, vraiment ?

— Vous ne le répéterez pas, n'est-ce pas ?

— Non, si vous ne le voulez pas.

— Merci, parce qu'Émile et Octave aiment à me taquiner et j'avoue que j'aimerais mieux qu'ils ne le sachent pas, dit-elle en souriant.

La soirée se poursuivit ainsi sans appréhension entre les deux jeunes femmes et, finalement, la cadette Kingsley trouva Margaret fort sympathique et très spontanée quand elle était en confiance, quoique toujours un peu réservée ; mais compte tenu de leurs récentes relations, il était tout à fait normal de réagir ainsi et Katarina ne douta pas que l'avenir le changerait. Aussi, ce fut avec les doigts pleins de farine et le rire facile que sa nouvelle amie et elle en vinrent à se serrer la main, marquant ainsi le début d'une belle amitié.

Chapitre 12

Katarina avait pris soin d'envoyer une lettre à son frère, sitôt sa prise de fonction, afin qu'il ne s'inquiétât pas de son absence prolongée, attendant avec impatience sa réponse et ses recommandations pour la suite à venir. Mais c'était sans se douter que, à Londres ou ailleurs, sa lettre n'était jamais arrivée à destination et que son entourage commençait presque à la croire morte.

Les jours avaient passé depuis sa fuite et Katarina avait appris à connaître le fonctionnement de la maison, ou du moins ses quelques règles, aussi bien que ses camarades. La première qu'elle découvrit fut celle selon laquelle les domestiques se couchaient fort tôt, parfois même avant le maître, et sans que cela semblât le déranger. La deuxième concernait les tâches ménagères, elle s'aperçut bien vite que les servants se les échangeaient entre eux. Ainsi, il n'était pas rare de voir Margaret à la fois cuisinière et femme de ménage, Meredith et Rosie aux écuries ou Octave et Gerard de service auprès du brun quand leurs places respectives étaient celles de jardinier et d'homme de ménage. Seul Émile avait un rôle bien défini dans la peau du cuisinier et lui seul n'avait aucun autre rôle, encore qu'il lui arrivât de temps en temps de s'échapper dans les jardins.

Katarina avait compris tout cela très tôt et s'était aussi vite accoutumée à ces usages. Aussi, elle aidait parfois au ménage quand la blonde était à la cuisine, et secondait à son tour le cuisinier quand son amie était aux salons. Quant à M. Hodgkin, il travaillait toute la journée dans son bureau à une tâche qu'elle n'avait jusque-là pas identifiée, bien qu'elle l'eût maintes fois questionné sur le sujet, mais il prenait malin plaisir à détourner ou feindre une réponse quand il ne la priait pas de se mêler de ce qui la concernait. Il se mettait parfois dans une colère noire inexplicable à l'évocation du sujet et, à d'autres moments, il en jouait, parlant en énigmes. La rousse ne savait sur quel pied danser avec lui et il arrivait parfois qu'une dispute éclatât. Au bout de quelques semaines passées sous son toit, elle sut dès lors que son bienfaiteur était une personne lunatique, terriblement lunatique. Mais de cela, elle s'en amusait et le taquinait, sous les yeux effrayés de son amie, et consternés de ses collègues, pour qui elle prenait trop de liberté. Maintes fois, ils tentèrent de la dissuader de le provoquer et, maintes fois, cela fut vain, ne faisant au contraire que l'encourager. Margaret ne savait plus quoi faire. Depuis qu'elle avait appris les raisons de la venue de la rousse au manoir, elle s'était mise à l'estimer et à l'aimer plus qu'au premier abord, car la jeune fille ne rechignait pas à la tâche, au contraire, et jusque-là ni elle ni aucun autre ne l'avait vue prendre un jour de repos. Puis, de fil en aiguille, elles devinrent de très grandes complices, au plus grand plaisir d'Émile et Octave qui voyaient dans cette amitié nouvelle des instants de répits et, pourquoi pas, un changement prochain.

Ravie avec eux, Katarina le fut moins avec les autres qu'elle avait du mal à cerner. Elle remarqua très vite leur discrétion, surtout celle de Gerard, toujours posté dans un coin, en retrait par rapport aux autres comme s'il ne se sentait pas à sa place ; ce n'était que lorsque la situation l'exigeait qu'il sortait de l'ombre, veillant à ce que Meredith, son acolyte, ne s'emportât pas. Il fallait dire que son amie était têtue, enflammée, et quand une chose ne lui plaisait pas, elle s'échauffait, terrible, un feu ardent brûlant dans ses yeux. Aussi, il fallait savoir la maîtriser et il semblait que lui seul y arrivât. Ils étaient un groupe à part avec Rosie et distinct de celui que formaient Margaret, Émile, Octave et Katarina, à présent dans leurs rangs, mais ils n'en étaient pas exclus pour autant. Il ne s'agissait là que d'une tendance que la rousse avait remarquée, car, si tous ne s'entendaient pas toujours, ils pouvaient tout aussi bien s'amuser ensemble l'heure suivante. Heureusement, malgré leurs différences, la jeune Kingsley avait réussi à se faire quelques amitiés, et notamment avec Margaret, qui devint une très grande alliée. Ce jour-là, d'ailleurs, elles étaient toutes les deux dans le hall, à nettoyer le grand tapis de l'escalier qui commençait sérieusement à en avoir besoin. La rousse s'était jointe à sa camarade malade et enrhumée sitôt le service du maître accompli et la journée avançait plutôt tranquillement. Depuis que le long tapis avait été sorti et étendu dehors au soleil, elles ne s'étaient pas reposées. Leur premier ouvrage avait déjà été pénible, mais le second n'en fut pas moins difficile, car les marches étaient recouvertes de poussière et de petites particules dégoûtantes si bien incrustées qu'il leur fut difficile de les ôter. Katarina pensait à du sang, imaginant là quelques scènes horribles de ses romans qu'elle préféra taire à son amie, mais Margaret lui avoua bientôt qu'il ne s'agissait là que de quelques traces de confiture du maître, et la rousse s'en désola, car elle n'y croyait qu'à demi. Toutefois, son amie était dans un tel état qu'elle ne se permit pas d'en demander davantage.

Les yeux verts de la maladroite s'effaçaient dans un rouge maladif. Son nez n'était pas de meilleure couleur et, à cause d'un travail compliqué pour son état, elle avait dû se moucher à maintes reprises, inquiétant Katarina, qui la voyait de plus en plus étouffer sous ses fièvres. La jeune Kingsley ne lui en disait rien, sous peine d'être sévèrement réprimandée, car la demoiselle Brown s'évertuait à dire qu'elle était là pour travailler, et pas pour rêvasser. Le pauvre Émile s'était d'ailleurs disputé avec elle à ce sujet, mais il n'était pas parvenu à la raisonner et était parti se réfugier aux cuisines. Ainsi, Katarina était là avec elle, prenant soin de ne pas trop la fatiguer sans qu'elle le remarquât. Heureusement, le hall était très calme en cette douce matinée et personne ne vint les retarder. Rosie était sortie faire les commissions, Octave jardinait, Émile cuisinait et Gerard lavait le linge. Seule Meredith était avec elles dans la grande salle, en train d'épousseter les meubles et les bibelots, chantant doucement une vague mélodie pour ne pas perturber l'ambiance. Malgré cela, la rousse l'entendait et son oreille curieuse l'écouta avec intérêt ; elle avait un très joli timbre. Il était certain que si elle donnait le meilleur de sa voix, la musique n'en serait que plus enchanteresse.

— Elle a une très belle voix, commenta-t-elle alors. Ne trouves-tu pas ?

Margaret releva la tête.

— Gui za ? Beredith ? interrogea-t-elle avant d'éternuer.

— Veux-tu un mouchoir ?

— Berci. Z'est doude zette bouzière qui be bonde au dez.

— Le maître aurait pu faire attention avec sa confiture tout de même ; nous n'aurions pas eu à respirer cette poussière, essaya-t-elle de plaisanter.

Mais elle fut seule dans cette tentative, Margaret lui fit bientôt des signes, lui intimant de regarder derrière elle.

— Quand même, exagéra-t-elle. Je n'ai jamais vu cela ! Et elles ne partent pas en plus ! Vraiment, il est trop exigeant avec nous, Margaret ; nous, pauvres et vulnérables créatures !

Margaret toussota, mais la rousse ne comprit toujours pas, feignant de se plaindre d'un hôte trop cruel. Et à peine à deux pas d'elle, celui-ci continua de grimper les escaliers, non sans un commentaire froid et désobligeant envers la bourgeoise :

— Je peux tout aussi bien vous confier d'autres tâches plus ingrates si cela ne vous convient pas, mademoiselle Kingsley.

Katarina écarquilla les yeux, surprise.

— Excusez-moi, monsieur, répondit-elle aussitôt désinvolte. Cela se voulait être une plaisanterie.

Mais il ne lui répondit pas, un vague sourire aux lèvres, et regagna son bureau.

Katarina attendit alors qu'il fût parti et se redressa sur la pointe des pieds, passant la tête pour voir ce qu'il se passait au premier étage.

— Est-il parti ?

Oui, la porte était fermée.

— Ouf ! Il m'a fait peur ! Quelle idée d'arriver comme cela sans prévenir. Est-il toujours ainsi ? demanda-t-elle à Margaret, qui se mouchait pour la énième fois de la journée.

— Zela débend. Gue veux-du dire ?

— Eh bien, tu sais..., argua-t-elle vaguement comme si son amie pouvait comprendre. Ces sautes d'humeur. Un jour, il va être gentil avec tout le monde et, la minute d'après, il va vous rouspéter.

— Ah... Oui. Z'est doujours comme zela. Encore, je trouve que z'est bludôt galme en ze bobent.

— Je n'ose pas imaginer pire, alors.

— Il ne vaut bieux bas, en effet.

D'un sourire, elles s'échangèrent un regard. Leur complicité grandissait à mesure qu'elles se parlaient. Les premiers abords timides passés, elles se disaient tout à présent, ou presque, et se tutoyaient comme de vieilles amies. Il en allait de même avec Émile et Octave et tous les quatre s'entendaient plutôt bien. Katarina avait trouvé là de bons amis sur qui compter et elle espérait bien que cela durerait, au-delà du temps qu'elle passerait ici. Aussi, encouragée par cette idée, elle frotta le bois usé largement foulé avant elle et s'interrogea soudain sur leur passé. Ils lui en avaient vaguement parlé bien sûr, mais, avec la voix qu'avait Meredith, elle était curieuse d'en apprendre davantage.

— A-t-elle reçu des cours pour chanter si divinement ? Vraiment, c'est étonnant ! Ne l'entends-tu pas ?

— Dous les jours ! Mais il faudrait le lui debander. Je d'en zais abzolubent rien. En dous gas, elle avait déjà ze dalent en arrivant.

— Est-elle arrivée après toi ?

— Oui, continua-t-elle en parlant du nez. Quand je suis arrivée, on était trois. Ensuite, tout s'est rapidement enchaîné jusqu'à Gerard.

— Est-il le dernier arrivé ?

— Oui. Il y a eu moi, Émile, Meredith, Octave, et ensuite Gerard.

— Qui étaient les premiers ?

À cet instant, Margaret ouvrit la bouche, mais se ravisa, détournant les yeux sur le seau d'eau froide dans lequel elle trempa, hésitante, son chiffon.

— Il y avait Rosie d'abord, expliqua-t-elle. C'est la première à être arrivée. Et puis il y a eu… l'ancien majordome, termina-t-elle, Alvin Griseford.

Katarina, confuse par sa maladresse, essaya de changer de sujet.

— Vous avez dû en voir de toutes les couleurs avec un maître aussi lunatique que lui, sourit-elle. Surtout si vous êtes là depuis un moment.

Margaret esquissa un sourire.

— Il est vrai, dit-elle. Il nous en a fait voir des vertes et des pas mûres ! Et il le continuera, je présume. Cela fait plus de six bois maintenant que je suis ici et je ne l'ai jamais connu autrement. Cela m'a changé d'avant, je dois dire.

— Pourquoi ?

— J'étais pâtissière.

— Vraiment ?

— Oui, enfin, pas vraiment. J'aidais mon père à la boutique. Maman est morte très tôt et je l'ai remplacée plus tard, quand j'en ai eu l'âge. C'est lui qui nous a élevés, mon frère et moi ; et, contrairement au maître, même dans ces plus mauvais jours, il était joyeux, même après avoir envoyé mon frère en pension. En fait, maintenant que j'y pense, c'est peut-être pour cela que nous vivions difficilement.

— À cause de ton frère ?

— Oui, la pension coûtait énormément ! Pourtant, mon père ne m'a pas empêchée de vivre comme je l'entendais et a même voulu me marier ! Mais je voyais sa santé décliner de jour en jour ; il vieillit, malheureusement. C'est pourquoi je suis ici, pour l'aider dans ses finances. Je lui envoie chaque mois une lettre avec de l'argent, pour qu'il puisse se soigner et, quand cela sera suffisant, je rentrerai et je reprendrai avec lui la boutique.

— Ce doit être difficile, mais pourquoi n'y es-tu pas restée ? Il en aurait été de même, non ?

— Non, nous ne gagnions pas suffisamment, et moi seule, gérante, c'est impossible, tu comprends ? Et puis cette place-ci me rapporte beaucoup plus et je compte bien en profiter avant de rejoindre mon père.

— Et sais-tu s'il va mieux ?

— Je ne sais pas. Je ne reçois pas de réponses.

— Ah bon ?

— Oui, je n'ai rien reçu depuis que je suis ici et le revoir m'est impossible. Il habite trop loin et je n'ai pas les moyens de me rendre à Kirkbymoorside.

— N'as-tu vraiment reçu aucune nouvelle ?

— Non.

— C'est étrange... Maintenant que tu le dis, je n'ai rien reçu de Duncan non plus.

— Ton frère ?

Katarina acquiesça. Margaret ne dit rien.

— Je vais réessayer, poursuivit la rousse. Quant à ta situation, j'espère sincèrement qu'elle va s'améliorer. Si j'avais été chez moi, je t'aurais aidée volontiers, mais là... il est encore trop tôt, je crois.

— Ton bleu n'est pas encore parti, non, confirma Margaret. Je vois encore son contour, et puis moralement...

— Je n'arrive pas à m'y résoudre, expliqua Katarina. J'espère que je ne dérange pas M. Hodgkin.

Margaret se tut et observa l'étage, silencieuse, rêveuse. Katarina et elle se mirent alors à rire, sans aucune raison, et reprirent leur tâche.

— Et ton frère à toi, reprit la bourgeoise en nettoyant les rampes. Comment va-t-il ?

— Je ne sais pas.

— Comment cela, tu ne sais pas ?

— Eh bien... depuis qu'il est parti, je ne l'ai pas revu.

— Ah bon ? Ne m'as-tu pas dit qu'il était en pension ? Que fait-il maintenant ? Tu dois le savoir, non ?

— Il fait sa vie, je suppose. J'avais cinq ans quand il est parti et je ne me souviens plus trop de cette époque. Maman est morte cette année-là et il est parti peu après. Je me souviens de quelques bribes, mais ce n'est pas grand-chose, d'autant plus qu'il aurait maintenant... trente-deux ans, réfléchit-elle.

— Vraiment ? Combien d'années de différence avez-vous ?

— Neuf ans.

— Oh, je vois !

— C'est pour cela, il doit avoir changé. Je ne sais même pas si je le reconnaîtrais. De toute manière, je me dis que s'il veut nous revoir, il sait où nous habitons, mon père et moi. Nous, nous avons perdu contact.

Katarina marqua un temps d'arrêt ; l'escalier était fini, il fallait maintenant le recouvrir de son tapis.

— On va chercher le tapis ? demanda Margaret, avant d'éternuer une nouvelle fois.

— Allons d'abord ranger les seaux et les brosses avant que quelqu'un ne tombe dessus.

Elles gagnèrent alors la laverie et rangèrent les outils dans un coin à côté des paniers de linge sale que Gerard était en train de porter à nettoyer.

— B'jour ! les salua-t-il.

— Bonjour.

Puis sans un mot de plus, elles sortirent de la maison et se rendirent derrière le manoir où le tapis était étendu. En le tapant pour enlever la poussière, Katarina remarqua les yeux embués de Margaret, sûrement à cause des particules qui volaient dans tous les sens et de son rhume étouffant, et s'inquiéta pour elle.

— Est-ce que ça va ? lui demanda-t-elle, un linge sur la bouche.

— Oui, ne t'en fais pas.

Elles passèrent ainsi de longues minutes dans les jardins. Heureusement qu'elles avaient mis le tapis au plus loin de la cour du manoir ! Sinon, la pauvre Meredith aurait eu à refaire toutes les vitres qu'elle avait nettoyées même pas deux jours auparavant !

— Nous devrions attendre un peu avant de rapporter le tapis, dit Margaret en s'asseyant un instant dans l'herbe. Le maître ne va pas tarder à être servi.

— Je suis d'accord, confirma Katarina. S'il nous voit passer avec le tapis, il risque de nous reprocher notre lenteur. Faisons une petite pause.

Le silence s'installa alors durant lequel elles purent entendre le maître dans la maison les blâmer à propos du tapis non remis encore et, d'un regard complice, elles s'entendirent :

— Qu'avions-nous dit ?

— Finalement, il n'a pas besoin que nous soyons là pour s'énerver.

Margaret répondit à son sourire.

— Il est vrai que cela change, ici, poursuivit Katarina. Même pour moi. Je sais que vous vous demandez encore ce que je fais là alors que j'ai tout ce qu'il me faut chez moi, mais j'avoue que je préfère cette vie.

— Pourquoi ? Tout le monde rêverait d'avoir ta condition.

— Peut-être, mais je t'assure que cela n'en vaut pas la peine. Tous se comportent avec de fausses attitudes. Aucune amitié sincère, aucun amour, aucune relation n'est possible dans ce milieu si tu n'as pas d'argent. Si tu te fais une bonne amitié, elle tombe aussitôt en lambeaux si l'un ou l'autre n'a plus d'argent pour la poursuivre. Tu t'y ennuies aussi beaucoup. Oisive, tu ne fais rien d'autre que servir un rôle et construire une image, un masque qui ne te correspond en rien. Tu enchaînes soirée sur soirée, prête à être vendue au premier venu. Non, vraiment, mis à part pour l'argent, je ne le nierai pas, cela ne vaut pas le coup. Je préfère largement être ici avec vous, même si je l'avoue, mon frère et Roger me manquent ; M. Gordon aussi.

— C'est très gentil de dire ça, mais, personnellement, même si les gens sont comme tu le décris, j'aimerais tout de même mieux avoir cette fortune et cette vie que celle que j'ai ici. Il y a tellement plus de facilités ! Nous n'en serions pas tous là à travailler pour lui.

— Je le comprends bien, vous devez tous avoir de bonnes raisons d'avoir quitté votre famille et j'avoue me sentir honteuse quand je pense à ce pour quoi je suis là. Émile, Octave et les autres doivent m'en vouloir.

— Pas Émile et Octave, j'en suis certaine, mais je ne saurais dire ce qu'il en est pour Rosie, Gerard et Meredith. Et puis, nous savons tous ce qui t'a amenée ici, dit-elle en désignant la joue encore meurtrie de son amie. Je ne te jugerai pas… je ne te jugerai plus, car, après tout, tu n'es pas la seule riche sous ce toit.

— Parles-tu de M. Hodgkin ?

— Non, pas de lui, mais d'Octave.

— Octave ?

— Il vient d'une famille assez aisée, mais il les a quittés, car ils se moquaient tous de lui à cause de sa calvitie. Je trouve cela méchant, pour ma part. Enfin, toujours est-il qu'il est riche, assez pour vivre convenablement, et qu'il est là avec nous.

— Mais alors, pourquoi ne profite-t-il pas de sa fortune ? Il ne me l'avait pas dit. C'est un homme, ce doit être beaucoup plus facile pour lui de s'en sortir que pour une femme.

— Il m'a avoué qu'il ne voulait pas en profiter seul et qu'il en voulait suffisamment pour pouvoir fonder une famille. C'est pour cela qu'il est ici.

Katarina se tut, abasourdie.

— Jamais je n'aurais pensé cela. Ses parents ne lui disent-ils rien ?

— Je ne sais pas, il reste très discret à ce sujet. D'ailleurs, ne lui en parle que s'il t'en parle. Je ne voudrais pas qu'il m'en veuille.

— Je ne dirai rien.

Un silence de nouveau s'installa ; les nuages passaient longuement au-dessus d'elles et la brise était légère.

— Et pour Émile ? s'essaya Katarina. Comment en est-il venu à travailler pour le maître ? A-t-il réellement un parent à rembourser ?

— Émile ? répéta Margaret. Oui, bien sûr ! Et je le comprends, ma foi. Une fois, il m'a raconté qu'il avait perdu toute sa famille à cause de la fièvre typhoïde, et qu'il avait dû se débrouiller pour survivre. Tu imagines ? Ils étaient neuf et il n'y a que lui qui a survécu. Le pauvre ! Ça a dû être très difficile comme épreuve, terriblement difficile, je n'ose l'imaginer. Il m'a ensuite confié qu'il a fui Montmartre, en France, où il était persécuté, pour venir en Angleterre retrouver certains membres de sa famille éloignée qui auraient pu l'aider. Ensuite, il est venu ici pour les aider financièrement et commencer à être indépendant.

La jeune femme marqua un temps d'arrêt puis, pensivement, presque en un murmure, laissa glisser :

— Il est d'une grande bonté, Émile, vraiment, même si j'avoue qu'il est un peu fou parfois, finit-elle en souriant.

Katarina sourit tristement. Elle était désolée pour lui : perdre de cette manière ses proches avait dû être une épreuve traumatisante. Décidément, ses raisons d'être là devaient leur paraître désuètes, voire insultantes et elle se sentait mal à l'aise vis-à-vis d'eux, hésitant à demander à Margaret comment les autres étaient arrivés au manoir. Ce fut la blonde elle-même qui, malgré son rhume gênant, se mit à lui raconter ce qu'elle savait.

— Pour Rosie, je ne peux rien te dire. Je n'ai jamais entendu quoi que ce soit sur son arrivée, encore aujourd'hui. Il semble qu'elle soit arrivée en même temps que le maître. Pour Meredith, c'est ce que j'ai cru comprendre que je vais te raconter : il paraît que c'était une fille de joie qui a failli mourir dans une ruelle et que Monsieur a trouvé à temps.

— Ah bon ? s'exclama Katarina, choquée.

— Il paraît qu'elle a fait ça pour essayer. Bizarre, non ? Mieux aurait valu qu'elle chante, ça lui aurait mieux réussi.

— Étonnant, en effet. Pourquoi ne l'a-t-elle pas fait ?

— Je n'en ai aucune idée.

— Et pour Gerard ?

— Il se baladait par hasard dans la forêt et a frappé à la porte du manoir. C'est moi qui lui ai ouvert. Il était en guenilles et a mendié un morceau de pain. Moi, j'ai hésité à le laisser entrer, mais Monsieur s'en est chargé et, depuis, il est resté.

Katarina fronça les sourcils. Cela lui rappelait l'histoire du mendiant, du moins, ce que l'homme de ménage avait fait le lui rappelait. Elle observa alors Margaret qui se mouchait encore et, à ce moment-là, le vent se mit à tourner.

— Dis, Margaret ?

— Quoi ?

— Pour Gerard, en es-tu certaine ?

— Ah cela, oui, certaine, puisque je l'ai vu de mes yeux quand il est arrivé. Il était sale et il sentait mauvais. Il était tout maigre et avait le visage creux. Il était horrible à voir. Il n'avait pas de chaussures non plus et son maillot ainsi que son pantalon étaient usés, tu aurais vu cela ! À l'extrême ! C'était un mendiant, bien sûr, mais quand même ! En même temps, venir de Rievaulx jusqu'ici, sous la pluie et à pied, il ne pouvait pas être mieux sur lui.

— Attends, qu'as-tu dit ?... Rievaulx ?

— Oui, pourquoi ?

— Depuis quand est-il là ?

— Pourquoi me demandes-tu tout cela ? T'intéresses-tu à lui ? Parce que sinon…

— Non, ce n'est pas cela, mais il faut que je sache, Margaret : quand est-il arrivé exactement ?

— Eh bien, voyons, réfléchit-elle, surprise de l'intérêt soudain qu'y portait son amie. Cela doit faire, un mois maintenant, peut-être un peu plus.

Katarina écarquilla les yeux. Au même moment chez elle, elle lisait la disparition d'un jeune mendiant. Qu'est-ce que cela voulait dire ? Elle ne comprenait pas. La presse exagérait-elle les faits ? Si c'était lui qui avait disparu, alors pourquoi la police ne l'avait-elle pas trouvé ? Elle perdait son temps à le chercher ! Il n'avait ni disparu, ni était tué, ni kidnappé, mais il travaillait simplement dans une maison où il pouvait être logé et nourri. Vive de cette révélation, la rousse éclata de rire. Saisie, Margaret l'observa du coin de l'œil, se posant soudain des questions sur la santé mentale de son amie.

— Ça va ? lui demanda-t-elle.

— Oui, ça va.

— Pourquoi ris-tu ?

Katarina prit son inspiration, comme si elle allait révéler quelque chose d'une grande importance :

— Parce qu'il avait disparu.

Chapitre 13

En rentrant au manoir, les deux jeunes femmes étaient hilares de la journée, mais Margaret pensait encore à ce que lui avait dit Katarina un peu plus tôt. Elle avait du mal à croire que Gerard et le mendiant disparu ne fissent qu'un. Pourtant, tout comme lui, Gerard venait de Rievaulx ; tout comme lui, il était jeune et parti à la même période ; et tout comme lui, il possédait sept chats. Non, décidément, il n'y avait pas de quoi remettre en question les propos de son amie, mais alors pourquoi tant d'égards dans la presse pour un pauvre ? Avait-il fait quelque chose de mal ou trempait-il dans d'autres affaires ? Ou bien... serait-ce encore *lui,* le responsable ?

Elle observa la bourgeoise, encore bien plus terrifiée qu'auparavant. Katarina, elle, ne remarqua pas son regard insistant, bien trop réjouie par ce qu'elle venait d'apprendre et finit de nettoyer l'escalier en replaçant enfin le tapis avec Margaret, le sourire aux lèvres et l'esprit en paix, écoutant joyeusement, la douce voix de Meredith. La maladroite en était ravie. Il y avait longtemps que l'ambiance n'avait pas été aussi détendue au manoir et l'invitée du maître avait vraiment le don de propager sa bonne humeur, quelle que fût la situation ; si bien que, mettant ses craintes de côté, elle-même finit par chantonner… avant d'éternuer encore.

L'heure était déjà bien avancée, mais ce n'était pas encore le moment pour les deux jeunes femmes de se reposer : il fallait installer la table du maître pour le dîner. Alors, elles se remirent à la tâche et gagnèrent les cuisines où Émile s'affairait aux fourneaux.

— Octave, lâche ça, veux-tu ? protesta-t-il en lui donnant un lourd coup de cuillère sur la main qui picorait dans les plats. Ce n'est pas pour toi, mais pour Monsieur.

Mais Octave attendit qu'il ait le dos tourné et plongea une nouvelle fois sa main dans le plat brûlant.

— Ah, c'est bouillant ! s'exclama-t-il.

— Bien fait ! Ça t'apprendra à être trop gourmand. Que fais-tu là en plus ? Ne devrais-tu pas être aux jardins en train de tailler les haies ?

— Mais il pleut.

— N'importe quoi. Tu dis cela pour ne pas travailler.

— Mais non, regarde.

Émile jeta un coup d'œil à la fenêtre, ce qui permit au jardinier de piocher à nouveau dans la cuisine.

— Tu as raison, dit Émile sous le regard étonné de son camarade. Il pleut.

— Alors, tu vois !

À ce moment-là, Katarina et Margaret entrèrent dans la pièce où les lampes furent allumées, tant il fit sombre d'un seul coup, plongeant la cuisine dans une ambiance tamisée, comme dans le vieux bar où, autrefois, la rousse se rendait.

— Un gros orage se prépare, commenta-t-elle.

— Vous avez sans doute raison, miss, répondit Émile, qui avait pris pour habitude de l'appeler ainsi. Je trouve qu'il fait fort sombre là-bas. Ça ne devrait pas tarder à arriver.

— Peut-être sera-t-il horrible ?

— Dit comme cela, on dirait que c'est ce que vous espérez, rétorqua-t-il en enlevant un plat du fourneau.

— Oh ! Pas vraiment. En fait, un peu, avoua-t-elle. Mais dites-moi, cela sent bon par ici. Que préparez-vous ?

— Un gâteau à la framboise.

— Ah oui ?

— Ne me demandez pas pourquoi, le maître en raffole. Moi, je trouve cela dégoûtant.

— Moi, j'aime beaucoup, dit simplement Octave.

— Évidemment que tu adores, intervint Margaret. Tu en as plein la bouche.

Et ils se mirent à rire en voyant le pauvre qui s'essuyait rapidement les lèvres sur son tablier.

Il était vraiment plaisant de travailler dans cette ambiance. Pour rien au monde, Katarina ne regrettait sa décision. Elle aimait beaucoup rester avec ces trois-là et elle ne manquait pas une occasion d'être avec eux ; sans doute était-ce aussi pour cette raison qu'elle ne restait pas oisive et qu'elle les aidait tant. Sa présence était tout aussi appréciée par ses camarades et eux aussi aimaient travailler avec elle. Depuis qu'elle était là, la tension et la peur qui régnaient au manoir semblaient avoir disparu. Ils se sentaient bien mieux ainsi et s'ennuyaient bien moins. Ils ne pensaient pas que les bourgeois pouvaient être si proches d'eux, d'autant moins quelqu'un comme Katarina qui avait des goûts et des allures étranges et qui était bien plus riche qu'Octave, socialement et moralement. Peu leur importait maintenant d'où elle venait, l'essentiel était de toujours s'entendre pour pouvoir cohabiter et continuer ensemble.

Ce fut dans cette ambiance que Katarina et Margaret regagnèrent les salons où elles préparèrent la table du maître. Mais dès lors qu'elles pénétrèrent dans la nouvelle pièce, leur sourire tomba aussitôt en lambeaux : Rosie était là, époussetant la cheminée, à les observer méchamment du coin de l'œil. Elles ne l'avaient pas vue sortir au matin pour aller faire les commissions et elles ne s'étaient pas plus aperçues de son retour.

Toujours affublée de la même manière, cette dernière ne cessa de les fixer durant toute l'installation du dîner ; puis lorsque les deux femmes commencèrent à apporter les plats, elle ne se trouva plus dans la pièce.

— Enfin ! s'exclamèrent-elles. Il n'était pas trop tôt.

— Elle me fait toujours une drôle d'impression, avoua Katarina. Qu'a-t-elle à nous observer comme cela ?

— Je n'en sais rien, répondit Margaret. Cela a toujours été ainsi et c'est vraiment pénible.

— Nous en veut-elle pour quelque chose ?

— Peut-être, je ne sais pas. Elle a toujours été comme cela depuis que je suis là ; et le pire, c'est quand on s'approche d'un peu trop près du maître.

— Pourquoi ?

— Je n'en sais trop rien. Une fois, alors que j'étais chargée de lui apporter son thé, j'ai malencontreusement renversé la théière et j'ai cassé la porcelaine. Rosie était là. Elle m'a dit que j'aurais pu le brûler ; ce qui est idiot puisque je me tenais à l'écart. Elle a ensuite rajouté que je ne devais pas le toucher.

— Pour quelles raisons ?

— Aucune idée. Peut-être en est-elle éprise pour en être jalouse à ce point ?

— Et Monsieur ?

— Lui ? Non ! s'exclama Margaret. Enfin, je ne sais pas. Il est vrai qu'elle est souvent avec lui, mais je ne pense pas. Il est très solitaire.

— À cause de sa femme ?

— Quelle femme ?

— Il m'a dit avoir été marié.

— Ah bon ? C'est possible, mais il n'en a jamais parlé.

— En voilà une histoire.

— N'est-ce pas bientôt fini, vos commérages ? intervint une nouvelle voix.

Elles se retournèrent brusquement.

— Monsieur ? s'exclamèrent-elles.

— Oui, c'est Monsieur, dit-il nonchalamment en les imitant niaisement. Que faites-vous ici ?

— Nous préparons votre table pour dîner.

— Ah oui ? Mlle Rose ne vous a donc rien dit ? Eh bien, ce n'est plus la peine de vous embêter. Je ne mangerai pas ici ce soir.

— Mais que faisons-nous des plats dans ce cas ? lui demanda Katarina, incrédule, tandis que Margaret, elle, se terrait dans son coin.

— Vous pouvez les prendre à ma place.

Puis il claqua la porte du salon.

— Qu'est-ce qu'il lui prend ?

Margaret haussa les épaules.

— Je vais aller voir.

— Attends ! la retint la blonde. Laisse-le s'il s'en va. Qu'auras-tu de plus à le suivre ?

— Je veux savoir si je dois l'accompagner, dit-elle comme si c'était une évidence. Et pour lui demander pourquoi il est si énervé. N'est-ce pas là mon rôle ?

— N'est-ce pas là aussi le rôle du majordome que de l'habiller, le laver et le coucher ? Katarina, tu ne fais pas tout cela. Tu n'es pas plus ici intendante que servante.

— Je ne suis pas servante puisque je ne suis pas obligée d'exercer les tâches et puis... rien ne m'empêche de lui poser la question, lui répondit-elle en la laissant sur place.

— Tu es trop curieuse, Katarina.

Mais la rousse ne lui donna pour unique réponse qu'un signe de la main et ferma la porte derrière elle. Margaret poussa un long soupir ; la raisonner serait chose difficile.

Pendant ce temps, la bourgeoise rejoignait déjà le maître dans le hall où, Gerard, Rosie, Meredith, et Émile s'adonnaient à quelques rangements prétextés.

— Monsieur ? l'interpella-t-elle.

— Oui ? répondit-il, désinvolte, enfilant sa veste et son haut-de-forme.

— Ne dois-je pas vous accompagner ?

— Non, ce n'est pas nécessaire. J'irai seul.

Puis il ajouta avant qu'elle ne répliquât :

— Je vous laisse vous occuper du manoir pendant mon absence, mademoiselle Kingsley. Je serai de retour très vite.

— Bien, vous pouvez compter sur moi, lui répondit-elle, non sans être déçue.

Depuis qu'elle était ici, elle n'avait pas eu l'occasion de sortir et elle aurait bien aimé le pouvoir ; cela lui aurait permis de savoir comment évoluait la situation chez elle et ainsi tâter le terrain. Mais lorsqu'il toucha son chapeau en signe de salutations et partit, elle sut que ce ne serait pas encore pour ce jour-là. Donc, elle le regarda partir, vêtu de la même façon que lorsqu'elle l'avait connu : son costume noir, son haut-de-forme et sa canne à la main.

La porte close, les serviteurs ne bougèrent plus, retenant presque leur respiration. Tout était soudain si calme qu'on entendit même le maître ouvrir et fermer l'immense grille de l'entrée. Et alors que Katarina remarquait qu'il sortait à pied dans la nuit noire, les autres, eux, ne s'en préoccupèrent plus dès lors qu'ils se furent assurés qu'il était bel et bien parti.

— C'est bon ! s'écria Gerard en s'écartant de la fenêtre. Il est parti !

À ce moment-là, un cri de joie se fit entendre et Katarina en resta coite.

— Enfin ! s'exclama Meredith, ravie. C'était à se demander s'il ressortirait un jour ! Nous allons pouvoir nous amuser maintenant. Gerard, installe le piano ; Octave, va chercher la table ; Margaret, apporte le repas et Émile..., s'interrompit-elle en lui jetant un bref regard. Bah, tu ne sers à rien, alors...

— Quoi ? Pour qui tu te prends ?

— Pour la femme que je suis.

Émile étouffa un rire.

— Qu'est-ce qu'il y a, face de pingouin, tu ne veux pas t'amuser ?

— Bien sûr que si, vieille charrue. Mais tu n'avais pas à dire ça. C'est quand même moi qui ai cuisiné.

— Et moi qui ai eu l'idée.

— Tu me cherches ? enragea-t-il.

— Qui le voudrait ? Babouin belliqueux.

Et alors qu'ils s'élancèrent dans des insultes animales, Rosie intervint :

— Je ne crois pas qu'il soit nécessaire de faire tout ce raffut. Il est hors de question d'organiser quoi que ce soit en l'absence de Monsieur.

Émile et Meredith stoppèrent net leur élan.

— Ah oui ? la menaça la jeune femme. Et que vas-tu faire pour nous en empêcher ? Le dire au maître ? Qu'est-ce qu'il en a à faire, tu peux me le dire ?

— Tu devrais lui être reconnaissante et respectueuse.

— De quoi tu te mêles ? Cela me regarde.

Voyant les choses s'envenimer, Katarina sortit de son trouble.

— Arrêtez, s'il vous plaît. Cela ne sert à rien de s'énerver.

Il n'y eut aucune réponse, mais le regard orageux de Meredith et de Rosie en dit long. Katarina se souvint alors de ce que lui avait dit Margaret à propos de la jalousie de la plus âgée des deux et décida d'en jouer.

— Je pense qu'il serait bon de nous détendre tous, vous y comprise, Rosie. Personne ne vous dérobera les bonnes grâces du maître et nous lui dirons ô combien vous avez défendu ses intérêts et que vous étiez contre.

— Je n'en ai pas envie et vous n'avez pas d'ordres à me donner, sale bourge ! Seul Monsieur le peut.

— Monsieur, Monsieur, Monsieur ! N'avez-vous que ce mot à la bouche ? Monsieur n'en saura rien si vous ne le lui dites pas.

— Et puis, il ne nous en tiendra pas rigueur si nous nettoyons tout avant son retour, ajouta Émile. Nous ne sommes que sept ! Pas de quoi en faire un drame.

— C'est sûr ! poursuivit Meredith. Ce n'est pas une soirée mondaine, ici.

Katarina ne releva pas.

— Voyez-vous ? Tout le monde est d'accord, préféra-t-elle dire. Cela nous détendrait tous. Pourquoi ne pas vous joindre à nous, Rosie, au lieu de nous faire subir cette méchante humeur ?

— De quoi je me mêle ? Vous venez d'arriver et vous prenez vos aises ! Un peu trop, d'ailleurs. Cette maison n'est pas la vôtre et vous devez respecter son maître.

— Et je le respecte ! M. Hodgkin m'a demandé de veiller sur elle, ce à quoi je me tiendrai. Il n'en verra et n'en saura rien. Que voulez-vous que nous fassions de plus qu'une réunion entre amis ? Regardez autour de vous. Je ne suis là que depuis quelque temps, mais tout ce que je vois, ce sont des personnes à bout de nerfs. Vous êtes tous tendus pour je ne sais quelle raison ! Organiser ce repas, qu'il nous a autorisés à manger qui plus est, ne gênera personne.

Tous se jetèrent un œil inquiet tandis que Rosie les détaillait.

— Qu'importe, finit-elle par dire, le maître sera mis au courant.

La rousse commença à s'exaspérer et ses camarades à côté, à s'énerver.

— Peut-être pourrions-nous l'enfermer ? proposa Meredith.

— Moi, ça me va, acquiesça Émile.

— Nous ne pouvons pas faire cela, objecta Katarina qui n'était pourtant pas opposée à l'idée. Cela ne l'empêchera pas de parler.

— Qu'elle parle ! Du moment qu'on s'amuse. De toute façon, même si le maître l'apprend, je veux bien mettre ma main à couper qu'il ne dira rien.

Katarina réfléchit. La perspective de ne pas voir Rosie de toute la soirée l'enchantait au plus haut point ; depuis son arrivée, cette dernière n'avait pas cessé de l'intimider, de la pousser à mal agir dans le but de se faire valoir auprès du maître. Elle ne la supportait plus. Son hypocrisie et sa fourberie lui causaient beaucoup d'embarras sans lesquels elle se porterait assurément mieux. Elle avait tenté à plusieurs reprises de se faire accepter, mais la rondelette ne voulait pas de son amitié et elle l'exécrait tellement que cela avait fini par devenir réciproque. Pourtant, l'enfermer serait une bassesse cruelle et sa conscience le lui interdisait.

— Nous ne pouvons pas faire cela, finit-elle par répondre, déçue d'elle-même. Ce serait cruel, même pour Rosie.

— Vous avez pitié de moi ? Sachez que même si vous le vouliez, je ne me serais pas laissé faire ! Pour qui vous prenez-vous à la fin ? Vous n'êtes qu'une bourgeoise pourrie gâtée, cracha-t-elle aux pieds de la rousse avant de se détourner.

— Vous ne réagissez pas ? s'étonna Gerard.

— Non, pour quoi faire ? C'est exactement ce qu'elle souhaite.

À son tour, elle se détourna et aida Gerard à installer le piano.

Le hall se transforma bien vite en une salle de réception. La table de cuisine fut installée au centre de la pièce, habillée de magnifiques couverts en porcelaine et en argent qui brillaient sous les lumières du lustre et des chandeliers. L'ambiance y était chaleureuse et la clandestinité de leur réunion ajoutait plus de charme au lieu. Meredith et Gerard astiquèrent le piano poussiéreux disposé près de l'aile ouest tandis que Margaret apportait les plats qu'Émile avait préparés. Ce dernier se chargea avec Octave d'apporter les chaises, et même une septième pour Rosie, si elle venait à changer d'avis. Mais elle les ignora complètement et se réfugia dans un salon de l'aile est où elle avait décidé de prendre soin des tableaux que peignait son maître.

Il était dix heures passées lorsqu'ils entreprirent enfin de dîner et la soirée débuta de manière exquise. Tous étaient attablés autour du repas à discuter de choses et d'autres, sans plus se soucier des menaces de Rosie. La rousse était assise près de l'homme de ménage amputé, lui-même à côté de Meredith qui picorait dans l'assiette d'Émile à sa droite qui, jamais loin de Margaret, la regardait parler avec Octave. C'était un joyeux petit monde qui s'adonnait à des plaisirs simples et sans retenue, et où les bavardages s'emportaient parfois bien loin.

— Alors, Émile ? Tu n'as toujours pas fini de ramper derrière Margaret comme ça ? Tu vois bien que tu ne lui plais pas, la pauvre. Laisse-la tranquille ou force-la un peu. Sois un homme !

— Qu'est-ce que ça peut te faire, charogne ? Jalouse, peut-être ?

— Certainement pas ! dit-elle, en se resservant un verre. Un crétin comme toi ne m'intéresse pas. J'ai des ambitions plus grandes.

— Quoi, par exemple ? Un riche héritier qui tomberait dans ton décolleté par hasard ? Laisse-moi rire !

— Tu es d'un ennui, mon pauvre ! Et tu es passif. Tu m'étonnes qu'elle te jette ! Je ferais pareil.

— Et toi, tu es d'une vulgarité sans borne ! On s'ennuie tout autant.

— Moi !? Qui s'ennuie quand je suis là ? argua-t-elle d'un geste vers la tablée. Tu me peux le dire, babouin ?

— Ne finiront-ils jamais de se chamailler, ces deux-là ? constata Katarina.

— Je crains que non, répondit Gerard.

— Ils sont toujours en train de s'embêter l'un l'autre, ajouta Margaret.

— Ils s'aiment plus qu'ils ne le prétendent, marmonna Octave.

— Tu crois ? s'intéressa soudain l'homme de ménage, un sourire en coin.

— ARRÊTER AVEC VOS IDÉES DÉBILES ! s'écrièrent soudain les intéressés. JAMAIS DE LA VIE !

— QUELLE HORREUR !

— PLUTÔT CREVER DANS UN TERRIER !

Un silence naquit.

— C'est quoi, cette expression, Meredith ? demanda Émile.

— Qu'est-ce que ça peut te faire ? Elle est très bonne et très intelligente.

— Elle est surtout très bête.

— Tu veux que je t'y mette pour vérifier, blaireau ?

— Ce n'est pas bientôt fini ? intervint Rosie, un pot de vernis en main. Je vous entends des salons.

— Et alors ?

— Je vais le dire au maître si vous continuez et vous verrez ce qu'il fera.

— Tu arrêtes un peu de nous estourbir les oreilles avec ça ? la menaça Meredith. On s'amuse ici, alors fiche-nous la paix.

— Non, je vous empêcherai de démolir la maison de Monsieur.

— Et nous de gâcher notre soirée.

Des éclairs jaillirent de leurs yeux si bien que Gerard crut bon d'intervenir, mais il fut rembarré aussi sec.

— Et si on l'enfermait ? Pour de bon, cette fois ? Ligotée et bâillonnée. Elle arrêterait de brailler, au moins.

— Non ! réagit Katarina. Nous ne pouvons pas faire cela.

— Allons bon ! Avouez que vous aimeriez bien la voir coincée dans une pièce ; ne faites pas la bourge hypocrite.

Katarina enragea. Elle en avait plus qu'assez.

— Bon, soit, obtempéra-t-elle. Mais nous l'enfermerons seulement et nous la libérerons avant que le maître ne revienne.

— Oh, bien sûr, sourit sa complice.

— Nous vous y aiderons, ajoutèrent les autres.

— Êtes-vous devenus fous ? s'inquiéta Rosie quand elle les vit approcher.

— Non, mais si vous ne voulez pas participer à notre soirée, nous ne vous laisserons pas la gâcher.

Et sur ces mots, ils se mirent à la poursuite de la femme réticente. Ils coururent à travers tout le hall et la pauvre dut se défendre comme elle put. Elle se protégeait bien, lançant les pots de vernis que Katarina n'avait jamais pu trouver pour les tableaux, hurlant à tout va que Monsieur leur ferait payer cher l'affront. Mais, cela ne les arrêta pas pour autant, bien au contraire ! Et au détour d'une table, alors que la domestique réussissait vaillamment à s'échapper et à se réfugier dans un salon de l'aile est, la rousse l'y enferma à double tour ; la fugitive avait sans doute oublié qu'elle avait les clés à sa disposition, aussitôt qu'elle fut entrée, elle fut gardée prisonnière. Fiers d'eux, ses poursuivants regagnèrent le hall, l'esprit plus tranquille, ne se souciant plus de Rosie, qui criait et tapait contre la porte.

— Croyez-vous qu'elle puisse la briser ? s'inquiéta Katarina.

— Non, pas moyen. Les portes sont bien solides, lui dirent ses camarades, ravis.

Katarina n'en fut pas rassurée et un peu embêtée maintenant que le tour était joué. Pourtant, elle n'y pensa bientôt plus lorsque tous se levèrent pour écouter Meredith et Gerard chanter après dîner. Il était maintenant onze heures trente-cinq et c'était avec grand enthousiasme que la jeune fille attendit de découvrir la voix de sa camarade et de son accompagnateur. Ils n'avaient pas fait longtemps les modestes à ce propos et s'étaient rapidement portés volontaires pour mettre l'ambiance.

L'homme de ménage s'installa alors au piano et, passant une main dans ses cheveux, dit quelque chose à Meredith, qui le fit sourire d'une drôle de façon ; ce qui intrigua les autres restés assis, car ils ne virent pas la réaction de la chanteuse tournée de dos. Toujours fut-il qu'elle resta quelques instants aux côtés du pianiste et que ses camarades ne virent ni entendirent ce qu'ils faisaient et se disaient. Sans doute se préparaient-ils, car ils entendaient parfois quelques notes du clavier et les raclements de gorge de la jeune fille qui, lorsqu'elle se montra au public, dévoila un sourire tout aussi étrange que son partenaire.

— Que crois-tu qu'ils se soient dit ? demanda Margaret à Émile.

— Je ne sais pas et je ne veux pas le savoir. J'en entends assez comme ça.

— Qu'est-ce que tu entends ?

— Chut, lui souffla Octave, elle commence.

Et en effet, Meredith se mit à chanter. Dès les premières notes, le public fut enflammé. Le rythme était agile, le tempo enchanteur et la voix de la jeune femme aussi douce que vive à les transporter dans un gai refrain que les domestiques s'amusèrent à frapper en rythme, tapant des mains, battant des pieds dans un joyeux accord. C'était si plaisant qu'au fur et à mesure, ils se mirent même à danser. Pour Katarina, ce trop-plein d'enthousiasme la refroidit d'un seul coup. Elle ne savait pas valser, et encore moins sur ces chansons-là. Remarquant son trouble, Octave vint alors la voir. Lui qui était si réservé d'habitude s'était complètement dévergondé en voyant Émile et Margaret danser et Gerard et Meredith chanter. Il adorait cela. Du temps même où il vivait encore à Pickering, c'était toujours lui le premier à aller sur la piste, et ce, malgré sa timidité. Cela lui avait valu beaucoup de moqueries, mais désormais, bien loin de la méchanceté de sa famille, il dansait sans peine. Aussi, lorsqu'il vit Katarina hésiter, il s'approcha.

— Ne dansez-vous pas ?

La rousse hésita à répondre.

— Je ne sais pas danser.

— Vraiment ?

Il lui sourit.

— Qu'importe, répliqua-t-il en lui tendant la main. Venez, je vais vous montrer.

— Je vais vous écraser les pieds.

— Écrasez-les. C'est comme cela que vous apprendrez. Personne ne se moquera de vous ici. Allez, venez.

Katarina prit alors la main de son ami et se laissa galamment conduire. Elle trouva cela très difficile et différent de son apprentissage, mais pas désagréable du tout : il suffisait de se laisser aller. Elle se remémora alors ce que son frère lui avait enseigné et suivit son partenaire. Mais elle ne put s'en empêcher et Octave finit par lui faire la même remarque : ne pas regarder ses pieds. Il était vrai que, dans ce genre de réunion, la conformité n'était pas de mise : les pas ne correspondaient en rien à ce qu'elle avait connu jusqu'alors et il s'agissait plus de s'amuser que de savoir danser. Aussi, son appréhension passée, elle en arriva même à éprouver quelque plaisir. Là, elle n'avait pas à faire attention aux autres couples, juste à elle et son cavalier. Cette pensée lui rappela Duncan chez les La Courtepiert et elle en eut un pincement au cœur. Quand allait-il répondre à sa lettre ?

La voyant ailleurs, le jardinier s'inquiéta :

— Est-ce que tout va bien ?

— Oui, excusez-moi, se ressaisit-elle. En fait, c'est très simple comme danse.

— Beaucoup plus que celles des soirées mondaines, mais beaucoup plus soutenues.

— Les connaissez-vous ?

— Oui, j'y étais souvent convié.

— Faites-vous partie de la haute société ? demanda-t-elle, feignant de ne pas savoir.

— À l'origine, oui. Si vous voulez, dit-il en changeant aussitôt de conversation, je pourrai vous apprendre. Comme cela, quand vous rentrerez chez vous, vous pourrez vous amuser et surprendre sans soucis. Vous pouvez y arriver, j'en suis sûr.

— Si vous le dites, je veux bien essayer.

Il la fit alors virevolter en signe de réjouissance et ils passèrent ainsi le reste du temps.

La nuit était à son apogée à présent et la pluie tombait bruyamment sur la maison. Mais les cœurs étaient si enthousiastes que personne n'y fit attention. Tous profitaient de la soirée dans une ambiance des plus conviviale. Leur petit comité ne la rendait pas amoindrie et ils s'égosillaient au contraire plus que plusieurs familles réunies. Leur joie se propageait partout dans le manoir, et certainement au-delà, puisque les voix réussissaient même à masquer les orages qui commençaient à résonner. Meredith et Gerard ne s'essoufflaient pas et, quand l'un chantait, l'autre prenait place au piano. C'était vraiment un agréable moment comme jamais il ne leur en avait été donné de voir ailleurs. Leurs deux camarades avaient un talent indéniable ! Et ils jouèrent ainsi toute la soirée lorsque, tout à coup, minuit trente sonna et les lumières s'éteignirent.

— Qu'est-ce que c'est ? paniqua aussitôt Margaret.

— Que quelqu'un fasse quelque chose ! cria Meredith dans le noir.

— T'es marrante, siffla Émile. On ne voit rien !

— Attendez, j'ai peut-être une allumette, dit Octave.

Mais cela ne servit à rien, les bougies se rallumèrent d'elles-mêmes.

— Ça alors, murmura Katarina, observant les chandeliers un à un. Comment est-ce possible ?

— Eh bien moi, je ne préfère pas savoir, répondit Meredith. Je remballe tout.

À peine l'eut-elle dit qu'un violent orage éclata au-dessus de leurs têtes et que les flammes disparurent à nouveau. Plus un bruit ne se fit entendre dans le hall. Pas même la pluie. Ni même Rosie. Un calme trop lourd.

La respiration haletante, les domestiques ne bougèrent plus, attendant quelconque signe rassurant de lumière. C'est ce moment-là qu'un nouvel éclat tonna, illuminant le temps d'une seconde la vaste pièce. Ce fut assez pour déclencher une angoisse générale : une ombre se tenait là-haut, à l'étage. Octave essaya de craquer une allumette, mais sa nervosité l'en empêcha. Ses camarades se repoussèrent alors les uns les autres, se sentant menacés par le moindre contact, le moindre frôlement. Et lorsqu'un cri suraigu d'une femme à l'agonie envahit le hall, la peur les foudroya de toutes parts. Les tympans transpercés, tous se mirent à courir à l'aveuglette, tombant de temps à autre dans un bruit sourd alors qu'ils entendaient des pas lents et réguliers se rapprocher d'eux.

Seule Katarina ne bougeait pas, luttant de toutes ses forces pour garder son sang-froid, bien qu'elle fût affolée. Ces bruits, elle les avait déjà entendus, elle en était certaine. C'étaient les mêmes qui l'avaient poussée à la fuite dans la forêt, quelques semaines plus tôt. Et les voilà qui revenaient ? Terrorisée, c'était pourtant pour elle l'occasion de découvrir de quoi il s'agissait. Mais elle en était incapable, totalement paralysée. Son cœur battait la chamade. Ses jambes refusaient de lui obéir. Elle n'osait même plus ouvrir les yeux de peur de découvrir quelque chose devant elle, quelque chose qui, elle le sentait, passait à ses côtés sans un souffle, lentement sans un bruit, mais dont la présence glaciale, envoûtante, était évidente.

Katarina en fut glacée et elle dut concentrer toute son énergie pour ne pas fuir. Si elle avait eu le courage et la force de réagir, sans doute aurait-elle osé faire quelque chose, mais dépourvue de son audace, elle avait beau tenter, son corps refusait de lui obéir. Puis soudain, elle sentit ses membres se détendre. La chose s'éloignait. Elle l'entendit glisser sur le tapis, caressante, et doucement disparaître. Il fallait attendre encore un peu. Juste encore un peu et, bientôt, elle respirerait mieux. Il n'y avait plus rien. Elle ne sentait plus rien. Elle n'entendait plus rien, pas même les voix rassurantes de ses camarades. Alors, elle rouvrit les yeux. Les chandeliers étaient de nouveau en fonctionnement. Le calme était revenu et les serviteurs, qui avaient chuté de-ci de-là, commençaient à se plaindre. Cela n'avait duré qu'une minute. Une minute.

— Qu'est-ce que c'était ? demanda Meredith, tremblante, en désignant un point fixe, vide.

— Quoi ? demanda Gerard en suivant son regard. Il n'y a rien.

— Tu ne l'as pas vu ?

— Est-ce que ça va ? s'inquiéta Émile auprès de Margaret, accrochée désespérément à sa chemise.

Elle acquiesça, chancelante.

— Et toi, Octave ?

— Moi, ça va.

— En tout cas, je ne reste pas ici, dit Meredith sur un ton qui se voulait assuré. Je vais dans ma chambre.

— Je te suis, continua Gerard.

— On ferait mieux d'y aller aussi, proposa Émile.

Ils quittèrent alors précipitamment le hall, laissant Katarina sur place, sans se préoccuper davantage de son état. La pauvre tremblait des pieds à la tête, les poings rageusement serrés, debout, incapable de bouger, ne serait-ce qu'un orteil. Elle était complètement paralysée, choquée encore par ce qui venait de se produire. Cela faisait si longtemps que l'incident s'était passé qu'elle l'avait presque oublié ! Grossière erreur de sa part ; elle s'en voulait. Mais seule à présent dans la pièce mal éclairée, elle se mit à réagir, un sourire très étrange sur le visage, un sourire impossible à déchiffrer tant il était déformé, comme pris entre la nervosité et la peur, ou peut-être le plaisir malsain qu'elle prenait après coup. Alors, pour se calmer de cette nouvelle apparition qu'elle croyait avoir laissée en même temps que le mariage derrière elle, Katarina se mit à nettoyer la pièce qui témoignait encore de la soirée.

L'orage perdurait, mais il se faisait plus lointain et son rythme régulier permit à la jeune femme de penser à autre chose, bien que cela lui fût difficile tant l'apparition lui occupait l'esprit. Elle n'arrivait pas à l'expliquer. Était-ce un reflet ? L'ombre projetée par les plantes ? Une illusion créée par ses sens ? Elle ne savait que dire. Elle lui semblait pourtant bien humaine, mais à la fois inidentifiable ; et si la chose avait lieu d'être, ce ne pouvait être personne du manoir. Et M. Hodgkin qui ne rentrait pas ! Elle s'inquiétait. Peut-être cette chose s'en était-elle prise à lui ? Il était bientôt une heure du matin et il n'était toujours pas là. Et puis que faisait-il seul à cette heure-là dehors ?

Vivement préoccupée par son sort, Katarina poursuivit son rangement en l'attendant, mais l'horloge sonna bientôt une heure et son bienfaiteur n'était toujours pas rentré et le portemanteau demeurait toujours aussi vide. Elle patienta encore, trop inquiète de son absence pour pouvoir aller se coucher, et par prudence, de peur de les voir encore s'éteindre et s'allumer à leur bon vouloir, elle ne garda que le minimum de chandeliers pour le retour du grand brun.

Un long moment passa ensuite. Au pied des escaliers, un châle étroitement resserré autour d'elle, Katarina attendait. Son angoisse était toujours logée en elle et il lui faudrait certainement attendre la lumière du jour pour pouvoir oublier cette fin de soirée et la trouver ridicule ou amusante. Pour le moment, elle restait attentive au moindre bruit, écoutant inlassablement le mécanisme de l'horloge poursuivre son chemin sans sourciller. Mais rien ne se passait, et même ses pensées s'étaient arrêtées. Lasse et fatiguée, elle se décida alors à aller se coucher ou jamais elle n'arriverait à se lever pour le service du maître. Mais au moment de monter, la porte s'ouvrit enfin. Enfin le voilà qui arrivait !

— Monsieur ! s'écria-t-elle. Vous voilà enfin de retour ! J'ai eu si peur qu'il vous soit arrivé quelque chose. Il y a eu tout à l'heure...

Mais elle stoppa net son élan lorsqu'il baissa les yeux sur elle : il la foudroyait du regard.

— Que faites-vous encore debout à cette heure ? cingla-t-il.

— Je vous attendais.

— Je ne vous l'ai pas demandé.

— Mais avec ce qu'il s'est passé, j'ai cru que...

— Je n'en ai rien à faire.

— Mais je pensais...

— Alors, arrêtez de penser ! cria-t-il.

Katarina se tut aussitôt.

— Je vous interdis de recommencer, menaça-t-il. Vous entendez ? Je ne veux pas que vous m'attendiez quand je sors et je veux encore moins vous voir quand je rentre.

Katarina leva aussitôt les yeux vers lui avant de les rabaisser presque aussi vite. Était-il sérieux ? Elle se cacha sous sa frange. C'était le coup de trop. Après ce qu'il s'était passé cette soirée, elle eut du mal à se contenir plus longtemps et les larmes lui montèrent vite aux yeux. Consciente de sa faiblesse, elle préféra le quitter sur ces mots malheureux plutôt que de lui montrer sa vulnérabilité.

— Bon débarras, termina-t-il en la voyant s'éloigner.

Chapitre 14

Au réveil, Katarina resta longuement emmitouflée dans ses couvertures à ressasser, encore et encore, les événements troublants de la veille. Déstabilisée par ce trop-plein d'émotions, elle n'avait guère pu trouver le sommeil qu'une petite heure tout au plus et restait là, à présent, fatiguée de penser encore à ces idées ; il fallait dire qu'elle venait de subir de nouvelles apparitions, apparitions auxquelles elle peinait à trouver une explication, et M. Hodgkin l'avait si sévèrement réprimandée ensuite qu'elle n'avait trouvé le courage ni de lui en parler ni de se justifier. Il était certes autoritaire, mais jamais il n'avait été cruel. Elle ne comprenait pas sa réaction. Qu'avait-elle fait de mal au juste ? Et comment lui dire ce qu'il s'était produit alors que tout était terminé et que la peur était passée ? Le second choc eût été moins douloureux si le premier ne l'avait pas déjà si perturbée. Les cris spectraux d'une femme à l'agonie lui revenaient sans cesse en mémoire, aussi vifs que la veille, aussi vifs que dans son souvenir : ils étaient en tous points identiques à ceux qu'elle avait entendus en forêt plusieurs semaines auparavant. C'était troublant et incompréhensible.

Pourquoi les entendait-elle ainsi et que signifiaient-ils pour être ainsi reproduits ? Elle ne trouvait aucune explication ; encore moins pour la silhouette et la présence qu'elle avait ressentie. Pourtant, maintenant qu'elle y pensait, elle se trouvait stupide de s'en être paralysée et se forçait même à y trouver même quelques attraits : après tout, n'était-ce pas ce qu'elle adorait lire ?

D'un regard vide et humide, Katarina se tourna vers sa fenêtre où les rayons du soleil éblouissaient peu à peu sa chambre. Sa peur des ombres se dissipait, mais elle appréhendait : qu'en serait-il sitôt la lune levée ?

Troublée par tant de sentiments contradictoires, la rousse se réfugia dans ses draps. Il était six heures et demie et l'heure approchait où elle devrait se présenter à M. Hodgkin. Aussi, bien que blessée dans son orgueil par sa réprimande, elle s'efforça de ne pas lui en tenir rigueur et jeta à l'autre bout du lit les couvertures qui l'enveloppaient encore. Là, elle enfila rapidement sa tenue de service, mais, par provocation ou non, omit volontairement le ruban noir qui la démarquait des autres, l'abandonnant entre la bougie et la brosse sur la table de chevet. Quand elle arriva aux cuisines, elle rencontra Émile et Margaret qui, étrangement, étaient déjà levés. Ils étaient assis à table, les yeux dans le vague, aussi pâles que leur chemise était blanche, comme si toute énergie leur avait été retirée. Katarina en demeura stupéfaite et légèrement inquiète. Elle s'efforça de les saluer gaiement.

— Bonjour ! Est-ce que ça va ?

Mais ils ne lui répondirent pas de la manière escomptée, se contentant d'acquiescer furtivement.

La jeune femme les observa à nouveau. La couleur était réapparue sur leurs visages, mais, avant qu'elle ne pût leur en demander la raison, l'horloge la rappela à l'ordre : il était sept heures.

— Oh, ce n'est pas vrai ! Il faut que je me dépêche ou il va être encore furieux. Déjeunons-nous ensemble ?

Aucune réponse. Elle ne pouvait se permettre d'en attendre une de toute manière ; elle était suffisamment en retard. Aussi, elle prépara en vitesse le repas du brun et se rendit tout aussi rapidement à l'étage où le bureau était ouvert. Incertaine, Katarina passa la tête par l'encadrement de la porte : le maître travaillait déjà. Elle toqua alors, hésitante, et entra sans plus tarder.

Feuilles et crayons en main, M. Hodgkin s'acharnait déjà à la tâche alors que sept heures quinze étaient à peine passées. Vêtu d'une simple chemise blanche dont il avait retroussé les manches jusqu'aux coudes, il avait l'allure d'un grand travailleur, consciencieux et obstiné, sa frange droite s'inclinait légèrement en même temps que sa tête sur le papier, comme si elle lui permettait enfin d'entrevoir les lignes de mots à suivre. Il n'adressa pas le moindre regard à la bourgeoise, ne relevant les yeux que pour tailler son crayon ; et ce fut seulement à ce moment-là qu'il sembla la remarquer.

— Ah, vous voilà, dit-il simplement. Posez le plateau sur la table là-bas, s'il vous plaît.

La rousse s'exécuta et posa le petit déjeuner dans le fond de la pièce sur une petite table entre le bureau et la fenêtre. Mais en passant devant lui, elle attira le regard du brun qui, aussitôt, nota une étrangeté dans la physionomie de la jeune femme, sans parvenir à déceler de quoi il pouvait s'agir ; jusqu'à ce qu'elle fît volte-face.

— Mademoiselle Kingsley ? appela-t-il alors dans un soupir.

— Oui ?

— Vous avez oublié de mettre votre ruban.

Katarina porta sa main à son cou. Elle feignit de se souvenir.

— C'est vrai, je l'ai oublié. Désolée.

— Qu'y a-t-il ? l'interrogea-t-il après qu'elle l'eut servi. Quelque chose ne va pas ?

— Rien, Monsieur. J'espère que cela ne vous dérange pas.

— Pourquoi adoptez-vous ce ton ?

— Quel ton ?

— Celui-ci, lui dit-il.

— Pourquoi vous énervez-vous ?

— Ne jouez pas à cela avec moi !

— Pardon ?

— Je vous l'ai offert, c'est pour qu'il serve !

— Je ne l'ai oublié qu'une fois ! se défendit-elle.

— Allez me le chercher, alors.

— Non.

— Non ? Vous voyez ?

— Et si je n'ai pas envie de le mettre ?

— Vous vous fichez de moi ? Vous le portez toujours !

— Et alors ? Même si je le portais, qu'est-ce que cela changerait ?

Le brun la foudroya du regard. Katarina adopta aussitôt son humeur.

— Mis à part ce bout de ficelle, je suis comme les autres ! Il ne me démarque en rien. Il n'a aucune importance.

— Absolument pas ! Dois-je vous rappeler que c'est vous qui dirigez mes domestiques et vous qui êtes le majordome ? Vous devez le porter !

— Parlons-en, du majordome ! Je ne crois pas non plus avoir cette place. Je ne suis rien d'autre qu'une servante ! Oubliez-vous qui je suis ?

— Oubliez-vous où vous êtes ?

Katarina ouvrit la bouche, mais se ravisa et poursuivit :

— Certes non, monsieur, et je vous suis reconnaissante de m'accueillir sous votre toit, mais j'aimerais un peu plus d'égard et de respect.

— J'ai les égards qu'il convient d'avoir et les respects, vous les avez. N'est-ce pas vous qui avez voulu être rassurée sur ce point, à cause de la tenue ?

— Je n'ai jamais rien dit de tel !

— Mais votre comportement le laissait clairement paraître.

— Donc vous me l'avez donné par pitié !

— Vous déformez mes mots. Je n'ai pas dit cela.

— J'en ai pourtant l'impression. Intendante ou majordome, bourgeoise ou pauvre, c'est du pareil au même !

— En fait, vous me reprochez ce que je vous ai dit hier, n'est-ce pas ?

— Oui, parfaitement. Mon rôle est de veiller sur vous autant que sur mes camarades. Mais vous me reprochez le rôle que vous m'avez confié !

— Absolument pas, je vous reproche d'avoir été là alors que je ne vous l'avais pas demandé ; ce n'est pas la même chose : ce n'est pas votre rôle.

— Mais je ne suis pas qu'un rôle ! Vous m'avez gentiment aidée, il est normal que je veille à ce qu'il ne vous arrive rien, ni à vous, ni à la maison, ni à mes camarades, mais vous m'avez clairement montré hier que je vous encombrais ! Je ne faisais que vous attendre, je ne faisais rien de mal.

— Peut-être, mais je déteste cela. Pour qui vous prenez-vous ? Et sachez que je n'ai pas à me justifier. Vous êtes venue travailler ici en tant que majordome, vous l'avez accepté, et vous agirez en tant que tel ! Alors maintenant, allez me chercher ce ruban et mettez-le !

Pour toute réponse, le brun entendit la porte de son bureau claquer violemment.

— Mais quel caractère, celle-là, s'énerva-t-il. Elle n'est pas possible !

Il sortit aussi vite que la jeune femme avait disparu et s'empressa de la suivre, bien décidé à ne pas se laisser ainsi traiter chez lui ; mais déjà, la rousse se réfugiait aux cuisines.

— Mademoiselle Kingsley ! cria-t-il du premier étage. Revenez ici immédiatement ! Mademoiselle Kingsley !

Mais brusquement, elle claqua la porte de l'aile ouest.

— Ce n'est pas vrai !

Furieux, il retourna dans son bureau et fit à son tour trembler les murs en claquant la porte. De son côté, Katarina entra en trombe dans la cuisine où tous les domestiques se tournèrent vers elle.

— Ah, ce qu'il m'énerve ! ronchonna-t-elle. Tout cela pour un ruban ? Quel mauvais caractère !

Mais sa colère la figea d'un seul coup lorsqu'elle remarqua les regards tournés vers elle. Elle n'y prêta bientôt plus attention lorsqu'ils se détournèrent sur l'eau du thé et fut si bien frappée de leur apparence qu'elle ne pensa plus au maître : ils avaient vraiment l'air de morts-vivants, tous aussi livides l'un que l'autre, et elle se demandait bien ce qu'il avait pu leur arriver. Curieuse, elle voulut les rejoindre, mais à peine s'était-elle avancée que Gerard et Meredith se levèrent et quittèrent la salle dans des murmures insaisissables.

— Que se passe-t-il ? interrogea alors Katarina en voyant Octave sortir à son tour de table. Y a-t-il quelque chose qui ne va pas ?

Mais, comme Émile et Margaret, il demeura silencieux. Elle tenta alors une approche plus directe.

— Serait-ce à cause de ce qu'il s'est passé hier ?

Il y eut un bref silence pendant lequel un malaise se fit sentir.

— Ai-je dit quelque chose qu'il ne fallait pas ?

— Non, mademoiselle, répondit enfin Octave. Mais je crois que nous ferions mieux de les laisser tranquilles pour le moment. Je crois bien que la soirée d'hier nous a tous un peu choqués.

Il était vrai que l'expérience avait été déplaisante et la rousse en convenait ; il n'y avait pas un seul instant où elle n'entendait pas les cris se réitérer : dès qu'elle était seule, ils revenaient inlassablement la hanter, se répétant sans cesse, langoureux et effrayants. Elle déglutit au souvenir. Si seulement M. Hodgkin l'avait laissée s'expliquer, peut-être l'aurait-il compris.

Décidée à lutter contre ce mal inconnu, elle s'efforça de tourner son esprit vers de joyeuses pensées, comme celle que, finalement, ils s'étaient tous bien amusés. Si peu extraordinaires que fussent ses efforts, ils n'en restaient pas moins rassurants. Aussi, elle tenta de les partager avec ses amis et il sembla que cela fonctionnait lorsqu'elle les vit enfin lever les yeux.

— Vous savez, reprit-elle. Cela devait simplement être une succession de coïncidences. Vous avez bien vu le temps qu'il faisait : il y avait de l'orage et le vent soufflait ; sans doute un peu trop fort ce qui, avec les courants d'air, a très bien pu produire un effet sur les bougies.

— Et pour la voix ? argua Émile, la croyant à peine. Était-ce aussi l'un de ses effets ?

Il y avait dans sa voix, un ton acerbe et désobligeant qui surprit la rousse, comme si ce qu'elle racontait était impossible.

— Sans doute était-ce Rosie qui voulait nous faire peur.

En disant cela, elle savait bien qu'ils ne la croiraient pas, mais c'était tout ce qu'elle avait pu trouver. Après les expériences qu'elle avait vécues dans la forêt, elle se demandait vraiment si cela était le fruit du hasard ou s'il s'agissait d'une quelconque machination qui se tissait derrière elle. Ses amis n'en parurent pas plus convaincus qu'elle, mais leurs visages, au moins, reprenaient des couleurs et cela rassura Katarina.

— Vous avez peut-être raison, admit Octave en lui tendant une tasse de thé bien chaude. Peut-être était-ce l'effet du vent.

— Merci, lui dit-elle, tentant elle-même de s'en convaincre. Bien sûr que j'ai raison. Mais au fait, dites-moi… Quelqu'un a-t-il libéré Rosie ?

Les trois autres se regardèrent.

— Nous pensions que vous l'aviez fait.

— Non, je pensais que vous y étiez allés. Oh, bon sang ! s'écria-t-elle en se relevant brusquement. Il faut que j'y aille. Si elle ne nous en veut pas après cela… Mais où sont les clés du salon ?

Elle fouilla précipitamment dans ses poches.

— Ah, elles sont là.

Katarina finit alors rapidement sa tasse et se précipita aussitôt pour porter secours à la servante ; Rosie allait lui en vouloir énormément et elle risquait bien de lui faire payer son affront, surtout avec un maître fâché contre elle. Mais au moment de quitter la cuisine, elle s'interrompit ; à propos de M. Hodgkin, un détail la dérangeait, et elle voulait savoir ce qu'en pensaient ses camarades.

— Encore une chose, argua-t-elle alors la main sur la poignée. Vous êtes allés vous coucher hier, mais le maître n'était pas rentré. Ne l'attendez-vous jamais ?

À cet instant, elle vit les yeux de ses amis s'écarquiller, effrayés, comme si ce qu'elle leur avait soumis était une terrible bêtise.

— N'avez-vous pas tenté cela au moins ? voulut s'assurer Émile.

— Si, pourquoi ? C'est mon rôle que je sache, et le vôtre aussi.

— Mais le maître a horreur qu'on l'attende et il nous l'a formellement interdit.

— Pourquoi cela ? Qu'y a-t-il de mal ?

Les trois amis s'entre-regardèrent, silencieux.

— Mieux vaut que vous vous en teniez là, reprit Octave. Il peut être vraiment méchant dans ces cas-là.

Katarina les observa un instant, croyant à une mauvaise plaisanterie, mais ses amis étaient sérieux et suspicieux. Alors, repensant à son altercation avec M. Hodgkin, elle acquiesça sans mot dire et sortit, laissant les trois compères bien mal à l'aise.

Dans le hall, Katarina souriait, mal assurée, pensive, jusqu'à ce qu'elle vît Gerard et Meredith côte à côte qui, rêveusement, regardaient par la fenêtre. Mais quand elle s'approcha d'eux, ils ne détournèrent même pas les yeux. Qu'avaient-ils tous ainsi ? Ce qui s'était passé la veille les effrayait-il tant ? Cette situation n'était pas supportable. Aussi, alors qu'elle allait les ignorer et rejoindre l'aile est, elle se décida finalement à rebrousser chemin et oublia Rosie.

— Gerard ! Meredith ! les appela-t-elle sèchement. Qu'est-ce que vous faites là ? Il y a du travail. Allez, allez ! Dépêchez ! Il n'y a pas une minute à perdre.

— Laissez-nous un peu, voulez-vous ?

— Non, je ne vous laisserai pas. Ce n'est pas le moment de rêvasser. Émile et Margaret sont déjà dans cet état, alors il suffit maintenant.

— Ne nous comparez pas à ce tas de merde, d'accord ? lança la brune. Je ne veux pas être comparée à ce vaurien et à cette peureuse.

— Meredith, s'il te plaît, adoucit Gerard.

— Si vous ne voulez pas que je vous compare à eux, reprit Katarina, travaillez au lieu de rester plantés là ! Et pourquoi ne pas chanter aussi ? ajouta-t-elle. Je suis sûre que vous vous sentirez bien mieux après. En plus, vous chantez très bien ; cela vous mettrait de bonne humeur, et nous aussi.

— Mais on ne peut pas chanter comme cela ! répliquèrent-ils.

— Et qui êtes-vous pour dire que c'est bon pour nous ? ajouta Meredith.

— Il n'y a qu'à vous voir jouer pour le comprendre ! Je ne sais pas comment vous avez acquis un tel talent, mais vous ne me ferez pas croire que vous ne prenez aucun plaisir à l'exercer.

Ils ne répondirent pas tout de suite, touchés par l'élan de sincérité de Katarina.

— De toute façon, reprit Gerard, même si nous le voulions, nous ne le pourrions pas.

— Et pourquoi cela ?

— À cause du maître, répondit un peu trop précipitamment Meredith avant de se reprendre. On ne peut pas chanter comme on l'a fait hier, à cause du maître.

— En quoi cela le dérange-t-il ? Il n'a pas le droit de vous en empêcher.

— Ça l'agace, ça l'exaspère, ça l'horripile comme pas possible ! Il n'aime pas nous entendre et dit que nous ne sommes pas là pour faire du bruit.

— Vraiment ?

— C'est comme cela malheureusement, conclut Gerard.

Katarina soupira. M. Hodgkin dépassait vraiment les bornes ! Il n'avait pas le droit de les soumettre ainsi : c'était inhumain et égoïste. Il fallait trouver une solution, sans toutefois s'opposer directement à lui, car il était chez lui après tout, mais ses amis avaient un réel talent et il serait dommage de le sacrifier alors qu'ils pouvaient l'utiliser à bon escient, même si ce n'était qu'une fois de temps en temps.

Pendant quelques instants, elle chercha un moyen de parvenir à cette idée, puis déclara finalement :

— Je vais quand même vous donner vos tâches pour la journée.

Meredith et Gerard la regardèrent alors sortir d'une poche de sa robe, une feuille et un crayon où elle inscrivit rapidement quelques mots. Ils tentèrent de les déchiffrer, mais ils ne purent en discerner le contenu que lorsqu'elle leur tendit le papier.

— Et j'en prends la responsabilité, dit-elle en souriant.

— « Égayez le manoir, s'il vous plaît », lut Gerard.

— Nous ne pouvons pas faire cela.

— Je suis d'accord avec Meredith, ce serait aller contre les volontés du maître. Après tout, il m'héberge, me nourrit, me paie et m'a offert plus que je n'aurais jamais eu autrement, dit-il avec un regard pour la brune. Et Meredith ne peut pas non plus s'opposer à lui. Il lui offre de quoi largement rembourser ses grands-parents qui ont dépensé…

— Gerard ! Je t'en prie, intervint l'intéressée.

— Quoi ? Il faut bien lui expliquer qu'il nous a sauvé la vie et à toi plus qu'à moi. N'allais-tu pas être violée par ce pourri ?

— Cela ne regarde que moi ! Elle n'a pas besoin de savoir ! Pourquoi l'as-tu dit ? se plaignit-elle.

— Excuse-moi, se reprit-il aussitôt. Je me suis emporté.

La rousse se sentit soudain mal à l'aise.

— Je ne veux pas vous mettre dans l'embarras, dit-elle. Je ne savais pas.

— Évidemment que vous ne saviez pas ! Ce n'est pas à une fille comme vous que ça arriverait.

— Meredith, tu vas trop loin !

— Ah oui ? Pourquoi ? Parce qu'elle est arrivée avec un bleu ? Mademoiselle n'a pas eu la robe qu'elle voulait, c'est cela ? s'étrangla-t-elle.

— Enfin, Meredith, qu'est-ce qu'il te prend ? Excusez-la, miss.

— Je crois que je ferais mieux de vous laisser, s'excusa Katarina. Faites ce que vous voulez, vous avez mon avis. Maintenant, excusez-moi.

Katarina s'éclipsa aussitôt, affectée par les mots de la brune. Quelle idiote, vraiment ! Et dire qu'elle croyait s'en être fait une amie.

Pendant ce temps, le maître faisait les cent pas dans son bureau, maugréant encore sur ce qu'il s'était passé l'instant d'avant avec la rousse. Il n'aimait guère la désobéissance, encore moins sous son toit. Pour qui se prenait-elle à la fin ? Tout cela parce qu'il s'était énervé la veille ? Il détestait quand on l'attendait lorsqu'il sortait et elle le savait. C'était insupportable de se sentir épier comme cela sans arrêt sans qu'elle en rajoutât ; il l'était suffisamment. Après tout, ne lui avait-il pas dit ne pas vouloir de sa compagnie lorsqu'il était sorti ? Cela lui semblait évident qu'il ne voulait pas d'elle non plus à son retour. Pourtant, il stoppa net. Non, en fait, cela n'était pas aussi évident. En fait, cela ne l'était même pas du tout. Comment aurait-elle pu le savoir ? Cela lui coûtait de l'admettre, mais elle avait raison : il n'avait pas été clair sur le sujet. Ah ! Elle le faisait enrager. Pourquoi ne voulait-elle pas remettre son ruban et lui obéir comme les autres ? Après tout, il le lui avait offert pour la démarquer et c'était ainsi qu'elle le remerciait ? En le rouspétant ? Non, il ne pouvait pas laisser passer cela ; il fallait montrer l'exemple, sinon, il perdrait de sa crédibilité auprès des autres et il en était hors de question. Il ne lui avait pas demandé de l'attendre, c'était elle en tort, et il fallait qu'elle sache où était sa place, peu importait le rang qu'elle occupait : elle était ici chez lui et elle n'avait rien à redire. Aussi porterait-elle son ruban, dût-il le lui mettre de force.

La porte de son bureau vola et il se dirigea d'un pas décidé vers l'endroit où il pensait retrouver le bout de tissu : la chambre de la demoiselle. Mais, devant la porte, il hésita : il ne pouvait tout de même pas pénétrer de cette manière dans l'intimité de la jeune femme, il n'avait pas non plus perdu ses bonnes manières ! Pourtant, une force inconnue le poussa à l'intérieur et il se glissa dans la chambre où, soudain, une étrange sensation de malaise le parcourut de la tête aux pieds : c'était oppressant, malsain et désagréable, comme si quelqu'un était là sans y être, guettant la moindre occasion de se faire connaître sitôt qu'il aurait le dos tourné. Par précaution, le brun scruta autour de lui, mais ne vit rien. Intrigué et soucieux, guettant, écoutant, il attendit sur le pas de la porte où rien ne se produisit. Alors, il s'avança et, aussitôt, sa mauvaise impression s'envola. Il l'oublia alors aussi rapidement qu'elle était venue et commença à chercher le ruban, car plus vite il le trouverait et plus vite il s'en irait.

Il n'eut finalement pas à le chercher bien longtemps : la soie noire s'imposa à sa vue, sortant d'entre la brosse et la bougie où la rousse l'avait déposé ce matin. Leon s'en empara aussitôt et le glissa dans sa poche de pantalon, désinvolte et fier de lui. Sur le pas de la porte, il s'arrêta à nouveau, voulant s'assurer que son impression avait disparu. Mais le silence régnait dans la pièce et il pouvait distinctement entendre le bruit des casseroles et poêles que l'on faisait tomber dans la cuisine. Il leva les yeux au ciel et referma derrière lui ; ce devait être son imagination.

Au rez-de-chaussée, dans l'aile ouest, des voix chuchotaient :

— Tu as bien fait de réagir ainsi, Octave, affirma Émile en ramassant une poêle. Encore un peu et elle nous posait des questions plus embarrassantes.

— D'autant qu'elle est très curieuse, ajouta Margaret. Cela lui causera des ennuis.

— Peut-être devrions-nous lui en parler, proposa le jardinier.

— Non, surtout pas, elle ne...

Mais ils furent interrompus par leur maître. Surpris de le voir apparaître dans cette pièce, ils en restèrent cois.

Les ignorant totalement, il leur demanda sans préambule ce pour quoi il était venu :

— Où est Mlle Kingsley ?

— Elle... elle est dans les salons... Il me semble, lui répondit Émile encore sous le choc.

— Bien.

Le brun referma alors moins brusquement l'entrée et disparut rapidement dans l'aile est de la propriété ; Émile, Margaret et Octave en refirent tomber les casseroles et Meredith et Gerard, abasourdis de voir le maître ainsi traverser le manoir, n'en demeurèrent pas moins saisis.

La journée était déjà bien entamée, mais, dans les couloirs de cette partie de la demeure, on ne distinguait pas grand-chose. La petite fenêtre sur la droite montrait à peine les tapis et les quelques tableaux qui se trouvaient là et il était impossible de percevoir ce qu'il y avait au fond de l'allée, à moins de se munir d'une bougie. Le brun n'eut pas à aller jusque-là, il ouvrit la première salle, pénétra dans la seconde : aucune trace de la rousse, elle n'y était pas. Lorsqu'il essaya la troisième, qu'il vit qu'elle était fermée, il crut la trouver. Mais la poignée ne céda pas.

— Comment ça se fait ? se dit-il. Je ne les ferme jamais.

Il frappa le bois qui lui tenait tête puis chercha son trousseau de clés dans sa poche.

— Mademoiselle Kingsley ? Est-ce vous à l'intérieur ?

— Monsieur ? dit une petite voix tremblotante derrière la porte.

— Mademoiselle Rose !?

— Oui, monsieur, c'est moi.

— Mais que faites-vous enfermée à l'intérieur ?

— On m'y a séquestrée, monsieur.

— Ah bon ? Et pourquoi cela, puis-je savoir ? dit-il, cherchant encore la clé parmi toutes celles qu'il avait.

— Parce que j'ai voulu empêcher vos autres domestiques de faire une soirée où ils avaient pris leurs aises dans votre maison, monsieur.

— Une soirée ?

— Oui, monsieur. Une soirée, et bruyante, si je puis me permettre. Je ne saurais vous dire quels ont été les dégâts, monsieur, étant donné qu'ils m'ont enfermée ici, mais ils ont fait du grabuge. J'ai pourtant tout fait pour essayer de les en dissuader, mais ils ne m'ont pas écoutée.

— Je n'ai pourtant rien remarqué de dérangé à mon retour et... Saleté de trousseau, maugréa-t-il, où est cette fichue clé ?

— Oh ! mais vous connaissez sa vilenie, monsieur, poursuivit la femme derrière la porte. Elle est têtue et bornée, rien ne saurait l'arrêter.

— De qui parlez-vous ? Ah, la voilà.

— De Mlle Kingsley, monsieur, dit-elle délibérément. Qui d'autre ? Elle s'était décidée à l'accuser et elle s'y tiendrait jusqu'au bout.

— Mlle Kingsley ? s'étonna le propriétaire des lieux en la libérant.

— Oui, monsieur... Merci bien, dit-elle en sortant de sa geôle, avant de reprendre. C'est elle qui en est à l'origine, elle, notre intendante, et voyez où cela nous mène ? Les autres ne se sont pas gênés pour la suivre.

Le brun soupira et sourit malgré lui, amusé, en voyant la réaction mécontente de sa servante. Son changement d'humeur était impressionnant, mais cela ne froissa pas la rondelette qui en avait pris l'habitude.

— Qu'est-ce qui vous fait sourire, monsieur ?

— Décidément, mademoiselle Rose, je crois que nous n'avons pas fini d'en voir avec elle et que nous ne sommes pas au bout de nos surprises.

— Vous moquez-vous de moi ? Êtes-vous content qu'elle m'ait enfermée ?

— Pas du tout. Mais avec Mlle Kingsley ici, la vie risque bien d'être différente.

— Vous vous fourvoyez, monsieur.

— Ne jouez pas sur les mots, mademoiselle Rose, fit-il, soudain agacé.

— Pardonnez-moi, monsieur.

— Depuis combien de temps étiez-vous enfermée là-dedans ?

— Depuis hier soir, monsieur. Juste après votre départ.

— Tout ce temps ?

— Oui, monsieur.

— Et pourrais-je savoir pourquoi ils ne vous ont pas jointe à eux ?

— Parce que je ne voulais pas profiter de votre absence, monsieur, et parce qu'ils me trouvent antipathique et qu'ils voulaient profiter de la soirée.

— En ce sens, ils n'ont pas tout à fait tort, murmura-t-il pour lui-même avant de continuer. Mais en quoi en auraient-ils profité ?

— Pour faire la fête, monsieur. Et je puis vous assurer qu'ils l'ont faite. Je les entendais distinctement de là où j'étais, jusqu'à ce qu'ils se mettent à crier, je ne sais pour quelle raison, mais j'en étais bien satisfaite. Ensuite, je n'ai plus rien entendu.

— Vous dites qu'ils ont crié ?

— Oui, monsieur. À ce que j'ai compris, les lampes se sont éteintes et se sont rallumées sans raison. Moi, je n'ai rien vu, mais j'ai tout de même entendu un cri strident très étrange. Ce n'était pas vous, monsieur ?

— Ai-je une tête à pousser un cri strident ?

— Non, monsieur.

— Vous m'en voyez rassuré.

Le brun parut un instant réfléchir puis il se massa les tempes.

— Qu'avez-vous, monsieur ? s'inquiéta Rosie.

— Je n'ai rien. Reprenez votre travail et amenez-moi Mlle Kingsley dans mon bureau. J'ai perdu assez de temps comme cela.

— N'allez-vous rien faire ? La renvoyer chez elle ?

— Cela ne vous regarde pas.

Il l'abandonna sur ces paroles, la laissant méditer sur ce qu'elle devait faire, à savoir trouver la rousse et la lui amener. Rosie réfléchit un instant, mais prit rapidement la décision de ne pas lui obéir, exceptionnellement, pensant que cela servirait de leçon à cette bourgeoise ingrate. Et quand Monsieur s'en apercevrait… elle se délectait d'avance de sa réaction. Pour le brun, il était inutile de perdre son temps là où celle qu'il cherchait n'était pas et où la rondelette se trouvait. Elle lui était certes utile et dévouée, mais passer plus de cinq minutes avec elle lui était parfois insupportable. Il retraversa alors le hall d'entrée et croisa de nouveau Gerard et Meredith, qui étaient en train de pousser le piano.

— Il est inutile de le déplacer, leur ordonna-t-il. Je ne veux pas vous entendre, surtout vous, mademoiselle Vaughan. J'ai cru comprendre que vous avez assez donné de la voix hier soir.

Meredith arrêta son effort. Comment avait-il su ?

Elle se sentit soudain observée : Rosie lui souriait machiavéliquement ; elle comprit aussitôt.

— Quelle garce ! Si elle croit pouvoir m'arrêter.

Le maître n'y prêta pas attention et regagna le premier étage. À peine fut-il arrivé que celle qu'il cherchait apparut dans le hall, suivie de Margaret, Émile et Octave, qui étaient venus écouter, paniers, saladiers ou linge dans leurs bras, la douce Meredith et le talentueux Gerard. Finalement, le désir des musiciens avait eu raison d'eux et, ravis d'être ainsi couverts pour faire ce qui leur plaisaient, ils n'avaient pas tardé à tout installer. Bien qu'un peu nerveux quant à la réaction du maître là-haut, l'hostilité que leur vouait Rosie avait achevé de les convaincre et, dès lors, les premières notes s'élevèrent.

Sur le seuil de son bureau, le brun s'arrêta net et se retourna prestement, prêt à remettre ses domestiques à leur place. Mais, finalement, il se détourna, immobile devant sa porte, serrant le poing sur la poignée, décidé à ne pas se laisser perturber par ses serviteurs. Il avait pourtant été clair lorsqu'ils les avaient embauchés et leur avait bien fait comprendre qu'il ne voulait pas qu'ils se servent du piano. Il avait banni la musique depuis le jour où il était arrivé au manoir et jamais il n'avait toléré une désobéissance de ce côté-là. Pourtant, lorsque sa servante commença à chanter de sa voix veloutée, quand le jeu léger et parfait de son domestique amputé lui parvint aux oreilles, il ne put plus lutter. Ses doigts relâchèrent la poignée et il capitula, se laissant submerger par les émotions, se promettant de les faire taire ensuite à jamais. Aussi, curieux de savoir qui avait provoqué cette réminiscence qui n'aurait jamais été causée auparavant, il se retourna et vint s'accouder à la rampe du premier.

Gerard jouait au piano, habité par la chanson, tandis que Meredith, assise sur l'instrument, fermait les yeux, son visage reflétant les paroles qu'elle chantait. C'était vraiment une très belle chanson, douce et apaisante, si bien que même Rosie écoutait sans rechigner. Les autres, quant à eux, avaient délaissé un instant leurs activités pour savourer pleinement le spectacle que leur offraient leurs camarades. Leon fut impressionné par cette ambiance et il lui parut alors que tous ses problèmes s'envolaient, jusqu'à que son regard se posât sur la rousse. Il ne savait quel pressentiment le possédait à ce moment-là, mais il était persuadé qu'elle était à l'origine de cette agréable désobéissance ; la vie avait bien changé depuis qu'elle était là et elle n'avait pas tardé à imposer sa marque. Il ne savait pas comment agir avec elle, elle n'était pas aussi soumise que les autres et elle avait la liberté de les quitter quand elle le voulait.

Sentant un regard posé sur elle, Katarina se tourna soudain vers lui et, l'observant un instant, lui sourit finalement, de son sourire plein de grâce et d'élégance, un sourire sincère et doux, qui saisit le brun et il lui répondit sans retenue. Il semblait que leur récente querelle s'était envolée.

Quand la chanson prit fin, les domestiques congratulèrent longuement les musiciens et l'humeur fut si détendue que le maître se prit alors à les remettre au travail sur un ton qui se voulait plaisantin :

— Merci beaucoup pour cet intermède, mademoiselle Vaughan et monsieur Gabhann, mais ce n'est pas tout : il y a du travail et... j'ai faim.

D'en bas, ses employés entendirent son ventre grogner ; un fou rire général éclata et une bonne humeur se propagea pour le reste de la journée.

Chapitre 15

Ce jour-là, Leon Hodgkin regagna son bureau, un fin sourire collé aux lèvres. La matinée était déjà bien avancée et le soleil pénétrait à présent dans toute la pièce, réchauffant la demeure froide et sombre de la forêt de ses doux rayons. Une heure passa ainsi où le maître du domaine se mit consciencieusement au travail. L'atmosphère était plutôt agréable : depuis la profonde mélodie qu'avaient jouée ses serviteurs, il se sentait bien moins tendu et bien moins colérique qu'il ne l'avait été plus tôt. Pour la première fois depuis longtemps, la chaleur des rayons du ciel semblait avoir prise sur lui et, bien que cette expérience lui fût étrange, il la trouva très agréable.

Son repas ne tarda guère à arriver ensuite et ce fut la rousse qui le lui apporta, elle aussi, un franc sourire aux lèvres depuis l'intermède des musiciens.

— Excusez-moi, monsieur, dit-elle en entrant. Votre repas est prêt. Où désirez-vous le prendre ?

— Ici même. Posez-le sur la table ; là-bas au fond, s'il vous plaît.

Katarina s'exécuta sous l'œil attentif de son bienfaiteur.

— Dites-moi, mademoiselle Kingsley, demanda-t-il, imperturbable, les yeux soudain rivés sur sa feuille. Est-ce vous qui êtes à l'origine de ce remue-ménage ?

— Que voulez-vous dire ?

— De ce qu'il vient de se passer.

— Ah... oui, admit-elle, résolue.

— Bien. Et pour ce qu'il s'est passé hier ? La soirée et l'enfermement de Rosie...

La rousse écarquilla les yeux ; elle avait complètement oublié sa collègue ! Ainsi Rosie avait-elle vraiment parlé, la rondelette n'avait pas tardé à faire des siennes ! Décidément, elle ne pouvait vraiment pas s'entendre avec cette femme ; elle lui était insupportable et terriblement vicieuse. Malgré tout, elle s'était décidée dès le début à accepter les conséquences de cette soirée et, un peu déçue de rompre ainsi une si bonne humeur, et ne sachant quels reproches allaient être livrés, elle avoua tout de même :

— Oui, c'est moi qui en suis à l'origine, monsieur. C'est moi qui ai tout organisé, aujourd'hui comme hier.

— Vraiment ? insista-t-il, surpris que la jeune femme se dénonce. N'y a-t-il que vous ?

— Oui, répéta-t-elle fermement, surprise qu'il ne voulût pas la croire. Que moi.

— Je vois. ... Alors, je vous remercie.

La rousse faillit s'étrangler toute seule.

— Pardon ? Mais je croyais que...

— Non, cela ira pour cette fois. Je passe une agréable journée, en dépit de notre différend de ce matin, ajouta-t-il. Inutile de se disputer pour cela.

— Ah, très bien…, bafouilla Katarina, stupéfaite d'un tel revirement de situation. D'ailleurs, à ce propos, je me suis peut-être emportée, je n'aurais pas dû.

— C'est bon, ça va, mais j'aimerais que cela ne se reproduise plus à l'avenir. Il en va de même pour ce qu'il s'est passé avec Mlle Rose.

— C'est entendu, bien sûr.

Katarina s'apprêtait à quitter le maître, mais celui-ci la retint encore :

— Autre chose ; Mlle Rose m'a dit vous avoir entendue crier hier, disant que les lumières s'éteignaient pour se rallumer.

Elle feignit de ne pas comprendre.

— Oui ?

— Elle m'a également rapporté qu'un cri strident s'était fait entendre. Est-ce vrai ?

Katarina hésita.

— Oui, c'est vrai. Il y a eu quelque peu d'agitation, s'efforça-t-elle de dire en souriant. Mais je crains que ce ne fût qu'une illusion du vent et de l'orage. À cette heure de la nuit et dans cette ambiance, je crois que notre imagination nous a joué des tours.

— De toute façon, je n'étais pas là pour pouvoir juger de ce que c'était.

— Que voulez-vous que ce soit ? hasarda-t-elle.

— Rien… rien. Je vous fais confiance pour juger de ce qui est bon ou pas en mon absence. D'ailleurs, je sors également ce soir.

Katarina s'étonna du changement brusque de sujet, mais décida d'en faire de même :

— Faut-il vous accompagner ?

Le brun lui lança un regard, plus que subjectif.

— Faut-il vraiment vous répondre ?

— Non ?

— Vous voyez, dit-il. Vous le savez, alors pourquoi poser la question ?

— Je ne sais pas, peut-être pour vous taquiner. Je suppose que, pour vous attendre, la réponse est...

Il soupira.

— Non, j'ai compris, conclut-elle d'elle-même. Avez-vous besoin d'autre chose ?

— Non, cela ira, merci. Vous pouvez retourner à vos tâches.

Sur cette entrevue, Katarina laissa M. Hodgkin manger et s'occupa pour le reste de la journée.

Bientôt, la soirée annonça son arrivée : les ombres commençaient à se former sous le soleil déclinant à l'ouest, emportant dans sa marche les nuages longilignes qui avaient bordé la demeure tout le jour. Le piano avait été rangé, les domestiques avaient repris leurs activités et le maître travaillait d'arrache-pied dans son bureau. Tout était calme dans le manoir. Pas un bruit ne se faisait entendre, hormis les entrechocs des outils que les servants utilisaient pour nettoyer ou cuisiner. On entendait presque distinctement le balai tremper dans l'eau et la fusion en rythme de l'eau dans les casseroles et les plats qui tintaient entre eux plus loin. Tout était paisible et rien ne semblait pouvoir déranger les occupants. Pourtant, soudain, un grand fracas fit trembler la porte d'entrée.

— Triple truie ! Qu'est-ce que tu m'as fait ?

Katarina, qui se trouvait dans le hall en train de nettoyer les sols, sursauta à l'arrivée d'Émile.

— Tu n'es qu'une vache énorme ! Vas-tu me lâcher ?

— Pardon ? s'offusqua-t-elle.

Mais elle s'aperçut bien vite que ce n'était pas à elle qu'il s'adressait. Lui tournant le dos, le blond lançait ce qu'il avait sur le visage à quelqu'un derrière lui. Meredith apparut soudain toute joyeuse, les mains remplies d'une contenance à l'odeur nauséabonde.

— Bah alors, tas de merde, je t'envoie ton ami le fumier.

— Tu es immonde ! vociféra-t-il en esquivant le missile envoyé par la brune.

— Tu l'es tout autant, face de pingouin ! Viens ici.

À ce moment-là, ils se poursuivirent dans tout le hall, tout juste lavé par la jeune Kingsley, en lançant à travers la pièce, les excréments de chevaux qu'ils avaient dans les mains.

— Reviens ici, trouillard ! cria Meredith.

— Certainement pas ! Pour que tu me barbouilles de ce truc ?

— Bien sûr, dit-elle malicieuse.

— Va au diable ! Tu es écœurante !

— Tu l'es bien plus, cheval sans dents !

— Morve ambulante !

— Vaurien !

— Tarentule !

— Gorille !

— Sangsue !

— Têtard !

— Ça suffit ! intervint Katarina devant la scène, dégoûtée. N'avez-vous pas honte ? Regardez-moi cela ! Je venais de tout nettoyer ! Et vous, vous êtes répugnants ! N'avez-vous pas mieux à faire que de vous chamailler sans arrêt ? Et que faisiez-vous dehors ? Ne vous ai-je pas confié des tâches pour la journée ? Regardez ce que vous avez fait ! Il y a du fumier partout maintenant !

Émile et Meredith se regardèrent puis, complices, éclatèrent de rire devant une Katarina désabusée.

— Je ne vois pas ce qu'il y a de drôle, leur répliqua-t-elle. Le maître va sortir d'un moment à l'autre et que va-t-il voir ? Et sentir surtout ! Nettoyez-moi cela tous les deux !

Mais Émile et Meredith, toujours amusés, ne se sentaient pas concernés le moins du monde.

— Qu'est-ce qu'il se passe ici ? fit alors une voix forte.

Les deux jeunes gens se turent soudain et la rousse se retourna vers la voix ; du haut du premier étage, le maître les toisait du regard, constatant avec dégoût l'état du hall.

— Quelle est cette odeur immonde ? Qui a fait cela ?

Mais aucun ne se dénonça. Alors il baissa les yeux vers les deux ennemis et comprit aussitôt en voyant leur état ; une mine répugnée s'imprima sur son visage.

— Vous êtes terriblement écœurants et vous encouragez cela, mademoiselle Kingsley ?

— Absolument pas ! J'étais justement en train de nettoyer.

Le brun descendit alors, s'adressant de nouveau aux deux complices :

— N'avez-vous pas mieux à faire que ces absurdités ? Où en sont la cuisine et le ménage ?

Ils baissèrent les yeux.

— Maintenant, vous allez me faire le plaisir de nettoyer tout cela, et refaire ce que Mlle Kingsley venait de terminer. Je ne veux plus voir aucune de ces cochonneries dans ma maison et... enlevez-moi cette terrible odeur de chez moi... Et de vous !

— Oui, monsieur.

— Il y a intérêt pour vous à ce que ça aille vite, je vous préviens. Je veux que tout soit propre avant mon retour.

La brune et le blond s'écartèrent pour le laisser passer. La rousse, elle, se rapprocha.

— Sortez-vous déjà ? lui demanda-t-elle en le voyant prendre son chapeau et sa canne.

— Oui, je sors maintenant. Je vous confie le manoir et ces deux abrutis, siffla-t-il en se tournant vers les deux domestiques en retrait.

Mais alors qu'il s'apprêtait à sortir, il fit signe au cuisinier de le rejoindre.

— Que puis-je faire pour vous ? demanda timidement Émile.

— Que puis-je faire pour vous ? le reprit le brun. Vous ne croyez tout de même pas que je vais ouvrir une porte dont la poignée est souillée par vos bêtises ?

Émile posa alors les yeux sur ladite poignée et, confus, ouvrit sans tarder au maître qui leva les yeux au ciel.

— Bon sang, on n'a pas idée de me donner des domestiques pareils !

Puis il sortit. Émile referma soigneusement derrière lui et jeta aussitôt un regard noir sur sa complice.

— Hé, qu'est-ce que tu me veux, babouin ? l'apostropha-t-elle. Si tu crois que je vais tout nettoyer toute seule, tu te mets le doigt dans le...

— Assez ! intervint Katarina. Vous deux, ça suffit maintenant ! Vous nettoierez toute la maison jusqu'à ce qu'il n'y ait plus une odeur suspecte. Plus une, vous entendez ?

— On croirait entendre Rosie.

— Inutile, je ne marcherai pas dans vos combines, les coupa-t-elle en tendant à chacun un balai. Maintenant au travail. Je vais aller voir si Margaret a besoin d'aide.

Katarina laissa ses deux camarades à leurs nouvelles tâches en espérant bien qu'ils ne finissent pas par s'emporter.

— Pour qui se prend-elle ? dit Meredith. Le maître la défend et elle prend ses aises ?

Émile haussa les épaules.

— Ah, vraiment, je ne les comprendrai jamais, soupira la jeune fille en entrant dans la cuisine. Ils sont impossibles !

— Qui donc ? l'interrogea Margaret, affairée.

— Émile et Meredith. Ils sont arrivés dans le hall avec du fumier. Je peux te dire que ça sent mauvais de l'autre côté.

Margaret gloussa.

— Et tu trouves cela drôle en plus ?

— Oui. Ce n'est pas tous les jours qu'on s'amuse ici. Ils mettent une bonne ambiance, tous les deux.

— Peut-être, mais ce n'est pas très malin de faire cela devant le maître. Surtout devant lui, insista-t-elle, et juste après que j'avais tout nettoyé.

Margaret s'arrêta de rire.

— Devant le maître ?

— Oui, il est sorti à ce moment-là.

— Que leur a-t-il dit ?

— De tout nettoyer, dit platement Katarina. Je ne te dis pas quand il a dû ouvrir la porte. Émile a dû le faire. Vraiment, ils ont de drôles d'idées parfois.

— Ce ne sera sans doute pas la dernière.

— Oui, et je ne sais pas si je dois m'en réjouir ou m'en attrister.

Un silence s'abattit soudain.

— Au fait, reprit Margaret, tu as bien dit que le maître était parti ?

— Oui. Pourquoi ?

— Parce que j'ai préparé à dîner. Enfin, tant pis, nous le mangerons. Sais-tu pour combien de temps il s'est absenté ?

— Non, soupira Katarina, déçue. Il ne me l'a pas dit.

— Cela a l'air de te troubler.

— Pas plus que cela ; c'est que j'ai l'impression qu'il cache quelque chose.

Margaret éluda tout commentaire.

— Tout à l'heure, poursuivit Katarina, il m'a demandé ce qu'il s'était passé hier et il m'a semblé qu'il en savait plus qu'il ne le disait.

— Tu parles des bruits que nous avons entendus ?

— Oui.

Margaret aussitôt devint toute pâle.

— Et que t'a-t-il répondu ? demanda-t-elle, intéressée.

— Il a détourné la conversation ; habilement, je dois dire. Mais vous aussi, vous avez l'air d'être au courant de quelque chose et vous ne m'en dites rien. Pourtant, depuis mon arrivée, je vois bien que quelque chose vous tracasse. Il s'est produit un événement ici et vous me le cachez. L'histoire du précédent majordome, par exemple, hésita-t-elle à mentionner. Je sais que je ne devrais pas t'en parler. Mais il me semble possible que les deux événements ne soient pas étrangers l'un de l'autre. Quelque chose vous effraie, j'en suis certaine, mais je ne saurais dire quoi. Est-ce que je me trompe ?

Un bref silence les incommoda.

— Je ne peux rien te dire..., finit par répondre Margaret. Je suis désolée, je ne peux pas.

— Tu ne le peux pas ou tu ne le veux pas ?

— Katarina, l'implora-t-elle. S'il te plaît, essaie de comprendre.

— Soit, je ne te forcerai pas. Je finirai peut-être par l'apprendre un jour.

— Tu es trop curieuse.

— Je ne fais pas cela pour te faire du mal, Margaret, ni pour te piéger. Je veux juste savoir, comprendre une situation qui m'échappe.

— Tu vas bientôt nous quitter, pourquoi t'en faire ?

— Je sais, mais j'aimerais savoir chez qui je suis réellement. Vous êtes mes amis, je ne peux pas partir en vous sachant ici, effrayés par je ne sais quelle menace ! C'est comme pour le maître ; pourquoi tant de peur ? Et pourquoi ce regard quand je vous ai dit l'avoir attendu ?

— Tu ne vas pas l'attendre au moins, n'est-ce pas ?

Katarina détourna le regard vers la fenêtre et regarda dans le lointain. Non, bien sûr, elle ne l'attendrait pas.

Plusieurs semaines passèrent ainsi sans que Katarina n'attendît M. Hodgkin et l'automne était à présent largement entamé et elle n'était toujours pas rentrée chez elle. Elle y avait songé, certes, et plusieurs fois, elle s'était décidée à mettre ses projets à exécution, avant de finalement se rétracter, prétextant que le mystère qui régnait autour de la maison l'intriguait. En réalité, elle était terrifiée à l'idée de retourner chez elle. Elle avait peur de son père, peur qu'il la battît à nouveau, pour s'être enfuie, pour lui avoir tenu tête, pour le mariage et tout le reste. Elle avait peur de ne plus se sentir chez elle, peur de ne plus y être accueillie après ce qu'elle avait fait, peur de la réaction de son frère, de Roger et de tous les autres, peur que les blessures ne fussent pas encore totalement refermées et que son absence, sa fuite n'eussent servi à rien.

M. Hodgkin lui avait encore réitéré, moins de deux jours auparavant, qu'elle n'avait pas à s'inquiéter, qu'elle pouvait encore rester si elle le souhaitait et si elle en ressentait encore le besoin. Katarina avait accepté. Elle n'avait pas eu le courage de dire non, tout simplement parce qu'elle s'en sentait incapable. Elle ne le remercierait jamais assez pour sa gentillesse et elle espérait bien que son frère, Roger et le libraire, malgré tout l'amour qu'elle pouvait leur porter, accepteraient d'attendre encore un peu. Ce dont elle n'avait aucune idée, c'était que son enterrement avait presque fini par être célébré et qu'il avait tout juste été évité par sa mère qui, tantôt désespérée, tantôt prise d'espoir, n'avait pu se résoudre à l'abandonner. Il avait été aussi empêché par

Duncan, évidemment, qui vouait une foi inébranlable en sa sœur et qui la croyait résolument vivante, quand bien même elle pourrait être mêlée à la sordide affaire. Roger aussi, même s'il trouvait le temps long, avait rejoint son avis ; de même que le fils de La Courtepiert, bien que des périodes de doutes souvent l'envahissent. Quant aux autres membres de l'entourage, ils s'étaient résolus à ne plus la revoir, surtout Edgar et Juliette ; à l'inverse d'Albert qui, lui, s'il ne possédait plus aucun espoir, aurait aimé encore y croire.

Très loin des tourments évoqués sur son sort, la jeune femme rêvassait. Au cœur de la forêt, les feuilles tombaient des arbres et l'air se refroidissait chaque jour un peu plus. L'ambiance joyeuse, qui avait tenu les domestiques et leur maître ensemble l'espace d'une journée, avait finalement laissé peu à peu place à la froideur de la saison. Katarina en apprenait chaque jour un peu plus sur celui qui l'avait aidée, sur celui qui demeurait strict et qu'il ne fallait pas déranger lorsqu'il était dans son bureau ou dans sa chambre. Ces pièces lui étaient totalement interdites sans sa présence, une mauvaise expérience le lui avait appris clairement, fût-ce même pour y faire du feu ! Il était certes quelqu'un de travailleur et de gentil dans le fond, mais il pouvait parfois se montrer sévère, glacial et aussi antipathique que possible. Elle ne savait d'ailleurs guère, depuis tout ce temps, le métier qu'il exerçait réellement, ni à qui tous ses écrits étaient destinés. Était-il écrivain, journaliste, administrateur ou typographe ? Elle n'aurait su le dire, mais, en sa qualité d'invitée, elle ne lui avait pas posé davantage de questions. Après tout, il faisait ce qu'il voulait, et puis elle commençait à le connaître désormais et elle ne voulait pas se froisser avec lui pour cette raison.

Avec ses camarades en revanche, ses relations avaient bien évolué. C'était une amitié certaine qu'elle avait acquise avec Octave, Émile et Margaret, et elle passait bon nombre de soirées avec eux, parfois même des nuits entières, à jouer aux cartes ou à parler, sans qu'il n'y eût quelconque ambiguïté, ni entre eux, ni par rapport aux autres, et encore moins par rapport au maître. Quant à son amitié avec Gerard et Meredith, elle n'aurait su dire si elle était la même, car, tantôt ils s'entendaient à merveille avec elle, tantôt, ils ne lui adressaient même pas la parole ; bien que, sur ce sujet, Meredith semblât la plus concernée. En ce qui concernait Rosie, leurs relations avaient empiré de jour en jour. Katarina ne cherchait même plus à les améliorer, laissant la femme l'attaquer si cela lui plaisait, répondant de temps à autre à ces piques excessives. Il semblait que M. Hodgkin fût leur principal sujet de discorde. La plus âgée jalousait la plus jeune quand celle-ci s'occupait d'un peu trop près du maître, jugeant son comportement indécent et mal placé. Mais la rousse n'était pas de son avis, car elle ne faisait qu'obéir aux tâches qui lui avaient été assignées depuis son arrivée. Aussi, la tension entre elles était devenue telle qu'elles se retrouvaient rarement dans la même pièce.

Le temps passa ainsi et trois mois s'écoulèrent. Chaque jour au manoir était différent pour Katarina, mais plus les jours passaient et plus l'hiver se rapprochait, apportant le froid et la tristesse de la saison. La demeure semblait en subir les effets : elle se délabrait, devenait terne, sans vie, plus sombre qu'à son accoutumée et bien moins accueillante. La jeune femme remarqua que, dans le même temps, son propriétaire s'absentait de plus en plus souvent, et de plus en plus longtemps. Bien qu'elle fût son majordome, jamais il ne lui avait permis de l'accompagner, et encore moins de l'attendre. Elle obéissait toujours depuis sa première altercation avec lui le soir de l'apparition. Elle le servait désormais à huit heures précises sans lui poser de question sur son absence. Mais cela, c'était ce qu'elle faisait croire à tout le monde, et à lui surtout, car, alors que tous croyaient qu'elle respectait l'ordre de Monsieur, et lui le premier, elle patientait en réalité toujours dans sa chambre jusqu'à son retour au manoir. Elle ne pouvait s'empêcher d'agir ainsi : après ce qu'elle avait vécu elle-même en forêt, elle ne pouvait s'en retenir ; il pouvait lui arriver la même chose. Il n'avait pas idée de partir seul ainsi et en pleine nuit ! Certes, il pouvait se défendre seul, et elle ne doutait en rien de cela, mais elle s'inquiétait toujours, et bien malgré elle, surtout quand des bruits inexpliqués au grenier, dans le hall, dans sa chambre et dans la bibliothèque la terrorisaient, là où, pourtant, il n'y avait personne ; les bruits qu'elle entendait lorsqu'il rentrait n'aidaient pas non plus à la rassurer et à la laisser en paix. Allongée au fond de son lit, elle percevait souvent des pas lents dans le silence nocturne, se dirigeant mal assurément vers la salle de bains à côté de sa chambre. Il ne fut pas difficile pour elle ensuite d'écouter ce qu'il s'y passait. À chaque fois qu'il revenait, il y restait longuement, faisant couler l'eau en continu et faisant parfois tomber quelques objets en poussant des jurons. Il y restait des heures durant, puis il sortait et allait se coucher. Pour la rousse qui discernait ses plaintes, il lui paraissait être blessé, sinon mal en point, souffrant d'un mal qui lui était inconnu. Cela l'inquiétait d'autant plus qu'elle apercevait de temps à autre des bandages mal ajustés dépasser de sa chemise, mais elle avait promis de ne plus l'attendre, elle ne pouvait donc pas le déranger dans ces moments-là, et encore moins lui demander le lendemain si tout allait bien, sans qu'il comprît où elle voulait en venir. Elle pouvait le regarder, tout au plus, essayer de lire ses gestes. Aussi, chaque fois qu'il s'absentait, elle ne bougeait pas de son lit, rassurée seulement par son retour ponctuel.

Ce soir-là encore, alors qu'il faisait très froid pour un mois de novembre, il était sorti, mais, contrairement à ses habitudes, il n'était pas encore rentré, en tout cas pas à l'heure. Depuis plusieurs heures, Katarina n'avait rien entendu et minuit quarante-cinq était largement dépassé et pas un son dans la salle de bain ne vint la perturber. Assise dans son lit, enveloppée jusqu'au cou dans ses draps chauds, elle attendait encore. Il était fort tard et elle ne voyait rien aux alentours. Sa chambre était dans une obscurité la plus totale et ses sentiments n'en étaient que plus sombres. S'imaginant le pire, elle n'avait de cesse de vouloir quitter son lit pour aller le chercher, fût-il à l'autre bout de l'Angleterre. Mais elle s'en retenait. Tout le manoir était depuis longtemps endormi désormais, plus proche de l'aube que de la soirée, et elle ne voulait réveiller personne. Pourtant, rien n'y faisait : elle n'arrivait pas à dormir et elle s'inquiétait. Les bruits aux alentours ne la rassuraient guère. Le craquement des murs la faisait sursauter et le vent qui soufflait insolemment autour d'elle la terrorisait. Alors, elle scrutait la nuit impénétrable, redoutant à chaque seconde une nouvelle apparition qui lui aurait fait croire au pire. Cela aurait dû lui plaire, bien sûr, mais elle s'épuisait à vue d'œil. Elle en venait même à se demander s'il n'était pas préférable de partir à sa recherche, quitte à subir sa colère, plutôt que de rester là prisonnière de cette ambiance sordide. S'il s'était passé quelque chose, elle serait plus utile ailleurs que là, à rester à ne rien faire et à angoisser pour n'importe quel bruissement sur le plancher. Ainsi décidée, elle enfila un long et gros châle de laine par-dessus sa robe de nuit et sortit, n'obéissant pas aux ordres, pour la première fois depuis des mois.

Les couloirs étaient obscurs, terriblement noirs, mais Katarina parvint quand même à se repérer avec le bougeoir qu'elle avait pris soin d'emporter et par sa connaissance de la maison. Contrairement à l'atmosphère en plein jour, les nuits au manoir lui paraissaient lugubres, menaçantes et effrayantes. Peut-être était-ce les jours sombres et plus courts qui lui faisaient penser cela, mais les arbres au-dessus des murs et dans les jardins se faisaient aussi plus terribles et semblaient toujours vouloir l'aspirer un peu plus dans les profondeurs. Elle ne savait pas se rassurer. Dans ces moments-là, la forêt était omniprésente et chaque fenêtre ne semblait plus avoir qu'elle comme décor, comme si les parcs et les jardins avaient complètement disparu. L'ambiance en était lourde et oppressante. Tous le ressentaient. Le chant des oiseaux était remplacé par les croassements macabres des corbeaux, tournoyant avides au-dessus de l'édifice sinistre et vieux de plusieurs siècles, comme des fantômes habités guettant leurs proies. Les tableaux prenaient une tout autre teinte, eux aussi, et tous sentaient sur eux comme un millier de regards funèbres. Katarina retrouvait là les premières impressions qu'elle avait eues lors de son arrivée et cela la troublait plus qu'elle ne l'aurait avoué, surtout lorsqu'elle était seule à se promener ainsi dans la bâtisse.

Chassant ses idées troubles, elle erra dans cette ambiance jusqu'aux écuries, derrière la maison, où elle voulut s'assurer que le fiacre et les chevaux se trouvaient toujours. Il faisait terriblement froid cette nuit-là et, même si elle approchait sa main de la flamme qui dansait devant elle, rien ne changeait vraiment. Elle accéléra alors le pas, resserrant un peu plus son châle autour d'elle, et pénétra dans l'enclos. Toutes les bêtes dormaient. La voiture aussi était là, tout au fond, à l'abri. Ne sachant trop ce qu'il convenait de faire, Katarina fit demi-tour ; il lui sembla tout à coup que le vent s'était calmé, laissant les arbres se reposer dans une plénitude sereine. Rien ne bougeait aux alentours et seuls quelques croassements persistaient encore, sous la lune complètement cachée derrière d'épais nuages qui obscurcissaient la vue à moins d'un mètre devant soi. L'air était glacial, si froid que la jeune femme sentit ses jambes s'engourdirent. Elle ne pouvait pas rester là éternellement ou elle tomberait malade. Se frottant les mains du mieux qu'elle put, elle scruta les alentours une dernière fois puis, résignée, reprit son bougeoir et sortit des écuries.

La brume l'entourait à présent. Elle resserra alors un peu plus son châle et protégea la flamme de peur de la voir vaciller. Puis soudain, elle s'arrêta. Dans les ténèbres opaques, deux croix rouges flottaient. Surprise, Katarina se frotta vivement les yeux. Mais lorsqu'elle les rouvrit, elle ne vit plus rien ; c'était comme si quelqu'un l'avait fixé. Anxieuse, elle alla vérifier si, à quelques mètres de là, une personne se tenait, mais elle fut forcée de constater qu'il n'y avait rien ni personne d'autre que les buissons et les fleurs qui bordaient habituellement le manoir. Aussi, ne sachant trop si ses nerfs s'amusaient avec elle ou pas, elle préféra rentrer ; quelques heures à peine plus tard, elle devrait se lever et son cœur avait déjà suffisamment de mal à se calmer pour qu'elle ne le forçât pas outre mesure.

D'un pas pressé, elle quitta définitivement les écuries, bien décidée à mettre un terme à toutes ses craintes, mais avant qu'elle ne pût faire quoi que ce soit, elle fut happée en arrière. Une main glacée et raide se posa aussitôt sur ses lèvres prêtes à crier et la peur la foudroya si bien qu'elle crut que son cœur allait exploser. La peur au ventre, les yeux grands écarquillés par l'horreur, la rousse se débattit aussi fort qu'elle le put, cependant, la force de son agresseur lui était bien trop supérieure et elle ne s'atténua que lorsqu'il la retourna face à lui.

Sa surprise en fut au moins à sa hauteur.

— Monsieur ! marmonna-t-elle.

Il retira aussitôt sa main.

— Vous m'avez fait peur, Monsieur.

— Je n'en ai rien à foutre ! Que faites-vous ici à cette heure ? s'énerva-t-il aussitôt. Vous ne m'attendiez pas, j'espère ?

— Non ! J'ai cru que... J'ai cru qu'il y avait quelqu'un avec... des yeux... ou des rubis... ? inventa-t-elle.

— Comment cela ?

— Non, rien, dit-elle en se rendant compte de l'absurdité de ses paroles. Je dois être fatiguée.

Le brun l'observa suspicieusement, passablement irrité.

— Que faisiez-vous là au beau milieu de la nuit ?

— Je... euh...

— Vous ne répondez pas ? menaça-t-il. Dois-je en conclure que vous rôdiez dans l'espoir de me voir arriver ?

— Non, bien sûr que non, se précipita-t-elle. Je... j'avais cru voir quelqu'un et je... je suis sortie.

— Vous vous fichez de moi ?

Katarina fut prise de court et ne trouva rien à lui répondre. Le brun prit son silence pour un aveu.

— Ce n'est pas vrai !

— Je suis désolée, finit-elle par avouer. Mais je ne vous entendais pas rentrer, alors je me suis inquiétée et je suis sortie.

— Bien que je vous l'aie défendu ? Et dans cette tenue en plus ?

Katarina s'observa à la lueur de la bougie. Elle ne portait que sa chemise de nuit et un gros châle. Elle se sentit aussitôt rougir.

— J'avais seulement à faire le tour du manoir, rien de plus.

— Vous rendez-vous compte de ce que vous dites ? Je vous avais pourtant interdit d'être là à mon retour.

— Je le sais, mais je ne vous entendais pas revenir et je me suis inquiétée.

— Vous vous inquiétez ? enragea-t-il. Mais je n'en ai rien à faire !

— Mais je...

— Combien de fois faudra-t-il vous le répéter pour que vous compreniez ? Je ne veux pas vous voir, ni vous ni personne d'autre quand je rentre. N'est-ce pas assez clair ? Je ne VEUX PAS vous voir ! Pourquoi vous obstinez-vous ?

— C'est que d'habitude vous rentrez vers une heure moins le quart, alors ça va... mais là...

— Non, mais je n'y crois pas ! Vous m'espionnez maintenant ?

— Non ! Bien sûr que non, je me fais du souci, c'est tout. Avec tout ce qu'il se passe dans la forêt...

— Et que se passe-t-il ? Vous voyez des fantômes ?

Katarina sentit les larmes lui venir, mais elles se transformèrent rapidement en colère. Il n'avait pas le droit, il ne savait pas tout ce qu'elle y avait vu.

— Vous êtes vraiment méchant quand vous le voulez.

— Mais vous me cassez les pieds à la fin ! Je n'en ai rien à faire d'être méchant ou d'être gentil ! Vous avez voulu travailler pour moi, vous êtes là pour m'obéir ! Et quand je vous dis que je ne veux pas vous voir à mon retour, c'est que je ne veux pas vous voir à mon retour, ne comprenez-vous pas ?

— Non, je ne comprends pas ! Qu'y a-t-il de mal à vous attendre ? Vous ai-je blessé ? Vous ai-je dérangé en aucune façon en le faisant ?

— Là n'est pas la question. Vous ne m'obéissez pas et vous n'en faites qu'à votre tête ! Pour qui je passe auprès des autres ?

— Alors, c'est cela qui vous gêne ? Que je vous fasse perdre votre autorité ? C'est pour cela aussi que vous ne voulez pas que je vous accompagne ? Pour qui vous prenez-vous ? Je ne suis pas votre domestique ni votre pantin ! Vous n'avez pas à me forcer à agir de telle ou telle manière. Vous n'en avez pas le pouvoir !

— Vous êtes ici sous mon toit et vous me devez respect et obéissance en tant que majordome, intendante, invitée ou tout ce que vous voudrez !

— Et je le fais ! Vous m'hébergez généreusement et je m'efforce de vous prouver mon respect et ma gratitude, mais vous n'avez pas et n'aurez jamais de pouvoir sur mon cœur.

— Pardon ?

— J'ai le droit de m'inquiéter. C'est un sentiment humain après tout, se calma-t-elle peu à peu. J'éprouve beaucoup d'affection à votre égard et en tant qu'amie…

— Je n'ai jamais dit que vous l'étiez.

Katarina sentit sa gorge se nouer.

— Alors, effectivement en tant que telle, je ne devrais pas m'inquiéter, mais je ne puis m'en empêcher, amie ou pas. Vous sortez de je ne sais où et vous revenez à point d'heure ; que croyez-vous que cela engendre ? C'est normal que je sache, non ?

— Non, ce n'est pas normal. Je ne vous héberge ni ne vous embauche pour que vous vous mêliez de mes affaires. Les autres y arrivent, je ne vois pas pourquoi pas vous.

Elle voulut répondre, mais, à ce moment-là, quelque chose coula le long de son bras découvert. Elle y porta aussitôt sa bougie et vit une goutte rouge y déferler.

— Du sang ? s'étonna-t-elle. Qu'est-ce que cela veut dire ?

— Vous feriez mieux de rentrer.

Mais Katarina n'y semblait pas décidée. Inquiète, elle releva les yeux vers le brun qui ne cillait pas. La bougie éclairait mal les alentours, mais elle n'empêchait pas de discerner quelque peu et, lorsque la rousse voulut s'approcher de lui, il se détourna.

— Allons, laissez-moi voir.

Agacé, il fit claquer sa langue avant de, finalement, l'autoriser à regarder.

Un long filet de sang traçait son chemin sous sa frange jusqu'à sa mâchoire, imprégnant sa peau d'une couleur âcre. La blessure était en réalité originaire de son arcade sourcilière, bien cachée sous ses cheveux. Katarina n'éprouva guère de difficultés à la trouver et elle se demandait d'ailleurs bien pourquoi il gardait ainsi sa frange, car avec sa haute taille, cela ne devait pas empêcher grand monde de connaître son identité ; et puis, avec cette lueur verte qui se cachait dans ses prunelles, elle ne comprenait pas plus son envie de les garder ainsi.

Cherchant une réponse à ses pensées, elle sortit un mouchoir et tendit une main vers lui. Mais finalement, hésitante, elle interrompit son geste. Un sourire à peine perceptible naquit sur le visage du brun. C'était ce qu'il y avait de plus troublant chez lui : ce sourire qu'il affichait de temps en temps. Elle l'avait déjà vu ce jour-là, quand ses amis avaient chanté ; il avait quelque chose d'indéfinissable et de particulier sur laquelle elle n'arrivait pas à mettre de mots. Mais si tel sourire avait existé, il avait maintenant disparu. Pourtant, les lèvres de la rousse s'étirèrent tout de même à ce souvenir et, voyant alors le brun si maladroit à se soigner, elle lui reprit vivement le mouchoir des mains et s'appliqua pour lui à la tâche.

Leon ne dit plus rien. Il se contenta de la laisser faire, le regard obstinément tourné vers un point imaginaire. Katarina profita de cet instant où il tenait sa frange, pour percevoir, dans la nuit brumeuse, un nouveau visage de son maître.

— Vous êtes ouvert au-dessus de l'œil gauche, lui dit-elle. Je me demande comment…

Elle s'interrompit et baissa les yeux ; le regard en biais, il l'observait. Elle savait qu'il ne lui répondrait pas et qu'il finirait par s'énerver si elle persistait. Aussi, elle préféra se taire. Elle en avait assez fait comme cela pour ce jour-là. Mieux valait en rester là, cela ne servirait à rien de se disputer maintenant. Pourtant, de nouveau caché par sa frange, c'était un regard apaisé qu'il posait sur elle. Les yeux noirs de la jeune femme étaient si brillants et si sombres à la lueur devant lui que c'en était presque troublant, comme si la noirceur de la nuit était concentrée dans ses uniques prunelles. Et pourquoi diable lui avait-elle parlé avec cette voix ?

Un brin déstabilisé, il se reprit rapidement. Ce n'était pas le moment de commencer avec *cela*. Aussi, chassant ses idées, il s'écarta.

— Laissez-moi maintenant. Allez vous coucher.

Katarina releva la tête.

— Mais vous saignez encore.

— Ça ira, dit-il en tâtant sa blessure. Ça ira. Allez dormir à présent, s'il vous plaît. Je crois que vous en avez assez fait aujourd'hui.

Ne voulant pas causer d'autres problèmes, la jeune femme acquiesça et rentra, sous les yeux de Leon qui, de nouveau, tâta son arcade. Il ne fallait pas commencer, et surtout pas dans ces conditions. Il scruta l'obscurité de son regard perçant et, soudain, s'arrêta sur une fenêtre d'où on l'observait depuis quelque temps. Margaret tira aussitôt le rideau et, prise de panique, retint son souffle. Elle avait tout vu. Et maintenant que le maître le savait, lui qui détestait qu'on le voie à son retour, il allait le lui faire payer ! Elle paniqua à cette idée. Aussi, elle attendit quelques minutes dans une angoisse profonde et, après avoir entendu une deuxième fois la porte d'entrée se refermer, elle poussa un long soupir, soulagée. Pourquoi avait-elle fait cela ? Jugeant que l'attente avait été suffisamment longue, elle rouvrit le rideau ; deux yeux rouges étaient collés à sa fenêtre.

— Je vous ai vue.

Terrorisée, Margaret referma brusquement le voile et, les larmes aux yeux, s'enfuit de sa chambre, se précipitant dans le couloir sombre où, sans prévenir, elle entra dans la chambre d'Octave et d'Émile qui se réveillèrent en catastrophe.

— Margaret ? Qu'est-ce qu'il y a ?

Mais au lieu de répondre, elle se jeta dans les bras du blond qui, surpris d'abord, la prit volontiers près de lui, regardant Octave d'un air inquiet. C'était sans se douter que quelqu'un d'autre, aussi, avait suivi toute la scène.

Chapitre 16

Aux premiers rayons du soleil, Margaret se retira des bras de son ami et sortit discrètement de la chambre. À cause des bruits étranges qu'elle n'avait cessé d'entendre, elle n'avait guère pu dormir de toute la nuit. Un simple grincement l'avait fait sursauter. Un faible hululement transformé en un cri effroyable l'avait paralysée. Les ombres l'avaient terrifiée. Et lorsqu'enfin elle avait ouvert les yeux, ç'avait été pour scruter la pièce de peur que, sans prévenir, *il* ne lui apparût. Terriblement honteuse de son angoisse, elle avait préféré se réfugier aux cuisines pour travailler, et surtout pour étouffer ses tourments.

Les couloirs étaient encore plongés dans l'obscurité du matin, mais, contrairement aux dernières heures, il n'y avait aucun son et tout le monde semblait être endormi profondément. Alors de peur que le moindre bruit ne retentît tel un écho en pleine montagne, Margaret se mit à préparer son petit déjeuner dans un calme surprenant ; mais maladroite comme elle l'était, elle finit par faire tomber une casserole et elle fit tant de bruit que la pauvre jeune fille pensa avoir réveillé le monde jusqu'au fin fond de l'Angleterre.

Déroutée par sa propre maladresse, Margaret s'essaya à plus d'efforts et posa, délicatement, lentement cette fois, tous les objets qu'elle avait entre les mains, mettant plus de temps qu'elle ne l'aurait dû par simple peur de faire à nouveau trop de vacarme. Mais alors qu'elle renouvelait son geste, la théière au bord de l'évier, Rosie entra sans prévenir et elle fit tout tomber. Un grand vacarme retentit dans tout le manoir.

— Oh, non ! gémit-elle.

— Qu'est-ce que tu fais là, Margaret ?

La peur la foudroya. Margaret avait cru un bref instant que c'était le maître qui était entré.

— Regarde ce que tu as fait ! reprit Rosie. Tu as l'air d'une idiote en plus d'être maladroite.

— Je suis désolée, c'est que vous m'avez fait peur en entrant.

— En voilà encore une ! Tu m'accuses de ta maladresse, maintenant ?

— Mais non ! Pas du tout. C'est que...

— Tu ferais mieux de faire attention où tu poses tes mains où j'en parlerai au maître et tu verras ce qu'il t'arrivera.

— Qu'est-ce qu'il lui arrivera, puis-je savoir ? intervint une voix derrière elles.

— Mademoiselle Kingsley, tenez donc ! siffla Rosie. Petite garce, toujours dans les pattes, celle-là.

— Pardon ?

— De quoi je me mêle ? l'attaqua-t-elle.

— Avez-vous autre chose à faire ou resterez-vous éternellement ici ?

— J'ai un tas de choses à faire et je ne resterai pas plus longtemps avec vous. Il y a assez de votre présence sans que je vous voie en plus.

— Alors, nous sommes d'accord. Au fait, l'interrompit-elle au moment même où la femme sortait. Ne devions-nous pas nous appeler par nos prénoms… Rosie ?

— Nous le devrions certainement, mais je ne veux aucune familiarité avec une bourge, et encore moins si c'est vous.

La rousse la salua poliment.

— C'est cela, marmonna Rosie pour elle-même. Prends tes grands airs, bientôt, tu ne riras plus.

Une fois qu'elle fut partie, la rousse reprit :

— Décidément, je crois que nous n'arriverons jamais à rien avec elle. Comment vas-tu ?

Margaret baissa le regard, ramassant gauchement sa bêtise en pensant soudain à ce qu'elle avait vu la veille.

— Ça va, répondit-elle, simplement embarrassée.

— Que te voulait-elle ?

— Oh, rien de bien méchant, ne t'en fais pas. J'ai juste fait tomber une casserole et elle m'a demandé de faire attention la prochaine fois.

— À sa manière, je suppose. Enfin, que faites-vous levées de si bonne heure toutes les deux ? Je suis la seule ici d'habitude quand je sers le maître.

— J'ai mal dormi, commença-t-elle à balbutier. Alors je me suis occupée.

— Toute la nuit ?

— Non, à l'instant.

Un bref silence s'installa durant lequel Katarina commença à préparer la liste des activités pour chacun des membres du personnel. C'était incroyable, le nombre d'idées qu'elle avait à ce sujet, surtout pour Rosie.

— Tu sais, reprit Margaret, hésitante. Tu devrais faire attention à toi quand même.

— Pourquoi dis-tu cela ?

— Pour rien… Juste comme cela.

Katarina haussa les épaules avant d'être à nouveau interrompue.

— Ne t'attache à personne ici, pas même au maître, d'accord ?

— Quoi ? Mais qu'est-ce qu'il t'arrive tout d'un coup ? Pourquoi me dis-tu tout cela ?

— Eh bien…, chercha-t-elle à dire, toute pâle. Je… je ne sais pas. Je ne voudrais pas que tu sois déçue.

— Déçue par quoi ?

Un silence demeura soudain.

— Ne t'en fais pas pour moi, reprit alors Katarina. Je sais ce que je fais et à qui je peux faire confiance. En revanche, tu pourrais peut-être faire quelque chose pour lui.

— Pour lui ?

Katarina s'éclipsa en souriant.

— Émile ?

— B'jour… Tu te sens mieux ?

Margaret éluda son regard.

— Oui, ça va mieux… Enfin, je crois.

— Que s'est-il passé hier ? Tu ne m'as rien dit.

— Je ne sais pas.

— Margaret, dit-il en se rapprochant d'elle. Tu n'as pas arrêté de gigoter. Tu étais tracassée, je l'ai bien vu, et ce n'est pas la première fois que ça arrive. C'est à cause de *lui*, c'est ça ?

— Non, tu te trompes.

— Alors, explique-moi. Depuis quand ne me fais-tu plus confiance ?

— Je te fais toujours confiance, répliqua-t-elle en le repoussant. Comment peux-tu dire cela ?

— Tu ne me dis rien !

Elle continua sa cuisine.

— Et je vois bien qu'il s'est passé quelque chose. C'est le maître, n'est-ce pas ?

Elle secoua la tête.

— Que t'a-t-il fait ? s'emporta-t-il aussitôt.

— Mais rien. Rien, le repoussa-t-elle à nouveau. Pas à moi, en tout cas.

— Pas à toi ? Alors à qui ?

— À Katarina.

— Katarina ?

— Je les ai vus tous les deux.

— Et alors ? Je ne te comprends pas.

— Ils étaient ensemble. Lui et elle.

— Et ?

— Et il s'est passé quelque chose.

— Je ne te suis pas. Que faisaient-ils ensemble ? Parles-tu d'hier soir ?

— Oui. Il faisait vraiment très sombre et je n'en suis pas certaine, mais…

— Dis-moi, s'impatienta son ami.

— Je crois que Katarina s'est attachée à lui.

— Quoi ? s'exclama-t-il, dégoûté. Mais comment ?

— Je ne sais pas, mais ce que j'ai vu porte à croire que… Enfin, ils se sont disputés parce qu'elle l'avait attendu et…

— Elle l'a attendu ? Nous lui avions pourtant dit que…

— Je sais, je sais, mais tu connais Katarina, elle est trop curieuse. Alors, évidemment, il s'est énervé contre elle et elle a répondu. Je n'ai pas pu me détacher de la fenêtre. Je savais bien que c'était mal, mais, tu comprends, il était vraiment en colère contre elle et ils criaient comme pas possible. Qui sait ce qui aurait pu se produire ?

— Je n'ai rien entendu, moi.

— J'aurais préféré ne rien entendre moi non plus.

— Et que s'est-il passé ensuite ?

— Ensuite ? Ils se sont arrêtés.

— Comme cela ? Sans raison ?

— Je ne sais pas si c'était sans raison, je n'entendais plus rien, mais... Oh, Émile, si tu avais vu ce que j'ai vu. Ils se sont regardés si étrangement que j'ai cru que... j'ai cru que...

Elle observa Émile, qui ouvrit de grands yeux.

— Ils ne se sont pas...

— Oh non ! réfuta-t-elle aussitôt. Non, pas du tout.

— Alors tout va bien.

— Oui, peut-être... mais... le maître m'a vue.

— Quoi ?

— Il a vu que j'avais tout suivi et si jamais ils... Alors j'ai refermé le rideau aussi vite. J'ai attendu que par deux fois la porte d'entrée claque. Katarina était partie, lui aussi normalement ! Mais quand j'ai rouvert le rideau... Là... là, commença-t-elle à pleurer. Je l'ai vu. Il était là, collé à la fenêtre, avec sa voix horrible, ses yeux immondes ! J'ai cru qu'il allait me tuer ! Oh, Émile, il m'a fait peur. Il me terrorise. Je ne veux pas qu'il arrive malheur à Katarina comme il est arrivé à Alvin. Je ne veux pas ! Je ne veux pas !

— Ne t'inquiète pas, il ne lui arrivera rien tant qu'on saura la tenir à l'écart.

— Mais si elle s'est attachée à lui, elle ne nous écoutera jamais.

— Alors, il faut lui dire la vérité, intervint Octave, qui mangeait. Avant qu'elle ne s'en entiche.

— Depuis quand es-tu là ? lui demanda le blond.

— Je viens d'arriver.

— Vraiment ?

Octave baissa les yeux sur son bol quand Margaret gémit :

— Nous ne pouvons pas le lui dire.

— Et pourquoi pas ? lui répondit Octave. Elle serait au courant de ce qu'il se passe ici.

— Non, nous ne pouvons pas. Il le saurait aussitôt et que crois-tu qu'il se passera ?

— D'accord, mais si nous ne lui parlons que sous forme de sous-entendus, elle ne pourra pas comprendre. Qui le pourrait dans une situation pareille ?

— Je pense qu'Octave a raison, renchérit Émile. Si nous le lui disons, elle saura à quoi s'attendre et elle pourra se méfier. Sans cela, comment pourrait-elle prendre ce que nous disons au sérieux ?

— Mais...

— Qu'avons-nous à perdre ?

Margaret réfléchit un instant. Cela supposait d'avouer des choses qu'à eux-mêmes elle n'avait jamais révélées. Aurait-elle la force d'en parler ? Elle était terrorisée à cette idée, mais Émile et Octave la regardaient toujours, encourageants.

— Vous avez peut-être raison, admit-elle. Sans doute devrions-nous lui parler. Mais y arriverai-je seulement ?

— Nous n'avons pas dit que ce serait facile, Margaret, mais nous devrons le lui dire un jour, au moins pour l'éloigner et puis... nous serons là pour t'aider.

La blonde s'enfonça dans un silence ; c'était aussi pour cela qu'elle appréhendait.

— D'accord, admit-elle finalement. D'accord. Nous lui dirons ce que nous savons, si c'est ce que vous voulez, mais uniquement lorsque le maître sera absent.

— Bien sûr ! acquiescèrent-ils. Dès que le maître sera absent.

Ils sentirent alors sur leur cœur un poids se lever, mais pour Margaret, la lourde tâche de la confession se gonflait inexorablement, l'étouffant presque à la seule idée de l'annoncer. Elle n'était pas certaine du résultat, et encore moins des conséquences que cela engendrerait ; en fait, elle commençait déjà à se rétracter.

À l'opposé des messes basses qui se murmuraient à son sujet, Katarina s'affairait à la tâche. Il faisait très sombre en cette journée et la pluie battait sur les murs de violentes secousses. Le manoir était plongé dans une telle obscurité qu'il fallut allumer plusieurs chandeliers pour discerner son travail. Les domestiques se démenaient aussi comme ils pouvaient pour préparer le salon, nettoyant et astiquant dans la demi-clarté. Il leur fallut aussi raviver la cheminée dans ces conditions et mettre en place quelques candélabres supplémentaires afin de terminer le repas, avant que l'heure ne sonnât le retour du brun. Une tâche pas facile à réaliser, surtout quand ce dernier restait introuvable, et que le labeur était peut-être mené pour rien.

— Meredith, Gerard, avez-vous vu le maître ? demanda alors Katarina en entrant dans la pièce où s'activaient ses camarades. Je ne le trouve pas.

— Non, nous ne l'avons pas vu. Peut-être est-il dans son bureau ou dans la bibliothèque ?

— Non, je ne l'y ai pas croisé. Depuis ce matin, il est introuvable. Ah ! Où peut-il être ?

— Sans doute est-il parti pour vous éviter ?

Katarina préféra ignorer la remarque de Rosie, mais cette dernière se fit un plaisir de poursuivre :

— Vous l'agacez si bien avec vos sales manies de petite-bourgeoise. À prendre de haut tout ce qui vous entoure et à ne pas lui obéir quand il vous demande quelque chose, il a sans doute préféré partir toute la journée.

— Tenez ! Vous êtes là, vous ? rétorqua la rousse sur le même ton. Je me disais aussi ; il y avait comme un bourdonnement désagréable dans mes oreilles. Maintenant, je sais d'où il vient.

— Vous n'êtes qu'une garce !

— Merci.

— Et une écervelée en plus.

— Je ne vais pas m'attarder sur chaque critique que vous me faites. Cela ne me touche plus depuis très longtemps.

— Peut-être avez-vous fini par comprendre.

— Vous me cherchez vraiment, n'est-ce pas ?

— Non. Pour moi, vous êtes aussi invisible que le maître en ce moment.

— Et moi, je me demande encore quelle peut être votre utilité au manoir. À part brailler, vous ne faites rien d'autre.

— Comment oses-tu, sale traînée ! C'est moi qui fais tout ici !

— Traînée !? Savez-vous au moins ce que cela veut dire ?

— Oui, je le sais parfaitement ! Je ne sais ni lire ni écrire, mais je ne suis pas bête ! Que croyez-vous donc ?

— Au temps pour moi, chère Rosie. Mais alors si je suis une traînée, qu'êtes-vous donc ? ... Une chienne ?

Meredith et Gerard s'arrêtèrent net dans leurs tâches, déconcertés par la violence verbale des deux femmes, surtout chez la bourgeoise, et par une situation qui ne tarda guère à dégénérer.

— Continuez à m'insulter ainsi et j'en réfère au maître !

— Vraiment ? Depuis le temps que vous le dites, Rosie ! Mais il me semble que lui non plus ne vous écoute pas. Vous devez le fatiguer...

— Fermez-la ! Vous n'avez aucune idée du pouvoir que j'ai sur lui et, nul doute, il saura agir en conséquence ! Ainsi, j'espère bien qu'il vous renverra chez vous, vous amuser des pauvres, vous faire battre par votre père, aussi arrogante et insupportable que vous êtes !

— Je ne vous permets pas !

— Qu'est-ce que j'en ai à faire ?

— Allez lui parler alors ! Que voulez-vous que ça me fasse ? Cela ne changera rien pour moi.

— Évidemment ! Vous avez tout ce que vous voulez. Mais le maître…

— Non, mais écoutez-vous ! rétorqua-t-elle. Le maître, le maître, le maître, et toujours le maître ! Vous êtes bien comme les chiens, rampant pour un simple biscuit de son propriétaire !

— Eh bien, si ça continue, commenta Meredith pour Gerard, cela finira en un bain de sang.

— C'est assez amusant, je dois dire, lui répondit-il.

— Quoi donc ? Le bain de sang ?

— Non, de voir Miss Kingsley sous cet angle.

Meredith fronça les sourcils.

— Décolle-moi ce sourire de ta bouche ou je te le fais ravaler.

— Eh bien, vas-y, la provoqua-t-il.

Espiègle, Meredith lui sourit, mais, au moment où les gestes allaient joindre la parole, un violent orage détona dans toute la pièce et tous sursautèrent aussitôt ! C'était comme si le ciel avait failli leur tomber sur la tête ! Les tableaux bougeaient encore sous cette secousse de terreur et les feux semblèrent projeter l'enfer même sur les murs de la pièce. Tous s'entre-regardèrent, un étrange pressentiment noué au ventre et le tonnerre gronda encore lorsqu'Octave et Émile arrivèrent en trombe.

— Avez-vous vu ce qu'il s'est passé ?

— Oui, oui, nous avons bien vu, répondit Meredith, agacée.

— Où est Margaret ? demanda Émile. N'est-elle pas encore rentrée ?

— Est-elle dehors ? s'inquiéta Katarina.

— Elle est sortie chercher le linge.

— Par cette tempête ?

— Je vais la chercher.

— Attendez, je me joins à vous.

— Je viens avec vous, ajouta Octave.

Une pluie torrentielle frappait à présent toute la bâtisse. L'orage continuait de menacer les murs d'effondrement et on ne voyait bientôt plus rien alors que midi approchait. Ils enfilèrent un manteau en vitesse, prirent un parapluie et emportèrent avec eux la veste de leur amie et celle du maître. Mais ils n'eurent pas à aller bien loin ; Margaret ouvrit la porte, un panier à la main.

— Ah ! C'est horrible ! J'avais tout lavé, se plaignit-elle, noyée. Quel temps !

— Ça va ? s'inquiéta Émile.

— Oui, je crois. Je suis un peu étourdie, mais à part ça, ça va.

— Donne-moi ton panier.

— M. Hodgkin est-il dehors ? l'interrogea Katarina.

Margaret lança un coup d'œil à Émile et Octave puis répondit :

— Non, je ne l'ai pas vu. N'est-il pas dans son bureau comme d'habitude ?

— Non, il n'y est pas. Il n'était pas là non plus pour le petit déjeuner. Mais il est toujours au manoir : sa veste est encore là, lui montra-t-elle. Et je crois qu'il m'en veut un peu...

— Je ne sais pas. Sans doute est-il sorti ? Mais inutile d'aller te noyer, si tel est le cas, il rentrera bientôt.

La blonde essaya de trouver du soutien auprès d'Octave ; aussi, il essaya :

— Sous une telle pluie, il ne tardera pas.

— Peut-être avez-vous raison, oui.

Mais au bout d'une heure d'attente, Katarina ne put plus attendre.

— C'est impossible, dit-elle. Je suis désolée, mais il faut que je vérifie. S'il est malade, ensuite, il ne se gênera pas de me reprocher que, là, je n'ai pas suffi à mon rôle.

Et elle referma brusquement la porte derrière elle.

— Ne la suis-tu pas, Octave ?

Un grand éclair apparut lorsqu'il ouvrit.

— Non, il pleut trop fort.

Dehors, Katarina observa un peu partout, mais il était difficile de voir à plus d'un mètre devant elle tant la tempête était grande. Alors elle marcha contre le vent et scruta autour d'elle à l'affût du moindre mouvement.

— Monsieur ? Monsieur ! Où êtes-vous ? Je vous préviens, je ne vous soigne pas si vous êtes malade.

Puis soudain, elle s'arrêta et écarquilla les yeux. Une ombre difforme se tenait accroupie devant elle. Elle se frotta les yeux, les rouvrit presque aussitôt, mais fut surprise de ne rien trouver de suspect. Le sommeil devait très certainement lui manquer, surtout depuis la nuit précédente, car il n'y avait que le brun devant elle, seul assis sous la pluie. Enfin, elle le trouvait !

Oubliant son hallucination, Katarina se rapprocha de lui et, assurée qu'il se fâcherait si elle se mêlait encore de ses affaires, elle plaça néanmoins au-dessus de lui le parapluie qu'elle avait apporté et lui tendit sa veste.

— Monsieur, vous allez attraper froid si vous restez là.

Leon leva la tête vers elle puis l'abaissa aussitôt. Malgré le déluge qui s'abattait sur lui, il ne semblait pas réagir. Sa chemise était trempée et ses cheveux d'ordinaire si bien coiffés n'avaient aucune forme décente. Il semblait totalement ailleurs. Aussi, Katarina s'agenouilla à ses côtés et, maladroite, posa le manteau sur lui.

— Ne restez pas là ; le tonnerre gronde et vous allez vous rendre malade. Rentrez. Nous vous avons préparé un bon feu et Émile vous a cuisiné un très bon plat.

Mais il ne réagit pas, donc elle tenta :

— Si vous ne voulez pas m'avoir sur le dos, vous feriez mieux de regagner les salons, car je vous préviens, si vous tombez malade, je peux vous dire que je vous rendrai la vie insupportable et… je m'inquiéterai pour vous.

À ces mots, il esquissa un sourire en coin.

— Effectivement, vu sous cet angle, dit-il enfin, je ne prendrai aucun risque.

Alors, il se releva de toute sa hauteur, dominant la petitesse de la rousse qui fut alors bien embarrassée pour lui tenir le parapluie.

— Excusez-moi, mais, si j'avais été assez grande, je vous l'aurais tenu volontiers.

— Je n'en doute pas.

Katarina sourit. Elle ne lui avait posé aucune question. Elle avait agi comme trop peu souvent elle l'avait fait jusqu'à présent. Elle ne savait pas pour quelles raisons il agissait ainsi ces derniers temps ni pourquoi il s'absentait si souvent, il était tellement incompréhensible parfois, mais elle ne s'était pas hasardée à en savoir davantage. Si elle avait voulu lui demander pourquoi il s'était laissé aller là, il ne lui aurait certainement pas répondu ou lui aurait crié dessus. Mieux valait se taire. Elle ne voulait pas recommencer à se disputer avec lui. C'était bien ainsi. Aussi rentra-t-elle de bonne humeur au manoir où le brun la suivit sans discuter.

En arrivant dans le salon, les serviteurs se retournèrent vers eux, surpris de les voir ensemble ; et le maître et le majordome leur répondirent, tout aussi étonnés de les voir tous ensemble.

— Que faites-vous tous ici ? trancha le brun sous le tonnerre encore puissant. N'avez-vous rien de mieux à faire ?

— Excusez-nous, monsieur, intervint Rosie. Nous terminions les préparatifs pour votre confort.

— Alors, je vous en remercie. Mais je ne crois pas que vous six étiez nécessaires. Est-ce que tout est prêt ?

— Oui, monsieur. Puis-je vous servir ?

— Non, cela ira ; Mlle Kingsley est là pour cela. Vous autres, retournez à votre ménage. J'appellerai Mlle Brown pour débarrasser.

Rosie grogna, mais resta courtoise devant celui qu'elle prenait pour un dieu.

— Comme vous voudrez, monsieur. Bon appétit.

— Merci, mademoiselle Rose.

Puis elle sortit, accompagnée par les cinq autres.

Une fois la porte refermée, les commentaires ne purent s'empêcher de jaser :

— Avez-vous vu comment il a envoyé Rosie dans les roses ? Enfin, si je puis permettre, s'étonna Meredith, amusée, un regard mauvais envers la concernée qui s'enfuyait.

— C'est sûr, renchérirent les autres. Elle n'avait pas l'air contente.

— Croyez-vous qu'il se passe quelque chose entre eux ? Je les trouve… bizarres.

— Que veux-tu dire ? s'interrogea Gerard.

Émile, Margaret et Octave s'entre-regardèrent.

— Eh bien, je trouve que le maître est plus… Comment dire… aimable ?

— Aimable ? Non, mais tu plaisantes ? Il est pire que d'habitude ! As-tu vu son état ? Il n'a même pas pris la peine de se changer.

— Peut-être cela ne lui fait-il aucun effet ?

— Oui, enfin, en attendant, c'est un peu fort ce que tu dis.

— Mais… si ce que je crois se révélait être vrai, peut-être pourrait-elle le changer ? Il est imbuvable et un changement de sa part ferait énormément de bien au manoir ! On ne sait plus quoi faire avec ses sautes d'humeur ! Sans compter son mauvais caractère, ses lubies, ses goûts, ses…

— Meredith.

— … son arrogance, son extravagance, son…

— Meredith, insista Gerard.

— Quoi ?

Il lui fit signe de se retourner. Alors seulement, Meredith vit son maître la dominer de toute sa taille. Elle changea aussitôt de ton.

— Ah, monsieur ! Vous régalez-vous ?

— Hors de ma vue ! Et tous !

Aussitôt, ils s'en allèrent ; Katarina bientôt sur leurs talons.

— Si vous avez besoin de moi, vous n'avez qu'à demander.

— Cela ira, merci.

Et il lui claqua la porte au nez, avant même qu'elle pût ajouter quoi que ce soit.

— Eh bien, souffla-t-elle abasourdie devant la porte fermée. Je crois que ce sera pour plus tard. En attendant, je vais aller… repasser. Oui, c'est cela, repasser.

Et elle gagna la laverie, sans rencontrer un domestique sur son chemin, ne se doutant pas qu'elle avait suscité chez l'un d'entre eux un sentiment qui allait avoir des conséquences… irrévocables.

Chapitre 17

Le 15 novembre 1875, dans l'un des salons les plus calmes du manoir, la jeune Kingsley préparait du feu pour le maître. La journée avait été plutôt paisible et, malgré quelques rayons courageux, il n'avait guère fait très clair à l'intérieur. Aussi, quinze heures n'avaient pas sonné que les chandeliers avaient été allumés. Les nouvelles lumières au gaz ne semblaient pas avoir fait leur chemin jusque-là et il était de toute manière impossible de les y installer sans entreprendre de grands travaux ; la construction de la maison ne s'y prêtait pas et, même si cela avait été le cas, Katarina savait que M. Hodgkin aurait été réticent. Il était habitué ainsi et cela lui convenait. Au mieux, disait-il, toujours de sa voix cynique, il changerait plus tard, s'il en avait envie. Autant dire jamais. Aussi se contentait-elle de s'occuper de la cheminée et de veiller toujours à ce que les flammes des bougeoirs restassent en éveil. Un travail qui n'était pas compliqué pour elle, mais qui l'attristait beaucoup sans qu'elle sache vraiment pourquoi ; peut-être parce que cette préparation annonçait l'hiver. Il fallait dire que le soleil était fort capricieux à ce moment-là et il lui arrivait souvent de disparaître, assombrissant la pièce pendant quelques instants, laissant derrière lui une pluie fine tomber en continu sur la bâtisse.

Dans cette atmosphère, quelques-uns des domestiques étaient donc relégués à d'autres rôles, comme Octave, le jardinier, qui aidait désormais au ménage ; ou encore Rosie, qui ne pouvait effectuer les courses qu'à un moment où la pluie était moins violente, pénalisant par la même occasion Émile, qui devait cuisiner. À ce propos, Katarina fut fort surprise de constater que la rondelette était la seule à sortir et à s'occuper des affaires extérieures. En réalité, elle avait été si occupée depuis son arrivée qu'elle n'y avait pas même prêté attention jusque-là. Désormais, elle se rendait compte qu'elle n'avait vu personne d'autre que Rosie quitter la maison, pas plus que des invités rendre visite au maître ; il devait vraiment détester les gens pour vivre ainsi reclus avec ses domestiques et, s'ils n'étaient pas tous très occupés, elle aurait pu imaginer qu'il les retenait tous prisonniers. Mais son imagination la trompait bien souvent et elle n'osait plus y croire, d'autant que, depuis quelque temps, les apparitions avaient cessé. Elle continuait de se sentir épiée, certes, sans pouvoir dire par qui ou par quoi, toutefois le reste avait disparu et c'était là le principal. Aussi, broya-t-elle, en même temps que le bois qui crépitait dans l'âtre, ses idées de scénarios rocambolesques dans lesquels elle s'imaginait être l'héroïne.

Le feu commença lentement à prendre et Katarina put alors réchauffer ses mains abîmées par les tâches quotidiennes. Lorsqu'elle les observa, elle ne put réprimer un triste sourire. Elles avaient été si jolies ! Et si richement soignées ! Katarina regretta un instant d'avoir quitté son confort. Désormais, elle n'avait plus le temps de s'en occuper et, même si tel avait été le cas, elle n'aurait pas disposé du nécessaire pour les soigner ; et elle doutait fort que M. Hodgkin eût ce genre de produit, au même titre que ses camarades qui vivaient presque sans rien.

Se rendant compte de ses pensées, Katarina se trouva soudain honteuse. Dans les circonstances où elle se trouvait, il fallait s'y attendre : c'était elle qui avait voulu fuir et personne ne l'avait empêchée de partir. Elle était libre de s'en aller. M. Hodgkin ne la contraignait pas. Le moment était peut-être venu. Au bout de trois mois passés loin de chez elle, il était sans doute plus que temps. Ses mains ne la dérangeaient guère à ce point, mais il était vrai qu'elle avait fui depuis longtemps désormais et sa blessure avait totalement disparu. Quant à celle marquée dans son âme, elle ne disparaissait certes pas, mais elle s'était au moins apaisée avec le temps.

Ah ! Elle ne savait que faire. Pourtant, elle ne pouvait pas rester là indéfiniment : comment justifierait-elle une si longue absence ? Et que penserait M. Hodgkin ? Elle s'en mordit les lèvres. En vérité, quelque chose l'empêchait de partir et ses amis n'y étaient pas étrangers.

Absorbée par ses pensées, elle ne prêta pas attention à l'un d'entre eux qui, brusquement, la fit sortir de sa rêverie.

— Katarina ?

— Monsieur Gabhann ?

— Gerard, lui répliqua-t-il.

— Bien entendu, Gerard, lui répondit-elle. Un instant, j'avais cru que... Enfin, peu importe, que désirez-vous ?

— Monsieur vous demande dans son bureau.

— Ah... j'arrive tout de suite.

Katarina déposa alors le bois à côté de la cheminée, dans la corbeille prévue à cet effet et, après avoir défroissé sa robe, suivit l'homme de ménage. Il la conduisit à l'étage où il frappa sans attendre.

— Entrez, entendirent-ils au travers de la porte.

— Savez-vous pourquoi il me demande, Gerard ?

— Non, je n'en ai aucune idée, mais je crois que c'est en rapport avec Rosie. Elle est aussi à l'intérieur.

— Rosie ?

La jeune fille ne s'en étonna guère.

— Je me demande de quoi elle m'accuse encore.

Patientant sur le côté pendant que Gerard l'annonçait, Katarina le vit bientôt sortir, un sourire désolé peignant son visage.

— Bon courage, dit-il sincèrement. Ce n'est pas la joie là-dedans.

— Merci.

À peine entrée, Rosie la toisa de tout son haut, un sourire mesquin collé aux lèvres tandis que le maître, lui, l'observa de dessous sa frange.

— M'avez-vous demandé, monsieur ?

— Oui. Asseyez-vous.

— Est-ce grave ?

— Non, j'aimerais simplement que vous alliez faire les commissions aujourd'hui.

— Vraiment ? s'étonna-t-elle. Pourquoi tant de cérémonie ? N'est-ce pas Mlle Rose qui s'en charge habituellement ?

— C'est elle, en effet, mais je lui ai accordé le reste de la journée pour se reposer. De plus, vous n'êtes pas sortie depuis un moment, il me semble, et cela vous aérera les idées. Vous aurez tout le loisir de réfléchir et de changer d'air. Vos cernes et votre silhouette ne me disent rien qui vaille.

Katarina fronça les sourcils et Rosie lui sourit machiavéliquement. Elle se demandait bien ce qu'elle préparait.

— Je vous remercie de votre sollicitude, monsieur, répondit-elle. Mais avec toute cette pluie, est-ce bien raisonnable ?

— Ce n'est pas cela qui vous a arrêtée lorsque vous êtes venue me chercher.

Rosie gloussa. Katarina l'ignora.

— Bien sûr que non. Je me demandais juste quel était ce revirement de situation.

— Je n'ai pas à me justifier, mademoiselle Kingsley. Est-ce trop difficile pour vous ?

— Bien sûr que non, mais cela me semblait étrange que Mlle Rose ait besoin de repos. Elle ne rechigne jamais à vous servir, bien au contraire, insista-t-elle. Elle enrage même quand c'est moi qui le fais.

— On ne t'a pas sonnée, la rousse, réagit aussitôt Rosie.

— Je ne veux rien savoir de vos querelles, mesdemoiselles. Dois-je vous rappeler que les décisions m'appartiennent ? De plus, sachez qu'en aucun cas vous ne m'influencez dans mes choix, que ce soit l'une ou l'autre. Et pour la énième fois, soupira-t-il, je n'ai pas à me justifier devant vous. Combien de fois faudra-t-il vous le répéter ?

Katarina décida de prendre la réplique avec bonne humeur et sourit.

— Je ne sais combien de fois, monsieur, et je crains que ce ne soit pas la dernière.

Leon leva les yeux au ciel dans un demi-sourire, mais cela déplut à Rosie, qui intervint aussitôt.

— Vous rendez-vous compte de votre insolence, mademoiselle Kingsley ?

— Pardon ? De quoi parlez-vous encore ?

— De vos manières de répondre, rétorqua-t-elle, impérieuse. Ne faites pas comme si vous ne le saviez pas. Vous ne savez pas qui vous avez en face de vous !

— Mademoiselle Rose ! intervint Leon. Ça suffit maintenant ! Taisez-vous ! Qu'est-ce qu'il vous prend, enfin ?

— Pardon, Monsieur. C'est juste que je croyais que...

— Il en a toujours été ainsi entre Mlle Kingsley et moi, et cela ne vous concerne pas.

— Oui, monsieur.

La rousse fut saisie de l'autorité à laquelle il avait remis la rondelette à sa place et hésita entre trouver cela drôle ou embarrassant. Elle opta pour la première.

— Et vous, mademoiselle Kingsley, je vous en prie, cessez également. Mlle Rose m'a demandé sa journée, je la lui ai accordée, et je vous demande de bien vouloir la remplacer aujourd'hui. Je demanderai à quelqu'un d'autre si cela vous gêne à ce point, mais répondez-moi une bonne fois pour toutes : voulez-vous oui ou non prendre sa relève aujourd'hui ?

— Oui, bien sûr. Je n'avais pas l'intention de refuser.

— Alors, pourquoi toute cette mise en scène ? maugréa Rosie entre ses dents.

— Bien, la coupa Leon. Donc vous emmènerez M. Crooks. Je crains qu'il ne profite un peu trop du mauvais temps.

— Comme vous voudrez.

— Ah ! Et encore une chose : j'aimerais que vous soyez rentrée d'ici deux heures. Est-ce que cela ira ? Je dois m'absenter et j'ai besoin de vous au manoir.

— Comme il vous plaira, mais ne serait-ce pas un peu juste ? dit-elle en observant l'heure. Il faut un certain temps pour atteindre l'autre côté de la forêt.

— Vous vous rendrez à Rievaulx, c'est plus proche d'ici que Ampleforth et je crois que vous préférerez éviter Helmsley même. Sinon, vous n'aurez qu'à presser le pas.

— Je ferai de mon mieux, mais j'ai encore une question, si je puis me permettre.

— Je vous écoute.

— Qui s'occupera de mes tâches en attendant ?

— De vos tâches ?

— De votre service, ajouta-t-elle. L'heure du thé approche et je...

— Ne vous en faites pas pour cela, dit-il en balayant l'air de sa main.

À ce moment-là, la bourgeoise vit la rondelette sourire de toutes ses dents et elle comprit. La garce, elle prenait sa journée, mais pas pour tout.

— Mlle Rose s'en occupera.

— Évidemment, admit-elle.

— Vous devriez y aller maintenant, poursuivit Leon. Avant qu'il ne se remette à pleuvoir.

Elle s'inclina respectueusement et les quitta.

Cette Rosie lui tapait vraiment sur les nerfs avec sa jalousie déplacée ; c'en était maladif et usant. Qu'elle s'occupe de lui après tout, elle aurait moins de travail et plus de temps pour lire. M. Hodgkin avait sans doute raison, prendre un grand bol d'air frais, même pluvieux, lui ferait assurément du bien.

Aussi, elle se rendit aux cuisines où le panier à provisions et une liste l'attendaient. Le maître avait-il tout prévu ? Car Rosie ne savait pas lire.

— Qu'est-ce que vous faites ? lui demanda Émile en la voyant se servir. N'est-ce pas Rosie qui doit sortir ?

— Non, pas aujourd'hui. Monsieur m'y envoie à sa place.

— Vraiment ?

— Je viens à l'instant de quitter son bureau.

— Est-elle malade ?

— Non. Elle prend une journée de repos.

Émile ouvrit de grands yeux ronds et un immense sourire naquit sur son visage.

— Qu'est-ce qui vous arrive ? se demanda Katarina. Je ne vois pas ce que j'ai dit de drôle.

— Ah ! Je n'y crois pas. La chance tourne peut-être.

Il se précipita alors hors de la cuisine et revint quelques instants plus tard, les bras chargés de lettres. Surprise, Katarina l'interrogea :

— Pourquoi me donnez-vous tout cela ? Il y en a des centaines !

— Pour que vous les postiez.

— Je veux bien, mais, avez-vous vu ce que vous me donnez ?

— Ah.

Émile reprit les enveloppes.

— Vous avez raison. Il y en a beaucoup trop. Il faut que je me dépêche.

— Pourquoi cela ? Je ne comprends pas.

— Alors, celle-ci... non. Celle-là... non plus.

— Émile, je ne comprends rien à ce que vous faites. J'ai deux heures, il me faut me dépêcher.

— Peut-être devrions-nous en envoyer une seule seulement ? Ils sauront forcément.

— Mais enfin, allez-vous m'expliquer ? Je devrais déjà être partie.

— Oui, ils ne m'en voudront pas si je fais cela.

— Émile !

Mais elle l'appela vainement. Il sortit à nouveau. Elle jeta alors un rapide coup d'œil aux enveloppes qu'il avait laissées ; la plupart étaient datées d'au moins six mois auparavant, certaines même de presque un an.

— Qu'est-ce que cela veut dire ?

Elle n'eut le temps de regarder plus attentivement, le blond revint en courant.

— Tenez, miss, lui dit-il en lui tendant une nouvelle enveloppe.

— Qu'est-ce que c'est ?

— Une lettre, répondit-il, incrédule.

— Je vois bien que c'est une lettre, mais pourquoi tant d'empressement ? Et pourquoi toutes celles-ci ? Ne pouviez-vous pas les poster avant ? Elles sont très anciennes !

— Celles-ci ? Oh, ce n'est pas grave. Envoyez uniquement celle que je viens de vous donner, s'il vous plaît. Et ne tardez pas en route. C'est très important.

Katarina observa l'adresse et lut.

— À M. Ferguson, commissariat de Leeds. À un commissariat ?!

— Chut, intervint aussitôt le cuisinier. Moins fort, je vous en supplie.

— Je ne comprends pas. Pourquoi est-ce que...

— Ne vous en occupez pas... Un... euh, un ami à moi travaille là-bas et je...

— Je ne vous crois pas.

— Katarina, l'implora-t-il, utilisant pour la première fois par son prénom. S'il vous plaît, ne cherchez pas à comprendre pour l'instant et postez-la. Nous vous expliquerons plus tard, c'est promis. Mais pour l'instant, faites ce que je vous dis et ne la perdez surtout pas.

Voyant avec quelle insistance il s'obstinait à lui demander ce service, elle finit par céder.

— Bon, bon, comme vous voudrez. J'irai la déposer.

— Oh ! Merci ! Merci du fond du cœur. Avec vous, nous avons peut-être une chance d'obtenir une réponse.

— N'en avez-vous jamais reçu ?

— Non, Rosie ne nous les prenait pas.

— Pardon ?

— Je n'aurais peut-être pas dû vous le dire, vous allez rester maintenant.

— Pourquoi ?

— Eh bien, je ne sais pas trop, mais nous n'avons jamais reçu de réponses. Je suis bien content que ce soit vous en tout cas, enchaîna-t-il pour changer de sujet. Vous y ferez attention, n'est-ce pas ?

— Bien sûr que j'y veillerai, répondit-elle, abasourdie. Mais vous remercierez Monsieur de m'avoir envoyée en ville à sa place. Je lui en toucherai deux mots d'ailleurs.

— Non, surtout pas !

— De quoi parlez-vous ? intervint soudain Margaret.

— Je ne vais jamais partir, marmonna la rousse.

— Le maître a envoyé la miss faire les commissions, dit Émile précipitamment.

Puis, il murmura quelque chose à la maladroite que Katarina ne saisit pas. Visiblement, cela avait l'air de réjouir son amie.

— C'est vrai ? Mais comment est-ce possible ? Est-elle souffrante ?

— Cela a l'air de beaucoup vous plaire à ce que je vois, commenta la bourgeoise. J'avoue ne pas comprendre, mais bon. Non, Rosie n'est pas souffrante, du moins pas à ce que je sais. Elle avait l'air très bien, au contraire, ravie même de m'éloigner du manoir.

— Vraiment ? Mais pourquoi le voudrait-elle ?

— Margaret, voyons. Si je m'en vais, qui s'occupe du maître ? Rosie, bien sûr ! affirma-t-elle face à son silence. Elle n'attendait que cela.

Émile et Margaret s'observèrent suspicieusement et l'un osa demander :

— Cela vous dérange-t-il ?

— Pas le moins du monde, au contraire ! Je vais pouvoir changer d'air. En revanche, faire plaisir à cette sale petite... à Rosie, se reprit-elle, cela me coûte. Elle avait bien préparé son coup.

— Ah bon.

Ce fut au tour de Katarina de les observer.

— Pourquoi me demandez-vous cela ? Vous ne croyiez pas tout de même pas que... Oh non, dit-elle soudain en voyant la tête que ses amis faisaient. Vous ne croyiez tout de même pas que j'étais jalouse ?

— Oh non ! Pas du tout, mentirent-ils. Nous ne nous le permettrions pas. Il est si... Et vous êtes si..., Non, non, non. Nous ne le pensions pas.

— Vraiment ? Vous me rassurez !

— C'est cela, dirent-ils.

— En revanche, je ne voudrais pas vous blesser en quoi que ce soit, mais, si vous continuez à me retenir, vous allez me mettre en retard. Je dois être de retour dans deux heures. Savez-vous où est Octave ? Je dois l'emmener à cause de son manque d'activité.

— Il est à la laverie, je crois, dit Émile.

— Je l'ai vu dans sa chambre, affirma Margaret.

— Bon, je vais aller voir. À tout à l'heure.

— N'oubliez pas la lettre.

— Je ne l'oublierai pas.

La rousse se rendit alors à la laverie, étourdie par les suppositions que pouvaient parfois faire ses camarades, mais le jardinier n'y était pas. En revanche, la porte de sa chambre était entrouverte. Pressée, elle poussa le battant et entra.

La pièce était petite et pauvrement meublée : une seule commode pour deux personnes et deux simples lits s'y trouvaient, recouverts chacun d'une unique couverture de laine. Aucune tapisserie ne décorait les murs et le plancher n'était recouvert d'aucun tapis. Certes, la rousse savait quel genre d'endroit ils occupaient, mais elle ne pouvait s'empêcher d'éprouver pour eux un sentiment de compassion sincère à chaque fois qu'elle venait dans leur chambre ; avec l'hiver qui arrivait, ils ne tarderaient pas à avoir froid et à être malades.

Seul au fond de la pièce, allongé sur son lit, Octave ne semblait pas s'en indisposer, car, endormi comme il l'était, il ne la vit pas arriver.

— Octave ?

— Ah ! Mademoiselle, dit-il en se relevant brusquement.

Il avait sur le visage du miel, semblait-il, mais aussi de fines tranches de carottes sur les joues et deux grosses rondelles de pommes de terre sur les yeux. En le voyant, Katarina ne put s'empêcher de sourire.

— Que faites-vous ainsi ? lui demanda-t-elle, se retenant tout juste de rire.

— Ah cela ? C'est Margaret. Elle m'a dit que c'était bon pour la peau.

— Pardon ?

— Oui, elle m'a dit que les dames, et même certains messieurs, utilisaient ce remède pour rendre la peau plus belle, expliqua-t-il tout joyeux.

— Je ne connaissais pas ce remède, dit-elle en se contrôlant pour ne pas rire davantage, tandis que son ami déposait délicatement les légumes dans un bol à côté. Je crois bien qu'elle vous taquinait, Octave.

— Vous croyez ?

— J'en suis même certaine. Je n'ai jamais vu ni utilisé ce remède. Vous devriez le savoir également d'ailleurs. En revanche, vous devriez vous dépêcher, dit-elle en regardant sa montre. Nous avons déjà pris beaucoup de retard.

— Pourquoi faire ?

— Le maître nous a chargés de faire les commissions, lui expliqua-t-elle en l'aidant à enlever la nourriture de son visage.

— Vraiment ? Mais que fait Rosie ?

— Elle reste ici. Il lui a accordé une journée de repos, selon sa demande, et non, elle n'est pas malade, ajouta-t-elle en devançant la question.

— Ah bon, termina-t-il platement.

— Je vous attends dehors, Octave. Prenez un parapluie. Je crois que le vent tourne encore.

Octave jeta un coup d'œil par la fenêtre et remarqua le gros nuage noir qui approchait. Soudain, son visage devint fort pâle.

— Je crois en effet qu'il serait bon d'en emporter un, et surtout de nous hâter.

Intriguée, la jeune femme l'observa un instant. Mais elle n'en demanda pas davantage à ce moment-là et se prépara.

Chapitre 18

Sur la route, Octave resta crispé et, perdu dans ses pensées, ne dit pas un mot. Katarina quant à elle ne demandait qu'à converser, mais la concentration disproportionnée qui émanait du jardinier l'en faisait s'abstenir. Alors, elle observa les alentours. Toute la nature était en émoi. Pas un son ne parvenait aux oreilles, pas même la plus petite brise, alors qu'à peine quelques minutes auparavant, le vent avait grondé. Inquiète, la jeune femme se rapprocha du jardinier, mais celui-ci resta dans son état de transe et ne réagit pas. Elle avait comme un vague sentiment de déjà-vu, comme si la scène, qui se produisait pourtant pour la première fois depuis son arrivée au manoir, s'était déjà produite des années auparavant. Ne comprenant pas, son angoisse monta.

Son ami sortit brusquement de sa léthargie.

— Excusez-moi, mademoiselle. J'étais perdu dans mes pensées. Nous devons prendre à droite pour aller à Rievaulx.

— Je vous suis.

Mais aussitôt qu'ils le firent, ils replongèrent dans leur silence.

Sur le chemin, les feuilles tombaient par milliers au pied des arbres, plus bas et plus espacés que ceux du cœur de la forêt. Il y avait plus d'air ici qu'autour du manoir et les deux amis pouvaient sentir le vent toucher leur visage, mais aussi la pluie, qui commença dès lors à tomber plus violemment. Octave et Katarina ne tardèrent guère à accélérer le pas, arrivant après une heure de marche dans le centre-ville de Rievaulx.

La ville était animée et, malgré le mauvais temps, beaucoup de monde se promenait dans les rues. Katarina se sentit mal à l'aise. Elle sentait peser sur elle de nombreux regards. Pourtant, personne ne pouvait la reconnaître, accoutrée comme elle l'était, cachée derrière son parapluie, et avec son long manteau qui cachait presque tout de sa tenue. Mais elle n'était pas rassurée. Aussi, très inquiète, elle prit le bras d'Octave.

— Dépêchons-nous, s'il vous plaît. Je ne me sens pas à mon aise.

— Croyez-vous qu'on puisse vous reconnaître ?

— Je ne pense pas, mais je ne préfère pas risquer que l'on me surprenne.

— Alors, ayez une allure naturelle. Sinon, vous aurez l'air suspecte.

Puis, après un bref silence, il demanda :

— Avez-vous honte de ce que vous faites ?

— Non... non, pas le moins du monde, mais je ne voudrais pas salir la réputation de ma famille.

— Pourtant, c'est à cause d'elle que vous êtes partie, non ?

Katarina ne sut quoi répondre à cette remarque et le suivit jusqu'à l'épicerie où elle se sépara de lui.

— Je dois aller au bureau de poste déposer la lettre que m'ont confiée Émile et Margaret ; cela ne vous dérange pas si je vous abandonne ici ?

— Avez-vous vraiment une lettre ?

— Oui.

— Cela alors ! s'exclama-t-il, surpris. L'avez-vous toujours ?

— Oui, lui montra-t-elle.

— Gardez-la précieusement surtout. Bien sûr, je vais me charger des commissions. Allez-y. Nous nous rejoindrons ici même, s'empressa-t-il soudain. Cela vous convient-il ?

— Euh oui, répondit-elle, abasourdie. Oui.

Katarina ne savait pas encore ce que signifiait ce comportement, mais, de toute évidence, il devait cacher quelque chose d'extrêmement important pour lui confier une lettre dont le destinataire n'était autre qu'un inspecteur réputé du Yorkshire. Aussi, sans chercher davantage d'explications où elle ne trouverait que confusion et sentiments contradictoires, elle se dirigea vers le bureau de poste, le précieux message en main.

Les maisons étaient accolées dans ces ruelles étroites, et ne laissaient guère d'intimité aux voisins. Il y avait ici nombre de bourgeois et il n'était pas rare de les voir s'afficher dans la rue, se mêlant de manière arrogante à la populace. Katarina le savait pour y être allée de nombreuses fois en compagnie de ses parents lorsqu'ils rendaient visite aux Dashwood. C'était une ville située à quelques miles de Helmsley, mais beaucoup plus ancrée dans la forêt que cette dernière. Là se racontaient les légendes les plus saugrenues qu'elle n'avait jamais entendues ailleurs ! C'était aussi là qu'une fois elle avait été mise en garde contre ces dernières et qu'elle avait entendu une grande partie des bêtises sur la forêt.

Ignorant alors les paysans qui l'accostaient trop imprudemment sur son passage, Katarina passa bientôt près des ruelles basses qu'elle évita soigneusement, en traversant une avenue bordée de réverbères, se cachant le visage pour ne pas être reconnue par des connaissances.

Elle atteignit ainsi l'autre côté sans souci particulier et, rassurée, entra dans le bureau de poste.

Il n'y avait personne susceptible de la reconnaître à l'intérieur, mais, prudente, elle se mit en fin de queue et patienta, tout en prenant soin de détourner les yeux des autres… au cas où. Et bientôt, elle fut reçue :

— Bonjour, mademoiselle, la salua le guichetier. Que puis-je faire pour vous ?

Un homme d'une trentaine d'années, aux cheveux châtains et bien coiffés, lui souriait en dessous de sa longue moustache.

— Je suis venue déposer ceci, lui dit-elle en lui tendant la lettre.

— Bien, elle partira avec le prochain coursier. Puis-je faire autre chose pour vous être utile ?

Katarina réfléchit. Cela faisait longtemps qu'elle ne s'était pas tenue au courant des événements dans le monde et elle se souvenait que Rievaulx était la ville où le mendiant, Gerard, avait disparu.

— Auriez-vous le journal ? demanda-t-elle.

Surpris par cette requête, le réceptionniste alla pourtant lui chercher les nouvelles.

— Tenez ! Mais il s'agit de celui d'hier.

— Merci bien, cela ira.

Katarina lui offrit quelques pièces en échange et sortit. Le chemin inverse se fit alors plus lentement que l'aller et, le nez dans le journal, elle regagna l'épicerie où elle attendit son compagnon. Elle le voyait à travers la vitre prendre le lait et elle l'aurait rejoint si elle n'avait pas soudainement été accostée :

— Mademoiselle ! Mademoiselle.

C'était le réceptionniste qui courait vers elle. Heureusement, il n'y avait personne à ce moment-là, sans quoi il aurait attiré toute l'attention sur elle.

— Qu'y a-t-il ? le questionna-t-elle, légèrement embarrassée.

— Excusez-moi de vous avoir ainsi suivie, articula-t-il avec peine tant il était essoufflé. Mais ne seriez-vous pas par hasard, Mlle Kingsley ?

— Pardon ?

Katarina écarquilla les yeux : comment avait-il su ? C'était la première fois qu'elle le voyait.

Paniquée, elle masqua son embarras du mieux qu'elle le pouvait ; il ne fallait surtout pas qu'il sache son identité, absolument pas.

— Je crois que vous faites erreur, monsieur, dit-elle.

— Veuillez pardonner mon insistance, mais vous ressemblez étrangement à la description que m'ont faite de vous deux jeunes messieurs. Ils disaient être à la recherche d'une jeune femme répondant au nom de Mlle Katarina Kingsley, une bourgeoise roux-auburn aux yeux noirs, assez petite, avec un nez légèrement retroussé et jeune. Vous y correspondez de manière assez troublante, je dois dire. Est-ce vous ?

Katarina en resta bouche bée. La description était frappante certes et les deux jeunes hommes en question devaient sans doute être son frère, Duncan, et le fils de La Courtepiert ; autrement, le guichetier n'aurait pas dit « jeunes » et c'était les seuls susceptibles de la chercher. Elle se sentit tout à coup mal à l'aise et terriblement désolée, surtout pour son frère, mais elle ne devait pas être reconnue, pas maintenant, et surtout pas dans cet accoutrement. Alors, elle joua du mieux qu'elle put :

— Votre description me correspond étrangement en effet, mais, voyez-vous, je ne suis pas celle que vous croyez ; mes revenus sont plus modestes.

— Ah… vraiment ?

— Vous ont-ils promis une récompense pour que vous quittiez ainsi votre travail, sans même être sûr de vous ?

— Non, certes non. Ils n'ont rien promis, ils étaient juste… inquiets, je crois.

— Vous voilà bien avancé. Maintenant, s'il vous plaît…

— Non, attendez. Excusez-moi, mais ils m'ont dit que… Ah, c'est insensé ! Vous lui ressemblez trait pour trait.

— Veuillez ne pas insister, je vous prie. Vous me faites peur. N'avez-vous pas de meilleurs moyens pour courtiser une femme ?

— Vous vous méprenez, mademoiselle, je vous assure, dit-il en s'écartant brusquement.

— Et vous aussi, monsieur, puisque je vous dis que je ne suis pas…, bredouilla-t-elle, cette fille dont vous me parlez.

— Permettez-moi pourtant d'insister, car vous lui ressemblez grandement. Et mis à part votre tenue… Si vous acceptiez au moins une rencontre avec ces messieurs, je suis sûr que…

— Non, merci. Je n'ai pas de temps pour cela.

— Mais ils m'ont soumis l'idée que la jeune femme pouvait être déguisée aussi.

— Je ne vous permets pas de vous moquer de ma condition ! Comment osez-vous, vraiment ? Puisque je vous dis que je ne suis pas Mlle… Mlle…

— Mlle Kingsley ?

— Mlle Kingsley, c'est cela, fit-elle mine de se souvenir.

— Alors qui êtes-vous ?

— Je suis, je suis…, chercha-t-elle soudain. Je suis Margaret Brown.

— Pardon ?

— Oui, c'est cela. Margaret Brown. Maintenant, veuillez cesser de m'importuner.

Et sans attendre d'autre réplique, elle rejoignit Octave dans la boutique.

Elle était passablement irritée, mais aussi profondément troublée : son frère la recherchait encore. Qu'est-ce que cela voulait dire ? Elle lui avait envoyé une lettre pourtant ! Pourquoi s'obstinait-il ? Ne l'acceptait-il pas ? Et que faisait encore le fils de La Courtepiert avec lui ? Il avait été le témoin de sa fuite, il était le plus à même de comprendre ! Ou alors il était idiot.

Elle se souvint alors que Rosie n'envoyait pas les lettres ; la sienne devait avoir subi le même sort que celles de ses camarades. Se pouvait-il réellement que, depuis tout ce temps, personne ne savait qu'elle était en sécurité ? C'était impossible, car, si tel était le cas alors ce qu'elle avait fait était horrible ! Ses parents allaient lui en vouloir comme jamais et Duncan allait être furieux. Il devait être mort d'inquiétude.

Bouleversée, elle se demanda s'il n'était pas temps de rentrer chez elle, ce jour même et sans attendre, et quitter M. Hodgkin et ses amis. Elle ne pouvait pas laisser sa famille sans nouvelle, Duncan surtout, et Roger. Si elle avait eu un papier et un crayon, elle leur aurait envoyé un mot à l'instant même, mais, avec le réceptionniste qui l'avait vue, que pouvait-elle faire ?

Remarquant son trouble, Octave vint à sa rencontre, le panier chargé de dizaine de pots de confitures.

— Tout va bien ? s'inquiéta-t-il. Vous avez mauvaise mine.

— Oh, ce n'est rien. Rien de grave. Enfin, je l'espère, reprit-elle, peu convaincue. Une mauvaise rencontre, rien de bien méchant. Avez-vous terminé ?

— Je n'ai pas encore payé.

— Alors, allons-y. Dépêchons-nous, s'il vous plaît.

Ensemble, ils se dirigèrent vers un comptoir où un homme, d'une taille plutôt élancée, les attendait. Lorsqu'il fit le compte des achats, il ne put s'empêcher de froncer les sourcils. Il semblait se réjouir de ce que les deux employés avaient dans leur panier.

— Il faut ce qu'il faut pour les pâtisseries, commenta alors le jardinier. Il faut dire que notre maître est gourmand.

— Eh bien, ma foi, vous êtes sûr que ce n'est plutôt pas pour vous ? se mit à rire le vendeur, devant le physique d'Octave.

Katarina ne put s'empêcher de répondre, passablement énervée, surtout après ce qu'il venait de se passer :

— Vous feriez mieux de garder vos sarcasmes pour vous, monsieur, et de nous servir. N'est-ce pas pour cela que l'on vous paie ?

— Pour qui vous prenez-vous ? Je n'ai d'ordres à recevoir de personne, et surtout pas d'une paysanne telle que vous.

— Une... paysanne ?

Katarina arqua un sourcil et Octave comprit que c'était mauvais signe.

— Mademoiselle, Monsieur nous attend et nous n'avons pas le temps de nous attarder ici.

— Écoutez-le, ça vaudrait mieux.

— Mieux pour qui ? ironisa la rousse. Vous ne savez pas à qui vous avez affaire.

— Oh que si ! Les filles comme vous, j'en vois tous les jours et mieux vaut savoir leur montrer où est leur place avant qu'elles ne prennent leurs aises, avec leurs faux airs de bourgeoises.

Katarina s'indigna d'une telle rhétorique et Octave en fut tout aussi choqué.

— Savez-vous que nous sommes clients et que nous avons droit au respect ?

— Ici, c'est moi le patron et les pauv' filles comme vous peuvent aller voir ailleurs si elles ne sont pas contentes.

— Je ne vous permets pas de m'insulter !

Katarina lui renversa aussitôt un paquet de farine sur la tête, furieuse et triste à la fois de cette journée qui n'en finissait pas. Puis, elle entraîna aussi vite Octave à sa suite.

— Allez, venez, lui ordonna-t-elle.

— Mais nous n'avons pas payé !

— Qu'importe ! Cela lui apprendra le respect.

Ils coururent ainsi jusqu'au milieu de la route, sans se retourner, sans se soucier de la pluie qui se mettait fortement à tomber à présent. Le marchand les poursuivit un temps, mais à l'orée de la forêt, il s'arrêta net. À bout de souffle, plus loin dans les bois, Katarina et Octave s'arrêtèrent. Ils étaient trempés et, des deux, le jardinier était le plus éprouvé par la course. Mais cela ne l'empêcha pas, ni lui ni sa camarade, de soudain éclater de rire.

— Quelle tête il faisait en sortant ! s'exclama Octave.

— Cela oui, il ne risque pas de l'oublier de sitôt.

— Nous devrions quand même aller acheter un autre paquet... dans une autre boutique, bien sûr.

— Non, cela ira. De la manière dont nous sommes sortis, je doute que nous soyons les bienvenus ailleurs dans cette ville. Il risque de nous attendre au tournant et je n'ai pas envie de m'y attarder, avoua-t-elle en pensant au réceptionniste. Rentrons.

— Et pour Monsieur ?

— Il ne verra rien. Sinon je lui dirai que c'était de ma faute. J'ai l'habitude de me fâcher avec lui, vous le savez bien, sourit-elle.

— Au fait, entama le brun brusquement.

— Oui ?

— Merci pour tout à l'heure.

Katarina esquissa un sourire.

— Il n'y a pas de quoi.

Puis ils reprirent leur route, chacun sous leur parapluie, un panier rempli sous la main. Cette dernière rencontre au village avait fait beaucoup de bien à la jeune femme et elle la calma considérablement, mais Katarina n'oubliait pas ce qu'elle venait d'y apprendre et sa décision était prise : il fallait qu'elle parle à M. Hodgkin. Cela l'attristait, mais elle ne pouvait plus rester dans ces conditions ; qui sait quand la prochaine occasion de se rendre en ville se présenterait ? Pourtant, son cœur s'alourdit en observant son ami. Si elle les quittait, qu'adviendrait-il d'eux tous ?

Le long du chemin, elle oublia un peu sa future confrontation avec le maître et discuta plus ouvertement qu'à l'aller avec le jardinier qui, plus gaiement, lui apprit son passé, chose qu'il ne lui avait pas dite depuis son arrivée, bien qu'il se gardât tout de même quelques réserves quant à la honte qu'il y avait subie.

— Alors comme cela, vous aussi vous venez d'une noble famille ? Je ne savais pas que cette famille Crooks était la vôtre. Votre nom est, je m'excuse, quelque peu répandu.

— Oui, je sais, mais cela ne change rien au fait qu'elle est de moindre importance que la vôtre. Toutefois, j'y avais de quoi vivre.

— Pourquoi en être parti alors ?

— Je m'ennuyais seul chez moi.

— Et vos parents ?

— J'ai perdu le contact avec eux… Volontairement. Mais ceci n'est pas une histoire intéressante, même pour vous, mademoiselle.

— Laissez-moi en être juge.

Katarina remarqua soudain la gêne de son aîné, et elle rajouta expressément :

— Sauf si cela vous embarrasse, évidemment. Je suis trop curieuse, ne m'en voulez pas.

— Ce n'est pas grave. Il m'arrive aussi d'être curieux et de vouloir savoir ce qui ne me regarde pas ; des choses sur ceux qui m'entourent, par exemple. Mais je ne sais comment m'y prendre, alors je m'en abstiens.

— Je devrais prendre exemple sur vous. Cela m'éviterait bien des ennuis.

— Au contraire ! Restez comme vous êtes… Enfin, je veux dire que c'est une qualité pour moi, même si, je l'avoue, vous devriez être plus prudente, c'est vrai.

— Ne dit-on pas souvent que la curiosité est un vilain défaut ?

— Cela dépend dans quelles circonstances. Elle peut être un atout lorsqu'on se trouve dans un endroit inconnu, mais, hésita-t-il à dire, un cauchemar si ce que l'on apprend nous consume.

Katarina se tourna vivement vers lui, le regard rempli de suspicions.

— Que voulez-vous dire ? Est-ce en rapport avec vous ? Ou avec le manoir ?

— Un peu des deux, avoua-t-il tristement après un silence.

— Je n'ai rien dit tout à l'heure, parce que vous sembliez préoccupé, mais j'ai bien vu que quelque chose n'allait pas. Margaret aussi était toute pâle, et je ne parle pas d'hier ! Vous semblez tous en savoir plus long que vous prétendez. J'ai bien compris que vous essayez de me faire passer un message, mais je ne le saisis pas. Cessez de parler en énigmes et dites-moi clairement ce que vous voulez.

— …

— Votre silence conforte mon idée. Ai-je tort ?

Octave se souvint alors de la conversation qu'il avait eue plus tôt, avec Émile et Margaret, mais il ne jugea pas le moment opportun pour en dire davantage à la jeune femme, surtout sans leur présence. Aussi, il se tut et puis, de toute manière, ils arrivaient au manoir.

— Vous le saurez en temps voulu, mademoiselle, lui dit-il tout de même. Tout comme je vous promets de vous apprendre ce qui m'a tenu éloigné de mes parents. Mais pour le moment, acceptez que je me taise.

— Comme vous voudrez, admit-elle dans un sourire. Mais le moment venu, sachez que je ne vous laisserai pas vous dérober.

Octave lui sourit à son tour, puis l'averse tomba si dru que tous deux n'eurent plus le temps de discuter, se précipitant vers le manoir imposant, droit devant eux.

Après avoir refermé la herse, Katarina jeta un coup d'œil sur sa montre de gousset et commenta gravement :

— Je crains que nous n'ayons mis plus de temps que prévu, Octave. Les deux heures sont largement dépassées.

Mais le jardinier ne lui répondit pas, fixant tout à coup un point invisible.

— Qu'avez-vous ? s'inquiéta Katarina. Vous recommencez comme tout à l'heure.

Mais à nouveau, elle n'obtint aucune réponse. Quand tout à coup, un bruit résonna derrière eux. Meredith sortit brusquement de la maison et Gerard apparut aussitôt derrière elle, tentant vainement de la rattraper.

— Meredith ! cria-t-il, la voix voilée. MEREDITH !

La jeune femme se figea à quelques pas, se penchant tout aussitôt derrière un buisson pour vomir. Katarina et Octave s'entre-regardèrent avant de courir à leur rencontre.

— Meredith, relève-toi, souffla Gerard en aidant la brune en larmes. Allez, viens.

— Que s'est-il passé ? s'inquiétèrent les deux bourgeois.

— Il y a que vous auriez mieux fait de ne jamais revenir ! Tu le savais pourtant, Octave.

— Qu'est-ce que vous saviez ? s'empressa de demander la rousse, inquiète.

Le jardinier comprit aussitôt de quoi il s'agissait et se précipita à l'intérieur, livide. Katarina ne réfléchit guère plus longtemps et le suivit derechef.

— Octave, attendez-moi !

Mais cela ne servit à rien, car, bientôt, elle fut elle-même témoin des événements.

— Qu'est-ce que c'est que cette odeur ? réprima-t-elle avec un haut-le-cœur.

Dans le hall, aux pieds de l'escalier, elle aperçut son compagnon agenouillé près de deux silhouettes : Margaret et Émile. L'une pleurait et se débattait, dans les bras de l'autre qui, lui-même en larmes, tentait vainement de la consoler. Katarina accourut aussi vite.

— Que s'est-il passé ? Que vous est-il arrivé ?

Mais ils ne l'entendirent pas, trop secoués. Ils tremblaient, se parlaient à eux-mêmes. Parfois la blonde hurlait au désespoir tandis que le blond marmonnait sans cesse des paroles incohérentes. Ils avaient dans les yeux une lueur indéfinissable qui terrorisa la rousse. Ils avaient l'air de deux fous, pris d'une terreur qu'elle n'osa imaginer. Alors elle se recula et angoissa, prise à un mauvais pressentiment.

— Octave, dites-moi ce qu'il se passe ici ! Tout de suite !

Mais il s'obstina dans le silence en secouant la tête et ce fut Émile qui parla, entre deux sanglots.

— Rosie a voulu... comme d'habitude... et le maître a... et... alors il faut quitter... tout quitter.

La panique s'empara de Katarina et, aussitôt, elle se précipita à l'étage. S'il était arrivé malheur à M. Hodgkin, elle tuerait Rosie pour l'avoir éloignée. Mais elle s'arrêta soudain ; le brun sortait de la salle de bain.

— Monsieur ! s'exclama-t-elle, soulagée.

Avant de le fixer soudain livide ; il était couvert de sang.

— Que vous est-il arrivé ? Où est Rosie ? Elle n'a pas tenté de... ? D'où vient ce sang ? Pourquoi en avez-vous autant ?

— Mademoiselle Kingsley.

— Oh, mon Dieu ! Il faut tout de suite appeler quelqu'un. Je vous préviens, je ne peux rien faire pour cela.

— Mademoiselle Kingsley ! dit-il en haussant le ton.

— Mais cela va prendre du temps et...

— Mademoiselle Kingsley, ça suffit !

Elle s'arrêta net, les yeux écarquillés.

— Je n'ai rien.

— Vous n'avez rien ?

— Non. Moi non.

— Mais... ce sang...

— Il n'est pas à moi.

— À qui appartient-il, alors ?

Elle se figea d'horreur.

— C'est Rosie, n'est-ce pas ? Que lui est-il arrivé ? paniqua-t-elle. Et pourquoi êtes-vous si près de ma chambre ? Ne me dites pas que...

La rousse s'élança aussi vite vers ses appartements.

— Non ! s'interposa Leon alors qu'elle avait déjà la main sur la poignée. Non, s'il vous plaît.

— Quoi ? Mais...

— C'est extrêmement difficile à voir. Je n'y entrerais pas à votre place. ... S'il vous plaît, insista-t-il.

Katarina hésita, observa le brun, puis se recula, livide.

— Est-ce que cela veut dire que...

— Voyez tout ce sang et dites-moi encore si vous l'imaginez vivante.

Katarina se tut. Rosie était… morte ? Ses sens palpitèrent. Son cœur s'emballa. Et, choquée, elle dut se tenir à la rambarde pour ne pas sombrer. Deux heures auparavant, sa collègue était encore en vie ! Comment était-ce possible ? Que s'était-il passé pour que tout basculât aussi vite ?

Elle se tourna de nouveau vers le maître qui, patiemment, continuait de se nettoyer les mains. Puis elle baissa les yeux, effarée, surtout lorsqu'il s'approcha d'elle.

— Ne vous sentez-vous pas bien ?

— Je… Comment ? souffla-t-elle. Comment ? Comment est-ce possible ?

— Mademoiselle Kingsley, vous êtes sous le choc. Je ne crois pas que…

— Dites-moi… Dites-moi, pourquoi était-elle dans ma chambre ?

— Mademoiselle Kingsley…

— Monsieur Hodgkin… A-t-elle tenté de vous…

— Moi ? Elle n'aurait jamais osé.

— Alors… ?

Il acquiesça.

— Mais vous, oui.

— Moi ? Mais je n'étais même pas là !

— Elle attendait certainement que vous soyez rentrée. Il y avait des pièges un peu partout dans la chambre et je doute que vous lui auriez échappé.

— Mais alors… comment ?

— Ils se sont retournés contre elle.

Katarina déglutit. Elle savait que la rondelette la haïssait, mais elle n'avait jamais imaginé que ce fût à ce point.

— Est-ce pour cette raison qu'elle a demandé à avoir sa journée ?

— Je ne sais pas. Sans doute, avoua-t-il. En attendant, vous comprenez que vous ne pouvez accéder à votre chambre avant que je ne vous l'y autorise et que tout soit retiré.

— Bien entendu. ... Quelle abomination ! souffla-t-elle, la voix éraillée par le choc.

Leon se détourna.

— Monsieur, attendez !

— Quoi ?

— ... De quels pièges s'agissaient-ils ? Avais-je une chance de...

— Je ne crois pas qu'il soit le moment, ne croyez-vous pas ? Nous en parlerons un autre jour si vous le voulez, mais pour l'instant, j'ai encore du travail. Je dois encore vérifier que tout a été retiré. Vous ne dormirez pas dans cette chambre aujourd'hui et je comprendrais que vous ne vouliez pas y dormir non plus à l'avenir. Je tâcherai de vous trouver un meilleur endroit, convenable à votre rang. Si vous pouviez vous occuper des autres en attendant, j'en serais ravi, vraiment.

Katarina hésita, mais ses camarades pleuraient toujours. Alors elle acquiesça.

— D'accord, dit-elle. D'accord. Mais ne vous dérangez pas pour moi. Je récupérerai ma chambre pour le temps qu'il me reste.

Surpris, Leon se tourna vers elle.

— Même après cela ?

Katarina réfléchit. Quelque chose la gênait chez lui ; il avait tellement de sang ! Mais elle hésitait à le lui dévoiler.

— Mademoiselle Kingsley ?

— Pour le moment, non, répondit-elle. Je n'y retournerai pas, mais, par la suite, oui. Après tout, je vais bientôt m'en aller et ce n'est pas comme si elle allait me hanter, n'est-ce pas ?... Ni comme si c'était la première.

Leon tiqua.

— De quoi parlez-vous ? Mademoiselle Kingsley ? Cela n'a pas l'air de vous tourmenter plus que cela.

— Peut-être, mais… je pourrais en dire autant de vous.

Un silence s'installa, mais ni l'un ni l'autre ne le laissa guère longtemps se prolonger et le maître rétorqua :

— Qu'insinuez-vous au juste ?

— Je n'insinue rien du tout, mais de vous voir avec autant de sang… J'aimerais bien comprendre ce qui a pu se produire.

— Qu'essayez-vous de me dire ? Vous pensez que je l'ai tuée ? menaça-t-il.

— Non ! Bien sûr que non. Ce pouvait être un accident, mais… C'est qu'avec tout ce sang…

Leon, irrité, ne put s'empêcher de s'expliquer :

— J'étais dans mon bureau quand cela s'est produit ! cingla-t-il. J'ai entendu un bruit dans votre chambre et je m'y suis rendu, pour voir ce qu'il s'y passait. À ce moment-là, elle était déjà morte ! Mais peut-être désirez-vous aussi savoir comment elle était, au cas où je mentirais ?

— Non, ce n'est pas…

— Tout son sang se déversait sur moi et sur vos affaires. Elle souillait votre lit jusqu'à la fenêtre. Les rideaux sont imprégnés de cette odeur répugnante et je me demande même s'il n'y en a pas sur les livres que vous m'avez empruntés. Tout est souillé et horriblement difficile à voir. Mademoiselle Brown, fermez-la ! tonna-t-il pour la blonde qui s'était soudainement mise à pleurer plus bruyamment. Êtes-vous satisfaite maintenant, Mlle Kingsley ? Votre curiosité est-elle assouvie ou dois-je vous ouvrir pour que vous constatiez par vous-même l'état de Mlle Rose ?

Horrifiée, Katarina secoua vivement la tête.

— Alors, retirez-vous maintenant et occupez-vous de ces geignards.

Chapitre 19

Les heures qui suivirent la mort de Rosie, chacun les passa de son côté. Dès lors, plus rien ne se fit entendre, pas même les pleurs des serviteurs, et encore moins l'averse qui continuait de tomber. Tout était calme et les nuages passaient, laissant parfois le bleu du ciel se montrer, avant de bientôt faire place à un crépuscule serein, pour la première fois depuis longtemps. La lumière traversait chaque fenêtre de la demeure et éclairait les lieux. Mais elle ne perdura guère longtemps, car, aux alentours de dix-neuf heures, la nuit tomba sur le manoir et les petites flammes sur les bougeoirs furent les seules à éclairer ses habitants lorsqu'ils partirent se coucher, petites flammes égarées dans la maison, profondément ancrée dans le noir.

Gerard et Meredith entrèrent dans leur chambre du fond sans mot dire tandis qu'Octave et Émile regagnaient la leur, s'assurant que tout irait bien pour Margaret, tous troublés et malades de ce qu'il venait d'arriver. La blonde fut alors laissée aux bons soins de la rousse qui, exceptionnellement, la rejoignit pour la nuit. Mais en pénétrant dans la pièce, Katarina garda le silence, car elle ne savait que faire pour réchauffer le cœur de son amie encore choquée. Aussi, elle s'installa sans rien dire sur le lit froid disposé dans le coin de la pièce. Il était beaucoup plus petit que celui auquel elle était habituée à l'étage et la chambre bien moins décorée : une tapisserie simple et fleurie épousait les murs, mais aucun tapis ne recouvrait le plancher. Katarina s'en accommoda. Il était dix heures et demie à ce moment-là. Le maître les avait tous congédiés pour le reste de la soirée. Acte de bonté ou non, cela ne la préoccupa pas le moins du monde, ni elle ni ses collègues ; toutes leurs pensées étaient tournées vers les événements récents, et plus particulièrement vers le décès de Rosie.

Sa disparition devait rappeler de douloureux souvenirs, peut-être encore plus à la maladroite qui demeurait silencieuse depuis un moment ; ses souvenirs, Margaret préférait les taire. Ils la hantaient toujours, horriblement, tel un étau se resserrant sur son cœur à jamais meurtri, mais elle ne pouvait les dévoiler. Alors, s'enfonçant dans son lit, une vague d'émotions la submergea soudain quand elle pensa à eux et, la gorge nouée terriblement, les larmes qu'elle avait tenté de refouler depuis plusieurs heures glissèrent soudainement sans bruit.

Katarina ne l'entendit pas tout de suite, préoccupée par ses propres songes. Elle s'en voulait d'avoir accusé M. Hodgkin si facilement alors qu'elle avait été si rassurée qu'il fût sauf. Désormais, elle le regrettait. Comprendrait-il que le choc l'avait bouleversée ? Et dire que Rosie était encore allongée dans son lit ! Là-haut. Cela la révulsait. Elle l'aurait embêtée jusqu'au bout, celle-là ! Cela la rendait malade. La journée avait été horrible, tant pour elle que pour ses camarades et elle ne savait plus que penser de son séjour. Si seulement ils n'étaient pas tous si secrets avec elle ! Croyaient-ils que la vérité l'effraierait ?

Katarina s'arrêta dans ses pensées. Son amie laissait les sanglots lui échapper.

— Je le déteste ! Je le hais. Tout est de *sa* faute. Oh, Alvin, pourquoi ? Pourquoi cela ? Pourquoi ne m'as-tu pas attendue ?

Katarina fronça les sourcils, intriguée. Margaret continuait de pleurer, hurlant presque.

— Aaah ! Je le hais, je le hais, je le hais et je le savais ! Je le hais ! Espèce de...

La rousse se redressa aussitôt, vivement inquiète.

— Margaret, est-ce que ça va ?

Mais tout aussi vite, la blonde s'arrêta net de gémir et ne fit plus un bruit.

Katarina, attristée de ne pas pouvoir être sa confidente, se recroquevilla sous ses couvertures, mais elle ne l'eut pas plus tôt fait qu'après quelques instants de silence à peine, son amie refondit en larmes de plus belle, sans se rendre compte que ses murmures bientôt devinrent des cris.

— Oh, Seigneur ! Jamais je ne lui pardonnerai. Il prend tout. Il détruit tout ! TOUT ! Espèce de monstre ! Achève-moi au lieu de me faire souffrir ainsi.

Cette fois-là, Katarina ne la laissa pas se dérober.

— Margaret, dis-moi ce que tu as.

La blonde se réfugia dans un silence.

— N'essaie pas de me faire croire que tu dors. Je t'entends ruminer depuis tout à l'heure. Ne souhaites-tu pas en parler ?

Elle se rapprocha de son amie qui lui tourna délibérément le dos.

— Je suis là, tu le sais, et tu peux tout me dire.

Mais Margaret s'obstina dans son silence.

— S'il te plaît, essaya Katarina, une main sur son épaule. Parle-moi.

La blonde la repoussa aussitôt.

— Non ! Tu ne comprendrais pas !

— Pourquoi ?

— Parce que tu es obstinée, têtue et irraisonnable !

— Quoi ?

À ce moment-là, Émile et Octave entrèrent dans la chambre. La rousse, abasourdie, ne sut comment réagir à cette entrée fracassante, en pleine nuit, alors qu'ils étaient des hommes et qu'elles étaient des femmes en robe de nuit. Ils s'étaient déjà retrouvés dans cette situation, bien sûr, mais jamais dans cette tenue et dans ces circonstances. Son émoi passa pourtant bien vite lorsqu'elle comprit que, pour eux, la scène devait être habituelle. Émile s'empressa auprès de la jeune femme.

— Margaret. Qu'est-ce qu'il se passe ? Pourquoi cries-tu comme ça ?

Octave vint se mettre aux côtés de Katarina qu'il pria de s'asseoir.

— Elle sanglote des choses incompréhensibles depuis tout à l'heure, expliqua-t-elle pour son amie. Elle dit qu'elle le hait, qu'elle ne lui pardonnera jamais, qu'il a tout détruit. Je ne comprends pas.

Émile ne sembla pas surpris, pas plus qu'Octave en face de lui. Tous deux semblaient maîtriser leurs émotions à présent et ils se regardèrent intensément, une lueur indéfinissable dans les yeux, entre la peur et l'inquiétude. Katarina se sentit comme une intruse parmi eux et, incrédule, elle les observa tour à tour.

— Je crois que nous devrions lui dire, Margaret, souffla le blond à demi-mot. Maintenant.

— Non. Hors de question !

— Tu t'y étais pourtant décidée, lui dit-il sur un ton de reproche.

— Mais je n'ai plus envie. Et il est encore là.

— Et alors ? Cela ne changera rien maintenant.

— Cela change tout. Elle ne me croira pas.

— Pourquoi ?

Katarina et Margaret s'échangèrent un bref regard.

— N'as-tu plus confiance en elle ?

L'œil fixé sur Katarina, la blonde hésita.

— Margaret ! se surprit Émile.

— Quoi ? se défendit-elle.

— Mais enfin…

Un silence les gêna tout à coup avant que Margaret reprît :

— Je veux qu'elle s'en aille, qu'elle parte et qu'elle ne revienne jamais !

Katarina sentit son cœur se serrer et sa gorge se nouer. Octave ne sut que dire.

— Mais qu'est-ce que tu racontes ? tenta de la raisonner Émile. Qu'est-ce qu'il t'arrive tout à coup ? Tu n'es pas sérieuse ?

— Si, on ne peut plus sérieuse, pour la première fois de ma vie. Il y a des semaines qu'elle aurait dû partir ! Et elle est encore là, déjà trop investie et trop attachée à nous. Nous n'aurions jamais dû lui parler. Regarde où cela nous a menés. Deux d'entre nous sont morts. Qui sera le prochain ? Elle ? La chambre lui est destinée et Rosie comme Alvin y sont morts. Il persécute tous ceux qui lui sont proches. Il nous a amenés ici et il ne nous en fera pas sortir !

— De qui parles-tu, Margaret ? osa demander Katarina, la voix cassée par les durs mots qu'elle utilisait.

— Du maître, à ton avis ? Il les a tués tous les deux !

— Mais c'est impossible, voyons !

— N'as-tu pas vu tout le sang qu'il avait sur lui ? N'as-tu pas remarqué la proximité qu'il avait avec Rosie ? Avec ta chambre et avec toi ? Alvin est mort parce qu'il était son majordome et parce qu'il en savait trop. Rosie aussi est morte à cause de cela, et toi… ouvre les yeux, voyons !

— C'est n'importe quoi.

— Pourquoi ? Alvin est mort sous mes yeux. Je l'ai vu. Je l'ai vu, *lui,* et personne d'autre ! Avec son masque de mort, sa silhouette ; ce ne pouvait être que lui.

— Margaret, tu divagues.

— Non ! Comment pourrais-tu le savoir ? Tu n'étais même pas là ! Il l'a tué parce qu'il nous a surpris tous les deux, parce qu'Alvin voulait me dire quelque chose et parce qu'il n'a pas supporté que nous nous aimions.

— Quoi ? réagit soudain Émile.

Margaret se tut aussitôt. Ses larmes cessèrent. Elle se tourna lentement vers son ami.

— Je croyais qu'il te détestait, marmonna-t-il. Que vous…

— Je suis désolée, s'empressa-t-elle de dire.

— Il disait te détester !

— Tu disais toi-même qu'il disait cela parce qu'il m'aimait.

— Pour te consoler ! se défendit-il. Je ne le pensais pas. Pas vraiment. En tout cas pas sous cet angle. Est-ce pour cela que tu crois le maître… ?

— Je ne le crois pas, je le sais ! protesta-t-elle. Il nous a surpris ensemble, dans cette maudite chambre, là-haut. Il s'est mis dans une colère noire et, quelques jours plus tard, il l'a tué. Je ne sais comment il nous a découverts, mais il l'a su et alors sa colère s'est décuplée comme jamais vous ne l'avez encore vu !

Tous trois en restèrent abasourdis.

— Je suis désolée, Émile, reprit Margaret à ses côtés, mais c'est ainsi que cela s'est passé. Alvin ne m'aimait pas, il m'a repoussée, humiliée, moquée, dédaignée, mais un jour… Un jour, alors que j'étendais le linge dehors, je suis allée le voir pour qu'on ait une explication. Il m'a dit qu'il n'était pas intéressé, que rien ne pouvait se passer entre nous, qu'il fallait que je le laisse en paix ou il ne pourrait plus se tenir pour responsable. Je l'ai poussé à bout et ce jour-là… ce jour-là, on s'est aimés… pour la première fois. Émile, je t'en prie !

Le blond avait l'air désemparé, de plus en plus malade et mal à l'aise.

— Je suis désolée, Émile. Je…

— Tu ne me l'avais jamais dit.

— Je suis désolée, répéta-t-elle. Je ne voulais pas te faire du mal.

— Est-ce pour cela que tu m'évitais ? Que tu ne me parlais plus ?

— Émile, non, c'est…

— Tout ce que je t'ai dit n'a jamais compté alors ? Tout ce que j'ai fait pour te consoler de sa perte… Tu l'as toujours su et moi… Et moi, j'ignorais à quel point j'étais bête !

— Ne dis pas cela, voyons.

— Si ! Parce que je n'ai jamais pensé que vous puissiez avoir… Que c'était à ce point-là… J'ai cru que moi…

— Émile, s'il te plaît.

— Devant moi, marmonna-t-il. Devant moi. Et que s'est-il passé ensuite ?

— Tu te fais du mal.

— Dis-le !

— Tu étais là ! Tu as vu ce qu'il s'est passé ! Le maître nous a sévèrement réprimandés.

— Je ne pensais pas que c'était pour cela, dit-il en baissant les yeux. Alors, même *lui* le savait ?

— Oui, le maître le savait et, crois-moi, je m'en serais bien passée. Oh cela oui ! soupira-t-elle, partagée entre la haine et la tristesse. Je ne sais comment il l'a découvert. Peut-être Rosie ? Je n'en sais rien. Je ne le saurai jamais. Toujours est-il qu'il a réprimandé Alvin pour cela, pas moi, et dans une colère si démesurée que j'ai cru qu'il allait le tuer le jour même ! Et sa réaction a été monstrueuse lorsqu'il nous a surpris en train de braver ses ordres quelques jours plus tard. Au début, j'ai cru que... que le maître était jaloux, mais je me suis vite rendu compte qu'il n'en était rien. Il m'a toujours menacée, toujours traînée plus bas que terre, jamais il n'a eu la moindre affection pour moi, encore aujourd'hui. J'en ai déduit que cela les concernait tous les deux.

Margaret se calma peu à peu et reprit son souffle. Pourtant, en voyant la détresse d'Émile, le regard de Katarina, l'indifférence d'Octave, une vague d'émotion la submergea et elle se mit lentement à pleurer :

— Alvin était tout pour moi, vous comprenez ? Alors quand j'ai vu avec quelle hargne le maître s'acharnait sur lui, je n'ai pas compris. Alvin après cela est devenu de plus en plus distant et refusait de s'expliquer ou même de m'adresser la parole ! Un soir, après que le maître fut sorti, je l'ai attendu devant sa porte pour lui parler. Il fallait que je lui parle. Lorsqu'il est arrivé, son comportement était totalement différent et il m'a dit qu'il voulait m'avouer quelque chose, qu'il fallait que j'en prenne note. Il avait l'air totalement paniqué et, bizarrement, plus amical, très différent de ce qu'il était d'habitude. Alors, je l'ai écouté, mais...

Elle articula avec beaucoup de peine et Katarina en était bouleversée.

— À ce moment-là, le maître est rentré... Il était sorti pour la soirée, mais vous savez comment il est dans ces cas-là... Il m'a ordonné d'aller dans ma chambre si je ne voulais pas qu'il m'arrive malheur avant le lendemain. Alvin m'a poussée pour que j'obéisse... Il m'a demandé d'attendre une heure environ et de revenir. Je n'ai... je n'ai pas pu attendre... Je suis allée dans sa chambre plus tôt que prévu et... et quand je suis arrivée, Katarina... Alvin... Alvin se faisait tuer !

Katarina écarquilla les yeux, surprise. Et comme un détonateur, Margaret se mit à dévoiler tout ce qu'elle avait vu.

— Il était là dans son lit et il lui arrachait tout ! J'ai tout vu. Devant mes yeux ! s'exclama-t-elle, horrifiée. C'était affreux ! Il était méconnaissable. Toute la pièce se tachait de son sang. Partout ! Il y en avait partout ! C'était horrible. Alvin avait dû... avant de... La lutte... Le sang... Je n'ai rien pu faire... Je n'ai pas réagi... Son cœur gisait à mes pieds et moi... L'autre riait... Il riait... Il se moquait de moi... avec son visage de monstre... C'était un véritable monstre ! L'enfer personnifié. Il m'a dit... Il m'a parlé. Sa voix... d'outre-tombe... et je... Il m'a dit que je... que je n'aurais jamais dû m'attacher à Alvin... que c'était un juste retour des choses... Que je le paierais un jour... Et... et il est parti... Tout d'un coup... Comme ça... Laissant Alvin là, déchiqueté, méconnaissable. Son visage me hante toujours. Je le vois encore la nuit comme si c'était hier et le monstre me poursuit encore à travers eux... Avec ses yeux rouges flottant dans le noir.

Katarina se redressa brusquement à cette mention, mais la blonde n'y fit pas attention et poursuivit :

— Il n'avait pas de tête ou... si. Mais elle était... noire. Inhumaine. Les mains... rouges... rouges de son sang... à Alvin... Je n'ai jamais vu une telle horreur ! Qu'était-ce ? Un monstre ? Oui. Et maintenant, le revoilà avec Rosie ! Meredith l'a vu sortir de ta chambre, Katarina. Elle a vu le maître sortir et elle a aperçu Rosie et lui était en sang. Je ne le supporte plus. Je ne survivrai pas à cela.

Katarina ne parvenait pas à saisir toutes les informations ni ce que ces camarades tendaient à lui croire ou à lui faire dire, mais elle comprit pourquoi maintenant Margaret avait tant de mal à parler du précédent majordome. À l'entendre, elle aurait pu croire que le maître les persécutait, mais son amie se fourvoyait au moins sur un point, du moins l'espérait-elle, Rosie avait eu un accident et il n'y était pour rien.

Aussi, la voyant se morfondre, elle ne put s'empêcher de la consoler.

— Margaret, dit-elle en la prenant dans ses bras. Tu survivras, ne t'en fais pas.

— Tu ne comprends pas, Katarina, ce que ça me fait ! Il m'a pris celui que j'aimais et il a pris Rosie ! Ne t'en rends-tu pas compte ? C'est lui qui a fait tout ça ! Tout est de SA faute ! Aucune lettre ne parvient au dehors, et aucune ne nous revient. Personne ne nous rend visite, personne ! Il part sans prévenir, deux meurtres ont lieu dans ta chambre et tu ne comprends toujours pas ? Nous sommes seuls, perdus au milieu de nulle part, sans aucun moyen pour fuir ; rien ! Nous sommes prisonniers et tu y passeras aussi si tu ne parviens pas à t'échapper.

— Mais de qui parles-tu ? Du maître ? Ou de celui qui a assassiné Alvin ?

Margaret scruta la chambre et se tassa sur elle-même.

— Du maître, souffla-t-elle, crispée. N'as-tu rien entendu de ce que je t'ai dit ?

Katarina se détacha de son amie.

— Vous voyez, commenta Margaret aux deux hommes, elle ne me croit pas.

Mais Octave et Émile demeurèrent silencieux.

— Ils ne font qu'un, Katarina. Ouvre les yeux.

— Non !

— Non ? Alors quoi ?

— Celui que tu décris comme l'assassin ne ressemble pas au maître.

— Mais, Katarina, il n'est pas humain !

— Qu'est-ce qui vous fait dire cela ? les interrogea-t-elle. L'avez-vous vu se transformer ou autre chose de ce genre ? Vous rendez-vous compte même de ce que vous dites ? C'est irréel !

— Venant de toi, c'est étonnant.

— J'admets volontiers que ce genre d'histoire me touche, mais là, vous allez trop loin ; entre un roman et la vie réelle, il y a un pas énorme ! C'est impossible.

— Katarina, c'est lui qui nous a surpris, c'est lui qui s'est fâché et qui nous a menacés, c'est lui qui est toujours là quand quelqu'un meurt et n'est-ce pas non plus lui qui est le moins affecté ?

— Peut-être est-ce dans sa nature ? Tout le monde ne réagit pas de la même façon face à un mort, cela ne veut pas dire que nous ne sommes pas affectés ou que nous soyons coupables de meurtre pour autant, si meurtre il y a eu.

— Quoi ? Es-tu en train de dire que…

— Non, pas du tout ! Je te crois quand tu dis qu'Alvin s'est fait assassiner par cette personne, et cela t'affecte, je le conçois, je ne le remettrai certainement pas en cause, mais tu ne peux pas accuser le maître, juste parce qu'il vous a surpris. Ne me dites-vous pas assez souvent qu'il est ici chez lui ? Il a sans doute été choqué ou je ne sais quoi, voilà tout.

— Tu ne veux pas comprendre, Katarina. Il reprochait des choses à Alvin et, à chaque fois, Alvin s'éloignait de moi. Comment l'expliques-tu ? Parce qu'il était jaloux ? Certes non, il me méprise et me menace tous les jours, encore aujourd'hui. Tu n'as pas vu le regard qu'il m'a lancé quand tu es arrivée le premier jour et quand il t'a proposé de nous rejoindre. Il n'a aucune pitié et Alvin voulait me le dire, m'avouer quelque chose sur lui, mais le maître l'a fait taire à jamais, comme Rosie.

— Cela n'a rien à voir ! Elle a tenté de me tuer et cela s'est retourné contre elle.

— Et qui vous a dit cela ? intervint Octave.

Katarina demeura silencieuse.

— Monsieur, finit-elle par répondre.

— Alors, tu vois ? reprit Margaret.

— Cela ne veut rien dire !

— Si, au contraire, mais tu refuses de le croire !

— Écoutez, je vous promets de faire attention et, s'il y a quelque chose à découvrir, je le découvrirai. Je ne vous laisserai pas tomber, vous entendez ?

— Mais ce n'est pas cela qu'on veut.

— Tout ce que vous risquerez, reprit Octave, c'est de nous faire tuer.

— Alors que voulez-vous ?

— Que vous vous en alliez.

— Pardon ?

— Ta vie n'est pas ici, Katarina, ajouta Margaret. Tu as une belle vie qui t'attend : un mariage et un avenir, une famille. Ils doivent être inquiets. Tu m'as parlé de ton frère, rejoins-le. Rien ne te retient ici.

La rousse demeura muette.

— D'accord ; je vois, reprit-elle. Vous non plus vous ne comprenez pas. J'aurai certes une belle vie, et ensuite ?

— Katarina, je ne te reproche rien.

— Si, tu me le reproches. Je sais que je vais devoir retourner chez moi, ne t'inquiète pas, j'en ai conscience, aujourd'hui certainement plus qu'aucun autre jour. Mais après ce qu'il s'est passé, maintenant que Rosie est morte, alors que vous êtes en train de me dire qu'un danger vous menace, je ne peux pas partir. Comment le supporterais-je ? Je vivrais dans une angoisse permanente ! Et vous savez que je ne pourrai venir vous voir aussi souvent que maintenant.

— Pourquoi a-t-il fallu que tu viennes ? se lamenta Margaret.

— Duncan attendra encore un peu, poursuivit Katarina. Je lui enverrai une nouvelle lettre qui, cette fois, arrivera à bon port et il comprendra. Mais s'il se passe des choses au manoir, je serai plus utile ici qu'ailleurs. Je ne partirai pas sans avoir les idées claires, vous comprenez ? Que deviendrez-vous ? Un mois, une semaine de plus, qu'est-ce que cela changera ?

— Tu t'en voudras.

— Non, je t'interdis de dire cela.

— Et que pourrez-vous faire pour nous ? réagit enfin Émile, sa détresse imprimée encore au visage.

Katarina se tut.

— Je… je ne sais pas…, avoua-t-elle. Mais je trouverai un moyen. Laissez-moi réfléchir à tout cela, voulez-vous ? Et je trouverai un moyen.

Margaret, Émile et Octave abandonnèrent l'idée de la raisonner et obtempérèrent pour la laisser réfléchir. Les jeunes hommes eux-mêmes avaient besoin d'un peu de temps après ce que la blonde leur avait révélé. Alors ils attendraient la réponse du commissariat et ils verraient. Peut-être qu'avec le temps, Katarina finirait par ouvrir les yeux.

Chapitre 20

Aux premières heures de l'aurore le lendemain, Katarina se leva encore troublée des récents événements et se rendit aux cuisines. Rien d'autre ne semblait plus la perturber que les choses révélées par la blonde. Elle avait beau y réfléchir, elle ne pouvait admettre que le maître avait joué un rôle dans la disparition de Rosie, et encore moins dans celle du précédent majordome ; son amie devait être encore bien trop affectée pour pouvoir être objective, elle ne pouvait l'imaginer autrement, car quand bien même le maître les avait surpris, quelle raison aurait-il eu à supprimer le majordome uniquement ? C'était impensable ! Et surtout irréel. Non, les accidents ne concordaient pas, ils ne correspondaient même pas à la description de l'assassin que Margaret lui avait faite : M. Hodgkin n'avait ni yeux en croix rouges, ni voix d'outre-tombe, et encore moins une tête monstrueuse ! Encore que sa coupe peut-être…

Katarina sourit malgré elle à cette pensée. Elle ne comprenait pas pourquoi Émile, Margaret, et surtout Octave, croyaient tant à cette idée saugrenue. Il se passait certes des choses étranges au manoir, et elle lisait beaucoup de romans, bien sûr, mais de là à ajouter foi aux meurtriers décomposés qui s'y trouvaient, il y avait une grande différence ! Les fantômes, oui, les monstres, non. M. Hodgkin avait ses défauts et il pouvait se montrer évasif sur ses intentions, mais, au fond, il n'était pas méchant et elle n'oubliait pas qu'il l'avait aidée. Quant à sa présence près du cadavre de Rosie, elle persistait à croire que c'était un accident. Il lui avait dit pourquoi il s'y trouvait et elle n'avait pas été là avant pour juger. Après tout, se souvint-elle, il avait eu l'air aussi surpris qu'elle lorsqu'elle lui avait parlé des cris d'une femme et d'une présence ; il ne l'aurait pas été s'il avait eu quoi que ce soit à voir avec ce phénomène. Mais peut-être en savait-il plus long à ce sujet.

Katarina haussa les épaules, et but son thé dans un silence royal. Prisonnière de ses pensées, elle ne prêta pas attention aux aiguilles qui poursuivaient leurs tours et au soleil qui, doucement, se levait. Ce fut à peine si elle entendit le bruit des sabots dans la cour et le raffut qu'il y avait à l'étage supérieur. Elle était complètement ailleurs, plutôt intéressée par les événements de la veille que du jour, elle revivait les bouleversements de sa vie jusqu'à ce qu'elle avait été conduite au manoir. Il y avait de quoi être préoccupée ! Et la proposition de mariage du fils de La Courtepiert lui semblait bien loin à présent, beaucoup moins préoccupante que ces bruits qui l'entouraient, que ces voix qu'elle entendait, et que ces ombres qui la suivaient, la terrifiant toujours bien plus qu'elle n'osait se l'avouer. Elles lui rappelaient ce qu'il s'était passé avant son départ, dans la forêt, et ce souvenir ne s'était pas amélioré depuis son arrivée, non, il n'avait eu de cesse d'empirer, à cause de tous ces bruits. Il y avait d'abord eu le premier soir de fête, lorsque les lumières s'étaient éteintes toutes seules, et que ses amis et elle avaient enfermé Rosie dans l'un des salons de l'aile est. Puis il y avait eu les autres soirs pendant lesquels elle avait attendu le maître dans l'ombre de sa chambre, le livre qu'elle lui avait emprunté sur les genoux, à la pâle lueur de la bougie. Sans compter ces voix qui murmuraient contre les murs ou cette tension invisible des occupants entre eux avec leur maître, jusqu'à la veille, avec la mort de Rosie ; mort qui n'avait réussi qu'à amplifier les peurs, et encore plus celles de Katarina, malgré ce qu'elle s'efforçait de laisser paraître.

Et si son frère avait eu raison ? Si Duncan avait vu juste sur la forêt ? Il l'avait mise en garde et lui avait conseillé de ne pas y retourner et voilà qu'elle se trouvait en son cœur, entouré par d'autres avertissements et par l'effroi. Se pouvait-il que M. Hodgkin ait quelque chose à voir avec toutes ces étrangetés ? Elle avait l'intime conviction que non, qu'il y avait un malentendu, mais vers qui se tourner ?

Pensant à lui, Katarina sentit soudain un froid glacial la traverser.

— *Pourquoi ne lui demanderais-tu pas ?*

Elle se retourna vivement.

— Qui a parlé ? Qui est là ?

Personne. La cuisine était vide. Devenait-elle folle ? Elle avait pourtant bien entendu quelqu'un lui glisser ces mots à l'oreille. Seulement personne n'était présent, personne, laissant les ondes vibrantes de l'écho s'infiltrer dans son esprit déjà inquiet. Soit elle perdait la tête, soit quelque malin esprit prenait plaisir à la tourmenter, car ce n'était pas la première fois qu'elle l'entendait et elle avait dû mal encore à croire à une illusion. La voix lui semblait si réelle ! Si… perfide. Il rôdait ici des choses encore bien plus effrayantes à ses yeux que le maître pour ses amis, mais elle avait promis de les aider et, pour son propre bien, il lui fallait tirer cette affaire au clair.

Elle se tourna alors vers la pendule : huit heures et demie étaient largement dépassées et elle entendait déjà les autres serviteurs s'affairer à leurs tâches.

— Oh, non ! s'exclama-t-elle. J'ai complètement oublié Monsieur avec ces histoires ! Quelle empotée je suis ! Il ne manquera pas de me le rappeler cette fois.

Aussitôt, Katarina se pressa dans la préparation du petit déjeuner et, en moins de cinq minutes, le plateau d'argent du maître était prêt. Mais sur le seuil de cuisine, elle s'arrêta, suspicieuse, épiant une dernière fois les alentours. Il n'y avait aucune voix. Aucun esprit. La pièce était résolument calme. Alors elle s'éclipsa.

Lorsqu'elle frappa à la chambre du brun, oubliant sa récente mésaventure, préoccupée surtout par la future réaction de M. Hodgkin, elle ne fut pas surprise de ne pas entendre l'éternel « Entrez ». Elle insista pourtant, sans prendre attention à celui qui arrivait derrière elle.

— Puis-je vous aider ?

— S'il vous plaît, oui, car je ne sais pas si je peux ou non entrer. Je suis en retard et il s'habille peut-être. Ou alors il est sorti et, dans ce cas, je risque encore de le fâcher si j'entre et...

— Cela suffit, interrompit-il. Vous vous compliquez la vie pour rien. Il est habillé et, non, il n'est pas sorti. Vous pouvez entrer.

— Ah, mer...

Elle stoppa net et fit volte-face.

— Monsieur ? Je ne vous avais pas reconnu. Veuillez m'excuser du retard, je n'ai pas vu l'heure défiler.

— Ne vous affolez pas pour si peu et apportez-moi le plateau dans mon bureau.

— Bien, Monsieur.

La rousse le suivit alors, quelque peu surprise par cette réaction inhabituelle de la part du maître qui souriait étrangement pour un jour comme celui-là. Il ne semblait absolument pas affecté par la perte de sa plus dévouée domestique. Il avait l'air plutôt calme et serein, d'une étrange bonne humeur. La veille avait pourtant été horrible et il avait été le témoin premier de l'assassinat, alors pourquoi… ? Non, s'interrompit-elle. Elle ne devait pas réagir ainsi, ce serait mal penser. Si elle commençait à l'accuser, elle tournerait tous les événements contre lui et, avec de mauvais éléments, elle ne raisonnerait pas correctement ; il lui fallait être patiente et consciencieuse. Aussi, lorsqu'elle entra dans le bureau, elle balaya ses idées en même temps qu'un grand courant d'air envahit la pièce.

— Pourriez-vous refermer la fenêtre, s'il vous plaît ? lui demanda M. Hodgkin en s'installant déjà derrière son bureau.

— Oui, bien sûr.

Katarina se débarrassa alors du plateau et s'empressa d'obéir au maître avant qu'ils ne tombassent tous les deux malades. Ce fut à ce moment-là qu'elle aperçut Octave et Margaret qui, dehors, étendaient le linge ; leurs avertissements résonnaient encore en elle comme un écho en pleine montagne.

— Mademoiselle Kingsley ? la réveilla alors le brun. Est-ce que tout va bien ?

— Ah… euh… oui, répondit-elle aussitôt en refermant la fenêtre. J'étais ailleurs.

— Il me semble que cela soit votre activité favorite en ce moment.

— Veuillez m'excuser, c'est que plusieurs choses me tracassent.

Ce à quoi Leon ne fit qu'acquiescer. Il sortit alors un livre de son tiroir qui, si ce que la rousse lisait était correct, était un ouvrage de géographie. Sentant sur lui peser un regard, le brun poursuivit :

— Avez-vous quelque chose à ajouter, peut-être ?

— Non, monsieur.

— Vous pouvez disposer.

Katarina s'inclina, mais ses pensées la troublèrent si bien qu'au moment de sortir, elle fit demi-tour.

— En fait, si, j'ai quelque chose à vous demander.

— Ah bon ? fit-il à demi-surpris.

— Si je puis me permettre.

— Même si vous ne l'étiez pas, cela ne vous empêcherait pas de me le demander quand même, alors, allez-y.

— Eh bien voilà : je voudrais savoir ce qui est arrivé au précédent majordome.

Leon leva la tête, interloqué.

— Tout le monde me met à l'écart, continua-t-elle, et je n'ai rien demandé jusqu'à présent, mais il me plairait de connaître la vérité.

— La vérité, dites-vous ?

— Oui.

— Cela suppose que l'on vous en a déjà parlé.

Katarina ouvrit la bouche, mais la referma aussitôt.

— Alors je n'ai pas besoin de vous en dire davantage. Cela ne vous regarde pas.

— Mais je travaille ici et je dors dans la chambre où il a disparu et où Rosie est décédée hier. J'ai quand même le droit de savoir.

— Non, mieux vaut pour vous que vous ne le sachiez pas.

— Cela vaut-il mieux pour vous ou pour moi ?

Leon la foudroya du regard et Katarina s'en voulut aussi vite.

— Pour aucun des deux, répondit-il sèchement. Et quand bien même, cela me regarde. Vous n'avez aucun droit de me forcer, et encore moins de me parler sur ce ton ! Vous êtes ici chez moi, vous n'avez rien à dire !

— Pourquoi ? Avez-vous quelque chose à cacher ?

— Cela ne vous concerne pas. Les histoires du passé font partie du passé. Il est inutile de les faire ressurgir.

— Sauf quand il s'agit de meurtres ! De meurtres ayant eu lieu sous votre toit !

— Qu'insinuez-vous encore ?

— Je n'insinue rien, je constate. C'est comme Rosie, ajouta-t-elle, je n'ai vu personne venir. Et sa famille ?

— Elle n'en avait pas, elle était orpheline, et si vous aviez été là tout à l'heure au lieu d'être en retard, peut-être auriez-vous vu le cortège funéraire.

Katarina demeura silencieuse.

— Avez-vous autre chose à ajouter ?

— J'étais debout depuis cinq heures et demie et je n'ai rien entendu.

— Vous auriez moins la tête dans les nuages, vous les auriez entendus.

— Ah oui et quand cela ? Car ils ont bien été rapides dans ce cas !

— Ce matin. À huit heures. C'est pour cela que je n'étais pas dans ma chambre.

— Eh bien, vous voyez quand vous voulez.

Leon soupira et Katarina sourit.

— Vous n'êtes pas croyable, avoua-t-il. Arrivez-vous toujours à vos fins ?

— Toujours, mais là n'est pas la question. Je n'ai rien entendu de la cuisine et je n'ai rien vu.

— Si vous étiez aussi attentive à l'heure qu'à ce qu'il se passait autour de vous, vous ne les auriez pas manqués. Ils sont passés à sept heures et demie environ et ils sont partis à huit heures et quart.

— Pourquoi si tôt ?

— Parce que je ne voulais pas que mes domestiques réagissent une nouvelle fois devant le transport du corps. J'ai besoin d'eux dans un état normal.

— Quelle délicate attention !

— Ce n'est pas pour eux que je l'ai fait, mais pour moi ; entendre geindre sans arrêt Mlle Brown m'agace au plus haut point, maugréa-t-il. Elle et ses manières...

— Ce n'est pas de sa faute si tout ce qu'il se passe ici la travaille.

— Tout ce qu'il se passe ici ? S'il vous plaît, personne n'aimait Mlle Rose dans cette demeure ! Si ce n'est peut-être M. Crooks qui émettait peu de jugement. Aussi, Mlle Brown ne pleurait certes pas pour elle.

— Mais pour l'ancien majordome, peut-être ? hasarda Katarina.

Leon resta sans voix et sourit, malgré lui, désabusé.

— Décidément, vous me faites dire ce que, précisément, je ne veux pas dévoiler. De qui tenez-vous d'être si affûtée parfois ? De votre père ou de votre mère ?

— Ni l'un ni l'autre. Encore que de mon père, peut-être ; il est avocat. Mais je pourrais en dire autant de vous. Vous êtes habile pour détourner la conversation lorsqu'elle ne vous arrange pas.

— Certes, mais pas assez, semble-t-il, puisque vous y revenez. Dois-je comprendre que vous ne me laisserez pas tranquille avant que je ne vous aie dit quoi que ce soit ?

— Absolument.

Il soupira.

— Alors, asseyez-vous. Que voulez-vous savoir exactement ?

— Ce qu'il lui est arrivé.

— Ce ne sont pas des choses à dire à une jeune femme.

— N'essayez pas de trouver une excuse. Vous n'avez qu'à ne pas me considérer comme telle, si c'est cela qui vous dérange.

Leon la toisa de haut en bas, suivant les courbes de sa domestique, caché derrière sa frange. Comment pouvait-il la considérer autrement ? Il bougonna de son observation et détourna son attention sur le sujet qui l'occupait pour le moment.

— Soit, convint-il. Après tout, vous êtes plus démon que femme.

— Pardon ?

— Comme vous voudrez, soupira-t-il. Je vais vous dire ce qu'il s'est passé. Mais par où commencer ?

— Par le début ?

— Ah vraiment, c'est très drôle, mademoiselle Kingsley.

— Je ne sais pas, moi ! Décidez-vous.

— Bien, alors commençons par ce qu'il vous intéressera de savoir : je suppose que vous voulez vérifier que M. Griseford s'est fait assassiner ? Ma réponse est : oui, il s'est fait assassiner. Mais, l'interrompit-il en la voyant ouvrir la bouche, je ne vous dirai rien quant aux détails sanglants. Sachez juste qu'il a été tué.

— Ce n'est pas ce que je voulais savoir.

— Vraiment ? Alors qu'était-ce ?

— Comment ? Et... par qui ?

Leon s'enfonça dans son fauteuil, laissant retomber son stylo sur le bureau.

— Que souhaitez-vous que je vous réponde ? Je ne sais pas. Je ne sais même pas pourquoi je le fais d'ailleurs.

— La police n'a-t-elle rien trouvé ?

— La police ? ... Non, il n'y avait rien qu'ils aient pu remarquer. Ils ont préféré étouffer l'affaire.

— Mais pourquoi ?

— Ils n'avaient pas les moyens de s'occuper d'une histoire qui ne leur rapporterait pas grand-chose.

— Parce qu'il était pauvre ?

— Entre autres.

— Alors si nous n'appartenons pas à la haute société, personne ne s'intéresse à nous ?

— Non.

— Pourtant, vous en faites partie !

— Je n'ai pas l'influence que vous croyez. Peu me connaissent dans le comté.

— Pourquoi ?

— Cette fois, je ne vous dirai rien. C'est d'ordre privé.

Katarina pensa aussitôt au décès de sa femme. Elle se souvenait qu'il lui avait parlé d'elle une fois, à la librairie, avec cette même réticence qu'à présent, où, dès qu'elle avait évoqué le sujet, il s'était aussitôt braqué, comme gêné. Elle le savait aussi très peu enclin à se montrer en public ou à parler de lui ; aussi, elle changea de sujet :

— Ils ne l'ont pas même évoqué dans les journaux ! La mort du majordome aurait dû au moins être relayée par la presse et, pourtant, je ne me souviens avoir lu aucune histoire en rapport possible avec le manoir ou avec M. Alvin Griseford. Cela ne vous a pas effrayé ? Je veux dire : quelqu'un meurt sous votre toit et la police clôt aussitôt l'enquête. C'est tout de même quelque peu étrange. N'avez-vous pas insisté ? Peut-être auriez-vous pu leur donner quelques pistes.

— Quoi, par exemple ?

— N'avez-vous pas une idée de qui l'a agressé ? Ni de comment cela s'est produit ? Vous êtes chez vous, comme vous me le rappelez si souvent, vous auriez pu savoir quelque chose, je ne sais pas, moi : qui l'aimait ? Qui le détestait ?

— Pourquoi me posez-vous ces questions ? Ne vous a-t-on pas déjà tout raconté ?

— Je voudrais avoir votre point de vue.

— Et à quoi cela vous servirait-il ? C'est du passé.

— Oui, mais avec ce qui est arrivé à Rosie...

— Ne me dites pas qu'ils vous ont mis dans la tête que les deux étaient liés ?

— Non, mais je me pose des questions. M. Griseford a disparu il y a des mois, mais cette histoire semble toujours aussi présente, davantage encore depuis mon arrivée, et d'autant plus depuis la mort de Rosie dont la disparition semble rappeler d'affreux souvenirs. J'imagine qu'il y a un rapport, mais lequel ? J'aimerais bien le savoir.

— Votre curiosité vous attirera des ennuis.

— Ou des réponses.

Leon soupira.

— Que vous ont-ils raconté ?

Mais Katarina, qui savait que ses amis le soupçonnaient, se fit prudente, par égard pour eux.

— Qu'il a été assassiné, répéta-t-elle.

— D'accord, je vois. Je suppose donc qu'elle vous a mis en tête l'idée que c'était moi le meurtrier ?

— Elle ?

— Je parle de Mlle Brown, évidemment ; ne faites pas l'idiote. Il n'y a qu'elle pour avoir ce genre d'idées, pour m'en vouloir aussi, je crois.

— Est-ce vous ?

— Non ! Vous rendez-vous compte de vos accusations ? Qu'est-ce qu'elle s'imagine, celle-là ? C'est parce que je l'ai surprise dans une situation délicate, n'est-ce pas ? Depuis ce jour-là, elle n'a eu de cesse de me soupçonner de la moindre chose. Je vais finir par la renvoyer si elle ne se calme pas. Qu'aurais-je gagné de plus en le supprimant ? Il m'était bien utile et ne perdait pas de temps en sentiments futiles ! Je n'en ai que faire de ce qu'ils faisaient, et de ce qu'il se passe entre vous tous d'ailleurs, ajouta-t-il, dégoûté. Cela m'a… surpris, voilà tout. Alors je me suis peut-être emporté, c'est vrai, mais cela ne fait pas de moi un meurtrier.

— Est-ce vraiment la seule raison ?

— Pourquoi dites-vous cela ? Je viens de vous dire que...

— Oui, mais Margaret...

Katarina se tut. Elle ne pouvait pas lui avouer que son amie avait vu l'assassin. Comment réagirait-il avec la maladroite si elle le lui avouait ? Non, il fallait trouver autre chose.

— Qu'a-t-elle fait encore ? s'énerva pourtant le brun.

— Rien. Je ne veux pas la discréditer.

— Trop tard, il fallait y penser avant.

— Mais c'est inutile, vraiment.

— Vraiment ? Alors pourquoi êtes-vous si mal à l'aise ?

— Je ne suis pas mal à l'aise. C'est juste que...

— Que quoi ?

— Pourquoi vous êtes-vous tellement emporté les jours suivants, malgré la surprise, si cela ne vous dérangeait pas qu'ils... qu'ils soient ensemble ? trouva-t-elle à dire. Elle a eu si peur et Alvin voulait lui révéler quelque chose de si important !

— Nous y voilà ? Je m'en doutais. Mais que va-t-elle s'imaginer enfin ? Et vous, avec elle ? Que M. Griseford n'ait pu révéler ce qu'il avait à lui dire ne fait pas de moi un meurtrier. Enfin, mademoiselle Kingsley, cela n'a aucun sens ! Croyez-vous réellement que j'ai pu avoir commis un tel acte pour un simple emportement ? Qu'est-ce que cela pouvait bien me faire, ce qu'ils faisaient ?

— Non, je le sais très bien, mais avouez que c'est tout de même étrange. Vous les avez séparés pour dire deux mots au majordome et, la nuit suivante, il disparaît. Vous m'envoyez faire les commissions avec Octave et, à notre retour, Rosie est décédée. C'est tout de même troublant.

— Puisque vous semblez croire aux idées folles de cette pimbêche, admettons que ce soit moi, pourquoi vous aurais-je envoyée faire les commissions, vous et M. Crooks, et pas les autres ? Pour quelles raisons lui en aurais-je voulu ? Qu'aurais-je eu à y gagner ? Elle m'était dévouée, autant que M. Griseford, et bien plus que vous autres ! Vous ne la connaissiez même pas réellement ! Alors, pourquoi, hein ? Expliquez-moi. Je n'attends que cela et ces mêmes questions s'appliquent au précédent majordome. Essayez d'y répondre et dites-moi vos conclusions.

— Je ne vous accuse en rien. Je m'efforce de comprendre une situation...

— Qui ne vous concerne pas ! Il est décédé il y a plus de six mois ! Qu'est-ce que cela vous apportera de savoir ? Pensez-vous réellement que, pour une raison ou une autre, j'aurais pu tuer ? Non, mais vous vous rendez compte au moins de ce que vous dites ? C'est complètement absurde ! Et diffamatoire. Ai-je le visage d'un tueur ?

— Non ! Et ce n'est pas ce que j'ai voulu dire. Je veux simplement savoir, dit-elle avec un ton adouci.

Leon sembla se calmer et se massa les tempes.

— Que voulez-vous que je vous réponde, mademoiselle Kingsley ? Que c'était moi ? C'est ce qu'a dû vous raconter Mlle Brown pour que vous vous entêtiez ainsi. Mais pourquoi ne m'écouteriez-vous pas, moi ? Pourquoi ne me feriez-vous pas confiance ? Tout cela parce que je l'ai surprise dans les bras de ce foutu majordome ? Parce que je les ai séparés ? Mais qu'aurais-je gagné à le supprimer ? Il m'était bien utile et ne divaguait ni ne posait de questions inutilement. Vous voyez bien ma situation. J'ai même recours à vous pour alléger un peu mon travail. Alors, oui, il s'est fait assassiner. Par qui ? Je n'en ai aucune idée. Comment ? Je n'en sais pas plus que vous. Quant à ce qu'il s'est passé avec Mlle Rose, cela n'a rien à voir, c'était un accident. Mlle Brown doit encore m'en vouloir, mais ce n'est pas mon problème et je ne m'excuserai pas de mon comportement chez moi. Si elle n'est pas assez intelligente pour comprendre, je n'irai pas m'expliquer et ce ne sera plus chez moi qu'elle pourra travailler.

— Oh, non, non, non ! s'empressa de répliquer Katarina, affolée. Je suis certaine qu'elle le comprend. Je n'ai pas voulu la dénigrer.

— Je le sais très bien, mademoiselle Kingsley, mais elle répand des rumeurs à mon égard, des rumeurs qu'un maître ne saurait tolérer.

— Elle n'a rien dit de tel, je vous l'assure. C'est moi qui...

— Vous ? C'est encore pire !

— Monsieur, je vous en prie, écoutez-moi.

Elle le vit alors se rasseoir, mécontent, passablement énervé, mais suffisamment maître de lui-même pour pouvoir l'écouter. Elle hésitait à mettre le sujet qui la travaillait sur la table, car elle le savait irritable, mais ce sur quoi elle se fondait permettait d'expliquer le comportement du brun, tout comme la réaction de sa servante. Alors, elle prit une profonde inspiration et poursuivit :

— Tout d'abord, il me faut vous dire que je ne vous accuse en rien. Je cherche simplement à comprendre la réaction excessive et mystérieuse de mes camarades autour de M. Alvin Griseford, dont ils ne me parlent que très peu, mais qui, je le remarque, suscite encore beaucoup d'émotions.

— Venez-en aux faits, mademoiselle Kingsley, s'impatienta le maître en tapant impatiemment des doigts sur son fauteuil.

— Oui, alors voilà. La seule raison qui m'explique leur comportement, et le vôtre, serait que, hésita-t-elle, qu'il y aurait une raison qui vous est personnelle d'avoir réagi ainsi.

Il fronça les sourcils en demandant :

— Vous me considérez donc en tort ?

— Non, mais cela expliquerait que vous n'ayez pas supporté leur point de vue et qu'ils n'aient pas compris votre comportement.

— C'en est trop !

— Mais, monsieur...

— Il y a effectivement une autre raison, mais, comme vous l'avez si justement dit, elle est personnelle et ne vous concerne, ni vous, ni eux, ni personne d'autre ! Et quand bien même je le ferai, cela ne changerait rien aux faits. Mon majordome comme mon intendante sont morts ; cela ne les ramènera pas et n'empêchera pas mes domestiques, et vous-même, d'interpréter les choses à votre manière. Je vous en pose, moi, des questions ?

— Non.

— Donc, faites de même.

— Mais...

— Il n'y a pas de « mais ». Sortez maintenant, je vous en ai assez dit.

— Il s'agit de votre femme, n'est-ce pas ?

— Quoi ?

— Pardonnez-moi, mais il n'y a que cette raison-là qui me vienne à l'esprit. Les deux accidents ont eu lieu dans la même chambre, et c'est à cet endroit que vous avez découvert Margaret et le majordome, se mit-elle à expliquer rapidement. Aussi, j'ai imaginé que c'était là où votre femme séjournait et que, peut-être, Margaret n'avait pas pensé à cela et qu'elle était la raison de votre emportement. Vous m'avez dit un jour qu'elle était décédée, alors j'ai pensé que c'était cela, la raison. Peut-être dormait-elle dans ces appartements et cela expliquerait que...

— Ça suffit ! la coupa-t-il sèchement. Ça suffit !

Katarina s'arrêta aussitôt, le rouge lui montant aux joues. C'était trop tard, les mots étaient sortis beaucoup trop vite de sa bouche. Confuse, elle se confondit en excuses et se leva prestement, sans un regard pour le brun.

— Mademoiselle Kingsley, attendez !

Katarina se retourna, surprise par la voix soudaine du maître. Il ne paraissait plus du tout énervé, mais étrangement calme.

— Il n'y a pas de mal, vous savez… à propos de ma femme.

Il marqua un instant de pause durant lequel naquit un demi-sourire.

— Cela fait… si longtemps maintenant.

Katarina se sentit gênée, elle ne voulait pas être la cause d'un nouveau chagrin, mais M. Hodgkin ne paraissait ni triste ni amer… juste peut-être nostalgique d'une époque révolue. Puis, il éclata de rire.

— Allons, mademoiselle Kingsley, ne faites pas cette tête-là. Puisque je vous dis que cela fait longtemps.

La rousse, qui arrivait de moins en moins à comprendre son attitude, ne sut quoi répondre.

— Je suis désolée.

— Je le vois bien, mais il est inutile de vous en faire pour cela même s'il est vrai que je ne souhaite pas en parler.

— Je le conçois, surtout si cet événement est récent.

— Récent ? Je viens de vous dire que cela faisait longtemps.

Katarina se tut face au sourire qu'il affichait et, déstabilisée par son comportement, masqua son émoi comme elle avait l'habitude de le faire lorsqu'une situation ne l'avantageait pas : en lançant une réplique sans équivoque et qui sembla beaucoup le divertir.

— Vous n'êtes tout de même pas si vieux, monsieur, n'est-ce pas ?

Un silence gêné les interrompit.

— Enfin… quand même pas ? voulut-elle s'assurer.

Il lui sourit, amusé.

— Je vous laisse méditer sur la question, cela vous fera du bien et vous occupera plus l'esprit que le reste.

— Cinquante ans ?

— Merci, mademoiselle Kingsley, c'est très gentil. Vous me laverez tous les couloirs du manoir pour la peine.

— Quoi ? Mais vous ne m'aviez pas dit que j'aurais du travail en plus si je me trompais.

— Oui, mais cinquante tout de même, vous n'imaginez pas ! Plus vous vous éloignerez de mon âge et plus je vous en donnerai, moi, du travail.

— Je ne suis donc pas si loin.

— En voulez-vous plus ?

— Non, merci. Cela ira.

— Bien. Alors qu'attendez-vous pour commencer ?

Ils se sourirent.

— Tout de suite, monsieur.

Elle le salua alors tel un militaire et sortit de son bureau, rassurée et joyeuse.

Chapitre 21

La semaine suivante, Katarina nettoyait encore les couloirs et la deuxième, elle y repassa. Ses collègues lui demandaient pourquoi elle s'occupait à une tâche qui ne la concernait pas et elle leur répondait toujours, d'un ton détaché :

— Vous irez demander au maître. Ce n'est pas de ma faute si je lui ai donné cinquante ans.

Meredith et Gerard riaient, mais les autres, prudents, se contentaient d'esquisser un sourire mal assuré.

Visiblement, ils ne croyaient pas que Katarina les eût seulement écoutés. Cela ne devait être pour elle qu'une folie de leur part, mais au moins, se rassuraient-ils, ils avaient essayé. Aussi, quelque peu découragés, ils s'étaient renfermés sur eux-mêmes, ne parlant que si nécessaire, en attendant la réponse de l'inspecteur qui n'arrivait toujours pas. La rousse avait beau leur promettre de faire quelque chose, ils commençaient à perdre espoir, certains que ce n'était que des paroles en l'air de sa part, et seul Octave paraissait la croire, car il lui demandait souvent où elle en était et que, si elle avait besoin, sa maigre fortune était toute à sa disposition. Mais en une semaine, la jeune femme n'avait guère eu le temps de leur témoigner beaucoup d'attention. Le nettoyage des sols et des plafonds était un travail de longue haleine et elle dut y mettre toute son énergie pour en arriver au bout. Heureusement, pensait-elle, même si c'était triste, Rosie n'était plus là pour lui mettre des bâtons dans les roues et Émile et Meredith semblaient s'être étrangement calmés depuis quelque temps.

Aussi, elle s'appliqua à la tâche avec plus d'entrain qu'auparavant ; M. Hodgkin était sorti depuis le matin et elle l'avait assuré qu'il pourrait vérifier l'état de cette aile du manoir avant la fin de la journée. Le délai était respecté et tout avait été nettoyé. Les tapis avaient été enlevés et époussetés, les murs avaient été frottés, les sols nettoyés et brillants à tel point que la rousse pouvait se contempler dedans. En revanche, les lustres étaient demeurés hors de portée et Katarina n'avait pas jugé nécessaire de les dépoussiérer ; de là où elle se trouvait, elle ne voyait pas grand-chose et personne ne prêterait attention à eux. Toutefois, à cause de la grande taille du maître, et de sa propre conscience, elle n'avait pu les ignorer très longtemps encore et avait fini par les astiquer. L'escabeau l'y avait aidée et, fort heureusement, elle avait eu une bonne intuition : des araignées y avaient fait leur lieu de vie.

— Ah ! soupira-t-elle de contentement une fois son travail terminé. Ce fut un labeur difficile. J'espère qu'il sera content.

— Vous plaisantez ! se mit à rire Meredith qui arrivait dans les couloirs, panier en main. Il n'est jamais content.

— Il changera d'avis.

— Si vous le dites.

La brune entra alors à la laverie et Katarina l'y suivit, balais et seaux en main.

— J'espère tout de même ne pas avoir fait cela pour rien. Est-ce qu'il est rentré ?

— Non, pas que je sache, répondit sa collègue en tordant un linge dans une bassine d'eau. Mais moi, je ne l'attends pas et vous devriez faire pareil.

— Je le sais, maintenant, admit-elle, pensive avant de reprendre. Sauriez-vous, dans ce cas, où se trouve Gerard ?

— Il est dans le hall avec Margaret.

Katarina quitta alors la laverie et, particulièrement fière de son travail, traversa le couloir récemment nettoyé. Dans le hall, l'homme de ménage retirait les rideaux des fenêtres et Margaret lui tenait l'échelle.

— Tiens, dit-il à la blonde. Mets-les avec le premier tas.

La maladroite emporta les voiles jusqu'à une table dans le fond puis revint vers l'homme de ménage, lorsqu'elle s'aperçut de la présence de la rousse. Elle détourna aussitôt les yeux et Katarina n'y prêta pas plus attention.

— Gerard ? Pourrais-je vous parler un instant ?

— Bien sûr ! Qu'y a-t-il ? dit-il en continuant sa tâche.

— Pourriez-vous vous occuper des draps du maître ensuite ? Nous sommes vendredi et vous savez comment est Monsieur. Si vous pouviez vous en occuper dès que possible.

— Je finis avec ceci, commença-t-il en retirant la tringle du rideau, et je m'en occupe ensuite.

— Si vous voulez, je peux m'en charger.

— Des draps ? Mais ils sont lourds avec le lit qu'il a.

— Non, je parlais des rideaux. Vous pourriez vous occuper plus rapidement de la literie ainsi. Du moins, si cela vous arrange.

Gerard descendit de l'échelle les bras chargés, un regard pour Margaret.

— C'est qu'après, reprit-il. Il faut nettoyer tout ce qu'il y a dans les paniers et les vitres avec, ça ira ?

— Oui, pas de soucis.

— Bon, alors, tenez.

Il mit les draperies dans les bras de Katarina et s'éclipsa. La rousse se mit aussitôt à la tâche, mais Margaret resta dans son coin.

— Où dois-je les mettre ? demanda-t-elle.

— Dans le troisième panier.

Un silence les tint, mais il se brisa lorsque Katarina grimpa pour retirer un autre voile et qu'elle engagea la conversation :

— M'en voulez-vous encore ?

— Pourquoi t'en voudrions-nous ? rétorqua Margaret.

— Je ne sais pas.

— Alors, il n'y a pas de raison de t'en vouloir.

— Mais enfin, Margaret, que t'arrive-t-il ? l'interrogea Katarina, pas dupe. Je n'ai pas dit que je ne vous croyais pas.

— Mais c'est tout comme.

— Tu racontes n'importe quoi. J'avoue émettre quelques réserves, mais n'en ai-je pas le droit ?

— Tu ne te rends pas compte.

— De quoi ?

— De sa culpabilité ! Tu es aveugle parce qu'il t'a aidée quand tu en avais besoin.

— Absolument pas ! C'est parce que je ne vois aucun signe qui trahisse une quelconque implication.

— C'est bien ce que je te dis : tu es aveugle.

— Puisque tu es si certaine qu'il est un meurtrier, pourquoi ne fuis-tu pas ?

— Nous avons essayé ! Mais il nous a toujours ramenés au manoir et menacés ! Mais cela, il ne te l'a pas dit.

— C'est n'importe quoi.

— Ah oui ?

— Ne doutes-tu jamais ? ... De lui ou d'un autre ?

— ... Non.

Mais Margaret le dit de manière si peu convaincue que Katarina en sourit.

— Ne te moque pas, Katarina.

— Je ne me moque pas, mais, si tu es toi-même prise de doutes alors, pourquoi ne le serais-je pas ?

— Nous n'avons pas les moyens que tu possèdes. Nous n'avons ni argent ni influence sur personne. Nous ne pouvons pas nous échapper. Si aucune lettre ne parvient à sortir, je ne vois pas comment nous y arriverons.

— Cela, c'était Rosie. Octave et moi sommes bien sortis. Cela n'a rien à voir avec le maître.

— Au contraire !

— Alors, pourquoi l'aurait-il supprimée ?

Margaret sembla prise au dépourvu.

— Je... je ne sais pas, avoua-t-elle. Mais il doit y avoir une raison.

Un silence eut lieu, mais il fut bientôt interrompu par l'arrivée intempestive du brun.

— Katarina...

— Chut, la coupa-t-elle. Le voilà.

Mais au lieu de l'attendre, Margaret la quitta précipitamment et Katarina, seule, ouvrit au maître.

— Le dîner est-il servi ? demanda-t-il, sitôt rentré.

— Émile prépare le salon. Il sera bientôt prêt.

— Tant mieux. Je meurs de faim ! Avez-vous fini votre travail ?

— Je suis en train de nettoyer les fenêtres.

— Je ne vous parlais pas de cette tâche, mais de l'autre.

— Ah ! se souvint la rousse. Oui, elle est terminée.

— Alors, allons voir.

Katarina referma la porte derrière lui en même temps qu'un courant d'air glacial s'engouffrait dans la maison. La soirée était particulièrement fraîche et il ne faisait aucun doute que l'hiver approchait à grands pas maintenant. Elle en frissonna puis emmena le brun dans l'aile ouest où il faisait plus chaud et où, l'air fier et assuré, elle lui désigna son travail bien fait.

Leon trouva là un parquet admirablement bien ciré et plus de toiles d'araignées. Son constat fut partout le même et il dut avouer qu'elle s'était bien démenée, mais cela lui coûtait de la complimenter, donc il détourna ses paroles :

— Vous y avez mis du cœur à ce que je vois. Je parviens même à me voir sur le parquet ! J'espère que cela vous a rendue plus clairvoyante ?

— Je crains que non, monsieur.

— Alors c'est que vous n'avez pas assez nettoyé.

— Vous plaisantez ?

— Absolument pas, dit-il, un sourire en coin.

— Vous me taquinez ?

— Pourquoi le ferais-je ?

— Mais je...

Il s'amusa de la voir déçue.

— Je vous laisse y réfléchir. En attendant, j'aimerais bien manger.

— Je pense que cela doit être prêt et, si vous n'avez rien d'autre à dire, soupira-t-elle, suivez-moi.

— Je vous suis.

Quelque peu désappointée, elle l'amena alors dans l'un des salons où elle avait pris l'habitude de le servir. C'était la pièce la moins incommodante à réchauffer, car la cheminée y était disposée de façon à réchauffer l'endroit rapidement. C'était aussi, et surtout, un lieu qui plaisait particulièrement à M. Hodgkin sans qu'elle sût vraiment pourquoi ; sans doute parce qu'il y avait là son fauteuil favori, rabougri par le temps et installé à une place de choix, à un mètre de la flambée. Il s'y installa sans attendre et ce fut là qu'il prit son dîner pour la soirée. Katarina le laissa ensuite et retourna à ses tâches, non sans un regard équivoque au brun qui souriait toujours de la savoir contrariée. Puis, lorsque dix heures sonnèrent, le maître monta se coucher. Les domestiques ne tardèrent guère à le suivre et, leurs tâches accomplies, ils regagnèrent leurs chambres sans un bruit. Katarina fut la seule à rester.

Depuis la mort de Rosie, elle était devenue anxieuse et plus angoissée qu'elle ne l'avait jamais été auparavant et devoir retourner là-haut, là où elle avait péri, la terrorisait bien plus qu'elle ne l'avait avoué. Cela faisait maintenant quelques jours qu'elle dormait à nouveau dans sa chambre, mais, même si elle était plus confortable que celle des domestiques, elle n'y passait pas une seule nuit tranquille. Malgré elle, son esprit lui faisait entendre ou voir des choses qu'il n'y avait pas, sentir et toucher ce qui n'existait pas, l'effrayant d'autant plus qu'elle se sentait épiée, suivie dans ses moindres gestes lorsque la nuit tombait.

Alors, elle restait là, debout dans le hall immense, contemplant tout et n'importe quoi, hésitante et renfrognée à la seule idée de se glisser dans son lit. Le regard fixé sur la grande horloge, perdue dans ses pensées, elle appréciait le tintement délicat de l'objet, son préféré de toute la maison. Il l'avait toujours intrigué pour sa forme et ses couleurs qui lui évoquaient ses romans gothiques, mais aussi, et surtout, pour l'originalité du mouvement inverse des aiguilles qui indiquaient chaque soir une heure factice. Qu'importait qu'elle essayât de les remettre à l'heure, elles désignaient toujours un autre temps que celui du présent. D'ailleurs, à ce propos, Katarina se souvenait du maître, le soir de son arrivée, lorsqu'il avait regardé la pendule et avoué qu'il était tard. Elle se demandait bien comment il en avait pu être certain, juste en y jetant un coup d'œil. L'habitude peut-être.

La rousse observa alors intensément l'objet, cherchant à percer son secret, comme hypnotisée par le balancement des tiges noires. Happée par une force inconnue, en proie à une grande réflexion, elle semblait à des lieues de là, les yeux hagards et vides, contemplant sans réellement voir, en sombrant peu à peu dans les méandres des profondeurs de ses pensées. Puis, tout à coup, elle se réveilla en sursaut. L'horloge sonna minuit. La nuit était parfaitement tombée et l'obscurité s'étendait d'un bout à l'autre du hall. Prise d'une soudaine angoisse à l'idée de rester seule à cet endroit, Katarina reposa son chiffon et monta se coucher. Mais son malaise revint aussitôt la porte fermée. Tout était froid, macabrement immobile, et silencieux.

Elle avança pas à pas, scruta l'obscurité, et glissa dans son lit d'où elle ne bougea plus. Tout la dérangeait dans cette tranquillité. Les couvertures avaient pourtant été changées, les meubles et ses affaires personnelles lavées, récurées, astiquées, mais rien ne changeait, absolument rien. Elle ne comprenait pas cette peur qui la faisait s'éveiller en pleine nuit, cette angoisse qui l'agrippait fermement lorsqu'elle entendait le sol craquer, ou des pas résonner au grenier. Elle ne saisissait pas non plus cette étrange excitation qui lui faisait penser en souriant que, si elle venait à surprendre quelque chose, au moins saurait-elle à quoi s'attendre et agir en conséquence. Mais rien ne se produisait et elle se mettait à penser à des horreurs qui ne faisaient que l'encourager dans le mauvais sens plutôt que de la rassurer.

Elle se tourna alors dans son lit, emmitouflée jusqu'au nez, soupira longuement et ferma les yeux, sourde aux plaintes nocturnes. C'était plus fort qu'elle, elle ne pouvait s'empêcher de penser aux deux domestiques qui y avaient péri, à la place qu'elle-même occupait dans cette literie où ils avaient rendu l'âme, et à la possibilité qu'ils n'y fussent pas les seuls. Qu'en était-il de l'épouse du maître ? Et puis... si elle-même était visée ? Toutes ces histoires lui montaient à la tête et il fallait qu'elle pense à autre chose si elle voulait trouver le sommeil et ne plus sursauter au moindre bruit, surtout lorsque ceux-ci provenaient de son ventre réclamant quelque nourriture. Pourtant, elle avait beau essayer, chaque jour, ce n'était que cauchemars et horreurs où elle se voyait torturée jusqu'au sang et desquels elle sortait le visage en sueur, les draps collant inconfortablement à sa peau moite et tremblante, un malaise emballant ses sens.

Cette nuit-là ne fit pas exception à la règle et ce ne fut que vers deux heures du matin qu'elle parvint à fermer les yeux, avant de se réveiller brusquement une demi-heure plus tard, les cheveux ruisselants et collants à son visage, le cœur en alerte et les jambes flageolantes, sans savoir ce qu'il lui arrivait. Elle tenta de reprendre sa respiration, mais l'alerte était si vive qu'elle eut bien du mal à se maîtriser, guettant le moindre son autour d'elle, scrutant l'obscurité en forçant si bien sur ses yeux que cela lui donna mal à la tête. Elle était complètement folle. Ce n'était qu'un cauchemar, pas de quoi s'inquiéter, se disait-elle. Quant à ces bruits, ils n'étaient que le fruit de son imagination mêlée la pluie. Pourtant, une autre part d'elle-même aurait juré que tout ceci n'était pas que folie. Il lui arrivait même, de temps en temps, d'entendre et de voir la poignée de sa chambre tourner, sans que rien se produisît.

Haletante, Katarina finit par soupirer, tentant de reprendre son calme dans la nuit noire. Le vent soufflait fort au-dehors et faisait craquer lugubrement les murs de la grande demeure. Il s'engouffrait par tous les interstices, faisant frissonner la rousse, touchée encore par ses mauvais rêves. Il y aurait sans doute une tempête le lendemain s'il continuait ainsi de souffler et cela ne la rassura guère davantage. Elle voyait le mal partout. Sa tête lui tournait dangereusement et sa bouche était si sèche qu'elle sut qu'elle ne dormirait plus ce soir-là si elle ne faisait pas quelque chose. Aussi, résignée, elle alluma son bougeoir et attendit que la flamme fût stable pour observer les alentours. Il n'y avait personne et rien n'avait bougé, rien qui aurait pu l'effrayer, pas même une Rosie qui l'attendrait dans un coin sombre. Elle se leva alors, quelque peu soulagée, et vint se poster devant la fenêtre, son long châle étroitement resserré autour d'elle.

La nuit était plutôt agitée et les branches, se décrochant des arbres, se balançaient dangereusement en avant, sous l'éclat argenté de la lune qui leur donnait un aspect mystique déroutant. Katarina en frémit d'effroi et, rêveuse, resta longuement ainsi à contempler l'obscurité jusqu'à ce que des flocons apparaissent, tournoyant violemment sous le vent et recouvrant déjà les feuilles restantes d'une pellicule blanche. Elle fut parcourue d'un frisson intense et cela l'arracha à sa contemplation. Peut-être devait-elle réessayer de dormir ? Il était deux heures et demie et, dans quelques heures à peine, elle devrait servir M. Hodgkin.

Elle s'assit alors sur son lit glacé par ses sueurs froides et tenta de se reposer. Mais la gorge sèche, elle ne put y parvenir. Elle voulut se risquer jusqu'aux cuisines pour chercher un verre d'eau, mais elle angoissait à la seule idée de traverser le grand hall et les couloirs sombres. Après tout, sa soif pouvait bien attendre quelques heures, non ? Mais au bout de dix minutes, silencieuse à ne rien faire, elle sentit le ridicule de sa situation et, n'y tenant plus, elle descendit, quittant les ténèbres de sa chambre un bougeoir à la main ; la petite flamme ne parvenait guère à écarter totalement la noirceur du lieu, mais elle la rassura tout de même un peu par sa simple danse. Katarina avança à tâtons jusqu'à l'escalier, jetant un regard prudent à tous les coins. Même la porte de chambre du maître était enfoncée jusqu'au plus profond de l'obscurité, et seul le hall possédait quelques lueurs, grâce aux fenêtres encore dépourvues de leurs lourds rideaux. Des ombres immenses et spectrales s'étalaient sur le sol, comme le prolongement du pouvoir de la lune dont la pâle lueur bleuâtre s'étirait tel le scintillement de la rivière près de chez elle, près de l'arbre où elle avait l'habitude de lire. Rassurée par cette image, la jeune femme descendit sans faire de bruit jusqu'au rez-de-chaussée. Puis, passant sur leurs reflets, elle arriva jusqu'à la cuisine où elle referma la porte derrière elle, prudente.

Soulagée de ne rien avoir vu de suspect, Katarina déposa son bougeoir sur la table et analysa une dernière fois les lieux autour d'elle, nerveuse. Il n'y avait rien. Apaisée, et regrettant d'être si superstitieuse, elle se servit alors un verre d'eau et, assise là, se sentit bien mieux qu'elle ne l'avait été dans sa chambre quelques instants auparavant, comme rafraîchie et ragaillardie ; il s'y était passé tant de choses qu'elle se faisait sans doute trop d'idées, les morts ne pouvaient pas revenir. Elle écouta alors le calme et se resservit à boire. Oui, vraiment, son imagination était trop grande et elle sourit de plus belle en entendant, derrière elle, le bruit de pas qu'elle imaginait souvent.

— Je dois vraiment être fatiguée en ce moment. Tout cela me travaille beaucoup trop.

Mais lorsqu'elle se retourna brusquement, son verre se brisa. À quelques centimètres d'elle, un visage blafard et perfide la toisait. Saisie, la silhouette s'éloigna aussitôt, glissant à travers le mur en souriant et Katarina, sans crier gare, perdit connaissance.

Dans son grand lit, et enveloppé sous tous ses draps, Leon tournait et se retournait. Il n'arrivait absolument pas à dormir, quoiqu'il essayât d'y parvenir. Il n'était pas du tout à l'aise et il avait soif.

Pourtant, plongé dans une profonde obscurité, il ne voulait pas se lever ; la fainéantise d'aller jusqu'aux cuisines l'en empêchait et il était hors de question pour lui de se lever. Mais lorsqu'il changea de côté une énième fois, sa soif devint une telle obsession qu'il se résolut à y aller.

Il sortit alors de ses couvertures et, en quittant la pièce, enfila sa robe de chambre posée à l'extrémité du lit. Il marcha sans se presser, traînant des pieds et bâillant tous les deux pas, sans bougie pour éclairer sa marche. Aussi, après s'être pris les pieds dans un malheureux tabouret qu'il injuria, il parvint enfin à la cuisine. Il devait être trois heures du matin lorsqu'il entra et il se décrocha à nouveau la mâchoire en cherchant, déjà du regard, l'armoire où se cachaient les verres. Mais ce qu'il vit d'abord fut un bougeoir à moitié éteint posé sur la table. Intrigué, il scruta les alentours à la recherche de l'un de ses domestiques, mais ce fut sur une ombre qui jonchait le sol que ses yeux se posèrent. Il ne fallut pas plus longtemps à Leon pour reconnaître la chevelure rousse de son majordome et, aussitôt, il se précipita vers elle.

— Mademoiselle Kingsley ! appela-t-il.

Mais la jeune femme avait perdu connaissance et était tombée face contre sol, elle n'entendait pas ces appels.

Agenouillé auprès d'elle, Leon ne sut quoi faire. Le verre était brisé sous elle et le manque de luminosité ne l'aidait en rien à trouver une solution. Il fallait bien la secouer pour la réveiller, non ?

Aussi, après avoir grogné, il la retourna face à lui. Elle était pâle comme un linge et la lumière de la lune sur son visage la rendait encore plus blafarde.

— Mademoiselle Kingsley ? Mademoiselle Kingsley, m'entendez-vous ? insista-t-il.

Mais elle ne répondait toujours pas. Il raviva alors la flamme de la bougie et la posa à ses côtés. Le bras droit de la jeune femme portait une fine ligne de sang, causée par un morceau de verre coincé dans sa chair. Dans sa précipitation, Leon le lui retira, mais finit par poser malencontreusement ses doigts sur sa peau. L'effet fut immédiat ; Katarina ouvrit brusquement les yeux et se redressa d'un seul coup. Un bruit sourd résonna.

— Aïe ! Ça fait mal ! se plaignirent-ils l'un et l'autre en se massant la tête.

— Ça ne va pas de vous lever comme cela ? marmonna Leon. Vous auriez pu me blesser !

Mais la jeune femme l'ignora et regarda autour d'elle, étourdie.

— Où suis-je ?

— Dans la cuisine, dit-il en se relevant doucement, le crâne encore entre ses mains. Que vous est-il arrivé ?

Elle l'observa, toute pâle qu'elle était, à la lueur de la bougie, effrayée, les yeux grands ouverts. Il la toisa alors de tout son haut, mais elle ne lui répondit pas, scrutant frénétiquement la pièce dans tous les sens. Elle était nerveuse et terrifiée. La voyant ainsi, sans cet air si soigné et ce sang-froid qui la caractérisait tant, Leon ne put s'empêcher de la taquiner un peu :

— Vous êtes vraiment pâle, argua-t-il. On dirait que vous avez vu un fantôme.

Mais cela ne la fit pas rire. Elle se releva péniblement, évitant soigneusement son regard moqueur, et se pencha vers l'évier sans même remarquer son bras blessé.

Le brun s'interrogea aussitôt.

— Parce que vous en avez vu un ?

Katarina se cramponna de plus belle, se mordant les lèvres au sang pour ne pas craquer.

— Est-ce que vous allez bien ?

— Je... Oui, articula-t-elle finalement.

— Qu'est-ce qu'il s'est passé ? On dirait que vous avez eu peur.

Il l'observa.

— Vous avez peur, rectifia-t-il. Dites-moi ce qui est arrivé.

N'obtenant pas de réponses, il s'approcha d'elle pour voir son visage, mais elle se détourna aussitôt.

— Pourquoi ne me répondez-vous pas ? ... Qu'est-ce que..., dit-il en piétinant le verre.

— Pardonnez-moi, se précipita-t-elle. Je vais ramasser.

— Vous êtes blessée.

— Ce n'est pas grave.

Il s'éloigna alors et l'observa de loin. La chandelle et la lumière de la lune l'éclairaient faiblement, mais assez pour voir qu'elle pleurait.

— Dois-je vous forcer à répondre ou me répondrez-vous de vous-même ? Qu'est-il arrivé ?

— Rien.

— Rien ? Vous plaisantez ?

— Si je vous le disais, vous ne me croiriez pas.

— Ah bon ? Et pourquoi pas ?

Katarina le regarda soudain droit dans les yeux et, comme s'il se doutait de ses pensées, il lui répondit :

— Je suis on ne peut plus sérieux.

Mais elle préféra changer de sujet.

— Que faites-vous ici ? Vous ai-je réveillé ?

— Non, j'avais besoin d'un verre d'eau. Et vous ?

— Je n'arrivais pas à dormir.

La rousse jeta alors les débris dans une corbeille et, après avoir nettoyé le sol, se releva, tournant obstinément le dos au brun. Elle remarqua enfin sa blessure. Sa tête se mit alors à tourner et elle se remit violemment à trembler.

— Vous êtes sûre que vous allez bien ? Vous ne m'avez toujours pas répondu.

Encore une fois, le silence parla pour elle.

— Est-ce ainsi qu'il vous est apparu ?

Mais elle ne répondit toujours rien, et seule une larme perla silencieusement le long de sa joue. Pourquoi fallait-il qu'il fût là ?

— Allons, mademoiselle Kingsley, il n'y a que moi derrière vous, poursuivit-il.

Katarina s'essuya vivement les yeux. Elle n'allait pas y rester toute la nuit ni lui laisser encore une occasion de se moquer d'elle. Elle était fatiguée, et elle dormait mal. Peut-être s'était-elle trompée après tout. Peut-être avait-elle rêvé en s'assoupissant brièvement. Non, il fallait qu'elle arrêtât. Ce qu'elle avait vu, elle ne pouvait plus en douter, elle l'avait vu. Elle prit alors son courage à deux mains et, décidée, se retourna : il n'y avait en effet que M. Hodgkin derrière elle. Alors, quelque peu rassurée, elle se mit à sourire.

— Vous voyez, il n'y a que moi, lui répondit-il avant qu'un silence ne retombât. C'est tout de même embarrassant, je dois dire, j'aurais cent fois préféré me disputer avec vous plutôt que de vous revoir dans cette tenue.

Katarina remarqua alors qu'ils étaient tous deux en tenue de nuit et ne put s'empêcher de rire. Leon, lui, arqua un sourcil ; elle était vraiment bizarre parfois. Mais s'apercevant soudain du bruit qu'elle faisait, elle se tut aussi vite et sembla se rassurer.

— Je suis désolée de vous infliger tel spectacle, monsieur, mais je ne pensais pas vous voir un jour avec une chemise à canards, si c'est bien cela que je distingue.

Leon resserra aussitôt sa robe de chambre autour de lui.

— Vous distinguez mal.

— En êtes-vous sûr ? dit-elle en se remettant à rire.

— Allez-y, moquez-vous donc ! Cela ne me gêne pas du tout, dit-il, embarrassé.

— Je suis désolée, répéta-t-elle. J'arrête.

— Bien, j'espère qu'il vous reste assez d'énergie pour me servir enfin mon verre d'eau, parce que j'attends.

Katarina obéit prestement, le sourire aux lèvres.

— Décidément, il se passe toujours quelque chose avec vous. Est-ce conscient ou non ?

— Je ne crois pas.

— Je me disais aussi. Ce serait trop beau si vous pouviez vous…

Mais il s'interrompit. La jeune femme ouvrait de nouveau de grands yeux effarés.

— Qu'y a-t-il encore ?

Tremblante, elle lui désigna la porte à côté de lui.

— Là… à… à côté…

Leon regarda alors sur sa gauche et, saisi, ne sut plus que dire : un pan de robe passait au travers du mur. Il lança aussitôt un regard à la jeune fille qui ne bougeait plus, paralysée. Alors, il ouvrit prestement la porte et jeta un œil dans le couloir sombre et noir. Mais il n'y avait absolument rien, rien d'autre que les obscures ténèbres.

Le cœur de la rousse avait énormément de mal à garder son calme. Elle s'était réjouie trop vite. Luttant comme elle le pouvait pour ne pas tomber, elle se rapprocha dans un grand effort du maître penché dehors. Et lorsque ce dernier referma la porte derrière lui, il ne la vit plus.

— Mademoiselle Kingsley ? appela-t-il.

— Je suis là, monsieur.

Il jeta un œil derrière lui et eut un sursaut en la voyant de si près.

— Êtes-vous folle ? Reculez-vous.

— Pardon, monsieur.

Il scruta à nouveau le couloir.

— Vous avez vu comme moi, n'est-ce pas ?

— Oui.

— Comment était-il ? Le fantôme, ajouta-t-il. C'était une femme, non ?

Katarina acquiesça.

— Bon sang, qu'est-ce que c'est que ça ? L'avez-vous vu, vraiment ?

— Oui, répondit-elle. Oui.

— Comment était-elle ? Dites-moi.

— Je ne sais pas... Elle... elle n'avait pas d'yeux. Elle avait des cheveux ondulés... Une longue robe... Un... un immonde sourire... déformé... Je... Qu'allez-vous faire ? paniqua-t-elle en le voyant soudain s'éloigner.

— Je vais sortir et faire le tour du manoir. Vous, retournez vous coucher.

— Non !

— Non ?

— Je veux savoir aussi.

— Vous êtes morte de peur !

— Non, j'ai froid.

— Vous plaisantez ?

— Je vous assure.

— Pourtant, vous étiez évanouie tout à l'heure.

— Une petite faiblesse.

Katarina ne put dire davantage ou sinon sa voix aurait trahi sa peur et elle ne voulait pas que M. Hodgkin la laissât seule maintenant.

Leon soupira en levant les yeux au ciel.

— Bon, dépêchons.

Ils sortirent dans le couloir et regardèrent autour d'eux. Il n'y avait rien. Pas un bruit. Pas une sensation ne vint les étreindre. Pourtant, leurs sens étaient en émoi, s'attendant à chaque instant à revoir apparaître l'étrange illusion. Ils marchèrent alors prudemment l'un derrière l'autre, le long de l'allée ouest du manoir où, pas à pas, ils se rendirent jusqu'à la laverie. Mais ils n'y trouvèrent rien et firent demi-tour jusqu'aux cuisines.

Leon tourna discrètement la poignée et jeta un œil à l'intérieur.

— Il n'y a plus rien ici, murmura-t-il.

— Que faisons-nous ?

— Nous allons aller voir de l'autre côté, dit-il en désignant le hall. Venez.

Ensemble, ils accédèrent à la vaste entrée de la bâtisse, encore éclairée par les larges fenêtres sans rideaux. Autour d'eux, il n'y avait rien. Tout était paisible. Les plantes dormaient, le tabouret renversé restait couché, les coins sombres restaient sombres. Ils avancèrent pourtant prudemment le long du hall, ne cessant de jeter des regards tout autour d'eux. Il n'y avait personne, mais cela ne suffisait pas à les rassurer. Plusieurs fois, Katarina regarda en arrière ; il lui semblait entendre quelque chose. Pas le moins rassurée du monde, elle s'agrippa à un morceau de robe de chambre du maître.

— Ah ! Que faites-vous ? maugréa-t-il. Lâchez-moi.

Elle se retourna vivement.

— Mais j'ai cru entendre quelque chose derrière.

À son tour, il scruta le coin derrière eux. Mais dans la noirceur de la nuit, il ne vit rien.

— Vous avez rêvé, mademoiselle Kingsley.

— Mais non, je vous assure que…

— Nous l'aurions vu.

— Je sais, mais…

Elle préféra se taire et le suivre. Elle était pourtant certaine d'avoir entendu un bruit, comme une poignée qu'on essayait d'ouvrir discrètement. Et si c'était… l'assassin, plutôt que le fantôme ? Après tout, si cela avait été un spectre, ils l'auraient vu comme tout à l'heure ! Et puis un spectre n'avait pas besoin de tourner une poignée. Pour rien au monde Katarina ne serait restée seule en cet instant. Son rythme cardiaque n'avait rien de régulier et son angoisse ne se calmait que par la présence du brun à ses côtés. Malgré cela, tout à coup, son cœur s'accéléra davantage lorsqu'elle sentit soudain une main se poser sur son épaule. Aussitôt, elle fit volte-face et gifla à hauteur humaine. Un bruit sourd se fit entendre et Leon se retourna vers elle.

— Qu'est-ce qu'il se passe ?

— Aïe ! Je ne pensais pas que vous me gifleriez ainsi, miss.

La rousse, qui avait du mal à reprendre ses esprits, reconnut pourtant la voix :

— Gerard ?

— Oui, c'est moi.

— Que faites-vous ici ?

— J'ai entendu du bruit dans les couloirs, aussi, je me demandais ce qu'il se passait, expliqua-t-il en se massant la joue. Et puis, je vous ai aperçue. Vous avez une sacrée droite quand même.

— Je suis désolée. Je ne savais pas.

— Monsieur Gabhann ?

Il se tut.

— … Monsieur ? reprit l'homme de ménage, mal assuré.

— Oui.

— Vous êtes avec le maître, Katarina ?

— Oui.

— Mais que… que se passe-t-il ?

— Nous avons entendu des…

— Cela ne vous regarde pas, intervint Leon. Retournez vous coucher.

Gerard, abasourdi, mais habitué à ce comportement, ne dit rien.

— Comme vous voudrez, monsieur. Vous êtes sûre que ça va aller, miss ? ajouta-t-il à mi-voix.

— Oui.

— Bon, comme vous voudrez.

Il serra alors le poignet de la rousse en signe d'avertissement et les quitta ; il ne lui fallait pas oublier que tous soupçonnaient le maître. Pourtant, elle l'ignora.

— Pourquoi ne lui avoir rien dit ? demanda-t-elle une fois qu'il fut parti.

— Parce qu'il y a un temps où il ne sert à rien de s'expliquer. Ne perdons pas le nôtre.

Mais ils eurent beau fouiller chaque pièce, chaque recoin du manoir, ils ne trouvèrent plus rien cette nuit-là. Tout était en ordre, aucune apparition ne survint et la noirceur des ténèbres ne leur révéla rien d'autre que la folie de leurs esprits. Aussi, vers trois heures et demie, ils se séparèrent.

— Je crois qu'il ne sert à rien de poursuivre les recherches, il ne nous apparaîtra plus, chuchota Leon. Allez vous coucher maintenant et tâchez de dormir.

Il la quitta ainsi dans le noir et regagna sa propre chambre. Mais sur le seuil de la sienne, Katarina hésita à entrer. Et si, en ouvrant sa porte, elle découvrait au fond de la pièce le fantôme lui souriant ? Terrifiée à l'idée de rester seule face à sa peur, elle ne parvint pas à bouger. C'était au-dessus de ses forces. Il lui restait deux heures avant de se lever et elle se demandait bien comment elle allait pouvoir survivre pendant ce temps. Son cœur battait si vite qu'elle se crut sur le point de faire une crise cardiaque. Pourtant, elle ne pouvait pas rester là ! Cependant, sans y prêter attention, elle se retrouva bientôt dans sa chambre.

Tout y était resté intact. Rien n'avait bougé et tout semblait être à sa place. Elle se força alors à respirer calmement et regagna son lit. Ses draps y étaient encore chauds, mais cela ne la réconforta pas. Elle était occupée à analyser chaque bruit suspect de la pièce si bien qu'elle ne trouvât plus du tout le sommeil. Elle ne tarda pas à rallumer une bougie et à apporter plus de lumière à la pièce. Que pouvait-elle faire en attendant de se lever ? Il était hors de question de se promener une nouvelle fois dans la demeure avant que le soleil n'eût commencé à se lever. Aussi, elle choisit de lire son livre de chevet, mais, en se rendant compte du titre, *Cimetières hantés*, elle préféra s'abstenir. Quelle idée d'avoir de pareilles lectures ! Elle chercha une autre activité, seulement, il semblait que rien ne pouvait la rassurer. Tout lui faisait penser automatiquement à l'apparition. Est-ce que M. Hodgkin, lui, arrivait à dormir ? Elle soupira et se leva, s'approchant de son armoire. Cela faisait longtemps qu'elle n'avait pas pris le temps de s'occuper de ses belles robes. Elle ouvrit alors les deux battants et en sortit les deux somptueuses tenues qu'elle avait reçues à son arrivée et que le brun l'avait autorisée à garder. Elles étaient vraiment jolies. Leurs soieries étaient simples et leurs dentelles presque neuves. Il avait été vraiment gentil de lui en faire cadeau. Comment imaginer qu'un tel homme puisse avoir quelconque lien avec des meurtres ? Si elle se méfiait encore, elle n'eut plus aucun doute ensuite. Le fantôme l'avait surpris lui aussi et elle ne doutait pas que cela puisse être le réel danger du manoir.

Katarina reposa les tenues dans leur compartiment. Il lui faudrait remercier le maître pour toute sa gentillesse lorsqu'elle partirait. Elle devait lui en parler. Elle aurait déjà dû le faire, mais quand trouverait-elle le courage de lui faire face ? Cette seule pensée lui obscurcit le cœur et, rêveuse, elle se mit à fixer la porte. Sa promesse la retenait et, plus les jours passaient, moins elle savait comment lui avouer son départ ni quels mots trouver. Ses amis la poussaient à partir et elle leur avait promis de les aider en restant là, mais, avec ce qu'il se passait, sans doute avaient-ils raison, elle serait plus à même de leur venir en aide en sécurité chez elle. De plus, les fêtes de fin d'année approchaient et elle ne pouvait s'imposer chez M. Hodgkin, sans compter que son frère la cherchait toujours. Mais qu'adviendrait-il ensuite ? Si la perspective du mariage ne l'effrayait plus, en comparaison avec ce qu'il se passait là, son père en revanche la terrorisait, car, si elle n'avait pas fui, dans quel état serait-elle désormais ? S'il avait osé une fois, qui disait qu'il ne recommencerait pas ?

Katarina réfléchit longuement à la question et dépoussiéra, plus qu'il ne le fallût, ses longues et soyeuses robes. Le jour se levait peu à peu et la pièce s'éclairait lentement au fil du temps. Les ombres disparaissaient et leurs coins accueillaient avec tendresse les douces lueurs de l'aurore. La chambre prenait une autre apparence et l'angoisse de la nuit quitta peu à peu le cœur de la rousse. Elle souffla la bougie et consulta sa montre de gousset. Finalement, elle était restée plus longtemps que nécessaire. Il était bientôt huit heures.

Elle revêtit alors son costume de majordome, puis noua ses cheveux avec soin pour ne pas encore apparaître négligée auprès du maître. Lorsque cela fut fait, elle tâta sa table de chevet pour ajouter la touche finale à sa tenue, mais ce qu'elle cherchait ne s'y trouvait plus : son ruban.

— Ah oui ! C'est vrai, se rappela-t-elle. Je me demande où il peut bien être.

Elle l'avait cherché pendant des jours entiers sans jamais le retrouver, que ce fût sous sa brosse, dans ses armoires, derrière les meubles ou dans tout le manoir ! Aussi, déçue d'avoir perdu ce cadeau, elle ouvrit le tiroir de la commode et sortit celui qu'elle avait choisi pour le remplacer. Il n'était pas aussi spécial que l'ancien, mais, c'était le seul qu'elle avait, en attendant de retrouver l'original.

Chapitre 22

Ce matin-là, Katarina fut soulagée de voir le jour paraître et fut d'autant plus apaisée que, dans la pénombre matinale, elle ne rencontra personne, que ce fût l'apparition fantomatique ou un domestique. Elle se rendit alors aux cuisines, d'un pas qui se voulait plus léger, mais s'interrompit sur le pas de la porte, hésitante. Et si le spectre ressurgissait ? Elle ouvrit alors prudemment, jetant un œil discret par l'entrebâillement. Il n'y avait rien, hormis le bougeoir resté là durant la nuit. Elle s'avança alors franchement et, dans un profond soupir, découvrit que la pièce était toujours vide. Elle n'espérait qu'une chose : que tout ce qu'il s'était produit la veille ne se reproduisît jamais plus. Les apparitions étaient beaucoup trop effrayantes et cela ne l'amusait plus du tout.

Essayant de tourner ses pensées vers de plus agréables rêveries, elle prépara la répartition des tâches pour la journée et ne réfléchit plus aux horribles visions.

La lumière se fit dès lors peu à peu grandissante et l'heure approcha bientôt où Katarina dut servir le maître. Sur le chemin, elle ressassa alors les questions qu'elle s'était dit devoir lui poser, s'efforçant de les répéter au mieux pour une présentation sans faille. Elle n'avait toujours pas pris sa décision, mais il lui fallait tout de même savoir ce qu'il dirait si elle les quittait dans les prochains jours. Elle voulait avoir son avis sur la situation et il était le seul à qui elle pouvait en parler sérieusement. Aussi, lorsqu'elle fut prête, elle toqua à la porte de sa chambre :

— Monsieur ? C'est moi, mademoiselle Kingsley. Je vous apporte votre petit déjeuner.

Mais comme il ne répondait pas, elle s'avança vers son bureau et réitéra son geste, frappant par trois fois avant qu'il ne vînt lui ouvrir.

— Bonjour, monsieur.

— Ah ! C'est vous, mademoiselle Kingsley ?

— Je vous apporte votre petit déjeuner. Je ne suis pas en retard, au moins ?

— Non, lui répondit-il en vérifiant tout de même sa montre de gousset. Entrez, je vous en prie.

Katarina s'avança alors dans la pièce, à peine éclairée par une bougie sur la table du fond près de laquelle elle déposa le plateau tandis que M. Hodgkin tirait sur les rideaux. La salle fut aussitôt baignée d'une pâle lumière et elle put voir, répandues partout dans la pièce, des tonnes de papiers vierges. Elle se tourna alors vers le maître et s'aperçut que ses traits étaient tirés, comme contrariés.

— Est-ce que vous allez bien ? lui demanda-t-elle.

— Oui, répondit-il en ramassant ses innombrables feuilles. Je ne me suis pas rendu compte qu'il faisait déjà jour.

— Vous avez l'air fatigué.

— C'est que je n'ai pas dormi après ce qu'il s'est passé hier.

Katarina hésita alors à lui parler. Peut-être cela pouvait-il attendre finalement.

— Auriez-vous eu peur ?

Leon se redressa vivement.

— Bien sûr que non. Je n'ai pas eu peur.

Elle prit aussitôt un ton moqueur et il continua sur le même ton.

— Je ne pourrais pas en dire autant de vous, en revanche. Vous étiez totalement paralysée.

— Ce n'est pas vrai. J'avais froid, c'est tout.

— Mais bien sûr !

— Puisque je vous le dis.

— Vous ne trompiez personne, mademoiselle Kingsley.

— Vous racontez des sottises.

— Même un aveugle s'en serait rendu compte.

— Eh bien, soit, admit-elle, fière. En tout cas, ce n'est pas moi qui avais des canards sur ma chemise de nuit.

Leon fit lentement glisser son tiroir, feignant l'indifférence.

— Je ne vois pas de quoi vous voulez parler.

— C'est cela, faites l'enfant. Vous ne trompiez personne, monsieur Hodgkin. Même un aveugle les aurait vus.

Pas peu fière de sa réplique, Katarina quitta le bureau, un vague signe de main vers le brun.

— Bon appétit.

Et celui-ci sourit, amusé de son comportement.

Finalement, elle ne lui avait posé aucune question, mais il était inutile de gâcher un tel moment d'allégresse par de nouvelles inquiétudes inutiles. Il serait assez temps de lui en parler plus tard, lorsqu'elle jugerait le moment opportun. De toute manière, cela ne changerait rien pour le moment. Quant à ce qu'il s'était passé la veille, ils ne tarderaient pas à y venir, l'un comme l'autre, n'oubliant pas que cela pouvait se reproduire.

En attendant, Katarina descendit l'escalier joyeusement, profitant de ce sentiment d'euphorie. La journée commençait plutôt bien, d'autant plus que le temps semblait assez clément pour lui permettre de nettoyer les fenêtres qu'elle avait laissées dépossédées de leurs tentures toute la nuit.

Elle se rendit alors à la laverie pour étendre les rideaux nettoyés la veille et, sur son chemin, rencontra Gerard qui sortait tout juste de sa chambre.

— Bonjour, Gerard, comment allez-vous ? lui demanda-t-elle.

— Bonjour. Je crois que ça va, lui répondit-il, surpris par son attitude.

Katarina remarqua alors que l'œil droit de son camarade était endolori. Déjà qu'il portait sans cesse un bandage en travers de sa joue gauche, pour une raison qui demeurait inconnue, son allure n'en était pas arrangée avec cette nouvelle blessure.

— Est-ce à cause de moi que vous avez… ? dit-elle en désignant son œil.

— Oui, répondit-il en souriant. Je ne sais pas de quoi vous avez eu peur, mais vous m'avez salement amoché.

— Pardonnez-moi.

— Oh, vous savez, ce n'est pas comme si c'était la première blessure que j'avais. J'en ai de plus graves, lança-t-il en montrant sa joue et son annulaire gauche manquant. Et puis, vous ne m'avez pas frappé très fort, bien que je l'aie tout de même senti passer. Je dois dire que j'ai été surpris surtout. Mais, de quoi avez-vous eu peur ?

— Ah ! Eh bien…

Elle ne pouvait pas lui dire qu'elle avait craint un fantôme ou l'assassin ; dans un cas, elle serait ridicule, dans l'autre, tous prendraient peur.

— J'avais entendu du bruit dans la maison, expliqua-t-elle. Et comme vous m'avez surprise, j'ai réagi par pur réflexe. J'en suis navrée.

— Il est vrai que je n'aurais peut-être pas dû approcher comme cela, mais je ne voulais pas vous interpeller. J'ai toujours l'impression que la nuit, même le plus petit murmure devient un vacarme pas possible. Je ne voulais pas vous faire peur.

— Je le sais bien. D'ailleurs, que faisiez-vous là au beau milieu de la nuit ?

— J'avais aussi entendu du bruit, mais si j'avais su que vous étiez avec le maître, je ne serais pas venu.

— Oh ! Ce n'est pas ce que vous pensez, se défendit-elle. Il était là parce que je m'étais évanouie. Il descendait par hasard pour un verre d'eau et il m'a trouvé.

— Vous vous êtes évanouie ? Pourquoi ?

— J'ai fait un malaise, mais rien de bien grave, s'empressa-t-elle d'ajouter. Maintenant, excusez-moi, j'ai beaucoup de travail.

Coupant court à la conversation avant qu'il ne lui en demandât davantage, Katarina continua sa route et, laissant Gerard abasourdi, pénétra dans la laverie, une petite pièce à hublot, décorée uniquement de planches de bois. Elle y resta quelques instants, le temps pour elle de reprendre ses esprits et d'emporter les paniers à rideaux. Dans la salle d'à côté, elle les déplia et les étendit près d'un feu qu'elle avait allumé. En cette saison, il ne servait à rien de les faire sécher dehors, ils ne seraient que rigides. Aussi, après avoir mis en place les voiles, elle retourna chercher les affaires qui lui servaient à entretenir la propreté des carreaux et commença son nettoyage, soucieuse de penser à autre chose.

Aux cuisines, ses camarades prenaient leur petit déjeuner.

— Passe-moi les œufs, Émile, ordonna Meredith.

— Tiens et étrangle-toi avec, dit-il en les lui faisant glisser.

Tous mangeaient tranquillement, se préparant une nouvelle fois à une journée de travail.

— Avez-vous reçu une réponse ? demanda Octave aux deux blonds.

— Non, toujours pas. Pas même une visite… pour au moins vérifier.

— De quoi parlez-vous ? s'immisça alors Meredith.

— D'une lettre que nous avons envoyée à…

— Tais-toi, Émile. Ne dis rien.

La femme de ménage les considéra tour à tour.

— Pourquoi tant de secrets ? Vous avez réussi à envoyer quelque chose ? Comment ?

Margaret souffla. Il était trop tard maintenant, Meredith ne cessait de les importuner pour qu'ils lui disent la vérité. Aussi, elle se tourna vers Émile, exaspérée.

— Quoi ? dit-il, incrédule.

— Dis-le-lui, maintenant.

— Désolé, Margaret.

— Bon alors, c'est fini, les politesses ? Vous allez me le dire, oui ? À qui avez-vous envoyé une lettre ? Et pourquoi ne pas nous avoir prévenus ? Gerard et moi en avions aussi à envoyer.

Ils baissèrent la voix.

— Nous l'avons envoyée à l'inspecteur Ferguson…

— À un inspecteur ? Mais pourquoi ?

— Moins fort, Meredith. Nous lui en avons envoyé une pour lui parler de notre situation.

— Quoi ? Mais comment avez-vous fait ? Pourquoi ?

— Parce que Katarina nous l'a prise la dernière fois quand elle est allée faire les commissions. Et pourquoi, nous te l'avons déjà expliqué, Meredith. Mais, toi non plus, tu ne veux pas nous croire.

— De quoi parlez-vous encore ? interrogea-t-elle en les dévisageant, méfiante. Oh, non, ne me dites pas que vous recommencez avec ces histoires ?

— Pourquoi ne veux-tu pas nous croire ?

— Qui croirait à vos idioties ?

— Tu ne l'as pas vu.

— Mais toi non plus, Émile. Tu crois trop aveuglément ce que te dit Margaret, et cela, je te l'ai déjà dit aussi.

— Non, il n'y a qu'à voir son comportement, la manière dont nous sommes tenus à l'écart de la vie sociale, nos lettres qui n'ont jamais reçu de réponses.

— Alors pourquoi celle-ci en aurait-elle une ?

— Parce que Katarina a réussi à l'envoyer. Rosie ne nous les prenait pas ou disait les avoir perdues.

— Et pourquoi Katarina ne l'aurait-elle pas perdue, elle aussi ?

— Parce que nous lui faisons confiance.

— Ah bon ? Et elle, vous croit-elle ?

Émile et Margaret se turent.

— Non, admirent-ils.

— Ah ! se mit à rire la brune. Vous me faites rire avec cette bourge.

— Mais elle nous l'a dit ! Elle l'a postée et Octave était avec elle pour en témoigner.

— Et pourquoi le maître ne l'aurait-il pas interceptée ?

— Parce qu'il était occupé avec Rosie.

— N'importe quoi ! C'est complètement idiot. À votre place, je ne lui ferais pas entièrement confiance, à Katarina.

— Pourquoi cela ?

— Parce qu'elle ne vient pas du même monde que nous. Elle est comme le maître : une riche ; et vous l'oubliez trop souvent. Après qu'elle aura fini de jouer au pauvre, elle sera libre de nous quitter quand elle le voudra. Qu'on soit en danger ou non, cela lui est bien égal !

— Tu dis n'importe quoi, répliqua Émile. Si elle avait voulu nous abandonner, il y a longtemps qu'elle l'aurait fait. Elle nous aime beaucoup et elle a dit qu'elle resterait tant que ces événements ne seraient pas mis au clair.

— Des promesses en l'air, comme eux tous. Tu ne crois pas plutôt qu'elle reste parce que vous l'amusez ? Parce que son papa l'a frappée et qu'elle ne veut pas y retourner ? Oh là là, si j'avais un pauvre bleu, je crois que je m'enfuirais loin d'ici et que je renierais ma famille. Oh ! Et puis si j'avais un riche héritier qui voulait m'épouser, je lui balancerais ses quatre vérités parce qu'il est trop grand, trop petit, pas assez comme ci, pas assez comme cela, ou parce qu'il n'est tout simplement pas à mon goût !

— Arrête, intervint Octave. Tu ne comprends rien au milieu mondain.

— Je le comprends tout à fait, au contraire ! C'est vous qui êtes trop gâtés pour vous en satisfaire.

— Non, tu n'en sais rien ! Rien du tout. Il a l'air d'un paradis quand on n'y est jamais entré, et on se moque bien des petits soucis bourgeois, mais quand on y est et qu'on ne l'a pas choisi, il faut bien comprendre que certains échangeraient volontiers leur place.

— Ah oui ? Je la leur prends quand ils veulent, moi.

— Essaie de comprendre un peu.

— Non ! Je ne peux pas ! Comment peut-on s'amuser comme cela ? Si elle ne veut pas de son statut, moi, je le veux bien.

— Est-ce que tu serais prête à sacrifier tes envies, tes désirs les plus chers, Gerard par exemple, parce qu'on t'aurait dit de le faire ? Parce que tu devrais te marier avec un riche, et pas un pauvre comme lui ?

— Ils peuvent faire tout ce qu'ils veulent, ne me fais pas rire.

— Ah, tu crois cela ? Ce sont tes parents qui décident pour toi, pour servir au mieux les intérêts familiaux : richesse, relations, ambitions, comportements, métiers, amitiés, rôles, mariages, discussions, maintien et j'en passe ! Et c'est encore pire pour une femme ! Et tu l'es, je crois, non ? Là-bas, tu pourrais dire adieu à tes vulgarités et à ton décolleté plongeant. Adieu à ta façon de parler, il y a longtemps qu'on t'aurait battue pour cela ! Et si jamais on te surprenait avec un autre homme que le tien, tu serais virée de chez toi, pire, dans certains cas, tu serais obligée de te prostituer.

— Je t'interdis de mettre cela sur la table, dit-elle en se levant brusquement. Tu oublies que moi aussi je sais pourquoi tu as quitté ton sale monde de riches !

— Je n'ai pas honte de ce que j'ai fait parce que je l'ai fait pour moi.

Meredith sembla surprise et, au moment où elle allait répondre, Gerard entra.

— Ah, dit-il en les trouvant là, surpris. Je crois que je suis arrivé au mauvais moment.

Émile était blanc et Octave était rouge de colère, au moins autant que la brune en face de lui. C'était la première fois qu'il les voyait ainsi. Meredith les ignora et se tourna vers l'homme de ménage.

— Tu en as mis du temps, qu'est-ce que tu faisais ?

— Je parlais avec Katarina.

— De quoi parliez-vous ?

— De ce qu'il s'est passé hier, dit-il, hésitant à se joindre à leur table.

— Et que s'est-il passé ?

— Eh bien, dit-il en souriant tout à coup. Elle m'a mis une sacrée droite.

— Fais voir.

Tous l'observèrent alors et se rendirent compte de son œil amoindri et gonflé. La dispute sembla disparaître aussitôt.

— Pourquoi t'a-t-elle fait cela ?

— Es-tu sûr que c'était elle ? s'inquiéta Margaret.

— Qu'est-ce que tu as fait pour en arriver là ? l'interrogea Octave.

— Ne me dis pas que tu t'es mis dans de sales draps ? le prévint Meredith.

— Comment cela a-t-il pu se produire ? la coupa Émile.

— Tu l'as fâchée ? reprit Octave.

— Vous vous êtes battus ? réagit Margaret.

— Calmez-vous, les interrompit-il. Il n'y a pas de quoi en faire tout un drame.

— Alors, raconte.

— Eh bien, en fait, c'est tout simple, continua-t-il en souriant. Mais ne parliez-vous pas avant que j'entre ?

Les domestiques s'entre-regardèrent.

— Cela n'a aucune importance, reprit Meredith. Ce n'était pas intéressant.

Octave soupira et s'assit. Margaret se tourna alors vers Gerard.

— Que s'est-il passé avec Katarina ?

— Oui, raconte, que s'est-il passé avec... Katarina ? cingla la brune.

— Bon, comme vous voudrez. Alors, voilà. La nuit dernière, j'ai entendu du bruit. Il devait être... deux heures et demie environ. Je suis sorti discrètement pour voir de quoi il en retournait, et c'est à ce moment-là que j'ai surpris Katarina. Elle était avec le maître.

— Le maître ? s'offusquèrent-ils.

— Attendez avant de m'interrompre. Ils marchaient tous les deux pas à pas dans le hall ; ils avaient l'air terrifiés et, comme je suis arrivé par-derrière et qu'il faisait sombre, lorsque je les ai rattrapés, la miss a eu peur et elle m'a giflé.

Voyant leurs regards abasourdis, il s'empressa d'ajouter :

— C'était un réflexe, bien sûr, elle ne l'a pas fait volontairement... Enfin, j'espère quand même.

— C'est donc de cela que vous parliez ? l'interrogea Meredith.

— Bien sûr ! Quoi d'autre ? Elle était désolée, d'ailleurs.

— Et pourquoi tu souris ? Cela t'amuse ?

— Oui.

— Mais que faisait-elle avec lui à cette heure ? s'inquiéta Margaret.

— Elle m'a dit qu'elle s'était évanouie et qu'il était passé là par hasard.

— Évanouie ? De mieux en mieux et comment ?

— Je n'en sais rien, moi, elle ne me l'a pas dit.

— Que faisait le maître avec elle ? poursuivit Émile.

— D'après ce que j'ai compris, il l'a aidée. Et puis, comme ils avaient entendu du bruit, ils se sont mis à chercher ce que c'était tous les deux. Katarina était effrayée, elle tremblait de partout ; du moins, quand je lui ai fait signe de faire attention, je l'ai remarqué.

— Comment ? Si le maître était là ?

— Je lui ai serré le poignet. Pas grand-chose, mais, au moins, elle a su de quoi je lui parlais.

— Ah oui ? Tiens donc, maugréa Meredith.

— Je l'aurais bien enlacée, ajouta-t-il tout sourire, mais le maître était trop près d'elle et... Aïe !

— Que s'est-il passé ensuite ? poursuivit Margaret, sans prendre attention aux reproches de Meredith et au sourire provocateur de Gerard.

— Le maître non plus ne paraissait pas très bien. Je l'ai vu à son intonation, ce qui m'a surpris d'ailleurs. C'était comme s'ils cherchaient un intrus, un voleur peut-être, je ne sais pas, ils ne me l'ont pas dit. Et vous comprenez bien que je n'ai pas pu rester. Le maître m'a envoyé sur les roses et moi, je ne voulais pas le fâcher ; je ne suis pas de la trempe de Katarina pour cela.

— Un intrus ? releva la brune.

Margaret, Émile et Octave semblaient tout aussi intrigués.

— Je n'ai rien entendu, continua-t-elle.

— Nous non plus, confirmèrent ses camarades.

— Eh bien, vous avez le sommeil profond. Vers deux heures et demie du matin, je crois, j'ai entendu comme un verre qui se brisait, puis un bruit sourd. Je pensais que je rêvais et je me suis rendormi. Mais vers trois heures, un peu plus sans doute, j'ai de nouveau entendu du bruit. Alors, je me suis réveillé. Il m'a semblé que cela venait des couloirs. Je suis donc sorti discrètement, mais il n'y avait rien. J'ai entrepris de retourner me coucher ; après tout, cela pouvait être le bois qui craquait ou je ne sais quoi d'autre, que je me disais, mais alors que j'allais refermer la porte derrière moi, un rire m'est parvenu. Il faisait froid dans le dos. C'était… (il chercha ses mots) comme une fois, à la soirée, vous savez ? Une peur soudaine qui vous prend aux tripes et qui ne disparaît plus. Eh bien, là, c'était pareil. Franchement, j'ai pensé m'enfermer à double tour. Mais en repensant aux bruits qu'il y avait eu plus tôt, l'un d'entre vous aurait pu avoir un problème. Donc, je me suis dirigé vers la cuisine d'où je croyais venir le bruit. Encore une fois, il n'y avait rien. Juste au cas où, je me suis rapproché du hall et c'est là que je les ai vus. À mon avis, ils avaient entendu la même chose.

— Peut-être était-ce la raison pour laquelle le maître était avec elle.

— Sans doute. Katarina allait me le dire hier, mais il l'a interrompue.

— Pourquoi ?

— Aucune idée. Sans doute qu'il ne voulait pas perdre son temps en parlote et qu'il préférait s'occuper de l'intrus avant qu'il ne disparaisse.

— Et tu l'as laissé faire ?

— Oui, ma foi ! Quelqu'un s'en occupait et c'était le maître lui-même. Je n'aurais pas voulu m'imposer et mettre mes pieds dans un bourbier pas possible ensuite. S'il n'y avait personne qui souffrait, je n'avais plus lieu de m'inquiéter.

— Tu veux dire que tu as laissé Katarina seule avec lui ? s'inquiéta Margaret.

— Oui, et je ne crois pas que cela la dérangeait. Qu'y a-t-il de mal ? J'ai pensé à ce que vous nous avez dit, mais moi, je n'ai rien soupçonné. Je lui ai dit de faire attention et je l'ai laissée. Il n'avait pas l'air bien lui non plus, alors, bon. Et puis, il n'aime pas qu'on s'occupe de ses affaires. Je n'allais pas non plus le supplier.

— Tu as bien fait, Gerard, lui souffla Meredith. On n'est jamais trop prudent.

— Vous êtes surtout des trouillards, siffla Émile.

— Tu y serais allé, toi, peut-être, babouin ?

— Non.

— Alors ?

— Mais il aurait pu lui faire du mal.

— Oh ! Ça suffit, Margaret, avec ces histoires. Il faut te faire interner, ma pauvre. Tu perds la boule.

— Meredith…

— Tu as raison, Gerard. Je ne vais pas m'énerver pour si peu.

— C'est sûr que ça ne te rendrait pas plus jolie, rétorqua Émile.

— Toi, le marsouin, on ne t'a pas sonné.

Elle lui lança si violemment sa cuillère qu'il n'eut le temps de l'esquiver.

— Non, mais ça ne va pas, autruche ?

— Quoi ? Répète un peu pour voir.

Chapitre 23

Pendant ce temps, du haut de son escabeau, Katarina astiquait les carreaux du hall. Elle y travaillait seule, repassant gaiement son chiffon sur toute la surface à nettoyer, une chanson populaire chantée à tue-tête. Rien ne semblait plus la perturber que la propreté du manoir et la lumière qu'elle avait tant attendue ; la voir la mettait en joie pas possible. Elle mit alors beaucoup de cœur à l'ouvrage et y passa une bonne partie de la journée, ne s'interrompant que pour servir M. Hodgkin. Elle avait bien tenté de lui parler de la veille, mais il l'avait expressément renvoyée, pour ne pas être interrompu dans son travail. Aussi, elle n'en discuta plus et le temps s'écoula ainsi ; le déjeuner et le thé furent bientôt passés que sa tâche première n'était pas terminée. La jeune femme y consacra le reste de son temps et fut bientôt soulagée de trouver du soutien auprès de Gerard.

— Voulez-vous que je vous passe les rideaux ? avait-il demandé.

— Oh oui ! Je veux bien.

— Bon, je vais déposer le bois au salon et je reviens.

Depuis, ils étaient là tous les deux à travailler sur les fenêtres tandis que les autres vaquaient à d'autres occupations. Meredith dépoussiérait les meubles, Émile préparait le dîner, Margaret s'occupait de laver le linge et Octave était aux écuries. Quant à M. Hodgkin, il travaillait encore dans son bureau. Le soir arriva donc bien vite et, avec lui, l'inquiétude et l'angoisse. Katarina sentait revenir en elle l'angoisse de la veille et des jours précédents, à la différence que, cette fois-là, elle avait *vu*. Et c'était peut-être pire encore !

Fatiguée et nerveuse, le froid regagna son cœur et il ne se réchauffa pas tant la soirée était fraîche. Dehors, la neige était toujours intacte et le vent parvenait à s'immiscer à travers les jointures des fenêtres qui, en plus de ralentir son travail, causait des engelures gênantes sur les mains usées de la jeune fille.

— Passez-moi le rideau là-bas, demanda-t-elle à l'homme de ménage. Celui à côté du panier.

— Celui-ci ?

— Oui, s'il vous plaît.

Gerard lui apporta alors un voile propre et uni dont quelques dentelles décoraient le bas, puis l'aida à porter un lourd rideau rouge qu'elle fit pendre par-dessus l'autre. Un bref instant, la pièce fut plongée dans une obscurité pourpre et chaleureuse, comme un doux cocon rassurant d'un foyer aimant. Katarina crut la chaleur revenir, mais ce ne fut pas le cas lorsqu'ils répétèrent l'action à l'autre fenêtre et terminèrent enfin leur tâche.

— Ce fut long, commenta-t-elle dans un sourire.

— Je n'en doute pas et vous avez fait le plus gros. Moi-même, je n'aurais pas mis tant d'ardeur à la tâche.

— Ah, mais vous savez, quand votre conscience vous tient…

Un bref silence s'installa.

— Bon, ce n'est pas tout cela, reprit-elle, mais il y a encore du travail. Tirez les rideaux, s'il vous plaît, qu'on puisse voir à l'intérieur. Merci.

— Si c'est tout, je vais aller allumer le feu au salon.

— Je vais vous y aider.

Aussi, après avoir terminé les fenêtres immenses du hall, Katarina suivit Gerard au salon où le maître allait dîner dans peu de temps. Tous deux gardaient un silence gêné et, lorsque leurs regards se croisèrent, ils se sourirent poliment ; visiblement, aucun des deux ne semblait avoir d'idée pour engager la conversation. Cela faisait des mois qu'ils se connaissaient pourtant, mais, hormis lorsqu'ils étaient en groupe, ils ne se côtoyaient pas si souvent tous les deux. Cette réalité les embarrassa grandement et Katarina chercha tant bien que mal un sujet qui put les réunir.

— Est-ce que votre œil vous fait encore souffrir ? hasarda-t-elle.

— Non, ça va mieux.

Le silence retomba. L'homme de ménage s'était réjoui de cette initiative, mais elle fut rapidement interrompue et ils replongèrent alors dans leur mutisme. Le feu, en plus de cela, ne semblait pas vouloir prendre.

— Nous avons beaucoup de mal aujourd'hui, relança Katarina.

— Il semblerait, en effet.

— Reste-t-il beaucoup de bois ?

— Oui, il y en a encore.

— Espérons qu'il ne nous dise pas, une fois allumé, qu'il ne mange pas ici.

— Il ne manquerait plus que cela, rajouta Gerard. Ce serait le comble !

— Nous l'y attacherons alors ou nous l'y jetterons, s'amusa-t-elle.

— Nous l'y jetterons, certainement ! Nous serions alors tranquilles et à nous la belle vie !

— Nous lui prendrons tous ses papiers, toutes ses belles affaires, et surtout les livres.

— Moi je lui prendrai plutôt son argent et je me ferai construire la plus belle maison d'Angleterre.

Katarina se réjouit soudain de trouver un sujet de discussion.

— Vraiment ? Et vous la voudriez comment ?

— Oh… Eh bien, je n'y ai pas vraiment réfléchi, avoua-t-il. Une petite maison en bord de campagne, sans doute, ou en ville, avec plein de chats. Mes sept chats. Ce serait bien, ne trouvez-vous pas ?

Katarina acquiesça. Il était vrai que son ami avait été mendiant. Elle comprenait donc parfaitement son envie d'avoir son propre toit et sa liberté financière. Aussi, profitant de l'occasion qu'il lançait, elle osa lui demander :

— Pardonnez ma franchise, mais j'ai entendu parler une fois d'un mendiant à Rievaulx. Ne serait-ce pas vous par hasard ?

— Pardon ?

De son œil endolori, Gerard arqua un sourcil et la rousse se demanda si elle avait bien fait.

— Veuillez m'excuser, Gerard, mais vous avez dit vouloir une maison avec vos sept chats et cela m'a rappelé l'histoire que j'avais lue sur un mendiant de Rievaulx avec autant de chats.

L'homme de ménage sembla de plus en plus abasourdi.

— Ce doit être moi, en effet, surtout s'il a été fait mention de chats. Mais je ne comprends pas, poursuivit-il. Les journaux parlent de moi ?

À présent, un sourire s'étira sur son visage, lui donnant l'air de grimacer avec sa nouvelle blessure. Et ce fut au tour de Katarina de s'interroger :

— C'était donc vous ?

— Sans doute. Je ne connaissais que moi comme mendiant avec autant de chats et… à Rievaulx.

— Vous en avez l'air réjoui.

— Oui, je ne pensais pas qu'un jour je serais récompensé pour mon œuvre.

— Votre œuvre ? s'étonna la rousse. De quelle œuvre parlez-vous ?

— Eh bien du concert de mes chats ! Je peux vous dire que ce n'était pas mal du tout. Pourquoi ? N'était-ce pas de cela qu'ils parlaient ?

Elle secoua la tête, l'air grave, et Gerard perdit son sourire.

— Mais de quoi parlaient-ils alors ?

— De votre disparition.

— De ma disparition ? Mais je n'ai pas disparu, vous le voyez bien vous-même. Je suis parti de moi-même ! Et puis, depuis quand se préoccupe-t-on de quelqu'un comme moi ?

— Ils vous ont associé à une autre affaire.

— Quelle autre affaire ?

— Plusieurs personnes ont été portées disparues, d'après ce que j'ai entendu dire, et la police responsable de l'enquête vous a considéré comme tel. La presse s'est ensuite emparée de la nouvelle.

— Ah, c'est tout ?

— Est-ce donc tout ce que cela vous fait ?

— Oui, dit-il en riant. Ils sont bêtes. N'ont-ils plus assez de sujets à exploiter pour parler de moi ?

— Il faut le croire. Mais cette histoire est sérieuse, ajouta-t-elle. Je veux parler des disparitions.

— Je le sais. J'en ai vaguement entendu parler. Un meurtre pour un disparu, je crois. Mais comme vous le voyez, je suis encore là et cela n'a rien à voir avec moi, car, comme je vous l'ai dit, je suis parti de moi-même.

— Oui, c'est vrai.

— Pourquoi ? Y croyiez-vous ?

— Au début, oui. Mais quand je vous ai vu ici, j'ai réagi comme vous.

— Donc vous le saviez, que j'étais le mendiant de Rievaulx, dit-il. C'est Margaret qui vous l'a dit, je suppose ?

— Oui, répondit-elle en rougissant.

— Bah, je m'en doutais bien, ne vous en faites pas, ajouta-t-il avant de détourner, après un bref silence. Tenez, le feu semble enfin prendre ; nous pouvons installer la table. Allons-y.

Ils jetèrent alors les derniers morceaux de bois et sortirent, plus détendus, chercher les couverts. Mais alors même qu'elle se redressa, Katarina fut prise d'un vertige et, tout de suite, Gerard s'inquiéta :

— Ça va ?

— Oui, je crois. Ce n'est rien.

— Vous êtes sans doute restée trop longtemps près du feu ; avec la cendre et tout ça... Venez.

— Vous devez avoir raison.

Le voyant alors préoccupé de son état, Katarina se décida à le précéder avant qu'il ne lui posât des questions dérangeantes sur son malaise de la veille et quitta le salon. Aussitôt, il lui emboîta le pas, sans plus aucun mot, et la jeune femme lui en sut gré.

Pendant un bref instant, sa vision s'était brouillée, et tout autour d'elle avait été rendu confus, comme si un sommeil profond avait failli l'étrangler. Ce fut fort désagréable comme sensation et elle en sentait encore les symptômes parcourir son corps. Toutefois, lorsqu'elle regagna le hall, tout redevint comme avant et elle eut l'impression de mieux respirer ; Gerard avait sans doute raison : cela devait être à cause de l'odeur des cendres.

Rassurée, quoiqu'un peu inquiète, Katarina se dirigea d'un pas sûr vers la cuisine en compagnie de l'homme de ménage. Mais tout à coup, un froid glacial la foudroya. Gerard accourut aussitôt.

— Mademoiselle ? Miss, êtes-vous sûre que vous allez bien ?

Mais elle ne répondit pas. Elle n'y parvint pas cette fois. Elle était totalement paralysée. Son corps refusait de lui obéir. Ses oreilles bourdonnaient terriblement. Sa vue se troublait et une envie irrésistible de ne plus penser à rien qu'au vide l'enveloppa ; elle avait l'impression que si elle faisait, ne serait-ce qu'un pas en avant, elle basculerait dans un autre monde. Elle chercha alors à s'accrocher quelque part, mais ne trouva rien d'autre que le bras de l'homme de ménage à son côté.

Elle le voyait flou, comme si des larmes lui obscurcissaient la vue. Son ombre difforme basculait de plus en plus dangereusement devant elle et elle dut se concentrer du mieux qu'elle put pour essayer de la rendre plus nette. Mais plus elle s'y efforçait et plus elle s'effaçait.

— Miss, lui disait-il. Vous m'entendez ? Dites, m'entendez-vous ? Meredith, viens tout de suite !

Dans sa confusion, Katarina ne le saisit pas. À qui était cette voix déjà ? Qui l'appelait alors qu'elle voulait dormir ? Elle se concentra une nouvelle fois, de toutes ses forces. Puis soudain, plus rien. Elle bascula en avant et tomba dans les bras de Gerard, qui lui évita une lourde chute.

— Bon sang, que lui arrive-t-il ? Katarina ? Miss !

— Gerard, que se passe-t-il ? s'inquiéta Meredith, essoufflée.

Mais elle n'eut pas besoin de réponse en constatant la forme inerte dans les bras de l'homme de ménage et, avant même qu'elle pût articuler un mot, les autres domestiques apparurent, alertés par l'appel de leur camarade. Le maître lui-même ne tarda pas à sortir de sa tanière, averti par le bruit qu'ils faisaient.

— Que se passe-t-il encore ici ? tonna-t-il. Un peu de silence serait-il trop demandé ?

— Monsieur, commença Gerard, tout affolé. Il y a que Mlle Kingsley a fait un malaise.

Tous s'écartèrent alors pour lui laisser la place et, lorsque ce dernier s'aperçut de l'état de la rousse, son ton changea aussitôt :

— Amenez-la tout de suite au salon, monsieur Gabhann, ordonna-t-il. Mademoiselle Vaughan, allez me chercher de l'eau chaude et un linge propre. Monsieur Bakerley, apportez-moi quelque chose à manger. Dépêchez-vous.

Ils s'exécutèrent aussitôt et apportèrent le nécessaire au salon.

À présent, il était huit heures passées et cela faisait un peu plus de trois heures que Katarina était allongée sur le canapé du salon, les paupières indubitablement closes. Le maître était assis en face d'elle, en train de dîner dans un calme enfin parfait, à côté du feu qui crépitait doucement dans la cheminée. Pendant près de deux heures, il avait dû lutter contre ses domestiques qui, n'ayant pas renoncé au moyen de veiller sur leur camarade, avaient fait des pieds et des mains pour voir si elle avait fini par se réveiller. Et quand ils ne se s'étaient pas invités pour demander de ses nouvelles, ils avaient prétexté s'assurer que lui-même n'avait besoin de rien. Lassé et irrité de leurs constantes interruptions, Leon avait fini par les empêcher de pointer, ne serait-ce qu'une seule fois, le bout de leur nez s'ils ne voulaient pas avoir plus de travail à faire ou passer la nuit dehors. Sa menace semblait avoir fonctionné puisque, depuis une demi-heure, il semblait plus tranquille.

La rousse ne risquait plus rien à présent, mais elle avait besoin de repos. Aussi, Leon ne la réveilla pas, profitant de cette occasion pour pouvoir dîner dans un calme auquel il était rarement confronté depuis quelques mois et, surtout, depuis l'arrivée de Katarina.

Elle n'avait pas bougé un cil depuis son malaise, mais sa respiration, au moins, était redevenue calme et régulière. Le visage paisible, ôté de tous soucis, elle sommeillait encore profondément dans la méridienne du salon et il se perdit ainsi malgré lui dans sa contemplation, ne se rendant pas tout de suite compte du fil que prenaient ses pensées qui, souvent, l'amenaient à la trouver belle. Poursuivant son observation, ses yeux glissèrent bientôt sur la silhouette immobile de la bourgeoise où il s'amusa soudain de remarquer, noué au col de sa chemise, un nouveau ruban noir. Il sortit alors l'original de sa poche et joua à l'entortiller autour de ses doigts, un sourire indéfectible au coin de la bouche. Puis soudain, la rousse remua. Il détourna aussitôt les yeux, cachant promptement le tissu dans sa poche afin qu'elle ne le vît pas, mais elle ne se réveilla pas. Furieux envers lui-même, il se maudit de tous les noms possibles et se leva brusquement.

— Quel imbécile !

Accoudé près de la cheminée, il rumina encore longtemps sans se rendre compte qu'à présent, la jeune femme avait ouvert les yeux.

— Monsieur ? l'appela-t-elle en se redressant doucement.

Leon tressaillit et se retourna vivement.

— Mademoiselle Kingsley ?

— Où suis-je ?

— Dans le salon, dit-il en reprenant contenance. Vous vous êtes évanouie. Comment vous sentez-vous ?

— J'ai la tête qui tourne, mais je crois que je vais bien. Quelle heure est-il ? demanda-t-elle en fouillant la pièce du regard, tandis que le brun sortait sa montre de gousset.

— Huit heures et demie. Cela fait trois heures que vous êtes là, répondit-il en la voyant ouvrir la bouche.

— Autant ? Je ne peux pas rester là, dit-elle en se levant précipitamment. Je n'ai pas encore nettoyé les couloirs comme vous m'avez demandé et...

— Mademoiselle Kingsley, asseyez-vous tout de suite !

Katarina observa le maître avec de grands yeux.

— Ne soyez pas idiote, reprit-il. Les couloirs peuvent très bien attendre.

Un silence les gêna soudain.

— Si vous ne vous arrêtez pas de travailler un peu, dit-il, je vous y obligerai, dussé-je utiliser la force. Vous n'êtes pas domestique, dois-je vous le rappeler ?

Katarina, abasourdie, se rassit sans discuter.

— Voilà qui est mieux.

Leon s'installa alors en face d'elle et prit place sur son siège favori, à côté de la cheminée, visiblement mécontent.

— Merci, lui dit-elle.

Il se tourna vers elle, le regard tranchant.

— Pourquoi ?

Elle haussa les épaules.

— Je ne sais pas.

— C'est la meilleure, se moqua-t-il.

— Êtes-vous resté ici tout ce temps ?

— … Non, mentit-il. J'ai travaillé pendant que vous dormiez.

— Ah… Bien sûr !

Elle se tourna alors vers le feu, l'air songeur et vide, dans cette pièce à peine éclairée. Leon l'observa, intrigué.

— Vous êtes encore bien pâle. Vous devriez manger ou boire quelque chose, dit-il en lui désignant le dîner sur la table. Vous pouvez manger, je n'y ai presque pas touché.

Elle hésita.

— Si vous le permettez… Je vous remercie.

Katarina se servit alors parmi les plats cuisinés par Émile. Elle avait encore la tête lourde et sa vue légèrement brouillée, mais cela lui fit beaucoup de bien et elle avait une faim de loup. Tous les deux restèrent ainsi un moment sans parler, se jetant un œil de temps en temps, lorsque Leon reprit, amusé :

— Vous n'avez visiblement pas perdu l'appétit.

La rousse reposa lentement ses couverts.

— Je suis désolée.

— Ne le soyez pas, puisque je vous y autorise.

Elle hésita cependant.

— Qu'y a-t-il ? N'est-ce pas à votre goût ?

— Si, bien sûr, c'est que… Vous me regardez quand je mange et cela me gêne.

Leon écarquilla les yeux de stupeur, mais, comme elle était assise à sa hauteur, elle ne put voir sa réaction. Il profita donc de cette imperméabilité pour lui rétorquer, moqueur :

— Si Mademoiselle désire un certain confort, Mademoiselle peut aussi bien ne pas manger.

Katarina ne put s'empêcher de sourire et reprit gaiement ses couverts. Leon, lui, souriait beaucoup moins. Qu'est-ce qu'il lui prenait de dire une chose pareille ?

Prenant un livre posé sur la table à côté de lui, il se mit à le lire à tout hasard. Il ne devait surtout pas oublier où était sa place et ne pas commencer ainsi.

Pendant un moment, tous deux ne dirent plus rien et écoutèrent silencieusement le crépitement du feu dans la cheminée. La nuit était déjà tombée depuis longtemps et les lumières brillaient maintenant dans la demeure endormie. Le calme régnait en maître et seul le mouvement des aiguilles de l'horloge paraissait encore vivre dans leur course lente. Le brun avait reposé son livre et la rousse avait terminé de manger. Tous deux à présent discutaient longuement de ce qu'il s'était passé quelques heures auparavant.

— Ne vous souvenez-vous vraiment pas de ce qu'il vous est arrivé ?

— Non, pas vraiment. J'étais avec M. Gabhann et nous allions préparer la table quand...

— Oui ? l'encouragea-t-il.

— Eh bien, c'est difficile à dire... J'étais comme paralysée. Je ne savais plus très bien qui me parlait et... je ne sais pas. C'est comme si un grand froid m'avait transpercée et... et... et je ne me souviens plus de rien ensuite.

— Je vois.

Le maître s'adossa plus profondément dans son fauteuil et parut en proie à une grande réflexion.

— Qu'y a-t-il, monsieur ? l'interrogea alors Katarina.

— Je suppose que vous n'avez pas de soucis de santé particuliers ?

— On croirait entendre un médecin.

— Et je ne le suis pas, vous devriez le savoir.

— Oui, je le sais parfaitement... depuis ce piège à loups.

— Depuis ce piège à loups, répéta-t-il.

— Alors non, monsieur, je n'ai aucun souci de santé particulier. Pensez-vous à quelque chose ?

— À rien spécialement. Mais cela vous fait quand même deux malaises en deux jours.

— Croyez-vous que..., hésita-t-elle soudain, ce qu'il s'est produit hier peut être la cause de ce qu'il m'est arrivé aujourd'hui ?

— Je ne sais pas. Peut-être.

— Comment est-ce que cela pourrait me rendre malade ? Je n'ai pas le souvenir d'avoir vu quoi que ce soit aujourd'hui et puis, sans doute nous sommes-nous trompés hier.

— Vraiment ? Nous sommes pourtant deux à l'avoir vu, l'un à l'avoir entendu.

— Parlez-vous de M. Gabhann ? demanda-t-elle. Mais enfin, nous parlons bien d'un…

— … d'un fantôme, oui. N'y croyez-vous pas ?

— Je ne sais quoi en penser, avoua-t-elle. Cela me paraît si étrange de voir… des choses.

— Alors, vous n'y croyez pas.

— Je n'ai pas dit cela.

— Mais vous l'avez laissé sous-entendre.

— Et vous, vous semblez y croire trop facilement.

Leon ouvrit la bouche, mais rien n'en sortit.

— Je suis d'accord avec vous pour dire que nous avons vu un phénomène très étrange, mais je n'arrive toujours pas à croire que je l'ai vu. Qui sait ? Il pourrait réapparaître n'importe où, à n'importe quel moment ! C'est angoissant, ajouta-t-elle en scrutant les alentours, avant de baisser la voix. D'un autre côté, cela pourrait expliquer certains événements.

— De quels événements parlez-vous ?

— Des voix que nous avons entendues un jour avec mes camarades ou même des bizarreries du manoir. Je parle de la mort du majordome ou même de celle de Rosie, qui se sont produites dans des conditions inexplicables. Pourquoi souriez-vous, monsieur ? Ce n'est pas drôle.

— En effet, c'est une idée. Mais votre raisonnement me paraît, tout de même, quelque peu absurde.

— Pourquoi donc ?

— Parce que si l'on suit votre logique, le fantôme aurait causé la mort de deux de mes domestiques, mais… un fantôme, nous sommes bien d'accord, est immatériel ?

— Oui. Je le présume.

— Donc, comment aurait-il pu assassiner le premier et tendre un piège à la seconde ?

Katarina ouvrit la bouche à son tour, mais aucun son n'en sortit et Leon s'en amusa. Au moins, elle avait repris des couleurs.

— Vous avez raison, parvint-elle enfin à dire. Mais c'est encore plus alarmant ! Cela signifie qu'un assassin s'est introduit chez vous et...

— Mademoiselle Kingsley, vous vous éloignez du sujet, d'autant que cette histoire n'a plus lieu d'être : cela fait plus de six mois qu'il est décédé et nous n'avons plus rien subi depuis. Oubliez toute cette histoire, vous vous surmenez pour rien alors que c'est vous reposer qu'il faudrait que vous fassiez. Et puis, si vous voulez partir parce que vous ne vous sentez plus en sécurité chez moi ou parce que vous sentez le moment venir, vous n'avez pas à chercher d'excuses, vous savez que vous êtes libre de le faire, je ne vous en empêcherai pas et je ne dirai rien.

Katarina se tut. Ce n'était pas ce qu'elle avait voulu dire, mais, au moins, elle avait la réponse à sa question à présent. Elle se servit alors un verre dans la ferme intention de faire passer tout cela lorsque le maître la regarda incrédule.

— Qu'y a-t-il ? demanda-t-elle.

— Vous auriez pu m'en proposer un avant de vous servir, lui désigna-t-il le verre qu'elle avait dans les mains.

— Oh, pardonnez-moi. En voulez-vous ?

— Il serait temps. Oui, s'il vous plaît, lui dit-il en souriant. Avant que vous ne terminiez tout.

Katarina lui versa alors un verre complet qu'elle lui tendit en signe de défi et Leon lui répondit sur le même ton en lui subtilisant le verre. Oui, mais voilà, sa main effleura par mégarde celle de la jeune femme qui, à son contact, sursauta, retirant aussitôt sa main, horrifiée, en se la frictionnant tout d'un coup comme si elle s'y était brûlée. Et le brun, se rendant compte de son geste, se maudit une nouvelle fois.

— Vos mains sont glacées, lui reprocha-t-elle.

— Non, affirma-t-il.

— Mais si.

— Non.

— Mais si.

Ils s'échangèrent un regard équivoque et Leon se mit à essuyer le contenu renversé.

— Vous auriez pu faire attention, dit-il, l'air de rien.

— Comment est-ce possible ? l'ignora-t-elle.

— Elles ont toujours été comme cela.

— Vraiment ?

— Oui, vraiment.

— C'est impossible.

— Je vous assure que si.

Mais elle ne l'écouta pas.

— Avez-vous froid ?

— Non, répondit-il avant d'ajouter, en la voyant raviver le feu. Elles ont toujours été comme cela, ne vous fatiguez pas.

— Allons donc ! Personne ne peut les avoir ainsi, surtout lorsqu'on est à un pas de la cheminée.

— Puisque je vous dis que ce n'est rien. Laissez tomber.

— Je me demande même comment vous pouvez arriver à les bouger. Donnez-les-moi, je vais vous les réchauffer.

— Quoi ? Non, éloignez-vous, dit-il en la voyant se rapprocher.

— De quoi avez-vous peur ? J'en ai pour un instant.

— Non, c'est non.

Mais Katarina insista et Leon tenta tant bien que mal d'éviter leur emprisonnement. Penchée sur lui, elle essaya vainement de les attraper, amusée par les enfantillages du maître. Mais il refusait catégoriquement de se laisser faire et, dans un faux mouvement, elle glissa brusquement et se retrouva nez à nez avec lui, se rattrapant de justesse aux coudières du siège, avant de tomber complètement sur lui. Pendant une seconde qui leur parut une éternité, les yeux de l'un furent plongés dans ceux de l'autre, les ténèbres dans la forêt, la forêt dans les ténèbres, dans une intensité qui leur était inhabituelle, déconcertante. Ils se lisaient. Ils se lisaient comme jamais ils n'avaient eu l'occasion de le faire. Même la frange habituellement droite du brun n'était plus un obstacle pour s'apercevoir de leur couleur émeraude. Ils restèrent longtemps ainsi tous les deux, silencieux à se regarder, avant de se rendre compte soudain de ce qu'il s'était passé et de, tout à coup, s'éloigner l'un de l'autre. Et pendant un moment, reprenant leurs esprits, ils ne dirent plus rien, se contentant de fixer un point opposé à l'autre.

— Pardonnez-moi, dit Katarina, soudain gênée. Je ne voulais pas.

— Ça va, il n'y a pas de mal.

Katarina pensa qu'il était peut-être temps de partir, mais, si elle le faisait, elle avait comme l'impression que ce serait avouer quelque chose qu'elle ne pensait pas. Aussi, elle prit le parti d'en rire, comme souvent elle le faisait lorsque des situations délicates ne l'avantageaient pas ; et M. Hodgkin l'y aida considérablement, surtout lorsqu'elle le vit défroisser sa chemise comme si elle eut été salie.

— Je suis désolée, monsieur, je ne pensais pas vous mettre dans cet état.

— Vous ne me mettez dans aucun état, bougonna-t-il avant de reprendre sur le même ton. En revanche, je ne pensais pas que mes mains puissent vous intéresser à ce point.

Katarina ouvrit la bouche, mais à ce moment-là quelqu'un toqua, et ils furent interrompus.

Chapitre 24

— C'est M. Gabhann, monsieur, dit Gerard derrière la porte tandis que les deux bourgeois demeuraient transis. Excusez-moi de vous déranger, mais je suis venu pour desservir. Puis-je entrer ?

La rousse observa le maître qui, finalement, se leva de son siège et soupira, défroissant de plus belle sa chemise pourtant intacte. Quel enfant parfois ! Elle ne l'avait même pas touché.

— Vous pouvez entrer, monsieur Gabhann.

La poignée tourna et le domestique entra, plateau en main. Il aurait pu ne rien dire, mais, en découvrant là son maître debout devant l'âtre, à côté de sa camarade réveillée, il ne put réprimer une exclamation de surprise et un franc sourire sur ses lèvres. Seulement, face au regard réprobateur du grand brun, il le rangea aussi vite ; la stature imposante et fière du maître le dominait de toute sa taille et sa grande ombre se projetait sur le mur comme une menace silencieuse. Il préféra ne rien ajouter. Sa collègue ne surenchérit pas, blanche comme un linge, quoique quelques rougeurs fussent apparues sur ses joues. Elle aussi avait beaucoup de prestance et, avec le feu de cheminée qui l'éclairait également, Gerard se sentit écrasé sous son aura et celle de son hôte.

— Excusez-moi de paraître ainsi, finit-il alors par dire. Mais il me faut vous desservir si vous avez fini.

— J'ai fini, trancha le maître. Emportez-moi tout cela et veillez à ne rien casser.

— Oui, monsieur.

L'homme de ménage adressa alors un dernier regard vers Katarina et se mit à la tâche. Et ladite demoiselle, qui l'avait vu entrer comme une providence, profita de sa venue pour échapper au brun.

— Je vais vous aider, le rejoignit-elle.

— Ne vous embêtez pas, miss. Je vais y arriver tout seul.

Mais il ne put s'empêcher d'ajouter discrètement, lorsqu'elle se pencha à côté de lui.

— Ça va ? Vous avez l'air encore pâle.

— Oui, mais laissez-moi vous aider ; il faut que je sorte.

Gerard fronça les sourcils et acquiesça. Katarina s'empressa aussitôt à ses côtés et, lorsque tout fut enfin débarrassé, elle quitta la pièce, laissant là le maître tout aussi ravi qu'elle de ne pas avoir à poursuivre leur conversation. Dans les couloirs, elle laissa échapper un profond soupir.

— Vous sentez-vous mieux ? l'interrogea Gerard.

— Oui, merci. Je ne saurai vous dire ce qu'il m'a pris.

— Vous ennuyait-il ?

— Oh non ! Il a été charmant, mais… je préférais partir.

— Bon. Vous m'avez fait peur quand même tout à l'heure. Vous êtes restée immobile et vous êtes tombée. Pouf ! Comme cela, d'un coup.

Katarina s'arrêta.

— Ah oui ! C'est vrai. J'ai eu un malaise.

— Vous ne vous en souveniez pas ?

— Si, bien sûr. Je n'y pensais plus.

— Vraiment ? suspecta-t-il.

Trouvant Katarina embarrassée, il poursuivit :

— Enfin, toujours est-il que vous nous avez causé une belle frayeur. Vous ne réagissiez même plus à nos appels ! Nous nous sommes demandé pourquoi. Le maître n'a même pas voulu nous laisser vous voir ensuite ! Mais, là, vous vous sentez mieux, n'est-ce pas ?

— Je me sens mieux. Heureusement que vous étiez là, d'ailleurs.

— Oh ! Il n'y a pas de quoi. C'est normal. Mais je m'inquiète quand même : cela fait deux malaises en deux jours.

— Certes.

— Quelque chose vous tracasse-t-il ? Êtes-vous malade ?

— Non.

— Alors, que vous arrive-t-il ?

— Je ne sais pas. Les deux fois étaient différentes ; ce n'était pas pareil. Cette fois, je me suis sentie tomber. Pas la première fois.

— C'est bizarre quand même. Peut-être manquez-vous de quelque chose ?

— Je ne crois pas. Peut-être.

— En tout cas, je suis content que vous alliez mieux. Vous reprenez des couleurs. Vous avez même le rose aux joues depuis tout à l'heure.

— Ah bon ? dit-elle en se tâtant. Je n'avais pas remarqué.

Ensemble, ils se rendirent aux cuisines tout sourire pour ranger les plats dévorés par le maître.

— Il mange comme un ogre, en revanche, commenta l'homme de ménage. Regardez-moi cela !

— Ah non, intervint la rousse, embarrassée. Ce n'est pas lui, cela. C'est moi.

— Vous ?

— À mon réveil, il m'a accordé quelques plats qu'il ne voulait pas.

— Alors, soupira Gerard en ouvrant la porte de cuisine, ce que nous vous avons préparé est inutile.

Sur la table, nappée de diverses serviettes à carreaux rouges, étaient disposées des assiettes entièrement garnies de bons légumes fraîchement cuisinés. Les couleurs donnaient envie et l'odeur alléchante aurait plu à Katarina si seulement elle n'avait pas déjà mangé.

— Je suis touchée par une si gentille attention, mais je suis navrée, je n'ai vraiment plus faim.

— Cela ne m'étonne pas maintenant que je sais qui a mangé tout cela. Nous le garderons pour demain, ne vous en faites pas. En attendant, vous boirez bien une tasse de lait avec nous ?

— Une tasse de lait ? Oui, pourquoi pas. Mais où sont-ils tous passés ? Émile ne devrait-il pas être là ?

— Eh bien, suggéra-t-il en mettant les plats à laver. Je suppose qu'il ne va pas tarder.

La rousse resta aussi un moment seule avec Gerard, et prit le temps avec lui de terminer la vaisselle de la journée. Ils conversèrent avec plus de facilités cette fois, mais, de temps à autre, des blancs venaient encore les perturber ; et l'un d'entre eux se fit et, à ce moment-là, Octave entra.

— Ah, mademoiselle, s'exclama-t-il, si saisi de voir la rousse qu'il ne sut quoi dire tout de suite. Vous êtes là… Euh… Comment vous sentez-vous ?

— Je vais mieux, merci.

— Tant mieux. Tant mieux.

Le jardinier vint alors s'accouder à ses côtés, hésitant, semblait-il, à poser les questions qui lui taraudaient l'esprit. Il n'eut pas longtemps à tergiverser. Émile et Meredith firent irruption dans la cuisine, se bagarrant des coudes pour savoir qui des deux passerait la porte en premier ; ce qui déclencha l'hilarité générale et interrompit aussitôt le pauvre Octave. Et face aux rires de leurs camarades, l'un comme l'autre des deux ennemis s'interrompirent net. Alors seulement, entre deux regards meurtriers, ils constatèrent la présence de la rousse.

Dès lors, Émile relâcha la pression et Meredith profita de son trouble pour, finalement, passer devant lui. Il la suivit aussitôt, non sans lui jeter un regard réprobateur qu'il confia également à Katarina. Visiblement, il lui en voulait toujours de ne pas avoir réagi à ses avertissements. La jeune femme baissa les yeux, désolée de ne pas être à la hauteur de ses espérances, déçue certainement aussi que ses amis et lui n'eussent pas tenté de comprendre ses sentiments à elle. Après quoi, le cuisinier évita son regard avec autant de soin qu'elle et il serait sans doute ressorti si, après avoir constaté que son travail avait été fait, Margaret n'était pas entrée.

La maladroite arriva en trombe, se figeant aussi net dans son élan que sa vue lui avait offert de voir la rousse réveillée. Son visage était mêlé de surprise et d'inquiétude et Katarina se demanda alors si elle allait avoir droit à des reproches ou non. Elle crut d'abord que son amie allait faire demi-tour et s'apprêta aussitôt à la retenir, de quelque manière que ce fût. Mais à son grand étonnement, la blonde se jeta dans ses bras. Surprise par cet élan de tendresse, elle ne sut tout de suite comment réagir et se laissa faire.

— Oh ! Comme tu m'as fait peur, Katarina ! gémit la maladroite. J'ai cru un instant que, comme Alvin, tu avais... tu avais... Oh ! Je ne me le serai jamais pardonné ! Jamais ! Heureusement, Gerard était avec toi et, heureusement, il est resté dans le coin après cela. Vraiment, tu n'as pas idée de faire un malaise pareil, trois heures, et seule avec le maître !

Katarina écarquilla les yeux. M. Hodgkin était-il donc resté ? Malgré elle, un sourire naquit sur ses lèvres, mais il retomba bien vite lorsqu'elle croisa le regard de Gerard ; se pouvait-il qu'il ait entendu ou vu quelque chose ? Elle se sentit tout à coup mal à l'aise à cette idée, mais impossible de déchiffrer son collègue : il demeurait impassible. Décidément, depuis deux jours, elle le trouvait un peu trop présent à son goût.

Pendant ce temps, Margaret poursuivait :

— Tu ne peux pas savoir à quel point je m'en serais voulu de nous être séparée en si mauvais termes s'il t'était arrivé quelque chose. Me pardonnes-tu, dis ? Tu ne m'en veux pas, n'est-ce pas ?

— Bien sûr que non, Margaret, dit-elle en sortant de ses songes. Et tu n'as pas à t'en vouloir pour cela.

— C'est bien vrai ? Oh, comme je suis heureuse ! Je m'en suis voulu, tu sais.

Voyant ainsi les deux amies se réconcilier, Émile se sentit soudain coupable d'en vouloir encore à la rousse et, gauchement, s'excusa à son tour.

— Ne m'en voulez pas, miss, mais je crois que je me suis montré un peu trop têtu moi aussi. Je le regrette. Après tout, vous vous en rendrez compte peut-être par la suite.

Katarina comprit aussitôt que par ces mots, il la croyait toujours dans l'erreur, mais, pour le moment, elle n'était pas apte à se fâcher avec eux et elle accepta les efforts maladroits du cuisinier pour s'excuser. Octave en fut particulièrement heureux, car tous les quatre se répandirent bientôt en pardons, se serrant dans les bras l'un de l'autre ; et la tension fut oubliée.

Gerard et Meredith se lancèrent un regard à la fois mêlé de surprise et de dégoût, ne sachant trop pour quelles raisons les quatre amis s'étaient brouillés, supposant là une histoire que la blonde avait encore inventée. Puis finalement, exaspérés devant leurs élans de tendresse, ils les séparèrent en toussotant bruyamment.

— Ça va aller, vos bêtises, oui ? On ne vous dérange pas trop ? les interrompit la brune en la désignant, elle et Gerard.

— Tu veux un câlin, peut-être ? se moqua Émile en prenant un ton niais et en se rapprochant d'elle.

— Quoi !? Certainement pas ! le repoussa-t-elle. Ça ne va pas ou quoi ? Et, toi, Gerard, arrête de rire à ses conneries ! Non, mais je vous jure… plutôt crever, oui.

— Dans un terrier ?

Cette fois, tous éclatèrent de rire et Meredith, furieuse, sortit en claquant violemment la porte.

— Qu'est-ce qu'elle a ?

— Je crois que je vais aller la rejoindre, dit Gerard. Amusez-vous bien.

Tous les quatre s'entre-regardèrent, interdits.

— Bon. Que fait-on maintenant qu'ils sont partis ? s'écarta le blond.

— As-tu une idée ? lui demanda Octave en sortant de son tablier, une longue serviette qu'il accrocha à son cou. Moi, j'aimerais bien manger ce que tu as préparé pour…

Émile lui donna un coup bien pensé qui l'arrêta aussitôt.

— C'est pour Katarina.

— Tu n'es pas obligé de me faire mal.

— C'est bien fait pour toi.

— Ne vous disputez pas, intervint la rousse. J'ai déjà mangé.

— Ah bon ?

— M. Hodgkin m'a autorisée à manger ce qu'il n'avait pas touché. Octave peut donc se servir.

— Ah ! dit le jardinier, satisfait, en réajustant sa serviette. Voilà qui est très bien.

— Il vous a autorisée ? reprit Émile. Je le trouve bizarre en ce moment.

— Alors que fait-on à la place ? ignora Margaret.

— Je ne sais pas.

— N'est-ce pas ton anniversaire aujourd'hui, Émile ?

Le blond s'arrêta aussitôt, figé et surpris.

— ... Tu l'as retenu ? dit-il, touché.

— Bien sûr ! Nous sommes amis, non ?

— Amis ? ... Évidemment.

Il se tourna alors vivement vers les placards et s'accroupit, sortant, quelques instants plus tard, une belle bouteille de vin ainsi que quatre verres qu'il tendit à ses camarades, les yeux soudainement embués, ce que Margaret autant que Katarina et Octave évitèrent de relever.

— À mon anniversaire et à nos réconciliations ! déclara-t-il solennellement.

— Joyeux anniversaire !

Le bouchon de la bouteille éclata alors et marqua le début des réjouissances.

Katarina ne pouvait espérer plus agréable soirée et elle fut ravie qu'un événement tel que celui-là survint dans cette journée. Après tout ce qu'il s'était produit récemment, elle se disait qu'à cet instant, elle ne remercierait jamais assez la Providence de les avoir mis sur son chemin. Elle en était si reconnaissante qu'elle en oublia le reste : que ce fût le fantôme, l'embarras éprouvé auprès du maître, ou même la crainte que Gerard eût pu être témoin de ce qu'il s'était produit entre eux. Elle rejeta ses pensées et profita de l'instant présent.

Tous les quatre découvrirent alors des cadeaux improvisés et, si Katarina et Octave offrirent le leur de bon cœur, celui de Margaret eut le meilleur effet sur Émile qui en gardait encore précieusement la trace sur la joue. Après quoi, ils jouèrent aux cartes, abattant leurs jeux dans de grands rires qu'ils durent contenir sous peine de contrarier le maître, et ils plaisantèrent ainsi une bonne partie de la nuit. Aucun d'entre eux n'avait envie de se séparer et plus l'heure du coucher avançait, plus ils la retardaient, comme si c'était le dernier moment qu'ils passaient ensemble. Et dans la nébuleuse de son esprit, Katarina eut soudain pour eux l'idée de ne jamais interrompre ce moment. Un jour, elle les emmènerait. Tous. Absolument tous. Ils ne resteraient pas ici, elle se le promettait. Elle trouverait d'autres personnes pour servir M. Hodgkin, mais ce ne serait plus eux. Eux seraient loin avec elle, loin de là et de toute cette peur qu'ils éprouvaient face au maître et aux souvenirs qui les hantaient. C'était une belle promesse qu'elle formulait là, mais elle ne leur en dévoila pas même l'horizon : ce serait son cadeau de Noël.

Sans se douter des espoirs qu'elle forgeait à leur égard, ses compagnons continuèrent de rire des histoires qu'ils racontaient, des maladresses qu'ils avaient vécues au cours de leur vie, et des plaisanteries qu'ils formulaient, poursuivant la fête dans une bonne ambiance. Puis quelques heures plus tard, ils s'endormirent, sonnés par leur propre vacarme.

Le lendemain, Katarina s'éveilla recroquevillée sur un matelas qui n'était pas le sien. La chambre était peu éclairée. Le soleil ne s'était pas encore levé, mais les nuages sombres de la nuit commençaient à disparaître à l'horizon. Le ciel passait lentement d'un bleu foncé à un bleu plus clair, effaçant peu à peu la lune dans son sillon et les étoiles dans ses bras. Rien n'était plus agréable qu'un lever du jour. Les cauchemars s'envolaient alors et accompagnaient, tristement déchus, les fantômes noirs de la nuit. La jeune fille appréciait ces instants depuis l'apparition, et elle fut reconnaissante ce matin-là de voir un rayon chaud illuminer l'endroit où elle se trouvait.

Les planches de bois lui apparurent familières et l'absence de tapisserie ne lui donna plus aucun doute sur la chambre. Elle se souvint enfin de la veille. Comment l'oublier lorsqu'elle voyait étendus à ses pieds Octave et Émile et, dans l'autre lit, son amie Margaret ? Maintenant qu'elle se rappelait, il était vrai que ses amis l'avaient emmenée près d'eux, à cause de son malaise, et pour l'anniversaire d'Émile, avaient-ils prétexté, de peur qu'il ne lui arrivât malheur si elle restait seule. Elle avait d'abord refusé, comme toute bourgeoise qu'elle était, mais elle avait été prise d'une telle angoisse devant sa chambre qu'elle les avait rejoints aussitôt. Il fallait dire que l'idée de revoir le fantôme la terrorisait et ses amis avaient si bien insisté pour qu'elle restât auprès d'eux qu'elle avait accepté de changer d'avis ; après tout, ce n'était pas la première fois qu'elle dormait à leur côté et il n'y avait jamais eu aucune ambiguïté. Si ses parents savaient ! Si Duncan savait ! Ou si même le fils de La Courtepiert savait ! Katarina se demandait bien qu'elles auraient été leurs réactions. Et d'y penser l'amusa considérablement.

Passant alors aux côtés des deux hommes et de son amie endormis, la rousse sortit, refermant discrètement la porte derrière elle. Contrairement à ses camarades, pour le moment, elle ne pouvait se permettre de rester couchée ; il lui fallait servir M. Hodgkin qui, s'il avait reculé l'heure du service à huit heures, n'admettait pour autant aucun retard. En marchant ainsi, seule dans la demeure, et si tôt le matin, cela lui rappela sa promenade nocturne de l'avant-veille. Un frisson désagréable lui parcourut l'échine. Elle ne risquait pourtant plus rien maintenant. Malgré tout, et pour éviter d'attirer les mauvais esprits, elle s'efforça de penser à des choses plus agréables et ce fut sur le maître qu'elle s'arrêta, sur la manière dont il l'avait veillée l'espace d'un instant.

Trois heures ! Il avait passé trois heures avec elle et il ne le lui avait pas avoué. Pourquoi un tel mensonge ? Son comportement la fit sourire. Durant ce temps passé avec lui, elle avait retrouvé l'homme qu'elle avait connu au début de leur rencontre, celui qui était aimable et conciliant, moins froid et autoritaire qu'à l'ordinaire, celui avec qui elle pouvait aisément plaisanter sans finir par se disputer. Bien sûr, elle n'était pas étrangère à ces prises de tête, c'était aussi sa faute parfois, souvent même, mais il était si agréable de lui parler sans appréhension ! Et elle le considérait comme un ami, un bon ami, quoiqu'il pût en dire, un ami qui l'avait aidée dans un moment où elle en avait le plus besoin, un ami avec qui elle se sentait capable de pouvoir tout dire. Aussi, dans un sourire, elle regagna sa chambre où elle se changea, une toute nouvelle bonne humeur au cœur.

La pièce était froide. Rien n'avait bougé et le lourd rideau pourpre était encore attaché à sa corde, dévoilant une fenêtre gelée par endroits à cause de la neige. Katarina en fit tomber toute la couche et remarqua alors une fine pellicule blanche recouvrant le sol. Les arbres avaient tous perdu leurs feuilles, excepté les conifères qui entouraient le manoir, donnant une allure quelque peu lugubre à la bâtisse ; une allure qui contrastait avec ce que la rousse avait auparavant connu. À son arrivée, la nature y avait été luxuriante et animée partout de fleurs, plus sublimes les unes que les autres. À présent, la forêt était terne et toutes les plantes colorées avaient fini par faner ; l'hiver était désormais installé, avec presque une semaine d'avance. Aussi, la jeune femme garda la fenêtre ouverte pendant quelque temps, observant ce décor désolant, avant de la refermer solidement et de se coiffer.

Le temps passa ainsi toute la journée, ni trop rapidement ni trop lentement, donnant presque l'impression aux domestiques de pouvoir réaliser toutes leurs tâches quotidiennes en un temps record. Le maître, pour une fois, ne travaillait pas, mais lisait un ouvrage dans un fauteuil spécialement installé pour lui dans le vaste hall du manoir où, penché sur sa lecture, il surveillait d'un air distrait ses domestiques.

Margaret était l'une d'entre elles. Terrorisée de le voir là, elle ne cessait de se réfugier d'une pièce à l'autre, passant malgré elle devant lui, à cause des allers-retours qu'exigeait le nettoyage des voilages des salons. Puis, finalement, incapable de lui faire face, elle demanda à Octave de l'aider. Un peu plus loin, Meredith époussetait les bibelots sur la cheminée en chantonnant. La présence du brun ne la préoccupait pas le moins du monde et, la plupart du temps, elle l'ignorait, trop occupée à soigner les objets sur les meubles pour lui prêter attention. Gerard en faisait de même, nettoyant avec beaucoup de soin et de précision l'horloge dont les aiguilles fonctionnaient toujours en sens inverse. Chaque objet étant précieux ou en porcelaine, il fallait y mettre toute sa concentration si l'on ne voulait pas les briser. Cela, le maître y prêtait particulièrement attention et ne pouvait s'empêcher de jeter un coup d'œil à ses domestiques maladroits. Et si l'homme de ménage le remarqua très vite, il fit du moins semblant de l'ignorer.

Quant à Émile, il s'attardait à la cuisine à préparer le déjeuner. Il y était depuis tôt le matin, depuis qu'il s'était levé en vérité, car il avait dû recommencer son travail une nouvelle fois à cause d'une erreur d'inattention. Depuis les aurores, il s'activait dans la pièce, entouré par les fourneaux qui fonctionnaient à plein régime. Il en profitait pour se réchauffer, quand il ne suait pas à grosses gouttes, au moins autant que la rousse qui le secondait pour rattraper son retard. Ils cuisinaient ainsi depuis deux heures déjà quand, enfin, ils en virent la fin.

— Il nous en aura fallu du temps pour réussir la dinde, soupira Émile.

— Heureusement que nous en avions une deuxième.

— Certainement, mais nous n'en aurons plus pour Noël. Enfin, si nous le fêtons. Le maître n'a pas l'air friand de ce genre d'événements.

— Ah bon ? Comment est-ce possible ? Tout le monde aime cette fête.

— Il semblerait que ce ne soit pas le cas de Monsieur. Depuis que nous sommes ici, nous ne l'avons jamais vu fêter quoi que ce soit. Pas même son anniversaire. Mais peut-être nous trompons-nous ?

— Quand était son anniversaire ?

— Aucune idée.

Katarina ne répondit rien, se contentant d'écouter Émile. Cette facilité déconcertante qu'avaient ses camarades à tantôt accuser M. Hodgkin, tantôt parler de lui sans soupçon, l'avait toujours perturbée sans qu'elle pût clairement expliquer pourquoi.

— Cela ne nous dérange pas le moins du monde, poursuivit Émile. Oh non ! Nous préférons nous amuser entre nous plutôt qu'essayer d'y inviter le maître. D'abord, parce qu'il refuserait de nous rejoindre, et nous empêcherait d'organiser nos soirées, mais aussi et surtout parce que, comment espérer s'amuser, s'il est présent ? Nous n'oserions pas agir comme nous le souhaiterions et cela serait incroyablement ennuyant ! Oui, c'est mieux ainsi. Nous nous sommes bien amusés hier et je ne pense pas que cela aurait eu le même effet s'il avait été avec nous. Je ne sais même pas s'il célèbre quoi que ce soit. Il a l'air si morne, si triste. On ne sourit pas toujours avec lui et je crains que cela ne s'améliore pas avec le temps. Moi, je m'en fiche, du moment qu'il ne nous attaque pas, mais Margaret en a peur, alors… Et puis, heureusement, nous n'avons pas besoin de lui pour nous détendre, n'est-ce pas ?

Mais Katarina ne l'entendait pas, trop occupée par ses pensées et le fait que le maître ne fêtait rien.

— M'avez-vous seulement écouté, miss ?

— Quoi ? dit-elle en sortant enfin de ses songes. Ah oui, vous avez raison.

Émile sembla se satisfaire de cette réponse et reprit de plus belle :

— Tant mieux. Je préfère vous savoir ainsi. Cela aurait été dommage et Margaret aurait été malheureuse s'il s'était agi du contraire, parce que vous savez, elle vous aime beaucoup et elle se désolerait si...

Mais Katarina, qui n'avait pas suivi la conversation, l'interrompit :

— Attendez une minute. De quoi parlez-vous ?

— De notre soirée, pardi ! s'exclama-t-il en passant son doigt plein d'épluchures de pommes de terre sous son nez. Je disais que nous nous étions bien amusés.

— Certainement, cela fut fort agréable. Il est dommage que nous n'ayons rien eu à vous offrir, enfin, rien de plus convenable, se reprit-elle.

— Oh, cela ! Il n'y avait vraiment pas de quoi, vous savez. Le cadeau importe peu, surtout dans nos conditions, le principal étant que..., commença-t-il en se frottant de nouveau le nez. Ah ! C'est sans importance.

— Non, dites-moi.

— Je vous assure, ce n'est pas grand-chose.

— Dites toujours.

Katarina l'observa, mais Émile semblait gêné.

— Eh bien, hésita-t-il. Pour tout vous dire... que Margaret ait pensé à mon anniversaire, cela m'a... Je ne le lui ai dit qu'une fois, vous savez, et elle l'a retenu.

Katarina sourit.

— Et puis, s'empressa-t-il d'ajouter. Vous étiez là, avec Octave et elle. C'était le principal. Si vous pouviez tous être là la prochaine fois.

Elle écarquilla les yeux.

— C'est très beau ce que vous dites.

— Beau ? En tout cas, très niais.

— Certes un peu, beaucoup en fait, affirma-t-elle. Mais c'est touchant. Et nous serons tous là la prochaine fois, ne vous en faites pas.

Le blond lui sourit alors, mais elle vit dans son sourire une politesse contenue. Elle chercha alors à changer de sujet et remarqua la bouteille de vin entamée la veille. À moitié vide sur la table, une question lui vint alors :

— Émile ?

— Oui ?

— Dites-moi, cette bouteille, lui demanda-t-elle, perplexe. Est-ce bien celle que nous avons entamée hier soir ?

— Oui, pourquoi ? répondit-il en la voyant lire l'étiquette avec une soudaine pâleur.

— Où l'avez-vous eue ?

— Je l'ai prise aux sous-sols, dans les caves prévues à cet effet.

— Dans la réserve de M. Hodgkin ?

— C'est cela. Il était délicieux, n'avez-vous pas trouvé ? Je n'en ai jamais goûté de pareil. D'ailleurs, j'en boirais bien une goutte ou deux, dit-il en approchant son verre.

— Non ! s'indigna-t-elle.

— Non ? répéta-t-il, incrédule. Pourquoi ?

— Vous l'avez volée !

— Quoi ? Mais non.

— Mais si ! Vous n'avez pas le droit. Il ne nous appartient pas de nous servir ainsi, d'autant plus que je présume que M. Hodgkin ne vous a pas donné l'autorisation.

— Je ne la lui aurais pas demandée de toute façon. Et puis, quel mal y a-t-il ? On se sert bien dans les placards.

— Oui, mais, là, ce n'est pas pareil, pas pareil du tout.

— Quelle importance ? Une bouteille de plus, une bouteille de moins, il ne verra certainement pas la différence.

— Je n'en serais pas si sûr à votre place.

— Et moi, je vous assure que tout va bien. Et puis, si cela peut vous rassurer, je l'ai remplacée.

— Tenez donc, fit-elle, de plus en plus désabusée. Et par quoi au juste ?

— Du jus de raisin auquel j'ai rajouté un peu d'alcool.

— Bon sang, l'avez-vous vraiment fait ?

— Oui, répondit-il innocemment.

— Avez-vous donc conscience de mal agir ?

— Je voulais m'amuser et vous faire plaisir.

— C'est gentil, vraiment, et je crois que vous nous avez fait énormément plaisir, mais, croyez-moi, vous allez vous amuser encore plus quand le maître le découvrira.

— On croirait l'entendre parler. Vous allez lui dire ?

— Non, bien sûr que non. Mais il va s'en rendre compte.

— Il n'en boit jamais ! se défendit le blond. Les bouteilles prennent la poussière en bas, il faut bien que quelqu'un les boive avant qu'elles ne périment. Je sais qu'elles peuvent être conservées longtemps, mais quand même ! Il y en avait une de 1693.

— 1693 ? s'étrangla-t-elle. Avait ?

— Oui, il fallait bien les jeter, non ?

— Bon sang, dites-moi que je rêve !

— Elles étaient trop vieilles, miss. Il fallait bien préserver Monsieur, non ? Quoique..., dit-il dans un murmure.

— Franchement, vous ne le préserverez en rien en agissant ainsi. Si vous voulez qu'il vous en veuille, c'est exactement ce que je ferais, mais je doute que ce soit ce que vous souhaitiez.

— Pourquoi dites-vous cela ?

— Parce que le vin n'a pas de limite d'âge, Émile. Plus il est vieux, plus il vaut une fortune. Les vins du dix-septième siècle que vous avez jetés devaient valoir une fortune considérable, vous en rendez-vous compte ? Nous sommes au dix-neuvième siècle, ils ont été gardés pendant près de deux siècles ! Sans oublier qu'ils constituent sans doute un héritage, dit-elle sous les grands yeux écarquillés d'Émile. Je n'ose imaginer la valeur qu'ils avaient.

Après un silence pesant, le blond reprit, quelque peu paniqué :

— Ah, ça alors, je ne savais pas que la date pouvait être si ancienne. Que vais-je faire ?

— Calmez-vous, dit-elle en se massant les temps. Il doit bien y avoir une solution. Les avez-vous toutes détruites ?

— Eh bien... non. Non, se souvint-il, plein d'espoir. Je les ai déposées dehors pour les vider, mais comme j'ai entendu Gerard appeler à l'aide, je n'ai pas eu le temps de le faire. Elles doivent encore y être, je n'y suis pas retourné depuis.

— Vraiment ? Bon, je vais aller voir. Vous, restez ici. Ensuite, il nous faudra les remettre à leur place dès que possible ; Monsieur est dans le hall, nous ne pouvons pas nous y risquer maintenant.

— Très bien, faisons cela. Êtes-vous certaine de ne pas vouloir de l'aide ?

— Non, mieux vaut que je le fasse seule, je crois. Finissez votre travail, nous verrons ensuite.

Katarina traversa les couloirs jusqu'à l'arrière du manoir, se demandant encore comment la naïveté d'Émile pouvait être aussi grande. Mais elle ne pouvait lui en vouloir et, heureusement, il ne les avait pas détruites comme elle l'avait d'abord cru. Autrement, elle aurait eu toute la peine du monde à le justifier à M. Hodgkin pour qui cela devait former, elle en était sûre, une partie de sa fortune.

Au bout du couloir, elle tourna alors à gauche et rejoignit, peu après, la porte qui menait à l'arrière-cour de la bâtisse. Toutes les bouteilles se trouvaient là. Une dizaine d'entre elles étaient alignées contre le mur et recouvertes de neige. Rien qu'avec cela, il serait difficile de ne pas se rendre compte du changement de place. La poussière des années cumulées était certainement partie et, avec un temps pareil, le goût serait irrémédiablement changé. Katarina se surprit à espérer à son tour ne pas être là quand le maître s'apercevrait de la supercherie et, pour masquer la faute, elle rentra avec beaucoup de soin les bouteilles précieuses, les cachant tour à tour dans une pièce proche où il n'y avait rien d'autre qu'une chaise installée en son centre et où, bientôt, toutes furent déposées. La plupart étaient en bon état, mais il restait maintenant à les remettre à leur place. Peut-être qu'en usant d'un subterfuge, la rousse pourrait faire croire qu'elles n'avaient jamais été déplacées. En attendant, mieux valait qu'elles restassent là, les transporter maintenant serait bien trop visible et dangereux, d'autant plus que M. Hodgkin ne semblait pas vouloir travailler ce jour-là. Aussi, elle rejoignit Émile et laissa les bouteilles enfermées à double tour dans cette petite pièce.

Lorsqu'elle rentra dans la cuisine, le blond s'adressa vivement à elle :

— Alors, sont-elles toutes là ?

— Une dizaine, c'est cela ?

— Oui, je crois. Où les avez-vous mises ?

— Dans une petite pièce au fond. Personne ne pourra y accéder, sauf le maître bien sûr puisqu'il possède aussi les clés.

— Mais alors…

— Ne vous en faites pas. Je ne pense pas qu'il ira chercher à cet endroit.

— En êtes-vous certaine ?

— Non, mais nous n'avons pas tellement le choix.

À peine eurent-ils fini leur phrase que Margaret entra en trombe.

— Émile ! Katarina ! Venez voir tout de suite. Il y a quelqu'un devant le manoir.

— Quoi ?

Aussitôt, le cuisinier et son aide de cuisine suivirent leur camarade dans le hall.

— Faites comme si de rien n'était.

Émile obéit tout de suite et marcha calmement vers les fenêtres, d'un air désinvolte. Katarina, elle, ne comprit pas cet engouement soudain, mais se rapprocha pourtant où tous se tournaient, feignant d'exécuter leurs tâches, excepté le maître qui lisait toujours, ou dormait, caché derrière son livre. La bourgeoise regarda alors à son tour au-dehors et vit deux silhouettes masculines discuter devant la grille, deux bruns, si elle distinguait bien, l'un au chapeau haut de forme, et l'autre au chapeau melon.

— Qui sont-ils ? murmura à peine Margaret. Croyez-vous qu'ils soient là pour nous ?

— Je l'espère, chuchota Émile. Nos efforts n'auront pas été vains.

— S'ils sont là, c'est qu'il y a une raison, s'immisça Meredith entre eux. Et s'ils sont venus nous prévenir qu'ils l'arrêtent, j'en serai ravie. Votre témérité, peut-être, nous sauvera tous.

— Peut-être, mais alors pourquoi n'entrent-ils pas ? constata Gerard.

Ils se turent. Il avait raison. Qu'attendaient-ils pour entrer ?

Katarina prit soudainement peur. Le maître allait s'en apercevoir. Sans doute était-ce là la réponse de la lettre de ses camarades et, dans ce cas, il fallait l'éloigner. Mais comment faire pour le tenir loin d'eux ? Il n'était pas au courant de cet envoi et, s'il l'apprenait, il lui en voudrait certainement de l'avoir tenu secret et d'avoir fait venir jusqu'à lui des étrangers sans son consentement. Il n'aimait pas les visites inopinées, pourquoi accepterait-il celle-ci ? Surtout si celle-ci était faite pour l'accuser. La rousse s'inquiéta et vérifia une énième fois que ses yeux ne lui jouaient pas des tours. Mais il y avait bien deux messieurs devant la grille, patientant indéniablement en faisant de grands gestes. L'un d'eux était-il l'inspecteur ? De là, elle les voyait à peine et elle n'aurait pu en juger. Eux, au contraire, ne semblaient pas les avoir vus. Elle n'attendit pas qu'il en fût autrement et se décida à aller à leur rencontre. Mais elle fut aussitôt interceptée par Meredith.

— Oh là, où allez-vous, miss ? Vous n'allez pas les chercher, au moins ?

— Si, pourquoi ?

— Restez là. Je vais y aller.

— Pourquoi ?

— Parce que vous seriez capable de tout faire foirer.

— N'importe quoi !

— De toute façon, aucune de vous deux n'ira, intervint une voix.

Elles se retournèrent, effarées.

— Monsieur !

Mais il ne prêta pas attention à leur surprise.

— Qui sont ces gens ? Je ne les ai pas invités.

Katarina paniqua aussitôt. Il lui fallait à tout prix l'empêcher de sortir.

— Monsieur, n'y allez pas, tenta-t-elle. Si vous ne répondez pas, ils n'entreront pas.

— Pourquoi tant de panique dans votre voix, mademoiselle Kingsley ?

Ses camarades la foudroyèrent du regard, mais Leon ne les remarqua pas. Il enfilait déjà sa veste pour sortir.

— Attendez-moi là.

— Mais, Monsieur, ne voulez-vous pas plutôt que j'y aille ? Vous allez attraper froid, prétexta-t-elle.

— Ce n'est pas cela qui m'arrêtera. Non, je vais y aller. Vous, vous restez là. Je ne veux pas en voir un dehors, je vous préviens, menaça-t-il.

Puis il sortit. Apeurés, Margaret et les autres observèrent ce qui allait se passer dehors tandis que Katarina, sincèrement, espérait s'être trompée sur l'intention des deux messieurs devant la grille, car, si jamais le brun venait à apprendre l'existence de la lettre, il se mettrait dans une colère noire et, elle comme les autres seraient sévèrement punis.

Chapitre 25

De l'autre côté de la grille, les deux hommes patientaient, l'air plutôt agacé. L'un d'eux portait une longue redingote bleu foncé et avait le port d'un homme d'importance : c'était celui au chapeau haut de forme. L'autre, un homme de même taille, portait quant à lui un manteau beige et était de stature plus imposante. Il avait l'air aussi plus âgé avec son air bourru et son épaisse moustache : ce fut le premier à prendre la parole.

— Je crains que nous ayons eu affaire à un petit plaisantin. Cet endroit n'a rien d'un endroit dangereux.

— Vous connaissez pourtant ce qu'on y raconte.

— Des plaisanteries de bonnes femmes, tout au plus. Il n'y a pas à s'inquiéter.

— Nous devrions tout de même y prêter attention, au cas où.

— Vous ne croyez tout de même pas à ces fables ?

— Je ne les rejetterai pas aussi facilement que vous.

— Que me suggérez-vous donc ?

— De faire attention au moindre détail.

— Certes, mais en attendant, vous conviendrez qu'il ne sert à rien de rester là.

L'homme en bleu scruta avec insistance la demeure et, finalement, se retourna.

— Vous avez raison. Rentrons.

Et les deux hommes rebroussèrent chemin.

— Qu'est-ce qu'ils font ? paniqua Margaret. Où vont-ils ?

— Ils s'en vont ! s'indigna Émile. Je n'y crois pas.

— Où est Monsieur ? s'inquiéta alors Meredith. Je ne le vois plus.

— Je ne comprends pas. Que se passe-t-il ?

Katarina observa un à un ses camarades encore collés à la fenêtre. Tous déploraient le départ de ces étrangers et, bizarrement, elle se mit à son tour à les regretter. Le journal qu'elle avait rapporté de Rievaulx lui revint alors en mémoire et elle se précipita aussitôt au premier étage pour le trouver ; qui sait, peut-être lui apprendrait-il quelque information. Mais, sur le pas de la dernière marche…

— Pas si vite, mademoiselle Kingsley.

Elle s'arrêta net dans son élan.

— J'ai deux mots à vous dire.

C'était M. Hodgkin. Ses camarades virevoltèrent aussitôt vers elle : Margaret, Émile et Octave l'imploraient de ne rien dire et il semblait que, pour une fois, Gerard et Meredith s'étaient ralliés à leur cause. Le maître ne sembla rien remarquer et, avant qu'il ne puisse s'apercevoir de ce qu'il se passait dans son dos, Katarina fit prestement demi-tour. Mais à nouveau, il l'interrompit.

— Inutile de descendre. Dans mon bureau, ordonna-t-il sèchement.

Katarina changea automatiquement de direction et le suivit, la boule au ventre, dans ce qu'elle sentait être le purgatoire. La porte claqua violemment derrière eux et les domestiques ne purent rien faire, car, à peine fut-elle introduite, le maître se mit dans une colère, difficilement maîtrisée.

— J'exige des explications, mademoiselle Kingsley ! Et je ne tolérerai aucune tergiversation.

— Mais je n'ai rien à voir là-dedans, monsieur.

— Alors qui ?

— Je… je ne sais pas.

— Vous mentez !

— Non !

— Il suffit ! lui lança-t-il, menaçant. Ne me prenez pas pour un imbécile.

— Je ne me le permettrais pas. Vous savez que…

— Que quoi ? Vous allez me dire ce que ces gens faisaient ici. Et tout de suite !

Katarina l'observa un instant ; il avait le visage déformé par la colère. Elle s'attendait certes à une réprimande, mais certainement pas à un tel emportement. Elle en fut si surprise qu'elle en perdit un instant la parole. Mais son silence irrita le brun et elle finit par se demander si sa réaction n'était pas excessive.

— Je vous demande de me répondre, mademoiselle Kingsley, alors répondez-moi, car je ne me répéterai pas deux fois. Est-ce vous, oui ou non, qui avez fait venir ces gens ?

La rousse soutint son regard. Elle ne devait rien dire : ses camarades comptaient sur elle.

— Mademoiselle Kingsley…

— Non, ce n'est pas moi.

— Bien, j'ai compris. Alors, qui est-ce ?

Il recommença à faire les cent pas.

— Vous n'allez pas vous en sortir comme cela, croyez-moi.

— Me menaceriez-vous ?

Il s'interrompit, crispé.

— Je vous en prie, mademoiselle Kingsley, arrêtez. Arrêtez de me faire ça !

— De vous faire quoi ?

— Je veux savoir.

— Pourquoi vous énervez-vous à ce point ?

— Vous savez que je n'aime pas ces visites ! Vous le savez !

— Mais ils sont venus et sont repartis sans rien dire ! Que voulez-vous que je vous dise ? Je ne suis pas responsable de leurs actes. Où est le mal ? Peut-être sont-ils venus d'eux-mêmes, sans but ?

— Vous croyez ? Avec une lettre à mon adresse entre les mains ?

— Leur avez-vous parlé ? Mais comment... ?

— Ce n'est pas à vous de poser les questions. Alors, maintenant, ayez la gentillesse de me dire qui leur a dit que j'habitais ici.

— Je ne vois pas à quoi cela vous servirait.

— Donc, vous le savez.

— Non !

— Vous vous contredisez vous-même !

— Absolument pas.

— Et vous mentez !

— Et vous, vous exagérez !

— Quoi ?

— Ils sont juste passés, il n'est rien arrivé !

— Vous savez que je déteste les visites inopinées !

— Ils ne sont même pas entrés !

— Mais ils auraient pu !

— Et alors ? Je suis bien entrée, moi, et vos domestiques aussi !

— C'est différent.

— En quoi ? Ils avaient une lettre à votre adresse… Et alors ? Je suppose que votre entourage l'a aussi, non ?

— Mon entourage ? dit-il, surpris, avant de se reprendre. Il ne s'agit pas de cela et vous le savez très bien.

— Mais puisque je vous dis que je ne sais pas ce qu'ils faisaient là ! Peut-être sont-ils arrivés… comme moi, se précipita-t-elle de trouver une excuse. Ils se sont perdus et ont trouvé le manoir.

Son explication n'était pas valable, bien sûr, puisqu'ils avaient une lettre à l'adresse de M. Hodgkin, mais cela eut au moins l'effet de le calmer un peu.

Intriguée, Katarina osa le regarder.

— Donc, vous ne savez pas qui ils étaient ? s'assura-t-il.

— Non, répondit-elle, surprise. Le devrais-je ?

Mais il ne lui répondit pas, se massant les tempes en s'asseyant à son bureau. Inquiète, elle s'approcha.

— Est-ce que ça va ?

— Assez, l'interrompit-il, le regard plongé sur ses papiers. J'ai besoin de confiture. Allez m'en chercher et envoyez-moi Mlle Brown. Cette peste doit en être à l'origine, marmonna-t-il pour lui-même.

— Mais pourquoi ?

— Assez discuté ! Faites ce que je vous dis pour une fois… S'il vous plaît.

Katarina s'exécuta alors et rejoignit les cuisines où tous s'étaient réfugiés. M. Hodgkin faisait peur à voir et, à dire vrai, elle ne voulait pas envoyer Margaret auprès de lui ; la maladroite en avait suffisamment peur comme cela. Pourtant à peine les avait-elle rejoints que tous l'assaillirent de questions, et elle sut que le problème ne serait pas facile à se régler.

— Alors que vous a-t-il dit ?

— Tu ne nous as pas dénoncés au moins, n'est-ce pas ? s'inquiéta Margaret.

— Non, je ne lui ai rien dit, mais il sait qu'une lettre a été envoyée. Il est dans une colère noire.

— Comment l'a-t-il su ? Nous ne l'avons même pas vu leur parler.

— Je n'en ai aucune idée, mais il demande à te voir Margaret.

— Moi ? paniqua-t-elle. Mais, pourquoi ?

— C'est vrai, ça. Elle n'a rien fait, intervint Émile.

— Je sais, mais il veut la voir et je ne sais pas quoi faire pour le lui éviter. Mieux vaut pour elle qu'elle y aille le plus tôt possible, la confrontation sera moins longue. Je suis désolée, j'ai fait ce que j'ai pu.

— Mais je... je ne saurai pas quoi lui dire.

— Maintenant, vous payez les conséquences de vos actes, assena Meredith. Assumez !

— Je suis désolée, Margaret, dit Katarina en l'ignorant. Il ne sait rien, je ne lui ai rien dit, mais, si tu te fais attendre, il va t'en vouloir encore plus.

Margaret devint livide, mais accepta.

— D'accord. Je vais essayer.

— Ah et tiens ! Apporte-lui cela aussi. Il l'a demandé.

Katarina lui tendit alors un pot de confiture qui trembla aussitôt entre les mains de son amie qui, courageusement, se rendit jusqu'au bureau. La bourgeoise, pas très fière de l'envoyer dans la gueule du loup, s'adressa alors aux autres :

— Retournez à vos tâches. Il ne sert à rien de l'attendre. Cela l'angoisserait encore plus de nous savoir à l'écoute.

— Vous avez raison, admit Meredith. De toute manière, c'est de sa faute si nous en sommes là. Ce ne serait jamais arrivé sinon.

— Toi, la ferme ! cria Émile. Tu étais bien contente tout à l'heure quand tu as vu les deux hommes.

— Et alors ? Vous auriez été plus intelligents que vous les auriez invités un jour où le maître n'était pas là.

— Tu n'avais qu'à le faire si tu n'es pas satisfaite.

— C'est sûr que ça n'aurait pas été pareil.

— Meredith, calme-toi ! supplia Gerard. Cela ne sert à rien de s'énerver maintenant. C'est fait.

— Fiche-moi la paix, Gerard ! Cela fait trop longtemps qu'il le mérite.

— Émile, intervinrent à leur tour Octave et Katarina. Ressaisis-toi, voyons. Le maître va t'entendre.

— Eh bien, au moins, il saura à qui s'en prendre.

Émile s'interrompit soudain.

— Mais oui, c'est ça. Je vais aller lui dire que c'est moi qui…

— Non, Émile ! Non, intervinrent ses camarades. Il s'en prendra à toi autant qu'à elle.

— Mais je ne peux pas la laisser.

— Si, il le faut, il ne lui fera rien.

Et pendant qu'ils se disputaient, Margaret avançait péniblement vers le bureau du maître, complètement terrorisée. Elle ne s'était plus retrouvée seule face à lui depuis la disparition d'Alvin. Son appréhension l'étouffait ; elle la sentait grandir de plus en plus à mesure qu'elle approchait de la pièce. Elle voyait déjà la porte ouverte, prête à l'avaler sans retour. Et si, pensa-t-elle soudainement, et s'il l'attendait… pour la supprimer ? Il mettrait alors en scène sa disparition et tous le croiraient encore innocent !

Prise d'une peur panique, tremblant de tout son long, terrorisée à l'idée de lui faire face, elle se paralysa sur place. Elle ne pouvait pas entrer. C'était impossible ! Elle était beaucoup trop effrayée. Pourquoi Katarina l'y avait-elle envoyée ? Prestement, elle fit alors demi-tour et, épouvantée, courut vers les escaliers.

— Il est inutile de fuir, mademoiselle Brown, dit calmement Leon au pied de la porte. Vous savez très bien que je vous ai vue.

Margaret stoppa net dans son élan, le pot de confiture serré contre elle comme son seul soutien.

— Dépêchez-vous d'entrer. Je n'ai pas toute la journée.

Angoissée à l'idée de se retrouver seule avec lui, elle paniqua ; si elle courait, peut-être lui échapperait-elle ? Mais Leon ne lui laissa guère l'occasion de le faire et, de force, la bouscula dans la pièce. Surprise, Margaret hoqueta au contact de sa main glaciale sur son bras et, malgré sa manche de chemise, fut transpercée par sa froideur. Debout, tassée sur elle-même, elle se recula de lui aussi loin que possible, incapable de répondre aux questions dont il la pressait déjà.

— Vu votre état, je suppose que Mlle Kingsley vous a déjà informée de ce qui vous attendait, cingla-t-il de sa voix mordante.

Margaret ne réagit pas, trop effrayée pour sortir ne serait-ce qu'un mot.

Elle n'aurait su dire à ce moment-là si l'homme en face d'elle la regardait ou non, à cause de sa frange noire, mais, ce qui était sûr, c'était que la haine qu'il éprouvait à son égard, autant que sa colère, était palpable. Elle ne voulait pas l'énerver plus qu'il ne l'était déjà, mais il était hors de question pour elle de dénoncer Émile à ce fou. Pourtant, il la pressa de plus en plus et elle fut sur le point de craquer.

— Maintenant, vous allez me répondre !

— Non, maintint-elle. Je ne dirai rien !

— Vous avez plutôt intérêt à me dire qui a envoyé cette lettre, menaça-t-il. Cela vaudra mieux pour vous ! Et plus tôt vous me le direz, plus tôt vous sortirez d'ici. N'est-ce pas ce que vous voulez ?

Mais elle s'obstina dans son silence et Leon s'énerva franchement :

— Cette fois, ça suffit ! Vous n'avez pas bientôt fini avec vos manières de sainte-nitouche ? Ça ne prend pas avec moi ! Maintenant, vous allez arrêter de pleurnicher comme une sotte et vous allez me répondre ! Est-ce vous qui avez envoyé cette lettre ?

Margaret secoua la tête. Leon se redressa brusquement de son siège, frappant lourdement sur la table.

— Vous commencez à m'exaspérer, mademoiselle Brown ! Répondez !

— Je n'ai rien à dire.

— Vous vous foutez de moi ?

Elle prit peur. Il n'était pas patient, elle le savait bien, mais elle ne pouvait pas risquer de se fâcher sérieusement avec Émile en lui dévoilant la vérité ; le cuisinier était bien plus important à ses yeux que lui. Aussi, elle réfuta une nouvelle fois ces accusations.

À ce moment-là, le maître se précipita sur elle. Tremblante de tous ses membres à cause de sa proximité, le pot de confiture lui glissa d'entre ses mains et se fracassa lourdement au sol, juste aux pieds du brun qui lui lança un regard on ne peut plus mauvais. Confuse, elle s'abaissa aussitôt pour essuyer, de son revers de robe, la tache qui se formait déjà sur la moquette verte. Mais elle faisait pire que mieux et les larmes vinrent alors se percher sur ces cils.

— Vous n'êtes vraiment qu'une bonne à rien, maugréa-t-il.

— Je suis désolée, monsieur, pleura-t-elle. Cela ne se reproduira plus.

— Il y en a plus qu'assez de vos excuses ! Elles ne mènent à rien. Pour qui vous prenez-vous au juste ? Vous croyez que parce que vous vous excusez, je vais vous pardonner ? Il y en a assez ! Relevez-vous maintenant, ordonna-t-il. Cela fait presque un an que vous êtes là et vous êtes toujours aussi gourde. Quoi que vous fassiez, vous cassez toujours tout.

— Je suis désolée.

— Vous êtes une maladroite stupide. Et cessez de vous excuser ! Vous ne servez absolument à rien. Vous braillez tout le temps. Vous ne cessez de renverser tout ce que vous touchez. Vous êtes la pire saloperie qui puisse exister sur Terre, incapable, ingrate et désobéissante envers votre maître !

Margaret pleura de plus belle.

— Non, je vous suis toujours obéissante.

— Ah bon ? Alors pourquoi refusez-vous de me dire qui a envoyé cette foutue lettre ? Et pourquoi refusez-vous de respecter un ordre quand je vous le donne ?

Elle ne répondit pas.

— Vous voyez, ironisa-t-il, cinglant. Vous ne me respectez pas et vous ne m'obéissez absolument pas ! Un domestique doit être à la hauteur de celui qu'il sert et agir pour sa bonne réputation. Ne vous l'a-t-on pas appris chez vous ? Ou n'est-ce pas rentré dans votre cervelle de gamine ?

— Si.

— Alors, pourquoi ne pas le faire ?

— Je le fais.

— Non, vous ne le faites pas ! De quoi avez-vous peur ? De moi ? Que je vous assassine ? Ôtez-vous ces idées de la tête, bon sang, ou je finirai sérieusement par y réfléchir ! Maintenant, dites-moi qui a écrit cette lettre pour demander de l'aide.

Margaret pleurait bruyamment à présent ; Leon était à quelques centimètres d'elle à lui imposer sa haute stature. Elle aurait voulu se terrer dans un trou minuscule.

— Je ne sais pas, gémit-elle.

— Vous persistez ? Vous vous moquez de moi ? Rassurez-moi.

— Je ne me le permettrais pas.

— Pourquoi vous obstinez-vous ? Il y a bien quelqu'un qui l'a écrite, non ? Vous êtes tous unis comme les doigts de la main, ne me faites pas croire que vous ne le savez pas.

— Et pourtant, c'est vrai, croyez-moi, je vous le jure.

— Ah non, pas de cela chez moi, vous entendez ?

Margaret renifla.

— Vous êtes donc prête à tout pour les protéger ? Votre loyauté est remarquable, mais c'est envers moi qu'elle devrait l'être !

— Qu'est-ce que cela vous apportera de savoir ?

— Une sentence irrévocable, annonça-t-il sèchement, le regard noir et implacable. Je n'ai pas besoin de personnes qui me nuisent sous prétexte qu'il se passe des choses étranges sous mon toit. J'en ai déjà parlé à la police et ils n'ont rien fait.

— Vous mentez ! s'écria-t-elle soudain.

— Quoi ?

— Vous mentez, répéta-t-elle dans un murmure. Vous mentez.

— Qu'est-ce que c'est encore que cette accusation ? M'en voulez-vous encore de vous avoir découverte avec l'autre ?

— Alvin !

— Alvin ou n'importe qui d'autre, c'est du pareil au même.

— Non !

— Non ? Mais regardez où cela vous mène ! Vous n'en seriez pas là si vous ne colportiez pas des rumeurs malveillantes à mon égard. Vous pourriez vivre dans de meilleures conditions, au lieu de suspecter tout et tout le monde ! Mais il a fallu que cet incident survienne pour que cela fasse de moi un meurtrier et pour que vous envoyiez cette maudite lettre !

— Mais je vous ai vu ! C'est à cause de vous qu'il est mort.

— Nous y voici enfin. Voilà donc pourquoi vous êtes si stupide !

— Je ne suis pas stupide. Vous nous avez vus et, pour une raison qui m'est inconnue, vous l'avez massacré devant moi. Vous n'aviez pas cette apparence, mais je suis sûre que c'était vous, cela ne pouvait être que vous.

— N'importe quoi, vous délirez et ce n'est pas ici que vous devriez être. Cela vous arrange bien de m'accuser, mais c'est vous et vous seule qui vous créez tous ces ennuis. Tout cela à cause de vos stupides sentiments !

— Je l'aimais sincèrement ! Et vous l'avez froidement assassiné !

— C'est bien ce que je dis, vous êtes stupide ! Et encore plus pour ne rien avoir vu.

— Qu'aurais-je dû voir ? Alvin était pour moi ce que vous n'aurez jamais !

— Fermez-la ! Vous ne diriez pas cela si vous saviez qui il était, avoua-t-il, dégoûté.

— Qu'importe qui il était, cela n'avait aucune importance. Je l'aimais !

— Vous l'aimiez ? Comme c'est touchant. Vraiment ? dit-il, soudain ironique, le visage à peine à quelques centimètres d'elle.

— Oui. Il était tout pour moi.

— Ah oui ? Et si je vous disais qu'Alvin… était votre frère ?

Chapitre 26

Margaret ouvrit de grands yeux ronds.

— Vous… C'est… c'est impossible, articula-t-elle avec peine, ses larmes cessant instantanément de couler. Alvin ne peut pas être mon frère.

— Pourquoi ? Parce que cela vous plairait de ne pas y croire ?

— Mon frère nous a abandonnés, mon père et moi, il y a longtemps. Il a quitté le comté. Nous ne l'avons plus jamais revu ensuite.

— Eh bien, il faut croire que si.

— Non ! s'écria-t-elle, effrayée en repensant à Alvin sous les traits de son frère. Vous mentez !

— Encore ? Cela commence à bien faire maintenant. Ouvrez donc un peu les yeux, mademoiselle Brown ! Vous forniquiez avec votre frère !

— NON ! Taisez-vous ! hurla-t-elle en se couvrant les oreilles.

— Cessez de faire l'enfant ! assena-t-il en l'attrapant brusquement, sans prêter attention à la plainte qu'elle laissa échapper à son contact.

Cela ne changera en rien ce que vous avez fait. Et peut-être comprendrez-vous alors pourquoi je me suis emporté en vous voyant dans la chambre. Pourquoi vous me dégoûtiez tant tous les deux. Et alors, peut-être, cesserez-vous enfin de me voir comme un meurtrier en envoyant je ne sais quelle plainte, tout cela parce que je vous ai surpris avec votre frère.

— Alvin n'était pas mon frère !

— Alvin Griseford n'avait d'autre identité que celle d'Angus Brown.

— Assez ! Assez ! Taisez-vous. Lâchez-moi, je ne vous crois pas.

— Pourtant, il le faudra bien.

— Vous avez fait des recherches pour me nuire. Vous ne pouvez pas connaître l'identité de mon frère. Je ne l'ai dit à personne ! Pas même à Katarina.

— Eh bien, il faut croire que je la connais, et non pas pour les raisons que vous croyez, mais tout simplement parce qu'il me l'a dit.

— Non ! Non ! hurla-t-elle à présent. Vous mentez ! VOUS MENTEZ !

Elle criait si fort que, dispersés dans le manoir, ses camarades s'alertèrent de ses cris. Leon, lui, jubilait.

— Croyez-moi ou non, trancha-t-il en sortant une petite enveloppe de son bureau. Je suis sûr que ceci vous persuadera du contraire.

Margaret leva les yeux vers lui, hésitant à prendre ce qu'il lui offrait.

— Arrêtez de vous voiler la face, reprit-il, menaçant. Et si vous refusez d'admettre la vérité, peut-être que M. Bakerley y parviendra ?

— Non !

Elle lui arracha alors l'enveloppe des mains et la lut ; Leon exultait.

Sur le papier, tracés en une écriture simple et droite, les mots « À Margaret Brown » apparaissaient. Ladite demoiselle reconnut aussitôt l'écriture de son amant. Elle retourna l'enveloppe, l'analysa, espérant que son maître se trompait, mais, lorsqu'elle la décacheta et qu'elle s'aperçut de la signature, elle se mit soudain à pleurer. Cela ne se pouvait pas. C'était impossible... impossible... Pourtant, son cœur se serra. Son expression se figea et, lorsqu'elle se mit à la lire, l'horreur la défigura. Les larmes lui montèrent aux yeux, se mirent à déferler, et sa vue se broya si bien qu'elle ne parvint bientôt plus à déchiffrer un mot sur le papier.

Elle ne parvenait pas à croire à ce qu'elle lisait. Elle ne le parvenait pas. C'était irréel ! Elle eut l'impression d'avoir une corde autour du cou. C'était un cauchemar. Un pur cauchemar ! Cela ne pouvait être autrement. Elle repensa alors aux souvenirs qui la liaient à Alvin. Des images vinrent se bousculer dans sa tête et sa douleur fut soudain si grande qu'elle vomit tout son repas dans la plante à côté.

Et son maître qui souriait ! Elle l'exécrait.

— Alors ? Me croyez-vous maintenant ? triompha-t-il en la voyant si mal.

Margaret le foudroya du regard.

— Allons, allons. Il est inutile de me regarder comme cela. Vous l'avez cherché. Et j'espère bien que cela suffira à vous remettre les idées en place ainsi qu'à ne plus déranger les policiers pour rien. Ah ! Et vous me nettoierez tout cela aussi en sortant. Vous êtes répugnante.

— Allez en enfer !

— J'y suis déjà en enfer ! rétorqua-t-il en l'attrapant soudain par le cou avant de brusquement la relâcher. Vous n'avez pas idée.

Margaret se releva doucement, la main à la gorge.

— Je vous hais !

— Pardon ? dit-il, amusé. Je n'ai pas entendu.

— Je vous hais ! hurla-t-elle. Je vous hais, je vous hais, JE VOUS HAIS !

Réjoui, Leon se rapprocha d'elle autant qu'elle tentait de s'en écarter, un étrange sourire lui déformant le visage.

— Cela tombe bien… Moi aussi.

Prise de panique, Margaret le repoussa de toutes ses forces et s'enfuit en courant. Leon, triomphant, claqua la porte derrière elle.

La maladroite se précipita dans les escaliers, la vue encore trouble et le cœur malade, n'ayant qu'une seule idée en tête : fuir ! Fuir le plus loin possible. Du maître. De tout le monde. Se terrer dans un trou à des lieux d'ici, là où personne ne pourrait la voir. Elle se sentait honteuse. Si sale.

Elle passa alors devant Katarina, qui s'arrêta aussitôt dans sa tâche pour la suivre. Mais Margaret passa sans la voir et sortit du manoir sans plus attendre, les idées confuses, sans prêter aucune attention au lieu où elle allait. Et dans sa confusion, elle fonça droit sur Émile, qui courait en sens inverse. Le regard du cuisiner était mêlé de colère et de rage, mais elle le vit brusquement changer d'expression lorsqu'il tomba sur elle, incompréhensif et inquiet. À peine s'en aperçut-elle, elle l'ignora et le repoussa ; c'était bien la dernière personne à qui elle voulait parler, il ne devait jamais savoir. Jamais. Mais Émile, malgré le regard suppliant de la jeune femme pour la laisser seule, la retint de justesse. Qu'importait le maître après tout, Margaret passait avant.

— Allez, viens là, lui dit-il tendrement.

La blonde n'eut pas la force de lutter une seconde fois et, se laissant fondre dans ses bras, elle abandonna l'idée de fuir à nouveau et se mit lourdement à pleurer. Comment avait-elle pu en arriver là ? Pourquoi n'avait-elle rien vu ? Comme cela avait-il pu se produire ? Elle n'arrivait pas à y croire. Le chagrin et la colère la submergeaient. Elle voulait disparaître ou tout détruire. Elle avait honte et elle ne pouvait se confier à personne, pas même au cuisinier qui la berçait de mots doux. Elle n'écoutait plus. La récente révélation occupait toutes ses pensées et qu'Alvin, Angus, ait pu être au courant de leur fraternité la révulsait.

La neige commença alors à tomber sur la demeure, couvrant d'un manteau blanc les domestiques restés dehors. Katarina et Octave, qui les avaient rejoints, leur apportèrent leur veste, mais n'osèrent les perturber en entendant, poignants, les sanglots de leur camarade. Aucun d'eux, pas même Émile, ne tenta de lui demander ce qu'il s'était passé avec le maître. Ils la laissèrent se calmer d'elle-même, la ramenant au manoir, au chaud, et l'installèrent confortablement dans la cuisine, où le blond lui prépara une grande tasse de chocolat chaud.

— Tiens, Margaret. Bois cela, dit-il en lui mettant la tasse dans les mains. Ça te réconfortera.

La maladroite secoua la tête. Elle avait fini par s'apaiser, mais elle restait plongée dans un profond mutisme. Aucune de leurs paroles réconfortantes ne semblait la toucher. Elle demeurait là, immobile sur sa chaise, le manteau encore recouvert de neige sur les épaules, le regard vide et perdu très loin, très loin dans ses pensées.

— Ne te laisse pas démonter par son mauvais caractère, s'essaya Katarina.

— Il n'en vaut pas la peine, ajouta Octave. Et cela ne changera rien aux faits.

— Veux-tu que j'aille lui parler ?

Mais la blonde demeura silencieuse et rien de ce que ses amis ne purent lui dire ne l'affectait, plongée dans ce que le maître lui avait avoué. Ses pensées n'avaient qu'un seul et même visage : Alvin.

— Dis, Alvin, comment me trouves-tu ?

— Hideuse.

— Mais tu ne m'as même pas regardée !

— Je n'en ai pas besoin. Tu es affreuse, horrible à voir, si bien que même Rosie paraît magnifique à côté de toi. Et arrête de pleurnicher, tu es d'autant plus laide. Je t'ai dit cent fois que tu ne m'intéressais pas. Vas-tu arrêter de me suivre maintenant ?

— Mais pourquoi ?

— Les pleurnichardes dans ton genre ne m'intéressent pas. Je les hais.

— Tu sais que tu peux être méchant, parfois.

— Je ne prétends être rien d'autre.

Ses pensées se voilèrent un peu plus et son souvenir l'emporta.

— Alors, Alvin, toujours aussi froid ?

Ledit jeune homme ne se retourna même pas, préférant s'occuper de la fontaine et des mauvaises herbes. Pourtant, avant de le quitter, Margaret remarqua son regard fixe se détourner d'elle soudainement. Elle fit aussitôt demi-tour, choisissant de l'ignorer à son tour, mais un dernier regard vers le majordome la fit changer d'avis. Elle s'approcha, sur la pointe des pieds, d'un pas amusé et joyeux.

— Que fais-tu penché là ? Me cueillerais-tu des fleurs ?

— Arrête avec cela. Tu me tapes sur les nerfs. Puisque je te dis que tu ne m'intéresses pas.

— Alors, regarde-moi.

— Certainement pas ! Si c'est encore pour me demander si tu es bien dans une tenue, c'est non.

— Pourquoi ?

— Pourquoi ? Parce que c'est comme cela. Et n'empiète pas sur mon territoire ! Je suis déjà obligé de rattraper les bourdes d'Octave, marmonna-t-il, ce n'est pas pour rattraper les tiennes en plus de cela.

Aussitôt, Margaret écrasa les arbustes à peine replantés et renversa la caisse à outils.

— Tu le fais exprès, ma parole ? enragea-t-il.

Margaret le fixa dans un air de défi.

— Et si je disais oui ?

Alvin parut aussitôt décontenancé ; et sa réaction la fit rire, parce qu'il l'avait regardée. Il y avait des mois qu'elle attendait cela ! Au moins une fois.

— Je te préviens, menaça-t-il aussi vite. Arrête tout de suite ton manège.

— Sinon quoi ?

— Sinon il se pourrait que tu regrettes amèrement de m'avoir provoqué.

Elle se mit à l'approcher, souriante.

— Bon !

— Ne joue pas à cela, Margaret, je t'aurai prévenue.

— Essaye donc pour voir.

— Ne me pousse pas à bout.

— Je ne te pousse à rien.

— Alors, ne t'approche pas.

— Je ne m'approche pas ! C'est toi qui t'approches.

— N'importe quoi.

— N'importe quoi ?

— … N'importe quoi.

Et dans un souffle, leurs lèvres s'étaient rejointes.

Margaret sentit un haut-le-cœur survenir à cette pensée, mais elle le réprima aussitôt, tentant tant bien que mal de garder contenance. Seulement au lieu de s'apaiser, il s'accentua au centuple, surtout lorsqu'elle repensa à ce qu'il s'était passé ensuite et que, plus tard, le maître les avait découverts en pleine action. Ses larmes déferlèrent de plus belle et elle crut mourir sous la douleur. Il avait toujours été au courant. Toujours.

— Vous...

Les deux domestiques restèrent comme figés, nus tous les deux face au maître.

— Je n'y crois pas ! Vous avez osé ?

C'était l'horreur complète. Un embarras total. Alvin et Margaret se séparèrent aussitôt, rouges de honte.

— Vraiment, vous l'avez fait ? s'offusqua le brun. Sous mon toit ? Dans cette chambre ? Vous êtes devenus complètement fous, ma parole ! Ne me regardez pas comme cela et relevez-vous ! Relevez-vous immédiatement. Dépêchez-vous !

Il se précipita vers eux, tirant les rideaux.

— Ce n'est pas vrai, je n'y crois pas ! Mais secouez-vous, immondices... Vous êtes écœurants !

Il s'approcha alors du lit défait d'où, tant bien que mal, se dépêtraient ses deux domestiques.

— Ce n'est pas vrai ! Mais ce qu'elle est gourde en plus, celle-là. Grouillez-vous ! Dégagez-moi le plancher, mademoiselle Brown. Si je vous vois encore dans deux minutes, je vous fais passer par la fenêtre. Et vous aussi, M. « Griseford », insista-t-il. Je croyais pourtant avoir été clair là-dessus !

Tous les deux, têtes baissées, n'avaient plus osé se regarder.

— Vous me dégoûtez ! Rhabillez-vous, bon sang ! Ou faut-il vous aider ? Vous êtes bien longs maintenant ! Et si vous n'allez pas plus vite, ce n'est plus par la fenêtre que vous passerez, mais par le haut de l'escalier et devant les autres !

Margaret s'était aussitôt éclipsée.

— *Si je vous reprends encore une fois, une seule fois, menaça-t-il. Je vous assure que je vous massacre tous les deux !*

Margaret baissa les yeux sur sa tasse de chocolat, son reflet tremblant dans le noir. Puis elle se leva brusquement, prête à vomir. Qu'avait-elle fait, grands dieux ?

Émile, Octave et Katarina accoururent.

— Margaret, ça va ?

La blonde les repoussa et se rassit en pleurant silencieusement, hurlant intérieurement.

— Nous ne pouvons pas la laisser comme cela, intervint Katarina.

— De plus, elle va attraper froid, avec son manteau couvert de neige, renchérit Octave.

— Ne veux-tu pas parler, Margaret ? Es-tu sûre ? insista la rousse.

— Je ne sais pas ce qu'a pu lui faire, cet enfoiré, maugréa Émile. Mais je jure que s'il l'a maltraitée, il aura affaire à moi. Je ne le laisserai pas faire.

— Calme-toi, Émile, ça va lui passer. En tout cas, pour l'instant, il semblerait qu'il ait oublié la visite des deux messieurs, constata Octave. Il ne nous a pas fait appeler et il est plutôt silencieux par rapport à tout à l'heure.

— Vous avez raison. C'est étrange, remarqua Katarina. Croyez-vous qu'elle se soit dénoncée... pour nous ?

— J'espère que non, miss. Je lui en voudrais d'avoir fait cela et j'irais aussitôt avouer ma faute. Ce n'est pas à elle de payer une bêtise que j'ai commise et, si tel est le cas, j'irai dire deux mots à l'autre et on verra à qui il s'en prendra.

— Non, cela ne servirait à rien, ajouta Katarina en le retenant. Pas tant que Margaret ne nous aura pas donné d'explications.

— Que fait-on en attendant ?

— Comme si rien ne s'était passé, répondit Octave. Le plus important, en premier lieu, c'est de veiller sur elle.

— Je vais aller lui chercher une couverture plus chaude, dit la rousse. Attendez-moi là.

Katarina quitta alors les cuisines et se dirigea jusqu'à sa chambre au premier étage. Elle en sortit avec son plus gros châle de laine, espérant pouvoir réconforter son amie avec un peu de chaleur. En passant ainsi, elle observa la porte du bureau de M. Hodgkin, mais cette dernière était hermétiquement close. Pendant un instant, elle voulut lui demander ce qu'il s'était passé, mais elle finit par se raviser ; Margaret n'apprécierait pas. Elle rejoignit alors ses camarades auprès de qui la maladroite était toujours assise, immobile.

Son comportement paraissait avoir légèrement évolué et c'était en esquissant de temps en temps un vague sourire à ses amis qu'elle buvait lentement son chocolat. Elle était dans un état déplorable. Ses beaux cheveux blonds étaient couverts par endroits de glace, gelant sa dorure, pourtant éclatante en temps normal, pour lui donner un aspect froid et triste. Certaines de ses mèches lui collaient au visage et l'avaient tant fouetté que des rougeurs, violacées par les gelures, apparaissaient sur ses joues. Ses yeux n'étaient pas mieux : ils étaient gonflés par les pleurs, rougis par les larmes.

Katarina se reprocha de l'avoir ainsi laissée seule avec M. Hodgkin. Elle aurait dû se dénoncer et lui éviter une confrontation qu'elle savait redoutable ; et lui, pour une fois, n'aurait pas dû s'emporter, surtout pour une broutille pareille. Elle se demandait bien ce qui pouvait lui passer par la tête parfois.

Elle s'approcha alors de son amie et lui déposa son châle sur les épaules.

— Est-ce que ça va ? lui demanda-t-elle.

La blonde réfuta.

— Désolé. C'est un peu bête comme question. As-tu besoin de quelque chose ?

— Non, articula-t-elle.

Katarina se tut et un silence gênant les enveloppa. Octave s'occupa alors à faire du thé et Émile à confectionner une tarte. Tous attendaient que Margaret leur expliquât ce qu'il s'était passé, mais, de toute évidence, elle n'en avait pas envie, et l'heure approchait où Katarina devrait servir le maître. Aussi, s'affairant à cette nouvelle tâche, elle sortit un instant.

— Monsieur ? demanda-t-elle en toquant à l'étage. C'est Mlle Kingsley. Je vous apporte votre thé.

— Entrez !

Le brun ne daigna pas la regarder. Katarina posa alors son thé sur la table du fond et se mit à le servir, l'observant comme si elle avait pu le déchiffrer. Mais il avait les yeux baissés sur sa feuille et écrivait sans même condescendre à les relever. Il semblait pris dans une étrange concentration et ne faisait attention à rien d'autre qu'à sa plume qui défilait sur le papier. Elle aurait voulu lui poser une question anodine, juste pour l'entendre, mais, finalement, elle se ravisa, jugeant préférable de ne rien dire. Leur relation s'était soudainement refroidie depuis la visite inopinée et le bon souvenir de la soirée passée ensemble à discuter semblait s'être envolé. Aussi, elle quitta son bureau sans un mot ; mieux valait en rester là.

Pendant ce temps, dans la cuisine, tout était tranquille : la blonde continuait d'être cajolée par ses amis et rien ne semblait plus les perturber. Cela, ce fut sans compter sur Meredith qui, à peine Katarina sortie, fit son entrée théâtrale, bruyante et enjouée, avec la ferme intention de savoir ce qu'il s'était dit là-haut.

— Alors, Margaret ? Remise de tes émotions ? Que t'a-t-il dit finalement ? N'as-tu rien eu ?

Mais Margaret, toujours accablée par ses souvenirs, ne répondit pas.

— Eh bien, qu'est-ce qui lui prend ? s'étonna la brune. Elle en fait une tête de déterrée. Elle va bien ?

— N'insiste pas, Meredith, lui conseilla Émile.

— Pourquoi ? Que s'est-il passé ?

Mais il l'ignora.

— C'est quoi, encore, votre manège, tous les trois ? Il t'a accusée, c'est cela ?

La blonde se redressa brutalement, surprenant tous ses camarades.

— Cela t'aurait plu, n'est-ce pas ? vociféra-t-elle. C'est que tu aurais voulu, hein ? Depuis le début, tu n'es qu'une garce !

— Quoi ? Mais qu'est-ce qu'il te prend enfin ? Pourquoi dis-tu cela ?

Meredith esquiva alors une tasse brûlante de chocolat et se recula de justesse pour la voir se fracasser contre le mur.

— Non, mais qu'est-ce qu'il t'arrive ? cria-t-elle. Es-tu devenue folle ?

— La ferme, Meredith ! La FERME !

Prise d'un accès de fureur, la blonde se précipita sur elle, attrapant un couteau de cuisine à la volée.

— Tu n'es qu'une pourriture ! Une vipère ! Une salope ! Tu me dégoûtes autant que lui !

La brune horrifiée la vit arriver sans pouvoir réagir.

— Margaret, non ! hurlèrent Émile et Octave.

Mais elle ne leur prêta pas attention et se rua sur sa camarade. Jamais ils n'avaient vu la calme Margaret dans un tel état de rage ! Et Émile se jeta juste à temps entre les deux femmes pour l'empêcher de commettre l'irréparable. Encore sous le choc, Meredith regarda le cuisinier jeter à bas l'arme et éloigner le plus loin possible d'elle la maladroite.

— Margaret, murmura-t-il. Pourquoi voulais-tu faire ça ? C'est exactement ce qu'il veut.

Incapable de réagir autrement, la jeune femme s'effondra et partit se réfugier dans sa chambre, bousculant Katarina, qui entrait à ce moment-là.

— Que s'est-il passé ?

Mais la bourgeoise n'eut besoin de réponse quand elle vit Émile ramasser un couteau et Octave se précipiter aux côtés de Meredith. Sans chercher à comprendre davantage, elle rejoignit aussitôt la fuyarde.

— Margaret ! Margaret, attends-moi !

La porte se referma à son nez, la blonde à l'intérieur, sans qu'elle puisse l'ouvrir.

— Margaret ! l'appela-t-elle. Margaret, réponds-moi.

Mais mis à part les pleurs de cette dernière, elle n'entendit rien d'autre.

— Margaret, je t'en prie. Ne reste pas seule dans ces moments-là. Tu peux me faire confiance, tu le sais. Alors, ouvre-moi.

Mais elle eut beau user de tous les stratagèmes, son amie ne lui ouvrit pas.

— Laisse-moi tranquille, Katarina ! Laissez-moi tous !

— Non, pas tant que tu ne m'auras pas dit ce qu'il s'est passé. Le maître t'a-t-il accusée ?

— Laisse-moi ! Va-t'en !

— Non.

— Je t'en prie, Katarina. Cela n'a rien à voir avec ce qu'il s'est passé aujourd'hui.

— Est-ce vrai ? Ou dis-tu cela pour que je m'en aille ?

— Katarina...

— Il a bien dû se produire quelque chose pour que tu sois dans un état pareil. Ne souhaites-tu pas en parler ?

— Non ! Fiche-moi la paix.

— Mais enfin, Margaret, laisse-moi t'aider.

Mais elle n'eut plus de réponse ce jour-là ni les suivants : Margaret ne vint pas lui ouvrir.

Chapitre 27

Depuis la venue des étrangers, la tension au manoir était palpable et l'ambiance avait irrémédiablement changé. Tous se fâchaient, se jetaient à la figure des méchancetés gratuites, et ne se parlaient plus ensuite que pour les obligations de leur métier. Si Katarina n'avait pas connu ses camarades, elle aurait pu dire qu'ils agissaient tous comme des enfants, elle comprise, mais elle sentait bien que le problème était plus sérieux et qu'il ne se résoudrait pas aussi facilement que les précédents. La crainte planait au-dessus d'eux depuis la mort de Rosie et, tant que le fin mot de l'histoire ne serait pas trouvé, leur âme ne serait jamais soulagée.

L'arrivée de l'hiver n'arrangeait en rien les choses et le mauvais temps n'avait pas une bonne influence sur leurs esprits secoués. Les jours heureux semblaient loin derrière eux. L'atmosphère s'était refroidie d'un seul coup et il semblait inutile de penser à fêter Noël. Katarina s'en rendit bien compte : personne n'en parlait. Quel triste hiver tout de même et qu'aurait-elle donné pour égayer un peu le manoir ! Mais rien n'y faisait et rien ne changeait. Margaret restait enfermée dans sa chambre depuis l'incident avec le maître, et n'admettait personne auprès d'elle. Meredith était fâchée, et même Gerard à présent ! Émile en voulait à tout le monde et Octave ne savait plus comment parler, ni à l'un ni à l'autre. Quant au maître, il ne semblait pas s'en préoccuper, continuant son travail sans sourciller.

La rousse en avait assez de cette ambiance, aussi, elle réfléchissait au moyen de remédier à la situation, s'inquiétant toujours pour son amie et sur le mal qui la troublait tellement qu'elle refusait d'en parler. Il fallait que ce soit bien grave, car même manger, elle ne le faisait plus. Katarina s'alarmait sur son état de santé. Elle avait bien tenté d'apporter quelque chose à la maladroite, mais le plat était toujours resté au même endroit ; et il en allait de même de ceux apportés par Émile et Octave : ils n'avaient pas bougé.

Il était près de onze heures ce jour-là. La lune avait atteint son zénith et illuminait doucement les sombres coins du manoir. Il faisait froid à l'intérieur et les faibles flammes de la cheminée réchauffaient à peine la pièce, bien que Katarina se trouvât aux cuisines. Mais les fourneaux avaient été éteints depuis trop longtemps pour fournir encore quelque brin de chaleur ; aussi, elle se pressa de terminer le nettoyage de la vaisselle pour espérer gagner au plus tôt sa chambre et le réconfort de sa couette.

Ses compagnons devaient tous être endormis à présent et Katarina profita de ce moment où ils lui avaient laissé terminer leurs tâches pour vagabonder une dernière fois dans ses pensées, avant de coucher. Elle les ressassait en boucle, surtout depuis les événements de ces derniers jours. Elle ne savait pas pourquoi elle agissait ainsi, mais elle ressentait toujours le besoin d'analyser ce qu'il lui arrivait, comme si cela pouvait l'aider à agir en conséquence. Elle remontait toujours plus loin, parfois confusément, mais revenait toujours à la mort de Rosie ou à la venue inattendue des messieurs. Ce soir-là, elle pensait encore à eux, aux conséquences qu'ils avaient engendrées : de la sortie de son amie du bureau de M. Hodgkin, à sa propre sortie, en passant par la présence du brun dans le hall à… Elle s'arrêta tout à coup. La conversation avec Émile à propos des bouteilles de vin : elle l'avait complètement oubliée ! Aussitôt prise d'une illumination, elle lâcha le torchon. C'était le moment ou jamais de les replacer. Personne n'était debout à part elle et, mis à part le fantôme dont elle ne subissait plus la présence depuis la dernière fois qu'elle l'avait vu, rien ne lui faisait peur.

Abandonnant sa première activité, Katarina arpenta les étroits couloirs de l'aile ouest, prenant soin de ne pas faire de bruit, puis ouvrit délicatement la pièce à hublot. Le vin était toujours à la même place. Ni une ni deux, elle déposa les bouteilles dans un panier qu'elle avait préalablement couvert de linges, et les y plaça une à une pour qu'elles ne fassent pas de bruit durant le transport. Son stratagème fonctionna parfaitement, puisqu'elle atteignit le hall sans problème. De là, elle se dirigea vers une petite porte qui se fondait dans le décor et dont les plantes sur les côtés cachaient même jusqu'à l'existence. Pour les non-initiés, elle demeurait invisible, mais pour la rousse qui habitait là depuis plusieurs mois, son emplacement était évident. Elle l'ouvrit cependant discrètement, jetant un coup d'œil furtif autour d'elle pour être sûre de ne pas être vue, puis descendit pas à pas le long de l'escalier en colimaçon qui serpentait ainsi jusqu'aux sous-sols. Au bout du chemin, deux allées se dessinaient : l'une menant à angle droit sur la droite, l'autre de la même manière à gauche. Ce fut la seconde que la bourgeoise emprunta, s'enfonçant ainsi jusqu'à la cave à vin dans le fond.

Le couloir était étroit et le plafond fort bas. Aussi, bien qu'elle ne fût pas très grande, la cadette Kingsley dut baisser un peu la tête au risque de se prendre dans les toiles d'araignées ou de déraper sur le sol de pierre irrégulier. Enfin, elle atteignit une porte en bois de chêne qu'elle ouvrit sans plus tarder, s'engouffrant dans la pièce. Ce qu'elle trouva là l'impressionna : des dizaines d'étagères, remplies de bouteilles poussiéreuses et vieillies par le temps, couvraient les murs. La collection était incroyable et Katarina se demandait vraiment si M. Hodgkin ne remarquerait rien. Préférant ne pas y penser, elle se hâta de replacer les fugitives à leurs places, avant celles de 1725 et 1815. Émile avait raison : une multitude de vins d'époques anciennes était rangée là, certaines recouvrant tout le dix-huitième ! Elles devaient valoir une fortune. Heureusement qu'il n'avait pas eu le temps de les vider, ils se seraient tous fait renvoyer.

La jeune femme replaça alors la dernière sous son étiquette et soupira enfin d'aise quand, tout à coup, les flammes de son chandelier vacillèrent. Elle fronça les sourcils et, inquiète, s'empressa de faire demi-tour. Mais dans la pénombre du lieu, une nouvelle angoisse surgit et elle crut voir au bout du couloir d'autres flammes se balancer, seules. Prise de panique, elle remonta au rez-de-chaussée et ferma précipitamment la porte derrière elle. Pourtant, elle ne fut pas plutôt remontée qu'elle fut saisie par l'épaule. Un hoquet de surprise lui échappa : une ombre difforme se tenait derrière elle.

— Chut, Katarina ! Ne t'inquiète pas, c'est moi, Margaret.

La jeune femme soupira aussitôt et la blonde laissa entrevoir son visage, à la lueur blafarde de son bougeoir.

— Quelle idée as-tu, Margaret, de me faire une peur pareille ? J'ai cru que..., hésita-t-elle en jetant un œil sur la porte de cave. Enfin, peu importe. Que fais-tu ici dans cet accoutrement ? Ne dormais-tu pas ?

La blonde resserra son étreinte sur les draps enroulés autour d'elle jusque sur sa tête, et scruta les environs, laissant à peine entrevoir son visage creusé et souillé par les pleurs. Elle semblait avoir vieilli de plusieurs années et, tout à coup, Katarina prit peur : sa main posée sur son bras était toute maigre.

— Non, je ne dormais pas, lui répondit-elle enfin, ne cessant de regarder frénétiquement autour d'elle. Mais je dois te parler.

Katarina se surprit à l'imiter et observa les alentours.

— Très bien. Allons dans ma chambre, je ne veux pas rester ici. Nous y serons plus tranquilles.

— C'est urgent, Katarina.

La rousse s'inquiéta.

— Est-ce à propos de la dernière fois ?

— Oui. Il n'y a qu'à toi que je puisse en parler.

— D'accord, mais nous ne pouvons pas rester ici, insista-t-elle en observant, angoissée, la porte qui menait aux caves. Je ne suis pas rassurée. Quelqu'un pourrait nous entendre. Viens.

Katarina emmena alors la blonde à l'étage qui, effrayée et hagarde, scrutait le manoir comme si quelque chose allait surgir dans l'obscurité. Elle chancelait sous ses couvertures, si bien que la rousse dut l'aider plusieurs fois à gravir les marches. Et alors qu'elle allait enfin ouvrir sa porte, son amie l'arrêta.

— Qu'y a-t-il, Margaret ?

— Je ne peux pas, trembla-t-elle comme sur le point de s'effondrer. Je ne peux pas.

— Quoi donc ?

— Cette chambre… Je t'en prie, ne m'y emmène pas, gémit-elle égarée.

Katarina fronça les sourcils avant de se rappeler que Margaret avait toujours refusé d'entrer dans cette pièce. Elle s'apprêta alors à la rassurer lorsque sa camarade l'interrompit tout aussitôt, lui enfonçant les ongles dans son bras, les yeux exorbités :

— As-tu entendu ? frémit-elle.

— Non. Qu'aurais-je dû entendre ? demanda Katarina, prudente.

— Là... quelque chose.

La blonde frissonnait violemment maintenant, prise de spasmes inquiétants, et de la voir ainsi si incohérente donna à la rousse l'envie de pleurer.

— Est-ce que tout va bien, Margaret ?

— Quoi ? Oui, il faut que je te dise quelque chose.

— Très bien, admit-elle, de plus en plus décontenancée. Dis-moi ce que tu dois me dire.

Mais à ce moment-là, un bruit de verrou retentit derrière elles et les paralysa.

— Qu'est-ce que c'était ?

— As-tu entendu cette fois ?

Katarina laissa flotter la question et scruta les ténèbres. Ce n'était pas normal qu'il fasse si noir. N'y avait-il jamais aucune lumière ici ? Elle recula alors de sa chambre, mais son amie la fit avancer.

— Qu'est-ce qu'il se passe ? Qu'est-ce qu'il t'arrive, Margaret ? l'interrogea-t-elle de plus en plus inquiète. Il y a un instant, tu ne voulais pas...

— Chut ! Écoute.

Margaret ouvrit de grands yeux, ne bougeant plus que pour respirer. Et la rousse commença sérieusement à paniquer, terrifiée, ainsi dans le noir, à l'idée de revoir le fantôme.

— Margaret, je ne sais pas ce qu'il se passe, mais tu devrais rentrer, l'invita-t-elle à la suivre. Tu me fais peur à regarder comme cela partout. Tu n'as pas idée de ce que j'ai vu... Margaret, m'entends-tu ?

— Quoi ? Oui, oui, bien sûr. Je dois te dire quelque chose, reprit-elle, calme à nouveau. C'est très important. Et il faut que tu me promettes que tu ne le diras à…

Sa phrase tomba dans le vide. Au moment même où elle allait entrer dans la chambre, l'horreur la foudroya. Katarina eut un mauvais pressentiment et, prise d'une vive angoisse en sentant un froid s'engouffrer en elle, suivit le regard horrifié de son amie. Son cœur rata un battement. Ses yeux s'ouvrirent en grand. Et, pétrifiée, son sang coagula. Deux croix rouges flottaient au-dessus de son lit. Deux croix rouges les fixaient ; un regard neutre, immobile, sur une ombre plus noire que la nuit.

Sans réellement comprendre comment, Katarina poussa aussitôt la blonde à l'extérieur et bloqua la porte derrière elles. Elle l'emmena aussitôt loin de là, sans vraiment savoir où exactement ni pourquoi. Une seule question lui brûlait les lèvres.

— Qu'est-ce que c'était ? articula-t-elle enfin.

Mais le visage livide de la blonde ne lui fournit aucune réponse, terrorisée par ses uniques pensées, et Katarina comprit d'elle-même, glacée à cette idée :

— Est-ce… l'assassin ?

Margaret tourna vers elle un regard tétanisé. Horrifiée, Katarina saisit aussitôt la gravité de la situation et, avec un étonnant sang-froid, prit le contrôle de la situation. Elle tira alors son amie et courut aussitôt à travers le couloir chercher de l'aide vers la chambre du maître. Mais Margaret, haletante, l'arrêta soudain :

— Non… je t'en prie… pas lui ! la supplia-t-elle.

Mais Katarina ne l'écouta pas et se saisit de la poignée de chambre. Mais elle eût beau forcer, elle ne s'ouvrit pas.

— Ce n'est pas vrai ! Pourquoi s'enferme-t-il ?

Elle chercha les clés, mais Margaret la tira vers elle.

— Laisse tomber, Katarina, dit-elle, paniquée en regardant partout autour d'elle. Il faut s'enfuir.

La rousse abandonna alors l'idée d'ouvrir la chambre du brun et se précipita vers les escaliers. Mais l'ombre avait ouvert la porte de sa chambre et les avait surprises. Paniquées, les deux femmes firent le tour de la rambarde. Elles ne savaient pas quoi faire pour s'en sortir. Les yeux se balançaient devant elles, se rapprochant inexorablement dans une marche lente et langoureuse, sans aucun autre bruit que leurs respirations haletantes. Margaret tremblait de plus en plus, incapable d'en faire davantage. Elle se cramponnait à la rousse comme à une bouée de sauvetage. Katarina eut conscience de ce qu'elle lui demandait, mais ce que Margaret ne semblait pas voir, c'était qu'elle avait tout autant peur qu'elle. Elle avait déjà vu ces rubis une fois et maintenant qu'elle s'en souvenait, qu'elle les voyait nettement, elle ne put plus douter de leur véritable apparition la fois précédente. Elle se sentit soudain très mal et l'histoire que lui avaient racontée ses amis lui revint en mémoire avec plus de netteté et de vraisemblance que jamais. Elle sentait que, si elle ne faisait rien, un malheur allait arriver.

Prise d'un soudain élan d'ingéniosité, elle emmena alors Margaret et souffla la bougie. Le noir fut complet. Elles ne voyaient certes plus rien, mais Katarina espérait bien que ce fût également le cas pour l'ombre derrière elle. Elle ouvrit alors une porte à la dérobée et la referma aussitôt. Peut-être que le fantôme, derrière elles, croirait-il qu'elles s'y étaient réfugiées ? Elles se tapirent alors dans un coin sombre, près de la bibliothèque, et attendirent de voir ce qu'il en serait, se retenant même de respirer, plutôt que de risquer à s'enfuir et faire plus de bruit. Elles voyaient les rubis voler doucement ; ils regardaient en tous sens, dans une langueur effrayante.

Margaret trembla violemment à côté d'elle. Katarina, elle, s'efforçait de ne pas les trahir. L'ombre avançait toujours, lentement, comme portée par le vent. Puis soudain, elle s'arrêta. Le temps s'était figé. Les deux femmes se raidirent, les sens en alerte. La forme observait un point fixe devant elle. C'était elle ! Katarina en était persuadée : c'était elle qu'elle observait, car elle sentit son regard s'immobiliser sur le sien. Prise d'une vive crainte, elle ferma les yeux. Elle espérait bien que c'était la solution.

— Pourvu que cela fonctionne, pensait-elle. Pourvu que cela fonctionne.

Elle rouvrit les yeux. Une porte avait claqué. Les rubis avaient disparu.

Soulagées, un bref instant, les deux femmes ne devaient pourtant pas s'attarder. La rousse fit donc signe à la blonde de la suivre, mais la maladroite tomba et Katarina dut précipitamment la relever. Elle jeta alors un coup d'œil furtif à l'endroit où les yeux avaient disparu. Ils ne réapparaissaient pas. Rapidement, elle remit alors son amie debout et la fit suivre. Il fallait partir avant que l'autre ne découvrît la supercherie.

Elles descendirent donc, à la hâte, l'escalier qu'elles n'avaient jamais trouvé aussi bruyant qu'en cette nuit-là et arrivèrent sans encombre au rez-de-chaussée. Rien ne se trouvait derrière elles. Pourtant, leur rythme cardiaque était anormalement élevé et, après cet acte de courage, Katarina sentit ses jambes se dérober sous elle. Il ne fallait pas abandonner. Il ne fallait pas abandonner, se répétait-elle. Elle se devait d'être forte, pour elle et pour Margaret. Elle chercha alors son amie, mais elle n'en eut pas longtemps besoin lorsqu'elle la sentit s'agripper à elle comme une déraisonnée.

— Il nous faut nous enfuir ! murmura-t-elle à la blonde.

— Pas sans Émile et Octave.

— Gerard et Meredith.

N'osant guère prononcer plus de paroles, elles se dirigèrent sans tarder vers l'aile ouest du manoir. L'obscurité rendait invisible la porte. Heureusement, elles connaissaient suffisamment les lieux pour se repérer. Elles l'ouvrirent alors à la volée, apeurées à l'idée de découvrir une nouvelle fois les rubis devant elles. Mais au moment où elles le firent, elles en entendirent une autre se refermer à l'étage : les yeux étaient réapparus.

Sans plus attendre, elles coururent le long du couloir sombre, ouvrant à la dérobée les portes de chambres. Leurs camarades se réveillèrent en trombe, mais elles n'attendirent pas plus longtemps, car l'ombre arrivait maintenant en courant. Elles se faufilèrent alors dans le corridor, contournèrent à gauche, et se précipitèrent vers la porte de l'arrière-cour. Elles étaient désespérément seules. Personne n'arrivait pour leur porter secours et elles étaient trop loin d'un village pour espérer être entendues. Et le maître qui ne se réveillait pas !

Katarina et Margaret étaient en panique totale. Le monstre était sur leurs talons, volant précipitamment vers elles, le froissement de sa cape tonnant au vent. Un courant glacial fouetta leurs visages et elles s'affolèrent. Elles étaient pourtant dans la maison ! Elles ne distinguaient pas à un centimètre devant elles. Tout était noir. Elles n'avaient même plus la notion de sol et de plafond, de murs et de couloirs. Tout était pareil. Rien n'était identique. Le cœur battant à tout rompre, aveuglée par l'obscurité, elles coururent à en perdre haleine. L'autre s'approchait dangereusement et elles sentaient que, si elles ralentissaient, si elles se retournaient, tout serait terminé. Pourtant, la distance se réduisit peu à peu. Elles étaient prises dans un terrible tunnel sans fin, sans aucune autre issue, ne distinguant plus rien, pas même une porte. Le couloir semblait interminable et leur fuite dura plus longtemps qu'il n'y avait d'espace. Puis tout à coup, sans savoir comment, elles se retrouvèrent dehors, brusquement illuminées par la blancheur de la neige. Saisies, elles observèrent les alentours à l'affût du moindre signe.

Tout était calme. La brise était légère et froide, mais l'atmosphère était moins lugubre qu'à l'intérieur. Elles s'arrêtèrent alors un instant, écoutant le silence nocturne. Il n'y avait rien. Pourtant, Katarina ne prit pas le risque d'attendre bien sagement que le monstre revînt et, avec ce qu'il lui restait encore de sang-froid, elle conduisit Margaret jusqu'aux écuries.

— On ne va pas attendre qu'il arrive, lui dit-elle en sellant un cheval. On s'en va. Les autres nous rejoindront.

— Les autres ?

— Il nous a poursuivies. Pas eux.

La blonde sembla défaillir.

— Vas-tu tenir le coup, Margaret ?

Elle sentit alors l'étreinte affolée de son amie se resserrer autour de son poignet. À côté d'elle, les yeux grands écarquillés, elle peinait à reprendre son souffle. Sa respiration était saccadée et ses poumons produisaient un étrange sifflement. Katarina lui retira sa cape.

— Ne me dis pas que tu ne te sens pas bien, Margaret. On n'a pas le temps ! Margaret ?

— Kat…, essaya-t-elle de formuler. C'est moi…

— Assieds-toi, l'aida-t-elle en scrutant les alentours, terrorisée.

— Je dois… absolument…

Sa voix s'était transformée, voilée.

— Il faut que je te dise…

Mais sa respiration était de plus en plus aiguë et chaque bouffée d'air lui lacérait les poumons.

— Calme-toi, Margaret. Respire.

La pauvre se battait contre elle-même, à la recherche du moindre oxygène. Elle sentait sa tête tourner, la peur l'empoisonner.

— Kat..., pleurait-elle.

— Chut, ne parle pas, lui intima-t-elle, déchirée de la voir ainsi. Respire. Je prends un cheval et je t'emmène loin d'ici.

— Non... écoute-moi.

Mais Katarina prépara le cheval.

— Tu n'es pas bien, Margaret et nous n'avons pas le temps. Calme-toi. Calme-toi, bon sang ! Tu me parleras quand tout cela sera fini.

— Sous une planche... tu verras... le maître a...

— Ne parle pas comme si tu allais mourir, lui reprocha Katarina, se mettant elle aussi à pleurer.

— Katarina, je t'en supplie, écoute... C'est Alvin... Il a su...

Mais elle s'arrêta soudain, terrorisée. La rousse fit aussitôt volte-face et, paralysée, ne bougea plus. L'ombre se tenait devant elles. Grande d'au moins deux mètres, elle les domina soudain, haute et menaçante, en une masse noire immense et terrifiante que l'aspect glacial de la lune derrière elle rendait encore plus sombre et irréelle. Katarina, tétanisée par cette vision d'horreur, trembla à son tour lorsque, tout à coup, la lumière passa devant ses yeux.

La Mort. C'était... la Mort !

Horrifiée, Katarina recula sur le sol gelé et tomba à côté de Margaret. Sa pauvre amie respirait de mal en pis, se grattant irrésistiblement sa gorge qui commençait à saigner. Elle était horrifiée, convulsée, secouée par la peur. L'ombre jeta sur elles un terrible regard et soudain, rejetant sa cape, dévoila son arme. La blonde enfonça ses ongles de plus belle, les yeux exorbités, et Katarina, immobile, demeura impuissante, glacée. Prise de spasmes, la maladroite se tordit nerveusement et la rousse se tourna vers elle, alarmée. Mais elle ne vit pas l'ombre derrière elle qui allait s'abattre et Margaret, dans un ultime effort, repoussa la rousse loin d'elle.

— KATARINA !

L'ombre s'abattit. Katarina bascula et ne put réagir. Un cri fendit l'air. Son sang se glaça. Il n'y eut aucune lutte. Aucune chance. La blonde ne bougeait plus.

Horrifiée, Katarina ne réagit plus, écoutant les palpitations de son cœur fouetter sa poitrine, les déchirements de chairs devant elle entaillaient son âme et le sang se répandait autour d'elle, dans la neige, dans le foin, dans les écuries malpropres où les outils avaient tous des airs de faucheurs. Alors, ses lèvres se mirent à frémir, bleutées ; ses dents à claquer, secouées ; et son teint de poupée à se métamorphoser, livide, malade, souillé par ce que son amie était, par ce que son amie devenait.

Un poids tordit son estomac. Elle ne fuit plus. Toutes ses pensées l'avaient quittée. Son sang-froid l'avait abandonnée. Elle était absente de son propre corps, à peine consciente de ce qu'il se passait et se révélait à elle. Le froid l'envahissait. L'atmosphère devenait âcre. Pestilentielle. Et elle fut soudain prise d'un haut-le-cœur en sentant cette odeur mélangée à celle des foins. L'autre continuait de s'amuser avec le cadavre de Margaret, arrachant ses cheveux, déchirant sa peau, en riant d'une voix grave, macabre, d'une voix d'un autre monde, partout et nulle part à la fois, tentante et repoussante. Une voix d'outre-tombe.

Katarina eut de plus en plus de mal à se contenir, surtout lorsqu'un morceau de son amie vint se poser sur elle. Elle n'osa penser à ce que c'était ni à le toucher, trop écœurée de sentir la masse visqueuse sur ses genoux. Ce fut le coup de trop et, d'un seul coup, elle vomit tout son mal.

Le monstre sembla alors se souvenir d'elle et, son méfait accompli, s'approcha lentement. Katarina chancela, paralysée, se sentant écrasée sous l'horrible vision qui s'agenouillait près d'elle. Ce fut à ce moment-là qu'elle aperçut alors réellement de quoi était fait le visage de l'assassin et, terrorisée, respirant la mort dans les écuries poisseuses, elle se crispa. Il avait le crâne fendu, en état de décomposition arrêtée, la mâchoire squelettique à peine retenue par quelques filets de nerfs et des orbites… Oh, des orbites ! Vides, sombres, noires et funèbres alors que les croix rubis brillaient dans leur fond, vivantes et absentes à la fois.

Katarina se recula vivement face à ce masque de mort, mais, plus elle reculait, plus il s'approchait. Et bientôt, le mur l'empêcha d'aller plus loin. Elle ne pouvait plus fuir. Elle était totalement prise au piège. Criant de frayeur, elle le regarda, paniquée, revoyant soudain défiler sa vie, soumise à toutes les émotions qu'elle avait ressenties jusqu'à présent. Un froid glacial l'enserra. Elle sentit le monstre se pencher sur elle. Elle ne pouvait pas voir cela. Elle allait disparaître sans avoir vécu, avec tous ses regrets, ses disputes, ses fautes et avec, brutalement, un amer remords pour le fils de La Courtepiert. Alors, elle pria le Ciel de l'épargner. Elle ferait tous les efforts consentis à son rang, tout ce qu'on voudrait d'elle, plutôt que de mourir ce jour-là. Elle ne voulait pas mourir.

Au lieu de cela, elle sentit un coup de vent. Puis plus rien. Elle rouvrit les yeux. Le monstre était toujours là, mais l'organe sur ses genoux avait disparu. Sa joue la piqua soudainement douloureusement. Elle y porta sa main et du pourpre glissa sur ses doigts. L'ombre se tourna alors vers elle et la fixa de ses orbites vides sans ciller. Elle la regardait et Katarina ne comprit pas ce qu'elle attendait. Que faisait-elle ? Un bruit de porte qu'on ouvrait à la dérobée retentit alors brusquement et des voix s'élevèrent haut dans la nuit :

— Katarina ! Margaret !

L'ombre se plaignit alors dans un grognement animal grave. Katarina se tourna vers les voix de ses camarades. Du secours, enfin !

Elle avait pensé ne jamais les revoir. Un vent d'espoir s'engouffra alors dans ses veines et, lorsqu'elle se retourna, le monstre n'était plus là.

— Katarina, que s'est-il passé ? s'empressèrent ses camarades auprès d'elle. Vous allez bien ?

— Où est Margaret ? s'inquiéta Émile.

Katarina releva aussitôt la tête vers lui, le visage couvert de sang, et pétrifiée par la peur. Les larmes coulèrent aussitôt de plus belle, sans même qu'elle s'aperçût qu'elles avaient commencé. Émile recula, terrorisé.

— Non… non, souffla-t-il subitement. Je refuse… Elle n'est pas… Elle n'est pas…

Mais soudain, il bascula en arrière et trébucha sur un monticule de terre. Katarina, Octave et Meredith reçurent alors une substance âcre et chaude sur le visage. Émile se redressa aussitôt et ses yeux se figèrent d'effroi. Le corps de Margaret gisait là, sans vie, sur la terre crasseuse des écuries, au milieu des bottes de foin, déchiquetée, méconnaissable.

Le visage du cuisinier se métamorphosa horriblement.

— Non, non, non, articula-t-il avec peine, les lèvres tremblantes, le visage décomposé. Ce n'est pas possible. Pas possible.

Katarina l'observa se pencher à terre près de son amie et se mit violemment à pleurer. Margaret ne ressemblait plus à rien. Elle était méconnaissable. Déformée. Elle n'avait plus d'yeux. Sa mâchoire était déboîtée. Ses cheveux étaient arrachés. Son corps était ouvert et répandait encore son sang autour d'elle, laissant entrevoir une cage thoracique déchirée, un cœur arraché, et un Émile brisé. La rousse replongea aussitôt dans le cauchemar et s'effondra, tétanisée par ce qu'il venait de se produire.

Octave s'agenouilla à côté d'elle et la soutint dans ses bras, bouleversé lui-même devant le cadavre. Meredith, elle, secouée de tremblements incontrôlés et brusques, sembla sur le point de défaillir quand Émile, pris d'un soudain élan d'affection, enlaça le cadavre. Il s'agrippa fermement au corps difforme de celle pour qui il avait tant d'affection, la serrant dans ses bras démesurément, pleurant, hurlant à en perdre les cordes vocales, une perte qu'il ne réalisait que trop. Gerard et M. Hodgkin arrivèrent au même moment, sortant à peine du lit, alertés à leur tour. Ils n'eurent pas besoin de demander ce qu'il se passait lorsqu'ils virent leur entourage et le cuisinier pleurer, le corps sans vie de la blonde serré contre lui.

Aussitôt, l'homme de ménage se précipita vers Meredith, mais elle le repoussa à l'instant même où elle recracha tripes et boyaux. Leon, lui, observa la scène sans savoir quoi faire. Il regarda tour à tour ses domestiques en état de choc, mais ce fut sur le teint livide de la rousse, marqué par la peur, qu'il s'attarda. Elle osait à peine bouger. Son habituel sang-froid s'était envolé et elle pleurait sur l'épaule du jardinier. Il fit un pas vers eux, mais brusquement s'arrêta lorsque, saisi par la voix cassée par la détresse de son cuisinier, il le vit remuer.

— Je vais le tuer ! Je vais le tuer, le salop ! Oh, Margaret ! cria-t-il, passant des larmes à la rage. Pourquoi ? Pourquoi ? Espèce d'enfoiré ! s'adressa-t-il soudain au brun. Tu me l'as prise. Pourquoi ? Pourquoi, hein ! POURQUOI ?

— Vous ne devriez pas rester là, monsieur Bakerley, lui conseilla alors le maître.

— Ah oui ? dit-il en lui lançant un regard fou. Et c'est vous qui me dites ça ?

— Allons, calmez-vous. Il ne sert à rien de s'énerver maintenant.

— Vous vous foutez de ma gueule ?

— Je vous demande pardon ? rétorqua Leon, cinglant.

Émile se jeta alors sur lui et le frappa sans retenue de violents coups, l'accusant de tous les maux.

— Vous l'avez assassinée ! Massacrée ! pleura-t-il avec une rage de dément. Regardez dans quel état elle est à cause de vous ! Ma belle Margaret… Et vous me dites de me calmer ? Salopard ! Enflure ! Assassin ! Crève ! Mais crève !

— Vous divaguez, bon sang ! Monsieur Bakerley, reprenez-vous !

— Jamais ! JAMAIS ! Vous m'entendez ? Pas tant que vous serez là. Je vous jure que j'aurai votre peau.

Sa force se décupla alors et la violence fut si terrible que tous observèrent la scène avec effroi, pleurant, criant, le suppliant de s'arrêter, assaillis par le chagrin, la colère et l'horreur de tout ce qu'il venait de se produire. Mais personne n'osa réagir, bien trop choqué par ce qu'il se passait, et seul Gerard eut la présence d'esprit d'intervenir avant que tout cela n'allât trop loin. Il s'interposa alors entre les deux hommes et, après s'être pris un terrible coup dans le ventre, réussit enfin à bloquer le blond qui n'avait qu'une hâte, réitérer son geste.

— Lâche-moi ! hurla-t-il en se débattant furieusement. Lâche-moi, Gerard ! Je veux lui faire la peau. Il l'a massacrée !

— Elle est morte, Émile ! Morte ! Cela ne sert plus à rien.

— Non ! Non ! Non ! Lâche-moi ! Lâche-moi, je te dis !

Mais en se voyant éloigné ainsi du corps de Margaret, son chagrin surpassa sa colère.

— Laisse-moi, je t'en prie… Margaret ! Margaret, appela-t-il vainement entre deux plaintes. Je t'en prie, reviens.

Mais l'homme de ménage ne se laissa pas dérober et emmena son camarade de force au manoir. Les supplications d'Émile leur parvinrent encore, toutes plus déchirantes les unes que les autres, et ils s'effondrèrent de plus belle. Katarina ne s'arrêtait plus ; dire qu'il n'y avait pas un instant, elle lui parlait encore.

Leon s'approcha alors des domestiques restants. Ils le regardèrent passer sans rien dire, assommés, le visage rongé par les pleurs. Le jardinier pâlit de le voir près de lui, l'ombre de son maître le dominant soudain de toute sa hauteur, lui qui, recroquevillé, tenait encore la rousse dans les bras. Il avait le visage aussi malade que les autres, mais il tenta de lui faire face, haineux.

— Vous devriez rentrer, monsieur Crooks, dit seulement le brun. Il ne sert à rien de rester ici.

Mais Octave ne bougea pas, défiant son maître du regard, plein de colère et de tristesse. Katarina, elle, se détourna, enfonçant son visage dans le cou de son ami pour se cacher. Leon serra les poings.

— Je vous en prie, monsieur Crooks, au moins pour Mlle Kingsley.

Octave se tourna alors vers la rousse qui se détournait toujours de la scène, puis se tourna à nouveau vers son maître, avant de finalement se lever, aidant la jeune femme à se remettre sur ses pieds. Il n'avait ni le courage de Katarina ni l'audace d'Émile pour lui tenir tête plus longtemps. Cependant, avant de partir, il osa demander, la voix étranglée :

— Qu'allez-vous faire de… de Margaret ?

Leon lui répondit simplement :

— Ce qu'il faut pour la rendre à ses parents.

Jetant un dernier regard sur le cadavre gisant, Octave acquiesça, impuissant, et emmena Katarina à l'intérieur du manoir, toute tremblante et terrorisée qu'elle était. Il ne restait plus que Meredith à présent. Mais le maître l'ignora et s'approcha du cadavre auprès duquel, d'un pas las et traînant, il s'accroupit. La brune continuait de le fixer.

— Allez-vous encore rester longtemps, mademoiselle Vaughan ? soupira-t-il d'un ton monotone. Où dois-je vous faire partir ? Je crois que vous ne pouvez plus rien faire pour elle.

Mais les yeux rivés sur lui, elle n'entendit pas son appel. Non, décidément, elle ne pouvait plus le voir autrement.

Voyant qu'elle ne bougeait pas, Leon reprit alors, quelque peu agacé :

— Allez-vous partir, oui ou non ? À moins que vous ne vouliez m'aider ? Mais je doute que vous soigniez les morts, mademoiselle Vaughan, n'est-ce pas ?

Les yeux écarquillés de surprise, Meredith nia précipitamment et s'empressa de quitter le lieu. Ainsi, il était croque-mort.

Seul à présent, Leon fit face à sa servante laissée sans vie. Elle était dans un état déplorable. Il allait lui être difficile de maintenir ce rythme, il le savait bien, il éprouvait de plus en plus de difficultés, et non des moindres, surtout lorsque la rousse était concernée. Mais que pouvait-il faire ?

Il replaça alors dans la cage déchiquetée de sa servante, un des organes vitaux qui traînaient un peu plus loin, et regarda la lune voilée par de nombreux nuages. Il devait être près de minuit passé désormais. Des flocons commencèrent à apparaître dans le ciel, venant se déposer doucement autour de lui et se confondre à une pluie fine, sur la neige déjà présente des jardins. Le pourpre s'étalait encore autour du corps inerte, continuant de s'imprégner lentement en certains endroits sur le blanc immaculé de l'hiver. La nuit serait longue et difficile.

Chapitre 28

Une semaine passa ensuite. Les deux premiers jours qui suivirent la disparition de la blonde furent les plus éprouvants. Katarina s'était enfermée dans sa chambre et Émile, par deux fois, avait tenté de mettre fin à ses jours. Heureusement, l'une et l'autre de ses tentatives avaient échoué, néanmoins, le jeune homme restait touché et instable, et il fallait le surveiller. Pour ces raisons, Meredith et Gerard avaient hésité à avouer à leurs camarades les réelles motivations du maître puis, finalement, s'étaient résignés à attendre quelque temps avant de leur faire entendre une vérité qu'eux-mêmes avaient encore du mal à réaliser ; la disparition était encore trop récente et la difficulté à outre-passer cette perte trop importante ; même Octave ne semblait plus être que l'ombre de lui-même, exerçant ses tâches avec plus de maladresse encore qu'à son habitude, et l'absence du maître durant ce laps de temps ne les aida guère davantage à aller mieux. Le manoir était totalement à l'abandon.

Gerard reprit alors les commandes et tenta tant bien que mal de mener le groupe avant qu'il ne partît totalement à la dérive. Il semblait être le seul à se maîtriser et, par conséquent, le seul à pouvoir arranger une situation qui ne s'améliorait guère. Il conseilla chacun d'entre eux, essayant de les motiver, mais rien n'y fit et cela fut de plus en plus difficile à mettre en œuvre, surtout aux côtés d'Émile, qui ne bougeait plus, et auprès de Katarina qui, enfermée dans ce que lui et les autres appelaient le trou à rat, se rendait malade de ne pas avoir su réagir pour son amie. L'homme de ménage tenta de la raisonner comme il le put : qu'il fallait au moins qu'elle regagnât sa chambre pour ne pas tomber malade dans cette pièce insalubre, mais Katarina demeurait sourde à ses prières, perdue, pleurant silencieusement une perte qu'elle ne se résolvait pas à admettre.

Le reste de la semaine fut ainsi identique aux jours précédents, mais le maître revint et tous durent se remettre à leurs tâches. Seulement trop distraits, ils furent gauches dans leurs gestes, négligents, et sans aucune envie particulière, sauf d'agir machinalement de peur de s'attirer les foudres de Monsieur. Ils n'arrivaient pas à se remettre et les pleurs hantaient toutes les pièces de la demeure. Émile dépérissait à vue d'œil et tenta même une troisième fois de mettre fin à son chagrin. Mais, cette fois-là, le maître lui-même intervint et, après une altercation musclée entre les deux hommes, le brun réussit à faire reprendre conscience au cuisinier qui, désormais, sut que c'était plus contre lui-même qu'il se battait. Quant aux autres, s'ils s'essayaient à se remettre, il n'en fut pas de même pour Katarina, qui montrait le plus de difficultés.

Elle n'arrivait pas à oublier l'effroyable vision du massacre de Margaret, ce goût de sang, cette odeur de chair, l'aspect de la Mort au-dessus d'elle qui n'avait eu de cesse de les poursuivre. Son cauchemar se reproduisait sans cesse. Elle ne parvenait plus à trouver le sommeil, d'autant plus qu'elle avait dû retourner dans sa chambre d'origine, à cause d'un mauvais rhume qui avait fini par se déclarer. Elle avait protesté contre cet ordre, mais elle avait eu contre elle ses camarades, et surtout le maître qui n'avait rien entendu à ses protestations ; il ne voulait pas voir son rhume s'aggraver par la suite alors qu'elle avait le nécessaire à sa disposition et, de surcroît, c'était aussi le moyen pour elle de vaincre sa peur. Pourtant, cela ne fonctionna pas, bien au contraire ! Katarina voyait le monstre partout, des croix rubis surgir à tous les coins ! Elle entendait les cris effroyables de son amie résonner, encore et encore, en un écho terrible sur les murs de cette chambre dont elle avait si peur. Elle était terrorisée. Elle craignait de revoir paraître le monstre. Il arrivait même que, pendant ses journées de travail, elle s'effondrât, incapable de se contrôler, incapable d'être aussi concentrée que naguère. Son chagrin avait laissé place à un état proche de la léthargie et le maître eut beau tenter plusieurs astuces pour la faire enrager, rien n'y fit. Katarina esquissait un pâle sourire, sous la cicatrice que lui avait infligée le monstre, et s'en allait. Elle n'avait goût à rien. Tout lui rappelait désespérément son amie. Chaque pièce lui rappelait un souvenir : la maladroite Margaret, la peureuse, la naïve, l'amoureuse, la complice, l'amusante... Ces facettes qui l'avaient si bien marquée et qui avaient fait d'elle sa meilleure amie. Elle ne les retrouverait jamais. Elle ne la reverrait plus. C'était terminé. Et se dire ces simples mots la consumait. Elle se réfugia alors dans son silence, passant ses journées à replonger dans ce qui, désormais, faisait partie du passé.

Gerard ne parvint pas plus que le maître à lui redonner le sourire et ce dernier, bientôt, ne le supporta plus. Cette situation l'agaçait au plus haut point et il en avait plus qu'assez d'avoir des serviteurs distraits de leurs tâches. Cela ne pouvait plus durer. Alors, le vendredi soir qui suivit la mort de sa domestique, il résolut de les secouer un bonne fois ; si les remontrances ne fonctionnaient pas, les menaces, peut-être, les persuaderaient. Mais à dire vrai, il ne se préoccupait pas tant de leur bien-être que de celui de la rousse qui semblait davantage le concerner. Il les fit néanmoins tous appeler ce soir-là dans un des salons du manoir où, assis au coin du feu, sur son fauteuil, il observait les flammes s'animer devant lui. Son regard était éteint, perdu, et seul le bruit de la porte qui s'ouvrait parvint à le détourner du feu.

Tous les domestiques étaient réunis. Le regard inquiet et résigné, ils semblaient attendre le jugement dernier. Meredith regardait ailleurs et Octave avait le regard rivé au sol, les mains jointes nerveusement à l'idée d'un reproche. Quant à Gerard, il était debout devant les autres, le seul à observer le maître franchement, dans l'attente d'une quelconque sentence. Ainsi placé, on aurait dit qu'il remplaçait la rousse dans sa prise de fonction et Leon se froissa quelque peu de cette inversion des rôles alors que la jeune femme, elle, ne bougeait pas, tapie dans l'ombre, les yeux fixés sur la cheminée derrière lui, sans aucune expression. Il se détourna alors, furieux contre lui-même.

— Il en manque un, constata-t-il.

Mais comme ses camarades ne répondaient pas, Gerard s'octroya le rôle de chef de file.

— Il a refusé de venir, monsieur. Il dit qu'il ne veut pas vous voir.

— Je vois… M. Bakerley fait encore des siennes. Vous lui direz, monsieur Gabhann, que s'il continue ses enfantillages ou qu'il me désobéit encore une fois, je mettrai mes menaces à exécution et les affaires de Mlle Brown qu'il s'évertue à garder et qui, faut-il lui rappeler, m'appartiennent, finiront brûlées dans le feu derrière moi. Est-ce clair ?

L'homme de ménage acquiesça et le brun se tut. Ce n'était pas le but qu'il se voulait atteindre avec cette entrevue.

— Enfin bref, dit-il en se pinçant le nez. Laissons M. Bakerley de côté un instant. Je vous ai fait venir ici pour vous parler d'une chose importante que vous devez deviner, je présume. Cela fait une semaine que je remarque votre maladresse à tous et votre comportement des plus désobligeant.

— Mais, monsieur, intervint Gerard.

— Laissez-moi finir, je vous prie, monsieur Gabhann. J'ai bien conscience de ce qu'il s'est passé, mais cela ne change rien au fait que vous êtes tous dans un état second et que, tout ce que vous faites, vous le faites mal. Je n'ai jamais eu autant de porcelaines cassées, de repas mal préparés et de service..., dit-il en suspendant sa phrase, un regard vers la rousse qui baissa aussitôt les yeux, de service aussi aléatoire. Je suis navré de ce qui est arrivé, et je fais mon possible pour que l'affaire soit prise en main, mais je ne peux rien faire vous concernant, que ce soit vous rappeler à l'ordre ou vous renvoyer, ce qui, je crois, ne vous conviendra pas. Soit, je comprends très bien votre situation actuelle. Et nombre d'entre vous n'ont pas les moyens de rentrer. Mais je ne peux faire autrement. Mlle Brown est décédée et il vous faut vous faire à cette idée, sinon je serai obligé de prendre les mesures nécessaires et vous renvoyer. Quant à mes recommandations, vous savez quel est mon avis sur la question. C'est à vous de voir. J'espère m'être bien fait comprendre.

Les domestiques acquiescèrent vaguement.

— Bon, si vous avez compris, vous pouvez disposer, mais sachez que je vous ai à l'œil. Je ne tolérerai plus aucune faute. Aucune.

Les serviteurs s'inclinèrent alors et s'apprêtèrent à sortir quand :

— Attendez !

Surpris, ils se retournèrent vers le brun, mais une seule personne était concernée par son appel.

— Mademoiselle Kingsley ?

— Oui ?

— Je dois vous parler. Vous autres, vous pouvez retourner à vos tâches.

Gerard, Meredith et Octave quittèrent alors le salon, non sans un regard intrigué vers la rousse qu'ils encouragèrent d'un timide « à tout à l'heure ». Sitôt après leur départ, le maître se porta à la rencontre de la jeune femme qui, instinctivement, recula à son approche ; elle avait été plutôt craintive ses derniers temps.

— Je dois vous parler très sérieusement, mademoiselle Kingsley. Êtes-vous prête à m'écouter ?

Elle le regarda un instant, surprise, puis acquiesça sans mot dire.

— Bon, venez, suivez-moi. Je crains qu'il n'y ait des oreilles indiscrètes par ici.

Jetant un dernier coup d'œil suspect au salon, Leon emmena la jeune femme dans les couloirs sombres de l'aile est que des chandeliers, disposés par endroits, illuminaient à peine. Ils marchèrent ainsi côte à côte un petit moment, dans un silence gênant. Le brun ne savait pas par où commencer.

— Je suis désolé pour ce qu'il s'est produit l'autre soir, dit-il finalement. Cela a dû être terrible.

Katarina baissa les yeux, enfermée dans son mutisme. Aussi, il poursuivit :

— Je ne veux pas vous paraître inhumain en disant cela, mais je pense qu'il serait temps de vous ressaisir. La pleurer ne la ramènera pas.

— Je le sais bien, souffla-t-elle.

— Alors, qu'attendez-vous pour réagir ?

La jeune femme replongea aussitôt dans son silence, comme si chaque mot lui coûtait, comme si l'usage de la parole lui avait été retiré. Leon s'interrompit aussi. Il avait bien conscience des efforts qu'elle faisait : elle ne lui avait pas même adressé un mot depuis l'incident ! Pourtant, bien que ravi de l'entendre à nouveau, il n'en dit rien et se ressaisit ; il y en avait assez aussi de *cela*.

— Vous ne me répondez pas, reprit-il alors, l'air de rien. Quelque chose vous en empêche-t-il ?

— Je ne peux pas.

— Pourquoi ?

— Je n'y arrive pas.

Leon soupira.

— Vous êtes pourtant forte d'habitude. Vous n'avez pas cillé à la mort de Mlle Rose.

— Ce n'était pas pareil ! Et Margaret était mon amie.

— Alors, regardez autour de vous ! Vous avez encore M. Crooks, M. Bakerley, Mlle Vaughan et M. Gabhann.

— Je le sais très bien, mais il me faut du temps, ajouta-t-elle en réprimant un sanglot. C'était trop atroce pour que je puisse oublier si rapidement.

Leon détourna aussitôt les yeux face à la détresse qu'elle tentait de dissimuler, trouvant les murs incroyablement beaux en cet instant. Il ne pouvait rien faire de plus, aussi, il se décida finalement à lui proposer ce pour quoi il l'avait conviée à le suivre :

— Pourquoi ne rentreriez-vous pas chez vous ?

La rousse se tourna brusquement vers lui.

— Quoi ?

— Oui, cela vous ferait le plus grand bien, j'en suis persuadé.

— Mais pourquoi est-ce que...

— Vous avez vécu des choses horribles ici, expliqua-t-il. Contre votre volonté. Vous avez vu Mlle Rose disparaître, un fantôme se manifester, des événements stressants se produire, sans compter sur la pression permanente que je vous infligeais avec un travail que vous n'auriez jamais dû exercer. Et maintenant, le décès de votre meilleure amie sous vos yeux ! Cela n'aurait jamais dû se produire. Il y a longtemps que vous auriez dû rentrer chez vous. Vous êtes restée trop longtemps au manoir, je le crains, et vous avez subi plus que vous ne l'auriez dû. Je le regrette sincèrement, croyez-le.

Katarina écarquilla les yeux.

— Vous le regrettez ? Vous m'avez aidée !

— Plus qu'il ne l'aurait fallu. Vous auriez dû rester une semaine, tout au plus, mais je me suis trop engagé et, maintenant, regardez ! Et puis, que direz-vous à vos parents quand vous rentrerez ? Que vous êtes restée chez moi ? Qu'il y a eu des meurtres ? Vous ne pourrez pas rester ici éternellement. Vous n'avez aucun lien, aucune attache, et vous avez votre vie là-bas. Vous êtes une bourgeoise, pas une servante, et je ne suis pas votre maître.

— Regrettez-vous de m'avoir ici ?

— Non !

Il s'interrompit face à son élan de rapidité.

— Non, ce n'est pas ce que j'ai voulu dire, se reprit-il aussitôt. Je ne regrette pas de vous avoir aidée et je ne regrette pas votre service, pas plus que votre présence, mais… mais il faut partir, mademoiselle Kingsley. Il le faut.

— Vous me renvoyez, en somme.

— Quoi ? Non ! Que croyez-vous donc là ? Je ne veux pas vous renvoyer.

Katarina l'observa. Il l'observa à son tour. Elle avait l'air sérieuse et ennuyée.

— Vous ne comprenez pas.

— Si, je comprends. Vous ne voulez pas de moi ici.

— Bien sûr que non. J'essaie juste de me montrer aimable.

— En me renvoyant ?

— Mais arrêtez de croire que je vous renvoie enfin !

— Alors pourquoi voulez-vous que je rentre ? Je vous suis inutile et je pose beaucoup trop de questions, c'est cela ?

— Mais non. C'est... pour que vous vous reposiez, par exemple. Cela fait trop longtemps que vous êtes éloignée de chez vous. Après tout, vous n'avez aucune obligation de rester ni de travailler, je vous l'ai déjà dit.

— Je le fais de mon plein gré et pour vous aider.

— Je le sais bien et je vous en remercie. Mais ce que j'essaie de vous dire, c'est que vous n'avez aucune obligation envers moi.

— Mais si je pars, je n'aurai plus de raison de revenir ici, n'est-ce pas ?

Leon ouvrit la bouche, mais s'interrompit pour réfléchir ; il était vrai que rien ne l'obligerait à revenir, après tout, elle n'avait pas eu l'intention de rester au début. Ah ! Pourquoi avait-il fallu qu'il en arrive là ?

— Non... non, effectivement, vous n'aurez plus de raison de revenir. Vous êtes venue ici parce que vous étiez en difficulté, mais ces difficultés sont passées depuis longtemps déjà.

— Oui, certainement, admit-elle. Ne m'en voulez pas si j'ai abusé de votre hospitalité, parce que je ne regrette rien. Je me suis fait de bons amis ici et j'espère sincèrement que vous en faites partie, et ce, malgré les différends que nous avons eus. L'envie de rentrer chez moi et votre permission de me soustraire de mes engagements sont attrayantes, et il y a longtemps que j'hésitais à vous en parler, à dire vrai, mais la promesse faite à mes camarades de ne pas les abandonner me retient toujours, depuis le jour où Margaret s'est confiée à moi. Ce serait lâche de ma part de les laisser maintenant alors qu'ils en ont le plus besoin.

— Et à quoi servez-vous actuellement ?

Katarina se tut. À rien, elle le savait.

— Que diraient-ils s'ils me voyaient partir ? reprit-elle. Je m'en voudrais énormément.

— Vous êtes généreuse, mademoiselle Kingsley, et je ne doute pas de votre sincérité, mais que pourriez-vous faire de plus en restant ici ? Je suis sûr qu'ils vous l'ont déjà dit, et Mlle Brown également : ce n'est pas en restant que vous pourrez les aider. Il n'y a aucun secours au manoir, vous le voyez par vous-même. Nous sommes entourés par la forêt et, moi, je suis occupé par mon travail ; je ne peux rien faire de plus.

— Donc, vous me suggérez de partir ?

— Oui, je vous suggère de partir, de faire votre deuil, de ne plus penser au manoir et de vous amuser. Ensuite, si vous le voulez, vous pourrez songer à revenir, mais pour l'instant, il vous faut vous rétablir.

— Qui veillera sur Émile, sur Octave, sur Meredith et sur Gerard ? Comment vont-ils s'en sortir à quatre ? Et vous ? Vous étiez sept lorsque vous m'avez demandé de l'aide et maintenant vous n'êtes plus que cinq. Que va-t-il se passer ?

Leon hésita, mais il fallait à tout prix qu'il l'éloignât pour le moment.

— Je veillerai sur eux et je trouverai quelqu'un pour vous remplacer, vous et Mlle Brown, ainsi que Mlle Rose. Ils ne resteront pas seuls bien longtemps, je vous le garantis.

Katarina sembla hésiter. Devait-elle les quitter maintenant ? Jusqu'à présent, elle était restée, même dans les moments les plus difficiles où il lui était arrivé de n'avoir qu'une envie, rentrer chez elle. De nombreuses fois, elle avait voulu parler à M. Hodgkin de son départ sans jamais trouver la force et le courage de lui en dire un mot. Et maintenant que l'occasion se présentait devant elle, elle semblait ne plus être sûre d'elle. Quelque chose l'en empêchait. Quelque chose l'en avait toujours empêchée. En vérité, elle était bien plus attachée à la maison qu'elle ne l'avouait. Quand bien même des fantômes apparaissaient ou des phénomènes étranges se produisaient, il y avait là tout ce dont elle avait besoin : des amis qui se contrefichaient de son rang et qui l'avaient acceptée sans condition, des livres plein la bibliothèque, le confort nécessaire, un environnement plutôt agréable et une vie agréable même si, malheureusement, elle venait de perdre son amie. Oui, rien ne lui manquait ici, hormis son frère, Roger et M. Gordon. Elle baissa les yeux.

Le brun l'observa alors de tout son haut, les yeux cachés sous sa frange. La jeune femme paraissait être en proie à un terrible choix et il ne savait guère quoi ajouter de plus pour l'encourager à partir. Il ne pouvait pas la garder sous son toit plus longtemps, il en était bien conscient, il l'avait aidée plus qu'il ne l'aurait dû et il avait été beaucoup trop loin en lui montrant plus d'attention qu'à ses camarades, et ce, quand bien même son rang était plus élevé que le leur ; il savait où était sa place. Ce fut alors qu'il remarqua l'entaille sur la joue de la rousse. Il se détourna. Oui, leurs chemins devaient se séparer désormais avant que cela ne le conduisît trop loin, qu'importaient les idioties qu'il devait promettre pour que cela survînt.

— Quelque chose vous tracasse-t-il encore ? hasarda-t-il.

— Non.

— Alors qu'y a-t-il ?

— Je... je pense que..., peut-être, vous avez raison et que je devrais quitter le manoir, mais... je sais que si je reviens ensuite, plus rien ne sera jamais plus comme avant et j'ai déjà beaucoup perdu pour me voir perdre encore plus. Je ne veux pas revenir et constater qu'à mon retour, il est arrivé malheur à n'importe lequel d'entre vous. Je ne le supporterais pas.

Un silence les enveloppa soudain.

— Vous savez que je ne peux vous garantir une chose pareille, reprit Leon. Malheureusement. Sinon j'aurais évité tous ces bouleversements.

— Je le sais bien, mais... j'ai peur de perdre, perdre tout ce qu'il me reste en partant d'ici : vous, Émile, Octave, Meredith, Gerard.

— Vous vous êtes trop attachée à nous, je le crains. Mais vous ne perdrez rien, assura-t-il soudain en la voyant si bouleversée. Vous ne perdrez rien.

Elle le regarda droit dans les yeux, cherchant dans son regard l'assurance qu'il lui donnait. Mais tout à coup si proches, ils s'éloignèrent brusquement et détournèrent le regard. Leon crut bon de justifier ses paroles, et son ton.

— Enfin, je m'y efforcerai, dit-il. Vous avez ma parole.

— Bien sûr. Merci.

— Avez-vous encore une question ? demanda-t-il pour changer de sujet.

Elle hésita. C'était le moment de lui parler de son idée.

— Oui. Une, avoua-t-elle, embarrassée.

— Allez-y.

— Est-ce que... quand je reviendrai... Est-ce qu'il me sera possible de les emmener ?

— Qui donc ? Les domestiques ?

— Oui, ce sont mes amis, je leur offrirai une place et...

— Mais qui vous dit que je souhaite m'en séparer ?

— Oh ! Je vous en trouverai d'autres.

— Vraiment ?

— Bien sûr ! Et plus compétents encore.

Leon sembla surpris par tant d'attentions à l'égard de domestiques et, à dire vrai, il aurait volontiers voulu s'en débarrasser, mais, pour de multiples raisons qu'il préféra lui taire, il lui était impossible d'accéder à sa requête. Pourtant, il s'était promis de lui accorder ce qu'elle voudrait pour qu'elle partît, et si c'était le seul moyen, alors :

— C'est d'accord, conclut-il. Mais seulement s'ils sont plus compétents. Et à votre retour, ils seront tous là, valises en main, devant la grille même du manoir !

Katarina lui offrit alors un sourire, un sourire qu'elle n'avait plus donné depuis longtemps. Finalement, il avait réussi à l'amuser.

— Alors, je peux rentrer chez moi l'esprit en paix.

Dans la laverie, ses camarades discutaient, Gerard et Meredith frottant les chemises tandis qu'Émile mangeait une pomme dans son coin et qu'Octave étendait le linge. Le rappel à l'ordre du maître semblait avoir eu son effet :

— Il a été on ne peut plus clair, disait Gerard. Je crois que sa menace est sérieuse. Vous devez vous reprendre ou au moins cacher votre chagrin en sa présence.

— Je ne crois pas que notre tristesse le préoccupe. S'il fait cela, c'est uniquement pour son propre intérêt.

— Et il a raison, Émile, convint Meredith. Nous sommes ici pour travailler, pas pour faire de lui notre ami. Nous sommes sous son toit et il est notre maître. Nous n'avons rien à dire, pas tant que nous n'avons pas d'autres propositions ailleurs.

— Je m'en fiche complètement d'être sous ses ordres ou non. C'est une pourriture.

— Alors qu'attends-tu pour démissionner ?

— Démissionner ? Et puis quoi encore ? Si c'était pour m'en aller, je l'aurais fait avant et avec Margaret. Peut-être n'en serait-elle pas morte.

— Alors pourquoi ne l'as-tu pas fait avant ?

Il ouvrit la bouche, mais ne répondit pas et croqua rageusement dans sa pomme.

— Il ne sert à rien de revenir sur le passé, intervint Octave en le voyant la larme à l'œil.

— Oui, je le sais, grogna Émile. De toute façon, si je partais maintenant, ce serait comme si elle était morte pour rien, et ce salop serait encore en vie. Non, il serait bien trop content de me voir partir, mais je ne lui ferai pas ce plaisir. Ça non, alors ! Je lui pourrirai la vie jusqu'au bout.

— Cela ne t'avancera à rien.

— Si. Cela aura au moins l'efficacité de me soulager.

— Tu n'es pas bien, Émile.

— Pas autant que toi, Meredith. Et puis, de toute façon, il reste Katarina ; Margaret voulait la protéger du maître. Je poursuivrai son vœu.

— Tu es cinglé, mon pauvre, souffla la brune pour elle-même.

— En parlant de la miss, intervint Gerard. Cela fait un moment qu'elle n'est pas revenue.

— Oui, tu as raison.

— De quoi parlez-vous encore ? maugréa Émile, qui n'était pas allé au salon.

— Eh bien, après nous avoir parlé, le maître a demandé à Katarina d'attendre parce qu'il voulait s'entretenir avec elle. Ils sont ensemble depuis un moment maintenant. Je me demande bien ce qu'il peut lui dire.

— Nous devrions peut-être aller voir, suggéra Octave.

— Je vais y aller, moi, trancha le blond.

— Toi ?

— On verra bien ce qu'il se passe et puis, au pire, dit-il en montrant un couteau caché dans sa botte, j'ai cela.

Ses camarades ouvrirent de grands yeux effarés.

— Non, mais ça ne va pas ?

— Ne vous inquiétez pas. Je n'ai pas l'intention de m'en servir. C'est juste une précaution.

Ils se regardèrent tous, inquiets.

— Je viens avec toi, se décida Gerard.

— Alors, je viens aussi, continua Meredith.

— Pourquoi faut-il toujours que vous compliquiez tout ? demanda Octave en les suivant. Je ne vais pas rester seul.

Peu rassurés de laisser le blond y aller seul, ils stoppèrent aussitôt leurs tâches domestiques et rejoignirent le salon où ils avaient quitté la rousse. Mais ils n'eurent pas besoin d'aller jusque-là : la rousse traversait le hall jusqu'au premier étage, en compagnie du maître qui marchait sur ses pas. Ils avaient l'air en pleine discussion, Katarina acquiesçant ou réfutant ce que lui disait le brun. Et d'après ce que pouvaient en juger les domestiques, les deux bourgeois avaient l'air plutôt sérieux.

— Que croyez-vous qu'ils se disent ? demanda Meredith.

— Je ne sais pas, répondit Émile. Mais il n'y a qu'un seul moyen de le savoir.

Gerard, Octave et Meredith le suivirent alors, trop effrayés de ce qu'il pouvait faire de son arme pour le laisser seul dans cet état post-traumatique.

— Vous êtes certaine de ne pas vouloir que je vous accompagne ? disait Leon.

— Non, ça ira. Je m'en sortirai.

— Ma porte vous est toujours ouverte au cas où cela n'irait pas chez vous.

— Je vous remercie.

— Bon, puisque tout est réglé... Je vous souhaite de passer une bonne nuit. À demain.

— Merci, vous aussi, à demain.

À l'intérieur, Katarina poussa un long soupir. Elle ne savait pas si elle devait se réjouir de son départ ou pleurer. Cela faisait plus de quatre mois qu'elle vivait ici et tout abandonner du jour au lendemain l'attristait quelque peu. Elle avait passé de bons moments en compagnie d'eux tous et elle avait l'étrange impression de prendre une mauvaise décision. Pourtant, M. Hodgkin n'avait pas tort, ses camarades même n'avaient jamais eu tort : que pouvait-elle faire de plus pour eux en restant au manoir, totalement coupé du monde ? Rien. Absolument rien. Alors que, chez elle, elle avait tous les moyens nécessaires. Enfin cela, c'était ce qu'elle croyait.

Elle allait revoir son frère, Roger, sa mère et son père. Elle reverrait certainement les La Courtepiert et leur fils. Tant de choses s'étaient produites depuis sa fuite ! Les revoir lui avait semblé si lointain encore une semaine auparavant que de se dire que, le lendemain, elle serait de retour lui apparaissait comme une chimère. Comment allaient-ils l'accueillir, mais aussi, qu'allait-elle pouvoir leur dire ? Tant de questions se bousculaient dans sa tête. Allait-elle seulement être reçue après une si longue absence ? Elle n'osait penser à l'inquiétude de son frère qui, à peine un mois auparavant, poursuivait encore ses recherches dans tout le district. Le pauvre devait être mort d'inquiétude.

La rousse sortit alors de sous son lit une petite valise qui lui avait été offerte et où elle pourrait aisément emporter son nécessaire ainsi que les cadeaux dont on lui avait fait présent. La rose de jardin d'Octave trouva ainsi sa place au milieu de la brosse de Margaret et du torchon d'Émile. Katarina se souvenait parfaitement de ce jour-là où elle était dans la bibliothèque du maître, en train de nettoyer les ouvrages remplis de poussière, lorsqu'ils étaient entrés tout sourire, les bras chargés d'un cadeau chacun. Ils avaient été si désolés de n'avoir rien eu d'autre à lui offrir ! Pourtant, rien ne lui avait fait plus plaisir et, pour les remercier ce soir-là, elle avait quitté sa chambre, son livre de chevet à la main, pour aller les rejoindre et jouer aux cartes. La nuit avait été longue, mais terriblement amusante. Elle allait regretter ces moments. Plus jamais il n'en serait ainsi. Quand elle reviendrait, tout serait différent et ce ne serait plus pour travailler ni résider qu'elle serait présente, mais pour les emmener.

Elle replaça alors la rose dans le livre *Cimetières hantés* et un sourire naquit sur son visage. Quand elle pensait à la manière dont elle avait acquis l'ouvrage, elle ne pouvait s'empêcher de penser à M. Hodgkin. Il avait travaillé dans son bureau ce jour-là et elle avait poursuivi sa tâche dans la bibliothèque. Peu après, elle était tombée sur l'intitulé du roman. Curieuse face à ce genre de titre, elle n'avait pu se résoudre longtemps à l'ignorer et l'avait ouvert, avide de savoir ce qu'il contenait. Là, elle était tombée sous le charme ; l'ouvrage racontait, sous forme de témoignages, des histoires de personnes ayant eu affaire à des fantômes qui se seraient manifestés, pour la plupart d'entre eux, dans des cimetières. Absorbée par sa soudaine lecture, elle s'était alors installée sur le siège du maître et n'avait pas fait attention à ce qu'il se passait autour d'elle. Ce fut à ce moment-là qu'il l'avait surprise, lisant les lignes par-dessus elle. Elle s'était brusquement relevée, cherchant vaguement une excuse, sous le sourire amusé et moqueur du brun :

— Voilà donc à quoi vous passez vos journées ? lui avait-il dit.

Elle s'était alors confondue en excuses avant de le surprendre à rire. Aussi, pour sa défense, elle avait utilisé le fait que c'était son anniversaire.

— Votre anniversaire ? Tenez donc. Ce n'est pas un argument.

— Mais si ! Au contraire, avait-elle rétorqué. Et je vous en remercie.

— Pourquoi ?

— Parce que vous me l'offrez.

— Vraiment ? Vous me le dérobez plutôt, oui.

— Non. Vous m'en avez fait généreusement cadeau pour mon anniversaire.

— Je ne me savais pas si généreux, mais je veux bien vous autoriser à le lire si vous me le remettez en place ensuite.

Finalement, elle l'avait gardé jusqu'à ce moment. Katarina sourit. Elle l'emporterait.

Glissant le livre dans sa valise, elle se dirigea ensuite vers sa garde-robe dans laquelle elle avait conservé ses belles tenues lorsque quelqu'un frappa à la porte. Se demandant qui cela pouvait bien être, elle l'invita alors à entrer et fut surprise de voir tous ses camarades en même temps ; eux avaient l'air d'autant plus saisis.

— Miss, vous tombez bien, nous voulions vous…

Mais ils s'interrompirent net en découvrant une valise grande ouverte sur le lit et la rousse en train d'y ranger ses affaires. Leur expression se figea, d'un côté comme de l'autre.

— Émile ? s'étonna Katarina. Octave, Meredith, Gerard ? Que faites-vous là ?

— Nous voulions savoir ce que vous avait dit le maître, commença Meredith. Mais il semblerait que vous soyez occupée.

Katarina remarqua alors leurs regards posés alternativement sur elle et la valise et s'empressa alors inutilement de la cacher derrière elle.

— Ce n'est pas ce que vous croyez. Enfin, si, se reprit-elle. Je veux dire non. Non, il me faut vous expliquer.

— Il n'y a rien à expliquer, intervint Émile. Vous nous abandonnez.

— Non, absolument pas.

Mais il ne l'écouta pas et sortit aussi vite qu'il était entré.

— Non, Émile, attendez !

— Nous n'avons décidément pas les mêmes valeurs, siffla Meredith.

— Mais non, je vous en prie, laissez-moi vous expliquer.

Mais il était inutile de les retenir. Ils la quittèrent un à un. Même Octave et Gerard, d'ordinaire si sages, se résignèrent à sortir sans mot dire. Katarina les vit s'éloigner sans rien dire. À fleur de peau ces derniers temps, elle s'effondra et se mit à pleurer en silence.

Chapitre 29

Le lendemain, Katarina s'efforça d'oublier le chagrin que venaient de lui causer ses camarades et fut prête aux alentours de huit heures. Le jour se levait à peine, mais son impatience était si grandissante et son chemin à pied si long qu'ils lui interdisaient de retarder son départ ; elle voulait arriver le plus tôt possible et elle ne pouvait plus reculer l'échéance. De toute manière, plus elle s'attarderait et plus elle aurait du mal à quitter le manoir et ses habitants. Il lui fallait partir dès lors, et dans la plus grande discrétion, si elle ne voulait pas faillir.

Donc, elle descendit ce jour-là le plus silencieusement du monde, sa valise en main, et vêtue élégamment, bien plus qu'au premier jour. Elle avait délaissé son costume de majordome et portait à présent la robe blanche épurée, voilée de ruban de soie beige, et ornementée de précieuses dentelles qu'elle avait reçue à son arrivée. Elle se demandait encore si un tel vêtement avait pu appartenir à sa meilleure amie, mais elle s'efforça de ne plus y penser et se concentra uniquement sur la joie de revoir son frère, avant que le chagrin ne revînt l'envahir. Au prix d'un gros effort, elle raffermit alors sa prise sur sa valise, resserra son lourd châle de laine autour d'elle, et descendit pas à pas les escaliers qui, pour une fois, ne trahirent pas sa présence. En bas, elle enfila une paire de gants et se dirigea à pas de loups jusqu'à l'entrée. Il n'y avait personne. Pas un domestique ne travaillait. Pas un seul ne venait lui dire au revoir. Pas même le maître qui devait à peine se réveiller, à l'heure qu'il était. Quant à ses amis, Katarina était triste de les quitter sur une mésentente, alors qu'ils s'étaient toujours bien entendus, mais, au fond, ce n'était sans doute pas plus mal ainsi.

Un triste sourire bouleversa son visage et, d'un même regard, la rousse observa autour d'elle. La lumière passait à travers la fenêtre et faisait fondre les ombres. La jeune femme marqua aussitôt dans sa mémoire les ondulations de ce décor rougeâtre qui n'avait ces reflets qu'en ce manoir où elle avait vécu pendant un temps, en tant que majordome et invitée, un temps qui ne réapparaîtrait plus puisqu'elle ne pourrait y revenir un jour, peut-être, qu'en tant que bourgeoise, le service et les plaisanteries en moins.

Les larmes lui montèrent rapidement aux yeux. Elle avait l'impression de mettre un terme à quelque chose et que plus jamais cette chose ne réapparaîtrait. La porte hermétiquement close du bureau ne la fit pas changer d'avis et, de l'étage au rez-de-chaussée, pas une once de vie ne brillait.

Katarina ferma un instant les yeux et se ressaisit. Le temps allait lui paraître long avant leur prochaine rencontre, mais elle ne pouvait plus rien faire d'autre. Elle ne pourrait pas venir les voir souvent, eux non plus d'ailleurs, pas pour l'instant, ni dans les prochaines semaines à venir, car ils n'étaient pas du même monde et les côtoyer éveillerait des soupçons quant à leurs activités pendant ces cinq mois. Tant que la situation ne serait pas arrangée, elle ne pourrait rien faire ; M. Hodgkin le lui avait bien fait comprendre et elle devrait trouver une explication. En attendant, elle devait partir. Il lui fallait être courageuse. Pour Margaret. Pour elle. Pour eux. Alors, jetant un dernier coup d'œil sur l'étage, sa chambre et les couloirs, elle adressa une nouvelle fois un regard à l'incroyable horloge qui tournait à l'envers et qu'elle aimait tant puis, enfin, prit la route : il était l'heure.

Chargée, et le cœur lourd, Katarina tira sur la poignée et ouvrit la porte. Mais elle l'eut à peine entrouverte qu'une main la retint brusquement.

— Vous ne comptiez tout de même pas partir ainsi, mademoiselle Kingsley ?

Elle leva la tête vers la voix et sourit.

— Monsieur.

Il retenait la porte, lui souriant à son tour.

— Que faisiez-vous là ? Vous m'observiez ? l'interrogea-t-elle.

— Ne détournez pas la conversation, mademoiselle Kingsley. Je vous ai attendue pour mon petit déjeuner et vous n'êtes pas venue.

— Excusez-moi ? Mais je croyais que…

— Je plaisante, voyons.

Un silence s'installa et le maître délaissa la porte.

— Alors, c'est comme cela que vous nous quittez ?

— Il me semble, oui, acquiesça Katarina d'un regard sur les alentours.

— Ils ne sont pas venus, c'est cela ?

— Je ne leur en veux pas. Je m'en doutais un peu.

— Dites-vous que ce sera pour de meilleures retrouvailles.

— Je l'espère. En attendant, je suis ravie que vous soyez venu.

— Vous semblez déjà en meilleure forme.

Elle sourit.

— J'espère que nous nous reverrons prochainement, dit-elle. À la librairie ou ailleurs, si votre temps vous le permet.

— J'essaierai.

— En tout cas, j'ai été heureuse d'avoir séjourné ici et je vous remercie d'avoir eu la bonté de m'aider dans un moment critique.

— Vous en auriez fait de même, je n'en doute pas.

— Certainement, admit-elle, un peu rêveuse.

— Quoi qu'il en soit, reprit-il. J'ai été ravi d'avoir pu vous aider et j'espère que la situation se sera améliorée à votre retour.

— Je l'espère également, convint-elle, sortant en sa compagnie. Ce serait tout de même dommage au bout de tout ce temps.

— C'est sûr.

— Mais si jamais ils...

— Vous pourrez revenir, l'interrompit-il. Vous pourrez.

Ils marchèrent alors longuement le long de l'allée de gravier, un gravier que la jeune femme avait tant foulé auparavant sans prendre le temps d'en apprécier le crépitement. Le jour s'était complètement levé à présent. Il faisait clair et le ciel hivernal scintillait au-dessus de leurs têtes, teinté de bleu doux et de blanc crémeux. Les buissons se dressaient, tous taillés, et les roses survivantes resplendissaient sous la fine couche de neige. L'ambiance avait presque des allures d'adieu pour Katarina, mais, étrangement, elle avait l'impression que tous ses soucis s'envolaient.

Ils arrivèrent devant la grille. La rousse s'arrêta ; le brun également.

— Nous y voilà, dit Katarina.

— Nous y voilà, répéta-t-il.

— Il est temps pour moi d'y aller sans doute.

Elle se retourna vers le maître et lui sourit.

— Je vous souhaite bonne continuation, monsieur Hodgkin, et je vous formule également mes meilleurs vœux pour la nouvelle année qui s'annonce. J'espère que nous nous reverrons très bientôt et...

Elle s'interrompit, hésita.

— Et… à bientôt.

Leon détourna le regard, la main plongée dans sa poche de pantalon où il tenait caché le ruban. La rousse ouvrit la grille. Devait-il le lui rendre ou non ?

— Mademoiselle Kingsley ?

— Oui ?

Finalement, non.

— Au revoir.

Elle lui sourit. Il se figea. Ce sourire était trop doux et elle, elle le lui offrit sincèrement, heureuse de quitter le manoir en bons termes avec, au moins, un de ses habitants. Puis sans plus aucune autre parole qu'un bref salut, elle se détourna et sortit. Cette fois, c'était fini et la grille se referma derrière elle.

— Ça y est, dit Octave en regardant par la fenêtre. Elle est partie.

— Bon débarras, cracha Émile. Qu'elle s'en aille, j'aurai moins de souci à me faire.

— Qu'est-ce que tu racontes ? s'étonna Meredith. Je croyais que tu devais veiller sur elle.

— Oui, mais si elle peut s'en aller, moi pas. Je ne vais pas la suivre au bout du monde. Elle saura bien se débrouiller maintenant.

— C'est vrai qu'elle est riche, renchérit Gerard. Elle a des moyens que nous ne possédons pas et les faveurs de la haute société.

— Croyez-vous qu'elle va nous aider ? demanda Meredith.

— Je ne pense pas, annonça le cuisinier. Elle nous avait déjà fait cette promesse et vous avez vu ce que cela a donné. Elle fait trop confiance au maître pour admettre la vérité.

— Tu le vois trop coupable aussi.

— Le vois-tu autrement ?

Meredith et Gerard se lancèrent un regard, mais, avant qu'ils ne pussent se décider à leur dire ce que le maître faisait en réalité, Octave reprit :

— Tu avais pourtant l'air d'y croire quand même, Meredith, n'est-ce pas ?

— N'importe quoi.

— En tout cas, coupa Gerard, nous ne pouvons rien faire d'autre qu'attendre, à présent.

Un silence rêveur les poussa vers la fenêtre.

— Espérons qu'elle ne nous oublie pas.

Sur la route du retour, Katarina oublia ses soucis pour un temps et se prit à imaginer tous les scénarios possibles à ses retrouvailles. Malheureusement, les premiers pas furent difficiles et elle dut lutter pour ne pas se retourner, de peur de ne plus pouvoir avancer. Il lui était éprouvant de passer les arbres crochus sans avoir l'horrible sensation de quitter le foyer chaleureux où elle s'était liée aux habitants comme à une véritable famille, d'autant que la mauvaise impression de les abandonner ne disparaissait toujours pas. Pendant un long moment, elle fut prise à de terribles doutes et la tentation de rebrousser chemin fut immense.

Elle observa alors les alentours de la forêt qui, si sombres, à cause de la cime trop haute des arbres, l'obligeaient à s'écarter du droit chemin pour éviter les endroits trop denses. L'espace était inquiétant, dans cette partie-là de la forêt, et bien que Katarina en eût quelque peu l'habitude, elle le trouvait toujours aussi effrayant, peut-être même plus qu'avant. Mais elle se rassura en pensant qu'au bout du chemin elle reverrait sa famille. Plus elle s'éloignait du manoir, plus son cœur s'allégeait. C'était assez étrange comme sensation ainsi que de se dire que, ce soir-là, elle ne dormirait pas dans la même chambre.

Cette après-midi-là, elle ne nettoierait plus les couloirs en essayant de deviner l'âge du maître, elle ne donnerait pas ses directives, elle ne se disputerait pas avec lui et, par-dessus tout, elle ne verrait plus dans toutes ces pièces son amie vivre encore. Non, dans quelques heures, ses yeux se réhabitueraient à la maison de ses parents, la maison de son enfance, son entourage et ses affaires. C'était comme si elle revenait de vacances, après tout. Toutefois, son émotion était toujours aussi vive et elle se sentait un peu honteuse de se réjouir alors que Margaret était décédée une semaine auparavant et que ses camarades restaient encore en proie à de terribles peurs, à un chagrin auquel elle ne pouvait plus se joindre. Elle espérait de tout cœur les revoir au plus vite, les sortir du tourment qui les oppressait, et les garder auprès d'elle à tout jamais.

Elle se voyait déjà dans une belle demeure aux multiples jardins, l'air empreint de douceur avec vue sur l'horizon. Elle s'imaginait parfaitement maîtresse de maison, désormais, auprès d'un mari doux et aimant, entouré par ses compagnons qu'elle aiderait à faire leur chemin dans le monde et qui vivraient alors dans la sérénité, et non plus dans la crainte permanente. Octave s'occuperait des jardins, bien sûr ; Émile donnerait ses ordres aux cuisines ; et Meredith deviendrait une grande artiste. Le public l'accueillerait aux quatre coins du monde avec son célèbre acolyte et excellent musicien : Gerard. Oui, elle voyait tout en grand et, ce qui était certain, c'était que tous seraient protégés du besoin, peut-être même pourrait-elle les faire entrer dans la haute société. À cette idée pourtant, la tristesse reparut sur son visage ; Margaret, aussi, y aurait eu sa place. Elle aurait été sa dame de compagnie. Elle l'aurait accompagnée pour ses sorties et elle n'aurait plus eu à souffrir de tous ces maux. Elle et les autres auraient été libres d'agir et n'auraient plus eu à craindre quoi que ce fût ou qui que ce fût. Bien sûr, elle ne pouvait pas les empêcher d'avoir peur de M. Hodgkin – il était impressionnant, certes, et il pouvait être terrible quand il était en colère –, ni les protéger de ce qui rôdait au manoir, que ce fût le fantôme ou l'assassin, mais, en revanche, elle avait les moyens de les éloigner de là. Il ne lui fallait juste pas être imbécile à l'avenir et penser correctement, sagement, et surtout pas dans la précipitation. Mais, pour l'instant, il n'était pas encore temps d'y songer. Son rêve était loin de se concrétiser. Elle partait maintenant loin d'eux et il allait très probablement se passer un certain temps avant de tous les revoir.

Elle poursuivit alors sa route à travers les chemins escarpés qui la maintenaient encore plus proche du manoir que de chez elle et s'éloigna de ses pensées. Tout était tordu dans ce coin et la végétation était beaucoup plus sauvage que plus loin, abandonnée des hommes, laissée aux bons soins des caprices du temps. Katarina ne voyait toujours pas le ciel à cet endroit et elle ne savait guère si les nuages avaient tourné ou si le soleil persistait. Elle avança alors sur la route sinueuse et, petit à petit, la forêt gagna en couleurs. Il était près de neuf heures et demie désormais et le soleil s'était définitivement levé, car elle pouvait voir à présent, du haut de la canopée, un ciel dégagé et les quelques rares oiseaux à ne pas avoir migré virevolter au-dessus d'elle. Il n'y avait pas de vent dans cette partie boisée, mais les arbres commençaient déjà à s'espacer et elle ressentit bientôt le froid en commençant à marcher dans la neige tombée cet hiver-là et qui recouvrait, à quelques endroits, des poignées d'herbes tenaces. Elle s'en approcha et les défit de leur manteau blanc ; il était amusant de voir que certaines brindilles avaient résisté aux caprices de la saison et, qu'en dépit de tout, elles restaient là, hautes et fières de leur résistance. La jeune femme pensa aussitôt à Margaret, qui n'avait pas eu cette chance, et son cœur se voila d'une douloureuse tristesse. Mais avant qu'elle ne pût se morfondre plus longtemps, elle secoua la tête et fuit ses pensées. Elle devait être forte si elle ne voulait pas pleurer devant sa famille. Ils ne devaient absolument pas savoir.

Elle arriva alors au croisement qui l'avait amenée naguère jusqu'à Rievaulx. Ce jour-là, elle emprunterait un autre passage, celui qui la ramènerait chez elle. Elle se faufila alors sur la route au nord et, bientôt, des sentiers connus lui apparurent, des endroits que son frère et elle avaient maintes fois explorés plus jeunes, des chemins longuement foulés où elle avait aimé se perdre. Elle ne savait dire quelle émotion la traversa à ce moment précis, mais, ce dont elle était certaine, c'était de sa force. Elle n'avait pas pensé les revoir un jour de cette manière, à la fois nostalgique et heureuse. Elle ne s'était pas attendue à les quitter si longtemps, à vivre toutes ces choses entre-temps, et désormais, c'était avec un tout nouveau sentiment qu'elle les regardait. Quelque chose avait changé. Tout avait changé.

Elle marcha alors longuement, admirant de nouveau les ruisseaux scintiller entre les arbres, écoutant les bruits familiers qui résonnaient au milieu des arbres silencieux et dévêtus, profitant de ce temps de répit où elle n'avait pas à s'expliquer pour se rapprocher de chez elle et s'éloigner toujours un peu plus du manoir. Puis soudain, elle s'arrêta, happée par les profondeurs de la forêt. Ce chemin, elle le connaissait par cœur. Elle se détourna aussitôt de la route principale et suivit un autre sentier. Là, avide, elle escalada les roches rendues glissantes par la neige, dépassa quelques buissons et arbustes, coupa à travers bois, avant de parvenir enfin au terme de sa course à l'endroit même où elle avait adoré rêver avant sa fuite, là où se tenait toujours droit et haut son arbre adoré. Un sourire fendit son visage devant lui, et elle s'approcha aussitôt, ravie.

Elle s'y était tant de fois appuyée ! Tant de fois réfugiée ! Et il lui rappelait tellement de choses ! C'était celui-là même où elle avait lu tant d'histoires, celui où elle avait grandi, celui sous lequel tout avait commencé : de sa rencontre avec M. Hodgkin aux fantomatiques apparitions. Et il était toujours là, ce robuste conifère, vieux de plusieurs centaines d'années et qui ornementait toujours ce petit coin de paradis qu'elle aimait tant ! Elle s'y appuya légèrement, les cheveux se soulevant sous la brise légère, les yeux fixés sur la rivière qui s'étendait à ses pieds. La vue était la même et la saison hivernale ne changeait en rien sa splendeur. L'eau scintillait, son écoulement ondulait légèrement conduit par la brise. Katarina sentit bientôt l'émotion l'envahir. Elle avait été si proche de ne jamais revoir cet endroit ! La Mort s'était immiscée en elle de tellement près ! Elle avait été à deux doigts de ne rien retrouver du tout. Si elle était là désormais, c'était entièrement grâce à Margaret, qui l'avait repoussée à temps, à ses camarades qui étaient arrivés au bon moment. Sans eux, elle ne serait sans doute plus de ce monde, debout devant le cours d'eau, appuyée contre son arbre, à se dire combien elle avait été chanceuse de s'en être sortie indemne.

Ses larmes coulèrent alors d'elles-mêmes et, se laissant aller, elle resta ainsi de longues minutes à contempler le paysage. Sa fragilité et son chagrin n'avaient toujours pas disparu et le traumatisme qu'elle avait subi lui revenait sans cesse, déferlant sur elle comme des regrets. Jamais plus elle ne reverrait sa meilleure amie. Elle l'avait perdue sans avoir rien pu faire pour elle et sa disparition resterait éternellement marquée au fer sur son cœur. Une autre page de l'histoire se tournait pour elle et son deuil se ferait certainement dans la douleur de sa réminiscence. Tout cela dépendrait uniquement de sa force de volonté, mais y arriverait-elle seulement ? Comment cacherait-elle son mal devant sa famille entière ? Comment allait-elle pouvoir mentir sur tout ce qu'il s'était passé ? À qui pourrait-elle se confier sans prendre le risque de faire éclater un scandale ? Sans prendre le risque qu'on la prenne pour folle ? Et comment pourrait-elle résoudre un tel mystère ? Protéger ses camarades sans pouvoir les voir ? À qui s'adresser quand le chagrin la submergerait ? Une chose était certaine, elle ne revivrait plus une telle perte.

À suivre

Biographie

Maëva Delattre est originaire du Pas-de-Calais. Elle écrit et dessine depuis qu'elle sait tenir un crayon en s'inspirant de ses auteurs préférés et de ce qui l'entoure. Pendant ses études en langues et en lettres, elle décide de donner plus de sérieux à ses créations. De livre en livre, d'illustration en illustration, elle développe un monde imaginaire qui prend sa forme dans un croquis élaboré au hasard d'un ciel de printemps. Dès lors, elle prend la plume pour retranscrire le film de ses pensées et de ce dessin naît sa trilogie *L'Ombre aux yeux rouges.* Elle sera suivie d'une saga de fantasy d'un tout autre genre.

Bibliographie

À paraître chez Evidence Editions :

– *L'Ombre aux yeux rouges – Le domaine de Thornton-le-Dale*, (2020)
– *L'Ombre aux yeux rouges – L'affaire des disparus*, (2020)

Mentions légales

ISBN : 979-10-348-1380-3
ISSN : 2608-8665

Evidence Editions
ZAI Bel Air
17230 Andilly

Site Internet : www.evidence-editions.com
Boutique : www.evidence-boutique.com

Dépôt légal décembre 2019

Imprimé sur papier **Clairefontaine** fabriqué dans les Vosges.

Achevé d'imprimer par C.L.I.P

FABRIQUÉ EN FRANCE

9 791034 813803